Ab heute heiße ich
Margo

Cora Stephan

Ab heute heiße ich

Margo

Roman

Kiepenheuer
& Witsch

Ein ausführliches Personenverzeichnis
finden Sie am Ende des Buches.

MIX
Papier aus verantwor-
tungsvollen Quellen
FSC® C083411

Verlag Kiepenheuer & Witsch, FSC® N001512

1. Auflage 2016

Umschlaggestaltung: Barbara Thoben, Köln
Umschlagmotiv: © George Marks/Getty Images
Foto der Autorin: © Isolde Ohlbaum
Gesetzt aus der Stempel Garamond
Satz: Buch-Werkstatt GmbH, Bad Aibling
Druck und Bindung: CPI books GmbH, Leck
ISBN 978-3-462-04895-7

Der Familie

Ein Knie geht einsam durch die Welt.
Es ist ein Knie, sonst nichts!
Es ist kein Baum! Es ist kein Zelt!
Es ist ein Knie, sonst nichts.

Christian Morgenstern

Inhalt

– Buch 1 –
Im Dritten Reich
(1936 bis 1945)

Margo

I

Stendal – An einem Sonntagnachmittag im Winter 1936 beschloss Margarete Hegewald, kein Kind mehr zu sein. Vor dem Spiegel im Nähzimmer machte sie Inventur: Der Faltenrock musste weg, die Kniestrümpfe und die Strickjacke, vor allem aber die Zöpfe.

Den Rest hatte man wohl hinzunehmen: Der Nasenrücken war ein wenig zu breit, das Kinn ein wenig zu herrisch. Dafür waren ihre grauen Augen schön, das sagten alle. Sie lockerte den rechten Zopf, den Mutti heute früh viel zu straff gebunden hatte, und hielt ihn so, dass ihr das Haar in einem weichen Bogen über das Ohr fiel. Mit kurzen Haaren und einer leichten Welle sähe sie aus wie die große Schwester von Waltraud, ihrer Banknachbarin in der Schule, und die war schon zwanzig.

Neben ihr auf Muttis Nähmaschine lag, dunkelgrün und genoppt, ein Stück Wollstoff. Ihr Weihnachtsgeschenk. Er war bereits zugeschnitten, nach einem Schnittmuster, das sie sich selbst ausgesucht hatte. Wenn Mutti den Saum tief genug ansetzte, sähe das Kleid richtig erwachsen aus. Elegant. Und dazu trug man keine Zöpfe.

Sie holte tief Atem. Sie liebte dieses Zimmer, in das eigentlich niemand hineindurfte, vor allem Vater nicht. Sie liebte den Duft der Bügelwäsche, die neben der Tür im Korb lag. Und sie liebte den mannshohen Spiegel, der ihr zeigte, wie andere sie sahen. Margarete griff zu der Schere, die auf dem Tisch neben der Nähmaschine lag.

»Gretl! Wo bleibst du denn, Kind?« Mutti stand in der Tür. »Dein Vater hat schon nach dir gerufen!«

Nenn mich nicht Kind. Und Vater kann rufen, bis er schwarz wird. Sie drehte sich um.

Mutti schlug sich die Hand vor den Mund. »Was hast du getan?«, flüsterte sie. »Was hast du mit deinen Haaren gemacht?«

Margarete lief durch den dunklen Flur, in dem es nach Sauerkraut roch, und blieb in der Tür zum Wohnzimmer stehen. Sie wusste, was sie erwartete. Eine Standpauke, wenn nicht gar Schlimmeres.

Hugo Hegewald saß wie so oft im Sessel, las, die Beine von sich gestreckt, in der Zeitung und paffte eine Zigarre. Er stammte aus Straßburg und bildete sich etwas auf seine Lebensart ein, war aber als Finanzbeamter in Stendal nur eine ganz kleine Nummer. Erst recht in der Partei, was ihn besonders wurmte, weil er dort Karriere machen wollte.

»Was stehst du da rum?« Er deutete auf den Hocker vor der Vitrine. »Setz dich. Ich habe mit dir zu reden.«

Er wusste es. Sie hielt die Luft an. Aber das konnte nicht sein. Sie hatte mit niemandem darüber gesprochen. Nur mit Waltraud Skrodzki, der einzigen ihrer Schulkameradinnen, die verstand, was sie bewegte. Waltrauds Vater hatte im Gefängnis gesessen, weshalb die Eltern meinten, sie wäre kein guter Umgang. Aber was konnte sie schon für ihren Vater? Niemand konnte etwas für seinen Vater.

Waltraud jedenfalls behielt Geheimnisse für sich, also musste es sich um etwas anderes handeln. Sei's drum, der Alte fand für jeden seiner Wutausbrüche einen Anlass. Und wenn er erst sah, was sie mit ihren Haaren gemacht hatte!

»Ich möchte bloß wissen, wer dir solche Flausen in den Kopf gesetzt hat. Wenn du ein Junge wärst, könnte ich das ja noch verstehen. Aber so …« Er blätterte geräuschvoll um, ohne von der Zeitung aufzublicken.

Ja, sie hatte ein Junge werden sollen, das hatte er ihr oft genug gesagt. Gerwulf hätte der Erbprinz heißen sollen, alter germanischer Adel sozusagen. Stattdessen war sie gekommen. Aus lauter Enttäuschung darüber hatte Vater eine Woche lang kein Wort mit Mutti gesprochen, das wusste sie von Tante Mienchen. Zwei Jahre später kam endlich ein Junge, sie tauften ihn Gernot, doch das Kind starb vier Wochen später an Diphtherie. Und dann wurde Gerda geboren, wieder ein Mädchen, was schlimm genug war. Noch schlimmer: Das Kind hatte eine Versteifung am linken Fuß, keine wirkliche Behinderung, aber Vater gab Mutti die Schuld daran.

Seine verkniffenen Augen unter den buschigen Augenbrauen, seine Mundwinkel, die immer nach unten zeigten – manchmal hasste sie ihn. Sie war dreizehn gewesen, als sie ihre Mutter auf dem Friedhof gefunden hatte, weinend neben Gernots Grab, eine Glasscherbe in der Hand. Seither wusste Margarete, dass sie auf sie aufpassen musste. Abends trank er oft mehr, als er vertrug. Sie hörte ihre Mutter nachts leise weinen, wenn er wieder geschimpft und getobt hatte.

»Weitere Schuljahre sind Zeitverschwendung«, bellte er hinter seiner Zeitung, über der Zigarrenqualm aufstieg. »Wenn du Glück hast, heiratet dich jemand, dafür braucht man keine höhere Bildung.«

Heiraten? Wovon redete er bloß?

»Hörst du mir überhaupt zu?« Endlich sah ihr Vater auf.

Margarete hielt die Luft an. Nein, sie würde den Blick nicht senken, nein, sie würde nicht klein beigeben. Sie hob das Kinn.

»Was glotzt du so? Konzentrier dich gefälligst, wenn ich mit dir spreche! Kaum zu glauben, dass deine Lehrerin dich bis zum Abitur auf der Schule lassen will!«

Margarete starrte ihm sekundenlang ins Gesicht, das sich zu röten begann. Und dann hätte sie beinahe gelacht. Darum ging es also! Fräulein Tenzer hatte Vater wieder einmal von ihrer Begabung vorgeschwärmt. Sie hätte der Lehrerin gleich sagen können, dass er auf diesem Ohr taub war.

»Ich werde deinen Vater davon überzeugen, dass du studieren musst, Margarete.« Die Tenzer hatte leuchtende Augen und gerötete Wangen gehabt. »Tenzer auf Mission«, nannten sie das in der Klasse. Und vielleicht wäre es ihr ja auch gelungen – Vater liebte Schmeicheleien. Aber in diesem Fall war nicht er das entscheidende Hindernis. Es war Margarete selbst, die nicht mehr zur Schule gehen wollte. Sie hatte andere Pläne.

»Fräulein Tenzer …«

Er fuhr ihr ins Wort. »Was dein Fräulein Lehrerin sagt, interessiert mich nicht. Du beendest in diesem Jahr die Schule.«

»Ja, Vater«, sagte sie.

»Außerdem wirst du zu Hause gebraucht. Schluss der Debatte.«

Das sagte er immer, wenn er etwas entschieden hatte, selbst wenn es niemand gewagt hatte, ihm zu widersprechen.

»Deine Mutter kommt kaum noch nach mit den einfachsten Dingen.«

Mutti konnte ihm nie etwas recht machen. Was war das kürzlich für ein Theater gewesen, als er Klümpchen in der Suppe gefunden hatte! Oder als sie vergessen hatte, ihm seine Zigarre zurechtzuschneiden!

»Auf deine Schwester kann sie nicht zählen.«

Natürlich nicht, dachte Margarete. Die muss ja geschont werden.

»Und was hast du überhaupt mit deinen Haaren gemacht? Du siehst aus wie eine aus der Gosse. Morgen möchte ich dich mit einem vernünftigen Haarschnitt sehen.«

»Ja, Vater«, sagte sie und versuchte, nicht allzu erleichtert auszusehen.

In der Küche umfing sie der Dampf aus Kochtopf und Abwaschschüssel. Mutter hatte die roten Arme tief im schaumigen Wasser versenkt.

»Fang!« Gerda warf ihr ein Geschirrtuch zu. »Hat er dir den Kopf abgebissen? Du siehst ziemlich ramponiert aus!«

Ihre Mutter reichte Margarete einen tropfnassen Teller. »Sie hat sich die Zöpfe abgeschnitten«, seufzte sie. »Ihre schönen langen Haare.«

»Auweia. Und? Was hat er gesagt?«

»Nichts.« Margarete wienerte den Teller, bis er quietschte. »Außer dass ich von der Schule abgehen soll.«

»Oh«, machte Gerda.

»Ist mir nur recht. Ich habe mich um eine Stelle beworben.«

»Soso«, murmelte Mutter und reichte ihr eine seifige Kaffeetasse. Sie hatte wieder einmal nicht zugehört.

»Als Friseuse, nehme ich an. Wenn man dich so sieht.« Gerda ließ Messer und Gabeln geräuschvoll in die Besteckschublade fallen.

»Ja, ich weiß, du hast die Intelligenz mit Löffeln gefressen, Schwesterchen«, antwortete Margarete spitz.

»Hört auf zu streiten. Wir bekommen nachher Gäste. Die Gläser müssen poliert werden. Und Margarete, stell bitte den Sherry und den Portwein raus.«

»Und vergiss nicht Vaters stinkende Zigarren.« Gerda rümpfte die Nase.

Margarete stellte die Tasse zu den anderen auf dem

Tisch. »Übrigens habe ich bereits eine Lehrstelle. Falls das jemanden interessiert.«

»Wie bitte? Das nenn ich Mut.« Gerda hatte etwas völlig Ungewohntes im Blick. Es sah fast wie Anerkennung aus.

»Ab dem 1. April. Bei Photo-Werner. Im Büro. Ich werde Bürokaufmann.«

»Margarete!« Jetzt endlich war Mutti bei der Sache. »Das ist nicht dein Ernst, Kind. Weiß Vater davon?«

»Nein.« Margarete seufzte tief auf. »Ich dachte, du ...«

»Ich?« Ihre Mutter wurde erst rot, dann weiß im Gesicht. »Ich werde mich hüten. Die Suppe löffelst du selber aus. Er schätzt keine Eigenmächtigkeit, das weißt du doch.«

Oh ja. Er würde seine Wut erst an ihr und dann an Mutti auslassen.

»Außerdem kann ich deine Hilfe im Haushalt gut gebrauchen. Hast du denen in diesem Foto-Laden etwa zugesagt?«

»Nein. Ja. Ich dachte, ich frag erst einmal, ob sie mich überhaupt wollen.«

Ihre Mutter trocknete sich die Hände an der Schürze ab und schüttelte den Kopf. »Was du willst und was die wollen, spielt keine Rolle. Was dein Vater will, ist das Entscheidende.«

Margaretes Mut verflog. Mutti hatte recht. Sie brauchte seine Zustimmung, und das schon bald, denn eine Lehrstelle bei Photo-Werner war begehrt.

»Mutti ...« Sie zögerte. Merkte sie denn gar nicht, dass ihre Älteste als Hausfrau völlig ungeeignet war? Spürte sie nicht, dass sie unabhängig sein musste? Dass sie nicht so enden wollte – wie ihre Mutter?

»Ich bekomme 13 Mark 20«, sagte sie schnell. »Im Monat. Im zweiten Lehrjahr 21 Mark. Und im dritten Lehrjahr ...«

Mutti schüttelte noch immer den Kopf. Aber man sah ihr an, dass sie nachdachte. Geld war das Zauberwort. Geld war immer ein Thema zu Hause. Hugo Hegewald wollte so leben, wie er glaubte, es verdient zu haben, auch wenn sein Gehalt beim Finanzamt dem nicht entsprach. Für seine Stammtischbesuche im Damhirsch musste Geld da sein, ebenso für Zigarren oder ein neues Hemd. Vielleicht war genau das der richtige Ansatz?

»Ich möchte zu unserem Lebensunterhalt beitragen«, sagte sie vorsichtig. »Das müsste er doch einsehen, oder?«

»Wenn du für Kost und Logis bezahlst …« Man sah ihrer Mutter an, dass sie im Kopf durchrechnete, was sie dafür ansetzen konnte. Endlich nickte sie. »Ich rede noch heute Abend mit Vater. Wenn die Gäste gegangen sind.«

Und wenn er genug Portwein getrunken hat, um zutraulich zu werden, aber nicht zu viel für einen Wutanfall. Man muss mit Männern geschickt umgehen, pflegte Mutti zu sagen. Diplomatisch. Als ob das bei diesem Mann jemals funktioniert hätte.

»Aber morgen gehst du zum Friseur und lässt dir die Haare in Ordnung bringen.«

Margarete drückte Gerda das feuchte Geschirrtuch in die Hand und fiel ihrer Mutter um den Hals.

Endlich waren die Gäste gegangen, um die ihr Vater herumscharwenzelt war, wohl, weil er hoffte, Sturmbannführer Wilhelm Gärtner, der in Uniform gekommen war, würde bei der Partei ein gutes Wort für ihn einlegen. »Man möchte doch seinen Teil beitragen zum Wohle des Vaterlandes.«

Margarete lag noch lange wach im Bett und lauschte bang den Geräuschen aus dem Schlafzimmer nebenan. Sie hörte Mutti murmeln, ihr Vater bellte zurück, dann klatschte es und ihre Mutter gab einen leisen Schmerzenslaut von sich. Am liebsten wäre sie aufgestanden, hinübergegangen, und … Und was? Mutti war nicht zu helfen.

Dennoch hatte sie ein schlechtes Gewissen. Wo war ihr Mut geblieben? Wieso hatte sie ihrem launischen Vater nicht ins Gesicht geblickt und ihm ihre Pläne gestanden? Sie schlief viel zu spät ein und träumte schlecht von einer Heirat mit Sturmbannführer Gärtner, diesem unansehnlichen Frosch, der viel zu alt für sie war und längst eine Ehefrau hatte.

Am nächsten Tag schwänzte sie den Unterricht, denn so, wie sie jetzt aussah, konnte sie sich in ihrer Klasse nicht blicken lassen. »So schöne Haare«, seufzte Meister Hoffmann, als sie ihm die abgeschnittenen Zöpfe gab. »Schade drum.« Sie sah ungerührt in den Spiegel, als er die Schere ansetzte.

Der elegante Kurzhaarschnitt, links gescheitelt mit leichter Welle, stand ihr, so sah sie beinahe erwachsen aus. Und genauso fühlte sie sich auch.

30. Dezember 1936

Liebes Tagebuch,
das neue Jahr muss, es wird herrlich werden! Ich bin
meinen Lebenszielen ein großes Stück näher gerückt.
Am 1. April beginnt meine Lehrzeit bei Photo-Werner,
Photo-Handlung und -Atelier, in der Adolf-Hitler-
Straße 77. Monatslohn: 13 Reichsmark und 20 Pfennige.
Vater wird fast alles davon einkassieren. Aber er hat
zugestimmt. In drei Monaten bin ich frei! Ich kann es
gar nicht erwarten.
Ich habe mir geschworen, mich von nichts und
niemandem abhängig zu machen. Mutti zeigt mir,
wohin das führt, wenn man einem Manne untertan ist:
in die Sklaverei. Welcher Mann kann schon eine Frau

respektieren, die nicht auf eigenen Beinen steht? Jeden-
falls keiner, den ich respektieren kann.
Waltraud fiebert mit mir. Die anderen verstehen mich
nicht, diese braven Mädchen mit ihren Zöpfchen. Ihre
höhere Bildung wird ihnen nichts nützen. Im neuen
Deutschland brauchen wir keine Putzfrau, die fließend
Französisch spricht, und keine Haushälterin, die den
»Faust« auswendig kann. Das ist nicht das, was der
Führer will. Die deutsche Frau soll die Gefährtin des
Mannes sein, seine Kampfgenossin!
Wer immer er ist, wann immer er vor mich tritt, der
Mann, der zu mir gehört: Ich werde ihn erkennen, und
ich werde alles tun, um sich seiner würdig zu erweisen.

II

In der Schule wurde die neue Frisur bestaunt. Nicht
von den Lehrern, natürlich. »Aber Kind! Deine schönen Zöpfe!« Fräulein Tenzer. Was die wohl sagen würde,
wenn sie erführe, dass ihre ach so begabte Schülerin am
1. April eine Lehre begann?

In der großen Pause zeigte sich, wer auf Margaretes
Seite stand und wer nicht. Die Gärtner-Zwillinge mit ihren festgezurrten blonden Zöpfen und blütenweißen Kniestrümpfen an den drallen Beinen würdigten sie keines
Blickes. Zum zehnten Geburtstag der beiden war sie einmal bei den Gärtners eingeladen gewesen, in ihre Villa in
bester Lage am Adolf-Hitler-See. Von der Küche im Souterrain ging ein Speiseaufzug hoch zum Esszimmer in der
Beletage, das hatte sie damals sehr beeindruckt. Auch dass
es nicht nur ein Herren-, sondern auch ein Damenzimmer
gab und eine Bibliothek mit Bücherregalen bis an die Decke, an jeder Wand. Das wäre was für Gerda gewesen, den

Bücherwurm. Im Eingangsbereich war der Boden mit Terrazzo ausgelegt, oben gab es Parkett. Kein Vergleich mit der Etagenwohnung, in der die Hegewalds wohnten.

Erst recht kein Vergleich mit Waltraud Skrodzkis Lebensumständen. Waltrauds Eltern kamen ursprünglich aus Ostpreußen, aber die Familie hatte ein abenteuerliches Leben geführt: Zuerst waren sie nach Argentinien ausgewandert und enttäuscht zurückgekehrt. Nach der Rückkehr hatte Waltrauds Vater erst ein Kino in Anklam gepachtet und dann in Nordhausen am Harz einen Gemüseladen betrieben. Schließlich waren die Skrodzkis nach Stendal umgezogen.

Margarete hatte Waltraud ein einziges Mal besucht, als sie eine Karte für eine Musikaufführung übrig hatte, und war tief erschrocken gewesen. Die ganze Familie hauste in zwei Dachkammern, zu denen man nur über einen Trockenboden gelangte, in dem allerhand Gerümpel stand. Waltrauds Mutter war dünn und blass und hatte kein Wort gesagt, ihr Vater hatte zur Begrüßung bloß genickt, ohne dem Besuch die Hand zu geben. Margarete hatte so getan, als ob sie das ganz normal fände. Aber sie wusste nun, warum Waltraud ihre intimsten Gedanken mit ihr teilte: Sie war die Einzige, die gesehen hatte, wie die Freundin lebte, und sie hatte das nie auch nur erwähnt, schon gar nicht vor anderen.

Waltraud stand zu ihr, die blonde Waltraud mit den wasserblauen Augen, die immer in dicken Wanderschuhen herumlief. Sie wollte das Gleiche, was Margarete wollte: unabhängig sein und frei.

»Dein alter Herr hat also nichts dagegen?«

»Mutti hat ihn überredet. Mein Lehrgeld geht zu drei Vierteln in die Haushaltskasse. Das war das schlagende Argument.«

»Dann muss dein Reichtum wohl noch ein bisschen warten.« Waltraud grinste.

»Aber der Tag wird kommen!« Margarete hob die Hand wie zum Schwur.

»Na, ihr Klatschtanten?« Toni Seliger stand hinter ihr, Margarete hatte sie nicht kommen sehen.

Toni, die eigentlich Antonia hieß, war ein ganz anderer Menschenschlag als Waltraud, doch auch sie war eine Außenseiterin, obwohl jeder in Stendal ihre Eltern kannte. Besser gesagt: weil ihre Eltern bekannt waren wie Paradiesvögel.

Vater sah es nicht gern, dass Margarete mit Toni verkehrte. »Das ist kein Umgang für Leute wie uns«, pflegte er zu sagen. »Politisch unzuverlässig«, hatte er die Seligers mal genannt. Aber wahrscheinlich gefiel ihm nur nicht, dass sie so ganz und gar unbürgerlich waren. Herr Seliger leitete das Theater von Stendal, ein unscheinbares Fachwerkhaus hinter dem Mönchskirchhof, und trug sein schwarz gefärbtes Haar schulterlang über theatralisch weiten, kragenlosen weißen Hemden. Frau Seliger gab Gesangsunterricht und liebte wallende Gewänder. Während andere zu einer Abendgesellschaft einluden, hieß das bei Seligers »Soiree«, mit Musik und »gepflegter Unterhaltung«, wie Tonis Mutter das nannte. Margarete hoffte seit Langem auf eine Einladung – und fürchtete sich zugleich davor.

Der Grund war Henri. Sie kannte Tonis Bruder seit Urzeiten, als er noch aufs Gymnasium ging und seine Schulmütze verwegen schräg trug. Damals hatte er sich für die »albernen Gören«, die seine Schwester mit nach Hause brachte, nicht die Bohne interessiert. Das hatte sich gründlich geändert.

»Du hast einen Verehrer«, hatte Waltraud ihr zugeflüstert, als er vor ein paar Wochen Toni von der Schule abholte.

»Ach was, das ist Henri, der ist harmlos«, hatte sie geantwortet und zu ihm hinübergeschielt. Er war gewiss kein germanischer Held, sondern eher kurz und dunkel geraten, aber er hatte sich verändert, seit er in Breslau Jura studierte. Er war richtig männlich geworden. Und es stimmte: Er machte ihr schöne Augen. Sie hatte ihm den Rücken zugekehrt. Klar mochte sie ihn, er war ein netter Kerl. Aber mehr auch nicht.

Henri war nicht der Mann, auf den sie wartete. Sie wusste, wie es sich anfühlen würde, wenn der Richtige vor ihr stünde. Bei Henri spürte sie rein gar nichts.

»Das muss der Neid dir lassen: Die neue Frisur kleidet«, sagte Toni und strich sich eine glänzende Haarsträhne aus dem Gesicht. »Mein Fall wäre das allerdings nicht.«

Natürlich nicht. Toni sah aus wie Schneewittchen: Haare schwarz wie Ebenholz, Haut weiß wie Schnee und Lippen so rot wie Blut. Zu der passte kein moderner Haarschnitt.

»Außerdem frage ich mich, was du uns mit deiner Verwandlung sagen willst?«

»Nichts, Toni. Nur, dass man alte Zöpfe auch abschneiden kann.« Margarete lächelte unschuldig.

»Gretl verabschiedet sich so langsam von uns«, sagte Waltraud. »Wir sind ihr zu kindisch.«

Der Gong ertönte. »Damit dürfte sie recht haben, jedenfalls, was dich betrifft.« Toni drehte sich um und schlenderte zum Schulportal.

Die nächsten Wochen vergingen viel zu langsam. Die Schulkameradinnen wurden ihr von Tag zu Tag fremder mit ihrer kindlichen Bravheit und dem ganzen altklugen Geplapper. Nein, sie empfand keinen Abschiedsschmerz, und als der Zeitpunkt näher rückte, gab es keine Gelegenheit mehr zum Abschiednehmen. Eine Typhusepide-

24

mie sorgte dafür, dass alle Schulen geschlossen wurden, sodass ihr die mitleidvollen Blicke der einen und die hämischen Bemerkungen der anderen erspart blieben. Sie gehörte schon jetzt nicht mehr zu ihnen.

In ein paar Wochen war sie Mitglied der arbeitenden Klasse. Dann würde sie zum ersten Mal pünktlich um Viertel vor acht vor der Tür von Photo-Werner stehen. Dann konnte das wahre Leben beginnen. Bis dahin genoss sie etwas gänzlich Ungewohntes: Freiheit.

III

Margarete schlief bei offenem Fenster und zurückgezogenen Vorhängen, damit sie von der aufgehenden Sonne geweckt wurde, von dieser unbeschreiblich zartgoldenen Röte, die seit Tagen den Morgenhimmel verzauberte. In der Zeitung stand, dass der März 1937 der sonnigste März seit Menschengedenken sei. Noch nie war ihr Stendal so großartig vorgekommen. Die Luft war mild und weich, ein sanfter Wind wehte, die Bäume und Sträucher am Adolf-Hitler-See bedeckten sich mit zartem Flaum und die Forsythien prangten in strahlendem Gelb. Sie genoss die ungewohnte Freiheit, durchstreifte die Stadt, vom Rathaus mit dem Roland zu den Kasernen, vom Alten Dorf mit dem Winckelmann-Denkmal bis zur Windmühle in Wahrburg.

Bereits zweimal war sie die Strecke abgegangen, die sie künftig täglich gehen würde, von der Wohnung in der Blumenthalstraße 47 zu Photo-Werner in der Adolf-Hitler-Straße 77. Dreimal die Sieben! Das musste ja Glück bringen! Sie brauchte exakt achtzehn Minuten, wenn sie durch die Nicolaistraße und am Dom entlangging, und eine Viertelstunde, wenn sie sich beeilte. Bei ihrem zweiten Besuch hatten alle Häuser in der Straße geflaggt. Der Führer beschützt mich, dachte sie, es gefiel ihr, sich einzubilden, dass das Rot der Hakenkreuzfahnen sie willkommen hieß.

Lange stand sie vor dem Geschäft mit der beeindruckenden Fensterfront. Satt glänzendes dunkles Holz rahmte die beiden Schaufenster, der obere Teil der Eingangstür war aus Milchglas, in das Blumengirlanden eingeätzt waren. Auf dem hölzernen Baldachin über den Fenstern und der Tür stand in goldenen Lettern »Photographie«, im holzgetäfelten Aufgang zum Laden konnte man auf der rechten Seite »Photographische Bedarfs-Artikel« lesen und links »Photokunst-Studio Otto Werner«.

Zwei opake Kugellampen beleuchteten die Auslagen in den beiden Fenstern. In der Mitte des linken Fensters thronte eine Kamera, Margarete hatte ihren Namen auswendig gelernt: eine Voigtländer Superb mit zwei Linsen. Neben dem aktuellen Deutschen Kamera-Almanach lag eine Agfa-Box und davor, auf rotem Samt, eine Leica, die so winzig war, dass sie bequem in eine Damenhandtasche passte.

Margarete verstand nichts von der Technik des Fotografierens, aber sie glaubte fest daran, dass dem Fotografieren die Zukunft gehörte. Alle wichtigen Ereignisse, von der Geburt bis zum Tod, konnten mit dem Fotoapparat in Sekundenschnelle für die Nachwelt festgehalten werden. Während man früher den Maler bezahlen musste, damit er ein Porträt anfertigte, auf dem man sich hoffentlich ähnlich sah, ging man heute zum Fotografen und musste mit der Wirklichkeit zufrieden sein, aber wenigstens erkannte man sich wieder. Die Reichen hatten ihre kunstvollen Büsten und Gemälde, die Armen würden sich irgendwann eine Fotografie leisten können. In ein paar Jahren würde jeder fotografieren.

Edel sahen sie aus, die Porträtfotos in der Auslage des rechten Fensters, von Täuflingen und Jubilaren und Hochzeitspaaren. Ob man Otto Werner um ein Porträt bitten konnte? Oder war das zu teuer? Sie nahm sich vor, jeden Monat etwas dafür zurückzulegen.

Doch da gab es auch ein paar Kleinigkeiten, die sie unsicher machten. Keiner der Männer auf den Fotos trug eine Uniform, und das Bild des Führers stand versteckt hinter einem Reklameschild für Agfa. Geflaggt hatte Otto Werner auch nicht. Musste man sich Sorgen machen, was seine Zuverlässigkeit betraf? Doch war das nicht egal, solange er sich als guter Fotograf erwies?

Endlich war der Tag gekommen. Mit klopfendem Herzen stand sie vor der Ladentür, nicht eine Minute zu früh oder zu spät. Sie wollte nicht gleich am ersten Tag auffallen, und das war ihr wohl gelungen, denn niemand nahm auch nur Notiz von ihr. Nur eines der Mädchen, das zehn Minuten später kam, hielt ihr die Hand hin, eine Blonde mit auffallend weiblichen Rundungen und einem strahlenden Lächeln: »Ich heiße Marianne. Labor, zweites Lehrjahr.«

Otto Werner stürmte erst eine Stunde später herein, sagte »Ah, da ist ja die Neue«, und stürmte gleich wieder hinaus, nach seiner Frau Inge rufend, von der es hieß, sie sei »die Seele des Geschäfts«.

Margarete hatte zwar befürchtet, dass es eine Art Rede geben würde und sie so etwas wie ein Treuegelöbnis abzulegen hatte, aber dass nun rein gar nichts passierte, war ihr auch nicht recht. Denn laut Lehrvertrag war der Lehrherr verpflichtet, in seinen Schutzbefohlenen »die für einen deutschen Kaufmann und Volksgenossen notwendigen charakterlichen Kräfte zu wecken und zu pflegen, insbesondere sie zur Treue, Ehrbarkeit und Arbeitsamkeit anzuhalten«. Dazu gehörte ja wohl mehr als eine

27

flüchtige Begrüßung! Der Empfang enttäuschte sie ein bisschen.

»Bei der Chefin musst du aufpassen«, flüsterte Marianne ihr zu. »Die tut scheißfreundlich, aber wenn du wirklich mal was verbockst, gibt's eine Gardinenpredigt, bei der dir die Ohren abfallen.«

Endlich nahm Frau Werner ihren neuen Lehrling zur Kenntnis, sagte: »Ach, da sind Sie ja«, und schickte sie zum Fensterputzen nach draußen. Es war ein kühler Tag, aber Margarete schwitzte in ihrem weißen Kittel. Sie hoffte inständig, dass keine ihrer ehemaligen Klassenkameradinnen sie bei solch beschämender Arbeit ertappte.

Nein, so hatte sie sich die Sache mit der Lehre nicht vorgestellt, doch so ging es in den nächsten Tagen weiter. Obwohl der Laden jeden Abend um 19 Uhr geschlossen wurde, blieb sie länger, weil sie auch die Geschäftsräume zu reinigen und zu bohnern hatte.

Ihre Mutter wusste, dass sie ungern putzte. Als Margarete sich eines Abends nach einem langen Tag mit Feudel und Seifenlauge bei ihr beklagte, sagte sie: »Nichts lernt man besser kennen als das, was man putzen muss.« So hatte sie das noch gar nicht gesehen, doch genauso war es. Nach zwei Wochen wusste Margarete, wo der Chef eine Flasche mit Nordhäuser Korn versteckte, die Chefin ihre Modezeitschriften und Marianne die Schokolade. Sie kannte alle Ecken von Photo-Werner, auch wenn sie gewiss noch längst nicht alle Geheimnisse gelüftet hatte.

Wer den Laden betrat, landete als Erstes in einem nicht sehr geräumigen Vorraum, in dem sich eine hohe Theke mit einer imposanten silbernen Registrierkasse befand. An der Wand hinter der Theke gab es ein Regal mit schmalen Fächern, jedes gerade so groß, dass einer der flachen Kartons für die entwickelten Fotos bequem hineinpasste. Die Fächer waren in alphabetischer Reihenfolge ausgezeichnet, sodass die Kartons unter dem Kundennamen abgelegt werden konnten. Neben der Theke stand ein bequemer Polsterstuhl, fast schon ein Sessel, mit grünem Chenille bezogen, auf dem die Kunden saßen und warteten, die fotografiert werden wollten.

Ins »Atelier« gelangte man durch eine Tür links vom Eingang. Der Raum, ein großzügiger, beinahe quadratischer Raum, hatte bodentiefe Fenster mit schweren braunen Gardinen, die meistens zugezogen waren. Für das nötige Licht sorgten zwei Scheinwerfer auf hölzernen Beinen, denen sich Margarete höchst respektvoll näherte, sie hatte Angst, sie mit dem Schrubber umzustoßen. An der Wand rechts standen Kulissen, bewegliche Wände aus Holzleisten und dicker Pappe, die man hinter ein mit rotem Samt bespanntes Sofa schieben konnte, sofern man nicht die verputzte und hellbraun getönte Wand als neutralen Hintergrund bevorzugte. Photo-Werner hatte die Alpen, ein Stadtpanorama, das Meer und das Bild einer mit mächtigen Folianten bestückten Bibliothek zur Auswahl. Margarete fand alle Hintergrundbilder gleich scheußlich, fast so schlimm wie das Sofa mit seinen Troddeln und den verschnörkelten und vergoldeten Armlehnen.

Für Einzelporträts gab es einen Stuhl, der nicht ganz so geschmacklos war. Wenn es nach ihr ginge, hätte man das Atelier längst gründlich entstaubt und ein wenig auf den Stand der neuen Zeit gebracht – weniger Kitsch, mehr klare Linien! Immerhin musste sie hier nicht allzu viel bohnern, da unter dem Sofa ein Teppich lag, der wurde nur alle paar Wochen ausgeklopft.

Zum Labor musste man zurück in den Laden gehen und dann durch eine Doppeltür nach hinten. Obwohl zwischen Laden und Labor ein Flur lag und die Tür zum Labor verstärkt und abgedichtet war, drangen die chemischen

Dämpfe in alle Räume. Das Labor musste Margarete nicht putzen, sie durfte es ja noch nicht einmal betreten, worüber sie froh war, denn die mit dem Fotografieren verbundenen chemischen Prozesse waren ihr unheimlich.

Zu den Büros führte der Flur rechts hinter dem Laden. Dort, wo sie hoffentlich bald arbeiten würde, in der Buchhaltung, war am wenigsten Platz, was an den vielen Akten lag. An jeder der Wände standen Regale bis hoch an die Decke. Die Regalbretter bogen sich unter dem Gewicht des Papiers, an die oberen drei Reihen gelangte man nur mit einer Leiter.

Sie betrachtete ihren künftigen Arbeitsplatz mit einer Mischung aus Scheu und Respekt. Ohne präzise Buchführung war jedes Unternehmen zum Scheitern verurteilt, das wusste sie aus der Schule. Also würde sie für Photo-Werner ihr Bestes geben.

Schon nach wenigen Wochen musste sie nicht mehr putzen, sie schien ihre Feuerprobe bestanden zu haben. »Als Erstes kümmern Sie sich um die Ablage, Fräulein Hegewald«, meinte Inge Werner. »Danach sehen wir weiter. Wenn Sie sich nicht allzu dumm anstellen ...«

Nein, das würde sie ganz gewiss nicht. Auf größere Aufgaben freute sie sich. Sie verstand etwas von Zahlen und von Organisation – die Bilanzen müssen stimmen, hatte Fräulein Tenzer immer gesagt, das ist das A und O, im Leben wie in der Buchhaltung.

IV

Die Zeit raste. Im Mai flöteten die Amseln in den blühenden Rotdornbäumen und die Mauersegler fegten mit schrillem Schrei durch die Luft. Zur Spargelzeit kamen Scharen von polnischen Landarbeitern in die Stadt und im

Herbst, zur Zuckerrübenernte, zogen süßliche Schwaden aus der Actien-Zucker-Fabrik durch die Gassen.

Margarete ging ganz in ihrer Arbeit auf, sie sah wenig von Marianne und dem anderen Lehrling, Gudrun, denn ins Labor durfte sie ja nicht. Die Chefin guckte ihr zwar manchmal auf die Finger, aber Herr Werner war dauernd unterwegs und fotografierte Hochzeitspaare. Nur für Porträtaufnahmen kam er ins Atelier. Selbst die Mittagspause verbrachte Margarete meist allein in ihrem Büro und vergaß manchmal sogar, die von Mutti liebevoll belegten Brote auszupacken.

Doch an einem klaren Oktobertag lockte sie die Sonne, von der sie in diesem Jahr noch viel zu wenig gesehen hatte, und sie beeilte sich, mit ihrer Brotbüchse an die frische Luft zu kommen, hinaus in den Hinterhof, ein Geviert, in dem die Mülltonnen und der Ascheimer standen. Immerhin gab es außer geborstenem Pflaster ein ummauertes Stück Rasenfläche, über das eine Teppichstange führte, und am Zaun hinten in der Ecke stand ein Haselnussstrauch mit dunkelrotem Blattwerk.

Als sie durch die Hintertür ins Freie trat, hörte sie eine Stimme »Wieder mal keine Spur von der Ablage« sagen. »So eine Streberin!« Die Stimme gehörte zu Marianne, der Blonden aus dem Labor. Margarete begriff erst, als Marianne bei ihrem Anblick »Ah, welch Glanz in unserer Hütte!« rief und sie spitzbübisch anfunkelte, wer gemeint war: sie.

Einen hässlicheren Spitznamen als »Ablage« konnte sie sich schwerlich vorstellen. Und das von Marianne, die sich selbst als »Rasse erster Klasse« bezeichnete, was auch nicht gerade geschmackvoll war! Überhaupt: Wieso war sie eine Streberin? Sie wusste nicht, ob sie gekränkt sein oder lachen sollte. Zögernd setzte sie sich neben die Ältere auf das Mäuerchen.

»Ich tue meine Arbeit, das ist alles.«

»Wenn du nicht aufpasst und öfter mal rausgehst, wirst du blass und blutarm.« Die Blonde lachte sie an. »So wie wir. Findest du nicht auch, Gudrun?«

Gudrun saß abseits über eine verbeulte Blechbüchse gebeugt. Sie war ein ernstes, dünnes Mädchen, mausgrau wie ihr Pferdeschwanz, und sie hatte es nicht gern, wenn man ihr beim Essen zusah. Sie sah kurz hoch und schüttelte den Kopf.

»Jedenfalls ist es schön, dich auch mal hier draußen zu sehen.«

Margarete öffnete ihre Brotbüchse. Graubrot mit Teewurst. Schon war ihr der Appetit vergangen.

»Wollen wir tauschen?« Marianne hielt ihr ihre Büchse entgegen. Weißbrotschnitten mit Käse. Margarete zögerte. Konnte sie das annehmen? Ein Blick in Mariannes Gesicht sagte ihr, dass das gar keine Frage war: Es war selbstverständlich.

Marianne aß das Wurstbrot mit sichtlichem Genuss. »Ich weiß, dass die Chefin große Stücke auf dich hält«, sagte sie nach einer Weile. »Aber du arbeitest zu viel. Im Vergleich mit dir sehen wir wie die Bummelanten aus.«

Margarete brauchte eine Weile, bis sie begriff. Das war es also. Ihre Arbeitsauffassung setzte die anderen unter Druck. »Verstehe. Daran habe ich nicht gedacht. Mir macht meine Arbeit Spaß, das ist alles.«

»Ich behaupte ja nicht, dass du dich einschmeicheln willst, aber du setzt Maßstäbe.« Marianne lächelte noch immer, aber deutlich kühler.

»Ich darf Verantwortung übernehmen, und das empfinde ich nicht als Arbeit, sondern als Ehre.« Und das machte sie zur Streberin? In ihren Augen war das fast ein Kompliment.

»Klar, am Anfang gibt man sich Mühe. Aber später …« Mariannes Lippen kräuselten sich.

Darum geht es nicht, wollte Margarete sagen. Es ist keine Mühe, es ist …

»Kommst du am Samstag mit ins Kino?« Gudrun hatte ihre Mahlzeit beendet und war aufgestanden. »Sie spielen gerade ›Der zerbrochene Krug‹ mit der Flickenschild. Wenn du es auf dem Rasiersitz aushältst: Da kostet es nur 30 Pfennig.«

Die sonst so unauffällige Gudrun hatte eine Leidenschaft: Kino und die UFA-Stars. Beim Putzen hatte Margarete eine stattliche Sammlung von Autogrammkarten in ihrem Spind gefunden. Sie wollte schon zusagen, als die Tür hinter ihnen aufging und die Chefin erschien. »Genug geschwätzt! An die Arbeit!«

»Sklaventreiberin«, murmelte Marianne. Sie legte den Arm um Margarete, während sie zurück an ihre Arbeitsplätze gingen.

Ab jetzt achtete Margarete darauf, die Mittagspause mit den Mädchen zu verbringen. Auch begann sie, im Laden auszuhelfen, wenn zu viele Kunden auf einmal im Vorraum standen. Fotoapparate durfte sie nicht verkaufen, sie verstand ja nichts davon, aber sie konnte den Kunden die entwickelten Filme und die Abzüge aushändigen. Schon nach kurzer Zeit war sie an die Dämpfe gewöhnt, die aus der Dunkelkammer bis nach vorne an die Verkaufstheke drangen. Am intensivsten roch die Essigsäure, mit der die entwickelten Fotos gewässert wurden, am ekligsten stank die Lösung aus Fixiersalz. »Ammoniak«, hatte Marianne ihr lachend erklärt. »Das, wonach es im Schweinestall riecht.«

»Ist es – giftig?«

Marianne hob ihre Hände. »Noch zittern sie nicht«, sagte sie.

Das Mädchen hatte Mut. Natürlich war die ganze Chemie giftig. Niemandem bekam die Arbeit im Labor. Dafür erfuhr man dort Dinge, von denen nicht jeder in Stendal wusste. Eines Mittags – Margarete saß mit den anderen im Atelier, es war kein Wetter für den Hof – kam Marianne mit erhitzten Wangen hereingestürzt und schwenkte einen noch feuchten Abzug.

»Habt ihr das gesehen?« Die anderen drängten sich um sie, als sie das Foto auf den Tisch legte.

Die Frau hatte ein enormes Hinterteil, das sie dem Fotografen entgegenreckte. Die Strapse des schwarzen Mieders schnitten in ihre weißen Schenkel, über die Strümpfe aus schwarzer Spitze quoll das Fleisch. Die dicke Blonde kniete auf einem geblümten Sessel, trug eine schwarze Maske über den Augen und lächelte mit geschminkten Lippen über ihre Schulter hinweg in die Kamera. Jeder kannte sie. Es war die Frau des Apothekers.

Von nun an teilten Marianne und Margarete sich den Heimweg. Wenn es die Zeit erlaubte, bummelten sie vorher noch Arm in Arm durch die Adolf-Hitler-Straße. »Bummeln« war etwas, das Lehrer und Eltern gar nicht schätzten, aber alle jungen Leute in Stendal taten es, Mädchen und Jungen, meist paarweise. Erst war es Margarete peinlich, wenn Marianne die jungen Männer, die ihnen entgegenkamen, auffordernd anlächelte, aber manchmal wünschte sie sich, ähnlich unbefangen zu sein.

Es war ein Freitagabend, als vor ihnen ein Trupp SA-Männer mit wehenden roten Hakenkreuzfahnen über die Straße marschierte. Marianne hisste schmissig den Arm, ihr »Heil Hitler!« klang, als ob es aus vollem Herzen käme. Margarete fand das »Heil«-Schreien albern, die aufgerissenen Münder, die roten Gesichter und verzückten Blicke. Doch diesmal ertappte sie sich dabei, dass sie laut mitbrüllte. Der Führer hatte dem Reich Glück gebracht. Da durfte man auch mal Gefühle zeigen.

»Sind sie nicht großartig, unsere Männer?« Marianne blickte dem Trupp schwärmerisch lächelnd hinterher.

Margarete nahm sie am Arm. »Könntest du dich trotzdem mal langsam von dem Anblick losreißen? Ich muss nach Hause.«

Bis zur Prinzenstraße gingen sie gemeinsam. Das war sehr unterhaltsam, denn in Stendal pflegte man abends die Fenster zu öffnen, Kissen auf die Fensterbretter zu legen und auf die Straße zu schauen. Einige der meist älteren Herrschaften schauten mürrisch hinunter, wenn die beiden vorbeikamen, doch die meisten grüßten zurück, wenn Marianne zu ihnen hochwinkte. Marianne verbreitete Fröhlichkeit, und das tat gut.

Der Kontakt zu den Schulfreundinnen war weitgehend eingeschlafen. Toni Seliger und Waltraud Skrodzki gingen weiter in die Schule und hatten freie Zeit, wenn Margarete noch arbeitete. Nur Waltraud hielt Kontakt. Ihr zuliebe opferte sie einen ihrer seltenen freien Samstage. Eigentlich hatte Margarete keine Lust gehabt auf den Kurs vom Bund Deutscher Mädel, zu dem Waltraud sie unbedingt mitnehmen wollte. Das Thema war »Wohnkultur«, das interessierte sie nicht, sie war nicht sonderlich häuslich. Aber wenn Waltraud darauf bestand …

Der Raum, in dem der Kurs stattfand, war kühl. Margarete sah mit Erleichterung, dass nur drei der anderen Mädchen Uniform trugen. Gruppenführerin Erna Stowalter ließ sie strammstehen, während sie ihre Ansprache hielt: »Selbst ist die Frau! Es muss auch mal ohne die Männer gehen. Sie haben wichtigere Aufgaben, als sich um häusliche Dinge zu kümmern.«

»Zum Beispiel Krieg spielen«, flüsterte Waltraud.

»Shhhht!«, machte eines der älteren Mädchen.

»Was das zweckmäßige und moderne Wohnen betrifft,

so sollte das deutsche Mädel vor dem Heiraten wissen, wie man ein deutsches Heim gestaltet. Heute lautet unser Thema: Aus Alt mach Neu!«

»Gold gab ich für Eisen.« Waltraud konnte es einfach nicht lassen.

»Ja? Haben Sie einen Vorschlag zu machen, Fräulein Skrodzki? Ihre Familie ist ja bekannt für ihre praktische Ader«, sagte Erna Stowalter eisig. Einige der Mädchen kicherten.

Margarete blickte zur Seite und sah, dass Waltraud rot wurde.

»Also keinen. Das wundert mich nicht.«

Warum machte man sie so zum Gespött? Weil ihre Eltern arm waren? Weil ihr Vater früher Sozialdemokrat gewesen sein soll? Sie war doch eine Volksgenossin! Rang und Klasse spielen keine Rolle mehr, hatte der Führer gesagt. Das war ja das Großartige an der neuen Zeit.

Die Stowalter verzog den Mund zu einem Haifischlächeln. »Gut. Dann können wir endlich beginnen.«

Sie durften sich setzen, während die Gruppenführerin einen Stuhl in die Mitte des Raumes stellte, einen fein gedrechselten Stuhl, wie er auch im »Herrenzimmer« von Margaretes Vater stand.

»Alles Verschnörkelte ist Kitsch. Die moderne Frau bevorzugt klare Linien.«

Vor allem, wenn man Staubwischen hasst. Margarete lächelte in sich hinein. Ihr kam die Sache mit den klaren Linien entgegen.

Erna Stowalter hob den Stuhl an und drehte ihn um. Dann ging sie zu einem Tisch, auf dem ein Werkzeugkasten stand. Mit einer Säge in der Hand kam sie wieder. Alle schauten gebannt zu, als sie die Säge ansetzte. In wenigen Minuten war aus dem einen der kitschigen Stuhlbeine

eine »klare Linie« geworden. Sehr viel schöner war das eigentlich nicht.

»Ich glaube, ich bin lieber doch keine moderne Frau«, flüsterte Margarete. Waltraud grinste spöttisch. Sie hatte zwei linke Hände, und wenn es nach ihr ging, gab es in der neuen Zeit Wichtigeres zu tun.

V

Zu Hause war die neue Zeit jedenfalls noch nicht angebrochen. Vater schien nur das Geld zu interessieren, das Margarete nach Hause brachte, und Muttis stehende Wendung war »Isst du auch genug?«. Gerda starrte den ganzen Abend in irgendwelche Bücher, »die wird mal ein Blaustrumpf«, hatte Mutti gesagt, was nun wirklich kein Kompliment war.

Doch erfreulicherweise wurden die Stunden immer seltener, die sie im Kreis der Familie verbringen musste. Sie fühlte sich deshalb nicht einsam, ganz im Gegenteil. Sie fühlte sich reich beschenkt. Das schlug sich sogar in ihrem Portemonnaie nieder, sie hatte ja kaum Gelegenheit, etwas von ihrem spärlichen Restlohn auszugeben. Bis zu ihrem 19. Geburtstag.

Zu diesem Anlass lud sie Mutter und Schwester ins Café Winckelmann ein, in ein gemütliches, kleines Fachwerkhaus im Alten Dorf, benannt nach dem berühmten Archäologen.

»Ich finde nicht, dass das ein passendes Thema ist, dieses … dieser … also nicht für junge Mädchen.« Mutti rührte energisch in ihrer Kaffeetasse, während Gerda breit grinste.

Du vorlautes Balg schaffst es noch, mir meinen Festtag zu verderben, dachte Margarete und trat ihrer Schwester unter dem Tisch ans Bein.

»Johann Joachim Winckelmann ist ein großer Sohn der Stadt Stendal«, sagte Mutti streng. »Man muss nicht jedes dumme Geschwätz glauben.«

Irgendeine lokale Nazigröße verbreitete neuerdings, Winckelmann sei anormal gewesen und habe sich zum gleichen Geschlecht hingezogen gefühlt. Liebe unter Männern? Margarete fand so etwas ganz und gar unvorstellbar, es war – ja: es war abartig und die Partei hatte recht, solche Menschen zu ächten. Auch wenn ihr nicht ganz klar war, wieso man damit deutsches Blut schützte. Die Ehre – schon eher.

»Ich hab ja gar nicht behauptet, dass er Männer liebe«, sagte Gerda. »Das hat Fräulein Strümpel im Kunstunterricht gesagt. Und dass so was bei den Griechen Sitte gewesen wäre.«

»Können wir bitte …?« Mutti machte ein gequältes Gesicht.

Herr Kieschel näherte sich, der Ober, ein feiner Herr, der auch junge Damen respektvoll behandelte, weshalb sie alle gern hierherkamen. Er stellte die Kuchenteller formvollendet vor ihnen ab, verneigte sich und verschwand wieder.

Margarete legte beruhigend die Hand auf die ihrer Mutter. »Hauptsache, es schmeckt euch. So etwas Gutes gibt es so bald nicht wieder.«

Das Café Winckelmann war bekannt für seine Torten. Mutti aß Sachertorte, Margarete eine Linzer Schnitte und Gerda stocherte in ihrem Käsekuchen herum.

»Schön, dass du uns eingeladen hast, meine Große, man kriegt ja kaum noch etwas von dir zu sehen«, sagte Mutti und sah sie liebevoll an. »Arbeite dich nicht kaputt, hörst du?«

»›Zum Werke, das wir ernst bereiten, geziemt sich wohl ein ernstes Wort; wenn gute Reden sie begleiten, dann fließt die Arbeit munter fort‹«, deklamierte Gerda mit vollem Mund. »Schiller.«

Margarete legte die Kuchengabel beiseite und starrte ihre Schwester an. »Bist du sicher, dass höhere Bildung gut für den Verstand ist?«

Gerda verschluckte sich fast vor Lachen. »Auf jeden Fall hat man damit in Gesellschaft immer ein passendes Zitat bei der Hand.«

»Wie praktisch.«

»In der Tat. Aber du hast wohl kaum Bedarf dafür, du kommst ja nie raus aus deinem Laden.«

»Ich arbeite, Schwesterchen, im Unterschied zu dir. Ich liege meinen Eltern nicht auf der Tasche.«

»Gibt es nichts anderes in deinem Leben als Arbeit? Kennst du keine höheren Werte als Zahlen? Ist bei dir alles nur Buchhaltung und schnöder Mammon?« Gerda hielt die Kuchengabel in der Faust wie eine Fahnenstange.

»Kinder, jetzt mäßigt euch«, flüsterte Mutti mit nervösem Blick zum Nebentisch.

»Ich weiß, was mir meine Unabhängigkeit bedeutet, vielen Dank.«

Gerda machte ein Gesicht wie Fräulein Tenzer bei der Zeugnisausgabe. »Ich frage nach Werten. Nach Idealen. Nach Träumen.«

»Ich träume nicht«, beschied Margarete sie. »Ich tue meine Pflicht. Wenn das alle tun …«

»Wenn das alle tun, und nicht mehr, wird Deutschlands Rolle in der Welt …«

Margarete hört ihre Mutter tief Luft holen. »Schluss jetzt«, sagte sie leise. »Gerda, du bist undankbar. Du verdirbst deiner Schwester ihre Geburtstagsfeier.«

»Lass nur, Mutti. Mir kann sie nichts verderben«, sagte Margarete und lächelte Gerda spöttisch an. »Meine Ideale sind praktischer Art. Die Theorie überlasse ich gerne

meiner kleinen Schwester. ›Eine kleinliche Natur wird
durch den Verkehr mit großer Gesinnung um keinen Zoll
größer werden.‹ Falls du's nicht gemerkt hast: Goethe.«

VI

Margarete wusste nicht genau, was ihr Vater auf seiner
Stelle beim Finanzamt machte, er sprach nicht darüber,
und wenn, dann schimpfte er. Alle stiegen offenbar auf,
nur er nicht. Wieder war einer an ihm vorbei befördert
worden, eine Ungerechtigkeit, über die er sich bitter beklagte. Selbst die Partei, auf die er große Hoffnung setzte,
schien nicht an ihm interessiert.

»Weil ich einen einzigen Fehler in meinem Leben gemacht habe.« Mutti hatte, um ihn aufzuheitern, Königsberger Klopse serviert, und ausnahmsweise schien das
seine Stimmung zu heben. »Nur weil Hans mich damals
eingeladen hat, zu einer Sitzung seiner Loge zu kommen.«
Er schob sich einen halben Klops in den Mund. »Woher
sollte ich damals wissen, dass Freimaurer heute verboten
sind? Am Montag gehe ich zum Ortsgruppenleiter. Das
muss ein Ende haben.«

»Du machst das schon«, sagte Mutti mit diesem bewundernden Lächeln, das Margarete nicht leiden konnte.

»Na und ob!« Vater kaute zufrieden.

Gerda, clever wie immer, nutzte die Gunst der Stunde.
»Meinst du nicht, dass es Zeit für einen Volksempfänger
ist, Vati? Damit wir immer informiert sind über alle wichtigen Ereignisse!«

»Der Führer siegt auf ganzer Linie. Das weiß ich auch
ohne Rundfunkgerät.« Er hielt Mutti den Teller hin, damit sie ihm einen Nachschlag auftun konnte.

In dieser Hinsicht gab Margarete ihm recht. Sie lebten in wahrhaft großen Zeiten. Ihr wurde schwindelig, wenn sie daran dachte: Im März hatte man Österreichs Anschluss ans Deutsche Reich gefeiert, Ende September endete die Münchner Konferenz mit einem Sieg des Führers, und das Sudetengebiet wurde wieder deutsch. Das eigene Leben war so unbedeutend im Vergleich zu den großen Dingen, die sich im Deutschen Reich abspielten! Dass man daran teilhaben konnte!

»Wir fahren am nächsten Samstag mit dem ganzen Betrieb nach Tangermünde«, sagte sie. »Die Graf Zeppelin II wird vorbeifliegen, das muss man gesehen haben, hat Otto Werner gesagt. Ein Triumph deutscher Ingenieurskunst.«

»Der Führer hat die Arbeitslosigkeit abgeschafft und unsere Wirtschaft floriert – und woran liegt's? Deutschland rüstet auf, egal was das Ausland dazu glaubt meinen zu dürfen.« Vater wischte sich mit der Serviette über den Mund. »Der Krieg ist der Vater aller Dinge.«

»Si vis pacem, para bellum«, murmelte Gerda.

»Was sagst du? Sprich deutsch, wenn du an meinem Tisch sitzt. Und nicht mit vollem Mund.« Der Alte schob geräuschvoll seinen Stuhl zurück und erhob sich. Der Friede schien schon wieder vorbei zu sein.

Eigentlich hatte sie längst damit herausplatzen wollen, aber nun hob Margarete sich ihre Überraschung für einen späteren Zeitpunkt auf. Seit vergangenem Sonntag gehörte sie einer besonderen Gruppe von Menschen an. An diesem Tag hatte sie andachtsvoll eine rote Marke in die gelbe Sparkarte geklebt, damit war der erste Schritt getan. Sie war nun eine von denjenigen, die auf den KdF-Wagen sparten, auf das erste Auto fürs Volk. Zwei Wochen lang hatte man ein Modell des »Volkswagens« auf dem Marktplatz von Stendal besichtigen können, 990 Reichsmark sollte er kosten. Aber wer hatte schon so viel Geld? Doch damit alle ihren Volkswagen bekamen, fasste der Führer einen genialen Plan: Jeder Volksgenosse, der wöchentlich Sparmarken im Wert von fünf Mark kaufte, würde bei Erreichen der Kaufsumme bevorzugt beliefert werden. Margarete hatte sich das Auto mit der geschwungenen Karosserie und den runden Scheinwerferaugen lange angeschaut. Als Otto Werner sie ein paar Tage später endlich einmal zur Kenntnis nahm und für ihre Arbeit lobte, wagte sie den großen Schritt.

Ende des Jahres würden die ersten 3000 Kilometer des Reichsautobahnnetzes fertiggestellt sein. Margarete musste noch fast vier Jahre auf ihr erstes Auto warten, aber sie war fest davon überzeugt, dass der Führer die Autobahnen und das größte Autowerk der Welt auch für sie baute. Für die Freiheit von Menschen wie Margarete Hegewald.

Die Zukunft sah in jeder Hinsicht rosig aus. Stendal verlor zwar das Reiterregiment Nr. 3, was wirtschaftliche Einbußen bedeutete, doch die erste Fallschirmjägertruppe in der deutschen Geschichte, die auf dem Flugplatz Stendal-Borstel Station bezogen hatte, war mehr als nur Ersatz. Hinzu kamen eine Aufklärungsabteilung mit Panzer-Spähwagen und ein Infanterie-Regiment.

Das war gut für Deutschland. Es war gut für Stendal. Und es war gut fürs Geschäft.

Alle Soldaten fotografierten, die meisten mit einer Boxkamera von Agfa, und alle brachten ihre Filme zum Entwickeln zu Photo-Werner. Besonders oft kamen die Fallschirmspringer, die dank »Sprungzulage« über mehr Geld als andere verfügten. Mittlerweile drängten sich auch die anderen Mädchen darum, im Laden bedienen zu dürfen. Es gab niemanden, der von den schneidigen Männern in ihren knapp sitzenden Uniformen nicht beeindruckt war.

Otto Werner behauptete, in Stendal kämen auf jedes Mädchen zwischen 18 und 21 Jahren 5 ½ Soldaten. Jedenfalls gab es nun nicht mehr nur Hochzeitsbilder, sondern Fotos ganzer Kompanien. Das waren sichere Umsätze, und eigentlich hätte der Chef sich darüber freuen müssen. Aber er pflegte die jungen Männer »dumme Jungs« zu nennen, obwohl sie doch Soldaten waren.

Marianne, die seit einigen Wochen immer öfter von einem gut aussehenden jungen Mann in der Uniform eines SS-Hauptsturmführers abgeholt wurde, weshalb Margarete allein nach Hause gehen musste, hörte solche Bemerkungen gar nicht gern.

»Ich finde, er sollte unsere Männer respektieren«, sagte sie eines Tages streng, während der Mittagspause, die sie wieder einmal im Hof verbrachten.

»Warum hat er was gegen Soldaten?«, fragte Margarete. »Sie dienen dem Vaterland und sie verschaffen Photo-Werner großartige Umsätze.«

»Er ist nicht wehrtauglich«, entgegnete Marianne.

Die sonst so schüchterne Gudrun fuhr ihr über den Mund. »Er ist im Ersten Weltkrieg verletzt worden, deshalb! Er trägt das Eiserne Kreuz!«

»Dann sollte er sich dessen auch würdig erweisen!«

Keines der Mädchen hatte bemerkt, dass Otto Werner in den Hof gekommen war, um etwas in die Mülltonne zu werfen.

»Es ist ein Granatsplitter in der Hüfte, um genau zu sein«, sagte er mit seiner leisen, präzisen Stimme. »Das Eiserne Kreuz kann mich mal.«

»Aber Sie sind doch ein Held«, stotterte Gudrun.

»Was ist heldenhaft daran, in einem stinkenden Schlammloch zu hocken, aus dem du nicht davonlaufen kannst? Übrigens sieht nach drei Tagen Trommelfeuer keine Uniform mehr schick aus.«

»Es tut mir leid.« Man sah Marianne an, dass ihr die Sache peinlich war.

»Macht nichts. So ein Granatsplitter hat auch seine Vorteile. Wenn das Bein wehtut, ändert sich das Wetter. Kinder: Morgen gibt's hitzefrei!«

»Juhu!«, rief Marianne begeistert.

»In Afrika«, sagte Otto Werner gemütlich und verschwand wieder im Haus.

Alle lachten. »Er ist schon eine Marke. Unser Kugelblitz.« Den Spitznamen hatte ihm Marianne verpasst. Keiner konnte treffender sein.

Margarete hatte nichts gegen Uniformen und Soldaten, es gab sogar zwei Verehrer, die immer wieder nach ihr fragten. Aber sie ließ sich auf keinen ein. Sie wartete auf den Richtigen.

VII

Der Brief war eine Überraschung. Mit dieser Einladung hatte sie nicht gerechnet. »… erlaube ich mir, Dich auch im Namen meiner Eltern zu einer Abendveranstaltung am 27. Januar einzuladen« – das formvollendete Schreiben stammte von Antonia Seliger. Von der hatte sie lange nichts mehr gehört oder gesehen, auch nicht von ihrem Bruder Henri, der sich an der Universität in Breslau sicher lieber aufhielt als in dem zugegeben nicht sehr aufregenden Stendal. Fast war sie ein bisschen enttäuscht, dass Henri damals nicht intensiver um sie geworben hatte. Aber hatte er sich überhaupt für sie interessiert? Vielleicht hatte Waltraud etwas gesehen, das gar nicht existierte?

Seinetwegen jedenfalls hatte sie kein Herzklopfen. Aber aufgeregt war sie schon. Eine Soiree bei den Seligers war noch immer etwas Besonderes, obwohl ihr Ansehen in Stendal gelitten hatte. Das hing mit einer Theateraufführung zusammen, sie wusste nicht genau, worum es dabei gegangen war, aber ihr Vater hatte die Sache einen Skandal genannt und ihr den Umgang mit »diesen Leuten« verboten. Menschen wie die Seligers galten bei ihm als »verkommen« oder »entartet«, das waren die Begriffe, in die er alles fasste, was ihm nicht gefiel. Allein schon der Name! Der sei doch eindeutig jüdisch!

Also würde sie nicht hingehen dürfen. Sie legte den Brief beiseite. Andererseits: Der 27. Januar war ein Freitag, und wenn sie sich richtig erinnerte, war Hugo Hegewald an diesem Abend zu einer Parteiveranstaltung eingeladen, davon redete er seit Tagen, er schien unmäßig stolz darauf zu sein. Sie nahm den Brief wieder auf. Sie würde hingehen, auf jeden Fall – weil es im Leben nicht nur Arbeit geben darf.

Vater war dann auch schuld, dass sie ein wenig zu spät bei Seligers eintraf, sie hatte warten müssen, bis er aus dem Haus war. Sonst war er immer so pünktlich. Warum musste er sich ausgerechnet heute so viel Zeit lassen? Sie war in Windeseile in das dunkelblaue Kleid mit den Biesen geschlüpft, das eigentlich nur für gut war. Man zog sich eben etwas feiner an, wenn man zu Seligers ging.

Allerdings möglichst nicht zu fein. Seligers waren modern, das sah man schon an ihren Möbeln. Geschwungene Formen überall, helle Farben, keine Kaiser-Wilhelm-Schnörkel. Fräulein Stowalter, der Frau mit der Säge, hätte auch dieser Stil nicht gefallen. Er war zu elegant – dekadent geradezu.

Das Hausmädchen nahm ihr den Mantel ab und führte sie in den Salon. Alle hatten bereits auf der Couch und auf den gepolsterten Stühlen Platz genommen, es herrschte eine fast feierliche Stimmung, was nicht zuletzt an den brennenden Kerzen lag, die auf den Tischen und dem Klavier und den Fensterbänken standen. Frau Seliger legte den Finger auf den Mund und deutete auf den Stuhl neben sich. Margarete machte sich ganz schmal und huschte hinüber zu ihr, es war ihr peinlich, zu spät zu kommen. Toni saß bereits am Klavier, neben ihr ein schlanker Mann, der die Versammlung überragte und überstrahlte, obwohl alles an ihm dunkel zu sein schien: das Haar, die Augen. Der Mann war sicherlich schon älter als fünfundzwanzig, er hatte etwas an sich, etwas ganz Besonderes – eine Aura, dachte Margarete.

»Sonate für Klavier zu vier Händen D-Dur, op. 6, von Ludwig van Beethoven«, flüsterte Frau Seliger.

Aber Margarete hörte nicht zu. Sie sah nur noch den Mann mit den schmalen Fingern, wie er sich zur Musik bewegte, biegsam, geschmeidig. Wer war das? Sie hatte ihn noch nie zuvor gesehen. Fast hätte sie vergessen zu applaudieren, als die beiden fertig waren und der Mann sich leicht verbeugte, Toni an der Hand nahm und mit ihr aufstand. War das – Tonis Bekannter? Sie spürte einen scharfen Stich im Magen.

Mittlerweile waren alle aufgestanden, nur sie saß noch immer wie angenagelt auf ihrem Stuhl. Das Mädchen hielt ihr ein Tablett hin, auf dem langstielige Gläser standen. Sie nahm eines herunter, ohne nachzudenken, trank einen Schluck und spürte, wie ihr heiß wurde. Das musste Sekt sein, den hatte sie bisher nur einmal probiert, bei Tante Mienchens Geburtstag.

Der Klavierspieler war nirgendwo zu sehen. Wer freudestrahlend auf sie zusteuerte, war Henri – in Uniform. Er musste wohl seinen Wehrdienst ableisten, den der Führer wiedereingeführt hatte. Aber er schien sich in der Kluft nicht wohlzufühlen, was Wunder, sie stand ihm nicht sonderlich gut.

»Margarete! Das ist aber eine Freude!«, sagte er und nahm ihren Arm. »Hast du schon etwas gegessen? Nein?

Dann lass uns zum Büfett gehen, Mutter hat ihr Bestes gegeben.«

Henri bahnte ihr den Weg durch die Menge, widerstrebend ging sie mit – und mit einem Mal stand er vor ihr. Der Mann mit den dunklen Augen und den schmalen Fingern.

»Alard!«, rief Henri.

Alard. Er hieß also Alard. Sie horchte dem Klang hinterher. Das hatte etwas Edles, Männliches.

»Margarete, darf ich dir meinen Freund Alard von Sedlitz vorstellen?«

Er war adelig! Aber er wirkte doch ganz und gar nicht dekadent oder arrogant? Margarete schüttelte ihr Unbehagen ab. Warum sollte nicht auch ein Adliger ein guter Volksgenosse sein?

»Wir haben uns in Breslau kennengelernt, an der Universität, im Unterschied zu mir hat er sogar ernsthaft studiert.«

Einen Moment lang blickte Margarete in die dunklen, warmen Augen des aufregendsten Mannes, der ihr je begegnet war. Dann beugte sich Alard von Sedlitz über ihre Hand. Wie altmodisch. Und wie magisch.

»Margarete ist mit meiner Schwester befreundet«, plapperte Henri. Sie hörte kaum hin. »Sie macht eine Lehre beim ersten Fotografen der Stadt.«

»Sie interessieren sich für Fotografie, gnädiges Fräulein?«

Margarete wurde ein ganz klein wenig schwindelig. Was für eine Stimme! Nicht so jungenhaft wie die Henris, sondern tief und schwingend. Charaktervoll.

»Nein«, stammelte sie. »Ja, ich meine: ich arbeite in der Buchhaltung, da hat man mit dem Fotografieren wenig zu tun.«

»Verstehe.« Er schien enttäuscht zu sein.

»Aber ich bekomme natürlich viel mit, wenn Otto Werner vom Fotografieren kommt oder ich mit den Mädchen aus dem Labor Mittagspause mache …« Ihre Stimme erstarb, als er sie wieder ansah.

»Erzählen Sie! Das klingt doch spannend!«

»Wir entwickeln alle Filme, die uns die Soldaten bringen. Und der Chef fotografiert Hochzeiten, geheiratet wird ja immer.«

»Ja, das sind die wirklich wichtigen Dinge im Leben!« Meinte er das ernst? Sein Lächeln machte sie verlegen. Und dann fiel ihr auch noch der dicke Hintern der Apothekersfrau ein, dieses unsittliche Foto, das Marianne herumgezeigt hatte. Hoffentlich errötete sie jetzt nicht auch noch.

»Ist er ein guter Fotograf, der Herr Werner?«

Was war denn das für eine Frage? »Der Beste«, beeilte sie sich zu sagen. Jedenfalls in Stendal.

»Darf ich sie ein wenig entführen?« Alard lachte Henri an, legte Margarete die Hand unter den Ellbogen und führte sie in die hinterste Ecke des Raums, dort, wo ein Sofa stand, das die Frau mit der Säge sofort in Angriff genommen hätte: Es hatte gekrümmte Beine und sah irgendwie kriegsversehrt aus.

Sie setzte sich, wie unter Zwang, er platzierte sich schräg neben sie, legte den Arm auf die Rückenlehne, sie spürte seine Wärme, fühlte sich umarmt. Was passiert hier mit mir?, dachte sie, doch im Grunde ihres Herzens war sie bereit, alles geschehen zu lassen, was es auch war, solange er in ihrer Nähe war. Alard.

»Erzählen Sie, Margarete. Was treiben Sie den ganzen Tag? Was bewegt Sie? Wovon träumen Sie?«

Seine Augen und seine Stimme, aber vor allem diese letzte Frage machten sie sprachlos. Noch nie hatte jemand von ihr wissen wollen, wovon sie träumte.

»Ich habe keine Zeit zum Träumen. Ich arbeite«, erwiderte sie und ärgerte sich zugleich über ihr Ungeschick. Hätte sie ihm nicht etwas Aufregenderes erzählen können? »Ich – ich spare auf den Volkswagen.«

Er hob die Augenbrauen. »Sie fahren Auto?«

»Noch nicht.«

»Aber Sie werden Auto fahren. Sie werden fliegen. Sie werden alles tun, was Sie sich nur wünschen«, sagte er. »Sie werden frei sein. Ich spüre das.«

Margarete erschrak. Wie war das möglich, dass jemand sie und ihre Lebenswünsche erkannte, dem sie nie zuvor begegnet war? Sie versuchte zu lächeln, aber sie fürchtete, dass sie dabei aussah wie ein verstörtes Kaninchen.

Alard lachte. Lachte er sie aus?

»Henri hat mir viel von Ihnen erzählt. Und wenn ich Sie so vor mir sehe – er hat in allem recht gehabt. Sie sehen entzückend aus. Gar nicht wie eine Gretl oder ein Gretchen. Darf ich Sie Margo nennen?«

Margo. Wie das klang. Sie nickte benommen.

»Ich bin Alard. Oder Ali, wenn Sie Spitznamen mögen. Und jetzt, schöne Margo …« Er nahm ihre Hand. Margarete stieg die Hitze ins Gesicht. Bloß nicht erröten. Bloß nicht verlegen werden wie ein Schulmädchen.

»Sagen Sie mir: Ist dieser Otto Werner ein guter Lehrherr? Kann man sich auf ihn verlassen?«

Der Zauber des Moments zerplatzte. Warum wollte er das wissen? Wieso interessierte er sich so für Otto Werner? Horchte er sie etwa aus? Gab es womöglich Zweifel an Otto Werners politischer Zuverlässigkeit?

»Herr Werner ist ein echter Künstler«, antwortete sie steif. »Man darf von ihm nichts erwarten, was den künstlerischen Belangen im Weg stehen könnte.«

Alard legte ihre Hand sacht zurück in ihren Schoß. Margarete wagte nicht, ihn anzusehen. Es war vorbei. Sie hatte etwas Falsches gesagt. Sie hatte alles zerstört. Jemand lachte. Unsicher blickte sie auf. Henri stand vor ihnen, und hinter Henri lauerte Toni.

»Na? Hat er sein diplomatisches Geschick an dir ausprobiert?« Lachte Henri sie etwa aus? »Alard ist im Diplomatischen Dienst, beim Auswärtigen Amt in Berlin. Hat er dir schon erzählt, was er da Aufregendes macht?«

Der Mann neben ihr seufzte tief auf. »Akten bewegen. Den Staub der Jahre einatmen. Darüber gibt es wenig zu erzählen.«

»Komm tanzen, Ali«, rief Toni, die sich neben Henri gedrängt hatte und Margarete einen bitterbösen Blick zuwarf.

»Gute Idee. Und Gretl tanzt mit mir.« Henri reichte ihr die Hand und zog sie hoch. Mit steifen Knien folgte sie ihm auf die Tanzfläche. Was, wenn sie jetzt in Ohnmacht fiele?

Es war warm geworden in Seligers Salon, ihr Kopf fühlte sich an wie bei 39 Grad Fieber, das musste der Alkohol sein. Hermann Seliger hatte eine Schallplatte mit einer Musik aufgelegt, die alle Tänzer um sie herum zu rhythmischen Zuckungen verleitete. So etwas konnte man doch nicht Tanzen nennen!

Henri wirbelte sie über die Tanzfläche. Ich heiße nicht mehr Gretl, dachte sie, obwohl ihr schwindelig war. Ich bin Margo und er ist Alard. Niemand darf ihn »Ali« nennen. Schon gar nicht Toni.

»Nenn mich Margo«, flüsterte sie Henri ins Ohr. »Sonst bin ich dir böse.«

»Was immer du befiehlst«, flüsterte er zurück und legte seine Wange an ihre.

Natürlich würde sie Henri niemals böse sein. Sie musste ihm dankbar sein, auf ewig. Er hatte ihr Alard gebracht.

Am nächsten Tag wollte Mutti haarklein erzählt bekommen, was es zu essen gegeben hatte. Was für eine Frage! Sie konnte sich beim besten Willen nicht daran erinnern, etwas gegessen oder getrunken zu haben. Sie erinnerte sich nur an Alard von Sedlitz, an seine dunklen Augen und an seine starke männliche Stimme. An die Wärme seiner Hand, die jedes Fleckchen ihrer Haut noch immer spürte. Und an dieses andere, das ihr vertraut war und doch ein stetes Rätsel blieb: Da war ein Schatten, der ihn begleitete. Eine Spur jener Traurigkeit, die sie viel zu gut kannte, die sie fürchtete und verfluchte und die doch zu ihr gehörte, womöglich für immer.

Konnte das sein? War Alard ein Seelenverwandter?

»Schnittchen mit was drauf«, antwortete sie. »Und ab heute heiße ich Margo.«

VIII

23. Mai 1939

Ich habe in den letzten Wochen so viel verpasst! Eben war noch Winter, jetzt ist schon Frühling, das Fieber ist zwar vorbei, aber ich bin immer noch nicht kräftig genug, um allein in den Park zu gehen.

Ich erinnere mich nur schwach an die Zeit, als ich im Bett lag und nicht bei Sinnen war. Und das ist sicher besser so. Mutti meint, ich hätte entsetzlich gelitten, zwei Wochen hat sie um mich gebangt. Aber bei Mutti ist Bangen der Normalzustand.

Am schönsten war die Zeit, in der es langsam wieder aufwärtsging. Ich habe so viel geschlafen wie in meinem ganzen Leben nicht, jedenfalls kommt es mir so vor. Und im Dämmer dazwischen habe ich geträumt.

Ach, diese Träume! So innig, so jauchzend herrlich, dass ich gar nicht wieder auftauchen wollte aus der Traum-

51

welt. *In dieser Welt war Alard der Held, immer nur Alard, mein Ritter, mein Edelmann, der mich aus allen nur vorstellbaren Notlagen rettete, die ich mir so furchterregend wie nur irgend möglich ausmalte. Je größer die Not, desto gefährlicher die Rettung, und umso überwältigender meine Dankbarkeit. Als entführte Königstochter konnte ich ihm meine Hand und ein Reich schenken. Als reiche Erbin bestand ich darauf, das schlesische Gut seines Vaters vor dem Ruin zu bewahren. Als russische Spionin habe ich ihm geheimes Wissen verraten, mit dem er sein Vaterland retten konnte. Was hat dagegen schon ein kaufmännischer Lehrling bei Photo-Werner zu bieten? Ich wollte nie wieder aufhören zu träumen.*

Irgendwann habe ich mich im Traum mit unschuldigen Handküssen nicht mehr abgegeben. Was für unbeschreiblich süße Gefühle der Gedanke an seine Umarmung auslöste! Wie herrlich es war, im Traum jeglichen Widerstand aufzugeben, sich fallen zu lassen in starke männliche Arme und hinweggetragen zu werden. Es war himmlisch.

Ist das Liebe? Ja! Was so mächtig ist, so groß, so aufwühlend – das muss Liebe sein. Ich weiß es.

Ich fühle es.

Nur eines hat meine süßen Träume gestört. Der Schatten war immer bei mir, dieses dunkle Wesen, das unbemerkt heranschwebt und mir das Licht nimmt. Der Schatten hat lange Finger, die nach mir greifen, mich festhalten, bis ich mich nicht mehr rühren kann. Und dann flüstern Stimmen um mich herum. Reden mir ein, dass ich nicht genüge. Dass ich nicht gut genug bin für ihn. Für die Welt. Dass es besser wäre, ich würde einfach liegen bleiben, auf immer.

Aber das ist vorbei. Morgen muss ich wieder zu

Dr. Rosemeyer. Und irgendwann heißt es Abschied nehmen von all den Träumereien. Draußen ist das wirkliche Leben und im wirklichen Leben werde ich ihn wiedersehen. Bald. Dann muss ich nicht mehr immer nur träumen.

IX

Das Leben war wunderbar! Margo hätte am liebsten die ganze Welt umarmt. Überall grünte und blühte es, die Blumenkästen vor den Fenstern waren gefüllt mit Stiefmütterchen und Petunien, der weiche Wind, der vom Adolf-Hitler-See herüberwehte, hüllte die Stadt in einen unbeschreiblichen Duft. Sie glaubte, noch nie einen solchen Sommer erlebt zu haben. Seit ihrer Genesung war sie jeden Tag am See entlangspaziert, hatte jede Phase von Frühling bis Sommer miterlebt, fühlte sich jauchzend vor Glück. Leben dürfen! Lieben dürfen! Gab es Gewaltigeres?

Immer ungeduldiger wartete sie auf den Tag, an dem sie endlich wieder ins Büro gehen durfte. Mutti war unfassbar lieb gewesen all die Zeit während ihrer Krankheit und hatte ihr doch zum Schluss ganz schön die Nerven geraubt mit ihrer Fürsorge. Sie wollte ja nicht ungerecht sein, aber sie ertrug es einfach nicht, hilflos zu sein – und Mutti musste sich immer gleich aufopfern, sie konnte nicht anders.

Nur Gerda war kühl wie immer. Aber sie hatte ihr Bücher mitgebracht und den Volksempfänger ins Zimmer gestellt, den Vater endlich gekauft hatte, damit sie Musik hören konnte. Bücher waren ein aufregend neuer Kosmos, Margo hatte sich nie viel aus Lesen gemacht, aber während der Genesung begann sie in Büchern zu versinken: in Goethes »Werther«. In den »Rheinmärchen« von

Clemens Brentano. Und dann lag eines Tages »Wälder und Menschen« von Ernst Wiechert auf ihrem Nachttisch, ein Buch, das man eigentlich nicht lesen durfte, Wiechert gehörte zu den unerwünschten Autoren. Dabei war jedes Wort wahr, das Buch sprach zu ihr, auf jeder Seite, von der Schönheit der Natur und der Schlichtheit des alltäglichen Lebens, von menschlicher Größe und der ersten Liebe. Was war falsch daran?

Sie verstand das nicht. Manchmal war ihr der Führer ein Rätsel.

Endlich war der Tag gekommen, an dem sie morgens wieder ins Büro gehen durfte. Natürlich taten alle bei Photo-Werner, als ob sie entsetzlich vermisst worden wäre. Aber es war vor allem die Buchhaltung, die unter ihrer Abwesenheit gelitten hatte. In ihrem Kabuff stapelten sich die Vorgänge, und sie machte sich mit Feuereifer an die Arbeit. Alles war besser, als sich zu Hause nutzlos zu fühlen: der Schreibtisch mit der zerkratzten Platte, auf dem man die Spuren zahlloser mit hartem Stift am Lineal entlanggeführter Striche sehen und fühlen konnte, das Knarren des Drehstuhls, der Geruch nach saurem Papier und ein wenig nach feuchten Wänden – alles so vertraut und lieb, sogar der Wackelkontakt in der Schreibtischlampe, der sie so oft zur Weißglut gebracht hatte.

Als sie zur Mittagspause in den Hof trat, hörten alle schlagartig auf zu reden.

»Nanu? Gibt es etwas, was ich nicht erfahren darf?« Sie wusste, dass sie schnippisch klang. Aber das Schweigen der Kolleginnen ärgerte sie. War man so schnell vergessen, schon nach vier Wochen Krankheit?

Marianne sah Gudrun an. »Der Kugelblitz hat eine Neue«, platzte es aus ihr heraus.

»Eine Neue? Und die Chefin?«

»Eine neue Fotografin, Dummchen!« Marianne lachte. »Mit der zieht er Tag für Tag durch die Gegend und fotografiert Hochzeiten.«

»Na und?«

Albernes Gekicher. Gänse.

»Warte, bis du sie gesehen hast«, sagte Marianne geheimnisvoll.

Doch die Neue machte sich rar. Erst nach einer Woche erschien sie eines Mittags im Atelier. Sie hatte offenbar damit gerechnet, allein zu sein, denn die Mädchen aßen ihre Pausenbrote normalerweise im Hof, aber an diesem Tag regnete es.

»Darf ich vorstellen: Helene Pinkus«, trompetete Marianne. »Kriegsfotografin. Mit allen Wassern gewaschen.«

Helene Pinkus lächelte müde. Sie war hoch aufgeschossen, sehr schlank – eher dünn, fand Margo. Ein schmales Gesicht, helle Haut, blasse Sommersprossen. Die roten Haare trug sie straff nach hinten gebunden.

»Kriegsfotografin?«, fragte Margo. Das war schwer vorstellbar, Helene konnte höchstens ein, zwei Jahre älter sein als sie selbst.

»Sie hat den Spanischen Bürgerkrieg überlebt!« Wieder Marianne, mit einer Stimme, als kündigte sie eine Zirkussensation an.

Helene Pinkus setzte sich auf den Sessel, auf dem normalerweise die Leute saßen, die porträtiert werden wollten, und packte eine dünne Brotschnitte aus. Wie unnahbar sie wirkt, dachte Margo.

Der Krieg in Spanien gegen die Bolschewisten war grausam gewesen, nach allem, was man hörte und las. Er war eben erst vorbei, die Ordnungskräfte um General Franco hatten sich endlich durchgesetzt, nun war dem blutigen Schlachten ein Ende gemacht. Dass sich eine Frau in dieses Inferno gewagt hatte! Margo war sich nicht sicher, ob sie das bewundern oder frivol finden sollte. Gewiss, auch Frauen sollten für ihre Sache einstehen, aber Krieg war eine Angelegenheit der Männer. Sie hätte sie gern ausgefragt, aber sie traute sich nicht. Nicht hier, nicht vor den anderen.

Erst Tage später begegnete sie Helene Pinkus wieder. Normalerweise war Margo die Letzte, die das Büro verließ. Doch heute brannte im Atelier noch Licht.

Leise öffnete sie die Tür. Marianne war da, ihr Bekannter hatte sie offenbar versetzt. Neben ihr stand die Neue. Marianne blickte auf und winkte Margo heran. Sie hielt eine Fotomappe in der Hand.

»Schau dir das an, Margo. Zum Beispiel dieses Foto hier – da muss man doch mittendrin dabei gewesen sein, oder?«

Margo blickte ihr über die Schulter. »Dieses Foto« zeigte eine Truppe von Männern in hellen Hosen und Hemden, alle trugen Käppis auf dem Kopf und um die Schultern einen weißen Umhang.

»Ach, das.« Helene Pinkus wehrte ab.

Marianne zog das nächste Bild aus der Mappe. Es zeigte eine Hand in Nahaufnahme. Es war keine schöne Hand, sie wirkte rau und rissig, die Nägel waren kurz geschnitten, der Daumennagel schwarz verfärbt.

Margo hielt die Luft an. »Das ist die Hand meiner Mutter«, sagte sie.

Helene blickte auf. Was für Augen, dachte Margo. Das rote Haar war schon auffallend genug, aber die braunen Augen schimmerten wie Bernstein.

»Es ist die Hand *meiner* Mutter«, sagte Helene leise.

»Vielleicht haben die beiden etwas gemeinsam?«

»Ja. Putzen und Waschen. Harte Arbeit, und davon viel zu viel.«

Helene nickte und streckte ihre Hände aus. Gebräunte Haut, Sommersprossen, aber glatt und gepflegt.

»Schreibtischhände«, sagte Margo und hielt ihre daneben. »Und genauso sollen sie auch bleiben.«

»Oh, wie süß!« Marianne hielt das Foto eines blond gelockten Kleinkindes hoch.

»Die Tochter einer Schulfreundin aus Berlin.«

»Sie sind aus Berlin?« Was wollte jemand aus der Hauptstadt in einem Kaff wie Stendal? Margo würde lieber heute als morgen weggehen.

»Jetzt sagen Sie uns doch endlich, wer die Prachtburschen hier sind, Fräulein Pinkus!«, verlangte Marianne, die das erste Foto hochhielt, das mit den Männern und den Käppis.

Man sah Helene an, dass ihr die Frage nicht angenehm war. »Man nennt sie Regulares. Es sind Truppen aus Spanisch-Marokko, die an der Seite Francos gegen die Volksfront gekämpft haben. Sie waren die schlimmsten. Mörder und Vergewaltiger.«

»Das kann nicht sein. Das hätte der Generalissimo niemals zugelassen.« Marianne tat, als ob sie tief ins Herz Francos geblickt hätte.

Helene schwieg.

»Aber Sie durften sie doch immerhin fotografieren?«

»Das Foto habe nicht ich gemacht«, sagte Helene. »Man hat mir die Kamera abgenommen, als ich gefangen genommen wurde.«

»Aber warum haben die Leute Francos Sie gefangen genommen?« Mariannes Augen blitzten. »Auf welcher Seite waren Sie?«

»Ich war auf keiner Seite.« Die Stimme der Fotografin hatte jede Farbe verloren. »Ich stand genau dazwischen.«

»Das gibt es nicht! Nicht in einem Existenzkampf! Nicht wenn es darum geht, die rote Gefahr auszuschalten!«

Mariannes laute Stimme klang, als wüsste sie das alles ganz genau.

Helene richtete sich auf und sah Marianne in die Augen, fast liebevoll. »Doch, das gibt es. Ich bin zufällig bei denen gelandet, die noch nicht einmal Spaten hatten, um ihre Toten zu begraben. Bei den absoluten Verlierern.«

Marianne schüttelte den Kopf.

Margo hielt den Atem an. Sie hatte ein Bild vor Augen, das sie mit dunkelster Verzweiflung erfüllte. Es war das, was sie sah, wenn der Schatten übermächtig wurde: einen Tunnel, der nach vorne zu immer enger wurde.

»Helene …« Sie streckte die Hand aus.

»Ich muss jetzt gehen.« Helene raffte die Fotos zusammen, steckte die Mappe in ihre Tasche, lächelte ihnen müde zu und flüchtete zur Tür hinaus.

»Die ist aber gesprächig«, maulte Marianne.

»Na, wenn du sie derart ins Kreuzverhör nimmst! Wer weiß, was sie alles erlebt hat.«

»Mörder und Vergewaltiger sollen für den Generalissimo gekämpft haben?« Marianne schnaubte ungläubig.

Margo hatte keine Antwort. Vielleicht war es manchmal besser, nicht alles zu wissen.

Ja, Helene Pinkus machte sich rar, entzog sich leise und beharrlich allen Einladungen, sogar denen zur gemeinsamen Kaffeepause. Sie schien noch häufiger unterwegs zu sein als Otto Werner. Und war sie einmal da, dann bemerkte man sie nur, wenn sie im Labor mit Gudrun oder Marianne über die Qualität eines Abzugs stritt. Stritt? Nein, Streit konnte man das nicht nennen. Helene Pinkus bestand mit leiser Stimme auf Qualität, und sie begründete stets mit bewundernswerter Geduld, warum sie einen Abzug mangelhaft und einen anderen gerade mal genügend fand.

»Na, hat sie dich wieder gequält?«, fragte Margo eines

Tages beim Nachmittagskaffee, als Gudrun sich blass und erschöpft neben sie setzte.

»Sie quält mich nicht. Sie versteht was davon«, antwortete Gudrun. »Mehr als der Chef. Sie hat das Auge.«

Das Auge. Ich sehe was, was du nicht siehst, dachte Margo.

»Na gut, sie ist nicht blind, aber das wussten wir schon«, sagte Marianne schnippisch.

Gudrun schüttelte den Kopf. »Sie sieht mehr als das, was da ist.«

»Aha. Und wie kriegt sie das auf einen Film?«

Gudrun zuckte mit den Schultern, doch Margo hatte das bestimmte Gefühl, dass sie es wusste.

X

Margo drehte sich vor dem Spiegel im Nähzimmer ihrer Mutter und begutachtete sich von allen Seiten. Das dunkelblaue Kostüm, das sie am Wochenende genäht hatte, war ihr gelungen, der Rock schmal geschnitten, das Jackett figurbetont mit Schößen. Und dazu der neue Hut – so konnte sie sich sehen lassen.

»Margo von Sedlitz«, flüsterte sie ihrem Spiegelbild zu. Das klang gut, es klang irgendwie richtig und angemessen. Fast hätte sie laut gelacht: Sie führte sich auf wie ein Backfisch, sie kannte ihren schlesischen Ritter ja kaum, und sie wusste auch nicht, ob sie ihn jemals wiedersehen würde. Doch wie sagte Tante Mienchen immer? Wenn man nichts weiß, muss man eben glauben. Also glaubte Margo an ein Wiedersehen, fest und inbrünstig.

Wie durch ein Wunder war es schon am nächsten Tag so weit. Es war erst später Nachmittag, sie verließ ihr Büro früher als sonst, sie hatte noch die Post wegzubringen. Seit sie im dritten Lehrjahr war, hatte ihr Frau Werner neue Aufgaben anvertraut – »aufgehalst«, wie Mutti fand. Zusätzlich zur Lohnbuchhaltung musste sie nun auch die Korrespondenz erledigen. Ihr war das recht, es unterstrich die wachsende Bedeutung ihrer Position.

Sie genoss jede Minute, in der sie unterwegs war, dann konnte sie ungestört an Alard denken. So vertieft war sie in ihre Träume von ihm, dass sie ihn beinahe übersehen hätte – den Mann, der trotz des warmen Wetters im langen Tuchmantel, den Hut tief in die Stirn gezogen, halb verdeckt hinter einer Linde an der Straßenecke stand, dort, wo sie von der Adolf-Hitler-Straße in die Poststraße abbiegen musste. Und neben ihm bewegte sich etwas, eine große, dunkle Gestalt. Margo schrak zurück.

»Margo!« Seine Stimme klang überrascht. »Wie schön, Sie zu sehen! Sie erinnern sich hoffentlich an mich?«

Sein Anblick verschlug ihr die Sprache. Er sah blass aus und hatte dunkle Ringe unter den Augen. Der Hund neben ihm hatte sich aufgerichtet. Alard von Sedlitz legte dem Tier die Hand auf den Kopf. »Das ist Adelante. Sie ist eine Dogge und sie ist nur groß, aber nicht gefährlich.«

Endlich hatte sie ihre Sprache wiedergefunden. »Was machen Sie in Stendal?«

Eine selten dumme Frage. Was Wunder, dass sie keine Antwort erhielt.

»Darf ich Sie ein Stück begleiten?« Er bot ihr den Arm. Als sie ihre Hand in seine Armbeuge legte, war sie so verwirrt, dass sie fast gestolpert wäre. Zugleich fühlte sie sich geborgen wie noch nie zuvor. Beschützt. Gewärmt. Behütet.

Warum bloß konnte die Post nicht am Ende der Welt liegen? Schneller als ihr lieb war erreichten sie die Hallstraße. Alard begleitete sie in den Schalterraum, während Adelante draußen Wache hielt. Ihr zitterten die Knie. Vor dem Schalter stand eine lange Schlange, und alle starrten sie an, glaubte Margo, die fühlte, wie ihr die Hitze ins Gesicht stieg. Sah man ihnen an, dass sie füreinander bestimmt waren? Spürten alle, wie gut sie zueinander passten?

Als sie die Geschäftspost und die Fotosendungen abgegeben hatte, bestand Alard darauf, sie nach Hause zu bringen. Sie hatte nicht den Wunsch und erst recht nicht die Kraft, ihm das auszureden, so schwach und überwältigt war sie von all den unbekannten Gefühlen.

Es wurde ein schweigsamer Gang durch die Stadt. Margo wollte die Stimmung nicht zerstören, diese zarte Übereinstimmung zwischen ihnen. Er hatte sie untergehakt, sie spürte jede Bewegung, jeden Muskel in seinem Arm. Noch nicht einmal nach dem Hund mochte sie ihn fragen. Hielten alle so ein Tier, die ein Rittergut in Schlesien besaßen? Und was fraß so ein Riesenviech am Tag? Die Dogge mit dem seltsamen Namen trottete ruhig hinter ihnen her und nahm auch den Schäferhund nicht zur Kenntnis, der an der Leine eines hageren Mannes im Hausmeisterkittel hing und sie hysterisch ankläffte. Majestätisch wie ihr Herrchen.

Endlich traute Margo sich, etwas zu sagen. »Was macht die Diplomatie?«, brachte sie mit trockenen Lippen hervor.

Er lachte leise. »Sie hat gelernt, sich nicht zu überschätzen.«

»Und …«

Abrupt blieb er stehen, fasste ihren Arm, drehte sie zu sich hin. Jetzt küsst er mich, dachte sie. Aber er sah ihr ernst in die Augen.

»Liebe Margo, verzeihen Sie bitte. Ich sorge mich um meinen Vater, deshalb bin ich so wenig unterhaltsam. Ihm wächst die Arbeit auf Gut Mondsee über den Kopf, und ich – ich muss in Berlin meinen Dienst tun.«

Was bringt Sie dann nach Stendal?, wollte sie fragen.

Doch sie fürchtete sich vor der Antwort, denn eigentlich gab es nur zwei Möglichkeiten. Die liebste wäre ihr: Er hatte auf sie gewartet, hatte sie abgepasst, weil er sie ebenso dringend wiedersehen wollte wie sie ihn. Die zweite dagegen ließ sie frösteln. War er womöglich wegen einer anderen gekommen? Wegen Toni?

Viel zu schnell waren sie vor der Haustür angelangt und sie wusste wieder nicht, was sie sagen sollte. Adieu? Auf bald? Wann sehen wir uns wieder?

Alard schien es ähnlich zu gehen. Er nahm ihre Hände, küsste erst die eine, dann die andere, ganz sanft. Dann sah er auf und blickte ihr wieder in die Augen.

Jetzt, dachte sie.

»Mach es gut, liebe Margo.«

Er drehte sich um und ging mit langen Schritten davon, die Hand auf dem Kopf seines Hundes. Sie sah den beiden hinterher, bis sie hinter der nächsten Ecke verschwunden waren.

So, dachte sie, genauso muss sich ein gebrochenes Herz anfühlen.

Wie in Trance schleppte sie sich die Treppe hoch, öffnete die Wohnungstür, ließ den Schlüssel auf den Servierwagen fallen und ging in die Küche. Mutti und Gerda saßen bereits beim Abendbrot, Vater war gottlob nicht da.

»Du armes Kind, haben sie dich wieder Überstunden machen lassen?« Mutti sprang hastig auf, um ihr Tee einzugießen.

Gerda sah sie von der Seite an, während sie sich setzte. »Nach Überstunden siehst du nicht gerade aus, Schwesterchen«, murmelte sie. »Hast du was angestellt?«

Margo antwortete nicht. Sie mochte nichts essen, obwohl ihr Mutti Brot und Aufschnitt aufdrängte. Das Brot war trocken und die Wurst roch säuerlich. Mit kalten Fingern bestrich sie eine halbe Schnitte mit Margarine, kaute, versuchte zu schlucken. Die Tränen saßen ihr dicht hinter den Augen, sie warteten nur darauf, herauszufließen, ein falsches Wort und die Schleusen würden sich öffnen. Aber das durfte nicht passieren. Sie ballte die Faust unter dem Tisch, bis ihre Handfläche schmerzte.

Mutti sah immer wieder zu ihr herüber, hoffentlich sagte sie nichts, Margo konnte heute weder besorgte Mütterlichkeit gebrauchen noch die dummen Sprüche ihrer Schwester. Aber auch Gerda ließ sie zum Glück in Ruhe.

Der Rest des Abends verlief friedlich. Gerda las und Mutti strickte. Im Radio spielten sie eine Mozartsonate und in Margos Kopf drehten sich die Gedanken im Kreis: Was zog Alard nach Stendal? Warum hatte er Schatten unter den Augen? Wer war sie, die Frau, die andere? Sie war mittlerweile von deren Existenz überzeugt. Doch wie konnte sie der Wahrheit auf die Spur kommen?

Fast wäre sie vor Erschöpfung auf dem Sofa eingenickt, als ihr die Lösung einfiel. Sie war ganz einfach: Am Sonntag würde sie unangemeldet bei Seligers vorbeigehen – die hatten es schließlich nicht so mit der Etikette – und sich für die nette Einladung bedanken. Dann würde sie sich nach Henri erkundigen, der natürlich nicht da wäre, und endlich, ganz beiläufig, nach Alard fragen.

Das Hausmädchen ließ sie eintreten. Schon auf dem Flur hörte man Klaviergeklimper.

»Besuch!« Das Mädchen öffnete die Tür zum Wohnzimmer. Toni saß am Klavier. Sie ließ sich Zeit, bis sie sich zu Margo umdrehte. »Was verschafft mir die Ehre?«, fragte sie kühl.

»Ich wollte mich bei deiner Mutter für den netten Abend bedanken.« Margo konnte es an Kühlheit mit der Schulfreundin ohne Weiteres aufnehmen.

»Meine Mutter ist unpässlich.«

»Darf ich mich trotzdem setzen?«

»Wenn du darauf bestehst.«

Margo ließ sich auf einem Stuhl nieder, der so unbequem war, wie er aussah.

»Es war sehr schön bei euch kürzlich. Du spielst großartig.« Sie versuchte so zu klingen, als ob sie es ehrlich meinte.

»Ach ja?«

»Aber vielleicht hat dich auch der Mann neben dir inspiriert? Wie hieß er noch gleich?«

»Alard von Sedlitz. Ich hab gesehen, wie du ihn angestarrt hast. Er ist nichts für dich. Du bist nichts für ihn.« Toni kniff den Mund zusammen und blickte an ihr vorbei.

Margo spürte, wie ihr die Hitze ins Gesicht stieg. Sie sah die Szene genau vor sich: wie Alard neben Toni auf dem Klaviersessel saß, ganz nahe. Wie er mit Toni getanzt hatte, während sie Konversation mit Henri machen musste. Wie Toni sich an ihn geschmiegt hatte, das rabenschwarze Haar nach hinten geworfen. Wie sie ihn »Ali« genannt hatte. Deshalb also war Alard in Stendal. Wegen Antonia Seliger.

»Aber er ist der Richtige für dich?« Die Worte waren heraus, bevor sie sich kontrollieren konnte.

Tonis Gesicht wurde flammend rot und gleich darauf schrecklich blass.

Margo starrte sie an. So war das also. Toni hatte sich Hoffnungen gemacht und war nicht auf Gegenliebe gestoßen. Das Gefühl, das sich in ihr ausbreitete, war unbeschreiblich, fast wäre der Triumph aus ihr herausgesprudelt: Alard von Sedlitz war nicht wegen Toni nach Stendal gekommen!

»Er ist auch nichts für dich. Für ein Kind, das noch aufs Oberlyzeum geht und Kniestrümpfe trägt«, sagte sie mit beißendem Spott. »Vergiss ihn, Toni.«

Sie stand auf und ging.

XI

»Ist jemand da?«

Margo war morgens meistens die Erste, aber heute stand die Ladentür schon weit offen.

»Ich dachte, ich lasse mal frische Luft herein.« Helene sortierte hinter der Theke die Kartons mit den entwickelten Filmen und Abzügen ein. »Bevor es aus dem Labor wieder mieft.«

Margo lachte und schälte sich aus dem Mantel. »Warum so früh?«

»Nicht viel früher als du.« Helene lächelte. Sie duzten sich mittlerweile, was Margo schmeichelte, Helene kam ihr so viel älter und erfahrener vor.

»Ich finde es schön, wenn niemand da ist und man sich in aller Ruhe Gedanken machen kann.« Margo nahm die Post von der Theke. »Was könnte man nur aus dem Laden machen, wenn er etwas mehr vom neuen Geist atmete.«

»Neuer Geist?« Helene tat, als ob sie noch nie etwas davon gehört hätte.

»Wir könnten ein bisschen mehr Patriotismus zeigen, unsere besten Kunden sind schließlich Soldaten.«

Wenn an den anderen Häusern die roten Hakenkreuzfahnen wehten, blieb Otto Werners Laden unbeflaggt. Seltsamerweise hatte ihm das bislang keinen Ärger eingetragen – vielleicht, weil die Häusler in der ersten Etage ihre Fahnen bis hinunter zur Ladenfront hängen ließen. Aber vernünftig war das nicht.

»Und dann die Buchhaltung – ich habe ja schon die Ablage neu organisiert, aber die Kontoführung ist nicht gerade auf dem neusten Stand.« Obwohl Helene nickte, rechnete Margo nicht damit, dass sie verstanden wurde.

Sie schien die Einzige zu sein, die sich für Zahlen und Bilanzen interessierte.

»Ja, Otto ist eine Künstlernatur, nicht fürs praktische Leben gemacht. Man kann ihn noch nicht einmal für Farbfotografie begeistern.« Helene hatte den letzten der Fotokartons eingeordnet und griff nach ihrer Handtasche, die geöffnet auf der Theke stand. Ein Briefumschlag flatterte zu Boden. Margo bückte sich und hob ihn auf. Ein Brief aus Berlin.

»Nachrichten von zu Hause?«

»Ja, danke dir.«

»Aus Berlin?«

»Ja.«

»Von deinen Eltern?«

Helene nickte, griff nach dem Brief und lächelte Margo an. Dann huschte sie davon.

Margo sah ihr hinterher und wunderte sich. Als ob sie etwas Unanständiges gefragt hätte! Es mochte ja sein, dass Helene »das Auge« hatte, wie Gudrun behauptete, dass sie einfach mehr sah als andere. Marianne hatte sie deshalb spöttisch »die Seherin« getauft. Aber Helene verbarg auch mehr als andere, vor allem ihr Privatleben. Vielleicht hatte sie keins?

Tagsüber bekam man sie selten zu sehen und abends war nun nicht mehr Margo, sondern Helene meist die Letzte. Margo begann, nach Feierabend im Labor oder im Atelier nach ihr zu schauen, bevor sie ging. Nicht dass Helene sonderlich gesprächig war, aber dass sich Margo für ihre Fotoarbeiten interessierte, schien ihr zu gefallen. Ganz allmählich wurde ein allabendliches Ritual daraus.

Als Margo an einem Mittwochabend ins Atelier kam, saß Helene bereits auf dem roten Samtsofa, hinter ihr die Bibliothekskulisse, die Otto Werner seit einiger Zeit bevorzugte. »In einer Zeit, in der man Bücher verbrennt, sollte man daran erinnern, was sie uns bedeuten«, lautete seine Begründung, auch Kunden gegenüber, die ängstlich schauten, ob auf dem Bild Werke zu erkennen waren, die man bei der Partei für »undeutsch« hielt.

Normalerweise trug Helene ihre Haare streng nach hinten gebunden, aber heute war ihr helles Gesicht umrahmt von kupfernen Locken. Sie lächelte. Margo starrte sie sprachlos an. Wie schön sie sein konnte, diese seltsame Person, die sonst immer so tat, als wolle sie sich zum Verschwinden bringen.

»Meine Mutti hat gebacken«, sagte Margo hastig. Sie hielt noch immer die beiden Teller in Händen, auf die sie den Kuchen verteilt hatte, und stellte sie linkisch auf den Tisch. Helenes Lächeln vertiefte sich. Als ob sie sich auf mich gefreut hätte, dachte Margo und wunderte sich ein wenig. Doch vielleicht war es auch nur der Kuchen. Denn Helene stürzte sich auf ihre Portion mit einer Gier, die darauf schließen ließ, dass sie tagsüber nichts gegessen hatte. Sie sah ganz danach aus – fast durchscheinend mager. Wie jemand, um den sich niemand kümmert, dachte Margo, und war mit einem Mal ihrer Mutter dankbar für ihre Fürsorglichkeit, auch wenn sie es damit so oft übertrieb.

»Danke!«, sagte Helene und legte die Gabel beiseite. »Ich muss Hunger gehabt haben. Bestell deiner Mutter einen schönen Gruß: Ich liebe Käsekuchen. Ihrer ist besonders köstlich.«

»Das wird sie freuen!«

»Ich habe auch etwas mitgebracht. Bin gespannt, was du sagst.« Helene griff nach der Fotomappe, die neben ihr lag, und öffnete sie.

Margo war, als hätte sie Stendal noch nie so gesehen. Helene hatte ganz und gar alltägliche Szenen eingefangen, aber die Menschen auf den Fotos wirkten, als ob sie gleich aus dem Bild heraustreten würden. Spielende Kinder am Adolf-Hitler-See. Ein Brautpaar neben dem ungeschlachten steinernen Roland vor der Gerichtslaube. Eine alte Frau am Fenster des Winckelmann-Cafés.

»Farbfilm. Faszinierend, oder?«

Margo nickte.

»Der Dreischichtfarbfilm von Agfa besteht aus Fotoemulsion, die sich aus Silberbromid-Kristallen und Farbkuppler zusammensetzt. Die oberste Schicht ist sensibilisiert für blaues Licht, die mittlere für grünes und blaues, die unterste für rotes und blaues Licht.«

Margo verstand kein Wort, was man ihr offenbar ansah, denn Helene begann zu lachen. »Wenn ich damals in Spanien bereits Farbfilm gehabt hätte …« Sie klappte die Fotomappe zu.

Spanien. Das war das Stichwort. »Warst du nicht ein bisschen jung – für Spanien? Ich meine: der Krieg? Und du als Frau?«

Helene lachte wieder, aber es klang nicht mehr fröhlich.

»Wenn ich nicht jung und naiv gewesen wäre und wenn ich nachgedacht hätte, wäre ich niemals dorthin gefahren.« Sie blickte an Margo vorbei zur Tür.

Keine Angst, hätte Margo beinahe gesagt. Da ist niemand. Du musst nicht gleich wieder davonlaufen.

Helene verschränkte die Arme vor der Brust, als ob ihr kalt wäre. »Eine Zeitung aus der Schweiz suchte einen Kriegsreporter. Ein Freund von mir, Paul, bekam den Auftrag, aber er verstand nichts vom Fotografieren. Deshalb bin ich mitgefahren. Mein Vater hatte mir zum 18. Geburtstag eine Agfa geschenkt, das Fotografieren habe ich mir selbst beigebracht, und jetzt wollte ich zeigen, was ich kann.« Sie senkte den Kopf. »Das war alles. Wir wussten beide nicht, worauf wir uns da einließen.«

»Und deine Eltern? Haben die dich einfach so fahren lassen?« Unvorstellbar, dachte Margo. Ihre Eltern würden so etwas nie zulassen.

»Natürlich nicht. Ich habe ihnen vorgelogen, ich würde beim Schweizer ›Standard‹ eine Fotoausbildung erhalten. Den Brief dazu hat Paul auf dem Briefpapier des Chefredakteurs geschrieben, das er im Büro der Sekretärin geklaut hatte, ein Glück, dass man ihn dabei nicht erwischt hat. Meine Mutter wollte mich bis zuletzt nicht gehen lassen. Nur mein Vater ...« Sie biss sich auf die Unterlippe. »Ich glaube, er hat etwas geahnt. Aber er glaubt an mich. Er hat mich immer unterstützt.«

Dass es solche Väter gab!

»Die Jugend der Welt war auf dem Weg nach Spanien, die einen auf der Seite der Internationalen Brigaden, die anderen bei den Rebellen um Franco. Die dritte Partei waren die Anarchisten, die weder die einen noch die anderen mochten und die von beiden Seiten verabscheut wurden. Ausgerechnet bei denen sind wir gelandet. Es dauerte Wochen, bis wir endlich ankamen. Und dann ...«

Helene setzte sich aufrecht hin und faltete die Hände. Ihre Stimme klang flach und ohne Emotion. »Wir sind zwischen die Feuer geraten. Zwischen die Franco-Rebellen und die Republikaner mit ihren kommunistischen Freunden. Paul ist von einem deutschen Kommunisten erschossen worden. Mich haben die Soldaten Francos festgesetzt.«

»Glück gehabt«, sagte Margo.

»Glück?« Helene blickte sie an. »Vielleicht. Man war auf keiner Seite sicher. Vor allem nicht, wenn man bei den Anarchisten erwischt wurde.«

Die Anarchisten? Margo wusste nicht genau, wer oder was das war.

Helene lachte leise. »Die Geschichte der Sieger lässt

von den Besiegten nur einen schäbigen Begriff übrig, irgendein Wort, das schon wenige Jahre später niemand mehr versteht. Sagen wir es so: Am gefährlichsten war es auf allen Seiten, wenn man eine Frau war.«

Margo hielt den Atem an. Die Roten hatten Kinder ermordet und Frauen vergewaltigt, in den Zeitungen hatten die schrecklichsten Geschichten gestanden. Und die Regulares, die Hilfstruppen Francos, die Männer auf dem Foto, von denen Helene das letzte Mal erzählt hatte? Auch Mörder und Vergewaltiger, hatte sie behauptet. Ob Helene so etwas passiert war? Allein die Vorstellung war furchtbar. Lieber sterben, dachte sie.

»Spanien war ein Schlachthof«, sagte Helene. »Verlassene Dörfer, ausgebombte Häuser, verbranntes Vieh und Leichen, die nicht beerdigt wurden. Das ganze Land stank. Nach Blut und Verwesung und Exkrementen.«

Nein, Margo konnte sich das nicht vorstellen. Hier in Deutschland war so etwas undenkbar.

»Und – deine Fotos?«

»Die ich weggeschickt habe, sind nie in der Schweiz angekommen. Die letzten drei belichteten Filme haben sie mir gestohlen, als ich eingesperrt war.«

»Wenigstens bist du heil aus Spanien herausgekommen.«

»Ein Mann vom Auswärtigen Amt hat mich rausgeholt.« Helene strich sich eine Haarsträhne aus der Stirn. »Ich bin ihm ewig dankbar.« Ihr Gesicht veränderte sich. Wurde weich, fast mädchenhaft.

»Und jetzt du, Margo. Was war dein größtes Abenteuer?«

Abenteuer? Das war ein Fremdwort in ihrem Leben.

»Ich meine: was würdest du tun, wenn dir alle Wege offenstünden?«

Ich will Frieden. Und einen Beruf, der mich ausfüllt.

Und – Alard. Aber das kam ihr plötzlich alles viel zu be-
deutungslos vor im Vergleich zu dem, was Helene erlebt
hatte.

»Auto fahren«, sagte sie. Es war der größte Gegensatz
zu ihrer Arbeit und ihrem Leben, den sie sich vorstellen
konnte.

Helene lachte. »Komm, setz dich auf den Thron«, sagte
sie und sprang auf. »Ich fotografiere dich. Wenn du die
Handelsgesellenprüfung bestanden hast, brauchst du ein
standesgemäßes Foto.«

XII

Nach jedem zehnten Tag im Monat war bei Photo-Werner »Großkampftag«, wie Marianne das nannte. Dann
war der Sold ausgezahlt, und die Soldaten standen bis auf
die Straße Schlange, um ihre Fotos abzuholen. Das war
immer ein Mordsspaß. Doch seit der Mobilmachung war
es im Laden ruhig geworden. Dafür herrschte zu Hause
helle Aufregung.

»Wie soll ich denn meinen Haushalt versorgen?« Mutti
war den Tränen nahe. Margo sah Gerda fragend an, die
ausnahmsweise mal nicht am Küchentisch über ihren Büchern saß.

»Seit heute sind die meisten Lebensmittel rationiert.
Mutti sieht uns schon am Hungertuch nagen«, sagte ihre
Schwester leise.

»Dann essen wir eben weniger. So schnell verhungert
man nicht.« Margo nahm ihre Mutter in den Arm. »Es
wird uns allen guttun, mal nicht immer nur an die nächste
warme Mahlzeit zu denken, vor allem Vater. Es gibt Wichtigeres im Leben.«

Gerda bedeutete ihrer Schwester, ihr in den Flur zu folgen. »So einfach, wie du glaubst, ist das nicht«, sagte sie leise. »Wir bekommen zwar Ausweiskarten für vier Personen, aber die Mengen an Lebensmitteln sind begrenzt und nur in ganz bestimmten Geschäften zu erhalten. Und dann Kaffeeersatz – und das auch noch viel zu wenig.«

»Na und? Vater wird doch mal auf was verzichten können?«

»Schon. Aber begreifst du nicht? Erst haben wir mobilgemacht, und jetzt wird rationiert. Das kann nur eines bedeuten.«

Obwohl Mutti strikt dagegen war, dass am Abendbrottisch politisiert wurde, gab es an diesem Tag kein anderes Thema. Vater schimpfte auf das »freche Polackenpack« und die »verlogenen Engländer«. »Einkreisungspolitik wie 1914«, trompetete er. »Wir müssen uns auf alles gefasst machen!«

»Du meinst Krieg?«, flüsterte Mutti.

Er legte Messer und Gabel zur Seite und straffte den Rücken.

»Sie zwingen uns dazu. Und ich sage euch: besser ein Ende mit Schrecken als ein Schrecken ohne Ende.«

Es dauerte ein paar Tage, bis wieder Routine ins Leben einkehrte. Zu Hause war es friedlich, Vater war meist unterwegs. Nach Feierabend saßen Margo, Gerda und ihre Mutter im Wohnzimmer und hörten Musik aus dem Radio, als eines Abends plötzlich die Sendung unterbrochen wurde.

»Der Führer spricht«, sagte Gerda und drehte die Lautstärke hoch.

Die vertraute Stimme ging Margo unter die Haut. Ruhig trug der Führer einen Sechzehn-Punkte-Plan vor, der all ihre Bedenken zerstreute. Bisher hatte sie immer nur mit einem Ohr zugehört, wenn Vater auf den schändlichen Vertrag von Versailles und auf den polnischen Korridor geschimpft hatte. Sie hatte das nie sonderlich interessiert, man konnte es ja nicht ändern. Und wenn man nichts tun konnte, war es verlorene Liebesmüh, sich deshalb zu grämen. Aber Danzig war nun einmal eine deutsche Stadt, und es ging doch nicht an, dass Ostpreußen vom Deutschen Reich völlig abgetrennt war. Man musste mit polnischen Zügen durch polnisches Gebiet fahren, um dorthin zu gelangen, ein unhaltbarer Zustand! Und das alles nur, damit die Polen einen Zugang zum Meer hatten, wozu auch immer sie den brauchten. Der Führer aber machte ihnen nun ein unfassbar großzügiges Angebot: Polen durfte seinen Zugang zum Meer behalten, wenn Deutschland freie Fahrt nach Ostpreußen garantiert wurde.

»Dem müssen sie zustimmen!«, sagte sie, als Hitler geendet hatte. »Es gibt keinen Krieg.«

Mutti strahlte. »Gott sei Dank!«

Nur Gerda schaute skeptisch wie immer. Doch als Mutti in die Küche ging und mit der für besondere Anlässe gedachten Flasche Likör und drei Gläsern zurückkam, stieß auch Gerda mit an.

Es war herrlich warmes Wetter, und Margo bedauerte, in ihrem Kabuff über den Akten sitzen zu müssen. Doch am Ende eines Monats war immer viel zu tun, heute war schon der 1. September, und sie hatte das Kassenbuch noch nicht abgeschlossen. Selbst zur Mittagspause ging sie nicht raus zu den anderen in den Hof.

Durchs Fenster glaubte sie die Stimme des Führers zu hören, einer der Nachbarn hatte sein Radio extra laut gestellt. Margo wollte sich nicht ablenken lassen und hörte nicht hin. Aber Frau Werners scharfe Stimme riss sie aus ihrer Konzentration.

»Alle ins Atelier! Sie auch, Fräulein Hegewald!«

Im Atelier standen schon alle um Otto Werner herum, der bedrückt wirkte.

»Es gibt schlechte Nachrichten«, sagte er. »Die Reichswehr hat Polen angegriffen.«

Erst sagte niemand etwas. Dann rief Marianne: »Unsere Helden!« und klatschte in die Hände. Zögernd tat Margo es ihr gleich, obwohl ihr nicht ganz klar war, was sie da beklatschte.

»Freut euch nicht zu früh«, sagte Otto Werner müde. »Wenn das mal gut geht.«

»Aber der Führer hat doch recht! Die Polen haben all unsere Friedensbemühungen sabotiert!«, rief Marianne.

»Mag sein, aber …« Otto Werner schüttelte den Kopf. »Respice finem. Bedenke die Folgen.«

»Der Führer will das Unrecht heilen, das man Deutschland nach dem Krieg angetan hatte. Es geht um nichts als um legitime deutsche Rechte.«

Irgendwie hatte Marianne recht. Margo merkte, dass sie nickte.

Otto Werner, der eben noch kraftlos wirkte, richtete sich auf. »Wir wollen das Beste hoffen. Ich habe beschlossen, das Geschäft bis Montag zu schließen. Genießt das Wochenende bei diesem strahlenden Wetter! Wir sehen uns wieder mit dann hoffentlich guten Nachrichten.«

Jetzt klatschten alle. Nur Helene Pinkus nicht, aber das fiel Margo erst auf, als sie auf dem Weg nach Hause war.

»Du bist bleich im Gesicht, Schwesterlein«, sagte Gerda am nächsten Morgen.

»Das kommt davon, wenn man dauernd über seinen Büchern sitzt«, antwortete Margo. Eigentlich war das Muttis stehende Redewendung in Bezug auf Gerda, den Bücherwurm. Die aber sah gestählt und gebräunt aus.

74

»Wir machen eine Radtour, ein paar Klassenkameraden und ich, in die Letzlinger Heide. Wie wär's?«

Margo zögerte. Sie hatte eigentlich vorgehabt, in Ruhe das Buch von Richard Schöneberg zu lesen, das die Chefin ihr geliehen hatte, »Die neue Buchhaltung«. Andererseits – warum nicht auch mal ausspannen? Vielleicht dämpfte das ihre Unruhe und vertrieb die Gedanken an den Krieg, der näher gerückt zu sein schien.

Muttis Fahrrad stand im Keller, und dort stand es schon lange. Es musste also erst gesäubert und geölt und aufgepumpt werden, wobei sich Margo reichlich dämlich anstellte.

»Schau, wenn du die Luftpumpe so ansetzt, siehst du …« Gerda war die Hilfe in Person.

Was war nur mit ihr geschehen in all den Monaten, in denen Margo nicht richtig hingesehen hatte, weil sie im Kopf mit anderen Dingen beschäftigt war? Sie hatte früher oft genug über Gerdas Weltfremdheit gespottet. Jetzt war sie diejenige, die sich vor Spott zu fürchten hatte. Sie verstand nichts, aber auch gar nichts von Fahrradmechanik und hatte im übrigen seit Monaten auf keinem Drahtesel mehr gesessen. Doch siehe da: Die fleißige Schülerin mit der kaum noch auffallenden Gehbehinderung erwies sich als praktisches Talent. Selbst Mutti ließ sich von Gerda anstecken und holte alles, was sie erübrigen konnte, aus der Speisekammer, um ihnen Reiseproviant mitgeben zu können, nicht ohne sie ständig zu ermahnen, gut auf sich aufzupassen.

Endlich standen sie unten auf der Straße, die Räder zwischen den Beinen. »Danke, dass du mich ablenkst, du Genie.«

»Gern geschehen. Ich sage nur: Kraft durch Freude!«

Margo grinste zurück. »Na denn: Mumm durch Fez!«

Lachend fuhren sie los.

Obwohl sich bald bemerkbar machte, dass Margos Hinterteil den Fahrradsattel nicht gewohnt war, genoss sie den warmen Wind, der ihr das Haar aus dem Gesicht strich. Über Feldwege fuhren sie hinaus, ein kurzes Stück an der Bahn entlang, dann durch den Wald Richtung Colbitz. Sie war vielleicht nicht ganz so flott wie Gerda und erst recht nicht so schnell wie Monika, ihr Bruder Rolf und dessen Freund Peter, aber sie blieb nie so weit zurück, dass man auf sie warten musste, und darauf war sie richtig stolz.

Sie war auch nicht die Erste, die nach einem Picknick rief, das war Monika. Hinter Gardelegen lehnten sie die Fahrräder an einen Weidezaun, breiteten Decken auf der Wiese aus, und jeder legte etwas von seinem Proviant in die Mitte. Noch nie hatte ihr eingelegte Sülze so gut geschmeckt.

Die Nacht verbrachten sie auf einer Lichtung, ohne Zelt, direkt unter den Sternen. Rolf spielte Mundharmonika, Gerda trug Gedichte vor. »Herr, es ist Zeit. Der Sommer war sehr groß.« Ach, Rilke. So oft gehört. Und doch hatte Margo einen Kloß im Hals, als es hieß: »Wer jetzt allein ist, wird es lange bleiben, wird wachen, lesen, lange Briefe schreiben.« Ob es so kommen würde in ihrem eigenen kleinen Leben?

Peter musste sie angesehen haben, denn als sie aufblickte, lächelte er. Ob er Ähnliches empfand wie sie? Sie lächelte zurück.

Erschöpft und glücklich machten sie sich am nächsten Tag auf den Weg zurück. Was für ein wunderbares Wochenende das gewesen war! Keiner hatte auch nur ein Wort über das Weltgeschehen verloren, über Polen, die Briten, den vergangenen oder einen zukünftigen Krieg. Margo nahm sich vor, das Leben öfter so zu genießen. Es konnte doch nicht immer alles nur Pflicht und Arbeit sein.

Es war längst Abend, als sie sich der Blumenthalstraße

näherten. Margo spürte, dass auch Gerdas Stimmung sank. Vater würde wahrscheinlich wieder ein entsetzliches Theater machen, weil sie so spät noch unterwegs waren.

Mutti passte sie im Flur ab. Die Wohnung war dunkel, nur im Wohnzimmer brannte Licht und man hörte das Radio. »Ab ins Bett«, flüsterte sie. »Damit er nicht merkt, dass ihr euch verspätet habt.«

Am Montag war Margo wie immer noch vor Marianne und Gudrun im Laden, doch die Erste war sie nicht. Im Atelier murmelte jemand, es hörte sich nach Otto Werner an, er schien auf jemanden einzureden. Auf die Chefin? Die hätte längst Widerworte gegeben.

Doch was ging sie das an?

Beherzt machte sie sich an die Arbeit. Irgendwann hörte das Murmeln auf, es klappte eine Tür und sie hörte müde Schritte auf dem Flur. Otto Werner stand im Türrahmen.

»England und Frankreich haben uns gestern den Krieg erklärt«, sagte er, ohne sie anzuschauen, drehte sich mit hängenden Schultern um und schlurfte hinaus. Sie sprang so heftig auf, dass ihr Bürostuhl beinahe umgekippt wäre, und lief ihm hinterher.

Also doch Krieg. Sie hatte keine rechte Vorstellung, was das bedeutete. Der letzte Krieg war gerade einmal zwanzig Jahre her und er musste furchtbar gewesen sein, egal was ihr Vater erzählte, der von der Kameradschaft schwärmte, die damals herrschte. Vom Zusammenhalt und dass uns hart macht, was uns nicht umbringt.

»Was heißt das? Was wird geschehen?«

»Ich weiß es nicht, liebes Kind, ich weiß es wirklich nicht«, sagte Otto Werner. Er hatte bereits die Kameratasche umgehängt. Die Ladenglocke schepperte, als die Tür hinter ihm zufiel.

Zur Mittagspause versammelten sich die Mädchen im Atelier, Marianne hatte Kuchen mitgebracht, alle redeten aufeinander ein.

»Was heißt schon Krieg! In vierzehn Tagen ist alles vorbei!«, rief Marianne.

Helene Pinkus, die in der Tür gestanden hatte, drehte sich wortlos um und verließ das Atelier. Eine Viertelstunde später kam Inge Werner, klatschte in die Hände und rief »An die Arbeit! Jetzt aber flott!«. Margo war nicht unglücklich darüber, wieder in ihr stilles Kabuff zurückzukehren, wo nichts anderes aufmarschierte als ihre Zahlenkolonnen, in denen tadellose Ordnung herrschte.

Und so verging der Tag mit Arbeit. Viel zu früh war Feierabends, und obwohl sie gar keine Lust auf das hatte, was sie zu Hause erwartete, verließ Margo den Laden pünktlich. Mutti würde weinen und Vater triumphierend herumstolzieren. Beides war unerfreulich. Überdies musste sie heute schon wieder allein nach Hause laufen, Marianne war auf einem Kurs von »Glaube und Schönheit«. Die neue Organisation machte den Bund Deutscher Mädel zwar nicht wirklich attraktiver, aber Marianne schwor auf die Lehrgänge für die künftigen »Mütter deutschen Nachwuchses«.

In der letzten Zeit tat sie besonders wissbegierig, doch alle wussten, dass sie sich in Wirklichkeit mit ihrem ständigen Begleiter traf. Auch das schulte wahrscheinlich im Hinblick auf den deutschen Nachwuchs. Vielleicht sollte sie sich damit besser beeilen? Auch ein SS-Hauptsturmführer hatte sein Vaterland im Krieg zu verteidigen.

Es war still auf den Straßen und selbst die älteren Herrschaften, die sonst immer in den Fenstern hockten, hatten sich in ihre Wohnungen vor die Rundfunkapparate verzogen, man hörte das Geplärre bis auf die Straße.

Auch den alten Hegewald hörte man schon unten

im Treppenhaus. »Was für ein Tag!«, posaunte er, als sie die Wohnungstür öffnete. Seine Stiefel waren frisch gewienert, er war offenbar auf dem Weg zu seiner Stammkneipe, zu den Kameraden.

»Guten Abend, Vater«, sagte sie. Er nahm sie in den Arm und drückte ihr einen Kuss auf die Wange. Sie musste sich zusammenreißen, um nicht vor ihm zurückzuweichen, er roch nach Schnaps und Zigarrenrauch. »Im November ist alles vorbei!«, rief er und ließ die Wohnungstür ins Schloss knallen.

Mutti sah zerbrechlich und hilflos aus, wie sie da neben Gerda im Flur stand. Sie legte die Arme um beide Töchter, als brauche sie Halt. »Diesen Krieg müssen wir gewinnen«, murmelte sie, »sonst wehe uns.«

»Wir werden ihn gewinnen, glaub mir, der Führer weiß, was er tut«, sagte Margo. Wenn man nichts wusste, musste man eben glauben.

Nach dem Abendbrot zogen sich alle drei ins Wohnzimmer zurück und saßen beisammen wie im tiefsten Frieden. Mutti strickte, sie musste dauernd etwas mit den Händen tun, »nützlich sein«, nannte sie das. Margo legte eine Patience. Im Hintergrund lief leise das Radio mit klassischer Musik. Der Reichsrundfunk hieß jetzt Großdeutscher Rundfunk, das hatte Goebbels angeordnet, der bei Gerda nur »Großkotz« hieß. Die Musik hatte etwas Schwebendes, Margo kannte das Stück nicht, es war wunderschön.

Gerda las vor, mit leiser, melodiöser Stimme. Ernst Wiechert, »Das einfache Leben«, ein Buch, das in Margo unbestimmte Sehnsüchte weckte. Doch wonach? Nach Einfachheit? Klarheit? Aber was konnte einfacher und klarer sein als Buchführung?

Das Klappern der Stricknadeln und Gerdas leise Stimme schläferten sie ein. Es würde alles gut gehen.

XIII

*Ich habe mich lange genug davor gedrückt, die Ereig-
nisse der letzten Wochen aufzuschreiben. Aber einmal
muss es sein.*

*Diesen verfluchten Freitag werde ich nie vergessen,
auch wenn es besser wäre, ich könnte es. Aber ich kann
an nichts anderes mehr denken, deshalb werde ich
getreulich alles notieren, vielleicht begreife ich es dann –
das Unbegreifliche.*

*Es war also Freitag, nach der Mittagszeit, ich hatte
bereits all meine Aufgaben erledigt und sogar das Leber-
wurstbrot gegessen, das Mutti mir neuerdings schmiert,
obwohl sie weiß, dass ich Wurststullen nicht mag. Aber
es gibt ja nichts anderes mehr. Danach habe ich das Büro
aufgeräumt, die Ablage geordnet und die Akten in die
richtige Reihenfolge gebracht, nachdem die Chefin sie
wieder mal falsch einsortiert hatte. Da war die Welt noch
voller Sonnenschein. Doch dann habe ich den Papierkorb
herausgetragen, um ihn im Hof in den Mülleimer zu
entleeren. Gerade noch rechtzeitig habe ich bemerkt,
dass da bereits jemand stand.*

*Natürlich kommt es vor, dass jemand auch außerhalb
der Mittagspause auf den Hof geht, um frische Luft zu
schnappen. Marianne steht oft am Ascheimer, um eine zu
rauchen, egal wie kalt es ist. Gudrun ist hier, wenn Frau
Werner wieder an ihr herumgenörgelt hat. Es gibt ja für
uns nichts anderes als diesen trostlosen Hinterhof mit
den Mülltonnen und dem Ascheimer und dem gesprun-
genen Pflaster.*

Aber was hatte Alard hier verloren? Er stand ganz

hinten in der Ecke, unter dem Haselnussstrauch, mit Adelante, die den Kopf hob und mich bestimmt erkannt hat. Fast hätte ich gerufen. Oder wäre auf ihn zugegangen. Es hätte nicht viel gefehlt, und der Hund wäre auf mich losgestürmt. Eine ganz und gar furchtbare Vorstellung.

Denn neben Alard stand noch jemand. Eine Frau. Nicht irgendeine Frau: Es war Helene. Unverkennbar Helene. Er hielt sie an den Händen. Er schaute sie an, auf eine Art – ich weiß nicht, wie ich es beschreiben soll. Mich hat er nie so angesehen. So – innig.

Ich weiß nicht, was passiert wäre, wenn sie mich gesehen hätten. Ich wäre vor Scham zerflossen. Also habe ich mich rückwärts ins Haus getastet und bin zurück ins Büro gelaufen. Gott sei Dank ist mir niemand von den anderen begegnet. Ich war den Tränen nahe und konnte nur eines denken: Hoffentlich kommt nicht gerade jetzt Frau Werner zur Tür herein.

Was hatte ich mir all die Zeit über bloß eingebildet? Wie konnte ich nur all die Monate so kindisch sein? Hat Alard mir jemals zu verstehen gegeben, dass er mehr wollte als ... nett zu mir sein? Natürlich nicht. Es war idiotisch, etwas anderes zu glauben. Unsere letzte Begegnung ... Nein, da hatte er nicht auf mich gewartet. Wie konnte ich das nur annehmen? Er hat auf Helene gewartet – und musste dann mit mir vorliebnehmen. Ich darf nicht daran denken, schon wird mir ganz heiß vor Scham.

Ich habe mich für erwachsen gehalten! Dabei war ich doch nur ein Kind. Ein dummes, unreifes Kind.

Gewiss, es gab den langen Spaziergang nach Hause. Ich habe noch heute jede Szene vor Augen, jeden Satz unseres Gesprächs im Ohr. Er interessiert sich für mich, habe ich geglaubt. Ach was! Er hat mich nach Otto

Werner ausgefragt. Warum? Wegen Helene. Er hat mich
benutzt.
Aber das ist nicht das Schlimmste. Nein, weiß der
Himmel nicht. Das Peinlichste bin ich mir selbst. Das
Schlimmste ist meine Dummheit.
Woher kennt Alard Helene? Warum weiß niemand
etwas von dieser Beziehung? Was soll die Heimlichkeit?
Was haben die beiden zu verbergen? Stimmt es, was
Marianne sagt? Sie glaubt, dass Helene jüdisch ist. Dann
wäre das also – Rassenschande?
Mir ging es danach gar nicht gut, Mutti befürchtete
einen Rückfall, ich bin also wieder zu Dr. Rosemeyer
gegangen, aber der darf nicht mehr praktizieren, weil er
Jude ist. Eigenartig. Zu mir war er immer sehr nett.
Jedenfalls werde ich nicht jammern und nicht klagen.
Ich tue meine Pflicht. Ich weine nicht. Das habe ich
mir geschworen. Denn wir leben in großen Zeiten. Die
Polen sind besiegt, Danzig ist wieder eine freie Stadt, die
deutsche Ehre ist wiederhergestellt.
Dagegen verblasst das bisschen Herzeleid.

Alard

I

Berlin – »Ali! Du hast auch schon mal besser ausgesehen!«
Loulou schwebte auf ihn zu und drückte ihm ein Glas in
die Hand. »Auf dein Wohl. Champagner hebt den Teint.«

Er versuchte zu lächeln, ahnte aber, dass er nicht sehr
überzeugend wirkte. Sie steuerte ihn am Ellenbogen
durch die Menge in eine ruhigere Ecke.

»Du solltest mal wieder nach Spanien reisen. Jetzt, wo
dort Ruhe herrscht, kann man in Frieden die Sonne genießen!«

Loulou schaute ihn aus riesigen blauen Augen von unten an, und fast wäre er wieder schwach geworden. Sie
war schön und klug und sich nicht zu fein gewesen, als
Krankenschwester mit der Legion Condor nach Spanien
zu gehen. Ihre Affäre hatte zwei Monate gedauert, dann
hatte sie sich in einen italienischen Luftfahrtattaché verliebt, was ihn zwei schlaflose Nächte gekostet hatte. Natürlich waren sie seither gute Freunde. Ganz wie es sich
gehörte.

»Oder …« Sie legte den Zeigefinger an die Lippen. »Du
hast dich verliebt.«

Woher wussten Frauen so etwas? Er wich ihrem Blick
aus und nahm einen Schluck aus seinem Glas.

»Sag jetzt nichts. So, wie du aussiehst, ist sie verheiratet
und hat einen eifersüchtigen Ehemann.«

»Loulou …«

»Oder – halt: sie ist eine geheimnisvolle Russin, die im
Verdacht steht, für den Feind zu spionieren.« Sie senkte
die Stimme, zog das »ie« ganz lang und rollte das r.

Jetzt, endlich, musste er lachen. »Die Russen sind unsere

Freunde, Loulou. Der Führer und Stalin sind unzertrennlich.«

»Ach, das ist eine Liaison, an deren Dauer ich nicht glaube.« Sie hielt das leere Glas einem vorbeieilenden Kellner entgegen, der sich mehrmals verbeugte, bevor er es ihr abnahm. In Sekundenschnelle eilte ein zweiter Livrierter herbei und brachte ihr ein volles Glas.

Die Feste in der italienischen Botschaft waren laut und amüsant, und Alard hatte gehofft, sich ein wenig ablenken zu können, bevor er wieder auf sein lumpiges Lager in der Pension Traube kriechen musste. Aber Loulou war nicht das, was er brauchte. Sie brachte ihn auf falsche Gedanken.

»Warte hier einen Moment, ich hole Edda, sie wollte dich immer schon mal kennenlernen.« Weg war sie. Er atmete auf.

Doch das Gedankenkarussell in seinem Kopf war nicht abzustellen. Das lag nicht an Loulous anziehender Art. Es lag an dem, was sie gesagt hatte. Es lag an Spanien.

Das Licht und die Gerüche, alles war sofort abrufbar, wenn er an seine Reise nach Cáceres dachte, ins ehemalige Hauptquartier von Franco, in die ausgedörrte Extremadura, die wohl unwirtlichste Landschaft Spaniens. Im Zug war es eng und unerträglich heiß gewesen, es roch nach Schweiß und Schlimmerem und ein paar Abteile weiter schrie ein Kind, ununterbrochen. Ankunft im belagerten Madrid. Durch die zerbombte Stadt zum Hotel Atlántico an der Gran Vía, die mittlerweile in Avenida de la Unión Soviética umgetauft worden war. An der Rezeption erwartete ihn ein breitschultriger Mann in Kakihosen und Schnürstiefeln, der Kopf kahl geschoren, eine Zigarette zwischen den vernarbten Fingern – sein alter Freund Liam Broedie. Der nach Staub und Benzin roch und nach etwas, was Alard erst später benennen konnte: nach der alles durchdringenden Mischung aus verbrannter Erde, Fäkalien und Verwesung.

Stunden später, nach einer Fahrt in einem schlammverkrusteten Renault durch Staub und Hitze. Kaltes Licht über zerstörten Stadtmauern, auf deren Resten ein Trauerzug grauer Krähen hockte. Hitze wie eine Faust ins Gesicht. Flirrende Luft zwischen Schutthügeln. Gestank nach Scheiße und Tod. Das weiß gebrannte Gerippe einer Kirche. Und eine Ahnung vom Schrecken, der in ihrem Schatten lag.

Die Bürgerkriegsgegner hatten sich gegenseitig nichts geschenkt. Die einen so schlimm wie die anderen.

»Wovon träumen Sie, Alard?« Vor ihm tauchte das gutmütige Gesicht von Hans von Karst auf, in Zivil, eine wohltuende Abwechslung zu all den uniformierten Männern. »Von deutschen Siegen?«

Alard grinste zurück. »Sie etwa nicht?«

Hans war vom Kriegsdienst ausgeschlossen, der Führer wünschte nicht, dass sich der Adel auszeichnen und dadurch »ungesunde Beliebtheit« erwerben könnte. Hans machte das nichts aus, ganz im Gegenteil. Er nahm zwei Gläser vom Tablett, das ihm ein Livrierter hinhielt. »Ich träume nicht, ich schlafe nachts. Kommen Sie, stoßen Sie mit mir an.«

Alard hob das Glas. »Auf den Schlaf der Gerechten!« Er hatte beschlossen, heute alles zu tun, um nicht nüchtern zu bleiben. Wenn man sich nicht erinnern wollte, musste man unter Einsatz geeigneter Mittel zu vergessen versuchen.

Sie flanierten durch den Saal, Hans grüßte nach rechts und nach links, und Alard lächelte und grüßte mit, sofern er das guten Gewissens tun konnte. Hans erzählte von seinen beiden Töchtern, von einer Reise nach Italien und von irgendeinem Film, den er, Alard, sich unbedingt ansehen müsse. Aber der war mit seinem inneren Film beschäftigt.

Er sah die Leichen in der umkämpften Stadt, hörte die Schüsse, das Stöhnen, die Schreie. »Die Frauen wurden als Kriegsbeute unter den Marokkanern verteilt«, hatte Liam erzählt. »Ich habe sie schreien gehört. Aber länger als ein paar Stunden hat keine geschrien.«

Liam Broedie, sein bester Freund seit der Studienzeit in Cambridge, war freiwillig nach Spanien gegangen, um an der Seite Francos gegen die Volksfront zu kämpfen. Seine Mutter hatte Alard gebeten, ihr einziges Kind aus diesem blutigsten aller Bürgerkriege herauszuholen, ein gnadenloses Gemetzel, das Spanien seit dem Sommer 1936 verheerte. Erst nach fast drei Jahren, im Frühjahr 1939, war mit dem Sieg Francos Ruhe eingekehrt.

»Eine junge Frau haben sie in einem Kellerloch gefunden und an den Haaren gepackt, die Treppe hochgeschleift, und dann durch die Blutlachen auf der Straße gezogen. Grölend. Vier Marokkaner.«

Alard versuchte, sich die Szene nicht vorzustellen. Versuchte, nicht an die Schmerzen und an die Todesangst der Frau zu denken. Versuchte, sich damit zu trösten, dass Liam sie gerettet hatte aus dieser Orgie der Gewalt. Helene. Dank Liam hatte sie überlebt.

Helene Pinkus und Liam Broedie, die beiden Menschen, die er am meisten liebte auf der Welt, mehr als Mutter und Vater. Helene und Liam. Liam und Helene. Und er das fünfte Rad am Wagen.

Finde dich damit ab, dachte er.

Als Hans von Karst bei einer älteren Dame stehen blieb, die Alard nicht kannte, schlenderte er weiter, begrüßte den Kollegen von der italienischen Botschaft, küsste die Hand von Eleonora, der Frau des Botschafters, der Gastgeberin, und lief direkt in die Arme von Frau von Dirksen.

»Wie schön, dich zu sehen, Ali«, sagte sie leise. »Das erinnert mich an bessere Zeiten.«

»Mich auch«, antworte Alard ebenso leise. Hilda von Dirksen war die Gattin des vorerst letzten deutschen Botschafters in London, Herbert von Dirksen, ein Mann, dem er mit Begeisterung zugearbeitet hatte. Sie nannte ihn Ali, und obwohl er seinen Spitznamen nicht mochte, klang er aus ihrem Mund fast zärtlich. Die Monate an der Londoner Botschaft in Carlton Terrace erschienen ihm im Nachhinein wie der Höhepunkt seiner diplomatischen Karriere. Dirksen hatte im Frühjahr 1938 Joachim von Ribbentrop abgelöst, den Vertrauten Hitlers, der in London nicht sonderlich beliebt gewesen war, man fand ihn ungehobelt. Er hatte Carlton House mit aufdringlicher Pracht ausgestattet – im Eingangsraum befand sich eine kolossale Hitlerbüste – und den deutschen Damen untersagt, bei Hofe das Königspaar mit Hofknicks zu ehren. Die Londoner Journalisten hatten ihn »Brickendrop« getauft, das war von »to drop a brick« abgeleitet, also: sich danebenbenehmen, was Ribbentrop verständlicherweise nicht erheitert hatte.

Sein Nachfolger pflegte Offenheit, er war dafür bekannt, dass er eine deutsch-britische Aussöhnung wünschte. Das war ganz in Alards Sinn gewesen. Aber was hatten sie erreicht? Nichts. Mit Kriegsbeginn war die deutsche Botschaft in London geschlossen worden.

»Auf die alten Zeiten«, sagte Hilda von Dirksen und hob ihr Champagnerglas. »Sie werden nicht wiederkommen.«

Alard erwiderte ihr müdes Lächeln. So war es. Seit September 1939 war London verbotenes Gebiet und Liam für ihn unerreichbar geworden. Das Einzige, was er für den Freund tun konnte: Helene beschützen, die in ihrem Fotogeschäft in Stendal halbwegs sicher war. Diese Rolle fiel ihm immer schwerer, ohne seine Gefühle für sie zu verraten. Ob sie Liam vermisste? Er hatte es nicht gewagt, sie danach zu fragen. Was für ein Feigling er doch war. Jetzt war es zu spät dafür – sie wollte ihn nicht mehr sehen.

»Hilda! Cara!« Die Gastgeberin rauschte mit ausgebreiteten Armen auf sie zu.

»Pass auf dich auf«, sagte Hilda, bevor sie sich Eleonora zuwandte.

Alard flanierte weiter, in Gedanken in London. Das Leben war so viel freier gewesen als im grauen kalten Berlin, wo es noch viel grauer und noch viel kälter werden würde, je länger der Krieg dauerte. Zwar hatten die Briten trotz der Garantien, die sie den Polen gegeben hatten, noch nicht zurückgeschlagen, nachdem die Wehrmacht in Polen einmarschiert war. Aber so würde es nicht bleiben. Im Oktober hatte die U-47 das britische Schlachtschiff Royal Oak versenkt, das mochten die Insulaner nicht.

Unter einem der Lüster aus venezianischem Glas standen zwei Botschaftsangehörige, die er nur flüchtig kannte, Bob Dewitt, ein amerikanischer Journalist, und eine »Drahtlose«, eine Dolmetscherin vom Nachrichtendienst des Rundfunks. »Ich traue den Engländern alles zu«, sagte die Dolmetscherin emotionslos.

Die beiden vom Auswärtigen Amt pflichteten ihr bei, Bob auch, lächelte aber süffisant, was ihm einen strafenden Blick eintrug. Nicht alle hier im Raum liebten den Führer, und nicht alle glaubten der Propaganda in den gleichgeschalteten deutschen Zeitungen. Aber man hielt es allgemein für durchaus denkbar, was am vergangenen Mittwoch gemeldet worden war: dass das Attentat auf Hitler im Münchner Bürgerbräukeller am 8. November im Auftrag des britischen Intelligence Service erfolgt sei. Man hatte an der deutsch-niederländischen Grenze, bei Venlo, am darauffolgenden Tag zwei britische Geheimdienstleiter festgenommen, die nun als Drahtzieher hinter dem Attentat auf Hitler präsentiert wurden.

Alard winkte nach einem Kellner und bestellte einen Cognac. Er glaubte es besser zu wissen als die Anwesenden. Gewiss waren die beiden Briten vom Secret Intelligence Service gewesen, sie hatten aber mit dem Anschlag auf Hitler nichts zu tun. Sie hatten geglaubt, in Venlo mit deutschen Wehrmachtsoffizieren zusammenzutreffen, die Friedensverhandlungen mit der britischen Regierung aufnehmen wollten. Hinter dieser Aktion steckte natürlich niemand anderes als Liam Broedie. Wie es ihm wohl ging, nachdem sein Plan so dramatisch gescheitert war? Alard packte die Sehnsucht nach dem Freund mit fast so mächtiger Wucht wie die nach Helene. Sollte er alles verlieren, was ihm im Leben lieb und teuer war? Blieb ihm nur Adelante, der schwarze Riese, der ihm die Haare vom Kopf fraß?

Irgendwann saß er in einer Ecke, in der ein paar Kollegen vom Auswärtigen Amt mit Norman Baillie-Stewart Skat spielten, einem britischen Offizier, der aus Liebe zu einem deutschen Mädel sein Land an Deutschland verraten hatte. Nach einer Weile bekam er Schluckauf vom Champagner und beschloss nach Hause zu gehen.

II

Kaum hatte er die Tür zu seinem Zimmer geöffnet, sprang ihm ein schwarzer Schatten entgegen. Adelante hätte ihn fast umgerannt, als sie an ihm vorbei zur Haustür stürzte. Alard folgte, obwohl er viel lieber in sein unbequemes Bett gesunken wäre. Frau Traube hatte sich zwar durch einen nicht unerheblichen Geldbetrag davon überzeugen lassen, den Hund zweimal am Tag auszuführen, aber sie musste es wohl wieder einmal vergessen haben. Oder sagte man: verdrängt? Sie betrachtete Adelante stets nur mit gerümpfter Nase. »Der Hund stinkt.« Sicher. Vor allem, seit man nur noch samstags und sonntags baden durfte – und einen Hund besser gar nicht.

Die kühle Luft und die dunkle Nacht taten gut. Ganz dunkel war es in der Stadt nicht, viele nahmen die Vorschriften zur Verdunklung nicht ernst, da Luftangriffe bislang ausgeblieben waren. Außerdem kannte er den Weg im Schlaf und auf Adelantes Orientierung war immer Verlass. Sie gingen vor bis zum Monbijou-Park, wo er sich auf eine Bank setzte und zusah, wie der Hund die Botschaften in den Duftmarken anderer Hunde untersuchte und kommentierte.

Liam hatte Helene gerettet. Und er – Adelante. Wieder sah er die Szene vor sich, hörte die beiden Männer lachen, die vor der zerschossenen Villa saßen, an der eine zerfetzte spanische Flagge hing. Soldaten in der Uniform der Franco-Rebellen. Einer nach dem anderen hob die Hand und warf mit Steinen auf etwas Dunkles, das sich gegenüber in einen Hauseingang duckte.

Alard hatte ein Geräusch gehört, eine Art Greinen, wie das eines vom Brüllen erschöpften Kindes. Ohne zu zögern war er über den Platz gelaufen, in den dunklen Hausflur hinein, in dem es roch wie überall in Spanien, nach Exkrementen, nach Verdorbenem und Verwesten. Bahnte sich einen Weg über Glasscherben und zerbrochenes Geschirr und zertrümmerte Möbelstücke, die Pistole in der Hand. Hörte ein Knurren, das in ein leises Heulen überging. Warum er die Hand ausstreckte, obwohl er nicht wissen konnte, welche Bestie sich im Dunkeln verbarg, konnte er hinterher nicht mehr sagen. Aber es musste das Richtige gewesen sein, denn statt eines wütenden Angriffs fuhr ihm eine raue Zunge über die Hand. Seine Finger berührten weiches Fell, ertasteten einen schlanken Kopf.

»Adelante«, flüsterte er. War das nicht das spanische

Wort für vorwärts? Jedenfalls setzte sich das Tier in Bewegung, Pfote vor Pfote setzend, hinaus ins Helle.

Unter den eingefallenen Flanken und dem matten, verklebten Fell zeichneten sich Wirbelsäule und Rippen ab. Ein Auge und die Schnauze waren blutverkrustet. Die nachtschwarze Dogge war verletzt und ausgehungert und völlig verängstigt.

Die beiden Soldaten johlten bei ihrem Anblick. Nur mit Mühe hatte Liam sie davon abhalten können, nicht nur den Hund, sondern auch den Mann zu steinigen.

»Der Hund stinkt«, sagte Liam, als sie am Wagen angekommen waren.

»Der Hund heißt Adelante«, hatte Alard geantwortet.

Liam, mein Freund, dachte er und erhob sich von der kalten Bank. Dich liebt Helene. Mich liebt mein Hund. Besser als nichts.

Er rief nach Adelante und ging zurück zur Pension, in sein Bett, das eigentlich ein Sofa war, dessen Sprungfedern schon zu Kaiser Wilhelms Zeiten die Arbeit eingestellt hatten. Der Hund rollte sich auf seiner Decke am Ofen zusammen. Alard schlief erschöpft ein und wachte viel zu früh auf.

Jetzt erst sah er den Brief auf dem Tisch liegen, der schon gestern angekommen sein musste.

III

Sein Büro in einer vom Auswärtigen Amt belegten Villa war fast so ungemütlich wie das Zimmer in der Pension Traube. Alard hockte auf dem kalten Holzstuhl hinter seinem Schreibtisch, hatte das Gesicht in die geöffneten Hände gelegt und fühlte sich elend, noch elender als sonst.

Er kam oft schon um sieben Uhr früh und verließ seinen Hamsterstall erst spätabends. Es interessierte ihn nicht, ob es draußen neblig und trüb war oder ausnahmsweise mal die Sonne schien. Ihm war sowieso nicht nach Sonne zumute. Lieber blieb er im Amt und schlurfte durch die dämmrigen Gänge, blind für alles, wie ein Maulwurf. Nein, wie ein Engerling – wie ein hirnloses, wirbelloses, rückgratloses bleiches Würmchen. Er war ein Nichts, ein Niemand ohne Einfluss und Bedeutung. Ein Gescheiterter.

Dass er sich verkatert fühlte, lag nicht nur an dem Trinkgelage gestern. Der Brief war aus der Schweiz gekommen, von einem gewissen Heinz, er enthielt die Schilderung eines Ausflugs in die Berge. Das war das verabredete Zeichen. Er hatte sich hastig angezogen und war mit Adelante zum Monbijou-Park gelaufen. Liams Nachricht fand sich am vereinbarten Ort, sie klebte unter einer Bank neben einer Rotbuche. Die Information war unpersönlich und nüchtern. Das Abenteuer von Venlo, der Coup der SS an der niederländischen Grenze, hatte weitreichende Folgen gehabt: Große Teile des britischen Spionagenetzes in Europa waren aufgeflogen. Alard hatte das dünne Papier zweimal gelesen, in Stücke gerissen, zerkaut und heruntergeschluckt, und war dann wie immer ins Amt gegangen, diesmal mit Hund.

Alles war verloren. Der letzte Versuch, den Krieg zu beenden, bevor er eskalierte, war gescheitert. Das, woran er und Liam geglaubt hatten, war eine Illusion. Der Kampf war beendet.

Und nun, Liam, mein Freund? Was wird mit uns geschehen? Bleibt uns nur die Erinnerung an goldene Tage, die lange schon vorbei sind?

»Mir ist jeder recht, der kein Engländer ist!« Das waren Liams Worte gewesen, damals, als sie sich das erste Mal begegneten, in einem der Courts des Trinity College in Cambridge. »Jeder! Sogar ein Hunne!«

Alard stand das Bild vor Augen, für immer, unauslöschlich: Liam Tristan Broedie. Weiße Haut mit zarten
Sommersprossen, eine kaum zu bändigende rote Haar-
mähne, ein Kreuz wie ein Ringer, Hände wie ein Klavierspieler. Wie er breitbeinig dastand und grinste, Spott und
Zuneigung in den Augen. Das war 1931, damals war die
Welt noch in Ordnung, jedenfalls in Cambridge, an den
grünen Ufern des Cam.

Schon ihre Väter kannten sich, beide hatten im Sommer vor dem Ersten Weltkrieg in Heidelberg studiert, ein
Schotte aus dem altehrwürdigen Broedie Clan aus Nairn
in Moray und ein nicht ganz so geschichtsbedeutender
Landadeliger aus Schlesien. Ihre Freundschaft hatte auch
die Katastrophe des Großen Krieges überlebt.

Die Söhne hatten die Freundschaft der Väter geerbt und
gepflegt. Für Alard waren die zwei Jahre am Trinity College das Paradies gewesen. Er lebte in einer Art schwär-
merischem Überschwang: Der Himmel war so blau wie
die Blüte der Vinca Periwinkle, der Clanpflanze der Broedies, und das Leben war so schön wie Liam.

Als Hitler an die Macht kam, stritten sie sich das erste
Mal. Liam fand Adolf Hitler beeindruckend, und damit
stand er in England nicht allein. Alard hingegen mochte
den »Führer« nicht. Ihm war nicht wohl bei den ganzen
Reden und Aufmärschen. Die SA-Leute, diese Prügel-
truppe, waren auch nicht besser als die linken und rechten
Raufbolde, die schon das Leben in der Weimarer Republik schwer erträglich gemacht hatten. Nach der Macht-
ergreifung tobte sich der braune Pöbel konkurrenzlos
aus, gegen Sozialdemokraten und Kommunisten, gegen
Abartige und Juden und andere »Volksfeinde«.

Dennoch – Liam und er waren sich stets über eines einig
gewesen: Es durfte nie wieder Krieg zwischen Deutschland und Großbritannien geben. An dieser Überzeugung

änderte sich auch nichts, als Alard nach dem Examen eine Stelle im Auswärtigen Amt antrat. Saß man hier, was diplomatische Friedensarbeit betrifft, nicht an der Quelle? Was für eine Illusion.

Und Liam? Er wollte ins Leben. Aber warum, zum Teufel, zog es einen Absolventen der University of Cambridge, der sich mit den schönen Künsten befasst hatte, ausgerechnet in einen derart blutigen Bürgerkrieg? Warum war er nach Spanien gegangen?

Und warum, dachte Alard, musste ausgerechnet ich ihn da rausholen? Ich wäre Helene nie begegnet. Ich hätte mich nie in sie verliebt. Und ich hätte sie nicht aufgeben müssen, nur weil sie zu meinem besten Freund gehörte.

Alard hörte ein Geräusch in der Ecke seiner düsteren Amtsstube und stand auf. Draußen lastete ein bleierner Himmel über der Stadt, drinnen roch es nach Staub und Papier und nach Hund. Die schwarze Dogge erhob sich von ihrem Lager und streckte ihm den Kopf entgegen. Er setzte sich zu ihr auf die Decke, lehnte den Kopf an die mächtige Schulter des Tiers und schloss die Augen.

Wie ausgemergelt sie damals ausgesehen hatte! Und wie viel Würde der Hund bewahrt hatte, trotz alledem. Adelante hatte sich verblüffend manierlich die Reste ihres Proviants einverleibt und war danach auf den Rücksitz des Autos gesprungen, als ob sich das so gehörte. Und dann waren sie weitergefahren.

Im Camp von Cáceres war es ruhig gewesen, ein schläfriger Posten salutierte nachlässig, als sie zwischen zwei flachen weißen Baracken in den Innenhof gerollt waren, zum Pferdestall. Drinnen hatte es nach Stroh, Heu, Pferdeäpfeln und tiefem Frieden gerochen. Doch in keiner der Boxen stand ein Pferd, nur in der hintersten Ecke des Stalls rührte sich etwas.

Liam öffnete das Schloss und die Kette, mit der die Box

gesichert war. Da stand sie, in der Mitte des Verschlags, in eine Decke gewickelt, die Haare voller Stroh, die Fäuste erhoben, als ob sie zuschlagen wollte. Ihr Anblick traf ihn wie ein Hieb in den Magen.

Ihr kupferrotes Haar leuchtete, obwohl es verfilzt und verdreckt war. Ihre Augen hatten die Farbe von geschmolzener Schokolade, karamellbraun mit goldenem Schimmer. Selbst in den schmutzigen Hosen, die viel zu weit waren für ihre schmale Gestalt, selbst im zerrissenen und verdreckten Hemd sah man, wie schön sie war. Ein Kraftfeld. Das lebendige andere.

Allein beim Gedanken daran fühlte Alard sein Herz größer und weiter werden, spürte sein Blut härter und schneller pulsieren.

»Das ist Helene«, hatte Liam Broedie gesagt. Unendlich zärtlich.

Sie hatte die Fäuste sinken lassen. Die Göttin nahm die Gestalt eines mageren Mädchens an, das vor Erschöpfung zu weinen begann. Doch ein göttlicher Funke war noch immer zu spüren.

»Ich hole Sie hier raus«, hatte Alard gestammelt. In diesem Moment hätte er ihr alles versprochen.

Sie hob den Kopf und blinzelte ihn an.

»Verstehen Sie?« Er wartete auf ihre Antwort.

Endlich sagte sie etwas. Nein, sie flüsterte. »Könnten Sie vielleicht …«

»Alles, was Sie wollen«, hatte er geantwortet und das war nichts als die Wahrheit gewesen.

»Könnten Sie diese Leute bitten, mir meine Agfa wiederzugeben?«

Sie musste ihm sein Erstaunen angesehen haben. Ihr Lächeln verwandelte sie in ein verspieltes Kind. »Meinen Fotoapparat. Er ist noch ganz neu.«

Alards Herz weitete sich, bis es schmerzte. Und es

schmerzte noch viel mehr, als er es wieder verschloss. Helene gehörte zu Liam Broedie. Liam war sein bester Freund.

Später in der Nacht hatte er begriffen, warum Liam sie einsperrte. Der erste Soldat kam kurz vor Mitternacht, mit unsicheren Schritten, offenkundig betrunken. Sie hörten ihn an der Tür zu Helenes Box rütteln. Dann kamen drei. Sie rüttelten nicht, sie traten gegen den Verschlag. Liam verscheuchte sie mit gezogener Pistole.

»Du musst Helene hier rausbringen«, hatte Liam geflüstert. »Das ist das Wichtigste auf der Welt.«

Am nächsten Tag, im offenen Wagen, in der Hitze, schlingernd auf staubigen Straßen, schmiedeten die drei Pläne, die so magisch waren wie Alards Gefühle für Helene und so verrückt wie die Zeiten, in denen sie lebten.

Und heute? Von ihren Plänen war nichts geblieben. Aber sein Versprechen an Liam hatte er eingelöst. Helene war in Stendal und in Sicherheit.

IV

Adelante hob den Kopf und gab einen Begrüßungslaut von sich. Alard fuhr hoch.

»Lieber Herr von Sedlitz, Sie sehen blass aus, geht es Ihnen nicht gut? Sie sollten einmal lüften, irgendetwas riecht hier ungewaschen, entweder Sie oder der Hund.«

Dr. Friedrich Marks stand in der Tür, der Abteilungsleiter. Marks war ein honoriger Mann, aber nicht dafür bekannt, dass er sich für den Gesundheitszustand seiner Untergebenen interessierte.

»Seit Sie von Ihrem Spanienabenteuer zurück sind, sind Sie nicht mehr der Alte.«

Alard rappelte sich hoch und versuchte zu lächeln.

Marks machte eine unmissverständliche Kopfbewegung. In mein Büro, hieß das. Alard schüttelte seine Jacke aus, versuchte, die Hosenbeine glatt zu streichen und dabei die letzten Hundehaare zu entfernen. Dann ging er über den Flur zwei Türen weiter. Marks' Büro war größer als seines, es war aufgeräumt und es gab eine Sitzecke mit zwei bequemen Sesseln und einer warm leuchtenden Stehlampe.

»So setzen Sie sich doch.« Marks stand am Fenster, ein Mann mit straffen Rundungen unter dem Anzug und scharfem Scheitel.

Alard ließ sich in den Stuhl vor dem Schreibtisch seines Vorgesetzten sinken, der niedriger war als dessen eigener Schreibtischsessel, was Marks, der tief aufseufzend Platz genommen hatte, zu einem über allem Irdischen thronenden Buddha machte. Der Buddha rückte seine Brille zurecht, legte die Fingerspitzen aneinander und stützte das Kinn auf das Zelt, das seine Hände bildeten.

»Ich mache mir Sorgen um Sie, Alard.«

Wenn Marks ihn beim Vornamen nannte, gab es entweder ein Lob oder ein besonders schwer zu bewältigendes Problem. Es stand zu befürchten, dass es sich um Letzteres handelte.

»Was Ihr Spanienabenteuer betrifft …« Marks fingerte wieder an seiner Brille, er trug runde Gläser mit Goldfassung. »Sie haben einen schottischen Bekannten herausgeholt, der auf Francos Seite kämpfte und dabei verwundet wurde. Das hat mir imponiert. Das ist echte deutsche Treue.«

Alard war sich nicht ganz sicher, ob Marks das ernst meinte oder sich über ihn lustig machte, möglich war beides. Er hatte seinen Vorgesetzten nie verstanden. Ein begeisterter Parteigenosse war er nicht, aber ein kluger Beobachter des Machtgefüges im Amt. Ob er dem Führer gegenüber loyal war oder nur dort, wo es ihm nutzte, wusste niemand, und dass er den Krieg für unnötig hielt, hieß nicht viel, das taten andere auch.

Dass er nun allerdings die Freundschaft mit Liam erwähnte, verhieß nichts Gutes. Seit Kriegsbeginn hatte man besser keine Freunde mehr aufseiten des Feindes.

»Ihre Dogge stammt doch ebenfalls aus Spanien, oder? Ein prächtiges Tier. Auch wenn es riecht.«

Wieder stand Marks auf, ging zum Fenster, die Hände in den Hosentaschen, die Schultern hochgezogen. Alard starrte auf seinen Rücken in dem etwas zu engen Jackett. Was wusste der Alte?

»Nun, ich gehe davon aus, dass sich der Kontakt zu Ihrem schottischen Bekannten aufs rein Menschliche beschränkte.«

Alard saß kerzengerade auf seinem Stuhl und wusste nicht, was er sagen sollte.

Marks drehte sich wieder um und lächelte onkelhaft. »Nicht wahr?« Hochgezogene Augenbrauen über der blitzenden Brille.

Jetzt musste er wohl etwas sagen. »Ja, natürlich, wir kennen uns aus dem Studium«, stotterte er und verachtete sich dafür. Warum hielt Marks ihn so lange hin? Wenn er etwas wusste, sollte er damit herausrücken. Es sei denn … Marks gehörte zu denjenigen im Amt, denen man noch trauen konnte.

Marks räusperte sich. »Ich glaube, Sie haben noch Resturlaub zu nehmen, lieber Alard. Ich würde Ihnen raten, ihn umgehend in Anspruch zu nehmen.«

Alard atmete schneller. Sein Verstand blockierte.

»Das ist Ihnen hoffentlich recht?« Marks' Höflichkeit grenzte an Ironie.

»Oh ja, Verzeihung, natürlich, Herr Dr. Marks«, stotterte Alard und versuchte, sich seine Erleichterung nicht anmerken zu lassen. »Ich wollte Sie das sowieso schon fragen. Mein Vater – unser Gut Mondsee –, er ist nicht mehr der Jüngste, und deshalb ...«

»Also dann nichts wie los – Sie sollten nicht länger warten. Fahren Sie. Fahren Sie nur. Die Familie geht vor.« Marks lächelte.

Alard war frei zu gehen.

V

Ohne einen klaren Gedanken lief er zur Pension, packte seinen Koffer, verabschiedete sich von Frau Traube und nahm Adelante an die Leine. Als der Zug den Anhalter Bahnhof verließ, ergriff ihn ein Gefühl, das er schon fast vergessen hatte – die reine, unbedachte Freude, am Leben zu sein. Das Hochgefühl hielt an bis Cottbus und solange die Sonne schien. Dann waren sie wieder da, die Zweifel und die Selbstvorwürfe.

Er konnte sich seinen Besuch in Stendal vor ein paar Monaten nicht verzeihen. Natürlich hatte es dafür jede Menge gute Gründe gegeben, nicht nur Vorwände wie den, dass Henris Familie in Stendal lebte, der nette Kerl, den er in seinem letzten Studienjahr in Breslau kennengelernt hatte und dessen Schwester Antonia ein Auge auf ihn geworfen hatte. Durch Henri hatte er die hübsche Margo kennengelernt, die ihm so lebhaft von Photo-Werner vorgeschwärmt hatte. Durch sie war er auf die Idee gekommen, Helene nach Stendal zu schicken, damit sie Ruhe und Sicherheit fand. Was sprach also dagegen, dass er sich bei Fräulein Helene Pinkus ganz beiläufig erkundigt hatte, wie es ihr erging an ihrem neuen Arbeitsplatz?

Er starrte aus dem Fenster seines Abteils. Du machst dir etwas vor, dachte er. Das hat dich alles nicht die Bohne interessiert. Du wolltest nur eines in Stendal: Helene sehen. Du hast dich von deinen Gefühlen davontragen lassen. Du bist schwach geworden.

Helene mit den warmen Augen und dem leuchtenden Haar, mit dem leisen Lachen und der Klugheit, die nicht ihrem Lebensalter entsprach. Vielleicht kam ihre Weisheit daher, dass sie eine der wenigen war, die sich mit dem Dazwischen auskannte: mit diesem beengenden, zuschnürenden Gefühl, zwischen den Fronten zu stehen, nirgendwo dazuzugehören, zu nichts und niemandem bedingungslos Ja sagen zu können. Vielleicht war sie ja sogar die Einzige, die das verstand? Liam jedenfalls hatte keinen Sinn für Mehrdeutigkeiten. Er hatte seinen Clan, er war Schotte und Presbyterianer. Er spürte die Fremdheit nicht, die Alard empfand, wenn er an Deutschland dachte – nicht einmal Schlesien war ihm noch Heimat.

Durchs Fenster sah er Raureif auf den Tannen der bewaldeten Kuppen. Der Schnee auf den Wiesen würde so bald nicht auftauen. Und ihm würde es wohl nie gelingen, den Moment zu vergessen, in dem ihm Liebe und Leben so nah gewesen waren, nur um einen Wimpernschlag später für immer verloren zu sein. Er hatte Helene im Hof hinter ihrem Fotoladen abgepasst, hatte sie im Arm gehalten, hätte sie fast geküsst. Glaubte für einen kurzen, himmlischen Moment, sie würde seine Gefühle erwidern.

Was für ein Glück, dass Margo sie gestört hatte. Oder war es ein Unglück? Er hatte ihr Gesicht gesehen, kurz bevor sie zurück ins Haus lief. Sie hatte erst erschrocken gewirkt. Und dann – wütend? Zornig? Was, wenn sie weitererzählte, was sie gesehen hatte?

Aber es war doch gar nichts geschehen. Helene hatte sich abgewandt, mit erhobenem Kopf, und jene Geste gemacht, die ihm durchs Herz schnitt, er kannte sie so gut. Diese schnelle Bewegung mit der Hand, als ob sie etwas wegwerfen wollte, womit sie zeigte, dass sie einen Gedanken für unnütz hielt. Oder einen Menschen?

Er ließ den Kopf nach hinten sinken und schloss die Augen. Was hatte Margo gesehen? Einen Mann, der kurz davor war, die Geliebte seines besten Freundes in die Arme zu nehmen, an sich zu pressen und mit verzweifelter Gier zu küssen? Einen Mann, den eine Frau verschmähte? Oder hatte sie nicht eher einen Mann gesehen, der offenkundig nicht in sie, sondern in eine andere verliebt war? Sei mir nicht böse, kleine Margo, dachte er.

Adelante, die zu seinen Füßen geschlafen hatte, richtete sich auf, gab einen leisen Jammerlaut von sich und legte ihren Kopf auf sein Knie. Er kraulte sie hinter den seidigen Ohren und flüsterte Koseworte. Er war allein im Abteil, er musste auf niemanden Rücksicht nehmen, und deshalb gestattete er sich ein paar alberne Tränen. Ja, der deutsche Mann weint nicht, selbstverständlich nicht, jedenfalls nicht, wenn man ihm dabei zusieht.

Auf der Höhe von Forst war sein Kopf wieder klar. Es gab nur eins: Er musste sich von Helene fernhalten. Er durfte nicht mehr an sie denken. Auf Mondsee gab es genug anderes zu tun.

Helene

I

Stendal – Obwohl sie sich den Mantel über Rock und Strickjacke gezogen hatte, hockte sie frierend auf dem Bett in ihrem Zimmerchen bei Frau Freilich in der Roonstraße und fühlte sich allein. Was hatte sie sich nur gedacht den ganzen langen Sommer über? Wie konnte sie vergessen haben, was nottat? Sie musste unter einer Glasglocke gelebt haben, auf einer Insel der Illusionen, mit einer Freude am Leben, die sie sich nie, niemals hätte erlauben dürfen. Seit September war es damit vorbei. Seit Hitler und Stalin Polen besetzt hatten und seit Alard aus ihrem Leben verschwunden war.

Dabei hatte das neue Jahr so gut angefangen. Stendal hatte sich nicht ganz so trostlos gezeigt, wie sie befürchtet hatte. Nach einem viel zu langen Winter war es endlich Frühling geworden, die Bäume trugen zartes Grün und es wurde täglich ein wenig wärmer.

Zu ihrem Glück gehörte Alard. Und zu ihrem Unglück gehörte er auch.

Immer öfter dachte sie, dass sie sich geirrt haben musste, in Spanien, in Francos Camp in Cáceres, im Pferdestall. Sie hatten im Stroh gesessen und verrückte Pläne geschmiedet, die Welt hatten sie retten wollen, nichts weniger, sie und Liam und Alard. Sie hatte eine nie gekannte Nähe zu ihm gespürt, seine Blicke, seine Gesten, die Berührungen, zufällig, im Vorübergehen: Alles sprach von dem Wunder einer glücklichen Begegnung. Auf der langen Rückfahrt nach Berlin war er der fürsorglichste Reisebegleiter, den man sich vorstellen konnte. Nur zu Adelante war er zärtlicher. Kein Wunder: Den Hund konnte er streicheln – sie nicht. Einmal hatten sich ihre Hände berührt, auf Adelantes Kopf. In seinen Augen hatte sie etwas gelesen, Zärtlichkeit, ein Versprechen. Sie hatte gespürt, wie ihr warm wurde. Doch sofort hatte er den Blick wieder abgewandt.

In Berlin hatte er sie bei ihren Eltern abgeliefert, es war ihr peinlich gewesen, mit welchem Überschwang Vater sich bei ihm bedankte. Mittlerweile wusste sie, dass er Angst um sie gehabt hatte, was wiederum ihr Angst machte. Sie kannte ihren Vater nur furchtlos bis zur Selbstgefährdung.

Adam Pinkus war zehn Jahre alt, als er 1896 mit seinen Eltern nach Berlin kam, wo sein Vater das Uhrengeschäft gründete, das er nach dem Krieg seinem Sohn übergab. Die Familie stammte aus Kalusch, einem galizischen Städtchen am Rande der Karpaten im damaligen Österreich-Ungarn. Adams Vater war ein glühender deutscher Patriot. »Wer hat den Juden Freiheit und Gleichberechtigung gebracht? Das Deutsche Reich!«, pflegte er zu sagen. Für seinen Sohn war es selbstverständlich gewesen, Deutschland und damit die eigene Freiheit im Ersten Weltkrieg zu verteidigen, den er verletzt überstand, ausgezeichnet mit dem Eisernen Kreuz I. Klasse. Vor den Nationalsozialisten hatte Adam Pinkus sich nie gefürchtet, trotz antisemitischer Sprüche und Ausschreitungen. »Warum? Weil mein Großvater ein zurückgebliebener Jid gewesen sein könnte? Ach was, der konnte doch noch nicht einmal den Kiddusch fehlerfrei sprechen. Ich bin ein braver Lutheraner und ein Kriegsheld«, pflegte er zu sagen. »So wie Adolf Hitler auch.«

Der schmale Herr mit den geschickten Händen verstand ebenso wenig wie Helene, dass er nach irgendwelchen Rassegesetzen plötzlich ein »Mischling ersten Grades« war, bloß weil er jüdische Großeltern gehabt hatte.

103

Helene, deren Mutter als Evangelische geboren worden war, die also nach jüdischem Gesetz ebenso wenig Jüdin war, galt nun als »Mischling zweiten Grades«. Auf so eine Idee musste man erst einmal kommen. Verblüffend, diese Nazis.

Sie blieb nicht lange bei den Eltern in Berlin. Alard schien zu glauben, es wäre besser für sie, fortzugehen, für kurze Zeit, hatte er gesagt, nicht weit. Nach Stendal, eine gute Stunde Eisenbahnfahrt entfernt, in die Altmark. Sie kannte den Flecken bis dato nicht. Alard hatte dort eine Stelle für sie gefunden, als Fotografin, und ein Zimmer in der Pension von Frau Freilich, in der Roonstraße nahe dem Adolf-Hitler-See. So hatte der bislang schönste Sommer ihres Lebens begonnen. Nun war er vorbei.

II

Frau Freilich war zuerst ganz und gar nicht begeistert von Helenes Beruf gewesen – »Das gehört sich nicht für eine deutsche Frau.«

»Der Führer ermutigt uns alle, die Schönheiten Deutschlands festzuhalten«, hatte Helene geantwortet. »Damit die Welt weiß, wofür das deutsche Volk lebt und was es mit Herz und Hand verteidigen wird!« Ja, das hatte Hitler tatsächlich gesagt. Manchmal war der Führer wirklich hilfreich.

Ihr Zimmer war eng und spartanisch eingerichtet, aber Frau Freilich hatte ihr erlaubt, Bilder an die Wand zu hängen – »Damit Sie sich ein bisschen wie zu Hause fühlen.« Da hingen sie nun, die Fotos, mit denen sie sich bei Photo-Werner beworben hatte. Eine Nahaufnahme der Hand ihrer Mutter, die sie manchmal fast zu Tränen rührte. Das Porträt des strahlenden blonden Babys,

Deutschlands Zukunft. Das Bild mit den Regulares, den marokkanischen Hilfstruppen Francos, hatte sie dazugehängt, damit es sie immer wieder daran erinnerte, vor welchem Schicksal Liam sie gerettet hatte. Das Foto hatte jemand geschossen, der sich aufs Fotografieren verstand, es musste derjenige gewesen sein, der ihr in Cáceres die Kamera entwendet hatte, aber Liam hatte ihr nie verraten, wo und wie er sie wiederbekommen hatte.

Je schöner der Frühling, desto besser wurde das Verhältnis zu ihrer Zimmerwirtin, die offenbar mütterliche Gefühle in sich entdeckt hatte, denn sie war ununterbrochen besorgt um Helenes körperliches Wohl. Der kam das entgegen, denn wenn sie fotografierte, vergaß sie das Essen.

Zum Dank für den gedeckten Abendbrottisch bemühte sich Helene, alle Fragen von Frau Freilich über ihr Tagewerk getreu zu beantworten. Die wichtigste war stets: Was trug die Braut?

Ihre Wirtin liebte Geschichten von lachenden Brautpaaren und weinenden Schwiegermüttern. Helene hatte immer welche zu erzählen, seit sie die rechte Hand von Otto Werner war. »Et tu, felix Germania, nube! Bei uns wird geheiratet, als ob es kein Morgen gäbe«, schmetterte Otto, wenn es wieder zu einer Hochzeit ging. Er ging stets ein wenig krumm, weil er die schwere Ausrüstung schleppen musste. Sie hatten immer die ZEISS Ikon Nettar Balgenkamera dabei und als Reserve eine nagelneue Faltkamera, die Voigtländer Bessa Zweiformat. Am schwersten waren das Stativ, die beiden Lampen und die Blitzvorrichtung. Aber da Otto ein Mann war, weigerte er sich, Helene etwas tragen zu lassen.

Otto war meistens guter Laune und seine Laune hob sich noch im Laufe des Tages, wenn die vielen Likörchen ihre Wirkung getan hatten, die man ihm bei jeder Feier einschenkte. Helene mochte ihren Chef. Er wirkte wie ein braver deutscher Untertan: untersetzt, mit viel Pomade in den dünnen, glatt zurückgekämmten Haaren. Aber irgendetwas sagte ihr, dass man ihm trauen konnte. Er war im Grunde seines Herzens ein Konservativer, schon deshalb mochte er die Nazis nicht. Oder war er vielleicht einfach nur ein anständiger Mensch? Das sollte es ja geben, auch hier, auch heute noch.

Es klopfte an der Tür. »Kommen Sie, Kindchen? In der Küche ist geheizt!«

Helene stand auf. Wie gut sie es doch getroffen hatte. Sie hatte ihre Arbeit bei einem netten Chef und eine Wirtin, die sich um sie kümmerte. Es gab jeden Grund, zufrieden zu sein. Da waren nur zwei Dinge, die sie vermisste: ihre Eltern. Und jemanden, den sie vergessen sollte, vergessen musste, wenn sie sich nicht das Leben vergällen wollte.

Die Begegnung mit Alard und sein Abschied von ihr schmerzten noch immer. Er hatte sie abgepasst, im letzten Herbst, sie war mit dem Fahrrad unterwegs gewesen, hatte die Husaren-Kaserne fotografiert, die im Februar mit allem Pomp in »Albrecht-der-Bär-Kaserne« umbenannt worden war, und war dann zum Flugplatz Stendal-Borstel hinausgefahren, um einen Fallschirmjäger mit seiner Verlobten abzulichten, und erst nach Stunden zum Laden zurückgekehrt, um die Filme im Labor abzugeben.

Sie hatte das Rad wie immer in den Hinterhof geschoben. Und da war Alard mit seinem Hund.

Er stand plötzlich vor ihr, viel zu nah, und schaute ihr in die Augen, als ob er etwas Lebenswichtiges fragen wollte. Hob die Hände, als wollte er sie packen. Als sie die Hand nach ihm ausstreckte, hatte er sie wie ein Ertrinkender ergriffen und seine Lippen in ihre Handfläche gepresst. Die Berührung war durch ihren ganzen Körper pulsiert, ein nervenkitzelnder Strom, der sie die andere Hand heben ließ, um sie in seinen Nacken zu legen und ihn an sich zu ziehen. Seine Lippen waren so nah gewesen, dass sie seinen warmen Atem spürte. Doch Sekunden später war er zurückgewichen. Das brannte wie ein Schlag ins Gesicht.

»Verzeih«, hatte er gemurmelt.

Aber es gab doch gar nichts zu verzeihen! Sie wollte, was er auch wollte! Sie wollte ihn küssen. Nichts sonst.

Der magische Moment war vorbei. Sie hatte sich voller Scham abgewandt und gewartet, bis Alard gegangen war. Erst dann hatte sie der Schmerz wie eine Faust im Magen getroffen. Er wollte sie nicht. Sie hatte sich getäuscht.

»Fräulein Pinkus? Alles in Ordnung mit Ihnen?«

Helene hob den Kopf und versuchte ein Lächeln. Sie musste die Erinnerung abschütteln, sie wollte Frau Freilich nicht die Laune verderben mit einem sauren Gesicht. Alard war Geschichte. Und morgen war ein neuer Tag, an dem es viel zu tun gab.

III

Seit letztem Herbst wurde geheiratet, was das Zeug hielt. Die Realisten unter den jungen Männern wollten auf Nummer sicher gehen, vermutete Otto Werner, der bezweifelte, dass der Krieg bald vorbei sein würde.

Manchen Paaren sah man an, dass sie sich trauen ließen, um der womöglich endgültigen Trennung durch den Krieg zuvorzukommen. Manche heirateten auch, weil sich dadurch der Soldatensold erhöhte, was den Frauen zugutekam. Die Feste hatten sich der Zeit angepasst, es ging mittlerweile eher frugal zu. Alles war rationiert, sogar in Hotels und Restaurants musste man Lebensmittelkarten vorlegen, bevor man bedient wurde. Selbst Parteifunktionäre vermieden es, in der Öffentlichkeit mit allzu üppigen Feiern aufzufallen.

Und doch waren all diese Anlässe ein Lichtblick.

Helene und Otto zogen fast täglich los, nicht nur am Wochenende und auch bei klirrender Kälte. Die Aufnahmen vor dem Standesamt hatten sie immer zuerst im Kasten, das war Routine, und danach kam die Kür: Meistens sollte auch das Fest fotografiert werden.

Sie waren vor einer beschaulichen Villa im Westen Stendals angekommen und wurden von einem Mädchen in schwarzem Kleid und weißer Schürze ums Haus herum in einen gepflegten Garten geführt. Haus und Garten gehörten den Brauteltern. Der Bräutigam sah passend aus – ein strahlender junger Mann in der Uniform des Fallschirmjägerregiments 1, die ihm bestechend gut stand.

»Erst müssen Sie auf das Brautpaar anstoßen«, sagte der Brautvater und winkte das Mädchen mit dem Tablett herbei.

Helene und Otto hoben die Gläser und prosteten in die Runde.

»Lassen Sie uns den Tag genießen«, murmelte Otto. »Was auch immer aus dem Tausendjährigen Reich wird: Um die Zukunft unserer Wehrkraft mache ich mir keine Sorgen. In Stendal kommen auf jedes Mädchen im heiratsfähigen Alter fünfeinhalb Soldaten. Da wird schon für Ersatz gesorgt werden.«

Er ließ sich nachschenken. Wenn Helene nicht gewesen wäre, hätte Otto glatt das Fotografieren vergessen. Er war gern unterwegs, wahrscheinlich war er froh, der strengen Aufsicht von Frau Inge zu entkommen. Außerdem feierte er gern. Helene störte das nicht, die Arbeit machte ihr Spaß, obwohl sie nicht immer ganz leicht war. Jeder Gast musste porträtiert werden, strahlend und in würdiger Pose, und manch einen musste man dazu erst überreden.

Als sie ihre Runde gemacht hatte und die Ausrüstung endlich zusammenpacken konnte, sah sie Otto am Rande der Tanzfläche stehen, in deren Mitte sich eine der Brautjungfern übermütig drehte. Er hatte schon wieder ein gefülltes Glas in der Hand und schwatzte mit einem Mann in SS-Uniform, was sie ein wenig wunderte, er mochte Leute in Uniform nicht. Als er sie wahrnahm, verabschiedete er sich von dem SS-Mann und schlenderte hinüber zu ihr.

»Sollten wir nicht langsam mal gehen?«, fragte Helene.

»Ach, warum denn. Die haben genug von dem Zeug.« Otto nahm einen tiefen Schluck. »Komm Kindchen, lassen Sie sich nachschenken.« Er winkte dem Mädchen.

Ottos Stimmung war so gelöst, dass ihm gar nicht auffiel, wie still sie war. Helene war mit einem Gefühl beschäftigt, das sie oft überfiel, wenn sie Hochzeiten fotografierte. Sie nannte es ihren siebten Sinn. Da war etwas, das ihr sagte, ob eine Ehe glücklich werden würde oder nicht. Wenn sie den Bräutigam des heutigen Tages betrachtete, hatte sie keinen Zweifel, dass er am Ziel seiner Wünsche war. Beim Anblick der Braut ging es ihr anders. Nicht, dass die Braut unglücklich wirkte. Nur unentschlossen. Ihr Gesicht schien zu sagen: Ich bin noch nicht so weit! Lasst mich! Lasst mich doch erst erwachsen werden!

Für wenige Augenblicke verschwammen die fast noch kindlichen Zügen der Frau und Helene sah in das müde Gesicht einer Mutter von zwei vaterlosen Kindern, die nicht wusste, wie sie die beiden satt bekommen sollte.

Otto Werner sah nicht, was sie sah. Sie versuchte deshalb gar nicht erst, mit ihm darüber zu reden. Er verstand viel von Blende und Brennweite, aber nichts von dem, was ein Foto einmalig machte. Er hatte kein Gespür für den Moment.

Er war ein bisschen in sie verliebt, das war von Anfang

an zu spüren gewesen, aber er zeigte seine Zuneigung auf zarte und schüchterne Weise, und das rührte sie. Mittlerweile wusste sie weit mehr über ihn als er über sie.

»Heute bin ich froh, dass ich nicht Lehrer geworden bin. Da müsste man ja politisch sein, und das war ich nie.« Wie kam er jetzt darauf? Sie hatte nicht richtig zugehört. Dass er nicht politisch war, wusste sie, das war ihr angenehm, denn es ersparte ihr, Geständnisse über ihr eigenes Verhältnis zu Hitler und den Seinen abzulegen.

»Aber einmal, da war ich für kurze Zeit Sozialdemokrat.«

Helene stöhnte innerlich auf. Wenn er doch den Mund halten würde! Freiwillig gab heutzutage niemand mehr zu, dass er mit den Roten sympathisiert hatte.

Er senkte die Stimme. »Bei der Rede von Otto Wels im März 1933 im Reichstag.«

Das war starker Tobak. Die SPD war die einzige Partei gewesen, die übrig geblieben war, um der Opposition gegen die Nazis eine Stimme zu geben.

»Ich hätte sie sogar gewählt, aber das ging ja dann nicht mehr.«

Helene stieß ihn in die Rippen. Der Bräutigam kam auf sie zugestolpert, nicht mehr ganz sicher auf den Beinen, eine Flasche Sekt in der Hand.

»Geht es Ihnen gut? Haben Sie genug zu trinken?« Der frischgebackene Schwiegersohn trug ein strahlendes Lächeln im geröteten Gesicht. Im Vergleich zu ihm war Otto stocknüchtern. Helene hielt die Hand über ihr Glas. Der junge Mann runzelte die Stirn.

»Heute dürfen auch die Damen trinken«, sagte er vorwurfsvoll.

Sie nahm ihre Hand wieder weg. Den Blumen in den großen Vasen schadete Sekt aus dem schlesischen Grünberg hoffentlich nicht.

IV

»… beehren sich, die Verlobung ihrer Tochter Antonia
mit Herrn Assessor Friedrich Sieveking anzuzeigen.«

Wenn die Tochter von Hermann Seliger sich verlobte,
dem nicht gerade unumstrittenen Dramaturgen am Stadt-
theater, war das ein Ereignis. Die Seligers jedenfalls feierten gebührend, im Gutshaus von Freunden im nahen Tangermünde.

»Das übernimmst du, Helene, wenigstens einer von
uns sollte einen schönen Tag haben, ich muss nach Wahrburg zu einer Beerdigung.« Otto Werner hatte ihr liebevoll den besseren Auftrag zugeschoben.

Helene war ihm dankbar. Sie liebte Tangermünde, einen mittelalterlichen Flecken am Flüsschen Tanger, das
dort in die Elbe floss. Tangermünde war, wie Stendal, von
Kopf bis Fuß Backsteingotik: roter Backstein, der in der
Abendsonne leuchtete, die Fensterumrandungen weiß
wie Sahne. Auf dem spätmittelalterlichen Rathaus niste-
ten Störche und über der Flutmauer erhob sich die noch
ältere Burg. Das Städtchen war die Heimat von Grete
Minde, deren Schicksal Theodor Fontane aufgeschrieben hatte, eine Geschichte, die sie als junges Mädchen zu
Tränen gerührt hatte. Die junge Frau war 1619 gefoltert
und hingerichtet worden, weil man sie beschuldigte, den
Brand gelegt zu haben, der zwei Jahre zuvor die Stadt verwüstet hatte.

Nicht nur Tangermünde, auch die Seligers reizten Helene, sie waren das einzige bisschen Bohème, das Stendal
zu bieten hatte. Hermann Seliger erfreute sich einer wallenden Künstlermähne, die bis auf die Farbe offenbar echt
war, und seine Frau, eine ebenso extravagante Erschei-

nung, war eine bei den Bürgerstöchtern sehr beliebte Gesangslehrerin.

Die Details hatte Frau Freilich geliefert, die in gesellschaftlichen Fragen eine unverzichtbare Quelle war, immer auf dem neuesten Stand. Da war der Ruf der Seligers, um den man sich Sorgen machen musste, seit Hermann Seliger ein paar Szenen aus irgendeinem amerikanischen »Musical« aufführen ließ – »wahrscheinlich von einem dieser frechen Juden!« Das missfiel nicht nur den Parteigenossen – »Was hat der Hermann sich nur dabei gedacht?« –, das fanden auch viele brave Bürger Stendals skandalös – »Neger und Ganoven, wer will denn etwas Derartiges im Theater sehen?«

Dafür war der nicht mehr ganz so junge Assessor, mit dem Toni sich verlobte, offenbar eine gute Partie – »Toni ist ja ein so stilles Mädchen. Und so musisch! Die braucht einen reifen Mann, der ein wenig großzügig ist.«

Helene kam also bestens präpariert zur Feier. Antonia Seliger sah zart und zerbrechlich aus, das lange dunkle Haar trug sie gescheitelt und im Nacken zusammengefasst. Der kleine Mund und die lange schmale Nase erinnerten an Leonardo da Vincis Dame mit dem Hermelin. Es fehlte nur noch das seidene Band um die Stirn und sie hätte ausgesehen wie eine Renaissanceschönheit. Von ihr machte sie die meisten Fotos.

Neben seiner Verlobten wirkte Friedrich Sieveking wie ein behäbiger Krautjunker. Blassblaue Augen, das Gesicht rund und rosig, die verbliebenen rötlichen Haare zurückgestriegelt. Aber Helene fand ihn rührend: Wenn er seine Verlobte ansah, war er der stolzeste Mann Stendals. Antonia Seliger aber wirkte, als ob sie das alles nicht wirklich etwas angehe.

Mit leiser Beklemmung registrierte Helene, was sie oft schon gespürt hatte: Hier war nur einer bei der Sache.

Dennoch beneidete sie die beiden ein wenig. Die Vorstellung war zu verlockend, in diesen verrückten Zeiten ein ganz normales Leben zu führen. Einfach nur Mann und Frau sein zu dürfen und nicht Gefährten in einem aussichtslosen Kampf.

Dann eröffnete Hermann Seliger die Feier mit einer Darbietung, von der Frau Freilich noch lange erzählen würde, hätte man sie eingeladen – »Also Sie glauben es nicht! Diese Schamlosigkeit! Revuegirls auf der Bühne! Und dann: Negermusik!« Die Aufführung fand auf einer improvisierten Bühne in der Scheune statt, es gab ein paar Tanzstücke leicht bekleideter Frauen und Frau Seligers Gesangsschüler trugen ein paar Schmachtfetzen vor – »Nein, Frau Freilich, das war keine Negermusik, das war von Eduard Künneke, und der ist erlaubt.« Beim Applaus war die Menge geteilt. Dort, wo die künftige Braut stand, war er enthusiastisch, in der Nähe des Bräutigams in spe verhalten.

Nach dem Ende der Vorstellung flanierte Helene durch den großen Raum, fing mit der Kamera Momente ein, die den Tag nicht nur für die Verlobten denkwürdig machen würden. Viele Männer fühlten sich in ihrer ungewohnt festlichen Kleidung sichtlich unwohl, während ausgerechnet die Uniformierten unverschämt lässig wirkten. Die Roben der Damen zeigten, dass sie sich Mühe gegeben hatten, dem Anlass gerecht zu werden, auch wenn das Ergebnis den Aufwand nicht immer rechtfertigte. Viele der Geladenen kannten Helene, sie hatte in kürzester Zeit wohl alle fotografiert, die etwas auf sich hielten. Grüßend und nickend machte sie ihre Runde. Die meisten Frauen lächelten geübt in die Kamera.

Nahe der Tanzfläche in der Mitte der Scheune stand Henri Seliger, der Bruder der künftigen Braut, und unterhielt sich mit einer jungen Frau. Sie drehte ihr den Rücken zu, aber Helene erkannte den dunkelblonden Bubikopf und das strenge Kostüm sofort. Es war Margo, auf die Henri sichtlich verliebt einredete. Helene hatte nicht die Absicht, die beiden zu stören, doch sie wurde von der Menge in ihre Nähe geschoben, bis sie direkt hinter Margo stand.

»Ihren adligen Alard hat sie nicht gekriegt, die arme Toni. Aber muss es jetzt ausgerechnet ein solcher Langweiler sein?«

Henris Gesicht verzog sich, doch bevor er Margo antworten konnte, sah er Helene und nickte ihr zu. Sie ging hastig weiter, es war ihr nicht unlieb, dass Margo sie nicht bemerkt hatte. Seit einiger Zeit hatte sich die Stimmung zwischen ihnen verändert, obwohl sie sich nah gewesen waren, viel näher, als Helene es normalerweise zuließ.

Außerdem spürte sie an der Hitze in ihrem Gesicht, dass sie rot geworden war. Sie wollte nicht, dass jemand wie Margo ihre Verwirrung wahrnahm. Toni und Alard. Was war zwischen den beiden gewesen? War es Toni so gegangen wie ihr? Hatte Alard sie verschmäht? Jetzt glaubte sie zu wissen, was sie in den Augen der jungen Braut gelesen hatte: das Elend einer arme Seele, die keine Erfüllung fand. Sie spürte ein so heftiges Mitleid mit dem Mädchen, dass ihr fast die Tränen gekommen wären. Musste das denn sein, dass man die Liebe gegen eine leidenschaftslose Ehe tauschte?

Nie, dachte sie sich. Niemals. Liebe lässt sich nicht eintauschen.

Gedankenversunken stolperte sie in die Arme eines beleibten Herrn in weißem Hemd und mit kohlschwarzer Mähne.

»Darf ich Sie um den nächsten Tanz bitten, Fräulein Pinkus? Sie würden mir eine große Freude machen!«

Sie hätte Hermann Seliger umarmen können. Er kam

zur rechten Zeit, bevor sie sich wieder verlieren konnte an eine Sehnsucht, die nicht verging – vielleicht, weil sie sich nicht von ihr trennen wollte. Sehnsucht war schließlich das Einzige, was sie mit Alard noch verband.

Nach dem ersten Walzer hatte sich ihr strenger Zopf gelockert. Beim dritten Tanz löste sich das Band um ihr Haar. Zum Entzücken von Hermann Seliger – »Sie sollten das Haar immer offen tragen, Helene!« – schwangen ihre Locken bei jeder Umdrehung wie eine rote Fahne. Doch sie wünschte sich in diesem Moment nur eines: dass es nicht Hermann Seliger wäre, der sie in seinen Armen hielt.

V

Wenn sie nicht mit Otto unterwegs war, ging Helene eigene Wege. Sie fotografierte Kasernen, Flugzeuge, Soldaten. Das war das normale Geschäft. Mittlerweile kannte sie die militärischen Einrichtungen in Stendal in- und auswendig, mit allen Vorzügen und Nachteilen. In der Husarenkaserne »Albrecht der Bär« roch es nach dem Schweiß der Vorväter. Die Infanteristen wiederum stöhnten über die glatten Parkettböden in ihrer nagelneuen Hindenburg-Kaserne, die anderswo als Luxus empfunden würden. Die Fallschirmjäger beklagten die sommerliche Affenhitze in ihren Baracken – »Einmal kam mir glatt die Butter aus dem Spind entgegengelaufen!« Im klirrend kalten Winter war das eine exotische Vorstellung.

Bei den Fallschirmjägern gab es die meisten Fotoamateure; die selbstbewussten Jungs freuten sich immer besonders, wenn sie Helene sahen, sie mochten ihre roten Haare und ihre Schlagfertigkeit. So ein bisschen Flirten kam dem Geschäft von Photo-Werner natürlich zugute, aber vor allem nützte es ihrem Hunger nach Informationen.

Helene schrieb alles auf, was sie in Erfahrung bringen konnte. Truppenstärken, Truppenbewegungen, Einsatzziele. Das hatte ihr niemand aufgetragen und sie wusste noch nicht einmal, wozu das alles gut war.

Dass es Otto war, der sie eines Tages erwischte, war ein Glücksfall. Wäre es Inge gewesen, hätte man sie mit Sicherheit noch am selben Tag verhaftet.

»Was ist denn aus meinen Fotos geworden?«

Er kam auf sie zu, als sie gerade in die Dunkelkammer gehen wollte, in seiner Hand ein Fotokarton. Sie sah auf den ersten Blick, dass es einer mit ihrem Material war. Sie hatte den Karton auf der Empfangstheke liegen gelassen, und ausgerechnet in diesem hier lagen keine Fotos, sondern Angaben über die Angehörigen des in Stendal stationierten Jagdgeschwaders 301, genannt »Wilde Sau«.

Ihr wurde heiß vor Zorn auf sich selbst. Sie war unvorsichtig gewesen. Sie hatte nicht damit gerechnet, dass jemand so spät noch hereinkommen und ausgerechnet nach diesem Karton greifen würde.

Sie nahm ihn Otto aus der Hand und lächelte ihn an. »Ach, den Karton habe ich rausgelegt, weil ihn jemand heute früh vergessen hat, ein Oberjäger, den kenne ich, gleich morgen fahre ich bei ihm vorbei und gebe alles ab!«

»Soso«, brummte Otto. »Und was macht der Oberjäger mit all den Notizen, die hier drin sind?«

»Keine Ahnung! Ich habe nicht hineingesehen!« Sie lächelte noch immer. Otto nicht. Er hob den Kopf und sah ihr in die Augen.

»Mach mir keinen Ärger, Helene«, sagte er leise. »Du bist eine erstklassige Fotografin und ich brauche dich. Überleg dir gut, was du tust.«

Sein Blick machte sie verlegen, denn er hatte ihr stets vertraut. Sicher war er noch immer in sie verliebt, aber deshalb wurde man ja nicht gleich blind oder blöd. Tatsächlich hätte es sie sehr gewundert, wenn er nicht gewusst hätte, was ihm da aus Versehen in die Hände gefallen war. Derart präzise Informationen über die in Stendal liegenden Regimenter waren für niemanden von Interesse außer für einen: für den Feind.

»Ich habe dafür gesorgt, dass meine Familie und meine Angestellten nicht belästigt werden. Aber ich weiß nicht, wie lange ich dich noch schützen kann«, sagte Otto leise, aber mit Nachdruck. »Du solltest nach Hause gehen, Helene. Ich schließe ab.«

Sie verstand. Er wollte allein sein. Und vielleicht wollte er darüber nachdenken, wie bedeutend ihr Verrat war und welchen Schaden er anrichten konnte.

»Bis morgen«, flüsterte sie und holte ihren Mantel vom Garderobenständer.

»Nein, Helene. Morgen fährst du nach Berlin und kümmerst dich um deine Eltern.«

Sie nickte wie ein braves Kind, aber das sah er nicht. Otto Werner hatte ihr den Rücken zugekehrt.

VI

Die Wohnung in Berlin-Mitte, in der Oberwasserstraße 13, auf die ihre Eltern so stolz waren, hatte einen gewaltigen Nachteil: Im Winter drang die Feuchtigkeit vom Spreekanal herauf und durch alle Tür- und Fensterritzen. Als Kind hatte sie den ganzen Winter über unter Husten und Schnupfen gelitten, nur Vaters Laden war immer gut geheizt gewesen, weshalb sie so oft wie möglich zu ihm geflüchtet war. Wenigstens daran hatte sich nichts geändert.

Helene saß in einem der beiden vornehmen Sesselchen, die für die Kunden von »Adam Pinkus – Uhren und Juwelen« gedacht waren, und spürte, wie sich die Kälte langsam löste, innen und außen. Nichts war beruhigender als ihrem Vater zuzusehen, wie er eine zierliche Damenuhr mit schmalem goldenem Armband reinigte. Das hatte sie vermisst, seit sie zu Hause ausgezogen war, neben Mutters Stimme und Vaters Lachen: das Ticken der Uhren und den Geruch nach Ballistol in seiner Werkstatt.

Und doch war nichts mehr wie früher. Wie hatte sie das auch nur einen Moment lang glauben können?

»Vati, du tust am besten gar nichts. Vor allem regst du dich bitte nicht auf.«

Der alte Dickkopf murmelte irgendetwas Unverständliches.

»Hörst du? Sonst macht sich Mutti Sorgen.«

Endlich blickte er sie über seine Lupenbrille hinweg an. »Da sei der Herrgott vor«, brummte er.

Helene horchte auf die Laute von draußen, auf die Motorengeräusche der wenigen Autos auf der Straße und das dunkle Brubbern eines Schiffsdiesels vom Kanal. Seit drei Stunden schon saß sie hier und sah Adam Pinkus bei der Arbeit zu, aber noch war kein einziger Kunde da gewesen. Ihr Vater hielt sich verdächtig lange mit der Armbanduhr auf. Wurde das Geschäft bereits boykottiert? Noch hatte niemand »Jude« auf die Fensterscheibe gepinselt oder eines dieser Plakate drangeklebt: »Deutsche! Wehrt euch! Kauft nicht bei Juden!« Also wussten die Nazis nichts von seinem jüdischen Großvater. Aber seine Kunden ahnten womöglich etwas. Die meisten Berliner Juweliere kamen aus jüdischen Familien, das war bekannt und hatte schon immer Misstrauen erregt. Die Juden, glaubte man, verdankten ihren Reichtum Zinswucher und Hehlerei.

Als sie ein Kind war, hatte sie niemand nach ihrem

Glauben oder ihrer Herkunft oder gar ihrer »Rasse« gefragt. Das Einzige, was für Spott sorgte, waren ihre roten Haare, denn die hatten nur Hexen. Die Jungen auf der Straße zogen sie gern an den Zöpfen, aber das machten sie auch mit den blonden Mädchen. Sie hatte sich nie anders als die anderen gefühlt, als die Spielkameraden und Schulfreunde, nicht mehr und nicht weniger wert. Vielleicht hatte sie sich manchmal sogar ein wenig privilegiert geglaubt, denn sie wohnten ja ganz modern. Adam und Clara Pinkus hatten den Laden und die Wohnung dahinter 1924 bezogen, als Helene gerade sieben und das Haus erst zwölf Jahre alt war. Das Ladenlokal lag ebenerdig, die vier Zimmer der Wohnung dahinter waren nicht sehr groß, aber hell. Es gab eine geräumige Küche und eine Toilette, man musste also nicht mehr hinaus ins Treppenhaus oder gar in den Hof. Im Sommer war das Leben am Wasser leicht und heiter. Das war Luxus, so war es ihr damals jedenfalls vorgekommen.

Heute Morgen war sie am Spreekanal entlanggelaufen, bis zu der Stelle, an der er in den Kupfergraben mündete, von der Oberwasserstraße bis zur Jungfernbrücke und zum Werderschen Markt und zurück. Mit jedem Schritt war ihr die Kindheit näher gerückt.

Die Nachbarn, die weniger großartig wohnten, wuschen ihre Wäsche im Kanal und breiteten sie zum Trocknen auf dem Rasen aus. Das waren Tage, an denen der Duft nach Kernseife alles andere übertönte: den fauligen Dunst des brackigen Wassers und den sauren Gestank, der vom Plumpsklo in den gegenüberliegenden Häusern herüberwehte. Die Nachbarskinder saßen stundenlang am Rande des träge fließenden Wassers und versuchten, irgendetwas Interessantes zu angeln, es durfte auch ein Fisch sein. Und sie selbst? Auch sie saß an langen heißen Sommertagen oft am Ufer und blickte sehnsüchtig den

Schiffen hinterher, die vorbeituckerten. Auf den Schleppern flatterte Wäsche an der Leine, manchmal grüßte der Mann am Steuer zu ihr herüber. Und dann die Ausflugsboote! Die Menschen lachten und sangen und winkten ihr zu.

All das musste ja Fernweh und Abenteuerlust geweckt haben, dachte Helene. Und das hab ich nun davon: Ich bin in Stendal gelandet.

Als sie älter wurde, wanderte sie am Kanal entlang bis zur Jungfernbrücke und wartete, bis eines der Schiffe vorbeikam, für die man die beiden Brückenteile hochklappen musste. Es war ein magischer Moment, wenn der tiefe Glockenton erklang und die schweren Eisenketten mit einem schartigen Grollen anzogen; wenn die Brückenflügel sich langsam hoben, bis die mächtigen Kähne majestätisch hindurchfluten konnten. Sobald sich die Brücke wieder geschlossen hatte, lief sie hinauf und über die noch immer leise vibrierenden Holzbohlen zum anderen Ufer.

Männer machten gerne Scherze über die Jungfernbrücke. »Pass nur auf, dass sie nicht knarrt, wenn du drüberläufst«, hatte ein Kutscher ihr zugerufen, als sie schon älter war und man sehen konnte, dass sie Brüste bekam. »Dann bist du keine Jungfrau mehr!«

Erst hatte sie gedacht, auf wundersame Weise mache die Brücke sie zur Frau, allein durch ihr Knarren! Dann dämmerte ihr, was der Mann wirklich gemeint hatte. Sie musste rot geworden sein wie ein Affenhintern. Ab da stampfte sie immer extra heftig auf die Holzbohlen, wenn sie hinüberlief – alles war gut: Nichts knarrte.

Die Nazis hatten übrigens auch die Jungfernbrücke ruiniert, sie konnte nicht mehr aufgeklappt werden. Nun gab es eine durchgehende Brückenfläche aus Holzbohlen, die nur noch von Fußgängern benutzt werden konnte. Helene hatte sich heute früh in die Mitte der Brücke gestellt und war, als niemand zusah, hochgehüpft. Sie war schließlich kein federleichtes kleines Mädchen mehr. Noch immer knarrte nichts. Der Umbau hatte der Brücke das Jungfernerkennen ausgetrieben. Sie jedenfalls war keine mehr. Seit einem Monat war der Zustand beendet, den sie mehr und mehr als unerfreulich empfunden hatte.

Sie hatte ihn auf einer Hochzeit getroffen, einen Jungen mit blondem Haar und dunklen Augen, der beim Anblick der Braut fast geweint hätte. Sie hatte ihn heimlich fotografiert, er rührte sie – und beim dritten Mal hatte er sie dabei ertappt. Zwei Wochen hatte ihre Liaison gedauert, zwei Wochen Trost für zwei unglücklich Liebende, zärtlich und verloren. Kurz darauf war er mit seiner Ju 87 irgendwo über Polen abgeschossen worden.

Endlich legte Adam Pinkus die Damenuhr beiseite und nahm die Brille ab.

»Unfassbar, was das braune Gesindel angerichtet hat. Die ganze Friedrichstraße nichts als zerbrochene Fensterscheiben und geplünderte Läden. Im Konfektionsviertel haben sie bei Briese & Loepert ganze Stoffballen aus den Fenstern geworfen! Und unsere lieben Berliner standen glotzend dabei und plünderten mit.«

»Nicht alle, Vati, bestimmt nicht alle.«

»Du hättest das sehen sollen«, sagte ihr Vater verloren. »Wie gierig sie nach der bunten Seide griffen. Wie die Krähen.«

»Dem Pöbel ist nichts heilig, das weißt du doch«, sagte sie beschwichtigend.

In Stendal hatte man von alldem nur wenig mitbekommen. Die dortige Partei hatte bald begriffen, dass die Bürger rohe Gewalt nicht schätzten. Andere von oben verordnete »Maßnahmen« wirkten subtiler, kaum wahrnehmbar. Alle waren vorsichtiger geworden, wenn man einen Fremden traf, jeder hielt mit der eigenen Meinung zurück, blieb vage, wich aus. Sah weg, wenn jemand mit Parolen kam, oder nickte sogar, vorsichtshalber, dachte sich nicht viel dabei, wenn die Rechtsanwaltskanzlei um die Ecke schließen musste und Dr. Rosemeyer nicht mehr praktizieren durfte.

Doch dann fiel ihr Marianne ein. Die wäre womöglich bester Laune dabei gewesen, beim Plündern und Zerstören.

»Das war nicht nur Pöbel. Das ist ja das Erschreckende. Ich erkenne mein Deutschland nicht wieder. Sie zerstören unsere Kultur. Unser Herz. Unser Größtes.«

Adam Pinkus hustete. Helene wartete darauf, dass er ein unwirsches »Na!« sagte, so, als ob er seinen Körper zur Ordnung rufen wollte. Husten war ein ärgerliches Fehlverhalten, das jemand wie ihr Vater nicht duldete. Sie betrachtete ihn liebevoll, das schmale Gesicht mit den tiefen Zornesfalten über der Nasenwurzel unter dem dunklen, welligen Haar, das ihm etwas Künstlerisches verlieh. Adam Pinkus war nach außen stets höflich und liebenswürdig, aber sie kannte ihn auch launisch und unleidlich. Das hatte sich geändert, seit ihre Mutter krank war. Jetzt tat er alles, um ihr das Leben leicht und unbeschwert zu machen. Adam Pinkus war weich geworden. Und er litt.

»Pass auf, Helene, und jetzt das Allertollste. Alle Juden müssen ihre Gold- und Schmucksachen abliefern. Und was passiert? ›Bei Ihnen ist bestimmt alles sicher‹, hat die alte Frau Aufrecht gesagt, und mir ihre ganze Schatulle dagelassen.« Seine Stimme versagte. »Sie hat mich für einen Bewahrier gehalten.«

»Für einen was?«

»Da staunst du, nicht wahr? So nennt man neuerdings die Arier, denen Juden ihr Hab und Gut anvertrauen, bevor es ihnen geraubt werden kann. Und ich, ausgerechnet ich muss mir das anhören!«

Ihr Vater stockte, schüttelte den Kopf, legte beide

Hände über die Augen. Weinte er etwa? Das war nicht möglich. Das hatte es noch nie gegeben. Helene stand auf, ging hinüber zu ihm, legte ihm die Hand auf die Schulter, hätte ihn am liebsten in den Arm genommen. Aber er wehrte sie sanft ab, wischte sich die Augen mit dem Putztuch, ergriff ihre Hand und nahm sie zwischen seine weichen, gepflegten Uhrmacherfinger.

»Lenchen.«

Ihr wurde die Kehle eng. Das sagte er nur, wenn ihm etwas ganz besonders naheging. Damals, als sein Vater gestorben war, hatte er sie so genannt. Und als sie ihre Eltern gebeten hatte, sie zur Ausbildung nach Zürich ziehen zu lassen – als ob er gewusst hätte, dass sie in Wahrheit nach Spanien ging.

»Ich weiß nicht, was ich tun soll. Ich denke an deine Mutter, verstehst du? Ohne mich hätte sie nichts zu befürchten. Ihr kann man ja nun weiß Gott keinen Tropfen dieses üblen jüdischen Bluts nachweisen. Wenn ich fortginge …«

Wenn du fortgehst, versteht sie die Welt nicht mehr, dachte Helene, aber sie sagte es nicht laut.

»Nur – was soll dann aus dem Geschäft werden?« Adam Pinkus schüttelte den Kopf. »Ich kann deine Mutter damit nicht allein lassen.«

Clara Pinkus hatte keinen Sinn fürs Geschäftliche, und sie hatte auch keinen Sinn für die Schattenseiten des Lebens. Sie war eine schöne Frau, die roten Haare hatte Helene von ihr. Doch im Gegensatz zu ihrem Mann und ihrer Tochter hatte sie ein unerschütterlich heiteres Gemüt. Was nicht in ihre Vorstellung von Lebensglück passte, blendete sie aus. Helene hatte ihre lebendige volle Stimme immer geliebt, die singen konnte, gurren, schmeicheln, und selbst dann noch wunderbar tönte, wenn sie streng wurde. Mittlerweile fiel ihr das Lachen schwer, doch selbst jetzt würde man Clara Pinkus nicht davon überzeugen können, dass es besser wäre, das Deutschland Hitlers und seiner Büttel zu verlassen.

»Ich sorge dafür, dass ihr nichts zu befürchten habt«, hörte Helene sich plötzlich sagen. Woher nahm sie diesen Mut, diese Gewissheit? »Wichtig ist, dass du dir nichts anmerken lässt. Du bist kein Jude, du bist ein Kriegsveteran, hoch dekoriert, sie dürfen dich nicht belästigen. Der Führer würde das nicht zulassen.«

Ihr Vater lächelte sie so zärtlich an, dass nun auch ihr beinahe die Tränen kamen. »Recht hast du. Der Führer war ein tapferer Soldat, Helene, das dürfen wir nie vergessen.«

»Ja, Vati.« Solange dich der Gedanke tröstet.

»Und du bist die Tochter eines Trägers des Eisernen Kreuzes Erster Klasse, mein liebes Mädchen, und keine Vierteljüdin.«

»Richtig.«

»Deine Mutter ist eine brave Evangelische und ich bin selbst vor dem Rabbi Esriel kein Jude. Ich gehe jeden Sonntag in die Kirche! Das können die wenigsten von sich behaupten! Wenn diese Irrlehren weiter verbreitet werden gehe ich zum Kreisleiter und beschwere mich.«

»Du tust gar nichts, Vati. Versprich es mir. Wen interessiert schon irgendein Schläfenlocken tragender Großvater aus Galizien?«

Deutschland war Adam Pinkus' Heimat, und der war er treu, ohne Rücksicht darauf, wie die Heimat seine Treue entlohnte. Helene aber wusste schon lange nicht mehr, was Heimat war oder wo man sie finden konnte. Wann war ihr das Gefühl verloren gegangen, irgendwo geborgen zu sein? In Spanien, gewiss. Dort hatte sie gelernt, dass es keine Wahrheit gab. Und keine Treue. Das Leben war Verrat.

Warum hatte man Paul erschossen, ihren Begleiter, diesen harmlosen Jungen, einen, den seine Zeitung in ein Kriegsgebiet geschickt hatte, ohne sich darum zu kümmern, ob er dem Schlachten gewachsen war? Der Hauptmann, der sich Fritz Leissner nannte, ein Deutscher, der den Kommunisten diente, hatte ihn als »trotzkistisch-faschistischen Spion« bezeichnet. So nannte man all die, die zwischen den Fronten standen. Und die waren des Todes.

Seither bewohnte auch sie dieses Land, dieses Dazwischen, und wäre Opfer der anderen geworden, der Männer Francos, wenn sie nicht ausgerechnet ein schottischer Calvinist und ein diplomatischer Vertreter der Naziregierung Deutschlands gerettet hätten.

Die marokkanischen Söldner Francos hatten sie in ihrem Versteck aufgespürt und an den Haaren herausgeschleift, über das von geronnenem Blut schlüpfrige, scherbenübersäte Pflaster, das ihr die Kleider in Fetzen vom Leibe schälte. Den Geruch würde sie nie vergessen – nach Verwesung und verbranntem Fleisch und Pferdemist und anderen Gerüchen, an deren Herkunft sie nicht denken mochte. Geborgenheit hatte es nur drei Nächte lang gegeben: als sie mit Liam und Alard im Stroh gesessen hatte und sie Pläne schmiedeten.

Beide Männer waren für sie verloren. Nur nicht die gemeinsame Aufgabe – auch wenn inzwischen niemand mehr Bedarf danach zu haben schien: für Frieden zu sorgen, und wenn es auf Kosten der Vaterlandsliebe ging.

»Woran denkst du, Lenchen?« Das Gesicht ihres Vaters war weich vor Liebe und Trauer. Jetzt war sie es, der die Tränen kamen.

»Womöglich ist es wirklich besser, wenn ihr beiden das Land verlasst.«

»Natürlich. Sicher. Gewiss. Und wohin?« Sein Sarkasmus passte nicht zu seiner Verzweiflung. Aber er hatte recht. Frankreich und Italien kamen nicht infrage, die Schweiz und Großbritannien schon eher, aber wie bekam man einen Pass? Langsam stellte sich überdies die Frage, wann ihre ferne jüdische Verwandtschaft auch für sie selbst zum Problem werden würde.

Sie musste etwas tun, es musste etwas geben, sie musste jemanden finden, der helfen konnte. Wen? Dafür kam im Grunde nur einer infrage, doch an den mochte sie nicht denken. Er hatte sie abgewiesen, sie konnte ihm unmöglich gegenübertreten, als ob nichts gewesen wäre. Ihr wurde heiß, wenn sie nur daran dachte.

Andererseits … Was blieb sonst? Und hatte er ihr nicht bereits einmal das Leben gerettet? Sie musste zu Alard gehen. Er würde wissen, was zu tun war.

Am nächsten Tag stand sie in der Wilhelmstraße vor dem Auswärtigen Amt, einem Barockbau mit klaren Formen, dessen ockerfarbene Fassade von einem Meer roter Fahnen verdeckt war. An der Pforte fragte sie nach ihm.

»Herr von Sedlitz ist zurzeit nicht im Dienst.« Der Pförtner sah sie abwägend an. Sie wirkte wahrscheinlich nicht gerade wie die Gattin eines Diplomaten oder eines Nazibonzen.

»Und wo erreiche ich ihn?«

»Das kann ich Ihnen nicht sagen.«

»Wer kann es mir dann sagen?«

»Ich habe keine Befugnis …«

Sie lächelte den hageren Mann mit den blassen Augen an, setzte all ihren Charme ein, um ihn zu erweichen, appellierte an sein Mitgefühl – und endlich gelang es ihr, ihm eine menschliche Regung zu entlocken. »Mein Fräulein«, sagte er leise. »Sie müssen das verstehen. Ich habe meine Befehle.«

»Mach dir keine Sorgen, ich kümmere mich um alles«, erklärte sie ihrem Vater mit gespieltem Selbstbewusstsein, als sie ausgelaugt und durchgefroren wieder zu Hause angelangt war. »Ich finde eine Lösung. Irgendeine.«

»Lass nur.« Ihr Vater hatte den Tisch gedeckt. Es gab Brot und Wurst und Gurken aus dem Glas. »Deine Mutter wird niemals von hier fortgehen. Und ich auch nicht. Wir werden in Ruhe abwarten, was geschieht. Deutschland lässt uns nicht im Stich.«

Der Zug nach Stendal war überfüllt. Sie fror selbst im warmen Abteil. Sie fror schon die ganze Zeit, innen und außen. Wo war Alard? Vielleicht arbeitete er gar nicht mehr im Auswärtigen Amt? War ihm etwas zugestoßen? Oder hatte man sie belogen? Wollte er nicht, dass sie ihm hinterherspionierte? War er womöglich verheiratet, hatte er Frau und Kinder?

Und wo war das Deutschland ihres Vaters geblieben?

Plötzlich freute sie sich auf Stendal und auf ihre Arbeit bei Photo-Werner, ihr Leben dort war bescheiden, aber es gab Geborgenheit. Wer wusste schon, wie lange noch.

Margo

I

Es ist Sonnabendnachmittag, Mutti und Gerda sind
unterwegs, ich sitze allein in der Küche und habe es
mollig warm, während draußen der Wind pfeift. Der
Winter war der kälteste seit Langem und das Frühjahr
will einfach nicht kommen. Wir heizen nur sonntags
richtig ein. Was für ein Gefühl, einmal nicht zu frieren!
Im Radio spielen sie leise Unterhaltungsmusik, zu
der Gerdas Wellensittich den Takt pfeift. Es ist alles so
friedlich. Ja, ich glaube daran: Alles wird gut.
Der Krieg geht siegreich voran. Polen ist erledigt,
Frankreich verhält sich ruhig. Und obwohl wir fleißig
verdunkeln, gibt es keine Luftangriffe.
Während ich das schreibe, liegen vier dicke Briefe hier
neben mir auf dem Tisch. Gleich werde ich mich daran-
machen, sie zu beantworten. Ja, tatsächlich, ich habe
einen Brieffreund! Ich wäre allerdings nie auf die Idee
gekommen, dass ich einmal ausgerechnet mit ihm korres-
pondieren würde: mit dem Schrumpfgermanen. Mit
Tonis Bruder. Genau: mit Henri Seliger!
Wie das kam? Er hat angefangen. Der erste Brief
kam im Spätsommer. Ich habe ihn ungelesen in den
Papierkorb geworfen. Der zweite kam ein paar Tage
später, den habe ich zerknüllt und zum Anfeuern des
Küchenherds benutzt. Den dritten habe ich in Muttis
Nähzimmer liegen gelassen. Ungeöffnet. Als ich nach
der Sache mit Alard so traurig war, hat sie ihn mir in
die Hand gedrückt und ich habe ihn gelesen, um mich
abzulenken. Geantwortet habe ich ihm nur kurz.

Doch schon kamen zwei weitere Briefe, einer nach dem
anderen, im zweiten steckte ein Porträtfoto von ihm.
So fing das also an. Seither warte ich jeden Tag
ungeduldig auf Nachricht von Henri und verstehe mich
selbst nicht mehr.

Margo betrachtete Henris Porträt, das einen Ehrenplatz auf dem Küchenbüfett einnahm. »Vielleicht bindest du ihm ein Schleifchen um?«, hatte Gerda gespottet, als sie das Bild das erste Mal sah. Aber Mutti war ganz auf Margos Seite: denn Henri war neuerdings ein Kriegsheld.

Dabei machte sich Henri aus all dem Lametta nichts, hatte er stets behauptet. Er habe den Führer bewundert, bis der erst die Wehrpflicht wieder eingeführt und sie dann auch noch auf zwei Jahre verlängert hatte. Margo glaubte ihm aufs Wort. Henri Seliger passte nicht in eine Uniform, sie war einfach nicht für ihn gemacht – obwohl er in der Marinekluft mit dem breiten weißen Kragen ganz passabel aussah.

Henri war zur Marine gegangen, weil es zunächst hieß, dort dauere der Wehrdienst weniger lang. Typisch für ihn. Seine ersten Briefe erreichten sie aus Misdroy, dort war die Marineflakschule untergebracht. Die Annehmlichkeiten des Badeorts an der Ostsee genoss er offenbar in vollen Zügen: »Ich sitze in den Lorenz Bierstuben, während ich Dir schreibe. Dieses sinnlose Vertrödeln von Zeit wäre schrecklich, wenn ich nicht an Dich denken dürfte, liebe Margo.« Selbst der verschärfte Arrest, den er sich eines Tages einhandelte und der ihn die Beförderung kostete, war ihm eine launige Briefseite wert. »Ich sag zu ihm: ›Herr Küchenmaat, Sie sind ja zu dämlich, um die Affen aus dem Tabak zu jagen.‹ Das hättest Du sehen sollen – der Mann ist fast geplatzt vor

Wut!« Dumm nur, dass der Küchenmaat Meldung gemacht hatte.

Ansonsten schien ihn das Soldatenleben wenig zu beschäftigen. Er schrieb weit mehr über seine Lektüre, für die er offenbar jede Menge Zeit hatte. Nietzsche und Schopenhauer und Seneca, das waren Namen, die Margo kannte, aber es war kein Lesestoff, mit dem sie vertraut war. Doch dass er sie so ernst nahm, dass er seine philosophischen Gedanken mit ihr teilte – das gefiel ihr. Erst hatte es sie abgelenkt von der Kränkung durch Alard, dann begannen seine Gedanken über das Dasein und Sosein sie zu beschäftigen, und mittlerweile war sie in jeder Hinsicht stolz auf Henri. Henri Seliger war ganz plötzlich ein Mann geworden, für den man sich begeistern durfte, ja: musste. Denn er gehörte zu den Helden des 1. September.

»Wir wussten ja gar nicht, was uns erwartete. Es war der 23. August und drückend schwül, wir lagen in der Badehose am Strand, als ein Kurier angerannt kam mit dem Befehl, sofort zur Kaserne zurückzukehren. Wir Flakspezialisten sollten uns an Bord der Schleswig-Holstein begeben, zu einem ›besonderen‹ Einsatz. In Swinemünde kletterten wir in den uralten Kahn. Ich musste an der 2-Zentimeter-Bordflak Wache schieben. Und dann war Kurs auf Danzig. Den Rest kennst Du aus den Nachrichten.«

Ja, der Rest war bekannt: dass das Linienschiff Schleswig-Holstein am 1. September 1939 die von den Polen völkerrechtswidrig zur Bastion ausgebaute Westerplatte, eine Halbinsel nördlich von Danzig, unter Beschuss genommen und sie, wenn auch mit Unterstützung des Sturzkampfgeschwaders Immelmann, schließlich eingenommen hatte. Aber was Margo nicht hatte ahnen können: Henri war unter den Tapferen des Marinestoßtrupps gewesen, die auf die Insel mussten, um in stundenlangem zähem Ringen die polnische Stellung zu erobern. Und das hatte er überlebt, obwohl es entsetzlich hohe deutsche Verluste gegeben hatte, die Rede war von 40 oder gar 50 Gefallenen bei nur wenigen polnischen Opfern. Henri war nur leicht verletzt worden. Der Führer selbst hatte ihn für seinen Einsatz belobigt!

Sie hatte Henris Brief sicherlich schon fünfmal gelesen, mindestens, er steckte in ihrer Handtasche und sie nahm ihn zwischendurch immer wieder heraus. Umso mehr machte ihr Sorgen, dass sie nun schon seit einigen Wochen nichts mehr von ihrem heldenhaften Krieger gehört hatte.

Sie begann ihren Brief mit »Lieber Henri, wo treibst Du Dich herum?« Aber war das angemessen? Was, wenn ihm etwas passiert war? Sie zerknüllte das Blatt, stand auf, öffnete die Feuerklappe des Küchenherds und warf das Papier in die Glut.

Auf ein Neues. »Lieber Henri, ich habe lange nichts mehr von Dir gehört, ich hoffe, es geht Dir gut.« Viel zu steif. Er war Besseres von ihr gewohnt. Seit sie mit ihm korrespondierte, gab sie sich Mühe mit ihren Formulierungen, versuchte, so witzig und elegant zu schreiben wie er. Das war nicht gerade einfach für jemanden, der den Zahlen mehr traute als schönen Worten.

»Mein lieber großer Junge«, begann sie erneut. »Was machte ich nur ohne Deine Briefe? Ich sitze im Warmen, habe die Familie an die frische Luft beordert und Zeit für ein Plauderstündchen mit Dir. Kannst Du Dir eine herrliche, gemütliche Sonnabendnachmittagsruhe überhaupt noch vorstellen, Du alter Krieger?« Das war schon besser. Aber der forsche Ton passte nicht zu ihrer wachsenden Unruhe.

Margo lehnte sich zurück in den Küchenstuhl und blickte aus dem Fenster auf den bereiften Apfelbaum im Hinterhof. Beugte sich wieder über das Papier, schrieb, legte den Füller ungeduldig zur Seite, stand wieder auf, öffnete den Küchenherd, schob ein Brikett ins Feuer, ging zum Fenster. Es war kaum auszuhalten. Sie musste wissen, ob es Nachrichten von ihm gab.

Kurz entschlossen drosselte sie das Herdfeuer, ging hinaus in den kalten Flur, zog Stiefel und Mantel an und machte sich auf in die Kälte. Wenn jemand etwas erfahren hatte, dann Henris Eltern.

Frau Seliger öffnete die Tür. Margo erschrak bei ihrem Anblick. Ihr Haar hatte den Glanz und ihre Augen das Leuchten verloren.

»Margo! Wie schön«, murmelte sie. »Du willst sicher Toni besuchen. Sie ist im Klavierzimmer, sie übt.«

»Ja, gewiss.« Margo zögerte. »Gibt es vielleicht Neuigkeiten von Henri?«

»Ach, Henri. Er ist in Wilhelmshaven, bei der Marineartillerie«, sagte Frau Seliger, noch immer nicht lächelnd. »Es geht ihm gut.«

»Aber wissen Sie denn nicht …« Sie hob die Handtasche hoch, in der Henris letzter Brief steckte. In Wilhelmshaven war Henri doch schon lange nicht mehr! »Die ›Schleswig-Holstein‹ … der Kampf um die Westerplatte …«

Frau Seliger blickte an ihr vorbei und schlurfte durch den Flur zurück in ihr Zimmer. »Sie kennen sich ja bei uns aus.«

Margo blieb sprachlos zurück. Das war nicht die Frau Seliger, die sie kannte, eine Frau, die ständig in Bewegung war und Wärme und Heiterkeit verbreitete, ein Mensch, der bei Kerzenlicht, Musik und Gesprächen auflebte. Nicht dieses bleiche, fast durchsichtige Geschöpf, das sich in Nebel auflösen würde, wenn man allzu genau hinschaute.

Toni blieb auf ihrem Hocker sitzen, als Margo ins Zimmer trat, unterbrach aber immerhin ihr Klavierspiel. »Wie geht es dir?«, fragte sie ohne große Anteilnahme.

»Gut. Und dir?«

Toni hob die Schultern und ließ sie wieder fallen.

»Wie geht es Friedrich?«

»Gut, soweit mir bekannt ist«, murmelte Toni.

»Schreibt er dir denn nicht?« Friedrich Sieveking war, soweit sie wusste, beim Generalstab in Berlin.

»Doch.«

Das klang nicht gerade nach Liebe und Sehnsucht. »Und wie geht es deiner Mutter?«

Toni senkte die Lider. »Du hast sie doch gesehen, oder?«

»Sicher. Sie sieht krank aus.« Untot, dachte Margo. »Was hat sie denn?«

»Was soll sie schon haben? Sie krankt am Leben, wie jeder, der noch ein bisschen Gefühl hat«, sagte Toni bitter, ohne hinzuzufügen, dass sie Margo nicht zu den Gefühlvollen zählte, aber Margo hatte gute Ohren.

»Henri«, begann sie.

»Ja, Henri ist Teil des Problems. Der Goldjunge. Dem wer weiß was passieren könnte da draußen in der Welt. Um den macht sie sich Sorgen, nicht um …« Toni biss sich auf die Lippen. Nicht um dich, verstehe, dachte Margo. Toni klappte den Klavierdeckel geräuschvoll zu. »Also sag schon, was ist mit Henri?«

»Das wollte ich eigentlich von dir hören.« Margo zögerte. Sollte sie es Toni wirklich sagen? »Er hat mir ein paarmal geschrieben, aber jetzt habe ich längere Zeit nichts mehr von ihm gehört«, sagte sie vorsichtig. »Gibt es etwas Neues?«

»Er schreibt dir? Wir kriegen höchstens mal eine Postkarte. Hoffentlich weiß er, was er tut.« Tonis Gesicht war spitz geworden, wie das von Frau Werner beim Inspizieren der Portokasse. »Und auf wen er sich da einlässt.«

»Ich denke doch«, antwortete Margo munter. »Er ist ja schon ein großer Junge. Und wenn du mir jetzt noch meine Frage beantworten könntest …«

»Er wird dir sicher alles Nötige mitteilen, sofern er das Bedürfnis danach hat.« Toni drehte ihr den Rücken zu.

Du schlecht gelauntes, verwöhntes kleines Biest, dachte Margo und wandte sich zum Gehen. »Alard von Sedlitz – du erinnerst dich an ihn?«, sagte sie, schon an der Tür.

»Was ist mit ihm?« Plötzlich war Tonis Interesse geweckt. Margo lächelte in sich hinein.

»Ach, nichts.« Sie legte die Hand auf die Klinke und öffnete die Tür.

»Ist ihm etwas zugestoßen?« Toni klang atemlos.

»Ach was. Also nicht, dass ich wüsste.«

»Warum fragst du dann?« Tonis Augen funkelten. War sie wütend oder waren das Tränen?

»Es ist nur … Ich habe ihn mit einer Frau gesehen. Das heißt natürlich gar nichts, aber …«

»Aber?«

»Sie stehen sich offenbar sehr nah.« Margo drehte Toni den Rücken zu. Sie hörte, wie der Klavierschemel zurückgeschoben wurde, so heftig, dass er polternd umfiel.

»Raus«, flüsterte Toni.

»Und dabei wart ihr ein so schönes Paar«, murmelte Margo im Gehen. »Beim Klavierspielen.«

Niemand begegnete ihr im Flur. Sie zog die Haustür mit Schwung hinter sich ins Schloss. Was war Toni doch für ein Kind! Sie selbst hatte die Backfischschwärmerei für Alard von Sedlitz längst hinter sich gelassen, sie schämte sich fast dafür. Nun, Mädchen wie Toni wurden offenbar langsamer erwachsen, selbst wenn sie bereits verlobt sind – mit einem eher langweiligen Mann, zugegeben. Aber immerhin.

II

Ein paar Tage später kam endlich der ersehnte Brief von
Henri. Es ging ihm gut. Er hatte drei Tage Urlaub bekommen, für seine Heldentaten, und bat »untertänigst
und kniefälligst« um ein Treffen. Sie sagte huldvoll zu, sogar ihr Vater, da war sie sich sicher, hätte seiner ältesten
Tochter den Segen gegeben, denn mit einem Kriegshel-
den durfte sich eine deutsche Frau bedenkenlos sehen lassen. Doch Hugo Hegewald war nicht da, auch er musste
nun seinen Dienst am Vaterland ableisten, nämlich beim
Feuerschutzpolizeiregiment 1 Abt. II in Heyrothsberge.
Tapfer betonte er, dass das eine große Ehre sei, aber man
merkte ihm an, dass er sich eine bedeutendere Aufgabe
gewünscht hätte.

Für das große Ereignis beugte sich Margo nun Abend
für Abend nach der Arbeit über die Nähmaschine. Ihre
Mutter hatte einen roten Baumwollstoff aus ihrer Wä-
schetruhe gekramt, beste Vorkriegsqualität, gerade richtig
für das Kleid, das Margo vorschwebte, es hatte Puffärmel
und Biesen unter dem Kragen und war ein wenig gewagt,
nämlich gerade einmal knielang.

Dann kam der große Tag, ein Samstag, sie hatte sich
extra freigenommen, um sich nicht hetzen zu müssen.
Henri saß bereits an einem Tisch am Fenster, als Margo
elegant frisiert das Café Müller betrat, und sprang hastig
auf, um ihr aus dem Mantel zu helfen. Es saßen zwar nur
drei ältere Damen im Café, aber sie hatte das Gefühl, dass
alle ihnen zusahen, und wurde rot vor Verlegenheit.

»Du siehst hinreißend aus«, murmelte Henri.

Er auch, fand Margo und wurde noch verlegener.

Fast wäre er gestolpert, als er ihr den Stuhl zurechtrückte, doch dann saßen sie endlich einander gegenüber und sahen sich an, staunend wie die Kinder – bis die Servierin diskret hüstelte.

»Was darf ich dir bestellen?«, fragte Henri.

Für ein paar peinliche Sekunden lang fiel ihr nichts ein. Früher hatte sie hier manchmal mit Toni gesessen, damals, als sie noch Freundinnen waren und die Schokolade nur 33 Pfennige gekostet hatte, aber das war diesmal gewiss nicht das Richtige.

»Na dann«, sagte Henri und grinste spitzbübisch. »Champagner.«

Sie sprachen nicht viel, aber jedes Wort war von Bedeutung, auch wenn Margo hinterher nicht mehr sagen konnte, worum genau es eigentlich gegangen war. Es war schon sieben Uhr vorbei, als sie sich endlich voneinander lösten. Die Flasche Champagner war längst leer.

»Ich weiß nicht, wohin sie mich verlegen werden und wann ich wiederkommen kann«, sagte er, als sie sich vor ihrer Haustür verabschiedeten. »Wirst du mir schreiben, Margo? Es würde mir eine große Freude bereiten.«

»Vielleicht«, antwortete sie. Aber sie lächelte dabei.

»Und? Nun sag schon! Was hat er erzählt?«, fragte ihre Mutter, als Margo in die Küche kam, noch immer verträumt lächelnd.

»Nichts«, antwortete sie heiter.

»Ach! Und für Nichts habt ihr vier Stunden gebraucht?« Gerda zog die Augenbrauen hoch.

»Lass dir nicht jedes Wort aus der Nase ziehen.« Ihre Mutter hatte das Strickzeug beiseitegelegt und blickte sie erwartungsvoll an.

»Wir haben über Musik gesprochen und über Bücher.« Und uns verliebt in die Augen gesehen, aber das geht euch gar nichts an.

»Und was erzählt er über den Krieg?«, fragte Mutti.

»Der ist bald vorbei«, antwortete Margo. Vom Krieg hatte Henri nichts erzählt, und dass er ein Held sein sollte, fand er albern, er habe schließlich nur seine Pflicht getan. Der Krieg sei ein lästiges Übel, das gottlob bald ein Ende haben würde – mit einem Sieg der Deutschen, natürlich.

»Ich werde mit ihm korrespondieren, unsere Soldaten brauchen das jetzt«, sagte sie mit fester Stimme, legte die Handtasche auf den Küchentisch und ließ sich auf den Stuhl fallen. »Und ihr kümmert euch bitte wieder um eure eigenen Angelegenheiten.«

III

Früher wäre ihr kein Grund eingefallen, ihren Arbeitsplatz bei Photo-Werner vorzeitig oder auch nur pünktlich zu verlassen – jetzt schon: zu Hause könnte ja ein Brief von Henri warten, das wäre die Krönung des Tages. Sie hätte nie für möglich gehalten, dass man sich in Sätze verlieben konnte, dass Worte wie im Spiel hin und her zu tanzen vermochten, auf feinen Schwingen, schamlos und leicht. Dass sie Samenkörnern glichen, die an ungeplanten Orten austrieben, und dass sie einen Raum öffneten, in dem die Gedanken sich in höchste Sphären erheben konnten. Henris Briefe ließen sie frösteln, zittern, erröten; sie wärmten, lockten, quälten mit Sehnsucht. Aber manchmal war sie abends zu müde, um ihm zu antworten und die richtigen Worte in die richtige Reihenfolge zu bringen.

Es gab so viel zu tun. Es war Frühjahr, die Sonne schien und Deutschland siegte.

Ja, die deutschen Soldaten marschierten von Sieg zu Sieg, sie waren unwiderstehlich. Davon zeugten die

Fotos, die die Mädchen im Labor zu entwickeln hatten: Die Ehefrauen ließen sich nackt fotografieren, für die Brieftasche ihres Liebsten, damit der Gute sich nicht etwa in eine hübsche Dänin verliebte. Die Soldaten wiederum fotografierten lachende Kameraden, die in jedem Arm eine hübsche Dänin oder Norwegerin hielten (und in der Brieftasche gewiss das Nacktfoto der Eheliebsten trugen). Irgendwo lachte sicher auch ihr Vater, der war als Zugführer mit seinem Feuerschutzregiment nach Rotterdam beordert worden. Sie gönnte es ihm von Herzen, denn sein Glück war auch ihr Glück: Seit er fort war, herrschte zu Hause himmlischer Frieden.

Endlich stand die Wehrmacht in Paris. Die Fotos der Soldaten zeigten strahlend schöne deutsche Männer vor dem Eiffelturm, neben französischen Mädchen, die sie anhimmelten. Frankreich hatte kapituliert und England hielt hübsch still, seit der Führer sich voll menschlicher Größe gezeigt und die britische Armee bei Dünkirchen hatte kampflos abziehen lassen. Deutschland konnte sich Großmut leisten.

Margo hätte die ganze Welt umarmen können. Jeden Mittag stand sie nun mit den anderen draußen im Hof, in der warmen Sonne. Helene ließ sich selten blicken, aber Marianne und Gudrun nutzten jede Gelegenheit, um aus der Dunkelkammer herauszukommen.

»Na? Wie sehe ich aus?«

Marianne war kaum zu erkennen unter der grünen Gummihaube und hinter den riesigen gelben Gläsern, die ihre Augen unnatürlich groß wirken ließen. Anstelle einer Nase trug sie eine Art Rüssel und entsprechend klang ihre Stimme.

»Damit spielt man nicht.« Gudruns sonst so ängstliche Stimme klang plötzlich bestimmt. »Zieh das Ding aus.«

138

Marianne zog sich unter Gekicher die Gasmaske vom Kopf. »Heute frisch eingetroffen«, sagte sie. »Deine persönliche Volksgasmaske VM 40 in Grün für die Frau.«

»Und wo ist meine?«, fragte Margo.

»Frag die Chefin.« Marianne legte das grüne Gummiding beiseite und holte eine Packung Juno aus der Kitteltasche.

»Du solltest die Gasmaske immer tragen, damit kann man sich ganz schnell das Rauchen abgewöhnen.«

Marianne öffnete ihr silbernes Gasfeuerzeug, hielt die Flamme an die Zigarette und nahm einen tiefen Zug.

»Das Zeug riecht nach nasser Rosshaarmatratze.« Margo fächelte mit beiden Händen den Rauch in Gudruns Richtung.

»Außerdem raucht die deutsche Frau nicht«, sagte Gudrun. »Was sagt denn dein Bekannter dazu?«

»Ach der.« Eine wegwerfende Geste.

Das war neu. Bislang stand er kurz vor der Heiligsprechung. Marianne hatte sich verändert, seit sie mit ihm ging. Er hieß Hans Kepler und war ein Mann, wie er die Träume deutscher Frauen bevölkerte: blond natürlich, blauäugig, hochgewachsen, schlank, schneidig. Er hatte als SS-Hauptsturmführer irgendwelche wichtigen Aufgaben an der Heimatfront zu erledigen, welche, durfte Marianne nicht verraten. »Gestapo-Mann«, hatte Otto Werner kommentiert, als Marianne sich das erste Mal offiziell von Kepler abholen ließ. Erfreut klang das nicht. Seit sie mit ihm zusammen war, vertrat Marianne feste politische Positionen, die keinen Widerspruch duldeten, jedenfalls solange der Chef nicht zuhörte. Der Krieg würde gewonnen werden und das Weltjudentum war an allem schuld, das war in etwa die Richtung.

Andererseits versorgte ihr Freund sie mit Lebensmitteln, seit man aus Norwegen und Dänemark beste Butter,

Eier und Schinken bekam, jedenfalls wenn man Beziehungen hatte. Marianne teilte in jeder Mittagspause redlich, »unter uns Volksgenossen«, und dabei zwinkerte sie mit ihren schönen blauen Augen. Irgendwie konnte man ihr nicht böse sein.

Gudrun wiederum war ganz anders, »nicht von dieser Welt«, sagte die Chefin, wenn ihr Laborlehrling im mittlerweile vierten Jahr wieder einmal etwas vergessen hatte, aber sie sagte es fast liebevoll. Gudrun hatte keinen Ehrgeiz. Gudrun träumte mit offenen Augen.

»Geht einer von euch mit? Im Capitol zeigen sie Gasparone. Mit Marika Rökk!« Kino. Das war Gudruns Thema. Und seit das Capitol ein paar Häuser weiter modernisiert und vergrößert worden war, sparte sie an allem, um jeden neuen Film sehen zu können.

»Um Himmels willen, die Rökk. Die Frau kann die Beine nicht auf dem Boden lassen.« Marianne schnippte Zigarettenasche in Gudruns Richtung.

Immerhin wusste sie, wovon die Rede war. Margo kannte weder Marika Rökk noch all die anderen Stars, für die Gudrun schwärmte: Hans Söhnker und Mady Rahl, Grethe Weiser und Hertha Feiler. Die Handlung eines Films mit dem albernen Titel »Männer müssen so sein« hatte sie ihnen vor ein paar Tagen bis ins Detail geschildert, so schön und mit so viel romantischem Augenaufschlag, dass sogar Marianne zugehört hatte.

»Man braucht auch was fürs Herz in diesen Zeiten, findest du nicht?«, sagte Margo sanft. Marianne runzelte die Stirn. Gudrun lächelte traumverloren.

Das brachte Margo auf eine Idee, die sie so genial fand, dass sie an ihr Risiko nicht dachte. Warum nicht anderen etwas abgeben von dem Glück, das sie selbst empfand? Nach der Mittagspause setzte sie sich an die Schreibmaschine und nahm einen Briefbogen mit dem Kopf von

Photo-Werner aus der Schublade, sie erledigte ja mittlerweile die ganze Korrespondenz, und tippte los. An die Adresse der UFA in Babelsberg bat Photo-Werner im schönsten Buchhalterdeutsch um die »Zurverfügungstellung« von Porträtfotos der berühmten UFA-Stars, man wolle damit das Schaufenster schmücken. Margo unterschrieb schwungvoll mit dem Namen von Inge Werner.

Tage später. Sie war wie üblich dabei, die Post zu öffnen, die meisten Briefe enthielten Rechnungen. Ganz unten lag ein mit Pappe verstärkter großer brauner Briefumschlag. Als sie ihn aus dem Stapel zog, kam die Chefin in ihr Büro, was selten genug passierte.

»Was ist das?« Inge Werner streckte die Hand mit den manikürten Fingern aus.

Margo stand auf, den Brief in der Hand, ihr war heiß geworden, denn sie hatte den Absender gelesen: Der Brief kam aus Babelsberg, von der Universum Film AG.

»Kannst du mal, Inge?« Wie ein rettender Engel stand Otto Werner in der Tür, genau in dem Moment, in dem seine Frau den Brief ergreifen wollte. Die Chefin folgte ihm hinaus. Die Katastrophe war abgewendet.

Margo sank mit zitternden Knien auf ihren Stuhl. Langsam wurde ihr klar, was sie riskiert hatte. Sie hatte sich unter Vorspiegelung falscher Tatsachen Privilegien erschleichen wollen. Das war schlimm genug. Sie hatte Inge Werners Unterschrift unter den Brief gesetzt. Das war kriminell. Auf Urkundenfälschung stand Gefängnis. Hätte die Werner sie erwischt, wäre sie nicht nur ihre Stelle, sondern auch ihre Freiheit los gewesen. Und das alles für das bisschen Freude, das sie Gudrun hatte machen wollen!

Sie schrieb »Kein Wort! Zu Niemandem!« auf den braunen Umschlag, steckte ihn in Gudruns Jackentasche und war ein wenig traurig, dass sie nicht dabei sein konnte, wenn Gudrun den Umschlag öffnete.

An diesem Tag verließ sie den Laden ohne die übliche Vorfreude. Was würde Henri von ihrem riskanten Spiel halten? Sie durfte niemals auch nur ein Wort darüber verlieren.

Als sie zu Hause ankam, empfing Gerda sie im Flur – in Schwesterntracht: graues Kleid, weißes Häubchen.

»Wie siehst du denn aus?« Margo legte den Haustürschlüssel auf den Servierwagen und musterte ihre Schwester. Gerda hatte sich bislang jedem Versuch entzogen, sie in die Gemeinschaft einzubinden, ob das der BDM war oder »Glaube und Schönheit«. Sie schob ihre körperliche Behinderung vor, weil im Bund Deutscher Mädel viel gewandert wurde, obzwar das bisschen Hinken sie an keiner anderen Aktivität zu hindern schien.

»Ich lasse mich zur Rotkreuzschwester ausbilden«, sagte Gerda. »Irgendwas muss man ja beitragen zum Sieg.«

»Nanu? Ich wusste gar nicht, dass du menschliche Gefühle hast.«

»Wieso Gefühle? Ich will nur vermeiden, in die Munitionsfabrik zu müssen.«

Margo grinste sie an. »Klug berechnet«, sagte sie. »Und wie weit bist du schon?«

»Ich breche und heile alle dazu geeigneten Knochen, jedenfalls in der Theorie. Man weiß nie, wozu es gut ist.« Gerdas Augen blitzten.

»Bis du mit der Ausbildung fertig bist, ist der Krieg vorbei«, spottete Margo.

Gerda senkte den Kopf. »Bist du sicher?«, fragte sie leise.

IV

Henri war wieder da, er hatte überraschend Urlaub bekommen. Passend zu seiner Ankunft blühten die Rosen, es war warm, die Luft balsamisch weich. Den ganzen Tag über war Margo unruhig, sie vergaß, zur Post zu gehen, und verrechnete sich zweimal.

»Was ist los mit dir?«, schimpfte Marianne, weil sie sogar vergessen hatte, Entwickler fürs Labor zu bestellen.

»Henri kommt nach Hause, das macht mich ganz nervös.« Kaum hatte Margo das gesagt, bereute sie es schon.

»Musst du denn beim Gedanken an einen Mann gleich den Verstand verlieren?«

Das hatte sie befürchtet. Marianne war auf Männer und die Liebe nicht mehr gut zu sprechen, seit ihr Bekannter sich nicht mehr blicken ließ. Fragen danach wies sie brüsk zurück. »Ich brauche keinen Mann, um mich gut zu fühlen.«

Margo tat sie leid. Es hatte sich herumgesprochen, dass Hans Kepler nun mit der Tochter eines Berliner Parteibonzen verlobt war. Mit so einer konnte ein berufstätiges Mädchen aus Stendal nicht konkurrieren, und wenn sie noch so blond und blauäugig war. Doch die Untreue des Hauptsturmführers hatte auch gute Seiten: Niemand bei Photo-Werner musste sich mehr Parteiparolen anhören. Dass nun der Nachschub an Zigaretten und teuren Parfüms ausblieb, störte Margo nicht weiter, nur um den Schinken und die Butter aus Dänemark war es schade.

Am Freitag gaben Seligers einen Empfang zu Henris Ehren, Soirée durfte man das jetzt, im Krieg, nicht mehr nennen, das sei dekadent, erklärte Hermann Seliger mit gespieltem Ernst, er nannte die Sache stattdessen »Fête«. Zur Feier des Tages hatte er ein paar gehortete Flaschen Wein aus dem Keller geholt und hielt eine erhebende Ansprache, die erfreulicherweise kurz ausfiel. Der Wein schmeckte eher staubig, aber Henri hatte Champagner mitgebracht, aus Frankreich – »Noch nicht mal eine Reichsmark die Flasche, kannst du dir das vorstellen?« Die deutschen Siege zahlten sich aus.

Toni war wohltuend gnädig gestimmt, sogar zu ihrem Verlobten war sie zuckersüß. Friedrich Sieveking mochte ein bisschen zu alt und nicht sehr ansehnlich sein, aber er war ein hervorragender Tänzer. Margo beschloss, ihn zu mögen, Toni alles zu verzeihen und sich dem Gefühl hinzugeben, dazuzugehören.

»Und jetzt Negermusik!« Henri legte Platten auf. Swing, entartet, verboten und wunderbar. Toni und Friedrich tanzten dazu auf eine Weise, die Margo noch nie gesehen hatte: enthemmt. War das der Alkohol oder die Musik? Doch war das nicht völlig einerlei? Dann zog Henri sie auf die Tanzfläche. Sie bewegten sich langsam, eng, immer enger. Seine Nähe war ungewohnt, Margo spürte jeden Muskel seines Körpers, und als er ihr in die Augen schaute, wollte sie nur eines: ihn küssen und in seinen Armen ohnmächtig werden.

»Margo«, flüsterte Henri. »Du wunderbares Weib.«

Bevor sie antworten und sich unmöglich machen konnte, klatschte Hermann Seliger sie ab.

»Erst müsst ihr heiraten«, raunte er ihr ins Ohr. »Dann dürft ihr euch in aller Öffentlichkeit in den Armen liegen.«

Die Hitze stieg ihr ins Gesicht, aber er lachte und schwenkte sie vor und zur Seite, bis ihr schwindelig war. Atemlos ließ sie sich auf das Sofa neben Toni sinken und

144

sah zu, wie Henri seine Mutter über das Parkett schob, vorsichtig, als ob sie zerbrechlich wäre.

»Du bist beschwipst«, flüsterte Toni ihr zu.

»Du vielleicht nicht?«, zischte sie zurück.

Toni lachte. »Und wie, Schwägerin!«

»Bin ich nicht.«

»Kann ja noch werden.«

»Spricht etwas dagegen?«

Toni verzog das Gesicht und hob die Schultern. »Liebe macht blind. Und niemand ist gegen Irrtum gefeit.«

Margo blickte sie von der Seite an. Da war sie wieder, die alte gehässige Toni. »Na, du musst es ja wissen.«

Sie stand leicht schwankend auf und überließ Frau Seliger ihren Platz, die sich neben Toni fallen ließ und versuchte, mit der Hand Luft in ihr erhitztes Gesicht zu fächeln. Margo machte ein paar Schritte in Richtung Tanzfläche und wäre beinahe gestürzt. Wenn Henri nicht gewesen wäre, hätte sie sich unsterblich blamiert, aber er nahm sie gerade noch rechtzeitig in den Arm. »Ich glaube, ich muss nach Hause«, flüsterte sie und lehnte sich an ihn.

Er begleitete sie. Der Mond schien, und es war auch ohne Taschenlampe hell genug. Immer, wenn Margo stolperte, nahm Henri sie in den Arm und drückte sie fest an sich, dann taumelten sie lachend weiter, die Annenstraße entlang und über den Wernerplatz bis zur Blumenthalstraße. Aus Übermut wurde Verlegenheit, als sie vor der Haustür standen, unschlüssig, wie es weitergehen sollte. Was sagte man? Bis bald? Bis nach dem Krieg? Es war ein netter Abend, vielen Dank?

Endlich tat Henri, was ein Mann tun musste: Er umarmte sie, erst zaghaft, und presste sie dann so stürmisch an sich, dass sie quiekte. Der erste Kuss war keineswegs so romantisch, wie sie es sich ausgemalt hatte, aber er sorgte dafür, dass ihr die Knie zitterten.

145

Was er danach sagte, war nicht wirklich druckreif. Aber sie antwortete auf die Frage aller Fragen mit Ja.

V

Als Margo am nächsten Morgen in die Küche trat, wurde ihr schnell klar, dass aus einer offiziellen Verlobung erst einmal nichts werden würde – und an Heirat nicht zu denken war. Mutti saß verloren am Küchentisch, ein amtliches Schreiben in der Hand.

»Er ist verletzt«, flüsterte sie, als Margo sich neben sie setzte. »Schwer verletzt.«

»Vati?« Gerda stand in der Tür.

Mutti sah auf, mit rot geweinten Augen. »Er kommt nach Hause. Übermorgen bringen sie ihn.«

Margo überlegte nicht lange. Unter diesen Umständen musste sie zu Hause bleiben, sie konnte es Gerda nicht allein überlassen, sich um Mutti zu kümmern – oder vielmehr um ihren Vater. Beim Gedanken an einen cholerischen Bettlägerigen wurde ihr ganz anders.

Mutti schrak hoch. »Ich muss … die Wäsche …«

Gerda legte ihr die Hände auf die Schultern und drückte sie sanft zurück auf den Stuhl. »Lass uns erst einmal in Ruhe nachdenken. Wir wissen doch noch gar nicht, wie schwer seine Verletzung ist.«

»›Kriegsversehrt‹, schreiben sie.« Margo hatte das Schreiben überflogen.

»Das sagt nicht gerade viel.«

»Du musst es wissen. Gut, dass wir eine angehende Rotkreuzschwester in der Familie haben.« Margo versuchte, heiter und gelassen zu klingen, aber ihr graute vor den kommenden Tagen oder Wochen – oder gar Monaten. Sie sah ihre Zukunft zwischen Mullverbänden und Bettpfannen verschwinden – mitsamt Henri Seliger, der sie gebeten hatte, seine Frau zu werden. Sie würde die Chefin um eine Woche Urlaub bitten müssen – Zeit, die sie eigentlich mit Henri hatte verbringen wollen.

Die Nachbarn witterten wie immer die Neuigkeit zuerst und standen schon im Hausflur, als der Wagen vom Roten Kreuz unten bremste. Immerhin machten sie Platz für die zwei Sanitäter, die mit der Bahre die Treppe hochkamen. Hugo Hegewald war auch im Liegen ganz der Alte. »Was glotzt ihr so?«, knurrte er zur Begrüßung.

Endlich hatten sie ihn mithilfe der beiden Sanitäter im Bett. Flüsternd unterrichteten die Männer Gerda von der Natur seiner Verletzung: Er hatte einen Beckenbruch erlitten und sich eine tiefe Wunde am linken Oberschenkel zugezogen, die entzündet war.

»Was hast du nur gemacht?«, flüsterte Mutti, die auf der Bettkante hockte und versuchte, nach seiner Hand zu greifen.

»Ich habe für euch die Knochen hingehalten«, bellte Vater zurück, obwohl er sichtbar unter Schmerzen litt. Mit der Stimme war also noch alles in Ordnung. Margo ahnte, was das bedeutete: Aus einer solchen Heldentat leitete ihr Vater den Anspruch auf Rundumversorgung zu jeder Tages- und Nachtzeit ab.

Die ersten Tage mit ihm waren »eine gottgesandte Prüfung«, wie Gerda mit zum Himmel gekehrten Augen stöhnte. Am schlimmsten drangsalierte er seine Frau. Von morgens bis abends schrie er nach ihr, und wenn sie nicht sofort spurte, beklagte er sich über die verdammte Weiberwirtschaft.

Dabei kochte sie unermüdlich seine Lieblingsgerichte und schleppte beladene Tabletts an sein Bett. Gerda wusch ihn und wechselte regelmäßig den Verband. Margo kümmerte sich um den Abwasch und kaufte ein, und weil das für ihre Mutter zu schwer war, brachte sie ihrem Vater die Bettpfanne und nahm sie wieder mit, wenn er fertig war.

»Kann man nicht mal in Ruhe scheißen?«, war der Aufschrei, wenn sie zu früh kam. »Muss ich hier in meiner eigenen Scheiße liegen?«, brüllte er, wenn sie zu spät war.

Margo war froh, als die kostbaren Urlaubstage verstrichen waren und sie wieder morgens ins Büro gehen konnte. Am liebsten wäre sie erst spät abends wieder zurückgekehrt, aber sie konnte Mutti und Gerda mit dem alten Ekel nicht alleinlassen, das verbot der Anstand. Manchmal wünschte sie sich, davon etwas weniger zu besitzen.

An einem warmen, sonnigen Wochenende, an dem sie mit Gerda einen Ausflug gemacht hätte, wenn es möglich gewesen wäre, Mutti mit dem Haustyrannen alleinzulassen, der schon wieder nach ihr schrie, platzte ihr der Kragen.

»Du bleibst hier«, befahl sie ihrer Mutter und ging hinüber ins elterliche Schlafzimmer. Im Türrahmen blieb sie stehen. Das Bettzeug war weiß, aber das Gesicht ihres Vaters leuchtete rot wie die Reichskriegsflagge.

»Wo bleibt deine Mutter, verdammt noch mal?«, zischte er, als er Margo sah. »Ich habe nach ihr gerufen.«

»Du hast nicht gerufen, du hast gebrüllt.«

»Das geht dich gar nichts an. Schick sie her!«

Margo holte tief Luft, streckte sich und sah ihm in die Augen. »Das werde ich nicht tun, Vater. Ich werde dafür sorgen, dass Mutter nie wieder dieses Zimmer betritt, wenn du dich nicht endlich benimmst wie ein anständiger Mensch.«

Seine Augen wurden schmal, die Ader an seiner Stirn pulsierte. »Du – wagst es!«

Margo sprach ungerührt weiter. »Sollte ich dich noch einmal nach ihr schreien hören, solltest du noch einmal fluchen und schimpfen, wird sich dein Leben schlagartig ändern, das schwöre ich.«

»Du – du ...« Er spuckte und stammelte. Endlich fehlten ihm einmal die Worte, womöglich das erste Mal in seinem Erwachsenenleben.

Margo genoss ihren Triumph nicht, sie wusste, dass die himmlische Ruhe nicht anhalten würde. Und tatsächlich: Kaum hatte sie die Tür geschlossen, fing er wieder an zu brüllen. »Komm sofort her, verdammtes Weib!«

Das verdammte Weib kauerte an der Wand neben der Tür zum Schlafzimmer und wollte sich an ihrer Tochter vorbeidrücken, aber Margo nahm sie in den Arm. »Nein, Mutti«, sagte sie sanft. »Lass ihn. Er wird sich wieder beruhigen.« Sie wusste, dass jetzt der schwierigste Teil der Übung begann. Sie musste ihre Mutter dazu bringen, durchzuhalten, nicht hinzuhören, wenn ihr Mann schrie und brüllte, weinte und bettelte, wenn er sie zur Hölle wünschte, sie »undankbares Stück« nannte oder »blöde Kuh«.

Doch das erwies sich endlich wieder als eine Aufgabe, der sie sich mit aller Kraft widmen konnte. Sie wusste nicht, woher sie den Mut genommen hatte, ihrem Vater zu widersprechen, aber sie spürte plötzlich wieder die alte Zuversicht: Eine Margo Hegewald lässt sich nicht unterkriegen.

Es war eine harte Zeit, doch zwei Wochen später war Hugo Hegewalds Widerstand gebrochen. Er hatte beladene Tabletts zu Boden geschmettert, ins Bett gemacht und unzählige Tobsuchtsanfälle gehabt, doch nachdem Margo ihn eine Nacht lang im nassen Bett hatte liegen lassen und ihm drei Tage lang nur Wasser und Brot gebracht hatte, schlug seine Stimmung von einem Tag auf den anderen um.

»Willst du wissen, was das für ein Unfall war, den sie benutzt haben, um mich rauszuwerfen?«, fragte er, nachdem sie ihm die Bettpfanne abgenommen hatte, und versuchte, sich aufzurichten.

»Wenn du das erzählen möchtest?«

Er war also hinausgeworfen worden als Zugführer eines Feuerschutzpolizeiregiments? Das war neu.

»Will ich. Setz dich.«

Sie schüttelte ihm das Kissen auf, zog den Stuhl heran, setzte sich und faltete die Hände auf dem Schoß. Seine versöhnliche Stimmung machte sie misstrauisch. Sie war auf alles gefasst.

»Wir hatten in Rotterdam nicht viel zu tun. Es war eine schöne Zeit.« Sein Blick ging zum Fenster. »Wir haben jeden Abend Skat gespielt und Schnaps gesoffen, davon gab es mehr als reichlich. Die Holländer verstehen sich darauf.«

Er sah sie an. Seine Augen waren klar, seit er nicht mehr trank. »Das war kein Krieg, Gretl. Das war Zeitverschwendung. Und das hier« – er klopfte sich auf den Oberschenkel – »war keine Heldentat. Ich bin nachts aus dem Fenster gefallen.«

»Oh.«

»Und zwar nicht aus meinem eigenen Zimmer.«

»Verstehe«, sagte sie und blickte auf ihre Hände. Er sollte nicht sehen, wie sehr sie ihn verachtete.

Aber Hugo Hegewald lachte. Er lachte selten, doch jetzt wollte er gar nicht mehr aufhören zu lachen. »Gar nichts verstehst du«, sagte er schließlich leise.

Sie stand auf und glättete ihren Rock. »Kann ich noch etwas für dich tun, Vater?«, fragte sie kühl.

»Sag deiner Mutter, dass es mir leidtut. Alles.«

Beim Herausgehen zog sie die Tür leise, aber fest hinter sich zu und blickte ihrer Mutter in die Augen, die vor der Tür gewartet hatte.

»Es tut ihm leid«, sagte sie nüchtern. »Aber ich glaube ihm kein Wort.«

Mutti seufzte, schüttelte den Kopf und drückte sich an ihr vorbei ins Schlafzimmer.

Margo und Gerda warteten angespannt in der Küche, sie rechneten mit einem erneuten Wutausbruch, mit Geschrei und Vorwürfen und den Schluchzern ihrer Mutter. Aber die kehrte mit einem Lächeln auf dem Gesicht in die Küche zurück.

»Du hast ihm hoffentlich nicht alles verziehen«, sagte Gerda.

Ihre Mutter setzte sich zu ihnen an den Tisch und nahm erst Gerdas, dann Margos Hand. »Euer Vater war siebzehn, als er in den Großen Krieg musste, er war neunzehn, als er aus dem Lazarett kam. Als wir uns kennenlernten, war er ein Nervenbündel. Und dann wurde ich schwanger, wir mussten heiraten. Er hatte immer das Gefühl, sein Leben versäumt zu haben.«

»Das ist keine Entschuldigung.« Gerda konnte ebenso unerbittlich sein wie Margo.

Ihre Mutter lächelte. »Nein. Sicher nicht. Aber er hat mir geschworen, nie wieder auch nur einen Tropfen Alkohol zu trinken.«

»Ach?«, murmelte Gerda. »Du nimmst ihm das hoffentlich nicht ab?«

»Doch. Diesmal ja.« Ihre Mutter strich sich mit einer müden Handbewegung die Haare aus der Stirn. Sie hatte lange nicht mehr so glücklich ausgesehen.

Margo glaubte nicht an den wundersamen Wandel ihres Vaters. Doch endlich traute sie sich, ihrer Mutter zu sagen, was sie seit dem letzten Brief von Henri beschäftigte.

»Henri kommt in einer Woche. Er will … Er hat mir einen Antrag gemacht. Ich habe ihm angesichts der Situation keine feste Zusage gegeben, aber …«

»Natürlich sagst du Ja«, riefen Mutter und Schwester wie aus einem Mund.

Alle drei mussten lachen. Endlich gab es wieder einen guten Grund dazu.

VI

2. Juli 1941

Manchmal habe ich das Gefühl, es geht den Soldaten besser als uns hier an der Heimatfront. Wenn man Henris Briefen glaubt, gibt es für ihn nichts zu tun und er kann stundenlang lesen, Briefe schreiben und trinken. Seit Januar 1941 ist er mit seiner Marineflakabteilung in der Bretagne, »in bestem Einvernehmen mit der Bevölkerung«, wie er schreibt. »Dienst ist wenig, Schnaps reichlich« – ein Glas Cognac für fünf Pfennig! Ich weiß ja nicht. Und bestes Einvernehmen – mit welchem Teil der Bevölkerung? Mit dem weiblichen?

Bei uns im Reich herrscht ja auch Bombenstimmung, sozusagen. Die Briten haben sich das nicht lange gefallen lassen, dass wir ihre Städte bombardieren, sie schlagen zurück und fliegen auf Berlin. Dort werden jetzt die Kinder aufs Land geschickt, das ist ein schlechtes Zeichen.

Stendal ist bislang verschont geblieben, aber was nicht ist, kann ja noch werden. Der Fliegerhorst in Borstel liegt direkt in der Einflugschneise der britischen Bomberverbände. Noch gibt es selten Fliegeralarm, aber endlich

*haben sie auch in unserem Haus einen Luftschutzkeller
eingerichtet. Mutti achtet penibel auf Verdunkelung
und darauf, dass die Anstecker immer unter der Lampe
liegen, damit sie aufgeladen sind, wenn man sie braucht.
Mit den grünlich leuchtenden Dingern am Mantel sieht
man nachts aus wie angeschimmelt.
Wir haben vor allem mit der Rationierung zu kämpfen,
Sonderzuteilungen gab es noch nicht einmal zu
Weihnachten, und Butter ist ein Fremdwort geworden.
Mutti leidet darunter mehr als ich, vor allem wenn Vater
das Gesicht verzieht, nur weil es wieder Eintopf gibt.
Ansonsten verhält er sich halbwegs manierlich. Und
seit er wieder laufen kann, hilft er Mutti bei Behörden-
gängen und Besorgungen, man muss ja mittlerweile
für alles Schlange stehen. Das muss man ihm hoch
anrechnen. Ob Menschen sich wirklich ändern können?
Jedenfalls haben wir es ihm zu verdanken, dass es bei uns
keine Einquartierung gibt. Mutti war völlig aufgelöst,
als wir eine Anordnung zur Erfassung der Größe unserer
Wohnung erhielten und zwei Männer anrückten, um
unser Zuhause zu vermessen. »Wir müssen eben alle ein
wenig enger zusammenrücken« – für Ausgebombte aus
Hamburg und Duisburg. Aber einem heldenhaft Kriegs-
versehrten und seiner Familie kann man das natürlich
nicht antun. So hat doch alles auch sein Gutes.
Hoffentlich kann er bald seine alte Stelle beim
Finanzamt wieder antreten. Das hilft wirtschaften.
Ich kann von meinem bisschen Lohn auf Dauer keine
vierköpfige Familie durchbringen.*

»Wir haben zwar die Lufthoheit an die Engländer verloren, aber du bist und bleibst die schönste Eroberung, die
ein Mann machen kann.« Margo legte den Brief beiseite.

Henri hatte ein Foto beigelegt, das ihn in Badehose am Strand zeigte. Sie merkte an seiner Schrift, dass er beim Schreiben dem guten französischen Cognac zugesprochen hatte. Mit dem dritten Blatt waren seine Handschrift und seine erotischen Fantasien ausschweifend geworden. Seine Schilderungen von all den Dingen, die er mit ihr machen würde, wenn er endlich wieder zu Hause wäre, trieben ihr die Hitze ins Gesicht.

Sie sollten endlich heiraten. Ihre Unruhe wuchs von Brief zu Brief. Wer wusste schon, wie viel Zeit ihnen noch blieb? Mittlerweile führte das Reich auch gegen die Sowjetunion Krieg, mit der man bis dato doch befreundet gewesen war. Die Freunde wurden seltener, bald gab es gar keine mehr. Das konnte alles nicht gut gehen.

Ihre Mutter bettelte um Aufschub. »Warte mit der Heirat noch ein wenig, bis es Vati besser geht!« Der sah allerdings nicht aus, als habe er noch sehr viel Schonung nötig. Außerdem wurde sie bald 22 Jahre alt und hatte ausgelernt. Sollte sie vielleicht eine alte Jungfer werden?

Bei Photo-Werner war die Stimmung gedrückt, niemand gab sich mehr euphorisch, selbst Marianne nicht. Otto Werner und Helene sah man kaum noch, der Chef ging dem offiziellen Auftrag nach, das alte und das neue Stendal zu fotografieren. Stendal wuchs, über tausend neue Wohnungen waren seit 1933 entstanden, das musste man dokumentieren – am besten bevor alles wieder kaputt gebombt wurde.

Margo blieb an vielen Abenden länger im Büro, es zog sie nicht nach Hause. Heute war sie besonders spät dran, sie rechnete nicht damit, noch jemanden anzutreffen. Doch als sie am Atelier vorbeiging, schon im Mantel, flog die Tür auf.

»Helene!« Fast wären sie zusammengestoßen.

Helene schrie leise auf und ließ die Fotokartons fallen, die sie in den Händen gehalten hatte.

Das fehlte noch, dachte Margo, murmelte »Verzeihung«, und ging auf die Knie, um ihr beim Aufheben zu helfen.

»Lass nur«, murmelte Helene und fegte mit der Hand die Fotos zusammen, die aus einem der Kästen gefallen waren.

»Vorsicht!« Margo war einen derart ruppigen Umgang mit mühevoll und sorgfältig erstellten Abzügen nicht gewohnt und rettete die anderen vor Helenes ungeduldigem Griff. Ihr Blick fiel auf das oberste der Fotos. Und dann blätterte sie die anderen Bilder auf und wünschte im nächsten Augenblick, das alles nie gesehen zu haben.

»Was ist das?« Sie hielt eines der Fotos hoch. Kaum brachte sie die Worte heraus.

»Ach das.« Helene nahm es ihr hastig aus der Hand.

»Und das hier?« Man war ja einiges gewohnt, seit Krieg war, aber diese Dokumente schamloser Gewalt machten sie fassungslos. »Woher hast du das, um Himmels willen?«

Helene wich ihrem Blick aus. »Soldatenfotos. Ich habe die Kartons durchgesehen, die seit Wochen nicht abgeholt worden sind.«

»Aber – sind solche Aufnahmen überhaupt erlaubt?«

Helene lächelte, ein schmallippiges, unfrohes Lächeln. Jetzt erst bemerkte Margo, wie schlecht sie aussah. »Du weißt doch: Soldaten sollen fotografieren! Führerbefehl. Die Kamera – der optische Panzer!«

Margo kannte diese Sprüche. Und zu Anfang mochte das gut für die Moral der Soldaten und ihrer Familien gewesen sein, als die Fotos unbeschwerte junge Männer vor imposanter Kulisse zeigten, man siegte ja. Doch längst bekam man bei Photo-Werner anderes zu sehen. Die Motive hatten sich drastisch verändert, jetzt überwogen Bilder von zerschossenen Fahrzeugen und Pferdekadavern, von gesprengten Brücken und brennenden Häusern, manchmal sogar von Leichen. Der Krieg war kein Spaziergang mehr, und von seinem baldigen Ende redete niemand, der sich seinen Verstand bewahrt hatte.

Aber diese Bilder hier … Da waren Kolonnen von Menschen, alte Leute, Frauen und Kinder. Auf einem der Fotos schlugen Männer mit Knüppeln auf Wehrlose ein, Soldaten in deutschen Uniformen schauten lachend zu. Mädchen in Kniestrümpfen mit verdrehten Gliedmaßen und aufgerissenen Augen lagen am Straßenrand neben Frauen in dicken Röcken. Ein betender Mann stand vor Leichenbergen, Leichen von ganz normalen Bürgern.

»Erklär mir bitte, was das ist«, flüsterte Margo.

»Krieg«, sagte Helene.

»Aber das sind Zivilisten! Und …« Sie zeigte auf das Bild mit den lachenden deutschen Soldaten. »Wieso unternehmen unsere Männer nichts?«

»Warum sollten sie?« Helene verzog den Mund, als ob sie ausspucken wollte. »Das sind keine Zivilisten. Das ist Ungeziefer. Das sind Juden. Die dürfen erschlagen werden.«

Margo sah sie zweifelnd an und schüttelte dann langsam den Kopf. »Zivilbevölkerung wird geschont, egal um wen es sich handelt. So etwas machen nur – Untermenschen. Keine deutschen Soldaten.«

»Ach, Margo.« Helene machte eine Bewegung, als wollte sie sie in den Arm nehmen. »Du liebe Seele. Wenn es nur so wäre.«

Margo wich zurück. »Warum …«, begann sie. Aber ihr fiel die richtige Frage nicht ein. Sie konnte und sie wollte nicht glauben, was sie gesehen hatte. Es widersprach allem, was sie gelernt hatte – über Anstand und Ehre eines deutschen Soldaten. Es gab dafür nur eine Erklärung, und die war der rettende Strohhalm, an den sie sich zu gern klammern würde: Die Fotos waren feindliche Propaganda, das musste es sein. Doch was machte feindliche Propaganda im Besitz von Helene?

»Bitte«, flüsterte Helene. »Es ist besser, wenn niemand diese Fotos findet. Könntest du sie in deinem Schreibtisch einschließen, bis ich weiß, was damit geschehen soll?«

Margo erstarrte. »Ich soll feindliche Propaganda verstecken? Woher auch immer du diese Fotos hast – du musst sie dem Chef geben. Der wird am besten wissen, was zu tun ist.«

»Wie kommst du auf feindliche Propaganda? Das sind Fotos unserer Soldaten, die sie nicht abgeholt haben, wahrscheinlich sind die Männer gefallen. Also gehören sie jetzt deren Angehörigen und müssen ihnen zurückgegeben werden. Aber ich weiß nicht, was das für Gefühle auslöst – all die Grausamkeiten …«

Unsere Soldaten sind keine Verbrecher, dachte Margo, und suchte eines der Fotos heraus, das sie Helene wie zum Beweis hinhielt. »Und was ist das?« Leichen, reihenweise. Einige der Toten hatten polnische Uniformen an. Und die Männer mit den Gewehren und Pistolen?

»Polnische Offiziere, getötet von Soldaten der Roten Armee.«

»Aber …«

»Margo. Es ist Krieg. Die Sowjets haben Polen überfallen, mit unserer Hilfe.«

»Wenn das stimmt, dann müssen wir erst recht …«

»… diesen Krieg beenden«, sagte Helene leise.

Margo schüttelte den Kopf. »Wieso beenden? Wir müssen siegen!«

»Dieser Krieg ist nicht zu gewinnen.«

Sie starrte Helene an. »Das ist Wehrkraftzersetzung!«

»Schön wär's, wenn ich die Macht dazu hätte. Tu mir

die Liebe und schließ die Fotos weg, bis ich weiß, was zu tun ist. Und mach dir nicht so viele Gedanken.«

Die Bilder verfolgten Margo bis in den Schlaf, vor allem die von den Frauen und Kindern. Unsere machen so etwas nicht, redete sie sich ein. Deutsche Soldaten haben an allen Fronten gesiegt, in Norwegen, in Belgien, in Frankreich, sie benehmen sich untadelig, werden überall mit Jubel begrüßt. Henri hatte ihr erzählt, wie es war, als die Schleswig-Holstein in Danzig einlief: Ganze Schwärme von Mädchen hätten gewinkt und gelacht und gerufen.

Aber seither waren fast zwei Jahre vergangen. Und der Feldzug in Russland würde kein Blitzkrieg mit Blitzsieg sein. Sie wusste nicht, was sie denken sollte. Hatte der Führer sich verrechnet?

Die Fotos ließen ihr auch den ganzen nächsten Tag über keine Ruhe. Sie hatte den Karton im Schreibtisch verschlossen, in der obersten Schublade rechts. Der Gedanke daran machte sie immer nervöser. Am Abend, als sie sich allein und sicher glaubte, zog sie die Schublade auf, stellte den Karton auf den Tisch und hob den Deckel ab. Die Fotos waren von unterschiedlicher Qualität, manche nahezu professionell aufgenommen, andere hastig und amateurhaft. Sie stammten ganz offenkundig von vielen verschiedenen Fotografen. Aber war es möglich, dass den Mädchen im Labor nicht aufgefallen war, was sie da entwickelten? Marianne war sicher abgebrüht, aber Gudrun? Vielleicht hatte sie routiniert ihre Aufgabe erledigt, hatte nicht hingesehen, hatte geträumt, wie meistens – von allem, was diesen Bildern widersprach. Von Heldentum und Liebe, von erhabenen Gefühlen und schicksalhaften Ereignissen, ganz ohne Gewalt und Zerstörung. Kino eben. Das hier aber zeigte offenbar die Realität, jedenfalls einen Teil davon. Wahrscheinlich. Oder nicht?

Plötzlich vermisste sie Henri mit einer Macht, die ihr die Tränen in die Augen trieb. Er war der Einzige, den sie fragen konnte. Er war der Einzige, dem sie noch vertraute.

VII

Eine frostige Mittagssonne setzte dem letzten Laub an den Bäumen Lichter auf. Margo war auf dem Weg zur Post, als ihr zwei Männer in langen Mänteln und dunklen Hüten auffielen, die vor einem Haus standen und Sturm zu klingeln schienen. Auf dem Weg zurück zum Laden traf sie die beiden wieder. Sie hatten einen älteren Mann mit zerzaustem weißem Haar in die Mitte genommen, gefolgt von einer weinenden Frau, die einen Koffer trug und zwei Kinder an der Hand hielt. Der Mann und die Frau trugen einen gelben Stern, auch die beiden Kleinen, den mussten seit September alle jüdischen Bewohner Stendals tragen. Es war also wahr, was man munkelte, wenn auch hinter vorgehaltener Hand: dass man überall im Reich begonnen habe, die Juden zusammenzutreiben und in Arbeitslager zu bringen. Ein Sonderzug war Mitte Oktober durch Stendal gekommen.

Ihr war unbehaglich zumute. Das Deutsche Reich musste einen Krieg gewinnen, warum befasste man sich da mit den Juden? Hatte man keine größeren Sorgen? Seit dem Beginn des Ostfeldzugs im Juni war die Stimmung nicht nur im Büro, sondern auch zu Hause gedämpft. »Wir können den Krieg nicht an zwei Fronten gewinnen«, hatte Gerda noch am Abend zuvor behauptet. »Schon Napoleon ist an Russland gescheitert.« Normalerweise wehrte Mutti politische Themen bei Tisch energisch ab, aber diesmal hatte sie zustimmend genickt. Vater knurrte nur: »Wir tun der Welt einen Gefallen, wenn wir mit dem Bolschewistenpack gründlich aufräumen«, aber siegesgewiss klang auch er nicht mehr.

Margo grüßte Frau Werner, die an der Theke stand, und ging nach hinten in ihr Kabuff. Kurz darauf hörte sie die Ladenklingel gehen, einmal, zweimal. Dem Stimmengewirr nach standen mehr als zwei Kunden im Atelier. Sie zögerte ein wenig, denn ihr Schreibtisch war vollgepackt mit Briefen, Rechnungen, Bestellungen; Papier, das gesichtet, bearbeitet und abgelegt werden musste. Doch schließlich ging sie wieder nach vorn, die Chefin konnte sicher Hilfe gebrauchen.

Die beiden Männer hatten sich so vor der Theke aufgebaut, dass selbst Inge Werner plötzlich klein und hilflos wirkte. Sie sahen aus wie die, denen Margo auf der Straße begegnet war, Männer in langen Mänteln und mit dunklen Hüten.

»Wir suchen Helene Pinkus.« Der eine der beiden hatte breite Schultern und eine hohe Stimme. »Sie ist bei Ihnen angestellt.«

In diesem Moment kam Otto Werner herein, eine Kamera in der Hand. Er blieb in der Tür stehen. »Wie kann ich Ihnen behilflich sein, meine Herren?«, fragte er leise und mit ausgesuchter Höflichkeit.

»Wir suchen eine Ihrer Angestellten, eine gewisse Helene Pinkus«, sagte der kleinere der beiden Kerle mit falschem Lächeln und hielt ihm eine ovale Marke hin.

»Fräulein Pinkus ist meine beste Mitarbeiterin. Ich benötige sie dringend.«

»Nun, Sie werden wohl auf sie verzichten müssen«, sagte der Bullige. Seine Stimme war noch ein wenig höher gerutscht. Er hatte den Hut abgenommen, man sah sein dunkles, an den Kopf geklebtes Haar, der Seitenscheitel wie mit dem Lineal gezogen.

Otto Werner sah von einem zum anderen. »Ich fürchte,

meine Herren«, sagte er ganz ruhig, »dass Sie es sind, die hier verzichten müssen. Bitte teilen Sie SS-Obersturmbannführer Wilhelm Gärtner mit, dass Fräulein Pinkus unentbehrlich ist.«

Die beiden Männer blickten einander an.

»Aber der Obersturmbannführer ...«

»Tun Sie, was ich Ihnen sage.« Otto Werners Stimme war immer leiser geworden, jetzt war er kaum noch zu verstehen.

»Unser Befehl lautet ...«

»Ich diskutiere nicht mit Ihnen. Heil Hitler.«

»Heil Hitler«, murmelten die beiden. Und tatsächlich – sie verließen den Laden.

Erst am nächsten Tag hatte Margo Gelegenheit, den Mädchen während der Mittagspause die Geschichte zu erzählen. Sie hatte die Stimme unwillkürlich gesenkt und nach einer Weile begannen auch die beiden anderen zu flüstern.

»Wieso kennt der Chef den Gärtner?«, fragte Gudrun. »Der ist bei der Gestapo und muss ein ganz harter Hund sein. Dabei ist unser Kugelblitz doch noch nicht einmal in der Partei!«

»Die Frage ist falsch gestellt. Wen kennt der Chef eigentlich nicht?«

Marianne hatte recht. Und dennoch. »Mich wundert schon, dass sich die Gestapo von einem Fotografen einschüchtern lässt«, meinte Margo.

Marianne kicherte. »Unser Kugelblitz hat den Gärtner in der Hand, ganz einfach.« Sie blickte in die Runde. »Na, nun denkt doch mal nach!«

Margo begann zu begreifen. »Die Frau des Apothekers!« Sie erinnerte sich an die Nacktfotos von der Apothekersfrau, die ihr Mann in aller Unschuld bei Photo-Werner hatte entwickeln lassen. Wer auf seinen guten

Ruf angewiesen war, konnte mit solchen Bildern erpresst werden.

»Kluges Kind. Deren Bilder waren noch harmlos gegen das, was man sich sonst noch so denken kann.«

»Und was kann man sich sonst noch so denken?« Gudrun war begriffsstutzig, wie immer. Die Traumtänzerin.

»Na ja – vielleicht ist er pervers. Vielleicht mag er Männer. Oder Jüdinnen. Oder Pferde. Oder …«

»Hör auf!« Gudrun hielt sich die Ohren zu.

Margo musste lachen. »Deine Fantasie möchte ich haben. Jetzt sag bloß, du hast solche Schweinereien schon mal im Fixierbad gehabt.«

»Nicht, dass ich wüsste.« Marianne schien das zu bedauern. »Aber wie dem auch sei: Ich glaube nicht, dass der Chef sich einen Gefallen getan hat. Helene ist bestimmt jüdisch. Und dann muss sie weg, ob er den Gärtner nun kennt oder nicht.«

Margo irritierte der Gedanke. Helene hatte nie auch nur eine Andeutung gemacht, dass sie nicht arisch war, obwohl sie doch eine Zeit lang miteinander geredet hatten, als ob sie Freundinnen wären. Plötzlich fühlte Margo sich betrogen. Hatte Helene ihr nicht vertraut?

Dass die Juden unser Unglück sind, pflegte ihr Vater zu verkünden, deshalb hatte sie das nie ernst genommen. Als in Stendal die Synagoge brannte und Pimpfe der Hitlerjugend die Feuerwehr daran hinderten, den Brand zu löschen, hatte sie das so schlimm gefunden wie viele andere anständige Leute auch.

Im Übrigen wusste sie bis heute nicht, woran man Juden erkennt. Am stechenden Blick und an der Hakennase, wie auf den Karikaturen im »Stürmer«? Solche Typen gab es in ihrem Bekanntenkreis nicht.

»Außerdem durchstöbert sie die Fotos unserer Soldaten. Man fragt sich, was sie da zu suchen hat. Vielleicht kriegswichtige Informationen für den Feind?« Mariannes Augen funkelten.

»Woher weißt du das?«, fragte Margo scharf.

Marianne lächelte und hob die Schultern. »Ich weiß es eben.«

Das blonde Biest hatte also Helene hinterherspioniert. Schlimm genug. Aber was wäre, dachte Margo, wenn Marianne auch in ihrem Schreibtisch stöberte? Wenn sie die vermaledeiten Fotos fände? Sie musste sie loswerden, sie gehörten ihr nicht, und wenn sie darüber nachdachte, kamen sie ihr eindeutig wehrkraftzersetzend vor. Man griff neuerdings hart durch, wenn sich jemand defätistisch äußerte.

Warum nur hatte Helene derlei überhaupt gesammelt? Doch nicht, weil sie an die Angehörigen der Soldaten dachte. Die Aufnahmen stammten von ganz unterschiedlichen Fotografen, die musste sie gezielt ausgewählt haben. Was, wenn es sich tatsächlich um kriegswichtige Informationen handelte? Auf Verrat stand die Todesstrafe.

Sie konnte keinen klaren Gedanken fassen, alle Koordinaten schienen sich verschoben zu haben, nichts war mehr gewiss.

Und Otto Werner? Sie wusste von keiner Macht der Welt, die etwas gegen die Gestapo ausrichten konnte, aber vor dem kugelrunden Otto hatten die Männer gekuscht. Nur, weil er einen Obermufti bei der SS kannte? Oder spielte auch der Chef ein Doppelspiel?

Als die Mittagspause endlich vorbei war und sie wieder in ihr Büro zurückgehen konnte, schloss sie die Tür hinter sich und öffnete mit fliegenden Fingern die Schreibtischschublade. Der weiße Karton war verschwunden.

Otto Werners Macht reichte nicht weit, schon zwei Tage später kamen die beiden Männer wieder. Margo stand dabei, als sie Helene mitnahmen – nie würde sie diese Szene vergessen. Helene war ganz ruhig, doch als sie aus der Tür geführt wurde, drehte sie sich kurz um und sah Margo in die Augen. Flehend? Bittend? Fordernd? Margo wandte den Kopf zur Seite und sagte kein Wort. Noch nicht einmal ein Wort des Abschieds.

Nur Otto Werner sagte etwas, leise: »Gott sei mit dir, mein Kind.«

»Das heißt ›Heil Hitler‹«, blaffte der kleinere der beiden Gestapomänner und warf die Tür hinter sich zu.

Stille. Und dann sagte Otto Werner mit belegter Stimme: »Ich denke, wir gehen jetzt alle wieder an unsere Arbeit.«

Kurz vor Feierabend kam Marianne in Margos Büro. »Du kennst sie doch, du hast doch abends oft mit ihr zusammengesessen, hast du denn gar nichts gemerkt?« Ihre Augen funkelten vor Neugier.

»Was hätte ich deiner Meinung nach merken sollen?« Margo hatte keine Lust, sich ausfragen zu lassen, erst recht nicht von Marianne.

»Na, dass sie eine verdammte Jüdin ist!«

»Woher sollte ich das wohl wissen?«

»Das sagt dir dein deutscher Instinkt, wenn du überhaupt einen hast!«, fauchte Marianne.

»Hast du etwa einen?«, fragte Margo. »Dein Verflossener war damit wohl nicht ganz so zufrieden.«

Marianne wurde blass, ihr war die Wut ins Gesicht geschrieben, als sie sich umdrehte und aus dem Büro stampfte. Margo blickte ihr hinterher. War es eine gute Idee gewesen, sie sich zur Feindin zu machen?

Als sie abends nach Hause kam, wartete Gerda schon mit vor Neugier glänzenden Augen auf sie. »Da ist ein Päckchen für dich«, sagte sie geheimnisvoll. »Es steht nicht drauf von wem.«

Margo wog das flache Paket in Händen, es war schwer, aber es fühlte sich nicht wie ein Bücherpaket an. Mit Müh und Not konnte sie Gerda daran hindern, ihr ins Schlafzimmer zu folgen, wo sie das Päckchen in Ruhe auspacken wollte.

Nach dem Poststempel zu urteilen, war es am Tag zuvor abgeschickt worden. Es war gut verschnürt, mehrfach mit Bindfaden umwickelt. Sie öffnete die Schnur und faltete das Packpapier auf. Unter dem braunen Papier war weißes, feineres, in das Stoff eingewickelt war, helles Leinen, es sah nach ein paar Servietten und einem Tischtuch aus, alles von einem blauen Seidenband zusammengehalten. Eine Karte lag dabei: »Für A. – bitte!«

Sie kannte den präzisen Schwung von Helenes Handschrift. Fast hätte sie die Karte fallen lassen. Warum schickte Helene ausgerechnet ihr etwas, das für »A.« gedacht war? Und wer sollte das überhaupt sein? Sie kannte niemanden, dessen Namen mit A. anfing.

Sie atmete tief ein und wieder aus. Nein, das stimmte nicht, das stimmte ganz und gar nicht, es gab jemanden, den sie beide kannten, Helene und Margo, jemand, dessen Name mit A. begann: Alard. Alard von Sedlitz.

Sofort hatte sie das Bild wieder vor Augen, klar und deutlich: Wie Alard Helene im Arm hielt, wie er sie zärtlich anschaute, damals, im Hinterhof, beim Haselnussstrauch. Die Erinnerung daran tat noch immer weh, obwohl das doch alles schon über zwei Jahre her war und ihr Herz längst einem anderen gehörte.

Sie schüttelte den Gedanken an ihn ab. Alard konnte nicht gemeint sein. Was sollte ein Mann mit feiner Damasttischwäsche?

Nach einigem Zögern legte sie das Stoffbündel in ihre Aussteuertruhe, ganz nach unten. Eines Tages würde ihr einfallen, wen Helene gemeint haben könnte. Sie klappte

165

den Deckel der Truhe zu. Aber vielleicht würde sie das Leinen auch bei der nächsten Wintersachensammlung stiften.

Das Kapitel Helene war beendet. Sie vermied es, an die Abende zu denken, die sie miteinander verbracht hatten. Und hoffentlich würde sie bald den Blick vergessen haben, den Helene ihr zugeworfen hatte, als die Männer sie abführten.

Was würde Henri zu alldem sagen? »Mach dir bitte keine Sorgen«, hatte er in seinem letzten Brief geschrieben. »Ich passe auf dich auf.« Aber wie konnte er auf sie aufpassen, wenn er so weit weg war?

VIII

22. Februar 1942
Es fällt mir schwer, all das aufzuschreiben, was in den
vergangenen Wochen geschehen ist. Es ist einfach zu
viel, was da auf einmal über mich hereinbrach – als ob
mich das Glück für alle Zeiten verlassen hätte. Ich habe
meine Arbeit verloren. Die Gestapo hat mich verhört.
Manchmal weiß ich nicht, was das Schlimmere ist.
Aber ich darf nicht klagen – an vielem bin ich ja selbst
schuld! Ich war viel zu naiv.
Die Vorladung bei der Gestapo verdanke ich Helene.
Gerda hat das amtliche Schreiben gesehen, aber sie hat
netterweise den Mund gehalten, Mutti weiß von nichts
und Vater darf es nicht erfahren. Ich habe mich morgens
um 7 Uhr regelrecht aus dem Haus geschlichen und
bin am Hitlersee entlang zur Polizeidirektion gelaufen.
Gott sei Dank bin ich niemandem begegnet, der mich
kennt.
Erst musste ich im Flur warten, auf einer langen

*Holzbank. Dann haben sie mich in ein Zimmer geführt,
in einen hell erleuchteten Raum mit herabgezogenen
Verdunklungsrollos vor dem Fenster. Es gab kein
Mobiliar, nur einen Tisch, an der einen Seite zwei Stühle,
an der anderen einer. Auf dem hockte ich dann und
wartete, stundenlang, es war unbeschreiblich erniedrigend. Es gab nichts zu trinken und austreten konnte
ich auch nicht. Kurz nach Mittag kamen zwei Männer
ins Zimmer und haben die Tür hinter sich abgeschlossen.
Ich habe noch nie zuvor eine solche Angst gehabt.
Dann begann das Verhör. Der eine, so ein spitznasiger
Kurzer mit kalten Augen, der keine Jacke und Hosen-
träger über dem Hemd trug, war besonders eklig.
Er fragte mich erst über meine Familie aus und über
Henri. Und dann wollte er wissen, was wir miteinander
»getrieben« hätten, Helene und ich.
Ich habe erst gar nicht verstanden, was der Kerl gemeint
hat. Wir haben gar nichts getrieben, habe ich gesagt, wir
haben geredet. Aber er ließ nicht locker.
»Wie – geredet? Nur geredet? Nicht mal Händchen
gehalten?«
Ich muss die beiden völlig entgeistert angestarrt haben.
»Und wer von euch beiden ist der kesse Vater?«
Endlich ist mir der andere beigesprungen, ein langer
Lulatsch mit einem Gesicht wie ein Hase – breite
Nase und lachhaft große Ohren. Der ist nicht ganz so
schlimm, dachte ich erst.
»Fräulein Hegewald ist mit einem hochverdienten
Soldaten verlobt, Herr Kollege, bedenken Sie das bitte.«
Der Spitznasige hat nur hämisch gelacht. »Umso
schlimmer! Unsere Soldaten haben keine Flittchen
verdient! Solche Frauen kennen keine Treue.«
Da bin ich wütend geworden. »Was erlauben Sie sich?
Wir haben uns über das Leben unterhalten. Über den*

Krieg. Über unsere Arbeit bei Photo-Werner. Was sollten
wir denn wohl sonst tun?«
»Ach. Über den Krieg haben Sie sich unterhalten?«
Jetzt war der mit dem Hasengesicht gar nicht mehr nett.
Hohnlachend eher. »Das ist doch kein Thema für ein so
hübsches Frauchen, wie Sie es sind.«
Bevor ich etwas antworten konnte, sprang Spitznase
auf, stellte sich so nah vor mir auf, dass ich seinen
Mundgeruch ertragen musste, und zischte mich an. »Was
haben sich die Damen denn wohl über den Krieg zu
sagen gehabt?«
Es war heiß und ich war übermüdet und hatte Durst, ich
muss nicht mehr ganz klar im Kopf gewesen sein. Denn
ich habe einen unverzeihlichen Fehler begangen. Ich
habe ihnen erzählt, dass Helene »Dieser Krieg ist nicht
zu gewinnen« gesagt hat, und dass ich ihr geantwortet
habe, dass das Wehrkraftzersetzung sei. Da fingen beide
an zu brüllen.
Wie konnten Sie nur diesem verbrecherischen Gerede
zuhören! Warum haben Sie das nicht umgehend
angezeigt! Wissen Sie nicht, was Ihre verdammte vater-
ländische Pflicht ist? Sie haben sich mitschuldig gemacht!
Usw. usf.
Ich war den Tränen nah. Man ist so unfassbar hilflos.
Irgendwann klopfte es, Spitznase schloss die Tür auf, und
da stand der Obersturmbannführer Wilhelm Gärtner,
mit dem Otto Werner bekannt ist. Ich wollte aufstehen,
wollte ihm erklären, dass das alles ein Irrtum sei, aber
er würdigte mich keines Blickes, nickte nur kurz dem
Langen zu, der aufstand und zu ihm ging. Und dann
flüsterten die beiden vor der Tür.
Nach einiger Zeit kam mein Verhörer zurück und
lächelte mich betont liebenswürdig an.
»Ich verstehe Sie ja, Fräulein Hegewald. Sie wollen nicht,

dass Ihr Verlobter von Ihrem kleinen Abenteuer am anderen Ufer erfährt.« Ich hätte ja recht: Es sei nicht gut für die Kampfmoral, wenn ein Mann im Feld erfahre, dass seine Verlobte ihm zu Hause die Treue nicht hält.

Ich bin wie von der Tarantel gestochen hochgefahren, habe geschworen, dass nichts dergleichen vorgefallen sei zwischen Helene und mir – und wusste doch im Herzen, dass mir Henri alles verzeihen würde, auch eine derartige Ungeheuerlichkeit. Aber warum sollte ich lügen? Warum sollte ich die Unwahrheit sagen? Warum Helene beschuldigen, die mir nie, auch nicht für eine Sekunde zu nahe getreten ist?

Der Lange schickte den mit der Spitznase aus dem Zimmer, nahm sich einen Stuhl und setzte sich neben mich.

»Schauen Sie, Fräulein Hegewald« – mit verschwörerisch leiser Stimme. Helene sei lesbisch, und das sei sehr, sehr schlimm. Aber ich solle es doch bitte nicht noch schlimmer machen. Die Sache mit der Wehrkraftzersetzung müsse ich vergessen. »Sie wollen sich doch nicht selber schaden, oder?«

Ich war wie vom Donner gerührt. Ich hatte die Wahrheit gesagt, aber die interessierte niemanden!

Und dann legte der Kerl mir die Hand auf die Schulter. »Für Menschen mit perversen Neigungen gibt es Einrichtungen, in denen man ihnen das austreibt.« Doch wer defätistische Äußerungen mache, wer den Glauben an den Endsieg sowie das Vertrauen in die Führung des Reiches erschüttern wolle, der habe die Todesstrafe zu erwarten.

Da ist mir gedämmert, dass ich Helene sogar noch einen Gefallen tue, wenn ich mitspiele. Ekelhaft.

»Ich werde dafür sorgen, dass niemand von Ihrem Fehltritt erfährt.«

*Ich habe also zu allem Ja und Amen gesagt. Damit war
ich entlassen. Wie ich nach Hause gekommen bin, weiß
ich nicht mehr. Ich habe es jedenfalls nicht ertragen
können, danach noch in den Laden zu gehen und in
die Gesichter der anderen zu blicken. Ich habe mich so
geschämt.*

*Ja, ich bin naiv. Ja, ich habe mich dumm verhalten. Aber
ich bin nicht dumm genug, um nicht zu merken, wenn
man mich erpresst.*

*Was aus Helene geworden ist, weiß ich nicht. Ich kenne
auch niemanden, der es wissen könnte. Otto Werner hat
nie mehr auch nur ein einziges Wort mit mir gewechselt.
Er hat es seiner Frau überlassen, mir zu kündigen. Gleich
am Tag nach dem Verhör.*

*»Sie sind hier nicht mehr willkommen«, hat sie gesagt,
mir die Schlüssel abgenommen und mir meine Papiere
ausgehändigt. Und als ich »warum?« gefragt habe, hat
sie mit versteinertem Gesicht geantwortet: »Fragen Sie
Ihr Gewissen.«*

IX

Ohne ihren Beruf fühlte Margo sich einem Leben aus-
geliefert, das ihr fremd geworden war. Sie stand zwar jeden Tag um die gewohnte Zeit auf, blieb aber stundenlang
am Frühstückstisch sitzen. Was sollte sie auch sonst tun?
Mutti versuchte, sie im Haushalt zu beschäftigen, um sie
abzulenken, Gerda gab ihr Bücher, die sie lesen sollte, aber
Margo starrte schon nach wenigen Minuten ins Leere.
Wenn es nicht gerade regnete, stürmte oder schneite, ging
sie hinaus und lief um den Adolf-Hitler-See herum. In die
Stadt traute sie sich nicht, sie litt unter der Vorstellung,
dass alle sie erkennen und mit Verachtung strafen würden.

Noch nicht einmal in die Volksschule mochte sie gehen, um die ihnen zugewiesene Ration auf der Reichsseifenkarte abzuholen, das musste ihr Vater erledigen, der sich bitter darüber beklagte, dass man ihn für diesen Weiberkram einspannte, schließlich hatte er einen Beruf und tat auch ansonsten seine Pflicht! Er ging mittlerweile wieder täglich ins Amt und hatte es endlich geschafft, bei der Partei zu landen, in welcher Funktion, wusste niemand, aber er tat so, als ob es wichtig wäre.

Als ob das alles nicht schon furchtbar genug wäre, fror auch noch die Toilette ein in diesem eisig kalten Winter, die Kohle reichte gerade eben für eine warme Küche. Wenn Henri nicht gewesen wäre, hätte sich Margo irgendwann in den See gestürzt. Aber er schrieb ihr unermüdlich, fast jeden Tag. Er lag noch immer mit seiner Flakabteilung in der Bretagne und war mittlerweile Leutnant, er hatte ihr ein Foto geschickt, auf dem er eine Goldkordel an der Mütze und goldene Schulterstücke trug.

Ansonsten gab es offenbar noch immer nichts zu tun für ihn, wofür sie unendlich dankbar war, denn dann war er auch nicht in Gefahr. Am wichtigsten schien ihm zu sein, dass er als Leutnant nun ein eigenes Zimmer hatte – und einen »Aufklärer« genannten Burschen, der ihm Kistchen aus Sperrholz anfertigte, in die er Butter und Eier packte und seiner Familie schickte. Er schwärmte vom idyllischen Weihnachten auf der Insel St. Michel und von einer Wehrbetreuungsfahrt nach Paris mit einem Besuch im Casino de Paris. »Es gab da viel hübsches Fleisch, vor allem viele schöne Beine« – typisch Henri. Nur ganz nebenbei erwähnte er, dass bei einem Luftangriff auf die deutsche Stellung seine Flak »ganze Arbeit« geleistet habe. Ganz so friedlich war sein Krieg also doch nicht.

Doch der Krieg war nicht sein Hauptthema. »Ich will dich heiraten«, schrieb er in jedem Brief. »Jetzt, sofort, bald!« – sobald er endlich wieder Urlaub bekäme. Margo wünschte sich nichts sehnlicher und zugleich fürchtete sie sich davor. Nichts hinderte sie mehr, Vati würde zu allem Ja und Amen sagen, und verheiratet würde Henri wesentlich mehr Geld erhalten, Wehrsold und Frontzulage sowie sein kürzlich bewilligtes Assessorgehalt machten zusammen stolze 520 Reichsmark, das würde auch ihr zugutekommen. Doch genau das war der Punkt.

Sie hatte zum Schluss bei Werners ganz ordentlich verdient. Als arbeitslose Frau Seliger aber wäre sie das, was sie nie werden wollte: abhängig von einem Mann. Begriff er denn gar nicht, was ihr die Selbstständigkeit bedeutete? Und wie sehr sie darunter litt, keine Arbeit zu haben?

Überhaupt – hatte er eine Ahnung, wie schwierig es heutzutage war, zu heiraten? Henri brauchte eine Heiratsgenehmigung. Ob die Braut seiner würdig war, musste Margo mit ihrem polizeilichen Führungszeugnis nachweisen und sich überdies von einwandfreien Volksgenossen einen guten Leumund bescheinigen lassen. Wen konnte sie darum bitten? Otto Werner kam ganz offenkundig dafür nicht mehr in Betracht.

Die Behördengänge waren eine Qual, die vielen Fragen und Ermahnungen setzten ihr gehörig zu. Henri selbst hatte seinen Ahnenpass einzureichen sowie eine Aufenthaltsbescheinigung seines Truppenteils. Trauringe waren das geringste Problem, es gab nur eine Sorte, 333er Gold, Vorzugspreis 25 RM.

Beim Bezugsscheinamt galt es, sich Stoff für ein Hochzeitskostüm bewilligen zu lassen. Dass Henri in Uniform heiraten wollte, war hilfreich. Wo hätten sie auch einen Smoking hernehmen sollen? Und die Hochzeitsfeier würde im kleinsten Familienkreis stattfinden, die Zeiten erlaubten keine rauschenden Feste.

Die Seligers schienen mit ihrer Planung einverstanden

zu sein, jedenfalls, soweit es Hermann betraf, der ihr das Du angeboten hatte und sie mit »meine liebe Schwiegertochter« begrüßte, wenn sie vorbeikam, um ihn um Rat oder ein weiteres Dokument zu bitten. Er hatte auch dafür gesorgt, dass der Leiter der Ortsmusikerschaft und der Direktor des Johanniterkrankenhauses ihr Leumundszeugnisse ausstellten, die nur so strotzten vor fantasievollen Beglaubigungen ihrer Untadeligkeit.

Frau Seliger war nicht mehr von dieser Welt, mal erkannte sie Margo, mal nicht. Und Toni schwankte zwischen neutraler Freundlichkeit und misstrauischer Ablehnung.

»Ich dachte, du hängst so an deinem Beruf?«, hatte sie gefragt, als Margo den Seligers endlich gestanden hatte, dass sie nicht mehr arbeitete.

»Es gibt auch noch anderes im Leben, wie du wissen solltest.«

»Als Hausfrau und Mutter bist du sicher nicht die Idealbesetzung«, schoss Toni zurück.

»Ich kann ja Klavierspielen lernen. Apropos: Wann heiratest du eigentlich?«, parierte Margo. Das beendete die Partie.

Henris nächster Brief war eine Überraschung. Der Umschlag enthielt nicht, wie üblich, Blätter um Blätter in immer unleserlicher werdender Schrift, sondern einen einzigen ordentlich mit der Maschine getippten Bogen. Als ob er ihre geheimsten Wünsche und tiefsten Ängste erkannt hätte, bot er ihr eine Art Vertrag an: »§ 1. Die Parteien verpflichten sich, einander zu lieben, d. h. sich ein derartiges Maß von Zuneigung entgegenzubringen, dass ein Verhältnis hergestellt wird, welches über ein solches rein freundschaftlicher Art beträchtlich hinausgeht und nach gesundem Volksempfinden dazu geeignet ist, als Grundlage für eine Ehe zu dienen. § 2. Zur Durchführung der Verpflichtung aus § 1 verpflichten sich die Parteien auf wechselseitigen Respekt vor der Freiheit und Unabhängigkeit des anderen.« Sie lächelte mit feuchten Augen, als sie das las.

Der Abend wurde friedlich, wie so viele neuerdings. Gerda saß über ihren Büchern, wie immer. Und Vater, was für ein Wunder, hielt sein Versprechen: Er hatte das Trinken und das Rauchen aufgegeben und kam abends spät, aber nüchtern nach Hause. Margo glaubte zwar noch immer nicht, dass sich ein Charakter ändern ließ, aber man konnte sich nicht beklagen, er verhielt sich Mutti gegenüber halbwegs anständig, und das zählte. Denn ihre Mutter wirkte zum ersten Mal, seit ihre älteste Tochter sie bewusst wahrnahm, zufrieden mit ihrem Leben. Ob Margo das jemals gelingen würde?

X

Sie trug zur Trauung ein elegantes blaues Kostüm, Henri hatte seine Uniform an, die er seinen »Briefträgeranzug« nannte. Die Zeremonie war so, wie Henri es schätzte: kurz und schmerzlos. Fotografiert wurde natürlich auch, aber nicht von Otto Werner, sondern von der Konkurrenz. Die Feier fand im »Kaiserhof« statt, wo das Brautpaar die Festgemeinde schon bald allein weiterfeiern ließ, was Hermann Seliger mit einem freudigen »Ein Tag zum Heldenzeugen« kommentierte. Hugo Hegewald beschränkte sich auf ein forsches »Henri wird ja wissen, wie es geht«. Er hatte gerötete Wangen, das erste Mal seit Monaten trank er wieder, »an einem Tag wie diesem wird das ja wohl erlaubt sein«. Man sah Mutti an, dass sie Angst vor den Folgen hatte.

Margo war erleichtert, dass sie gehen durften – und zugleich ein wenig ängstlich. Ihre Mutter hatte zwar noch gestern Abend versucht, ihr das eine oder andere mitzugeben, »was eine Mutter ihrer Tochter anvertrauen sollte«, aber sie hatte es vorgezogen, dabei möglichst wenig konkret zu werden.

Doch, ja, Henri würde schon wissen, wie »es« ging, und sie wagte nicht, darüber nachzudenken, woher er dieses Wissen wohl haben könnte. Arm in Arm gingen sie zu Fuß von der Nicolaistraße zum Markt, es war ja nicht weit, mal abgesehen davon, dass private Autofahrten auch anlässlich einer Eheschließung nicht erlaubt waren.

Henri hatte für sie ein Zimmer im Schwarzen Adler gemietet. Als sie das dürre Männlein an der Rezeption sah, das sie misstrauisch musterte, überkam Margo wieder das Gefühl tiefer Peinlichkeit. Und in der Tat: Der Zerberus wollte sie nicht hereinlassen, Henri musste ihre Heiratsurkunde vorzeigen. Margo stand neben ihm und fühlte sich unpassend, plötzlich kam ihr alles verkehrt vor: dass sie nun eine verheiratete Frau war, dass sie mit einem fremden Mann ins Bett gehen sollte, und dass alle zu wissen glaubten, was dort geschehen würde.

Doch alles, was dann geschah, war ab dem Moment ganz einfach, klar und selbstverständlich, als sie endlich in ihrem Zimmer angekommen waren und sie in Henris Armen lag. Seine Küsse begannen weich und sanft und wurden immer herausfordernder, je mehr sie daran Gefallen fand. Seine Hände streichelten sie zart und bahnten sich den Weg zu den geheimen Stellen ihres Körpers, eine süße Ohnmacht ließ sie nichts anderes wünschen, als unter ihm zu liegen und seinen festen Leib zu spüren, außen und innen. Alles war gut und richtig und musste so sein.

Der Fotograf kam tags darauf zum Frühstück vorbei, um sie ein weiteres Mal zu fotografieren. Margo zierte sich.

Sie fürchtete, dass das Foto alles enthüllen würde, was nicht an die Öffentlichkeit gehörte. Aber Henri umfasste ihre Taille und blickte ihr mit einem unverschämt triumphierenden Lächeln in die Augen, wie der Eroberer eines bis dahin unberührten Landstrichs. So in etwa war es ja auch gewesen.

Mutti und Gerda brachten sie um die Mittagszeit zum Zug. Von Flitterwochen konnte nicht die Rede sein, sie hatten nur ganze sechs Tage. Doch ab Magdeburg waren sie allein im Abteil, zum Glück, denn Henri konnte die Finger nicht von ihr lassen. Auf diese Weise bekam Margo wenig mit von der herrlichen Landschaft, die draußen vorbeizog.

Die Pension im Kirnitzschtal verfügte über ein extra Zimmer für Frischvermählte, »der schönste Raum des Hauses, den will man gar nicht mehr verlassen«, wie die Pensionswirtin verschwörerisch lächelnd versicherte. Margo spürte wieder diese verräterische Hitze im Gesicht. Mussten sich denn wirklich alle für das interessieren, was Henri und sie hinter der geschlossenen Tür miteinander trieben?

»Ihr habt doch so wenig Zeit, ihr armen jungen Leute!« Frau Ilse gab sich derart mitfühlend, dass Margo schon fürchtete, sie würde sie beide an ihre mächtigen Brüste ziehen und nicht mehr loslassen.

Im Zimmer stand ein riesiges Doppelbett, es gab einen Balkon mit einer herrlichen Aussicht auf die Kirnitzsch, von der sie allerdings wenig hatten. Auch aus ausgedehnten Wanderungen wurde erst einmal nichts, obwohl der berühmte Malerweg direkt hinter einer alten Mühle ganz in der Nähe begann. Sie kamen einfach nicht aus dem Bett.

»Wie schön, dass es Ihnen bei mir gefällt!« Frau Ilse strahlte auch noch, wenn sie erst um zehn Uhr zu einem Frühstück herunterkamen, das so üppig war, wie es die Zeiten eigentlich nicht mehr erlaubten.

Als sie eines Morgens bereits um acht Uhr unten waren, tat Frau Ilse bass erstaunt. Auch Margo hatte eine Schrecksekunde lang geglaubt, die Liebe sei bereits vorbei, nur weil sie einmal nicht schon beim ersten Wimpernschlag Lust aufeinander hatten. Doch mit Henri zu wandern, war auf eine ganz eigene Weise mindestens ebenso schön. Liebe bringt Landschaften zum Leuchten und macht eine steile Kletterroute zum Himmelspfad. Ja, und da war auch dies noch: Das Wissen um das baldige Ende machte jede Minute kostbar, es war ja noch immer Krieg.

Sie hatten das Thema gemieden, bis zum letzten Abend. Außer ihnen saßen zwei weitere Paare im Gastraum, beide schon älter. Frau Ilse hatte Kerzen angezündet und einen köstlich duftenden Eintopf serviert. Als sie gegessen hatten, ergriff Henri unter dem Tisch ihre Hand. Sie blickten sich schweigend an.

»Wann sehe ich dich wieder?«, wagte Margo schließlich zu fragen. Sie wusste natürlich, dass diese Frage ganz und gar sinnlos war, denn es gab keine Antwort darauf. Sie lebten in einer Zeit, in der nichts Bestand hatte. Nur einer siegte noch, Generalfeldmarschall Rommel, der Wüstenfuchs, weit weg in Afrika. Der Krieg war nach Deutschland gekommen: Ende März war Lübeck bombardiert worden, Ende April hatte es Rostock getroffen. Die Engländer verstärkten ihre Luftangriffe, Henri konnte schon auf dem Weg zurück in die Bretagne ihr Opfer werden. Sie selbst würde im Fall eines Angriffs auf Stendal womöglich den Luftschutzkeller nicht rechtzeitig erreichen oder mit der Familie und den Hausbewohnern verschüttet werden. Nichts war mehr sicher.

Henri drückte ihre Hand und lächelte. »Bald«, sagte er. »Der Krieg ist längst verloren.«

Margo blickte erschrocken zum Nebentisch. »Das darfst du nicht sagen«, flüsterte sie. »Wenn uns jemand hört!«

Aber Henri zuckte mit den Schultern. »Zwischen uns nur die Wahrheit, Margo. Der Krieg ist verloren und die Strafe wird furchtbar sein.«

»Strafe! Wofür! Der Führer hat doch nur …«

Er schüttelte sanft den Kopf. »Lass uns nicht darüber reden.«

Aber sie wollte, sie musste darüber reden. Wenn es Landesverrat war, was Helene gesagt hatte, dann beging auch Henri Landesverrat! Und wenn Henri die Wahrheit sagte, dann hatte Helene auch nichts anderes gesagt – als die Wahrheit. Margo fielen Helenes Fotos ein, diese grässlichen Bilder, die einem den Schlaf rauben konnten. Was hatte Helene gewusst?

Sie hatte Henri über die Vorkommnisse der letzten Monate nur das Nötigste erzählt und ließ auch jetzt das eine oder andere Detail aus, es hatte ihn wütend genug gemacht, dass die Gestapo es wagte, die Verlobte eines Offiziers einzubestellen.

»Henri? Wofür werden wir gestraft?«

»Dafür, dass wir nicht besser sind als der Feind, Liebes.«

»Weil wir – zugesehen haben?«

»Wenn es ja nur das wäre.«

»Dann sag es mir. Sag mir, wofür wir gestraft werden.«

»Lass, Margo. Wir sollten uns nicht unseren letzten Abend verderben. Mir ist etwas anderes wichtiger.« Er sah sie so eindringlich an, dass sie fast geweint hätte. »Versprich es mir, Liebes. Versprich mir, dass du Stendal verlässt. So bald wie möglich. Du hast dort nichts mehr verloren.«

»Oh doch. Meine Mutter. Meine Schwester. Meinen Vater.«

»Du bist mit mir und nicht mit deiner Familie verheiratet.«

178

Sie musste lachen. »Gott sei Dank!«

»Dann hör auf meinen Rat: Verlass die Stadt. Die Briten haben gezeigt, wie man deutsche Städte in Grund und Boden bombardiert. Sie werden die Luftangriffe ausdehnen. Stendal hat einen Flughafen, das ist ein militärisches Ziel. Und im Übrigen liegt es auf dem Weg, wenn die Bombergeschwader nach Berlin fliegen, das ist gefährlich genug.«

»Aber ich kann doch nicht allein …«

»Deiner Familie rate ich das Gleiche. Aber sie hat mir nicht Gehorsam geschworen.« Henri lächelte. »Im Unterschied zu dir.«

Doch seine Augen blieben ernst.

Alard

I

Berlin – Er hatte das Abteil ganz für sich, aber nicht allein deshalb fühlte er sich verlassen. In einer Stunde würde er wieder in Berlin sein und seine Tage und Nächte allein verbringen müssen, denn seine schwarze Kameradin fehlte – Adelante war auf Gut Mondsee geblieben.

Man durfte in Berlin keine Hunde mehr halten. Die weltfremden Berliner Bürokraten gingen davon aus, dass ihre Besitzer die Tiere aufs Land brachten, wo sie selbst nach Futter jagen konnten – als ob ein Stadthund das jemals gelernt hätte! Sicher, damit sollte verhindert werden, dass die sowieso schon hungernde Bevölkerung die knapper werdenden Rationen mit einem Haustier teilten, und das war sogar einzusehen. Es war in den vergangenen Monaten wahrlich nicht leicht gewesen, so ein Riesentier durchzufüttern. Schweren Herzens hatte er Adelante zu seinem Vater nach Schlesien gebracht. Wo Schweine gefüttert werden mussten, konnte auch ein Hund überleben.

Kluge, schöne Adelante. Als ob sie seine Absicht geahnt hätte, war sie am Tag seiner Abreise verschwunden. Alles Locken war vergebens, sie hatte sich in den Ställen oder im Wäldchen versteckt und ignorierte ihn.

»Wenigstens kommst du jetzt öfter nach Hause.« Vater hatte ihm beim Abschied verlegen auf die Schulter geklopft. Nicht nur seine Rührung, auch der leise Vorwurf war Alard nicht entgangen. Doch beide Männer wussten, was passieren würde, wenn er seine Arbeit im Auswärtigen Amt aufgäbe. Er wäre nicht mehr unabkömmlich gestellt und würde an eine der vielen Fronten ziehen müssen, an denen das Reich seine Soldaten verbluten ließ.

Alard presste die Stirn an das Zugfenster. Vater brauchte Hilfe, das wusste er, doch er bezweifelte, dass seine Anwesenheit viel ändern würde. Gut Mondsee war in keiner guten Verfassung. Als Mutter noch lebte, hatte das anders ausgesehen. Aber jetzt? Ein Landgut ohne Hausfrau war undenkbar.

Das Gutsgebäude und die Stallungen waren heruntergekommen, die Alleen abgeholzt, nur im Park standen noch ein paar alte Bäume. Der Viehbestand war seit dem Preisverfall in den 30er-Jahren ausgedünnt, die Schulden aus dieser Zeit waren noch immer nicht abbezahlt. Sein Vater hatte sich viel zu lange geweigert, die Zugochsen und Pferdegespanne durch Lanz-Bulldogs zu ersetzen und einen Dampfpflug anzuschaffen. Die guten Jahre 1938 und 1939 hatten die Verluste aus dem Dürrejahr 1937 zwar wieder wettgemacht, aber im frühen Winter 1939 waren Tausende Zentner Kartoffeln erfroren. Noch hungerte niemand, doch seit Mutter nicht mehr da war, wurde kein Gemüse mehr angebaut und der Obstgarten verwilderte, obwohl Selbstversorgung mitten im Krieg nötiger war denn je.

Mutter fehlte, hier und da und dort. Vor allem aber fehlte sie ihrem Sohn. Alard wusste, warum sie gegangen war: Die Schatten hatten sie erreicht und verschlungen und hinuntergezogen, in den Weiher hinter dem Wäldchen. Im Unterschied zu Vater hatte er immer geahnt, was sie fühlte, wenn sie ins Leere blickte und mit den Händen nach etwas suchte, was nicht da war. Es war nicht gut, dass sie einander so ähnlich waren. In letzter Zeit dachte er zu oft daran, ihr zu folgen.

Obwohl Berlin ihm immer fremder wurde, war es gut, in die Hauptstadt zurückzukehren. Im Auswärtigen Amt hatte man ihn auf eine bedeutungslose Position abgeschoben, aber Hilda von Dirksen sorgte dafür, dass er nicht völlig vereinsamte. Durch sie war er das erste Mal seit Langem wieder mit Menschen zusammengekommen, mit denen er glaubte, offen reden zu können. Sie hatte ihn in einen Gesprächskreis eingeführt, in dem die bessere Hälfte des Auswärtigen Amtes versammelt war.

Das erste Treffen hatte im Mai vor einem Jahr stattgefunden, kurz nach dem spektakulären Flug von Rudolf Heß nach Schottland. Der Witz, den er an diesem Abend mehr als einmal hörte, lautete: »Das Tausendjährige Reich dauert nur noch 100 Jahre. Eine Null ist weg.«

Er hatte darüber nicht lachen können. Er wusste schließlich, wer in Schottland die Fäden gezogen hatte und weshalb der Stellvertreter des Führers ausgerechnet bei Dungavel House im schottischen Lanarkshire gelandet war: Liam Broedie. Doch für den Freund hatte sich diese Aktion als die zweite empfindliche Niederlage erwiesen. Heß hatte sich offenbar derart seltsam benommen, dass niemand ihn ernst nahm – ganz abgesehen davon, dass Premierminister Winston Churchill nicht daran dachte, sich auf Friedenswünsche aus Hitlers Deutschland einzulassen.

Alle ihre Bemühungen waren vergebens gewesen. Die Lage war hoffnungslos. Das Dritte Reich würde untergehen und Deutschland mitreißen in einen Abgrund von Tod und Zerstörung. Hitler hatte ganz ohne Rückversicherung die Sowjetunion angegriffen, die USA waren in den Krieg eingetreten, Deutschland stand auf verlorenem Posten. Wir haben auf ganzer Linie versagt, dachte Alard.

Berlin war mittlerweile immer schwereren Attacken der Royal Air Force ausgesetzt, ihre neuen Bomber vom Typ Sterling konnten die doppelte Bombenlast zum Ziel befördern. Der Krieg war nach Hause gekommen. Die Front war überall.

Er war düsterster Stimmung, als er sein Büro betrat. Und er ahnte Schlimmes, als Friedrich Marks ihn zu sich rief, sein alter Vorgesetzter aus der Informationsabteilung.

II

»Sie kennen Helene Pinkus.« Das war keine Frage, Marks kam sofort zur Sache. »Sie ist in Stendal in Gewahrsam genommen worden und wurde unter anderem zu ihrem Verhältnis zu Ihnen befragt, Herr von Sedlitz. Sie sollen sie an ihrer Arbeitsstelle besucht haben, bei Photo-Werner. Ist das richtig?«

Das war nicht zu leugnen. Alard beschloss, die Heldenkarte zu spielen.

»Gewiss. Ich hielt es für meine Pflicht, mich um sie zu kümmern, sie ist in Spanien nur um Haaresbreite der Rotfront und dem Tod entgangen.«

»Verstehe. Ein edles Motiv, ganz gewiss.«

Marks stand auf und ging zum Fenster, in seiner üblichen Pose, die Hände in den Hosentaschen, die Schultern hochgezogen.

»Fräulein Pinkus ist offenbar pervers. Sie soll versucht haben, eine Arbeitskollegin zu verführen, eine gewisse Margo.« Marks drehte sich um und fixierte ihn.

Alard erstarrte. »Eine ungeheuerliche Behauptung. Völlig ausgeschlossen.« Er musste sich dazu zwingen, Haltung zu bewahren und sitzen zu bleiben.

»Nun – gewiss. Es kam wohl nicht – zum Äußersten. Und man kann natürlich nur begrüßen, wenn solche Frauen dem eigenen Geschlecht zugeneigt sind, dann muss man sie nicht erst auf andere Weise an der Weitergabe ihres schlechten Erbguts hindern.«

Alards Hände verkrampften sich zu Fäusten. »Woher weiß man, dass sie ... also ... dass sie Frauen liebt?«

»Wollen Sie das wirklich Liebe nennen?« Marks lächelte verächtlich.

»Wer hat dieses infame Gerücht in die Welt gesetzt?« Alard hörte seine Stimme lauter werden.

Margo. Margo hatte ihn mit Helene im Hof gesehen. Hatte sie aus Eifersucht Helene angeschwärzt? Margo, das hübsche, schüchterne Mädchen? Unvorstellbar. Und warum sollte sie Helene ausgerechnet lesbischer Neigungen bezichtigen? Andererseits – wozu waren Frauen eigentlich nicht fähig, wenn sie eifersüchtig waren?

»Fräulein Pinkus hat alles freimütig gestanden«, sagte Friedrich Marks. »So sagte man mir jedenfalls.«

Alard atmete schneller. Jetzt verstand er gar nichts mehr. Warum sollte Helene so etwas gestehen, wenn nicht unter Folter? War es möglich, dass sie die Wahrheit gestanden hatte? Aber das konnte nicht sein. Er hatte doch gespürt ... er hatte in ihren Augen gesehen ... Er wusste, dass ...

Nichts wusste er. Sein Verstand blockierte, er schloss die Augen. Nach quälenden Sekunden kam ihm die rettende Idee. Sie hatte es für die Sache getan, für das, was sie damals in Spanien in jugendlichem Übermut einander geschworen hatten: alles zu tun, um den Frieden zu bewahren. Und nun wollte sie ihn aus allem heraushalten, sie hatte ihn geschützt, ohne Rücksicht auf sich selbst! Sein Magen krampfte sich zusammen. Ihr Opfer war ein Geschenk, das er nicht annehmen wollte.

»Gut, dass Fräulein Pinkus keine Jüdin ist«, sagte Marks und blickte wieder aus dem Fenster. »Sie sollten Ihrem Schöpfer danken. Rassenschande wird auch im Auswärtigen Amt nicht gern gesehen, das wissen Sie doch.«

In der Tat. Die Informationsabteilung war zwar nicht direkt mit der jüdischen Frage befasst, das oblag den Sonderreferaten, aber Alard erinnerte sich mit Schrecken an die Entlassung von Albert Hirsch vor einem Jahr. Hirsch hätte als Beamter schon Ende 1935 gehen müssen, hatte aber seine jüdische Herkunft verschwiegen. Wo er abgeblieben war, wusste niemand und ob er noch lebte, auch nicht.

»Nun, da sie eine Lesbe ist, stellt sich das Problem ja wohl nicht.«

Alard stand auf, strich sich das Jackett gerade und legte die Hände an die Hosennaht. »Herr Dr. Marks, ich wäre Ihnen äußerst dankbar, wenn Sie sich solcher Respektlosigkeiten enthalten würden. Ich halte das für gänzlich unangemessen.«

Der Spott aus Marks' Gesicht war verschwunden. »Sie verkennen die Lage, lieber Alard. Sie sollten froh sein, dass Fräulein Pinkus in Ravensbrück den schwarzen Winkel trägt und nicht den gelben Stern. Und vor allem ist das besser als der Strang – auf Landesverrat steht Tod durch Erhängen.«

Landesverrat? Wieso Landesverrat? Wie kam der Mann darauf? Was wusste er?

Marks hob den Zeigefinger. »Fragen Sie nicht. Seien Sie dankbar, dass das Schicksal Ihnen gnädig ist.«

Als ob das noch wichtig wäre. Sein einziger Gedanke galt Helene. Sie hatten sie also nach Ravensbrück gebracht, ins zentrale Lager für Frauen. Der schwarze Winkel hieß, dass man sie als Asoziale einstufte. Hatte man sie geschoren? Ihr die wunderbare rote Haarflut abgeschnitten? Hatte man sie gequält, litt sie Hunger, musste sie frieren? Wurde sie geschlagen und schikaniert?

Sein Impuls, sie da rauszuholen, war schier übermächtig.

»Bitte widerstehen Sie der Versuchung, Fräulein Pinkus' Entlassung bewirken zu wollen oder sie auch nur zu besuchen. Jegliche Kontaktaufnahme gefährdet nicht nur Sie, es gefährdet vor allem Ihre Freundin. Und nun gehen Sie.«

Marks drehte Alard den Rücken zu. Der Alte wusste mehr, als er zugab, und das Schlimmste war: Er hatte recht.

III

Noch am Abend schrieb Alard an Liam. Die Nachricht würde den Freund auf dem üblichen Weg erreichen. Ich habe versagt, dachte er, während er den Code benutzte, den sie schon vor langer Zeit verabredet hatten. Ich sollte sie beschützen, aber ich habe sie alleingelassen. Und nun sind nicht nur unsere Pläne gescheitert, die mir heute ganz und gar naiv vorkommen, nun ist Helene in Gefahr, in weit größerer als du oder ich. Das ist nicht wiedergutzumachen.

Er musste Helenes Eltern Bescheid sagen. Was wussten sie? Wussten sie überhaupt auch nur irgendetwas über den Verbleib ihrer Tochter? Oder hatte man sie längst in Sippenhaft genommen?

Am nächsten Abend, am Ende eines nasskalten Tages, verließ er sein Büro eine Stunde früher und ging die Französische Straße hinunter. Vom Spreekanal stieg ein fauliger Duft auf, dass längst Frühling war, verriet nur das helle Grün der Bäume. Hier also war sie aufgewachsen, in der Oberwasserstraße; dem Adressbuch zufolge hatte Adam Pinkus seinen Laden im Haus Nr. 13.

Er fand den Laden nicht sofort, bis er im trüben Licht einen schwachen Schatten über einem der Schaufenster entdeckte. »Adam Pinkus – Uhren und Juwelen« war gerade noch zu entziffern. Der Laden stand leer.

Er klingelte bei den Nachbarn, doch dort wollte niemand etwas von einer Familie Pinkus wissen. Er klingelte auch an der Tür zu einer Wohnung, die wohl einmal zum Laden gehört hatte. »Wir wohnen jetzt hier und basta.« Die Frau, die ihm die Tür geöffnet hatte, verzog das Gesicht. »Gut, dass das Judengesindel endlich weg ist.« Sie schlug die Tür wieder zu.

War Helene tatsächlich jüdisch? Er wusste es nicht. Er wusste viel zu wenig über sie.

Am nächsten Tag nahm er den Zug nach Stendal. Er musste mit Otto Werner sprechen – und mit Margo. Hatte sie Helene verleumdet? Oder hatte man sie benutzt, um Helene zu denunzieren? Die dritte Möglichkeit: Helene hatte Margo vorgeschoben. Aber warum?

Die ganze Fahrt über zerbrach er sich den Kopf, und nachdem er die freundliche Ansprache einer älteren Dame im Abteil nur einsilbig beantwortet hatte, gingen alle anderen Mitreisenden auf Distanz zu ihm, was ihm gerade recht war.

Vom Bahnhof aus war es nicht weit, er ging zu Fuß über den Mönchsfriedhof und die Marienkirchstraße. In der Adolf-Hitler-Straße war geflaggt, warum, wusste er nicht, aber irgendeinen Grund gab es ja immer. Vor dem Fenster von Photo-Werner blieb er stehen. Sollte er Margo abpassen? Warten, bis Otto Werner sich blicken ließ? Nein. Es gab keinen Grund mehr für Geheimnistuerei.

Er schob die Tür auf. Hinter der Ladentheke stand eine ältere Frau, füllig, die Haare blondiert, mit einem steifen Lächeln auf dem Gesicht. »Sie wünschen bitte?«

»Alard von Sedlitz«, sagte er.

»Angenehm. Ich bin Frau Werner.« Das Lächeln wurde gelöster.

Er kam ohne Umweg zur Sache. »Gnädige Frau, ich

benötige nähere Auskünfte über den Verbleib von Helene Pinkus.«

Das Lächeln erlosch. »Wir haben zu dem Fall alles gesagt, was es zu sagen gibt.«

»Ich frage als Vertreter der Familie.« Alard improvisierte. »Hat sie vielleicht etwas zurückgelassen? Etwas – Persönliches?«

»Nicht dass ich wüsste«, beschied ihn Inge Werner. »Wir möchten über Fräulein Pinkus nicht reden.«

»Und Ihr Mann?«

»Otto ist unterwegs.«

»Dürfte ich denn ein paar Worte mit Fräulein Hegewald reden?«

»Die gibt es hier nicht mehr. Und sie wird Ihnen auch nicht weiterhelfen können.«

Doch so leicht wollte er sich nicht geschlagen geben. Bis zu den Seligers war es nicht weit.

Toni öffnete die Tür. Als sie ihn sah, errötete sie. Seltsamerweise rührte ihn das, sie hatte für ihn geschwärmt, damals, in dieser unvorstellbar fernen Zeit, das war ihm nicht entgangen, und sie schien noch immer etwas für ihn zu empfinden.

»Ich suche deine Freundin Margo, Toni.«

Ihr Gesicht verschloss sich.

»Ich muss mit ihr reden.«

Toni schüttelte den Kopf.

»Es ist dringend.«

Sie wich seinem Blick aus. »Das geht nicht«, sagte sie schließlich. »Sie ist auf Hochzeitsreise. Sie hat meinen Bruder geheiratet.«

Margo

I

Gut Ossig – Der Zug von Stendal nach Berlin war schon voll gewesen, aber der »Fliegende Schlesier«, der vom Berliner Ostbahnhof nach Breslau fuhr, war überfüllt. Nach einer Stunde auf dem Gang hatte Margo Glück, ein Platz im Abteil wurde frei, es war sogar der Platz am Fenster. Nach dem beängstigenden Gewimmel auf dem Plafond des »polnischen Bahnhofs« von Berlin war der Anblick der bewaldeten Hügellandschaft im Lebuser Land Seelennahrung. Irgendwann schlief sie ein und wachte kurz vor der Ankunft in Breslau erholt auf.

Man hatte ihr ein Zimmer in Niederschlesien zugewiesen, auf Gut Ossig nahe Neumarkt, bei einer Familie namens Menzel. Henri musste hemmungslos gelogen haben, denn nur Mütter und schwangere Frauen aus den von Bombenangriffen besonders betroffenen Gebieten durften evakuiert werden, und Margo war noch immer nicht schwanger – Henri: »Als ob wir uns nicht redlich bemüht hätten!«

Fast wäre sie nicht rechtzeitig aus dem Zug gekommen, im Gang drängten sich die Menschen Schulter an Schulter, und während die einen noch nicht draußen waren, wollten andere schon hinein. Endlich hatte sie sich durch den überfüllten Bahnhof gekämpft, hinaus auf den Vorplatz, den blauen Schal um den Kopf geschlungen – das war das verabredete Zeichen. Sie musste nicht lange warten.

Der Mann, der auf sie zuging, sah müde und abgearbeitet aus. »Tach«, sagte Karl Menzel, nahm ihr den Koffer ab und führte sie zu einem Zweispänner. Die beiden Schimmel spitzten die Ohren, als sie näher kamen.

»Darf ich sie streicheln? Darf ich auch auf dem Bock sitzen?«, fragte sie wie ein eifriges Kind.

»Meinetwegen«, brummte Menzel.

Sie bahnten sich ihren Weg durch das Menschengewimmel auf den Straßen. In den Abendsonnenstrahlen sah Breslau reich und prächtig aus. Am liebsten wäre sie geblieben, um durch die Straßen zu flanieren und in einem der Cafés fürstlich zu speisen. Plötzlich war sie wieder da, die Sehnsucht nach dem Leben, die ihr in den letzten Monaten verloren gegangen war.

Dabei musste es doch endlich einmal Frieden geben! Doch ein Sieg war nicht in Sicht, der Führer hatte sich verrechnet, wieder einmal, und das nahm sie ihm allmählich übel.

Sie ließen Breslau hinter sich, die Pferde trabten leicht und mit fliegenden Mähnen voran, die weißen Hinterteile mit den dunklen Tupfern wogten bei jedem Schritt. Es ging hinaus, über die Landstraße Richtung Oppeln. Margo blickte über die nickenden Häupter der Pferde hinweg in eine üppige Landschaft aus Wiesen und Wäldern, den Duft nach frisch gemähtem Gras und warmem Pferdefell in der Nase.

Es war schon dunkel, als sie auf Gut Ossig eintrafen. Schweigend ging Menzel mit den Koffern voran über den Hof zur Haustür und ließ Margo dort stehen, während er die Pferde abspannte und versorgte. Vom Gutshaus war nicht viel zu erkennen, im Hof brannte kein Licht, doch durch ein Fenster rechts von der Tür drang ein warmer Schein. Margo klopfte zaghaft an und drückte die Türklinke herunter. Drinnen bellte es im Chor und als sie die Tür öffnete, preschte eine ungestüme Horde von Hunden japsend und winselnd auf sie zu, braunweiße Tiere mit langen Schlappohren und wehenden Ruten. Eines der Tiere schmiegte sich an ihr Bein, das kleinste und offenbar jüngste. Sie beugte sich hinunter und legte vorsichtig die Hand auf den seidigen Kopf. Wie gut das war, etwas Warmes, Lebendiges zu berühren.

Im Haus rief jemand etwas, das Margo nicht verstand, aber die Hunde gehorchten der rundlichen Person mit dem dicken Haarzopf sofort, die durch den Flur zur Haustür kam und breit lächelte.

»Willkommen!«, sagte Anni Menzel. »Hatten Sie eine gute Reise, Frau Seliger?«

Margo streckte die Hand aus, die Anni zu ihrer Überraschung mit beiden Händen ergriff. »Wie schön, dass wir endlich einen Gast haben! Es ist so einsam hier! Aber jetzt werden wir viel Spaß miteinander haben!«

War sie tatsächlich willkommen? Margo lauschte einem Gefühl hinterher, das sie lange vermisst hatte. »Danke!« sagte sie.

Es wurde ein strahlender Sommer. Noch nie hatte sie einen so tiefen inneren Frieden erlebt wie in diesen Tagen des Jahres 1943. Hier, in der niederschlesischen Provinz, nahm das Leben einen anderen Geschmack und einen anderen Rhythmus an, ein Leben, wie Ernst Wiechert es beschrieb: Alles war einfach, klar und deutlich. Jede Stunde des Tages hatte Bedeutung, jede Minute war angefüllt. Ihr fehlte nur eines: Henri. Seine Briefe kamen unregelmäßig an, obwohl er ihr jeden Tag schrieb. Manchmal erreichten sie Päckchen mit Butter und Schinken aus der Bretagne und in die Briefumschläge steckte er Kaffeebohnen, die konnte man schon lange nirgendwo mehr kaufen.

Am wichtigsten war ihr, dass sie sich wieder nützlich machen konnte, dass sie eine Aufgabe hatte. Ganz offenkundig taten sich die Menzels mit allem Geschäftlichen schwer, mit den Rechnungen und Abrechnungen und all den Zahlen und Kolonnen im Haushaltbuch. Also über-

nahm Margo die Buchführung, wofür ihr Anni überschwänglich dankte.

Allerdings merkte sie schnell, dass Geld hier nicht viel
wert war. Man sorgte auf andere Weise für sich und die
Seinen, das war zwar zeitraubend, aber meistens unterhaltsam. In Maltsch und Pöpelnitz gab es regen Tauschhandel, auch andere Frauen erhielten Pakete von ihren Männern, manche schickten Seidenstrümpfe, andere
ganze Schinken, lebende Gänse, Wein und Schnaps. Der
Mann einer jungen Frau, die in Tschinschwitz wohnte,
versandte Ballen von Schafwolle aus den Abruzzen, in
denen noch reichlich Disteln zu stecken schienen, denn
die Westen, die sie daraus strickte, kratzten. Es gab alles,
nur nicht für Geld – und man musste geschickt sein beim
Handeln. Doch das fiel ihr nicht schwer.

Sie litten keine Not, die Menzels und sie. Nur an einem herrschte echter Mangel: Schuhe waren nicht zu haben. Margo hatte sich zwar schnell daran gewöhnt, barfuß zu gehen, auch beim Pilzesammeln im Wald, aber der
nächste Winter kam mit Gewissheit, also brauchte sie etwas für die Füße. Auf dem Tauschmarkt in Maltsch hatte
sie die Bekanntschaft einer Frau gemacht, deren Schwester in Brüssel in einer Wehrmachtdienststelle tätig war.
Die, hieß es, könne Stiefel anfertigen lassen. Margo vertraute der Frau ihre Fußmaße und einen Großteil ihrer
Ersparnisse an, der Preis der Stiefel betrug fast das Sechs-
fache des Vorkriegspreises. Tatsächlich traf nach einigen
Wochen ein Paar schwarzer Stiefel ein, praktisch und
doch beinahe elegant. Der rechte Stiefel passte perfekt.
Der linke aber war zu eng.

»Wie gehst du denn?«, fragte Anni. »Hast du was im
Schuh?«

Blut ist im Schuh, ruckedigu. Schon nach kurzer Zeit
schmerzte jeder Schritt.

»Reinpinkeln«, empfahl Anni fachmännisch. »Das macht das Leder weich.«

Doch selbst das half nicht. Ob der belgische Schuhmacher mit den beiden ungleichen Stiefeln Rache an den deutschen Besatzern üben wollte?

»Das könnte man ihm nicht verdenken«, meinte Anni gemütlich.

Margo lief weiter barfuß und hoffte, dass sie die Stiefel bis zum Winter würde eingelaufen haben, wenn sie ab und an ein paar Schritte in ihnen ging. Sie alle trafen bereits jetzt Vorsorge für die kalte Jahreszeit: Der Hausgarten musste abgeerntet und umgegraben werden, Wald und Wiesen wurden nach Essbarem abgeklappert, Anni und sie sammelten Beeren und Ähren, Kastanien und Bucheckern. Sie trockneten Äpfel, Birnen und Pilze im Küchenherd, für den sie Holz aus dem Wald holten. Margo lernte Holzhacken, was sie sich nie im Leben zugetraut hätte.

Karl Menzel war jeden Tag unterwegs und stellte Fallen auf. Immer öfter kam er mit seiner Meute japsender Hunde zurück und hielt ein oder zwei tote Kaninchen an den Läufen. Das Ausweiden und Enthäuten überließ er den Frauen.

Margo musste nur einmal zusehen, dann wusste sie, wie man die pelzigen Leichname ausnahm und zerteilte. Anni garte die Fleischstücke in einer Brühe aus Kräutern und Zwiebeln und legte sie in Weckgläsern ein. Der Winter konnte kommen.

Sie schufteten von morgens bis abends, lebten ganz und gar in der Gegenwart. Da war kein Platz für Träume von der Zukunft, von ihrem Beruf, vom Auto, auf das sie gespart hatte. Im Übrigen war die Arbeit an des Führers Autobahnen seit über einem Jahr eingestellt, auch in dieser Hinsicht hatte er sich also verrechnet. Margo fürchtete schon lange, dass das gelbe Heft mit den roten Marken nicht mehr viel wert sein würde, wenn der ganze Schlamassel endlich vorbei war.

Erst abends kam sie dazu, Henris Briefe zu lesen. Er war befördert worden und hatte ein eigenes Quartier beziehen können, ein Häuschen gegenüber einem Schloss, in dem sein Abteilungsstab lag. »Männerwirtschaft ist was Grässliches, meine Liebste«, schrieb er. »Mir reicht es, wenn ich mit meinem betrunkenen Vorgesetzten Skat spielen muss. Ich muss nicht auch noch nachts meine Männer schnarchen hören.«

Seinen Briefen fehlte die alte Heiterkeit. Sie waren voller Sehnsucht nach einem Leben in Frieden, eine Sehnsucht, die sie mit ganzem Herzen teilte. Er musste doch einmal ein Ende haben, dieser Krieg! Aber was würde danach kommen? Die Furcht vor der Rache der Sieger schlich sich in ihre Träume, mit Bildern von toten Kindern und geschändeten Frauen. Bilder, die sie bei Helene gesehen hatte.

Wenigstens die Nachrichten aus Stendal waren nicht besorgniserregend. »Stendal wird nicht ernst genommen«, schrieb Gerda, spöttisch, wie immer. »Das perfide Albion bevorzugt größere Ziele.«

II

Gut Ossig, 22. Februar 1944
Ich komme kaum noch zum Schreiben, dabei habe ich
so viel nachzutragen, aber es fehlte all die Monate über
an Zeit. Heute nehme ich sie mir einfach, es hat den
ganzen Tag geschneit, da kann man nicht viel ausrichten
draußen. Allerdings weiß ich nicht, wie lange meine
Hand noch mitmacht, ich habe einen ellenlangen Brief
an Henri geschrieben und einen nicht ganz so langen an

Gerda und Mutti in Stendal. Bei Kerzenlicht schreiben ist zwar sehr romantisch, aber nicht gerade gut für die Augen.

Wir haben es mollig warm in Annis Wohnküche, Holz gibt es genug, Karl und ich haben gut vorgesorgt für den Winter. Selbst die Hunde dürfen bei diesem Wetter hinein, Schurke und Lauser liegen vor dem Küchenherd und seufzen im Schlaf, wahrscheinlich träumen sie von einer fröhlichen Hasenjagd. Mein Liebling liegt mir zu Füßen, der kleine Bubi ist richtig anhänglich und ich mag es, wenn er mir die Füße wärmt.

Eigentlich wollte ich Weihnachten in Stendal verbringen, aber private Weihnachtsreisen sind verboten worden. Ich muss gestehen: Ich war nicht wirklich traurig darüber. Außer Henri vermisse ich hier nicht viel. Doch, ein paar Dinge wären schön: Bücher zum Beispiel. Anni hat ein paar zerfledderte Bände »Nesthäkchen« aus ihrer Kinderzeit, und Karl kann nicht lesen, glaube ich. Am meisten fehlt mir Musik. Auf Gut Ossig gibt es noch nicht einmal einen Rundfunkempfänger, Neuigkeiten erfahren wir nur, wenn wir ins Dorf oder auf den Markt gehen. Doch eigentlich ist mir das ganz recht, die Nachrichten sind nicht gut, die Ostfront macht mir Sorgen. Unsere Männer sterben in der eisigen Kälte, fast jede Woche gibt es Verlustmeldungen. Auf dem Tauschmarkt in Maltsch bin ich einer jungen Frau mit einem kleinen Kind begegnet, die kurz zuvor erfahren hat, dass ihr Liebster am Dnjepr gefallen ist. Gut, dass einem die Details erspart bleiben. Man hört so einiges über die Grausamkeit der Roten Armee.

Was wir hier im Kleinen erleben, ist Abenteuer genug. Anni Menzels Schwangerschaft verlief den Sommer und Herbst über völlig normal, aber dann musste sich der kleine Georg ausgerechnet während des ersten Schnee-

sturms anmelden. Karl wollte die Pferde anspannen und die Hebamme holen, aber da war die Sache bereits in vollem Gange.

Nicht, dass ich mit so etwas Erfahrung hätte. Aber wir Frauen wissen wohl intuitiv, was zu tun ist, wenn die Stunde gekommen ist. Anni war sehr tapfer, aber sie hat gute vier Stunden gekämpft und ich mit ihr. Doch was für ein Anblick, als endlich das Köpfchen mit dem zarten Babyflaum zu sehen war! In dieser Welt mit so viel Tod um uns herum ist das Wunder der Geburt wahrhaft tröstlich.

III

Das Frühjahr ließ ewig auf sich warten. Margo hatte begonnen, sich wie eine Gefangene zu fühlen in der niederschlesischen Einsamkeit. Anni war kaum noch ansprechbar, sie musste sich um ihr kränkelndes Kind kümmern, und Karl Menzel war noch nie sonderlich unterhaltsam gewesen.

Seit Wochen war kein Brief mehr von Henri angekommen. Nur Gerda schrieb, mit Grüßen von Mutti. »Das Reich wird jetzt auch tagsüber beglückt. Die Amerikaner bombardieren bei Tag und die Engländer bei Nacht. Bloß keine Ruhepause. Aber keine Sorge, Schwesterchen: Wir hatten bislang Glück. Es gab nette Abende im Luftschutzkeller.«

Erst ganz allmählich wich die Kälte, schien sich der Frühling durchsetzen zu wollen. An einem sonnigen Morgen Anfang April hatte Margo wie jeden Tag die Hunde gefüttert, als Karl die beiden Pferde aus dem Stall führte. Die Schimmel waren kaum zu halten, es drängte sie hinaus. Sie fühlte mit ihnen.

»Fährst du weg?«

Karl brummte etwas, das bejahend klang.

»Wohin?«

»Neumarkt.«

Flora schüttelte ihre Mähne und scharrte mit den Hufen. Mila wieherte ungeduldig. Flora und Mila waren tschechische Kladruber, die galten als gute Karossiere und hatten die Ruhe weg, nur nicht heute, an einem so verlockenden Tag, an dem der Wind nach blühendem Schwarzdorn duftete. Margo hielt die Zügel und wartete, bis Karl erst das eine, dann das andere Pferd angeschirrt hatte.

»Fährst du mit?«, rief Anni von der Haustür her.

Warum war sie auf die Idee nicht selbst gekommen?

»Gern!« Margo lief ins Haus, um ihr Geld und eine Tasche zu holen.

»Dann bring Stoff mit, für den Kleinen.«

Sie winkte Anni zu, wickelte sich ihren blauen Schal fest um Hals und Kopf und kletterte neben Karl auf den Bock.

Allmählich begann die Sonne zu wärmen, die Vögel in den Bäumen jubelten und der regelmäßige Trab der beiden Pferde lullte sie ein. Margo lehnte sich zurück, schloss die Augen und träumte. Vom Frieden und von Henri.

»Aufwachen«, brummte Karl, »wir sind da.« Er hatte am Rande eines Platzes im Schatten einer mächtigen Kirche gehalten und ließ sie aussteigen. »Treffpunkt hier, um sechs.«

Bis dahin war viel Zeit, die ganz und gar ihr gehörte. Die Einkäufe hatte sie bereits mittags erledigt, es gab ja nicht viel, wofür sie ihr Geld ausgeben konnte. Immerhin war es ihr gelungen, einen Rest von dunkelblauem Samt für Annis Sohn zu ergattern und ein paar Meter geblümten Baumwollstoff, aus dem sie sich ein Sommerkleid nähen wollte.

Auf dem Platz an der wuchtigen Kirche hatte sich mittlerweile ein Pulk von Menschen gebildet, die jemandem zuzuhören schienen. Sie drängte sich durch die Menge.

Auf einem Stuhl stand ein dürres Männchen mit einer Liste in der Hand. Bei jedem Namen, den er vorlas, seufzte und schrie es im Publikum. Jemand hatte den Mann verloren, den Bruder, den Sohn, der irgendwo weit weg sein Leben für das Großdeutsche Reich gelassen hatte.

Es schnürte ihr die Kehle zu. Was, wenn sie plötzlich Henris Namen vernähme?

»Die Luftwaffe hat einen Großangriff auf London geflogen«, hörte sie jemanden sagen.

»Und?« Eine spöttische Frauenstimme. »Hilft uns das jetzt gegen die Russen?«

Margo löste sich aus der Menge und verließ den Platz. Die Verluste unter den deutschen Soldaten an der Ostfront mussten unfassbar hoch sein. Ja, sie war egoistisch, aber sie betete nur um eines: dass Henri lebte.

Ungeduldig mit sich selbst wischte sie sich die Tränen aus den Augen, weinende Frauen konnten unsere Männer nicht gebrauchen. Niemand sollte sie weinen sehen, auch nicht der Mensch, der ihr auf dem Gehweg entgegenkam, eine lange Gestalt in wehendem Mantel. Irgendetwas an ihm kam ihr vertraut vor, aber sie verschwendete keinen Gedanken daran, wen sollte sie hier schon kennen?

»Margo?«

Sie blieb stehen und drehte sich um.

Es war Alard. Alard von Sedlitz. Und plötzlich war ihr, als hätte sie all die Monate nur auf diese Begegnung gewartet.

Karl Menzel fuhr ohne sie nach Gut Ossig zurück.

27. April 1944

Ich habe Alard wiedergesehen, an einem Ort, an dem ich nie und nimmer mit ihm gerechnet hätte. Er ist mit seiner Abteilung im AA von Berlin nach Krummhübel

verlegt worden, er war auf dem Weg von Gut Mondsee
dorthin, Zufall, dass er in Neumarkt Station gemacht
hat. Zufall, dass Karl ausgerechnet heute nach Neumarkt
gefahren ist. Zufall, dass wir uns begegnet sind. Nennt
man den Zufall nicht auch Schicksal?
Wir haben die Nacht miteinander verbracht. Mehr ist
nicht zu sagen. Was uns einander in die Arme trieb? Die
Sehnsucht. Die Einsamkeit. Die Liebe. Die Liebe zu
zwei anderen Menschen, denen wir nie, niemals etwas
über diese Nacht verraten dürfen.

IV

Seit der Fahrt nach Neumarkt hatte sich die Stimmung
auf Gut Ossig verändert. Anni war nur mit ihrem kleinen
Georg beschäftigt und wenn sie Margo überhaupt wahrnahm, war ihr Lächeln kalt. Karl sprach noch weniger als
sonst, aber sie spürte seinen verächtlichen Blick.

»Geh nach Hause«, zischte er ihr eines Tages zu. »Ich
kann deine Schande nicht länger mit ansehen.«

Schande? Margos Körper empfand keine Schande, er
genoss, was mit ihm geschah, jeder Blick in den Spiegel
bewies das: Ihre Haut war straff und ihre Augen leuchteten, während sich ihr Bauch wölbte. Die Nacht mit Alard,
diese eine Nacht voller Sehnsucht und Zärtlichkeit, hatte
Folgen gehabt.

Vielleicht wäre es besser, sie ginge zurück nach Stendal.
Aber was würden ihre Eltern sagen? Was die Eltern Henris? Henri selbst würde sie sich noch am ehesten anvertrauen können, daran glaubte sie fest, er würde verstehen,
dass es in dieser Nacht nur die Sehnsucht nach ihm gewesen sein konnte, die sie in Alards Arme getrieben hatte.
Und war nicht ein Kind das kostbarste Geschenk, das

man sich vorstellen konnte, gerade jetzt, in dieser Zeit, in der Deutschland verblutete?

Henri musste das verstehen. Doch würde sie je die Gelegenheit dazu haben, ihm alles zu beichten? In den vergangenen Wochen hatte sie nur einen Brief von ihm bekommen, einen kurzen, gerade mal drei Seiten langen, in dem er von Angriffen amerikanischer Bombergeschwader auf seine Stellung in Lorient berichtete. »Wir haben in den Pulk reingehalten. Es war erhebend zu sehen, wie mehrere Maschinen getroffen abtrudelten«, vermeldete er nicht ohne Genugtuung. Doch das war nicht dazu angetan, ihr die Sorgen um ihn zu nehmen, denn im Juni hatte in der Normandie die Invasion der Engländer und Amerikaner begonnen.

Sie rief sich die Landkarte der französischen Küste vors innere Auge, versuchte zu ermessen, wie weit Lorient, wo Henri lag, von den ersten feindlichen Brückenköpfen entfernt war. Nicht weit genug.

Auch Stendal war wieder bombardiert worden. »Es ist nicht viel passiert«, schrieb Gerda lakonisch, »nur den Hirsch im Park hat's erwischt. Aber Mutti hat sich entsetzlich aufgeregt.«

Es gab keinen Ort, an dem man sicher war. Um sich machte sie sich die geringsten Sorgen. Doch das Wesen, das in ihr heranwuchs, hatte ein Recht auf Leben.

Der Oktober blieb lange sonnig und warm. Die harte Arbeit den ganzen Sommer über hatte Margo nicht geschadet, im Gegenteil: Auch mit wachsendem Leibesumfang fühlte sie sich stark und beweglich. Sie war auf unbegreifliche Weise glücklich, als ob es keinen Grund gäbe, sich Sorgen zu machen über die Zukunft.

Anni begegnete ihrer Heiterkeit mit Misstrauen, selbst den strahlenden Herbst deutete sie als schlechtes Zeichen.

Neuerdings las sie täglich in der Bibel und die Stellen, in denen es Feuer vom Himmel regnete oder die Sterne herabfielen, trug sie laut vor. Der Haushalt und die Vorratshaltung blieben weitgehend Margo überlassen, die beiden Menzels meinten offenbar, das sei eine gerechte Buße für ihr lasterhaftes Leben, dessen Spuren man ihr täglich deutlicher ansah. Karl kam nächtelang nicht nach Hause. Und als Margo eines Morgens früher als sonst in die Küche kam, sah sie Anni auf den Knien vor dem Kreuz in der Herrgottsecke beten.

Nein, die Welt ging nicht unter, aber die Nachrichten waren schlecht. Zwei Jäger, die nach Karl fragten, berichteten, dass die Rote Armee in Ostpreußen eingerückt sei und ein schreckliches Massaker unter der Zivilbevölkerung angerichtet habe. Wann würden sie in Schlesien einfallen, die bolschewistischen Barbaren? Sie verbrachten einen kalten, unfreundlichen Winter miteinander, Margo und die Menzels. Das Ende ließ auf sich warten.

Dann war es da.

V

13. Februar 1945

Ich schreibe mit klammen Fingern im Morgenlicht.
Die Russen rücken vor. Anni, ihr Georg, meine kleine Emma und ich brechen morgen auf nach Glatz, von dort soll es dann weitergehen. Wir wären schon viel früher fortgegangen, aber der örtliche Bonze wollte, dass wir durchhalten, Flucht sei Verrat. Jetzt hält der Mann alleine durch.
Nur Karl ist vorerst geblieben – der Hof, das Vieh, er will später nachkommen. Ich halte das für unvernünftig, aber ich bin hier nicht gefragt.

Wir haben nur das Nötigste dabei. Meine Kleine ist sehr tapfer. Sie hat vom ersten Atemzug an kaum geweint. Am Tag nach Weihnachten ist sie zur Welt gekommen, ich war allein, Karl hat Anni nicht zu mir gelassen. Undank ist der Welt Lohn. Und das nach allem, was ich für die beiden getan habe! Aber jetzt plötzlich, wo sie es ist, die Hilfe braucht, klammert sich Anni wieder an mich.
Ich kann mir Besseres vorstellen. Sie weint seit Tagen. Sie hat die schrecklichsten Dinge vom russischen Vormarsch gehört, dass die Roten alte Männer ermorden und Frauen und Kinder vergewaltigen. Ich weiß nicht, was ich glauben soll. Die Russen sind doch auch nur Menschen.

18. Februar
Wir kommen nur quälend langsam voran in diesem eisigen Schneesturm. Unter den Schneewehen ist der Weg kaum zu erkennen. Zu allem Elend kam uns auch noch ein Konvoi mit Soldaten entgegen, sodass es zwei Tage lang überhaupt nicht weiterging. Ich trage Emma direkt am Leib, dort hat sie es warm, aber ich habe kaum noch Milch. Heute Nacht haben wir in einem Schafstall übernachtet, es war großartig, einmal nicht zu frieren. Meine Füße schmerzen entsetzlich, vor allem der linke. Ich muss mir ein paar bequeme Armeestiefel besorgen, aber wo und wie?

24. Februar
Wir sind in Glatz. Es herrscht angespannte Ruhe in der Stadt. Wir richten uns ein. Es muss ja irgendwann einmal klar werden, wie es weitergeht.

Erst im März hieß es weiterzuziehen. Und wieder packten sie den Leiterwagen, Anni unter Stöhnen und Wehklagen – »Wo ist Karl, wir müssen auf Karl warten!« –, bis Margo der Kragen platzte. »Du machst die Kinder verrückt, guck dir deinen Georg an, gleich heult er los!« Das schaffte endlich Ruhe. Dann marschierten sie ab.

Doch schon an der Petristraße ging nichts mehr. Soldaten hielten eine Gasse frei für Wehrmachtsfahrzeuge und ließen keine Zivilbevölkerung durch. Margo sah sich das eine Weile an. Dann mogelte sie sich durch die Absperrung und stellte sich, ihr Kind auf dem Arm, mitten auf die Straße, direkt vor einen Wagen, in dem nur zwei Personen saßen. Da war doch noch Platz für sie und Anni, die Kinder und den Leiterwagen!

Die beiden jungen Offiziere waren so überrascht, dass sie ihnen sogar beim Einsteigen und Einladen halfen. Doch im Nu wollten andere ihrem Beispiel folgen, Anni wäre im letzten Moment beinahe fortgerissen worden von der Menge. Sie umringten das Auto, schoben sich dagegen, bis es schwankte, versuchten, die Türen zu öffnen. Eine Frau warf sich auf die Motorhaube, bis die Soldaten, die abkommandiert waren, um die Straße freizuhalten, sie herunterzogen und die Menge vertrieben. Anni hob die Hände vors Gesicht, aber Margo nahm mit Tränen in den Augen alles um sich herum auf. Die Frauen, schamlose Angst in den Zügen. Ein Schrei aus einem blutigen, zahnlosen Mund. Kinder mit stumpfem Blick.

Noch nie in ihrem Leben war sie sich so hilflos und so eigensüchtig zugleich vorgekommen. Es dauerte eine Ewigkeit, bis sie draußen waren aus der Stadt und der Fahrer sich zu ihnen umdrehte.

»Ich bin Gerhard«, sagte er. »Und der neben mir heißt Siegfried.«

Unterhalten konnten sie sich nicht, der Motor dröhnte

und knurrte, Anni weinte und Margo war viel zu angespannt für den Austausch von Freundlichkeiten. Nach einer Ewigkeit hielten sie an, es war längst Nacht, aber sie
waren nur bis Altheide gekommen, das noch nicht einmal zwanzig Kilometer hinter Glatz lag. Margo hatte zit-
ternde Knie, als sie endlich aussteigen durfte. Die Sterne
standen ganz tief und nah und es duftete nach Frühling.
Die Natur ließ sich von all dem menschlichen Elend nicht
beeindrucken. So richtig tröstlich fand Margo den Gedanken nicht.

Sie wurden mit den Soldaten im Kurhaus untergebracht, einem gigantischen Traumschloss aus einer ver-
sunkenen Welt. Gerhard sorgte dafür, dass niemand sie
belästigte, und Siegfried kümmerte sich um die Verpflegung.

Er kam zurück mit Brot und Wurst und einer Kiste
Wein. Als die Kinder gesättigt waren und schliefen, saßen die Erwachsenen noch lange draußen im Kurpark
unter dem Sternenhimmel und leerten eine Flasche nach
der anderen. Nie hatte Wein besser geschmeckt. Anni war
schließlich so betrunken, dass man sie nur mit vereinten
Kräften ins Zimmer und auf ihr Lager brachte. Margo
hielt länger durch, bis auch Gerhard die Fahnen strich
und sie allein mit Siegfried auf der Bank saß.

»Ich kümmere mich um dich«, sagte er irgendwann mit
schwerer Zunge. »Und wenn ich dabei draufgehe.«

Sie strich ihm mütterlich über das struppige Haar. Er
griff nach ihrer Hand und zog sie an sich. Es hätte nicht
viel gefehlt und sie wäre weich geworden. Alle sehnten
sich doch nach menschlicher Wärme in diesen Zeiten!
Aber Margo wollte ihrem Sündenregister nicht noch etwas hinzufügen, was sie Henri einmal gestehen musste.
Sie erlaubte Siegfried einen Kuss und schob seine Hand
fort, die sich unter ihren Rock stehlen wollte.

Schon zwei Stunden später weckte sie Gepolter und Gebrüll. Der neue Befehl hieß: Nichts wie fort, so schnell wie
möglich, durch die Tschechei, bis in die von den Amerikanern besetzte Zone. Gerhard fuhr wie der Teufel, während
Siegfried auf dem Beifahrersitz immer wieder einnickte, er
schien immer noch betrunken zu sein. Bis nach Böhmen
hinein ging alles gut. An den Kreuzungen standen Zivilisten mit Blendlaternen, die der Kolonne den Weg wiesen.
Doch dann war es vorbei mit dem Glück. Der Wagen begann zu schlingern und zu bocken.

»Scheiße!«, brüllte Gerhard.

»Fahr rechts ran, na los, mach schon!« Siegfried war
wieder hellwach.

Gerhard scherte aus und brachte den Wagen unter einem Baum zum Stehen. Beide Männer sprangen heraus
und besahen sich den Schaden.

»Alles raus! Wir haben einen Platten!«

Margo war seltsamerweise froh über die Unterbre-
chung. Während Anni und die kleine Emma im Wagen
weiterschliefen, sahen sie und Georg fasziniert zu, wie die
beiden Männer in Windeseile das Rad abmontierten und
das Reserverad aufzogen. Als sie fertig waren, war der
letzte Wagen der Kolonne längst an ihnen vorbeigefahren. Sie mussten allein weiterkommen.

Am frühen Nachmittag erreichten sie Nimburg an der
Elbe, kurz vor Prag. Das Städtchen wirkte wie ausgestor-
ben. Doch die Überraschung wartete auf dem Marktplatz:
Eine Gruppe bewaffneter Tschechen, Zivilisten mit roten
Armbinden, versperrte ihnen den Weg.

»Kommunistenpack«, zischte Gerhard und bremste.

Die Gruppe kam näher, umringte den Wagen.

Siegfried zog die Waffe. »Wenn das eine Falle ist, bringe
ich mich um«, murmelte er. »Lieber tot sein als nach fünf
Jahren Kampf in russischer Gefangenschaft landen.«

Dann ging alles rasend schnell. Schüsse peitschten, Glas in den Fenstern der umliegenden Häuser zersplitterte, Anni schrie, und Siegfried sackte zusammen.

»Schießt auf die SS!«, rief jemand von draußen. Wieder peitschten Schüsse über den Marktplatz. Georg wimmerte. Anni gab keinen Laut von sich. Das ist das Ende, dachte Margo, als jemand sie aus dem Auto zerrte. Eine wutschäumende Menschenwoge schlug über ihr zusammen.

Überall hasserfüllte Gesichter, Hände, die schlugen und stießen, Fußtritte. Steine flogen, Margo wurde bespuckt und an den Haaren gerissen. Tief über ihr Kind gebeugt, kämpfte sie sich voran, auf die andere Seite des Platzes, dorthin, wo ein Mann stand. Ein Mann mit einer Filmkamera, der ungerührt filmte, wie der Mob sie jagte.

»Los, los«, rief eine höhnische Stimme. »SA marschiert, gleich werdet ihr erschossen!«

Das war genug. Sie konnte nicht mehr. »Dann schießt doch!«

Wüstes Gelächter. »So was machen nur die Deutschen!«, schrie einer zurück.

»Geh weiter«, zischte jemand hinter ihr. Gerhard mit dem Leiterwagen. Es war ihm irgendwie gelungen, den Wagen mit ihren letzten Habseligkeiten aus dem Auto zu zerren. »Wir müssen hier weg.«

»Wo ist Anni?«

»Frag nicht.«

»Und Georg?«

»Sie sind beide da, wo Siegfried ist.« Beim Gedanken an den zusammengesunkenen Körper Siegfrieds bekam Margo eine Gänsehaut.

Mit letzter Kraft liefen sie aus der Stadt heraus, anderen Flüchtlingen hinterher. Die Sonne brannte – und Emma weinte. Das erste Mal weinte sie! Sie war nass und es gab nichts mehr, mit dem Margo sie wickeln konnte.

So ging das Stunde um Stunde und es wurde immer schlimmer. In jedem Dorf, durch das der trostlose Zug kam, flogen die Steine. Widerlich, diese von Hass verzerrten Fratzen, aus denen die Spucke flog. Am Abend endlich erreichten sie einen Ort, an dem sich bereits andere Flüchtlinge sammelten. Auf einem Gutshof versorgte das Rote Kreuz alle mit Suppe und Kaffee.

Als Gerhard einen Platz gefunden hatte, an dem sie in Ruhe essen und Emma versorgen konnte, kam eine junge blonde Frau auf den Hof gestolpert, in kurzem Hemd und barfuß. Man hatte ihr die Haare geschoren und ihr Hakenkreuze auf Stirn, Brust und Rücken geschnitten.

27. März

Wir sind vor Prag, in einem Reitstall, mit Hunderten von Menschen. Draußen Jubel. Die Russen marschieren ein. Ich habe kein Auge zugemacht, meine Füße sind geschwollen, ich konnte die Stiefel nicht ausziehen, und im linken Fuß pocht ein bösartiger Schmerz. Wenn ich mir eine Blutvergiftung hole, ist alles aus.

28. März

Wir wurden erst zum Hauptbahnhof, dann zu einem Vorortbahnhof, dann wieder zu einem anderen Bahnhof getrieben. Endlich lud man uns auf Waggons, auf offene Güterwagen, in denen man Vieh transportiert. Ich habe das zuerst für einen Glücksfall gehalten, so war man wenigstens an der frischen Luft, aber nach wenigen Stunden zog ein Gewitter auf und wir wurden alle nass bis auf die Haut.

In Kollin wurden wir feierlichst von den Tschechen an

die Russen übergeben und in ein früheres SS-Lazarett
gebracht. Das erste Mal wieder im Bett! Und sogar
richtig zu essen gab es: Pferdefleisch mit Kartoffeln und
verdünnte Milch für Emma, fast wie im Frieden.
Gerhard ist mir irgendwo unterwegs verloren gegangen.
Ich fühle mich schutzlos.

3. April

Jeden Tag kommen sie vorbei, mit Autos, Pferdewagen,
Motorrädern und zu Fuß, und suchen sich Frauen aus,
die sie mitschleppen. Nicht alle Frauen kommen wieder.

8. April

Auch mich haben sie nicht verschont. Ich musste
meine Kleine zurücklassen, eine der Frauen hat
mir Emma abgenommen und versprochen, auf sie
aufzupassen. Meiner war gottlob ein älterer Mann,
ich war ein bisschen nett zu ihm, schon war die
Sache vorbei. Schlimm ist das für die jungen Mädchen,
wir erfahrenen Frauen wissen uns zu helfen.
Bald soll es wieder weitergehen, heißt es.

Zwei Tage später war es so weit. Unter dem Gejohle und
dem Applaus der Zuschauer trieb der Mob die Flüchtlinge
durch die Straßen. Margo fand das Gebrüll fast schlimmer
als die Schläge und Tritte. Es ging zum Bahnhof, dort war
ein Zug bereitgestellt, hieß es.

Diesmal waren es geschlossene Waggons, in die sie unter Einsatz von Schlagstöcken hineingetrieben wurden, die
ganze elende Menschenmasse. Margo hielt Emma an ihrer
Brust, die Arme schützend um das Kind geschlungen, aus

Angst, es könnte zerdrückt werden von den weinenden, stöhnenden, fluchenden Menschen. Endlich passte niemand mehr in ihren Waggon, alle standen eng aneinandergepresst, die Tür rollte zu. Drinnen war es stockduster, es roch nach ungewaschenen Körpern und feuchten Kleidern und bald auch nach Urin und Schlimmerem. Alle standen und warteten und die Luft wurde immer heißer und stickiger. Ständig wimmerte irgendein Kind, kaum eines hatte noch die Kraft zu schreien. Eine Frau betete ununterbrochen, mal leise, mal lauter, eine andere hustete, ein trockener, quälender Husten, der einem allein vom Zuhören die Kehle zuschnürte. Nach Stunden fuhr der Zug endlich los.

»Das ist die Strafe für das, was wir den Juden angetan haben«, flüsterte jemand. Niemand wagte nachzufragen, was genau »wir« denn getan hatten, niemand wollte es so genau wissen, denn wenn das die Strafe war, musste die Untat ungeheuerlich gewesen sein.

Margo zählte irgendwann nicht mehr mit, wie oft sie unterwegs anhielten, damit plündernde Horden durch die Waggons ziehen konnten, wie oft man die Schreie vergewaltigter Frauen hörte und wie viele Male das Gepäck durchwühlt wurde. Sie tauschte ihren Trauring bei einem der jungen Tschechen, die am Zug entlangliefen, gegen ein halbes Brot und war verdammt froh darüber, denn eine halbe Stunde später kam die tschechische Bande bewaffnet zurück und nahm den anderen im Waggon ihren Schmuck mit Gewalt und ohne Gegenleistung ab. Margo teilte das Brot mit zwei ihrer Nachbarinnen, alles andere wäre unmenschlich gewesen.

Schließlich kamen sie an, irgendwo. Dann die Ernüchterung: Die Tschechen hatten sie nicht in den amerikanischen Sektor, sondern nach Schlesien zurückgeschickt. Margo versuchte zu schätzen, wie viele Menschen auf dieser Höllenfahrt umgekommen waren, allein aus ihrem

Waggon hatten sie zwölf Leichen herausgezogen. Das alles sollte nun völlig vergebens gewesen sein. Sie war so erschöpft, dass sie noch nicht einmal mehr weinen konnte.

10. Mai

Ich bin nach eintägigem Fußmarsch auf Gut Mondsee eingetroffen. Alard ist nicht da, nur sein Vater. Und jemand, mit dem ich nie und nimmer gerechnet hätte. Aber eins nach dem anderen.

Es ist ein wunderbarer Frühling, alles blüht und singt und ist dem Herrgott dankbar dafür, dass es lebt. Ein Albtraum ist vorbei. Der Krieg ist zu Ende. Der Führer ist tot.

Und ich? Bin ernüchtert. Ich habe mit aller Kraft meines jungen Herzens an die Sache Deutschlands geglaubt, aber Hitler hat uns belogen und betrogen. Müssen wir jetzt die Strafe dafür auf uns nehmen? Wir müssen wohl. Mondsee hat schweren Schaden genommen beim Durchmarsch der Russen. Aber jetzt wird alles gut. Wir sind in Sicherheit.

20. Mai

Ich habe mich nach oben ins Schlafzimmer zurückgezogen und schreibe mit dem letzten Bleistiftstummel, den ich besitze.

Ja, Helene ist hier! Sie ist aus einem Lager zu Fuß nach Mondsee gelaufen. Wir sehen beide gleich verhungert und verkommen aus. Helene muss unvorstellbar Grauenvolles mitgemacht haben, aber sie will nichts erzählen, und ich fürchte mich zu fragen. Mir will der Blick nicht aus dem Kopf, den sie mir zugeworfen hat, damals, als man sie bei Photo-Werner abführte. Hätte

*ich ihr helfen sollen? Aber was hätte ich ausrichten
können gegen die Staatsgewalt?*

*Jetzt ist sie unten in der Küche, mit Adelante und meiner
kleinen Emma, die schon richtig lächeln kann. Ein
Wunder in diesen Zeiten.*

*Das Deutsche Reich ist nicht mehr. Der größte Teil
Schlesiens steht jetzt unter polnischer Verwaltung. Ich
weiß nicht, was das heißt. Bestimmt nichts Gutes. Alard
jedenfalls ist unterwegs, um ein Gespann zu organisieren. Wir müssen hier weg, meint Helene.*

*Irgendetwas ist da draußen los. Jemand ist an der
Eingangstür und donnert dagegen. Alard kann das nicht
sein. Und jetzt hallt das Haus wider von Schlägen und
Tritten.*

Adelante bellt. Wütend. Heiser. Jetzt ist sie still.

Alard

Er trieb die Pferde an, abgemagerte Ponys, beide lahmten, aber sie hatten sich widerstandslos anschirren lassen und zogen den Wagen, wenn auch mit Mühe. Er konnte von Glück sagen, überhaupt noch ein Fuhrwerk bekommen zu haben. Als er vor Wochen in Mondsee eingetroffen war, standen alle Ställe leer, die Russen waren wie ein Schwarm hungriger Heuschrecken über das Gut hergefallen, hatten alles ausgeräumt und waren dann wieder abgezogen. Vater hatten sie halb tot liegen gelassen, aber er lebte. Ein Wunder.

Das größte Wunder aber war Helene. Nie würde er den Tag vergessen, er hatte das Bild unauslöschlich vor Augen: Wie sie am Rande des Stoppelackers stand, den er schon seit Tagen ohne Zugtier umzupflügen versuchte, Sonnenfeuer im Haar. Barfuß und abgemagert, aber sie lebte. Sie hatte sich während des Abtransports der Häftlinge aus dem KZ Groß-Rosen befreien können, war bei einer Bauernfamilie untergekommen, bis sie wieder bei Kräften war, und hatte die 60, 70 Kilometer nach Mondsee zu Fuß zurückgelegt.

Alard fragte sich wieder und wieder, warum sie all die Jahre versäumt hatten, warum keiner von ihnen den Mut gehabt hatte, sich dem anderen zu offenbaren. Und dann war alles ganz einfach gewesen, sie hatten sich in den Armen gelegen und sich alle Mühe der Welt gegeben, das Versäumte nachzuholen. Er musste beim Gedanken daran lächeln: Wie sie im Badezuber hockte, die mageren Schultern zusammengezogen, und darauf wartete, dass er warmes Wasser nachgoss. Wie sie am Küchentisch saß, die Hände mit den Sommersprossen um den Kaffeebecher gelegt. Wie sie Mutters Johannisbeergelee aus dem Einmachglas löffelte, immer nur einen halben Teelöffel voll, und sich andachtsvoll auf der Zunge zergehen ließ. Wie sie Adelante streichelte, bis er fast eifersüchtig war. Wie behutsam sie war, wenn sie seine Hand nahm und wie ungestüm, wenn sie ihn küsste.

Und nun, nach so kurzer Zeit des Glücks, mussten sie fort.

Es waren nicht mehr die Russen, vor denen man sich fürchten musste. Es waren die Polen, die alles Deutsche erbarmungslos ausmerzten. Schlesien, seit Jahrhunderten von Deutschen besiedelt, wurde ausradiert. Er musste seinem Vater klarmachen, dass sie Gut Mondsee, seit fast ebenso vielen Jahrhunderten Stammsitz der Familie, aufgeben mussten.

Die Ponys schnaubten, versuchten, auszubrechen, blieben schließlich stehen und weigerten sich störrisch, weiterzulaufen. Alard brauchte eine Weile, bis er begriff, was die Tiere in Panik versetzte. Es roch nach Rauch. Es brannte, ganz in der Nähe. Er packte die Zügel und ging voran, die Pferde folgten widerwillig. Als sie aus dem Wald heraustraten, sah er den Widerschein des Feuers am Himmel. Dort, hinter der Anhöhe, lag Mondsee.

Er ließ die Zügel fallen und lief. Lief mit brennenden Lungen, stolperte, fiel, kam wieder hoch. Sein Pulsschlag hämmerte, die Angst fraß sich durch seine Eingeweide, verätzte ihm die Kehle. Er hatte nur einen Gedanken: Helene.

Die Scheune brannte. In der Hofeinfahrt lag ein Tier ausgestreckt in einer dunklen Lache. Adelante. Sie hatten dem Hund den Kopf zerschmettert. Alard stolperte weiter, halb betäubt vom Rauch und vom Prasseln des Feuers. Im Hof wäre er fast über eine weitere Gestalt gefallen, die mit zerfetzten Kleidern im Staub lag, die Hände um das Seil gekrallt, das man ihm um den Hals gelegt hatte.

Alard kniete sich neben seinen Vater, streichelte sein verzerrtes Gesicht. Es wurde immer unwahrscheinlicher, dass sie Helene verschont hatten. Halb gelähmt vor Schmerz und Furcht erhob er sich und torkelte weiter.

Das Dach der Scheune brach ein, ein Feuersturm prasselte auf, die Luft war schneidend heiß, die Flammen leckten hinüber, zum Gutshaus. Alard bewegte sich darauf zu, gebückt und um Atem ringend. Die Eingangstür stand offen. Links die Küche, ein Scherbenhaufen. Rechts der Salon, geplündert. Geradeaus die Bibliothek, verwüstet. Und niemand zu sehen oder zu hören.

Er hastete hinauf, in den ersten Stock, wo die Schlafzimmer lagen. Im Flur eine breite Blutspur. Helene? Jemand rief ihren Namen, mit einer Stimme, die nicht wie seine Stimme klang. Er verstummte, horchte in die Finsternis, und endlich hörte er etwas, aus dem letzten der Schlafzimmer, ein Kratzgeräusch, ein Schaben, einen erstickten Laut.

Er stürmte zur Tür hinein. Die Blutspur führte zum Bett. Sie war unters Bett gekrochen, sie hatte also noch gelebt, nachdem die Barbaren sie benutzt und weggeworfen hatten. Er kniete sich neben das Bett, fasste ihre Schultern, zog sie hervor, behutsam. Sie atmete. Aber wo waren ihre Haare? Was war mit ihrem Gesicht geschehen?

Eines der Augen in diesem geschwollenen, blutig geschlagenen Fleisch öffnete sich, die aufgeplatzten Lippen bewegten sich. Es war nicht Helene, die er in den Armen hielt.

Es war Margo.

– Buch 2 –
Deutschland West,
Deutschland Ost
(1945 bis 1989)

Margo

I

»Liebster,
seit zehn Monaten bin ich ohne ein Lebenszeichen von
Dir, ich weiß nichts über Deinen Aufenthalt, es gibt
keine Möglichkeit, etwas zu erfahren. Doch etwas sagt
mir, dass Du lebst – und Du sollst spüren, dass ich an
Dich denke. Ich lese fast jeden Abend noch ein halbes
Stündchen in Deinen Briefen – und dezimiere sie dabei,
so schwer mir das fällt. Der Packen muss kleiner werden,
damit ich ihn bei Waltraud sicherstellen kann, man weiß
ja nie, wann sie schnüffeln kommen.
Du kannst gar nicht ermessen, Liebster, was mir diese
Briefe bedeuten. Sie umschließen eine Welt, die ich über
alles liebe und derentwillen ich stark und jung und
lebensvoll bleiben will. Du bist mir diese Welt. Alles in
mir ist inbrünstiger Glaube, dass Du eines Tages bei mir
sein wirst.
Ach, das Herz! Da gibt es täglich tausend Dinge, die
geeignet sind, einem das Herz schwer zu machen, aber
dieses merkwürdige Ding hofft und wünscht und glaubt.
Ich lebe so ganz in meiner kleinen Welt, an der die
großen Ereignisse wie Sturmwellen eines fernen Meeres
zerschellen.
Nur eines macht mir Sorgen, Liebster. Ob Du mich
heute noch lieben und verstehen würdest, wenn ich Dir
sagte, was mich bedrückt? Meine inneren Konflikte
können einzig und alleine durch eine Aussprache mit Dir
beseitigt werden. Das ist es, wonach ich mich jetzt mit
ganzem Herzen sehne!

Wir leben nun seit vierzehn Tagen unter russischer
Besatzung. Unsere »Befreier« benehmen sich besser als
ich dachte. Trotzdem lässt sich offenbar ihre Natur nicht
verleugnen, was dazu führt, dass die Nächte meistens
recht ereignisreich und unruhig verlaufen. Durch
Hilfeschreie, Feuerhorn und Trillerpfeifen werden die
Männer der Nachbarschaft alarmiert und eilen dann
mit Knüppeln und Mistgabeln herbei, um die Ehre der
Frauen zu schützen. Wenn nicht alles so tragisch wäre,
könnte man sich manchmal kaputtlachen.«

Margo legte den Brief beiseite, stand auf und setzte eine
Kasserolle mit Wasser auf. Der Brief würde in der Schublade landen, wo all die anderen lagen, die sie geschrieben
hatte, ohne auch nur einen abschicken zu können. Niemand konnte ihr sagen, ob Henri überlebt und, wenn ja,
wohin man ihn gebracht hatte; ob er verletzt war, krank,
halb verhungert, ob man ihn verhört hatte, ob er gefoltert
worden war. Gerda hatte im Lazarett gehört, dass die gesamte Besatzung von Lorient in französischer Gefangenschaft gelandet sei, und über die Franzosen vernahm man
gar nichts Gutes. Tag für Tag schwankte Margo zwischen
der lähmenden Angst, Henri verloren zu haben, und der
tiefsten Überzeugung, ihn bald wiederzusehen.
  Sie hatte ein Ritual daraus gemacht, einmal die Woche
Zwiesprache mit ihm zu halten, indem sie ihm schrieb.
»Séance« nannte Gerda das mit ihrem üblichen Spott,
aber das Wort traf es ja im Grunde ganz genau: Sie versuchte, mit ihm auf Geistesschwingen Kontakt aufzunehmen. Den ganzen Sommer über hatte sie für diese heilige
Stunde stets dieselbe Bluse angezogen, die gelbe, die sie
beim letzten Treffen mit Henri getragen hatte, und den
engen Rock, den er so mochte. Jetzt, im Winter, trug sie

einen dicken Pullover und warme Socken, aber sie hatte sich extra für ihn frisiert. Als Höhepunkt des Abends gönnte sie sich eines der vier Eier, die sie vor zwei Tagen gegen eineinhalb Pfund Brot getauscht hatte. Brot, immerhin, gab es genug, an allem anderen herrschte bitterster Mangel.

Sie löffelte das Ei bei Kerzenlicht und mit Andacht, aß eine Scheibe Brot dazu und ein Stück Wurst. Dann schrieb sie weiter. »Mein Bett wartet. Kannst Du Dir das überhaupt noch vorstellen: ein sauberes Bett mit Deiner noch leidlich knusprigen Ollen zu besteigen?«

Fast hätte sie geweint bei der Vorstellung, seinen warmen Leib zu spüren und sich gemeinsam mit ihm die Kälte auszutreiben, die sich tief in ihre Knochen gefressen hatte. Doch wahrscheinlich fror er noch mehr als sie.

Woher nahm sie nur ihre Hoffnung? Sicher nicht von der Kartenhexe, zu der Mutti sie vor ein paar Tagen geschleppt hatte. Die Alte saß in einer muffigen, mit verstaubtem Krimskrams vollgestellten Wohnstube und sah im Vergleich zu ihnen ausgesprochen wohlgenährt aus.

»Setzen«, hatte die Frau gemurmelt. Sie nahmen folgsam auf zwei Stühlchen neben einer Anrichte Platz, auf der gerahmte Fotos in allen Größen standen. Ein Familienschrein, offenbar. Während Margo sich verstohlen umsah, mischte die Alte ein Kartenpack, irgendwelche Zaubersprüche murmelnd. Margo konnte nicht genau erkennen, nach welchem Muster sie ihre Karten auslegte, es sah jedenfalls nicht nach einem Patiencespiel aus, das hätte sie erkannt. Als alle Karten auf dem Tisch lagen, stützte die Wahrsagerin ihre schweren Arme auf den Tisch und versuchte, den Karten eine Botschaft zu entlocken – oder wenigstens so zu tun, als ob. Margo glaubte nicht an den ganzen Hokuspokus und hätte auch ihrer Mutter so viel

Aberglauben nicht zugetraut, aber in Zeiten wie diesen griff man wohl nach jedem Strohhalm.

Endlich räusperte sich die Alte vielsagend. »Ihr Mann lebt und wird bald zurückkommen. Aber Sie werden nicht die Erste sein, die ihn begrüßt.«

Als ob das wichtig wäre! Margo hätte fast gelacht. Die Hauptsache war doch, dass er lebte. Wie im Flug waren ihre Bedenken zerstoben, sie wollte der Alten von ganzem Herzen glauben.

»Sie werden ein eigenes Haus haben.«

Ihre Freude erstarb. Ein Haus! Was für eine verrückte Idee. Ihre Nervosität entlud sich in einem Lachen, an dem sie sich fast verschluckt hätte.

»Lachen Sie nicht«, sagte die Alte streng. »Sie werden ein langes, schönes Leben haben – aber …«

Jetzt kommt es, dachte Margo. Jetzt kommt der Haken an der Sache.

»Aber bei Ihnen liegt die Arbeitskarte immer obenauf.«

Diese eine Bemerkung hatte den Besuch bei der Wahrsagerin unvergesslich gemacht. Woher hatte die Frau gewusst, dass Margo nicht leben mochte, ohne etwas Vernünftiges zu tun, ohne Beruf, ohne Herausforderung, ohne die Möglichkeit, ihr eigenes Geld zu verdienen? Arbeit war ihr Leben – nach Henri, versteht sich.

Margo legte ihren Brief an Henri zu den vielen anderen und löschte die Kerze. Gerda war noch unterwegs, sie arbeitete in der Kommandantur als Dolmetscherin, obwohl sie kaum Russisch sprach. Die anderen hatten sich bereits in ihre Zimmer zurückgezogen. Im Wohnzimmer lebte zurzeit eine junge Mutter mit zwei Kindern und ihren Eltern, geflohen aus Ostpreußen. Im Herrenzimmer hausten vier Geschwister aus dem Sudetenland, zwischen elf und neunzehn Jahren alt, die auf der Flucht ihre Mutter verloren hatten.

Die Hegewalds hatten Glück, dass ihnen nicht die ganze Wohnung genommen worden war, die neuen Machthaber hatten sich darauf beschränkt, die meisten Möbel zu beschlagnahmen und in die Zimmer Flüchtlinge einzuquartieren. Mutti und Gerda hatten das hingenommen, es gab ja wirklich keine Rechtfertigung mehr, die geräumige Vierzimmerwohnung allein zu bewohnen; angesichts des ganzen Elends konnte niemand mit Gefühl im Leib die Türen vor Menschen verschließen, die gehetzt und heimatlos durchs Land wanderten: Frauen und Kinder, Soldaten und Kriegsgefangene, aus Ost und West, aus Italien und Österreich, aus Breslau und Mecklenburg, halb verhungert und ausgeplündert. Schicksalsgenossen. Margo wusste nur zu gut, was es heißt, auf der Flucht zu sein, sie musste die Spuren von Gewalt und Entbehrung an ihrem Körper nicht sehen oder ertasten, um sich daran zu erinnern.

Mutti war schon vor einer Stunde ins Schlafzimmer gegangen, wo sie mit Gerda das Ehebett teilte. Margo hatte sich ein Lager auf dem Boden bereitet. Als sie die Tür öffnete, bemüht, jedes Geräusch zu vermeiden, hörte sie ihre Mutter weinen, ein halb erstickter Laut, sie hatte sich die Bettdecke über den Kopf gezogen.

»Ach, Mutti«, flüsterte sie, ging hinüber zum Bett und streichelte ihr unbeholfen den Kopf. Ihre Mutter wollte kein Mitleid, das sagte sie immer wieder, aber es war kaum zu ertragen, wie sehr sie litt. Margo litt mit ihr – und das erste Mal in ihrem Leben litt sie auch mit ihrem Vater.

Sie hatten Hugo Hegewald bereits im Juli 1945 verhaftet, noch nicht einmal zwei Wochen nach der russischen Besatzung. Zuerst hatte man ihn im Gefängnis in Stendal noch besuchen können, doch vor einem Monat war er mit vielen anderen Gefangenen nach Buchenwald transportiert worden, ins Konzentrationslager, das nach den Nazis nun auch die Sowjets nützlich fanden. Aber warum er? Margo war mehrfach in der Kommandantur vorstellig geworden und Gerda hatte all ihre neu gewonnenen Kontakte bemüht, aber einer Antwort würdigte man sie nicht. Was man ihm vorwarf, war nicht in Erfahrung zu bringen.

Dabei hatte er doch nur das Richtige getan. »Das erste Mal in seinem Leben, soweit ich weiß«, lautete Gerdas zynischer Kommentar. »Du warst ja nicht da, aber selbst du wärst stolz auf ihn gewesen. Er hat unserem Bürgermeister dabei geholfen, überall weiße Laken zu hissen, und wäre dafür fast von diesem Schwein von Gauleiter erschossen worden.«

Oberbürgermeister Wernecke hatte am 12. April Stendal kampflos an die Amerikaner übergeben, sonst wäre die Stadt zerstört worden. Der Rache der Nazis waren er und seine Helfer nur knapp entkommen. Doch direkt nach dem Abzug der Amerikaner und der Übergabe an die Russen am 1. Juli 1945 wurden Karl Wernecke und drei andere Männer von Soldaten der Roten Armee verhaftet. Einer der drei anderen war Hugo Hegewald.

»Man nennt das ›vom Regen in die Traufe‹, glaube ich.« Gerdas Zynismus spiegelte eine weitverbreitete Stimmung. Die neue Demarkationslinie vom 1. Juli 1945, mit der viele bereits von den Amerikanern und Briten eroberten Gebiete in Thüringen oder Mecklenburg an die Russen abgetreten wurden, war ein Schock, den noch niemand so recht verdaut hatte. Die einen nannten es Verrat, die anderen sahen darin die verdiente Strafe, auch wenn sie nicht gerecht sein mochte.

Margo zog sich aus und schlüpfte in ihr Nachthemd. Ihre Mutter bangte um ihren Mann so wie sie um ihren Henri, noch nie hatte sie sich ihr so verbunden gefühlt. Sie legte sich neben sie ins Bett und nahm sie in den Arm, das war das Einzige, was half, manchmal jedenfalls. Ihre Schluchzer wurden leiser und schließlich war sie eingeschlafen, doch Margo lag wach, wie fast jede Nacht, aus Angst vor ihren Träumen.

Gerda und Mutti taten ihr Bestes, sie mit der alten und der neuen Lage in Stendal vertraut zu machen, obwohl sie vieles gar nicht wissen wollte. Die Schreckensgeschichten ähnelten sich irgendwann.

»Du musst dir das mal vorstellen: Der Landrat Schröder, du erinnerst dich, den haben sie gezwungen, auf dem Marktplatz die Stiefel der amerikanischen Wache zu putzen, in Parteiuniform, und an seinen Hosenboden haben sie einen Zettel geheftet mit ›Heil Hitler‹, damit musste er auf allen vieren um den Platz herumkriechen!« Mutti, über ihrem Strickzeug, mit einem fast kindlichen Staunen in der Stimme. »Alle früheren Nazis müssen Trümmer wegräumen, auch Frauen, sogar die Oberstudiendirektorin vom Lyzeum!«

Da waren sie ja in bester Gesellschaft, dachte Margo.

»Die Zuckerfabrik und Arnolds Möbelfabrik sind erst abgebaut worden, und dann haben sie die wertvollen Maschinen im Freien stehen gelassen. Barbarisch ist das.«

Margo seufzte innerlich auf. Das war doch gar nichts im Vergleich zu all den anderen Abscheulichkeiten.

»Wenn du in die Stadt gehst: Photo-Werner gibt es nicht mehr, das Haus ist ausgebrannt. Und wo Otto Werner abgeblieben ist …« Mutti schüttelte den Kopf.

»Komm, wir wissen doch, wo er abgeblieben ist, du musst Margo nicht mit der Wahrheit verschonen.« Gerda, pragmatisch und kaltschnäuzig wie immer. »Ein paar verrückte SS-Leute haben Otto Werner noch kurz vor Toresschluss festgenommen. Wahrscheinlich haben sie ihm Defätismus vorgeworfen, das konnte man ja jedem anhängen, der noch halbwegs bei Trost war.«

Margo sagte auch dazu nichts.

»Interessiert dich das denn gar nicht? Deine Freundinnen dort ... Und Frau Werner ...« Mutti konnte es nicht lassen.

»Ich hatte keine Freundinnen dort und ich will nichts mehr hören von damals und von diesen Leuten.« Margo hörte ihre Stimme schrill werden. »Sie haben mich rausgeworfen, ohne eine Erklärung und ohne Dank für meine Arbeit. Ihr Schicksal interessiert mich nicht.«

Warum wollten Gerda und Mutti einfach nicht begreifen, dass sie nur noch in der Gegenwart leben, ganz darin aufgehen und alles andere vergessen wollte? Es gab genug zu tun, und grübeln half nicht weiter.

Dank ihrer Zeit in Schlesien war sie zum ersten Mal in ihrem Leben Gerda in den praktischen Dingen des Alltags überlegen. Sie verstand sich nicht mehr nur auf Zahlenkolonnen, sie konnte auch Holz hacken, Kaninchen ausweiden und einen Garten bestellen.

Gerda hatte früh eine Parzelle am Adolf-Hitler-See ergattert, der nun wieder »Neuer See« hieß – »wahrscheinlich werden wir ihn demnächst in ›See der siegreichen Roten Armee‹ umtaufen müssen«. Doch von Aufzucht und Pflege von Salat und Radieschen, von Bohnen und Kohl verstand sie rein gar nichts. Woher sollte ein Stadtkind auch wissen, dass man den Boden gut lockern und von Unkraut befreien muss, bevor etwas in ihm gedeihen kann? Dass man ihn auf irgendeine Weise düngen sollte, wozu sich Pferdeäpfel zwar eigneten, aber nicht die ganz frischen, »hitzigen«, die zu scharf für die noch schwachen Kulturpflanzen waren? Dass man gießen musste, täglich, am besten früh morgens vor Sonnenaufgang?

Immerhin: Gerda begriff rasch und der Garten gedieh. Sie ernteten Unmengen von Stangenbohnen, schleppten kiloweise Kohl und Kartoffeln nach Hause, wo Mutti in der vor Hitze dampfenden Küche Bohnen einweckte und Weißkohl einlegte.

Im Herbst waren sie mit dem Rad nach Schernikau gefahren und hatten »gestoppelt«. Auch andere aus Stendal waren auf den Feldern, um aufzusammeln, was nach der Ernte auf den Äckern übrig geblieben war. Die Bauern sahen das zwar nicht gern, aber die meisten nahmen es hin, Stadtbewohner waren in diesen Zeiten nicht zu beneiden.

Obstklauen war gefährlicher, doch gerade darin lag Gerdas Stärke, die sich verblüffend schnell in ein hübsches, aber hilfloses gehbehindertes Wesen verwandeln konnte, wenn sich jemand näherte. Margo wiederum kam bestens mit den Bauern zurecht, verhandeln und feilschen hatte sie in Maltsch gelernt, und den treuen Augenaufschlag, der bei Männern wie bei Frauen wirkte, indem er bei den einen Beschützerinstinkte und bei den anderen Mütterlichkeit weckte, beherrschte sie perfekt. Der Trumpf aber war und blieb Mutters Tafelsilber, das ihnen Eier und Speck bescherte und einmal eine magere Gans.

Margo war die Einzige in ihrem Weiberhaushalt, die eine Vorstellung davon hatte, was nötig war, um sie alle halbwegs anständig durch den Winter zu bringen, und sie trieb die anderen an, als erbarmungslose Sklavenhalterin, wie Gerda monierte.

Doch das alles hatte sich ausgezahlt, von der Arbeit des Sommers zehrten sie heute, in diesem eisigen Winter, der alle Gedanken an eine hellere, wärmere Zukunft abtötete und die Schatten übermächtig werden ließ.

Margo horchte auf das leise Schnarchen neben sich und rechnete ihre Vorräte durch. Ja, sie standen gut da. Vielleicht wäre es trotzdem an der Zeit, wieder eine ihrer Touren zu unternehmen?

Auf ihren Beutezügen in Feld und Flur hatten Margo und Gerda sich mit einem Jungbauern aus Steinfeld ange-

freundet, dessen Vater Schnaps brannte, »sauberen, erst-
klassigen Stoff«, wie er behauptete. Sie hatten sich eines
Abends eine seiner Flaschen zu Gemüte geführt, zusammen mit den Alkoholerprobten unter den Einquartierten,
und alle hatten den Klaren bekömmlich gefunden. Margo
wurde ausersehen, für den Absatz zu sorgen. Mehrmals
im Monat packte sie so viele Flaschen in ihren Rucksack, wie sie tragen konnte, und schmuggelte sie über die
Grenze in den Westen. Jede Fuhre brachte um die zwei-
hundert, manchmal gar dreihundert Reichsmark, und fast
immer war alles gut gegangen.

Bei ihren Ausflügen trug sie Gerdas Rotkreuzschwester-
habit, das respektierten alle, sogar die Russen. Eines Morgens traf sie auf einem lichten Waldweg auf eine Pa-
trouille, drei junge russische Soldaten mit Gesichtern, die
eine Unschuld ausstrahlten, auf die man sich nicht verlassen durfte. Solche Burschen lächelten, wenn sie zuschlu-
gen, das war der einzige Unterschied.

Zwei begutachteten sie grinsend von oben bis unten,
als würdigten sie eine schlachtreife Gans, der dritte, weniger kindlich und ernster, deutete auf ihren Rucksack. Vorsichtshalber schlug sie ein Kreuz, als sie ihn absetzte und
aufschnürte.

Obenauf lag die Bibel, die sie mit beiden Händen hochhielt wie Moses die Gesetzestafeln. Das verfing offenbar
nicht, denn mit einer ungeduldigen Handbewegung forderte der Ältere sie auf, weiterzumachen. Es folgte das
Kruzifix, das sie den dreien entgegenstreckte wie bei einer Teufelsaustreibung. Auch das half nicht. Erst das Bild
der Jungfrau Maria erzielte die erwünschte Wirkung und
sie durfte den Rucksack wieder zuschnüren. Als sie ihn
hochhob, hörte sie es leise klirren – das waren die Flaschen, die unter den Heiligtümern verstaut waren, in
Lumpen gewickelt.

Sie sah auf. War da ein Flackern in den Augen des Soldaten? Sie hielt den Atem an. Aber er winkte ihr ungeduldig, endlich fertig zu werden und zu gehen. Unter dem Schutz der heiligen Jungfrau lief sie weiter.

Der kurze Schrecken hatte den Gang durch den kühlen Wald verzaubert, der Tau versilberte die Waldwiesen und mit geschärften Sinnen hörte sie den Morgenvögeln zu, die erst zaghaft begannen und dann umso begeisterter den neuen Tag bejubelten.

Das waren Bilder, die sie im Inneren aufbewahrte. Sie suchte sie auf, wenn sie wieder einmal nicht schlafen konnte, und das half nicht immer, aber manchmal.

Leise ging die Tür auf, im Rahmen Gerdas Silhouette. Margo befreite sich vorsichtig aus den Armen ihrer Mutter und rutschte vom Bett herunter auf ihr Lager, um Gerda Platz zu machen.

»War es wieder schlimm?«, flüsterte Gerda und schlüpfte aus Rock und Bluse.

II

Es war nicht das Weinen ihrer Mutter, das Margo nicht schlafen ließ, auch nicht die Sorge um die Vorräte, es waren die Erinnerungen an jene Nacht auf Gut Mondsee, die Nacht, in der die Männer kamen. Sie spielte sich alles immer wieder vor, suchte nach jedem Detail, fürchtete, dass ihr etwas Wichtiges entgangen sein könnte.

Als es geschah, war sie allein gewesen, oben in ihrem Zimmer, hatte in ihr Tagebuch geschrieben. Das Kind lag in seinem Körbchen unten in der warmen Küche bei Helene und Adelante. Die Fotografin hatte das kleine Mädchen ins Herz geschlossen, von Anfang an, noch bevor sie wusste, wer Emmas Vater war. Ob sie eine

Ähnlichkeit gesehen hatte, Helene, die Frau »mit dem Auge«?

Die wenigen Tage auf Gut Mondsee waren ein unerwartetes Geschenk gewesen. Frieden und Frühling, und was für einer! Margo hatte sich mitreißen lassen vom Glück, zu leben. Vom Gefühl, endlich in Sicherheit zu sein. Von der Idylle mit Hund, Kind und Helene. Weil Helene so liebevoll mit der Kleinen umging, weil Margo so voller sentimentaler Gefühle war, weil sie plötzlich geglaubt hatte, alle Menschen müssten sich lieben …

Was hatte sie bloß geritten? Eines Abends, weich vor Erschöpfung, in einer ganz und gar schwachen Minute, hatte sie Helene alles erzählt. Alard würde sie es ja auch sagen müssen, also warum nicht Helene? »Emma ist Alards Kind.«

Nie würde sie Helenes Gesicht vergessen. Es war so offen gewesen, so zärtlich, während sie Emma im Arm gehalten und sanft gewiegt hatte. Sekunden später war sie blass geworden, noch blasser als sonst, so sah das wohl aus, wenn ein Gesicht versteinerte.

Margo hatte versucht, zu erklären. Dass das alles nichts bedeutete, gar nichts. Dass Helene ihrem Alard unmöglich diese eine Nacht übel nehmen könne, wo sie doch noch so viele Nächte mit ihm vor sich hatte.

Ach, diese eine Nacht, damals in Neumarkt, in der düsteren Pension mit der unfreundlichen Wirtin, die Alard und sie misstrauisch beäugt hatte, als sie spätabends nach einem Zimmer fragten, eine Nacht, in der sie sich aneinandergeklammert hatten wie zwei verlorene Kinder, die einmal, ein einziges Mal nicht allein sein wollten. Sie hatten sich in den Armen gelegen und mit tiefer Verzweiflung und großer Zärtlichkeit geliebt. Sie wusste, dass Alard an eine andere dachte, wenn er sie gierig küsste, und er wusste, dass sie nicht ihn meinte, wenn sie ihre Beine um ihn schlang und »Liebster« stöhnte.

Das ist es, was Menschen füreinander tun können in kalten Zeiten, dachte sie noch immer, nicht mehr und nicht weniger. Und sie hoffte, nein, sie versicherte sich immer wieder, dass auch Henri ihr verzeihen würde, wenn sie den Mut fände, ihm alles zu erzählen.

Doch hatte Helene ihr verziehen? Sie hatte kein Wort gesagt, an diesem Abend nicht und auch nicht an den beiden anderen Tagen, die ihnen noch blieben. Nur das Kind hatte sie noch ein wenig zärtlicher in den Armen gehalten. Oder hatte Margo sich das eingebildet?

Nach dem Überfall, den sie mit knapper Not überlebt hatte, lag sie tagelang im Dämmer und hatte kaum sprechen können. Wenn Alard vorbeikam, um nach ihr zu sehen, hatte er nur eines von ihr wissen wollen: Wo ist Helene? Von einem Kind sagte er nichts.

Er musste in rasender Verzweiflung alles durchsucht haben, das Haus, den Dachboden, die Ställe, die Wiesen, das Wäldchen und den Weiher, sie hatte ihn rufen hören, während sie in ihrem Bett lag, halb betäubt von Fieberschüben und bohrenden Schmerzen.

Hatte Helene fliehen können? Oder war auch sie Opfer der wütenden Horden geworden, so wie Margo? Mob, der die Treppe hochgestürmt war, sie an den Haaren durch den Flur zurück ins Zimmer geschleift hatte, Männer, die nach Blut rochen und nach Feuer und Eisen, die sie gewürgt und halb totgeschlagen hatten, um sich dann johlend mit ihr zu vergnügen.

Hatten die Männer Helene und das Kind mitgenommen, auf Vorrat sozusagen, damit sie ihre gewalttätigen Spiele noch eine Weile spielen konnten? Hatten sie die Kleine gequält? Der Gedanke war kaum zu ertragen.

Es gab niemanden, mit dem sie darüber hätte sprechen

können, selbst als sie wieder halbwegs klar im Kopf war. Alard war völlig außer sich. Er hatte ihr das Leben gerettet, hatte sie versorgt, sogar einen Arzt aufgetrieben, aber sie sah an seinem Blick, dass er nur von einem Gedanken, nur von einem Menschen besessen war: von Helene. Da war kein Platz für etwas anderes, erst recht nicht für das Kind einer anderen Frau. Beinahe hätte sein Schmerz sie eifersüchtig gemacht.

Sie konnte nicht vergessen. Wenn ihre Gedanken einmal nicht um Helene und Emma kreisten, dann waren es die Geräusche, die sie um den Schlaf brachten. Sie hörte Helene murmeln und das Kind glucksen, hörte den Hund bellen, die schwarze Dogge, die sanfte Adelante, erst wachsam, dann aufgeschreckt, dann rasend vor Wut. Hörte die Schritte auf der Treppe, die lauten Männerstimmen, das Gelächter, als sie sie erblickten. Und nie würde sie das Geräusch vergessen, mit dem einer nach dem anderen seine Gürtelschnalle öffnete.

Doch als es vorbei gewesen und sie blutend und halb von Sinnen unter das Bett gekrochen war, kam das Unheimlichste von allem: erst die Stille, später aufkommender Wind, der eine Tür auf- und zuschlagen ließ. Und dann, während sie schmerzbetäubt vor sich hindämmerte, ein leises Quietschen, als ob ein schweres Gewicht an einer Kette hin- und herpendelte. Sie musste nur an dieses Geräusch denken, und schon setzte ihr Herz aus, bevor es weiterstolperte.

Alard hatte Hund und Vater unter dem steinernen Kreuz hinter dem Haus begraben. Margo quälte der Gedanke, dass ihr Kind noch nicht einmal ein Grab gefunden haben könnte.

III

Henri lebte! Im Januar 1946 war die Ungewissheit vorbei, Margo erhielt gleich zwei Nachrichten von ihm, auf roten Postkarten, auf die nur wenige Zeilen passten. Er war in französischer Gefangenschaft, in Erguy, und es ging ihm gut. Sie musste die Hoffnung allerdings bald aufgeben, dass man ihn nun, ein halbes Jahr nach Kriegsende, unverzüglich freilassen würde. Doch wenigstens hatten ihre Briefe endlich einen Adressaten. So behutsam sie ihm die Verhältnisse unter russischer Besatzung auch schilderte, seine kurzen Antworten ließen erkennen, wie sehr er sich Sorgen um sie machte.

Erst im Sommer 1947 war es so weit. Auf einer der roten Postkarten stand der entscheidende Satz, den sie verabredet hatten. »Das Bücherpaket aus Frankreich ist unterwegs.« Henri wurde aus der Kriegsgefangenschaft entlassen – nach mehr als zwei Jahren! Margo war seit Tagen in heller Aufregung.

»Und? Wann kommt der Göttergatte?« Gerda war die Erste, die es erfahren durfte. Mutti wollten sie die Aufregung noch ein wenig ersparen, es würde sie traurig machen, denn über das Schicksal ihres Mannes war nach wie vor nichts in Erfahrung zu bringen.

»Er kommt nicht. Er will nicht zu den Russen.«

»Wer will das schon?« Gerda faltete die gebügelten Leinentücher auf Kante, so wie Mutti es ihnen beigebracht hatte. »Aber wohin will er sonst?«

Das war der Haken. Zuzugsbescheinigungen gab es für entlassene Kriegsgefangene nur für den Ort, an dem sie vor dem Krieg gelebt hatten.

»Na, dann muss er wohl nach Wilhelmshaven. War er

nicht zuletzt bei der Marineschule gemeldet?« Gerda, ungerührt. Margo hätte ihr am liebsten das Gesicht zerkratzt.

»Er will zu seiner Familie entlassen werden.«

»Ich dachte, das wärst du?«

Margo nahm das oberste Handtuch vom Stapel, legte es auseinander und faltete es neu. Gerda wurde schlampig.

»Er geht zu Toni.«

Henris Schwester hatte Stendal verlassen, nachdem ihre Eltern bei einem Bombenangriff ums Leben gekommen waren. »Toni ist nun also mein letztes bisschen Familie«, hatte Henri damals auf die Nachricht vom Tod der Eltern hin geschrieben, »wird Zeit, dass wir eine neue gründen, Liebste.«

Toni war nach Niedersachsen gezogen, nach Dissen, in die britisch besetzte Zone, dort lebte die Mutter ihres Mannes. Ja, Toni hatte geheiratet, ihren Verlobten Friedrich Sieveking. Es war eine Nottrauung gewesen, im Lazarett, »auf den letzten Drücker«, wie Gerda es nannte. Friedrich war bei einem Fliegerangriff getroffen worden und Wochen später an seinen Verletzungen gestorben. »Eine Versorgungsehe. Damit sie Rente kriegt. Ein verdammt anständiger Mann, wenn du mich fragst.« Margo fand das auch.

Gerda legte den Stapel mit den gefalteten Handtüchern beiseite und nahm sich die Kissenbezüge vor. »Was für ein Glücksfall, wenn man bedenkt, wie gut du dich mit Toni verstehst!«

Margo seufzte. »Spotte du nur. Ich habe ja wohl keine Wahl, oder? Jedenfalls schau ich mir die Lage erst einmal an. Und dann sehen wir weiter.«

Der Zug ging nur bis Oebisfelde, ab da musste sie zu Fuß über die grüne Grenze gehen, bis sie in Wolfsburg wieder einen Zug nehmen konnte. Ein wenig fürchtete sie sich vor der Begegnung mit Toni.

Der Empfang war höflich und kühl. Toni, jetzt Frau Antonia Sieveking, war nicht mehr das blasse, schöne Mädchen, mit dem sie in Stendal zur Schule gegangen und das so leidenschaftlich in Alard von Sedlitz verliebt gewesen war. Sie trug ihr Haar in einem strengen Dutt und hatte ihre vornehme Blässe verloren. Auch ihre Hände sahen nicht aus, als ob sie noch zum Klavierspielen taugten.

Friedrich Sievekings Vater lebte nicht mehr, seine Mutter war an die siebzig, eine hagere Person mit scharfem Scheitel über einem Gesicht, das sauer geworden war vor Einsamkeit und Verbitterung. »Natürlich kommen Sie bei uns unter, bis Sie etwas Passendes gefunden haben. Toni kümmert sich um alles«, sagte sie zur Begrüßung und ließ die beiden in der Küche des winzigen Fachwerkhauses allein. Die Decke hing so tief, dass Margo fürchtete, mit dem Kopf an die Balken zu stoßen.

Toni war ebenso wortkarg wie ihre Schwiegermutter. »Ich werde euch oben Friedrichs Zimmer zurechtmachen. Das muss fürs Erste reichen.«

Margo nahm sich fest vor, die Gastfreundschaft der Sievekings nicht allzu lange zu beanspruchen, in Tonis Anwesenheit fiel ihr das Atmen schwer. Wenn Henri erst da war, würde sich eine Lösung finden lassen.

Nach einer Woche war Margo zurück in Stendal. Ihre Mutter tat, als ob sie sich mit ihrer Tochter freute, aber sie weinte nachts noch immer. Beim Frühstück sah man ihr an, dass sie kaum geschlafen hatte.

Gerda hatte einen heißen Sud aus Brennnesseln und Minze gekocht und den Rest Brot aufgeschnitten. »Jetzt esst, ihr beiden.«

Ihre Mutter nahm einen Schluck aus ihrer Tasse, rührte aber weder Brot noch Marmelade an.

»Ich bin doch noch ein paar Tage bei euch, Mutti.« Margo ärgerte sich über die eigene Hilflosigkeit. »Aber ich muss zurück, ich möchte da sein, wenn Henri ankommt, verstehst du das?«

Die Wahrsagerin hatte verkündet, nicht sie, sondern jemand anderes werde Henri in Empfang nehmen. Das konnte nur Toni bedeuten. Der Gedanke irritierte sie mehr und mehr, deshalb wollte sie so schnell wie möglich abreisen, um Toni vielleicht doch noch zuvorzukommen.

»Kümmerst du dich um sie?«, fragte sie ihre Schwester leise, die ihrer Mutter ein Brot geschmiert, in Häppchen geschnitten und zugeschoben hatte.

»Das hast du mich schon mindestens zehn Mal gefragt.« Gerda tat ungerührt, wie immer, aber Margo wusste, dass selbst ihr der Abschied nicht leichtfiel. »Und ich hab es dir schon mindestens zwanzig Mal versprochen.«

Vaters Schicksal war nach wie vor ungeklärt, doch nach allem, was man hörte, war das Schlimmste zu befürchten. Stendals Oberbürgermeister Karl Wernecke war im KZ an einer Blutvergiftung gestorben, das wusste ein Mithäftling, den sie entlassen hatten, aber über das Schicksal all der anderen willkürlich Verhafteten gab es keinerlei Information. Man hörte von vielen solcher Akte purer Willkür, die Sowjets verhafteten jeden auf den geringsten Verdacht hin. Dem schäbigen Teil der Bewohner Stendals half das dabei, unliebsame Konkurrenz aus dem Weg zu schaffen, ob beruflich oder privat, man musste den Sowjets nur erzählen, dass dieser oder jener ein Naziverbrecher war.

Mutti versuchte ein tapferes Lächeln. »Alles wird gut, meine Große, mach dir keine Sorgen.«

Margo sah sie zweifelnd an.

»Jetzt pack endlich deine Sachen und sieh zu, dass du sicher über die Grenze kommst!«, fuhr Gerda dazwischen. Sie lächelte, aber ihre Augen glänzten. Einem Impuls folgend, stand Margo auf, ging hinüber zu ihr und nahm sie in den Arm. Ihre kleine Schwester schien also doch zu Gefühlen imstande zu sein.

Es gab nicht viel, was Margo mitnehmen konnte, aber die schwere Holztruhe mit ihrer Aussteuer wollte sie nicht hier lassen. Ihre Mutter sammelte seit Jahren Handtücher und Bettwäsche, nähte und strickte in jeder freien Minute, und der Anblick der winzigen Strampler und der flauschigen Jäckchen, die sie für ihre noch ungeborenen Enkel angefertigt hatte, trieb Margo die Tränen in die Augen. Ob sie jemals wieder Kinder haben würde? Überhaupt: Konnte ein Kind mit Henri jemals Emma ersetzen, das kleine tapfere Mädchen mit den dunklen Wimpern über den tiefblauen Augen?

Sie wischte den Gedanken fort, das eine war Vergangenheit, das andere eilte der Wirklichkeit voraus. Erst mussten sie sich wiedersehen, sie und Henri. Alles andere konnte warten.

Sie hatte sich einen Handwagen organisiert und eine Mitfahrgelegenheit bei einem der Bauern. Über die grüne Grenze würde sie wieder zu Fuß gehen müssen, aber das schreckte sie nicht, nur, dass sie nicht wusste, wann es losgehen würde, machte sie unruhig. Endlich kam die Nachricht: Am nächsten Morgen um vier Uhr würde der Bauer sie abholen.

Es gab nicht mehr viel zu packen, nur noch den Lederkoffer, den Henri ihr geschenkt hatte und in den sie ihre besten Kleider legte. »Du hast es nicht gerade weit gebracht in deinem Leben, was die Anhäufung von Reichtum betrifft, Schwesterchen. Eigentlich passt du gut in unsere neue sozialistische Glaubensgemeinschaft«, meinte Gerda beim Anblick ihrer mageren Habe.

Keine der drei Frauen wollte ins Bett gehen, Mutti stellte die letzten Kerzen auf den Küchentisch und eine Flasche Schnaps und wie in alten Zeiten saßen sie zusammen und erzählten einander Geschichten aus einer Welt, die ihnen schöner erschien, als sie wohl jemals gewesen war.

Irgendwann war ihre Mutter auf dem unbequemen Küchenstuhl eingenickt. »Kannst du sie nicht überreden, wegzugehen?«, flüsterte Margo. »Ihr solltet nicht hierbleiben.«

Stendal war vom Bombenkrieg halbwegs verschont geblieben, aber unter der russischen Besatzung wurde alles demontiert, was nur irgend zu gebrauchen war zwischen Omsk und Tomsk. Die Zuckerfabrik und die Brauerei waren zerstört, zu kaufen gab es nur das Allernotwendigste, und da Frauen bei der Lebensmittelversorgung in Gruppe 6 eingestuft waren, kamen sie auf normalem Weg weder an Fleisch noch Fett. Vor allem aber musste man Gewalt und Willkür fürchten, zumal, wenn man mit einem Mann verbunden war, der in einem der Spez-Lager einsaß.

»Solange wir nicht wissen, wie es Vater geht, wird sie nicht wanken und nicht weichen.«

Margo nickte. Natürlich. Mutti war treu, koste es, was es wolle, was man von ihrem Mann nicht sagen konnte.

»Vati hat das Richtige getan, zum Schluss, vergiss das nicht«, sagte Gerda leise, die ihre Gedanken zu lesen schien.

Um vier Uhr begleitete Gerda Margo nach unten. Der Bauer kam pünktlich. Gemeinsam verstauten sie Handwagen, Truhe und Koffer auf dem Pritschenwagen, einem verbeulten Henschel, der den Krieg überlebt hatte.

Margo kletterte auf den Beifahrersitz und kurbelte das Fenster herunter. »Ich schreibe! Passt auf euch auf!«

Der Motor hustete, bevor er ansprang. Es ging los.

IV

Sie stand an der falschen Stelle. Wie konnte es auch anders sein?

Die fette Matrone hatte alles richtig vorhergesagt: Es war nicht Margo, die Henri als Erste begrüßte, es war Toni. Ausgerechnet Toni. Sie hatte ihr ja schließlich nicht verbieten können, zum Bahnhof mitzukommen. Doch während Toni stehen blieb, sobald sie auf dem Bahnsteig angekommen waren, glaubte Margo, besonders schlau zu sein, und ging dem Zug entgegen. So kam es, wie es kommen musste: Henri stieg dort aus, wo Toni stand, und Margo brauchte viel zu lange, bis sie merkte, dass sie sich verschätzt hatte.

Doch immerhin gewann sie damit Zeit, um den Schreck zu verdauen, der ihr bei seinem Anblick in den Magen fuhr. Niemand war in diesem zweiten Sommer nach dem Krieg wohlgenährt, aber Henri war nur noch Haut und Knochen unter einem viel zu weiten Anzug. Und erst sein Gesicht: nur Augen über hohlen Wangen.

Toni hatte ihm die Arme um den Hals gelegt, aber er schien sie auf Abstand zu halten, sein Blick suchte jemand anderen. Margo schob sich an einer Frau mit Kinderwagen vorbei, drängte eine ältere Matrone beiseite, die sie böse anzischte, und winkte mit erhobenem Arm. Endlich trafen sich ihre Blicke. Ein breites Lächeln verwandelte sein ausgezehrtes Gesicht und in diesem Moment sah der furchtbar dünne Mann da vorne wieder wie Henri aus.

Er schob Toni beiseite, Margo überholte ein schluch-

zendes Paar, und für einen kurzen Moment schien das
Geschiebe und Gedränge um sie herum innezuhalten, öffnete sich ein Raum nur für sie beide, in dem sie sich aufeinander zubewegten, immer schneller, mit ausgebreiteten Armen.

Henris Umarmung hatte nichts Weiches, er roch nach
Zigarettenrauch und Desinfektionsmittel und sein Kuss
schmeckte nach Schnaps, und doch war alles an ihm vertraut. Margo nahm sein Gesicht in beide Hände und
küsste seine Augenlider. »Ich wusste, dass du wieder-
kommst«, flüsterte sie.

Doch schon war der Moment vorbei, die Menschenmenge begann sich zu lichten und Toni drängelte: »Meine
Schwiegermutter möchte dich endlich kennenlernen.«

Henri lächelte Margo von der Seite an, die ihm verschwörerisch die Hand drückte. »Dann müssen wir uns ja
wohl beeilen, Toni«, sagte er.

Die erste Nacht im gemeinsamen Bett nach all den Jahren war gar nicht aufregend, beide schliefen ein, sobald sie
unter der Decke waren, und am nächsten Tag war Henri
bereits aufgestanden, als Margo erwachte. Immerhin waren sie beim Frühstück allein, die Damen Sieveking verhielten sich dankenswerterweise diskret, doch nach ein
paar innigen Blicken machte sich Verlegenheit zwischen
ihnen breit. Wie merkwürdig das ist, dachte Margo: Worte
hatten wir immer füreinander, geradezu verschwende-
risch viele, aber nur auf dem Papier. Doch jetzt, wo wir
uns alles erzählen könnten, schweigen wir.

»Komm«, sagte sie, als der Kaffee ausgetrunken war,
»wir gehen wieder ins Bett.«

Unter der Bettdecke erzählte sich alles wie ganz von allein: Da war die lange Narbe an Henris Hüfte, die war neu,
ebenso das Loch in seiner Wade und die Hornhaut und
die Schrunden unter seinen Füßen. Er wiederum kannte

die vielen kleinen Einkerbungen auf ihrem Rücken noch nicht, die von der Schnalle des Gürtels stammten, mit der einer ihrer Vergewaltiger in Schlesien sie malträtiert hatte. Oder die Delle in ihrem Oberschenkel, da, wo sie beim Holzhacken ein Scheit getroffen hatte. Das alles mit den Fingerspitzen zu ertasten und erfühlen erklärte mehr als langatmige Schilderungen der vergangenen Jahre.

Keiner der beiden wagte sich an Sex. Später, dachte Margo, wenn wir wieder Mensch sind.

Zu der Aussprache, die sie in seiner Abwesenheit so ersehnt und wovor sie sich zugleich gefürchtet hatte, kam es auch am nächsten Tag nicht.

»Liebste.« Er nahm ihre Hände. »Ich will nicht mehr an Vergangenes denken. Nicht an den Krieg, nicht an die Gefangenschaft und nicht an Läuse, Hunger, Kälte. Und vor allem nicht mehr an die Trennung von dir. Versprich mir, dass du auch nicht mehr daran denkst.«

»Ich muss dir etwas gestehen, Henri, so weh es mir tut, aber es gab einen Moment ...«

Er ließ sie nicht ausreden. »Was war, ist vorbei. Du musst mir nichts gestehen. Es ändert an unserer Liebe nichts.«

»Aber ...« Aber da war nicht nur ein Moment, da war mehr, ein neues Leben, ein Kind, ein Mädchen namens Emma, nicht dein Kind, das Kind eines anderen. Ich habe es verloren und ich weiß nicht, ob es noch lebt.

Er küsste sie, bis sie nichts mehr sagen konnte.

V

Henri genoss in vollen Zügen das, was er »normales Leben« nannte. Margo aber fühlte sich wie gelähmt, das Nichtstun raubte ihr fast den Verstand. Der Schockzustand war vorbei, in dem sie immer weitergelaufen war wie ein angeschossenes Tier, das nicht wusste, dass es eigentlich tot sein sollte. Jetzt endlich stand sie still und blickte auf die Welt wie nach langer Krankheit: Alles da draußen war ausgeglüht und weiß gebrannt, die Konturen mit spitzem Stift gezogen, Kulissen, wie die Fassaden der Bürgerhäuser nach dem Feuersturm, die jederzeit einstürzen konnten – und dahinter nichts als Schutt und Asche.

Henri verstand ihre »Anwandlungen« nicht. Er war ein Glückskind, er kannte keine Schatten. Sie hatte versucht, ihm zu erklären, wie es ihr erging, wie sich manchmal von einer Stunde auf die nächste die Dunkelheit über sie senkte, wie ihre Glieder schwer wurden, jede Bewegung Qual. Dass sie dann nicht mehr sah, ob der Himmel blau oder das Glas halb voll war.

Henri lächelte und küsste sie auf die Stirn und verstand nicht. Doch er drang auch nicht in sie, das war das Gute, und im Unterschied zu ihr war er ständig in Bewegung.

Vielleicht, dachte sie manchmal, hatte er das Sitzen verlernt? Einmal, als sie nachts davon aufgewacht war, dass er neben ihr knurrte und schnaubte, gab er etwas preis von der Vergangenheit, nicht von seinen Erlebnissen im Krieg, sondern in der Gefangenschaft. Im Lager standen den Gefangenen weder Tische noch Stühle zu, also bauten sie sich welche, aus dem Schalholz der Baracken. Doch auch das stand ihnen nicht zu; sobald die französischen Bewacher dahinterkamen, machten sie aus den armseligen Möbeln ein Freudenfeuer. »Und natürlich durften wir uns daran noch nicht einmal wärmen.«

Was für ein trostloser Abgesang auf die menschliche Würde – verhielten sich die anderen denn genauso barbarisch, wie es die Deutschen offenbar getan hatten? Dann gab es wenig Hoffnung für die Zukunft der Zivilisation.

Nein, sie konnte ihm nicht böse sein, er wollte doch

nur eins: endlich das tun, was ein Mann tun muss, der Familie hat. Er wollte für sie sorgen – und das war auch dringend nötig, der Aufenthalt im Häuschen der grimmen Frauen Sieveking senior und junior war ihm ebenso zuwider wie ihr. Tonis zahllose Spitzen und Gemeinheiten aber bemerkte er nicht. Sie galten Margo.

Am schlimmsten war es morgens, wenn sie in die Küche ging, um Frühstück für sich und Henri zu machen. Henri nannte sie bereits Langschläfer, weil sie Tag um Tag den Moment hinauszögerte, an dem sie Toni in der Küche begegnen würde.

Ihre Schwägerin reagierte auf Margos morgendliche Vermeidungstaktik auf ihre Weise: Sie ließ den Küchenherd ausgehen.

»Wir müssen sparen.« Toni hatte die Hände um einen Becher mit Kaffee gelegt und sah verfroren aus. Dabei hatte Margo bereits im September genug Holz für ein ganzes Jahr gesägt und gehackt. Wortlos ging sie aus der Küche hinaus zum Schuppen und kam mit einem Arm voller Scheite zurück.

»Du musst sehr verwöhnt gelebt haben im Krieg, dass dir so ein bisschen Kälte etwas ausmacht.« Tonis gerötete Nase senkte sich wieder über den Becher.

Margo schürte die Glut und brachte den Herd wieder auf Trab. »Wenn du morgens nach eurem Frühstück ein paar Kohlen auflegst, hält sich die Glut, bis wir herunterkommen.«

»Ach was. Ihr müsst halt früher aufstehen. Es sind schließlich keine Flitterwochen mehr.«

Margo setzte die Pfanne auf den Herd. »Henri hat genug gefroren und gelitten, er hätte es gern ein bisschen warm morgens.« Sie ging hinüber zur Kammer, dort lagen die beiden Eier, die sie gestern ergattert hatte, nur für Henri.

»Du musst nicht meinen Bruder vorschieben, wenn es um deine Wünsche geht.«

Die Eier. Sie hatte sie in eine Schale gelegt und sie gleich neben die Stiege mit den Äpfeln gestellt. Oder? »Hast du die Eier gesehen, die ich für Henri organisiert habe?« Margo drehte sich um.

»Oh!« Toni legte die Hand theatralisch vor den Mund. »Das tut mir aber leid! Ich dachte – Mutti ging es heute früh nicht gut, da hab ich ihr …«

Margo drehte ihr den Rücken zu und schob die Pfanne an den kühlen Rand des Herdes. Das Fett zischte und spotzte und Margo verspürte den intensiven Wunsch, die schwere Eisenpfanne in beide Hände zu nehmen und …

»Gib her«, flüsterte eine sanfte Stimme hinter ihr. »Sie ist zwar das ideale Mordinstrument, aber was nützt es mir, wenn du im Knast sitzt und Toni weiter frei herumläuft?«

Henri. Sie lehnte sich an ihn und er nahm sie in den Arm, fest und warm.

»Lässt du uns bitte allein, Schwesterherz? Dafür verzichte ich auch gern auf ein Frühstücksei!«

Toni stand auf, die Lippen fest zusammengepresst, und rauschte aus der Küche. Margo bedankte sich mit einem innigen Kuss.

»Ich habe einen Plan«, sagte Henri und erzählte. Margo hörte zu, aber sie teilte seine Begeisterung nicht.

Sein Plan lief darauf hinaus, dass er allabendlich in die Kneipe gehen musste, eine Idee, die ihm sichtlich gefiel. Margo gefiel das gar nicht, sie hatten kein Geld für solche Vergnügungen, vor allem aber erinnerte sie das an ihren Vater. Es gab überhaupt viele neue Angewohnheiten, die nicht zu dem Henri passten, den sie vor vielen Jahren gekannt hatte. Aber vielleicht hatte es den nur in ihrer Fantasie gegeben?

Er aß das Brot und den Aufschnitt nicht mit Messer

und Gabel, sondern säbelte mit einem Küchenmesser dicke Scheiben von der Wurst und aß »die Stulle« aus der Hand.

»Kannst du ihm nicht mal Manieren beibringen?«, nörgelte Toni, die darin ein weiteres ehefrauliches Versagen von Margo erkannte.

»Kannst du einem Mann von einem Tag auf den anderen Unsitten austreiben, die er sich in zehn Jahren unter Männern angewöhnt hat? Die Marine war kein Erbauungskränzchen«, hatte sie zurückgefaucht.

Doch auch ihr gefiel so vieles nicht. Manche Nächte schlief Henri auf dem Boden, weil er, wie er sagte, kein weiches Bett mehr gewohnt war. Er schneuzte sich mit den Fingern, weil er vergessen hatte, dass es dafür Taschentücher gab, und oft stand er während des Essens auf, weil er nicht so lange sitzen bleiben konnte.

Und nun ging er abends in die Kneipe, angeblich die Stammkneipe eines der mächtigsten Männer des Ortes, des Herrschers über die Wohnraumbewirtschaftung. Auf diesen Mann zielte Henris Plan.

»Du stinkst«, zischte sie, als er nachts nach Hause kam, umwabert vom Geruch nach Bier und Schnaps und Zigarrenrauch. Er verbrachte die Nacht auf dem Boden. Auch am nächsten Abend stank er wie drei Lagen durchweichter Bierdeckel. Als er auch noch zärtlich werden wollte, warf sie ihn aus dem Bett. Würde das jetzt immer so weitergehen?

Doch Henris Plan ging auf, am Ende der Woche hatte er einen neuen Freund: Walter Hochkamp hieß der Mann, der in Dissen das Sagen hatte.

»Zwei Zimmer in einer Bürgervilla am Stadtrand« flüsterte er, als er spät wie immer nach Hause gekommen war. »Und jetzt lass mich endlich wieder unter deine Decke.«

VI

»Bei Rektor Schwacke?« Toni lächelte. »Da wünsche ich euch aber viel Glück. Der hat mit allen Krach. Die letzten Mieter haben ihn verklagt.«

Margo lächelte zurück. »Wie gut, dass ich einen Juristen geheiratet habe, findest du nicht?«

Die erste Begegnung mit den Schwackes verlief denkwürdig. Sie mussten dreimal klingeln, bevor die Tür einen Spalt weit geöffnet wurde und sich das gerötete Gesicht einer älteren Frau zeigte. Unwillig murrend ließ die Alte sie herein. Im Flur roch es nach Eintopf. Sie mussten die Schuhe ausziehen und Frau Schwackes detaillierter Erläuterung der Hausordnung lauschen, die vor ihnen her watschelte.

Im Wohnzimmer war es dunkel, die schweren Vorhänge vor den Fenstern hatte man zugezogen, wegen der Kälte, nahm Margo an, denn am Heizen musste gespart werden, hatte Frau Schwacke betont. Margo befürchtete, dass sie vom Regen in die Traufe geraten waren.

Endlich durften sie am Kaffeetisch in der Nähe des Fensters Platz nehmen, und der Redeschwall von Frau Schwacke verebbte. Herr Schwacke, ein Froschgesicht hinter einer dicken Brille, sagte gar nichts, noch nicht einmal Guten Tag, und spitzte den fleischigen Mund. Jetzt sah er aus wie ein krankes Kaninchen. Zu Margos Entsetzen begann er leise zu pfeifen. Sie waren bei Irren gelandet.

Henri, der sich die ganze Zeit mit ausgesuchter Höflichkeit bemüht hatte, Frau Schwacke gnädig zu stimmen, horchte auf, spitzte ebenfalls den Mund und pfiff zurück.

»Zilpzalp«, sagte Schwacke. »Das war einfach. Aber auf den hier muss man erst mal kommen!« Wieder pfiff er.

»Mönchsgrasmücke. Und Ihr erster war ein Grünfink.«

»Nicht schlecht«, brummte der alte Herr, erhob sich und holte aus einer Glasvitrine im hinteren Teil des Raums ein Buch an den Tisch.

»Mein Mann ist begeisterter Ornithologe, er kennt alles, was da flattert und singt«, sagte Frau Schwacke mit einer gewissen Nachsicht in der Stimme, die erkennen ließ, dass sie das alles für eine liebenswürdige, aber nutzlose Marotte hielt.

»Da«, sagte Schwacke und schlug das Buch an einer Stelle auf, an der es sich fast von allein öffnete. Henri beugte sich mit einer Anteilnahme darüber, die nicht gespielt wirkte.

»Eine exzellente Beschreibung«, sagte er. »Sie sind ein wahrer Kenner.«

Schwacke lächelte geschmeichelt. »Jetzt sind Sie dran. Woher stammt Ihr Wissen über die Vogelwelt?«, fragte er.

Henri lehnte sich zurück und begann zu erzählen. Margo erkannte ihren Mann kaum wieder, der in zärtlichsten Tönen von der zahmen Waldohreule erzählte, die er als Junge hatte halten dürfen. Während die Herren Erlebnisse und Erfahrungen austauschten, führte Frau Schwacke Margo durchs Haus. Die beiden ihnen zugewiesenen Zimmer waren größer, als sie zu hoffen gewagt hatte. Vor allem aber gehörte zur Wohnung eine eigene Küche, man musste sich mit den Schwackes nur den Hausflur teilen. Vielleicht fügte sich doch noch alles? Als sie ins Wohnzimmer zurückkehrten, saßen Henri und der alte Rektor fröhlich beisammen und ahmten Vogelrufe nach, bis Henri sich geschlagen gab und Rektor Schwacke zum »Auerhahnkönig« ernannte.

In der ersten Nacht im neuen Zuhause schlief Margo schlecht, in den Morgenstunden träumte sie von einer riesigen Eule, die mit glühenden Augen über ihr kreiste.

Am nächsten Morgen, als Henri im Garten eine Zigarette rauchte, kam der Rektor mit einer Leiter, die er an den Apfelbaum stellte. Behende kletterte der alte Herr hoch. »Elsternnest!«, rief er herunter und nahm alle Eier aus dem Gelege. »Elstern sind die Pest. Schade, dass die Viecher nicht schmecken.«

Henri nickte, obwohl er gebratene Elstern noch nicht ausprobiert hatte.

»Aber ich bin ja gottlob nicht auf zähe Vögel angewiesen. Wollen Sie mal meine Vorratskammer sehen?« Schwackes kurzsichtige Augen zwinkerten.

Henri trat die Kippe aus und steckte sie in die Hosentasche, bevor er dem Alten folgte. Am Ende des lang gezogenen Gartens, hinter akkurat getrimmten Johannisbeerbüschen und einem ordnungsgemäßen Himbeerspalier, stand ein Holzschuppen. An dessen Seite hingen Hasenställe, primitive vergitterte Kästen, die man von vorn öffnen konnte.

Schwacke griff hinein und holte ein schwarzes Fellknäuel mit langen Schlappohren heraus. »Meißner Widder. Sind etwas weniger massig als der Deutsche Widder. Ein ausgewachsenes Tier kommt auf vier, fünf Kilo. Für uns reicht's.«

Henri lief das Wasser im Mund zusammen. Wenn er sich weiterhin gut stellte mit Rektor Schwacke ... Der Gedanke an einen Karnickelbraten brachte ihn auf eine Idee.

»Was war eigentlich los mit unserem Vormieter? War da nicht irgendetwas mit den Kaninchen?«

Schwackes Gesicht lief tiefrot an. »Dieser nichtsnutzige Verbrecher«, murmelte er.

»Vielleicht kann ich etwas für Sie tun? Als angehender Jurist?«

Schwackes Augen hinter den dicken Brillengläsern schimmerten feucht. »Drei meiner Zuchtkaninchen hat so

ein Katzenvieh gerissen! Irgendwann hab ich das Mist-
stück erwischt und ihm mit dem Knüppel eins drüberge-
zogen. Und dann hat der Lump mich wegen Tierquälerei
angezeigt.«

Henri versprach seinem Vermieter, sich um die Angelegenheit zu kümmern. Nicht, dass er ihm nichts Böses
zutraute, aber in Zeiten wie diesen teilte man sein Essen
nicht mit wildernden Katzen, schon gar nicht, wenn man
Vögel liebte.

Margo hätte er das alles besser nicht erzählt, mit einem
Tierquäler wollte sie nicht unter einem Dach wohnen.
Henri widersprach ihr sanft, aber nachdrücklich. »Der
Vormieter hat behauptet, die Katze habe minutenlang ge-
schrien. Das wage ich zu bezweifeln.«

»Aber wieso denn?«

»Katzen schreien nicht. Die sterben lautlos.«

Margo wagte nicht zu fragen, woher er das wusste. Ihr
war geläufig, dass Vogelfreunde keine Katzenliebhaber
waren. Mehr wollte sie nicht wissen.

Innerhalb von zwei Wochen erreichte Henri, dass das
Verfahren gegen Schwacke wegen Geringfügigkeit einge-
stellt wurde, woraufhin dieser ihm Freundschaft bis ans
Lebensende schwor.

Henri war froh, wenn er seine Kenntnisse aus dem Jurastudium nutzbringend anbringen konnte. Sein Entnazi-
fizierungsverfahren zog sich hin, sodass er die verspro-
chene Stelle als Assessor nicht antreten konnte. Da kam
das Angebot wie gerufen, die Praxis eines Rechtsanwalts
namens Dr. Rüdiger Cröger zu verwalten, der es fertig-
brachte, neben seinem Anwaltsbüro in Minden auch noch
eins in Osnabrück zu unterhalten. Henri aber war schon
nach wenigen Tagen gar nicht mehr glücklich mit seiner
Aufgabe.

»Was ist los?«, fragte Margo ihn beim Abendbrot, sie erkannte ihren sonst so heiteren Mann kaum wieder. Henri brauchte eine Weile, bis er mit der Sprache herausrückte.

»Cröger ist dafür bekannt, dass er Entnazifizierungsanträge aufsetzt und einreicht. Um mehr kümmert er sich nicht.«

»Was soll er schon tun? Die Mühlen unserer Behörden mahlen langsam, wie wir schon in deinem Fall bemerken durften.«

»Sicher. Aber Cröger hat Wind davon bekommen, dass neuerdings in den einfachen Fällen Persilscheine ausgestellt werden, in einem Abwasch. Und was macht der Lump? Er schreibt seinen Mandanten, dass es ihm durch seine intensiven Bemühungen gelungen sei, die Verfahren zu einem günstigen Abschluss zu bringen, mit einer positiven Entscheidung sei zu rechnen. Sobald seine Mandanten ihre Bescheide erhalten, flattern ihnen horrende Rechnungen ihres fleißigen Anwalts ins Haus. Ich nenne das skrupellose Geschäftemacherei.«

Margo musste ihm zustimmen. »Und was jetzt?«

Henri zuckte mit den Schultern.

Margos Beitrag zum Haushaltsbudget war also bitter nötig. Beim Apotheker um die Ecke fand sich dank der Vermittlung eines Kneipenfreundes von Henri eine Halbtagsstelle als Buchhalterin, was keine echte Herausforderung war, aber so kam sie wenigstens nicht aus der Übung. Doch dann trat etwas ein, worauf die Seligers gern noch ein Weilchen länger gewartet hätten.

VII

»Ist sie nicht wunderschön?« Margo betrachtete das Wesen in ihrem Arm, das die Augen fest geschlossen hatte
und sich die winzigen Fäuste vors Gesicht hielt.

»Wunderschön. Wie ihre Mutter.«

Henri war zu spät zum Krankenhaus gekommen und
hatte die Blumen vergessen, weil es schneite und das Fahrrad einen Platten hatte. Sie wusste mittlerweile, dass er um
Ausreden nie verlegen war. Aber seit Leonore geboren war,
gab es kaum etwas, was sie ihm nicht verziehen hätte. Nur
ganz zu Anfang, wenige Stunden nach der Geburt, hatte
der altbekannte Schatten es gewagt, aus dem Morgendäm-
mer herauszutreten und auf sie einzuflüstern. Hast du vergessen, dass es nicht das erste Mal ist, dass du ein Neuge-
borenes im Arm hältst? Und hast du nicht auch damals
dieses Gefühl eines unvergleichlichen Glücks empfunden?
Denkst du gar nicht mehr an die Kleine, du Rabenmutter?

Margo versuchte, die Züge ihres verschwundenen Kindes in Leonores Gesichtchen wiederzufinden, aber Emma
hatte dunkelblaue Augen gehabt und Leonores waren
braun. Das Porzellanweiß ihrer Babyhaut vertrieb den
Schatten.

Sie ging in all den alltäglichen Verrichtungen auf, genoss jede der göttlich friedlichen Minuten, in denen sie
Leonore die Brust gab und in den Schlaf wiegte. Rektor
Schwacke hatte einen Puppenwagen auf dem Dachboden gefunden, in dem sie das warm eingepackte Kind die
Dorfstraße rauf und runter fuhr. Sie wurde nicht müde,
die Fortschritte der Kleinen zu beobachten, jedes Lächeln
und Stammeln in ihrem Tagebuch zu notieren und sich
auszumalen, wie es sein würde, wenn Leonore erst größer

wäre. Nichts konnte sie erschüttern. Henri machte sich Sorgen wegen der Koreakrise und glaubte die Welt am Abgrund eines weiteren Krieges, doch selbst das berührte Margo nicht. Was ging sie schon der Bürgerkrieg in einem fernen asiatischen Land an?

Ganz am Rande registrierte sie, dass Henri endlich seine Akte und seine Unbedenklichkeitsbescheinigung erhalten hatte und dabei war, sein Jurastudium abzuschließen. Es erschien ihr wie ein Geschenk des Himmels, dass er von der Oberjustizkasse eine Entschädigung für die verlorenen Jahre erhielt. Henri musste sie nicht lange dazu überreden, angesichts der unsicheren Lage das Geld gleich auszugeben. Mit einem dicken Bündel Scheine in der Tasche gingen sie einkaufen: Anzüge, Kleider, Bettwäsche, Koffer, Armbanduhren, Bademäntel, zwei Fahrräder und eine Schreibmaschine. Und vom Rest gab es eine Feier zur Taufe der kleinen Leonore.

Das Kind vertrieb alle Schatten. Margo glaubte nicht an ihr Talent zum Glücklichsein, aber mit einem Mal schien ihr Leben dem Glückszustand recht nahe zu kommen.

Wenn Leonore schlief, schrieb Margo an Mutti und Gerda. Gerda, die eigentlich hatte studieren wollen, wurde zum Studium nicht zugelassen, nicht nur, weil sie kein Arbeiterkind war, sondern vor allem, weil ihr Vater als volksfeindliches Subjekt galt – so hieß das da drüben in der Sowjetzone. Dabei konnte ihnen noch immer keiner sagen, was aus Hugo Hegewald geworden war.

»Das Spez-Lager Buchenwald ist eine Art außerirdischer Ort, dort existiert man in einer Zeitschleife, in die kein Sterblicher vordringen kann«, schrieb Gerda. »Mach dir bloß keine Sorgen um mich, Schwesterchen, mir geht es gut. Ich bin viel an frischer Luft und kann anwenden, was ich einst von dir gelernt habe.« Sie arbeitete als Friedhofsgärtnerin.

Mutti ging in eine Fabrik, die Plastikwaren herstellte. Daraus ergab sich bald ein reger Tauschhandel zwischen Ost und West. Ihr Betrieb stellte Regenmäntel, Einkaufstaschen und Tischdecken aus einer Substanz namens Igelit her, die zwar seltsam roch, aber unverwüstlich war. Für den Eigenbedarf konnte sie vieles günstig erwerben, und wahrscheinlich organisierte sie sich noch einiges dazu, sie hatten während der mageren Jahre schließlich alle dazugelernt, auch ein bisschen Kleinkriminalität.

Insbesondere die bunten Tischdecken waren im Westen beliebt, Margo verkaufte sie an Nachbarn und Bekannte, und bald lagen überall merkwürdig riechende Plastikdecken aus Stendal auf den Küchentischen. Außerdem gab es noch immer Abnehmer für Schnaps aus der Zone.

Sie unterhielt ein regelrechtes Warenlager in einem ihrer beiden Zimmer bei Schwackes, in der Ecke, die nicht von Henris Schreibtisch mit den Büchern und Akten belegt war. Im Gegenzug schickte sie »nach drüben«, was es drüben nicht gab: Seife und Kaffee, insbesondere Nescafé, und Kokosfett, weiße Tafeln namens Palmin. Fett und Kaffee waren die Währung, mit der man drüben unter der Hand kaufen konnte, was es in den Läden offen nicht gab.

Margo achtete streng darauf, dass sich ihre Mutter nicht übervorteilt fühlte. Deren Wünsche, dachte sie oft, waren viel zu bescheiden: Schokolade, Seife und Kaffee für den eigenen Gebrauch und immer wieder Wolle, daraus strickte sie weiche Jäckchen und Röckchen für Leonore, was zur Folge hatte, dass Margos Kind weit und breit das hübscheste war.

Niemand konnte eine schönere Kindheit haben als Leonore.

»Ich habe eine Überraschung!« Henri kam schon früh am Nachmittag strahlender Laune nach Hause. »Zieh was Hübsches an, wir gehen heute Abend aus!«

Seit Kurzem hatte Dissens alteingesessenes Gasthaus wieder geöffnet. Es gab frisch gezapftes Bier, Kartoffelsuppe und Kohlrouladen.

»Auf uns!« Henri hob sein Glas und blickte Margo in die Augen. »Auf die Zukunft!«

Margo wartete darauf, dass er endlich mit seinen Neuigkeiten herausrückte, aber er spannte sie bis zur Zigarette und dem Verdauungsschnaps auf die Folter.

»Also.« Feierliche Eröffnung. »Ich trete eine Stelle als Vertretung am Landgericht Osnabrück an.«

»Großartig!«

»Das ist noch nicht alles.« Über Henris Gesicht zog ein breites Grinsen.

»Was noch? Jetzt mach's mal nicht so spannend!«

»Im neuen Jahr werde ich als Gerichtsassessor übernommen.«

Endlich. Er hatte es geschafft. Margo griff nach seiner Hand. Nach so vielen verlorenen Jahren war er am Ziel, das war mehr als verdient, es war die lange ersehnte Entschädigung für den »Dienst am Vaterland«, von dem heute niemand mehr wissen wollte.

»Das bedeutet nicht nur ein sicheres Einkommen, sondern etwas noch viel Besseres.«

»Viel besser geht's doch kaum.« Margo lächelte ihn liebevoll an.

»Wir haben Anspruch auf eine eigene Wohnung. Wir verlassen dieses elende Kaff und die muffigen Zimmer bei den muffigen Schwackes und ziehen in die Stadt! Was sagst du nun?«

Margo musste nicht lange nachdenken. In Osnabrück waren die Aussichten auf eine gute Stelle für sie entschieden besser als in Dissen, Leonore würde bald in den Kindergarten gehen können, das eröffnete ganz neue Möglichkeiten.

»Das ist der Beginn eines neuen Lebens«, sagte er. Seine dunklen Augen waren ganz hell und weich vor lauter Rührung. »Und du musst endlich nicht mehr arbeiten gehen.«

Er nahm ihr Schweigen für lichte Freude, doch es war das pure Entsetzen.

VIII

»Ich habe große Pläne für die Zukunft«, sagte der schlaksige blonde Mann, der mit hinter dem Rücken verschränkten Armen vor ihr auf und ab ging, während sie angespannt auf ihrem Stuhl hockte. »Wir müssen weitblickend sein. Immer einen Schritt den Entwicklungen voraus.«

Sie nickte, was er nicht sah, weil er gerade zum Fenster hinausblickte, das, wie ihr auffiel, dringend geputzt werden müsste. Jon Bajohr war etliche Zentimeter größer als Henri, trug seine Haare ein wenig zu lang und wirkte ein bisschen wie ein nervöser Windhund, der auf den Startschuss wartet.

»Wissen Sie, wie wir angefangen haben, Fräulein …«

Fräulein? Nun, wenn er darauf bestand … »Seliger, Herr Bajohr.«

»Mit Rundfunkgeräten. Die gab es nämlich erst mal nicht. Die großen Firmen wie Mende oder Grätz liegen im Osten und sind von den Russen demontiert worden. Im Westen erlaubten die Briten und Amerikaner in ihrer unendlichen Weisheit dem unterlegenen Feind kein Radio und haben die noch vorhandenen Geräte eingezogen. Was also tun? Da wir Deutschen ein Volk der Bastler und Erfinder sind, lag die Lösung auf der Hand.«

Er sah sie erwartungsvoll an.

»Natürlich«, sagte sie, ohne wirklich zu verstehen, was er meinte.

»Genau! Was wir nicht haben, basteln wir uns. Findige Tüftler haben Bausätze entwickelt, vielleicht kennen Sie den legendären ›Heinzelmann‹ von Grundig? So etwas galt als Kinderspielzeug und konnte ohne Auflagen vertrieben werden. Fertig war das Radio – fast. Das Kunststück war nur, die nötigen Röhren und Drehkondensatoren aufzutreiben.«

Er blieb abrupt stehen und starrte sie an. »Ich langweile Sie hoffentlich nicht?«

»Aber nein!« Sie verkniff sich ein Lächeln. Sein Eifer war rührend.

»Ich bin der Meinung, dass jeder, der für die Firma Bajohr arbeitet, wissen sollte, woher wir kommen und wohin wir gehen.«

»Gewiss. Natürlich.«

Rundfunkgeräte? Röhren und Kondensatoren? Wieder etwas, wovon sie nichts verstand.

»Sie werden zwar als Stenotypistin mit den Betriebsabläufen nicht direkt zu tun haben, Fräulein …«

»Frau Seliger.«

»Aber ich sehe uns als eine große Betriebsfamilie. Jeder soll begreifen, was wir wollen.«

Margo konnte weder Stenografie, noch war sie sonderlich gut im Schreibmaschineschreiben. Wie sie aus diesem Lügengebäude wieder herauskommen sollte, wusste sie noch nicht, aber es würde ihr etwas einfallen. Denn eines war ihr im Laufe von Bajohrs Monolog klar geworden: Sie wollte diese Stelle. Bajohrs Enthusiasmus versprach genau das, was sie brauchte: Aufbruch.

»Wir« – Bajohr tippte sich an die Brust – »wir jedenfalls hatten einen ordentlichen Posten RV12P2000 aus Wehrmachtsbeständen beschaffen können und waren längst im Geschäft, als 1948 wieder Baulizenzen für Rundfunkgeräte vergeben wurden. Und jetzt – jetzt wird expandiert.«

Er breitete die Arme aus und strahlte sie an. »Wir werden das Rundfunkgeschäft erweitern. Wir werden so bald wie möglich Fernseher verkaufen.«

Fernseher. Sie hatte davon gehört. So eine Art Heimkino. Faszinierende Idee. Aber wer würde sich das so bald schon leisten können? Nur eine Minderheit. Man brauchte aber jetzt etwas Populäres und Massentaugliches. Margo hatte eine bessere Idee.

»Haben Sie schon mal an Fotoapparate gedacht?«

»Kleinkram.« Bajohr winkte ab.

»Ganz im Gegenteil. Die Deutschen werden alles fotografieren, was ihren Aufstieg zeigt. Das erste Auto, das neue Sofa, den Kühlschrank – vielleicht auch den ersten Fernseher, wer weiß. Sie werden Verlobungsfeiern fotografieren, die Hochzeit, die Kinder. Man wird ihnen nicht nur Fotoapparate verkaufen können, sondern vor allem Filme. Farbfilme. Die Filme müssen entwickelt werden. Vom entwickelten Film sind nach Wunsch des Kunden Abzüge zu machen. Das ist ein riesiger Markt.«

Er war stehen geblieben und starrte sie an.

»Glauben Sie mir: Dem Fotografieren gehört die Zukunft.«

Jon Bajohr stand noch immer da und starrte. Dann begann er zu lachen, ein Lachen, das tief im Zwerchfell ansetzte, langsam hochstieg und endlich aus ihm heraussprudelte. Er lachte mit zurückgeworfenem Kopf, völlig ungeniert.

»Verstehen Sie etwas davon, Fräulein Seliger? Dann entwerfen Sie mir einen Plan.«

Margo gab sich die allergrößte Mühe. Während die anderen in die Mittagspause gingen, blieb sie vor ihrer Schreibmaschine sitzen und versuchte, Chaos in gediegene Geschäftspost zu verwandeln. Nur in dieser halben Stunde fand sie die nötige Ruhe, denn bei dem ohrenbetäubenden Geklapper der Schreibmaschinen, dem »Ratsch«, mit dem der Wagen am Ende der Zeile zurückgeschoben wurde, und dem unaufhörlichen Geplapper der Kolleginnen konnte sie keinen klaren Gedanken fassen. Sie hoffte, dass man ihr ihre Unerfahrenheit verzieh.

Doch nach einigen Tagen nahm die hagere Blondine sie beiseite, die in der Schreibstube das Sagen hatte. »So geht das nicht.«

Margo war tief erschrocken. Sie frisierte sich jeden Tag sorgfältig die Haare, sie pflegte ihre Fingernägel, sie war immer pünktlich. Aber sie machte auch pünktlich Schluss, denn zu Hause wartete ein lebhaftes Kind darauf, dass sie sich mit ihm beschäftigte. Was konnte man ihr vorwerfen?

»Die Kolleginnen beschweren sich schon.«

Sie glaubte eigentlich, ein gutes Verhältnis zu haben zu den »Damen« im Schreibbüro. Sicher, sie konnte nicht mitreden, wenn es um den besten Friseur der Stadt ging, um die Theaterpremiere oder die Eröffnung eines Cafés. Auch kannte sie niemanden der Freunde, Verwandten und Bekannten, von denen andauernd die Rede war. Die eine bekam ein Kind, die andere nicht, der eine trank zu viel, dem anderen machten seine Kriegsverletzungen zu schaffen und so weiter. Wenn sie ehrlich war, wollte sie das alles so genau auch gar nicht wissen. Ihr war längst klar, dass sie und Henri nie »dazugehören« würden, sie verstanden sich zwar nicht als Flüchtlinge, aber für die anderen würden sie immer die Fremden bleiben. »Tolopen Pack« nannte das der Bauer, bei dem sie Eier kauften, er hatte zwar nicht sie gemeint, sondern Flüchtlinge aus

Schlesien, aber auf sie traf das Schimpfwort doch mindestens genauso zu: Auch sie waren dahergelaufenes Pack.

»Das tut mir sehr leid. Worum geht es denn?«

»Sie machen uns das Leben schwer.« Frau Appel atmete schwer, sie klang, als ob sie eine seltene Krankheit diagnostizierte.

»Aber womit denn? Was mache ich falsch?«

»Das ist die verkehrte Frage. Sie versuchen zu sehr, alles richtig zu machen, das ist das Problem.«

Margo verstand nicht. Darauf kam es doch an, oder? Arbeit war da, um gemacht zu werden, und Probleme gab es, damit man sie löste.

Frau Appel seufzte, als ob sie es mit einem störrischen Kind zu tun hätte. »Sie sind zu eifrig. Sie legen die Latte zu hoch.«

Margo starrte sie an. Hatte sie diese Szene nicht schon einmal erlebt – damals, in Stendal, bei Photo-Werner, als man sie eine Streberin genannt hatte? Sekundenlang fühlte sie sich wieder wie ein Lehrling, über den man sich lustig machen durfte. Nein: Heute war sie zehn Jahre älter und sie ließ nicht mehr einschüchtern.

»Sie meinen: Ich soll Ihretwegen langsamer arbeiten?«

»Na ja …« Frau Appel lief rot an.

»So desinteressiert? So ganz ohne Anteilnahme am Geschick der Firma?«

»Wir sind nicht dazu da, um die Firma Bajohr reich zu machen«, zischte die Appel.

»Schade. Wir hätten alle etwas davon. Und jetzt entschuldigen Sie mich, ich habe zu tun.«

Als sie am nächsten Morgen die Tür zum Schreibbüro öffnete, standen sie schon alle erwartungsvoll da, die »Damen«, ganz wie neugierige Gaffer am Richtplatz in Erwartung des Todeskandidaten.

»Bitte sofort zum Chef, Frau Seliger«, sagte Frau Appel knapp, aber das hämische »Siehste!« stand ihr ins Gesicht geschrieben.

Jon Bajohr sprang auf, als Margo die Tür zu seinem Zimmer öffnete, und reichte ihr die Hand. »Kommen Sie rein. Setzen Sie sich.« Er zeigte auf zwei Sessel neben einem Rauchertischchen. Sie setzte sich, aber vorsichtshalber nur auf die Kante, damit sie schnell wegkam, wenn er ihr kündigte.

»Erfrischend, wie Sie unsere Damen aufgemischt haben. Mir scheint, Sie passen nicht in die Schreibstube.«

»Ich habe nur …«

»Schon klar. Sie haben die Wahrheit gesagt. Und das werden die dummen Gänse Ihnen nie verzeihen.«

Ich werde also gehen müssen, dachte Margo. Schade.

»Machen Sie sich nichts draus. Sie werden nie dazugehören, hier, in diesem Landstrich und bei diesen Sturköpfen. Für die sind wir alle tolopen Pack, wissen Sie, was das heißt?«

»Dahergelaufenes Pack, ja, das habe ich schon mal gehört.«

»Ich auch. Ich komme aus dem Baltikum, habe in das Geschäft meiner Frau sozusagen eingeheiratet, das vergessen die örtlichen Honoratioren auch nach der zweiten Flasche Whisky nicht.«

Margo wusste, was er meinte. Nur Henri glaubte noch immer, in seiner Stammkneipe anerkannt zu sein.

»Wenn man dann auch noch so tüchtig ist wie Sie – das mögen sie gar nicht. Ich will nicht, dass Sie zurück in die Schreibstube gehen. Stenografie ist sowieso nicht Ihre Stärke.«

Das hatte er gemerkt? Dann war das Spiel aus. Sie wollte aufstehen.

»Sitzen bleiben«, knurrte Bajohr. »Sie kommen zu mir, in die Entwicklungsabteilung.«

Margo schüttelte den Kopf. »Von der habe ich noch nie gehört.«

»Können Sie auch nicht. Ich habe sie eben erst gegründet. Ich möchte, dass Sie sich Gedanken machen, wie wir die Sache mit der Fotografie angehen. Hatten wir das nicht verabredet?«

Als Margo sein Zimmer verließ, hatte sie weiche Knie. Im Schreibbüro sah niemand auf, als sie ihre Sachen holte, alle hämmerten eifrig auf ihren Schreibmaschinen, sie war ihnen keinen Blick und kein Wort wert.

Gut so, dachte Margo, und verkniff sich jede böse Bemerkung. Man sieht sich immer zweimal im Leben.

Endlich hatte sie wieder eine Aufgabe, und das hob ihre Laune gewaltig. Abend für Abend saß sie nun am Wohnzimmertisch und war mit dem Plan beschäftigt, den sie Jon Bajohr vorlegen wollte. Henri störte das nicht, er war zufrieden, wenn er in seinem Sessel saß und in Ruhe die Zeitung lesen konnte. Nur Leonore ließ sich nicht so leicht zufriedenstellen, sie weigerte sich, einzuschlafen, wenn ihre Mutter ihr nicht noch etwas vorlas. Margo hatte mittlerweile nur noch wenig Spaß an den Bildergeschichten, die sie beide längst in- und auswendig kannten, und ertappte sich beim Gedanken, dass es hohe Zeit wurde, der Kleinen Lesen beizubringen. Doch mit fünf Jahren war sie noch zu jung für die Schule.

Also zwang sie sich zu Geduld, denn wenn sie ungeduldig wurde, zog Leonore einen Flunsch, und das verstärkte das schlechte Gewissen, das sie sowieso schon hatte. Sie war eine Rabenmutter, die den ganzen Tag über ihr Kind vernachlässigte, da sollte sie sich doch wenigstens abends ein bisschen mehr Zeit nehmen, oder?

Andererseits – tat sie das alles nicht auch für ihre Familie? Und außerdem gab es ja auch noch Henri, der einspringen konnte, wenn Margo das Versprechen auf einen Ausflug am Wochenende wieder einmal nicht einlösen konnte. Henri war so stolz auf sie, dass er alles für sie tat, und dafür liebte sie ihn.

Bald schon war sie die persönliche Assistentin von Jon Bajohr, der als aufstrebender Unternehmer und Gesellschaftslöwe für Schlagzeilen in der Lokalzeitung sorgte. Auch für die Seligers begann das Wirtschaftswunder.

IX

Die neue Wohnung in der Wiesenbachstraße, die Henri zugewiesen worden war, hatte ihre Vorteile. Leonore bekam das erste Mal einen eigenen Raum, ungeheizt und nach hinten raus, aber immerhin. Henri gebührte ein Herrenzimmer, ganz wie es sich gehörte, mitsamt Sofa und Schreibtisch, denn er genoss das Privileg, zum Aktenstudium nach Hause gehen zu dürfen. Für Margo blieb der Esstisch im Wohnzimmer, wenn sie etwas zu erledigen hatte. Aber das machte nichts, sie war ja kaum noch zu Hause.

Für den Haushalt war schon gar keine Zeit mehr. Eine Zugehfrau besorgte das Putzen, und den Rest erledigte Henri, er kaufte ein und kochte das Mittagessen, noch nicht einmal schlecht für einen Mann, der das nie gelernt hatte. »Ein Kochbuch ist keine ernsthafte intellektuelle Herausforderung«, brummelte er, wenn man ihn lobte. Im Übrigen konnte er als Richter am Landgericht über seine Zeit frei verfügen. Seine Kollegen erzählten, er habe schon mal eine Sitzung mit den Worten beendet: »Meine Herren, fassen Sie sich bitte kurz, ich muss nach Hause, die Kartoffeln aufsetzen.«

Während die Kollegen die häusliche Arbeitsteilung bei

Seligers nachsichtig belächelten, missbilligten ihre Ehefrauen sie aus vollem Herzen. Dem Mann galt ihre ganze Anteilnahme. Und erst das Kind! Ja, Leonore war ein Schlüsselkind, sie ging allein zur Schule, meistens ohne Pausenbrot und oft mit ungekämmten Haaren. Die Klassenlehrerin schrieb deswegen einmal sogar einen besorgten Brief. Margo konnte sich denken, wie man sie hinter ihrem Rücken nannte: Rabenmutter.

Deshalb erwartete sie keine warme Anteilnahme, als sie zu einem der »Kaffeekränzchen« ging, zu denen im Kreis der Kollegenfrauen regelmäßig geladen wurde.

»Was für ein reizendes Kleid!« Marie Backhaus streckte ihr die gepflegte weiche Hand entgegen. Ihr Mann war Vorsitzender der Strafkammer; Henri hatte Margo instruiert. Drei Kinder, Beruf Hausfrau. »Aber so schmal geschnitten. Darin kann man sich ja kaum bewegen!«

Margo lächelte freundlich zurück. »Das geht schon, mit ein bisschen Übung. Sie sehen doch – ich bin zu Fuß gekommen!« Sie hielt ihr das Päckchen mit dem Kuchen hin, den sie statt Blumen mitgebracht hatte. Das leichte Zögern entging ihr nicht, mit der Marie die Gabe entgegennahm.

Die anderen saßen bereits am Tisch und sahen mit vor Neugier glänzenden Augen zu ihr auf. Die hagere Blonde mit dem blassen Gesicht, die am Fenster saß, das Haar straff nach hinten gezurrt, musste Elfriede Frieling sein, keine Kinder, gelernte Lehrerin, nicht ausübend, Ehefrau des Vorsitzenden Richters.

»Das hat unsere liebe Frau Seliger mitgebracht.« Marie hatte Margos Kuchen auf einen Teller gelegt und stellte ihn auf den Tisch zu den anderen, weit prächtiger aussehenden Tortenwundern.

Antje Piepenbrock – zwei Kinder, mit einem Richter verheiratet – wagte sich an ein Stück und legte nach dem ersten Bissen die Gabel beiseite. »Interessant«, sagte sie. »Was ist denn das?«

»Mohnkuchen. Den hat unsere schlesische Zugehfrau gebacken«, antwortete Margo.

Schweigen.

»Ja, so eine Zugehfrau«, sagte Elfriede Frieling nach einer Weile.

»Aus Schlesien, ach ja.« Marie Backhaus, die die Hand schon nach dem Teller ausgestreckt hatte, schwenkte auf den Obstkuchen um.

Das Gespräch erstarb. Margo wusste beim besten Willen nicht, was sie die Damen fragen sollte. Nach schwerer Hausarbeit sah keine aus. »Was machen Sie so den ganzen Tag, wenn der Staub gewischt ist?« war sicherlich kein guter Gesprächseinstieg.

»Ihre Leonore ist ein Einzelkind, nicht wahr?« Hannelore Timpen, vier Kinder, die Jüngste der Anwesenden. Margo hatte vergessen, mit wem genau sie verheiratet war, hoffentlich nicht mit jemandem, der für Henris Karriere bedeutsam war.

Margo nickte.

»Und das Kind ist ganz allein zu Hause, wenn Sie arbeiten gehen?«

»Das Kind hat doch sicher Großeltern, die sich kümmern können.« Antje Piepenbrock wollte dem Thema offenbar eine einvernehmliche Wende geben, obwohl sie sich eigentlich denken konnte, dass das bisschen Familie, das die Seligers noch hatten, unerreichbar weit weg wohnte.

»Sie kann gerne einmal bei uns vorbeikommen, meine Mädchen lieben Besuch.« Marie Backhaus strahlte ob ihrer eigenen Herzensgüte.

Margo lächelte zurück. »Danke, das ist lieb von Ihnen, aber Leonore ist schon sehr selbstständig. Außerdem ist mein Mann nachmittags zu Hause.«

»Stimmt ja – Ihr Mann.« In Frau Frielings blauen Augen spiegelte sich das Mitgefühl mit Henri, der ganz offenkundig das Opfer des ungesunden Ehrgeizes seiner Frau geworden war. Sie hingegen hielt ihrem Mann den Rücken frei, wofür auch immer, dachte Margo.

Sie aß das mächtige Stück Schwarzwälder Kirsch auf ihrem Teller heroisch auf, lächelte unverbindlich in die Runde, schob einen Arzttermin vor und verabschiedete sich.

»Sie sollten mehr auf sich achten«, sagte Marie Backhaus verschwörerisch, die sie zur Tür begleitete. »So ein ganzer Tag im Büro ist doch furchtbar ungesund.«

Natürlich wurde Margo nicht mehr eingeladen. Sie sah die Kollegenfrauen erst auf dem alljährlichen Juristenball wieder und genoss deren Gesichter, als ihre Männer Schlange standen, um mit der dahergelaufenen Rabenmutter zu tanzen.

Helene

I

Berlin – Alle Sachbearbeiterinnen in der Auswertung der Hauptverwaltung A schwärmten von Hans Stahl. Nur Helene verspürte kein erotisches Prickeln, als sie das erste Mal zu ihm bestellt wurde. Sie kannte das schon: Man würde sie wieder einmal auf ihre Zuverlässigkeit hin überprüfen. »Genossin, wie war das damals. Erinnern Sie sich. Ist Ihnen aufgefallen, dass …« Wohin auch immer das Weltgeschehen sie in der Vergangenheit gespült hatte, stets war sie auf geheimnisvolle Weise am falschen Ort gelandet. Im Spanischen Bürgerkrieg. Im Frauenlager Ravensbrück. Im Sonderbau des KZ Buchenwald. Helene Pinkus stand niemals auf der richtigen Seite und gab immer zu Misstrauen Anlass. Sie war solcher Gespräche müde. Deshalb erwartete sie von jemandem wie dem stellvertretenden Leiter der Hauptverwaltung A nichts, was sie überraschen könnte.

Das Geräusch ihrer Schritte im langen Flur, der zu Stahls Büro in der Magdalenenstraße führte, hallte nach wie die Schritte der Frauen in Ravensbrück, wenn sie morgens zur Arbeit hasteten. Die Erinnerung daran wollte nicht verblassen. Das mochte daran liegen, dass auch in der antifaschistischen DDR der Gedanke an Gefängnis nahelag. Man konnte jederzeit in Ungnade fallen, vor allem, wenn man die falschen Leute kannte, und von denen kannte sie einige.

Wahrscheinlich wurde gerade mal wieder »gesäubert«. Walter Bartel, dem sie 1945 eine Stelle an der Berliner Volkshochschule verdankte, musste 1953 gehen. Andere Genossen aus Buchenwald, die Hitler überlebt hatten, wie Ernst Busse, waren schon 1950 in Workuta gelandet. Ernst Wollweber hatte man erst kürzlich abgelöst. Das Misstrauen von Walter Ulbricht und Erich Mielke gegenüber den in Deutschland gebliebenen Genossen schien unstillbar, dabei blieb nur Ulbricht in den dreckigen zwölf Jahren »sauber«, was nicht gerade sein Verdienst war: Er überwinterte in Moskau.

Wer war diesmal dran? Die Liste möglicher Kandidaten war bestimmt noch nicht erschöpft, wahrscheinlich würde sie es niemals sein.

»Der Genosse Generalmajor ist gleich zurück, Sie können schon in seinem Zimmer Platz nehmen.« Seine Sekretärin, eine mollige Frau um die fünfzig, lächelte ihr zu.

Doch Hans Stahl ließ auf sich warten. Helene holte den Spiegel aus ihrer Tasche, strich sich die Haare aus der Stirn und überprüfte ihren Gesichtsausdruck auf Zeichen innerer Rebellion. Aber ihr Gesicht war beherrscht und gleichgültig, wie es sich gehörte. Hans Stahl hieß in Wirklichkeit Albert Franke, doch wie viele der alten Antifaschisten hatte er sich einen Kampfnamen zugelegt. »Hart wie Kruppstahl« zu sein, hatten schon andere Männer von sich behauptet. So einen fürchtete sie nicht.

Sie rutschte auf ihrem Holzstuhl ein wenig zur Seite, sodass sie an den grauen Vorhängen vorbei in den blassen Himmel Berlins sehen konnte. Sie hatte sich heute früh Zeit genommen, war durch die Gärten der »Schweizer Mühle« geschlendert, hatte sich vollgesogen mit den Düften von Flieder und Bauernjasmin, bevor sie in die Straße eingeschwenkt war, auf der es auffallend viele Männer in Lederolmänteln gab. Hier drinnen, im neu gebauten Haus 7, roch es nach kaltem Zigarettenrauch und Wofasept, doch darunter lag ein anderer, weitaus angenehmerer Dufthauch, der ihr Rätsel aufgab.

Als die Tür aufging, ließ sie den Spiegel blitzschnell in

ihrer Tasche verschwinden, aber das spitzbübische Lächeln auf Hans Stahls Gesicht sagte: erwischt.

»Kaffee?«, fragte er, wartete nicht auf ihre Antwort, sondern öffnete die Tür zum Sekretariat und sagte: »Helga, würdest du so lieb sein?«

Er lächelte noch immer, als er sich setzte.

»Freut mich, Genossin Pinkus, dass wir uns endlich einmal von Angesicht zu Angesicht begegnen. Sie sind jetzt wie lange bei uns?«

»Sechs Jahre. Ich habe 1952 im Institut für wirtschaftswissenschaftliche Forschung angefangen und arbeite heute als Sachbearbeiter in der Auswertung.«

»Sind Sie zufrieden mit der Arbeit?«

»Aber gewiss, Genosse Generalmajor.« Es war alles bestens und wurde von Jahr zu Jahr besser. Im Institut, damals am Rolandufer untergebracht, hatte sie gefroren. In der alten Villa in Johannisthal war das Klo regelmäßig verstopft gewesen. Hier im Neubau herrschte bloß dicke Luft. Der Fortschritt war nicht aufzuhalten.

»Und Sie fühlen sich Ihren Fähigkeiten gemäß eingesetzt?«

Helene fiel es schwer, seinem Blick auszuweichen. Stahl hatte ein kantiges, mageres Gesicht, dunkles, volles Haar, das sich keiner Frisur unterzuordnen schien, und braune Augen, die eine beängstigende Wärme ausstrahlten. Das musste der Charme sein, von dem die Kolleginnen berichteten.

»Natürlich.«

Die Tür zum Sekretariat öffnete sich, Helga kam mit einem Tablett herein. Stahl nahm seinen Kaffee mit Milch und zwei Löffeln Zucker, Helene lehnte dankend ab, als die Sekretärin auch ihren Kaffee süßen wollte. Der mütterliche Blick der Frau auf Helenes Figur sprach Bände. Sie hätte ihr wohl am liebsten vier Löffel Zucker verabreicht.

Stahl begann in der Mappe zu blättern, die vor ihm auf dem Schreibtisch lag. »Sie haben Mut, das merkt man. Sie waren blutjung, als Sie 1938 für eine Schweizer Zeitschrift nach Spanien gingen, um über den Spanischen Bürgerkrieg zu berichten, stimmt's?«

Sie nickte. Der Kaffee war zu heiß, um ihn zu trinken, aber sie wollte die Tasse auch nicht auf Stahls Schreibtisch stellen, also musste sie Tasse und Untertasse auf dem Schoß balancieren. Sie merkte, wie sie sich verkrampfte.

»Ihr Gefährte war ein Schweizer Journalist, Paul hieß er, oder?«

»Paul Bieri.« Wie naiv sie beide in diese epochale Tragödie hineingestolpert waren! Er fühlte sich als künftiger Großschriftsteller und sie als bedeutende Fotokünstlerin. Und beide hatten nicht die Spur einer Ahnung von dem grotesken Kampf, der damals tobte, in den Jahren 1936 bis 1938 – über zwanzig Jahre war das her, die blutige Fehde zwischen Bolschewisten, Anarchisten, Faschisten, Trotzkisten, Idealisten. Zwischen Verbrechern und nützlichen Idioten. Keiner hatte sie gewarnt, dass man besser nicht zwischen die Fronten geriet. Paul, der arme Kerl, wusste nicht, wie ihm geschah. Für ihn hieß der Feind Franco – und nicht das armselige Häuflein von Anarchisten, das von den Kommunisten der Internationalen Brigaden zum eigentlichen Feind erklärt worden war.

»Er wurde im Mai 1938 von einem deutschen Offizier der Internationalen Brigaden erschossen, richtig?«

Sie nickte wieder.

»Und Sie kennen ihn, diesen deutschen Kommunisten?«

Natürlich kannte sie ihn. Nie würde sie sein Gesicht mit den tückischen Äuglein vergessen, nie die heisere Stimme, mit der er Paul beschuldigte, ein trotzkistischer

Verräter zu sein. Und nie die wegwerfende Geste, mit der er seinen Revolver zog und ihm ins Gesicht schoss.

»Nein«, sagte sie. »Ich stand zu weit entfernt.«

Hans Stahls Augen wurden noch ein wenig wärmer, sein Lächeln noch ein wenig weicher, fast zärtlich. »Sehr gut«, murmelte er. »Das erzählen Sie bitte allen, die danach fragen. Verstehen Sie?«

Ja, langsam begann sie zu verstehen. Die Hauptverwaltung A hatte sich nur ungern dem neuen Mann an der Spitze des Ministeriums für Staatssicherheit untergeordnet – Erich Mielke, dem Nachfolger von Ernst Wollweber. Die »Aufklärer« sahen sich als Spezialisten für Westdeutschland und nicht als Propagandaabteilung, die nur jene Negativnachrichten über den kapitalistischen Westen lieferte, die der DDR-Führung in den Kram passten. Helene wusste ebenso gut wie alle, die für die HV A arbeiteten, dass an den Schaltstellen in Bonn keineswegs nur alte Nazis saßen und dass die Westdeutschen nicht den geringsten Anlass hatten, in Hungerrevolten auszubrechen. Das drohte eher der DDR. Erst vor wenigen Tagen waren die Lebensmittelkarten endlich abgeschafft worden.

Helene hatte sich vor dem Machtwechsel an der Spitze des MfS aus anderen Gründen gefürchtet. Was, wenn der deutsche Politoffizier im Rang eines Hauptmanns, der Paul erschossen hatte, daran zweifelte, dass sie sich an nichts erinnerte – Erich Mielke, der sich damals Fritz Leissner nannte?

Deutete Stahl an, dass er sie in der Hand hatte? Oder hatte er ihr soeben versprochen, dass auch er schweigen würde? Helene versuchte, in seinem Gesicht zu lesen. Früher hatte sie hinter die Fassade der Menschen blicken können. Im »neuen Deutschland« aber vermochte sie widersprüchliche Zeichen immer weniger zu deuten.

»Ich glaube nicht, dass Sie in Ihrer jetzigen Stellung ausgelastet sind.« Hans Stahl war unvermittelt aufgestanden. »Ich glaube, Sie brauchen eine Herausforderung. Eine echte Aufgabe.«

Er räumte einen Stapel Aktenmappen vom zweiten Besucherstuhl und schob den Stuhl auf die andere Seite des Schreibtischs, direkt neben ihren. Dann setzte er sich, rittlings, die Arme auf die Stuhllehne gelegt. Jetzt konnte sie seinem Blick nicht mehr ausweichen.

»Sommer 1945.« Er flüsterte fast. »Sie kamen zurück in das, was nicht mehr Ihre Heimat war, Helene. In ein Land mit Menschen, die Sie eingekerkert, entwürdigt und entrechtet haben. Sie waren verletzt, an Körper und Seele. Warum sind Sie in der DDR geblieben? Warum sind Sie nicht in den Westen gegangen, in die Welt, weit weg? Weil Sie zu einer überzeugten Kommunistin geworden sind? Das nehme ich Ihnen nicht ab.«

Helene stellte die Tasse mit dem Kaffee nun doch auf Stahls Schreibtisch. »Wir saßen gemeinsam in Buchenwald im KZ, die Genossen und ich, vergessen Sie das nicht. Die haben mir geholfen, nicht all die anderen, die während der Nazizeit in Moskau im Warmen gewesen sind und nichts Besseres zu tun hatten, als heute den Helden von Buchenwald den Prozess zu machen.« Wie Ulbricht und Mielke und ihre Vasallen. Der Zorn tat Helene gut, er legte Kraft in ihre Stimme.

Stahl blickte ihr ruhig in die Augen. »Was ich wissen will: Haben Sie bei uns eine neue Heimat gefunden?«

Helene erwiderte seinen Blick. Heimat? Nein, Heimatgefühle empfand sie nicht mehr, sie waren ihr zwischen 1941 und 1945 abhandengekommen, zusammen mit den Menschen, die ihr etwas bedeutet hatten. Nur das Kind war ihr geblieben. Clara war eben dreizehn geworden, sie war beliebt in der Schule, zeigte Leistung, trug mit stolzer

Überzeugung das blaue Halstuch der Thälmann-Pioniere – das Kind hatte eine neue Heimat gefunden. Das kann und will ich ihr nicht nehmen, dachte Helene. Und wo Clara ist, da ist auch mein Zuhause.

»Ich lebe gern hier«, sagte sie leise.

Hans Stahl stand auf und schob seinen Stuhl wieder hinter den Schreibtisch zurück. Dann griff er zu einer Packung Duett und bot ihr eine an. Sie rauchten schweigend, er hinter, sie vor seinem Schreibtisch.

Nach einer Weile drückte er seine Zigarette aus. »Wenn unser Land Ihnen auch nur irgendetwas geschenkt hat, Helene, dann wäre jetzt der richtige Zeitpunkt, etwas zurückzugeben. Wir kämpfen für Frieden und Völkerfreundschaft, gegen die restaurativ-reaktionären Kräfte in der Bundesrepublik. Wir brauchen Menschen, die aufopferungsvoll auch unter schwierigen Bedingungen an geheimer Front arbeiten. Wollen Sie ein Kundschafter des Friedens sein? Ja oder nein? Denken Sie darüber nach.« Er erhob sich.

Helene sagte nichts, doch er erwartete offenbar keine Antwort – noch nicht.

Er brachte sie zur Tür. »Ich lasse nach Ihnen schicken. Ich hoffe auf Ihr Ja. Sie werden viel lernen müssen. Aber Sie werden es nicht bereuen.«

II

Seit Urzeiten verführen Männer die Frauen, indem sie ihnen Schutz versprechen. Hans Stahl bedeutete Schutz. Und er hatte Helene bereits bei ihrem ersten Treffen deutlich gemacht, dass sie dringend einen Beschützer brauchte.

Nach Wochen der Instruktionen an unterschiedlichen Orten, in denen sie das konspirative Handwerk lernte, den Umgang mit Funkgeräten oder die Organisation geheimer Briefkästen, ließ er sie von einem Fahrer nach Pankow bringen, zum »Städtchen« am Majakowskiring, wo sie alle wohnten, die wichtigen Männer der DDR.

Im Vestibül der Villa aus Vorkriegszeiten roch es nach Bohnerwachs. Der »Salon« aber, in den Stahl sie führte, war hell und modern eingerichtet. Das passte zu ihm: Er wirkte entspannt, die Haare fielen ihm in die Stirn, sie waren nicht, wie sonst, straff nach hinten gekämmt, er trug eine graue Flanellhose und einen leuchtend roten Pullover, an den Füßen weiche Lederslipper.

Er winkte sie zu einer Sitzgruppe mit sechs eierschalfarbenen Sesseln um einen schnörkellosen Holztisch, darauf Teekanne, Tassen und Cognacschwenker. Von ihrem Platz aus hatte sie freien Blick durch eine Terrassentür auf den Garten, auf Bäume und blühende Sträucher. An der Wand standen halbhohe Bücherregale aus hellem Holz, darüber zwei elegante tubenförmige Wandleuchten.

»Wie schön, dass du da bist, Helene. Tee?« Er goss ein, ohne auf ihre Antwort zu warten. Aber sie wussten beide, dass er sie nicht zur Teestunde eingeladen hatte. Höflichkeit war Zeitverschwendung, wenn es um die Zukunft des Sozialismus ging.

»So.« Stahl lehnte sich zurück in seinen Sessel, den größten und bequemsten, und schlug die Beine übereinander, während sie noch immer steif auf der Kante ihres Sesselchens hockte. »Und nun erzähl.«

»Genosse Generalmajor ...« Sie wusste nicht weiter.

»Hans.« Er lächelte sie an. »Dafür kennen wir uns lange genug.«

»Was soll ich schon erzählen?« Sie nahm einen Schluck Tee, versuchte, sich bequemer hinzusetzen, und ließ den Blick zum Bücherregal gehen. Sag mir, was du liest, und ich sag dir, wer du bist. Hans Stahl las Dostojewski, was

271

man erst seit Stalins Tod wieder durfte, jedenfalls stand dort »Schuld und Sühne« neben Anna Seghers' »Das 7. Kreuz«. Alles so, wie es sich gehörte.

»Sieh mich an, Helene.« Sie wandte ihm den Kopf zu. »Weich mir nicht aus.« Er lächelte noch immer, aber seine Stimme forderte. »Ich will, dass du mir dein Leben erzählst, alles, was dir widerfahren ist, im Guten wie im Schlechten.«

»Ich bin ein offenes Buch für die Partei, Hans«, sagte sie leise. »Ich habe alles gesagt, was es über mich zu sagen gibt. Immer und immer wieder.«

Er ließ sie nicht aus den Augen. »Das meine ich nicht. Ich will auch das wissen, was du noch keinem erzählt hast. Was du noch nicht einmal dir selbst einzugestehen wagst.«

Sie schüttelte den Kopf, versuchte zu lächeln, wollte sagen: Da ist nichts. Gar nichts.

»Ich will dich kennenlernen.« Seine Stimme klang wieder wärmer, drängender, beschwörender. »Nur wenn ich alles von dir weiß, kann ich dich auch weiterhin schützen.«

Helene spürte, wie ihr Mund trocken wurde. Sie hatte seit Jahren niemandem mehr vertraut. Es war besser zu schweigen. Sie schwieg, seit ihr klar geworden war, dass alles, die Wahrheit wie die Lüge, gegen sie verwendet werden konnte.

Hans legte die Arme auf den Tisch und beugte sich zu ihr vor. »Niemand erfährt von unserem Gespräch. Niemand.«

Helene hätte beinahe gelächelt. Warum sollte sie das glauben?

»Warum du mir das glauben kannst? Weil ich es sage.«

Woher wusste er, was sie dachte? War es das, was seinen Charme ausmachte? Hans Stahl sah gut aus, alle

Frauen schwärmten von ihm, von seinen warmen braunen Augen, von seiner Stimme, seinem Verständnis auch für die Sorgen und Nöte des Alltags. Aber das erklärte nicht alles. Da war noch etwas anderes. Vielleicht das: Er war keiner dieser ideologischen Giftzwerge, kein Parteibonze, kein Bürokrat.

Der Gedanke war verwegen, aber – vielleicht gab es mit einem wie Hans Stahl Grund zur Hoffnung, dass aus der Deutschen Demokratischen Republik ein Gemeinwesen wurde, das diesen Namen verdiente.

Er goss Tee nach, dunkel leuchtend wie Rübensirup. Helene beschloss, allen Widerstand einzustellen. Auch das hatte sie gelernt, in den schmutzigen Jahren: Alles schmerzt weniger, wenn man sich nicht wehrt. Wenn man nachgibt.

»Erzähl mir von Ravensbrück«, sagte Hans, lehnte sich zurück und schloss die Augen. »Ich höre dir zu.«

Irgendwo tickte eine Uhr. Ein Luftzug streifte Helene, als ob das Haus atmete. Wer hier wohl gewohnt haben mochte, vor den dreckigen Dutzend Jahren? Und wer war 1941 durch diese Räume gegangen, als für Helene das vertraute Leben endete, als man sie aus der Zeit riss und nach Ravensbrück brachte? Das Lager war ein fremder Kontinent gewesen, auf einige Tausend Quadratmeter zusammengeschnurrt, in einem anderen Kontinuum. Ein Land, in dem es nur Frauen gab, die alle die gleiche Kleidung und die gleiche Frisur trugen. In dem die Menschheit wie Rita aussah.

»Rita. Rita war Ravensbrück«, begann sie. »Keine Zähne im Mund, eine Haut wie gegerbt, die Haare kurz geschoren. Rita war Zigeunerin, also asozial. Sie sang und tanzte, abends, wenn niemand vom Wachpersonal zusah. Und Else war Ravensbrück, fast noch ein Kind, sie klaute wie ein Rabe, sie konnte nicht anders. Sogar der Blockältesten hat sie das Brot vom Teller gehext. Mir wollte sie all ihre Tricks beibringen, alles, was überleben half, aber ich war nicht geschickt genug.«

»Das Proletariat hat sich immer zu helfen gewusst«, murmelte Hans.

»Ich habe Glück gehabt.« Helene wehrte sich gegen das Gefühl, das ihr in die Kehle kroch und in die Augen. Mehr Glück als Rita und Else.

»Glück?«, fragte Hans.

Sie horchte seiner Stimme hinterher. Nein, da schwang kein falscher Ton mit, nichts von all dem, was ihr so verhasst war: Mitleid oder, noch schlimmer, ordnungsgemäßer Antifaschismus.

»Man hat mich nicht nach Dora geschickt, ich bin nicht totgeschlagen, abgespritzt, erhängt, verbrannt, verscharrt worden, bin nicht auf dem Seziertisch eines Arztes gelandet. Ich durfte Nähen lernen. Das war ein Privileg, denn dank unserer Ausbildung an der Maschine war keine von uns so ohne Weiteres zu ersetzen, das erhöhte unsere Überlebenschancen. Wir haben Häftlingskleidung genäht, zwölf Stunden am Tag. In einem Saal mit Hunderten von Frauen.« Die nach Angst rochen und nach Schweiß und schlechter Seife, und gedämpft durch die dicke Luft hörte man die Nähmaschinen rattern und aussetzen und weiterrattern.

»Das Essen war erträglich und geprügelt wurde selten. Mehr konnte man sich kaum wünschen.«

Die Frauen, die an die nahe gelegene Gärtnerei ausgeliehen wurden, hatten weit schwerer zu arbeiten. Dennoch hatte Helene im Frühjahr oft davon geträumt, mit einer von ihnen zu tauschen. In ihren Wachträumen hatte sie krümelige kaffeebraune Erde gerochen und zwischen den Fingern gespürt, hatte sich den Gesang der Vögel und das Summen von Hummeln und Bienen eingebildet und den Duft der ersten Weißdornblüten, während um sie herum die Nähmaschinen surrten und die Luft nach knisterndem Baumwollstoff roch.

»Eines Tages hat Hella angefangen, vor sich hin zu murmeln, obwohl Unterhaltung streng verboten war. Ich habe eine Weile gebraucht, bis ich die Worte verstand. ›Man nehme ein halbes Pfund Hack, halb und halb.‹«

Hans Stahl richtete sich auf. Seine braunen Augen blitzten. »Buletten?«, fragte er.

»Nein, ein Rezept für Kohlrouladen. Als Else dran war, gab es Eierkuchen und bei Rita ungarisches Gulasch, mit den besten Zutaten, die man sich vorstellen konnte.«

Hans lachte. »Das nenne ich Überlebenskunst. Und du?«

»Piroggen. Ich habe das Rezept für Piroggen vorgetragen, genau so, wie mein Vater sie liebte.«

Plötzlich begann der Raum zu flimmern und zu verschwimmen. Helene klammerte sich an den Sitz ihres Sessels, während sich alles um sie herum drehte. Die Erinnerung an die Düfte in der Küche ihrer Mutter in der Oberwasserstraße ließ den Boden unter ihr schwanken.

»Ganz ruhig.« Sie atmete den Geruch von Cognac ein, spürte ein Glas an den Lippen, verschluckte sich fast. »Du denkst zuerst an die Menschen, nicht an dich, und genau das macht einen guten Genossen aus, Helene.«

»Geht schon«, flüsterte sie. Machte er sich lustig über sie? Sie hatte in Ravensbrück an kaum etwas anderes gedacht als an den nächsten Moment.

Stahl setzte sich wieder, sagte nichts, wartete.

Helenes Blick ging an einer Stehlampe mit senfgelbem Schirm vorbei zur Wand links neben der Terrassentür. Dort hing in einem schweren Rahmen das Konterfei von Wilhelm Pieck, Präsident der DDR. Bis heute war ihr nie aufgefallen, dass der kantige Mann mit dem kühnen Proletarierblick und der bürgerlichen Pomade im Haar seine grau melierten Augenbrauen so buschig trug wie Väterchen Stalin. Sie wandte den Blick ab, senkte ihn auf ihre Hände, die gefaltet in ihrem Schoß lagen. Ihre Fingernägel waren eingerissen und die Haut an den Fingerkuppen schlug Falten. Ihre Hände waren alt geworden.

»Und warum hat man dich für das Häftlingsbordell in Buchenwald ausgesucht?«

Helene zuckte zusammen. Da war er plötzlich doch, dieser Ton in seiner Stimme, dem sie misstraute: Er hatte Mitleid. Doch sie wollte kein Mitleid. Manche hatten ihr ehrliche Verachtung entgegengebracht, damit konnte sie umgehen. Aber niemandem stand es zu, Mitleid mit ihr zu haben.

»Ich verurteile dich nicht, Helene.« Seine Stimme war wieder klar. »Und bitte verzeih all denen, die es tun. Niemand, der bei Sinnen ist, wird jemals verstehen, warum Heinrich Himmler der Meinung war, es würde die Arbeitsmotivation der Lagerhäftlinge steigern, wenn man ihnen Frauen zur Verfügung stellt.«

Das stimmte, man brauchte eine besonders makabre Fantasie, um sich so etwas auszudenken. Rohe Gewalt verstand jeder. Aber Sexsklavinnen für Arbeitssklaven?

»Ich wäre fast ausgemustert worden, weil ich zu dünn war. ›Das Gerippe wollen Sie auch haben?‹, hat Schiedlausky gefragt, der Lagerarzt, als ich nackt dastand, damit die Herren mich begutachten konnten. ›Die füttern wir wieder raus‹, hat einer der SS-Männer gesagt und mir in den Oberarm gekniffen. ›Die ist gut gebaut.‹ Das war mein Glück.«

Sie hob den Kopf und blickte Stahl fest in die Augen. »Ich habe zu essen bekommen. Ich durfte saubere Kleidung anziehen und hochhackige Schuhe, in denen ich nicht gehen konnte. Es war im Winter geheizt und im Sommer sonnten wir uns draußen auf der Wiese. Es war der Himmel auf Erden.«

Hans wollte etwas sagen, aber sie ließ sich nicht unterbrechen.

»Schön baden, gute ärztliche Versorgung, fein essen, Friseur, Klamotten und ansonsten Däumchendrehen – so ging das zu bei uns im Sonderbau. Mit Blümchen und Gardinchen. Fehlten nur Austern und Champagner.« Sie hörte ihre Stimme schrill werden.

Stahl griff über den Tisch hinweg nach ihrer Hand. »Du musst dich nicht quälen, Helene, ich kann mir vorstellen, wie entwürdigend das war!«

»Was heißt hier entwürdigend? Es hat doch sogar Geld gegeben dafür! Die Männer zahlten 2 Reichsmark pro Nummer und wir durften 45 Pfennig davon behalten. Bei sechs bis acht Männern am Abend kam da schon was rum. Und jetzt kommt der Clou: Damit war unsereins berufstätig und mit einem Schlag nicht mehr asozial.« Es war zum Schreien grotesk. Die Arbeit im Häftlingsbordell hatte eine Asoziale wie sie zu einer anständigen Frau gemacht. Verstand ein Mann wie Hans Stahl eigentlich die ungeheuerliche Ironie, die darin lag?

Natürlich war es am Anfang grauenhaft gewesen. Keine der fünfzehn Frauen dürfte den ersten Tag im Sonderbau jemals vergessen haben. Fast hundert Besucher suchten sie heim, die meisten mit grünem oder schwarzem Winkel, also Kriminelle und »Asoziale«, viele von ihnen erbärmliche Gestalten, die sich daran erregten, dass endlich auch sie jemanden missbrauchen konnten, so, wie sie selbst missbraucht wurden. Juden durften selbstverständlich nicht ins Bordell und die Politischen, die mit dem roten Winkel, zierten sich. Ein Bordellbesuch war im Übrigen ein Privileg, das sich nicht jeder leisten konnte, man brauchte Prämienscheine, und die gab es nur für Geld oder gute Beziehungen.

An einen Kunden erinnerte sie sich besonders gut, ein bulliger Kerl mit eingeschlagener Nase, ein »Reichsdeutscher« aus Wien, ein Verbrecher mit grünem Winkel, der im Krematorium-Kommando arbeitete. Frisch gewaschen und rosig glänzend wie ein Ferkel stand er in der Tür und ließ grinsend die Hosen fallen.

Dann lag er auf ihr. »Du Schlampe«, flüsterte er ihr ins Ohr, während er sich an ihr zu schaffen machte. »Du Hure! Du Nutte!«, immer wieder. Er brauchte nur die Hälfte der ihm zustehenden 20 Minuten für seine Turnübungen. Kurz vor dem Ende nahm er ihren Kopf in beide Hände, zog seine breiten Lippen wie einen Hühnerhintern zusammen und ließ einen riesigen Batzen gelber Spucke auf ihr Gesicht fallen. Als er fort war, ließ sie sich vom Bett gleiten, kniete sich neben den grauen Bettvorleger und übergab sich. Der SS-Mann kam herein und ging sofort wieder raus. Sie hörte ihn draußen »Sofort aufwischen!« schreien.

Man lernte in diesen Tagen schnell dazu. Beim nächsten Besuch des Reichsdeutschen gelang es ihr, das Gesicht zur Seite zu drehen.

»Das machst du nicht noch einmal!« Seine spatenbreite Hand schlug ihr ins Gesicht, dann versuchte er, sie zu würgen. Diesmal war die SS-Wache draußen vor der Tür auf ihrer Seite. Der Bulle wurde mit einem Peitschenhieb hinausbefördert, man duldete keine Beschädigung des lebenden Mobiliars.

»Helene.« Hans flüsterte fast. »Verlier dich nicht in deinen Erinnerungen. Es ist vorbei. Du hast das Allerschlimmste durchlitten …«

Sie hob den Kopf. »Nein, Hans«, sagte sie fest. »Komm mir nicht so. Es war ein gutes Leben, wenn man an die

Alternative denkt. Nur in den ersten Wochen war es richtig übel, danach nahm die Besucherzahl rapide ab. Buchenwald war nicht gerade erhebend für die Manneskraft. Auch die Häftlinge mit den größten Privilegien, die in der Metzgerei, in der Küche, beim Friseur oder im Krankenbau arbeiteten, konnten nicht immer so, wie sie wollten. Und die Genossen von der Lagerleitung, die uns erst verachteten, hatten bald begriffen, dass wir Frauen im Sonderbau ihr Schicksal teilten, dass beide Seiten Opfer eines makabren Systems waren – und dass man um des Überlebens willen alles Mögliche tat. Die einen arbeiteten mit der SS zusammen, die anderen prostituierten sich, wo liegt da der Unterschied?«

Hans Stahl war aufgestanden und begann, die Hände in die Hosentaschen gesteckt, auf und ab zu gehen. Es gefiel ihm nicht, was sie sagte. Natürlich nicht. Aber sollte sie nicht alles berichten, rückhaltlos, auch wenn es schmerzte?

»Viele, die zu uns kamen, wollten einfach nur reden, eine Frau sehen, die Seidenstrümpfe trug und gut roch und die an das warme, weiche, duftende unerreichbare Leben erinnerte, das man verloren hatte. Wir steckten alle gemeinsam in der Scheiße und versuchten, das Beste draus zu machen. Nicht mehr und nicht weniger.«

Stahl blieb stehen. »Es gibt einen erheblichen Unterschied zwischen dir und den Genossen von der Lagerleitung, das weißt du. Und du weißt auch, warum man den Genossen später den Prozess gemacht hat, oder?«

Ja, weil Ulbricht allen misstraute, die die Nazizeit nicht in Moskau verbracht haben, dachte sie, aber sie wagte nicht, es zu sagen.

»Die SS hat nicht nur den Bau, sondern auch die Verwaltung ihrer Lager den Häftlingen überlassen, das war kostensparend und praktikabel. Dass sich in Buchenwald die politischen Häftlinge gegen die Gewaltherrschaft der Kriminellen durchgesetzt haben, dass wir rote Kapos hatten statt Verbrecher, war richtig, dadurch ging es allen besser. Aber die Genossen haben sich von ihrer Macht korrumpieren lassen.«

»Das lag in der Natur des Systems, Hans, oder? Wo Schmutz herrscht, behält niemand saubere Hände.«

»Glaubst du nicht, dass man von Kommunisten besondere Anstrengungen verlangen kann, sich dem System zu widersetzen? Die führenden Köpfe der Lagerleitung waren Genossen. Sie haben sich auf Kosten der anderen Häftlinge bereichert. Das ist eines Kommunisten unwürdig.«

Helene kannte diese Vorwürfe und in gewisser Hinsicht stimmten sie. Ja, die roten Kapos hatten ein Leben geführt, das man mit den Konzentrationslagern der Nazis nicht in Verbindung brachte. Die grausamsten Verbrechen wurden anderen angetan, den Juden, Zigeunern, Asozialen, aber nicht ihnen, den Politischen. Die Genossen hatten Buchenwald sogar »Sana« getauft – Sanatorium. Sie hatten Macht, weil sie gebraucht wurden, denn ohne sie wäre die SS mit der Lagerführung überfordert gewesen. Eine Hand wäscht die andere.

Stahl stand unter dem Porträt von Wilhelm Pieck, als wollte er sich mit ihm messen. »Einer der Lagerältesten ließ sich in der Häftlingsschneiderei Maßanzüge anfertigen. Die Pakete vom Roten Kreuz, die für alle Häftlinge gedacht waren, wurden überwiegend unter den Genossen verteilt. Und mit dieser Beute wiederum schmeichelte sich manch einer bei den Prostituierten im Sonderbau ein. So war es doch, oder?«

Ja, so war es. Auch. Aber nicht nur.

»Ohne die Genossen säße ich heute nicht hier, Hans«, sagte sie leise. Dennoch schien ihre Stimme ihn zu erreichen, sein Körper entspannte sich und er setzte sich wieder zu ihr an den Tisch.

»Sie kamen alle zu uns, erst unter allerlei Vorwänden, es war ja verpönt, ins Bordell zu gehen. Aber zu mir kamen sie bald ganz offiziell, zu konspirativen Zwecken. Bei mir in Zimmer 11 konnte man Kassiber hinterlassen oder abholen, durch meine Hände ging alles, was nicht den üblichen Weg gehen durfte. Die Genossen haben mich zu einer der ihren gemacht, verstehst du? Ich habe mich mit einem Mal aufgehoben gefühlt, und das werde ich ihnen nie vergessen.« Auch wenn sich einige der Genossen nach 1945 nicht mehr daran erinnern wollten. »Sie haben sich schuldig gemacht, gewiss. Nur ...«

War da ein Funken von Verständnis im Blick von Hans Stahl? Sie war sich nicht sicher. Sie wusste nicht genug über ihn, nur, dass er das dreckige Dutzend Jahre während der Nazizeit nicht in Moskau überdauert hatte. Ob er begreifen würde, dass keine Schuld der anderen ihr die Scham nehmen konnte?

Die Scham der Überlebenden. Sie ließ sie nachts aufwachen, schweißüberströmt, mit rasendem Herzschlag, mit Fragen, die sie nicht beantworten konnte. Warum hatte sie nicht den Anstand gehabt, sich zu verweigern und mit den anderen in den Tod zu gehen? Buchenwald war, was das betraf, voller Möglichkeiten gewesen: Man konnte erschlagen, erhängt, erschossen oder bei medizinischen Experimenten abgespritzt werden. Man konnte verhungern, langsam wahnsinnig werden, verdämmern in den schmutzstarrenden Verschlägen, in denen all jene eingepfercht vegetierten, die niemals die Chance erhielten, sich korrumpieren zu lassen. Aber sie hatte leben wollen. Wie jeder Mensch.

»Nein, es war nicht alles schlimm«, sagte sie mit wieder fester Stimme. »Da waren die Männer, die man trösten musste, weil sie nicht mehr konnten. Dann waren da welche, die noch nie Sex hatten und es wenigstens einmal erlebt haben wollten – weil man das Lager ja womöglich nicht mehr lebend verließ. Manche wollten einfach nur bei einer Frau sein, sie ansehen, bewundern, höchstens mal anfassen. Dann gab es welche, die schon noch konnten, aber nicht in der ihnen zugebilligten Zeit zum Ziel kamen. Die wurden von der Wache bei heruntergelassener Hose am Schlafittchen gepackt und aus dem Zimmer gezerrt.«

Helene sah mit Genugtuung, dass Hans unruhig wurde. Nein, das wollte keiner der Herren gerne hören. Dass es nicht nur schäbig und erniedrigend und widerlich war, sondern zum Schreien komisch und zum Heulen todtraurig.

»Die SS gab es schließlich auch noch. Da waren die Voyeure, die mussten immer durchs Guckloch linsen, ob wir es auch richtig machten – wir durften ja nur Missionarsstellung –, die konnte man leicht austricksen. Und dann gab es die Schamhaften, die noch über ein bisschen Anstand verfügten, die verhielten sich ganz diskret, die waren uns natürlich am liebsten. Und dann gab es welche, bei denen musste man die Seelentrösterin geben. Da konnte es dann passieren, dass es ihnen am nächsten Tag peinlich war, weil sie sich bei unsereins ausgeheult haben, das passte nicht zum nationalsozialistischen Männerbild. So jemand konnte unangenehm werden.«

Einer hatte sich hinterher über sie beschwert, sie hätte sich ihm unzüchtig genähert. Aber das hatte keine Konsequenzen gehabt, dafür hatte der Lagerälteste gesorgt.

Hans Stahl verzog keine Miene und lehnte sich zurück in seinen Sessel. »Du bist dann – Kassiererin geworden.«

»Ich war zum Schluss die Puffmutter, Hans, sprich es ruhig aus. Irgendeiner musste ja die Abrechnungen machen. Also habe ich das übernommen. Aber ich schäme mich nicht, ich war eine gute Puffmutter.«

»Helene ...«

»Sie haben mir 5 Pfennig pro Kunde auf mein Lagerkonto gutgeschrieben. Dafür habe ich meinen Kameradinnen die tollwütigen SS-Weiber erspart, die das Abrechnen vorher übernommen hatten und nicht kapieren wollten, dass wir ein kostbares Gut waren und geschont werden mussten.«

Ja, es gab Übleres als die Arbeit im Häftlingsbordell in Buchenwald. Und was wehtat, war nicht der Verlust der Ehre. Die war schon lange futsch. Was sich tief bis in die Knochen einfräste, war das Gefühl, von seinem eigenen Körper getrennt zu sein. Der Körper wurde gut versorgt und für seine Aufgaben in Schuss gehalten.

Aber ich, dachte Helene, ich schaute ihm zu, dem wohlgenährten Dienstleistungsfleisch bei seinen Verrichtungen, und wunderte mich, dass es auch mich noch gab.

»Und natürlich gab es Unrecht, auch auf unserer Seite. Damit die Genossen möglichst oft und unerkannt zu mir ins Bordell kommen konnten, borgten sie sich von anderen den Namen, vor allem von einem dummen Spanier, der sich dafür bezahlen ließ. Doch als der arme Kerl geschwätzig zu werden drohte, haben sie ihn auf die Transportliste nach Dora gesetzt. Wenigstens hat eine mitleidige Seele ›Registratur‹ auf die Liste geschrieben, deshalb musste er nicht in eins der Arbeitskommandos, was er nicht überlebt hätte, sondern durfte auf die Schreibstube.«

Stahl beugte sich vor und reichte ihr die Zigarette, die er bereits für sie angezündet hatte. Sie nahm einen gierigen Zug, während er sie musterte wie ein Forschungsreisender eine fremde Rasse.

»Helene, ich bewundere deine Loyalität. Wir wissen doch alle, was so perfide war am SS-System: Es sorgte dafür, dass es die Häftling waren, die sich gegenseitig drangsalierten. Und natürlich ging es allen ums schlichte Überleben, das ist moralisch nicht verwerflich. Aber was du da eben geschildert hast, ist eines Genossen unwürdig. Die roten Kapos haben ihre Macht missbraucht. Erinnere dich an den Fall Mirko.«

Mirko. Der Schmerz schoss ihr in die Finger ihrer linken Hand, die sie unwillkürlich zur Faust geballt hatte. Woher wusste Hans von Mirko? Danach hatte bislang noch niemand gefragt. Mirko war ein schmächtiger Kerl mit treuen braunen Hundeaugen gewesen, ein junger Tscheche, der noch gar kein richtiges Leben gehabt hatte. Er war schon 1939 im Alter von 17 Jahren nach Buchenwald gekommen, ein Veteran also. Ihm hatten seine Kameraden in der Metzgerei Prämienscheine geschenkt, damit er endlich erlebte, wie es war, bei einer Frau zu sein.

Albert hatte sie darum gebeten, sich seiner anzunehmen. Albert war einer derjenigen, denen es völlig genügte, bei ihr zu sein und sie anzuschauen. Nur ihre Füße, die musste er berühren, streicheln, anbeten, völlig verzückt. »Sei ein bisschen nett zu Mirko. Was, wenn er die Scheiße hier nicht überlebt? Wovon soll er im Paradies träumen?«

Also hatte sie versucht, Mirko ein paar Träume mitzugeben. Er brauchte drei Besuche, bis er sich traute, sie anzufassen. Nie würde sie sein Gesicht vergessen, nach dem ersten Mal. Staunend, wie ein Kind, das in den Vollmond schaut.

Sie drückte die Zigarette in einem großen Glasaschenbecher aus, heftiger als nötig. »Ich mochte ihn, er tat mir leid, er hatte ja kaum etwas anderes erlebt als das Lager, er kannte nur Unfreiheit und Gleichgültigkeit. Ja, man stumpft ab, alle waren abgestumpft, aber die Älteren hatten noch ein Korrektiv, konnten sich erinnern an Werte und Normen, Anstand und Respekt. Mirko wusste nur, was er im Lager gelernt hatte: dass Juden und Zigeuner Untermenschen sind, Gesindel eben, bei dem man gleichmütig mit den Schultern zuckt, wenn es zur Strecke gebracht wird, kaputtgeht oder auf dem Rost liegt. Ich wollte ihm zeigen, dass es auch noch anderes gibt auf der Welt. Aber ...«

Sie stockte, griff nach der Tasse mit dem kalten Tee. Stahl nahm sie ihr aus der Hand und reichte ihr den Cognacschwenker. Sie nahm einen Schluck, obwohl sie das Glas am liebsten in einem Zug geleert hätte.

»Er hat mir erzählt, wie die Welt außerhalb des Sonderbaus aussah. Kannst du dir vorstellen, dass ich nichts davon wusste, was ein paar Meter weiter geschah?«

Zweifelte er etwa daran? Helene breitete die Hände aus auf dem Tisch, zeichnete ein Bild des Lagers, wie sie es in Erinnerung hatte. »Hier war der Häftlingskrankenbau, links. Rechts davon das Gebäude mit dem Kino, davor unser Sonderbau. Wenn wir hinausdurften, dann auf eine Wiese, die Richtung Wirtschaftshof ging. Was ein paar Meter weiter hinter dem Stacheldraht passierte, konnten wir nicht sehen.«

Verstand er? Glaubte er ihr? Manchmal wusste sie selbst nicht mehr, ob sie ihrer Erinnerung trauen durfte.

»Sie nannten es das ›Kleine Lager‹, in das die Neuzugänge gesteckt wurden, 20, 30 niedrige Holzverschläge, ehemalige Pferdeställe, darin Strohsäcke auf Holzlatten. In der Mitte des Lagers offene Kloaken. Sie müssen wie die Fliegen dort gestorben sein, Juden und Polen. Eines Nachts ist ein entkräfteter Häftling in die Kloake gestürzt und darin umgekommen. Und das erzählt mir Mirko lächelnd und sagt: ›Dann ersaufen sie eben in ihrer eigenen Scheiße, ist doch egal, wie man stirbt.‹« Sie schloss die Augen. »So war Mirko.«

Stahl sagte noch immer nichts. Sie stellte sich vor, dass

er ihr Arzt wäre, ihr Seelendoktor, dass ihr Sessel die Couch des Dr. Freud wäre, und beschloss, die Augen nicht mehr zu öffnen. Das machte das Sprechen leichter.

»Das war noch nicht das Schlimmste. Bei seinem letzten Besuch bringt er mir etwas mit, einen goldenen Armreif, ein wunderschönes Stück, die eingravierten Ornamente sehen nach Wiener Jugendstil aus. ›Woher hast du das?‹, frag ich ihn. Er muss es gestohlen haben, das wird entsetzlichen Ärger geben. ›Gefunden!‹, sagt er, frech wie Graf Rotz.«

Nie würde sie das strahlende Lächeln in seinem Jungensgesicht vergessen.

»Und wo, frag ich. In einem Mantel, sagt er. In was für einem Mantel? Wenn du einen SS-Mann beklaut hast, sind wir beide tot. Und was sagt er? Ach, in so einem Lumpen. Du weißt schon. Von dem ganzen jüdischen Drecksgesindel, den Asozialen und Zigeunern.«

Sie schluckte, die Augen noch immer geschlossen. Sie wollte nicht in Hans' Augen blicken, wollte nicht sehen, was er dachte und wie er urteilte.

»Er wusste nicht, was er tat. Die Genossen von der Arbeitsstatistik hatten ihm die Aufgabe zugewiesen, die Kleider der in Auschwitz Ermordeten zu filzen, Berge davon waren nach Buchenwald geschickt worden. Er musste Nähte und Säume aufschneiden, dort hatten die Deportierten Geld und Schmuck und andere Wertsachen versteckt. Von einem Teil dieses Geldes bezahlte er seine Bordellbesuche. Seine Besuche bei mir.«

Nein, Mirko wusste nicht, was er tat, die Gewalt war ihm längst unter die Haut gekrochen. So hatte sie ihn damals bei sich verteidigt. Doch durch ihn hatte sie gelernt, wie grausam die Unschuldigen sein können.

»Mirko«, sagte sie leise, »war eins mit dem System geworden«, war in die Haut der Menschenverächter geschlüpft und er wusste es noch nicht einmal. Er fühlte es nicht.« Ihre Augen brannten, ihre Hand suchte Halt, fand die warme Hand von Hans Stahl.

»Helene!«

Sie hob den Kopf und öffnete die müden Augen.

»Du darfst keine Schuldgefühle haben. Du hast ihn nicht auf dem Gewissen.«

»Doch«, sagte sie tonlos. »Ich habe einen der Genossen gefragt, ob es korrekt ist, wenn Mirko die Habe der Toten und Ermordeten nach Verwertbarem durchsucht. Ich hatte nicht begriffen, dass Mirko nur tat, was die Lagerleitung in Auftrag gegeben hatte, der größte Teil von Mirkos Beute wanderte schließlich in deren Kriegskasse. Und nun hatte ich ihnen verraten, dass Mirko den Mund nicht halten konnte! Ich habe ihn nicht wiedergesehen, wahrscheinlich haben sie ihn nach Dora geschickt, da starben sie wie die Fliegen.«

Hans räusperte sich. »Nein, Helene, die Genossen sind auf Nummer sicher gegangen, sie haben Mirko auf die Liste für den Krankenbau gesetzt, dort, wo man die Häftlinge mit Fleckfieber infizierte. Er wurde abgespritzt.«

Sie musste einen Laut von sich gegeben haben, denn wieder nahm er ihre Hand.

»Es war nicht deine Entscheidung. Es war nicht deine Schuld.«

Sie hielt ihm ihr leeres Glas hin. Es war ein guter Cognac, den Hans Stahl ausschenkte, weit besser als der Klare aus dem Konsum.

Stahl schenkte ihr ein, hob sein Glas und trank ihr zu. »Hör zu. Wer auch immer danach fragt: Die Verräter saßen in der Lagerleitung. Du kannst sie nicht mehr retten, also verteidige sie auch nicht. Du warst das Opfer, nicht sie. Vergiss das nie.«

Sie ließ den Cognac im Glas kreisen, lehnte sich in die

weichen Polster des Sessels und ließ die Müdigkeit zu, die in ihre Beine und Arme kroch. Es war vorbei. Das Schlimmste war überstanden. Und es stimmte, was man sagte: Es hilft, sich die Dinge von der Seele zu reden. Und dennoch …

Sie setzte sich auf. »Warum willst du das alles wissen, Hans?«

»Ich kann dich nur schützen, wenn ich die Schwachstellen in deiner Biografie kenne, Helene. Und wir sind noch nicht am Ende.«

»Ich bin müde. Ich bin betrunken. Ich kann nicht mehr.« Sie fühlte sich wie ein Kind, das nicht mehr laufen konnte und auf den Arm genommen werden wollte.

Aber Stahl schüttelte den Kopf. »Was antwortest du, wenn jemand behauptet, du seist von der SS auf unsere Genossen angesetzt worden, um sie auszuhorchen?« Seine Stimme war wieder härter, fordernder geworden.

Helene starrte ihn an. Ja, das war ein Gerücht, das einige der Genossen damals verbreiteten. Sie hatte das sogar verstanden. Warum sollte Heinrich Himmler ausgerechnet denen Sexsklavinnen zur Verfügung stellen, die er ins Lager gesteckt hatte? Damit sie noch ein bisschen härter arbeiteten? Hier Brutalität, dort Vergünstigungen? Das war beim besten Willen nicht zu verstehen. Die einzige Erklärung: Es musste eine Falle sein.

»Alle Frauen im Sonderbau wurden damals verdächtigt, aber die Genossen haben sich schon bald davon überzeugen können, dass das Gerücht nicht der Wahrheit entsprach«, sagte sie steif.

Stahl seufzte. »So einfach ist das alles nicht«, murmelte er. »Man könnte sich auch fragen, warum 1941 ausgerechnet ein SS-Obersturmbannführer dafür gesorgt hat, dass du als Asoziale nach Ravensbrück geschickt wurdest und man dich nicht als Jüdin oder Defätistin umgebracht hat.

Auch das spricht für den Verdacht, dass du ein Spitzel warst.«

Das Adrenalin, das durch ihren Körper schoss, sorgte dafür, dass sie schlagartig nüchtern wurde. »Otto Werner. Der Fotograf. Mein Chef damals in Stendal. Er hatte gute Kontakte. Er wird versucht haben, mich zu schützen.«

Stahl sah ihr lange in die Augen. Dann nickte er. »Es gibt viele Menschen, die dich schützen wollen, Helene. Ich gehöre dazu.«

Wieder senkte Helene die Lider. Ja, sie war beschützt worden und sie sollte dankbar sein dafür. Ein Schotte hatte sie vor den wild gewordenen Männern in Francos Truppen gerettet. Ein deutscher Diplomat in Hitlers Diensten hatte sie aus Spanien herausgeholt. Ein Fotograf in Stendal mit guten Kontakten zur Gestapo hatte ihr die Todesstrafe erspart. Und hatte ihr nicht auch Heinrich Himmler beim Überleben geholfen, als er auf die hübsche Idee kam, seinen ausgehungerten Zwangsarbeitern Frauenfleisch zu Verfügung zu stellen – als »Antriebsmittel für höhere Leistungen«?

Das alles hatte seinen Preis gehabt, gewiss, sie hatte Schutzgeld bezahlt. Und nun wollte Hans Stahl sie schützen. Warum? Was würde sie dafür zahlen müssen?

»Helene!« Seine Stimme drängte. »Wir brauchen Menschen wie dich. Menschen, die nicht jede Parole bewusstlos nachplappern, die von oben ausgegeben wird. Die DDR ist von Feinden umgeben, wir müssen klug und umsichtig kämpfen. Für den Frieden und unsere Menschen. Ich möchte, dass du mit uns kämpfst, an vorderster Front. Und deshalb …«

Mühsam hob sie die schweren Lider. In seinen Augen funkelte es so bernsteingold wie in seinem Cognac-Glas. »Bei der entscheidenden Schwachstelle sind wir noch nicht angelangt.«

Die entscheidende Schwachstelle bin ich, wollte Helene sagen. Ich bin müde. Ich möchte mich betrinken. Ich will schlafen.

»Die entscheidende Schwachstelle in deiner Biografie ist deine Tochter.«

Clara. Der einzige Mensch auf der Welt, den sie liebte. Alards Kind. Das Einzige, was sie auf immer mit ihm verband. Helene war in Sekundenschnelle hellwach. So war das also, sie wollten sie mit Clara erpressen.

»Finger weg von meinem Kind, Hans«, sagte sie leise.

Stahl ließ sich nicht aus der Ruhe bringen. »Alle Frauen, die ins Häftlingsbordell kamen, wurden vorher sterilisiert. Clara ist, wie du angegeben hast, im Dezember 1944 geboren worden. Sie kann nicht dein Kind sein, Helene. Jedenfalls nicht dann, wenn deine Geschichte stimmt.«

Sie spürte, wie ihre Knie zu zittern begannen vor hilfloser Wut. Clara wusste nicht, dass sie einmal Emma geheißen hatte. Sie wusste nichts von der Nacht, in der die polnische Bande Mondsee überfiel und diejenige, die sie heute für ihre Mutter hielt, mit ihr in Todesangst geflohen war. Das sollte, das musste so bleiben.

»Daran müssen wir arbeiten. Deine Legende muss stimmen, was immer auch passieren mag.« Hans Stahl stand auf und ging unruhig hin und her.

Sie brachte noch immer kein Wort heraus. Der Luftzug, der durchs Haus strich, schien kühler geworden zu sein, ihr fröstelte. Eine Mutter war immer mit ihrem Kind zu erpressen, auch, wenn sie nicht die biologische Mutter war. Nach 13 Jahren machte das keinen Unterschied mehr. Clara war ihre Tochter, Clara mit den dunklen Augen und den schmalen Händen, Clara mit ihren Launen und ihrem Lachen. Ein Kind, ihr Kind, das ihr vertraute. Noch.

Der Raum war dunkel geworden, das Bild Wilhelm

Piecks schrumpfte zu einem grauweißen Fleck an der Wand, und in der Luft hing der Duft nach Cognac. Sie fühlte sich immer schwerer werden, sie sank durch das weiche Polster des Sessels hindurch auf den Boden, in den Boden, immer tiefer.

»Helene!« Hans Stahls Hände hielten sie, zogen sie hoch. Sie lehnte sich hilfesuchend an ihn und begann vor lauter Müdigkeit zu schluchzen. »Nicht weinen«, flüsterte er. Seine Hände waren kühl und tröstend. »Alles wird gut.«

Er führte sie wie eine Fieberkranke die Treppe hoch in den ersten Stock, in ein Schlafzimmer, in ein ungemachtes Bett, das nach Rasierwasser roch. Es wurde die erste Nacht, die sie miteinander verbrachten. Nicht aus Liebe, warum auch. Liebe hat keinen Platz im Klassenkampf.

Kurz hatte sie an Clara gedacht. Aber Clara übernachtete bei Irmgard, der Nachbarin zwei Häuser weiter. Clara war in Sicherheit.

III

Mittags wurde Clara in der Schule versorgt, es gab dort täglich Suppe oder Nudeln und seit Neuestem sogar einen Viertelliter Milch, alles für 35 Pfennig, also durchaus bezahlbar. Die Nachmittage verbrachte sie bei den Pionieren, das Kind war begeistert bei der Sache. Helene war es manchmal unheimlich, wenn Clara die neuesten Parolen herunterspulte wie ein altgedienter Tschekist. Da sie oft abends nicht nach Hause kam, übernachtete Clara immer häufiger bei Irmgard. Irmgard war in die SED-Kreisleitung gewählt worden, sie wusste stets Rat und auf alles eine Antwort, »ich bin halt eine Linientreue«, sagte sie und lachte dabei, aber das war kein Scherz. Irmgard war durch und durch loyal und genoss einen untadeligen Ruf. Bei ihr war Clara gut aufgehoben.

Denn Helene musste beweglich sein. Die Ausbildung zur Kundschafterin des Friedens war keine Sache von ein paar Wochen, Spionage war ein anstrengendes und anspruchsvolles Geschäft. Ihre dilettantischen Versuche damals bei Photo-Werner zählten nicht, denn selbst das Fotografieren musste sie neu lernen. Jeden Tag traf sie in einer konspirativen Wohnung Spezialisten des MfS. Insbesondere die raffinierten Spezialanfertigungen faszinierten sie: Abrollkameras waren als Zigarettenetui getarnt, ein gute Idee. Sie rauchte seit einiger Zeit mehr, als gut für sie war. Mikratkameras waren kaum größer als Walnüsse, man konnte sie in Schmuckstücken verstecken oder in den Aufschlag eines Jackenärmels einarbeiten. Der Umgang mit Funkgeräten war ihr geläufig und sie war erfinderisch, was den Einsatz von Transportcontainern zur Materialübermittlung betraf, die man eng am oder im Körper verbergen musste. Frauen hatten hier die weit besseren Möglichkeiten als Männer. Haarspraydosen erwiesen sich als ein besonders brauchbares Versteck.

Ihre ersten Ermittlungseinsätze führten nach Westberlin. Dafür erhielt sie einen falschen Pass und eine Westfrisur und erlebte den ersten größeren Konflikt mit Clara.

»Ich mag das nicht, wie du aussiehst.«

»Wie seh ich denn aus?«

»Wie diese Frauen in den Zeitschriften.«

»Aber das ist doch nichts Schlimmes? Hast du bei Irmgard ›Die Frau von heute‹ gelesen?«

Sie erhielt ein lang gezogenes, schlecht gelauntes Nein als Antwort.

»Also was ist los? Gefällt dir meine neue Frisur nicht?«

Hans Stahl hatte ihr zu einem radikal neuen Haarschnitt geraten. »Auch wenn ich deine prächtige rote

Mähne vermissen werde.« Doch der Friseur, zu dem sie auf Empfehlung von Stahls Sekretärin gegangen war, hatte sich geweigert und eine andere Lösung vorgeschlagen, eine Frisur, die er »Bienenkorb« nannte: Er teilte eine Haarpartie am Oberkopf ab, fasste die restlichen Haare zu einem hoch angesetzten Zopf zusammen, steckte ihn fest und toupierte das andere Haar darüber. Als er ihr im Spiegel das Kunstwerk zeigte, murmelte er: »Sie sind so schön wie Nofretete.«

Etwas Ähnliches, nicht ganz so Kultiviertes sagte später Hans Stahl. Jedenfalls sah sie jetzt wie eine Frau aus dem Westen aus, kein Wunder, dass ihrer linientreuen Tochter das nicht gefiel.

»Ich mag dich so nicht.« Clara sprach in diesem näselnden Tonfall, den Helene nicht ausstehen konnte. Woher hatte sie den nur? Aus der Schule? »Und du riechst nicht gut.«

»Liebes, das ist bloß das Haarspray.«

»Du riechst nach Zigarettenrauch!«

»Ach, jetzt sei nicht so. Wo hast du denn Bilder von meiner Frisur gesehen?«

Clara blieb bockig. Helene dämmerte, dass ihr Kind bei irgendjemandem in der Westausgabe von »Die Frau von heute« geblättert haben musste und nicht in der gleichnamigen Ostausgabe. Das würde Ärger geben, wenn es sich bei den Pionieren herumsprach. Sie drang nicht weiter in Clara, die sicher wusste, dass sie etwas getan hatte, was nicht dem richtigen Geist entsprach.

Nicht auszudenken, was das Kind sagen würde, wenn es seine Mutter zu sehen bekäme, wie sie an einem sonnigen Spätsommertag aus dem Kaufhaus des Westens trat. Helene hatte den Auftrag erhalten, sich in Westberlin mit Westkleidung einzudecken und sich in einer der Kabinen im KaDeWe umzuziehen, bevor sie Kontakt mit einem

Westdeutschen aufnahm. Gegen solche Aufträge hatte sie sich lange gesträubt. Westberlin überwältigte sie mit seinen vielen Menschen, mit den teuren Autos und den Läden, in denen man alles kaufen konnte. Das KaDeWe war der schlimmste Angriff auf ihre Sinne: die Menschenmassen auf den Rolltreppen und der Lichthof und die helle Beleuchtung und vor allem diese unvorstellbare Fülle an Waren.

Und erst die Mode! Die Kittelschürzen aus Dederon und die praktischen Röcke aus Grisuten konnten nicht mithalten mit den Stoffen aus dem Westen, und erst recht nicht mit der Eleganz der Schnitte. Und dann die Preise! Natürlich musste sie das alles nicht selbst bezahlen, aber auch das gab ihr ein schlechtes Gefühl. Sie kam sich ausgehalten vor.

Die elegant gekleidete Frau in Seidenstrümpfen und Pumps aus Boxcalfleder, die sie im Spiegel erblickte, war ihr fremd – das war nicht sie. Doch sie gefiel sich darin, das war nicht zu leugnen. »Du bist zwar schon über vierzig, aber wenn du dir ein bisschen Mühe gibst, machst du ganz schön was her«, flüsterte sie ihrem Spiegelbild zu. In einem Kostüm mit engem Rock und taillierter Jacke war ihre schmale Figur von Vorteil und das dunkle Grün der Jacke ließ ihr rotes Haar und ihre weiße Haut schimmern.

Und darin sollte sie nun den Lockvogel spielen für Männer, die bereit waren, im Dienste des Friedens und der Völkerfreundschaft Informationen zu liefern? Das hatte zum Streit mit Hans Stahl geführt.

»Soll ich jetzt der Stasi dienen, wie ich in Buchenwald der SS gedient habe?«, hatte sie ihn angefaucht, als er ihr die neue Rolle zu erklären versuchte. Ihr war völlig klar, dass ihr Körper die teuren Kleider nur tragen durfte, weil er gebraucht wurde.

»Aber Helene! Aufklärung ist die Kunst der Verführung. Du musst nicht mit ihnen ins Bett gehen. Du musst ihnen nur vermitteln, dass sie wollen, was sie tun werden, weil es das Richtige ist: Deutsche helfen Deutschen. Wir alle wollen Frieden.«

Sie war ganz und gar nicht überzeugt und tröstete sich damit, dass sie das alles nur für Clara tat. Doch es war nicht ohne Charme, dass sie dank ihrer Einkäufe im Westen nicht mehr so oft in der Hoffnung auf Mangelware Schlange stehen musste und das Essen mit Maggi statt mit Bino-Brühwürfeln würzen konnte.

Margo

I

Osnabrück – Sie wickelte sich den guten alten Wollmantel
fester um den Körper, bevor sie aus dem geheizten Bürogebäude hinaus in die Dunkelheit trat. Die Kälte drang durch
die Sohlen ihrer Pumps und kroch unter dem dünnen Rock
ihre Beine hoch. Fröstelnd überquerte sie den Parkplatz,
noch ganz in Gedanken bei dem Problem, das sie seit Tagen beschäftigte und das sie endlich lösen wollte. Plötzlich
flammten ein paar Meter vor ihr zwei Lichtkegel auf und
blendeten sie. Irgendein Angeber wollte sich wohl einen
Spaß mit ihr erlauben. Sie warf den Kopf hoch, blickte verächtlich in das Scheinwerferlicht und ging weiter. Doch als
sie sich nach einer Weile umdrehte, rollte der Wagen hinter
ihr her, fast geräuschlos war er ihr gefolgt. Der konnte was
erleben. Sie blieb stehen und stemmte die Arme in die Seiten.

Das Auto hielt an. Das Licht erlosch. Im schwachen
Licht der Straßenlaterne erblickte Margo ein Phantom.
Zwei runde Scheinwerferaugen flankierten eine lang gezogene flache Schnauze. Wo war der Kühlergrill? Während sie das Phantom noch bestaunte, senkte sich das
abfallende Heck des Wagens, langsam, bis die Karosserie fast die Hinterreifen bedeckte. Ein Gefährt wie eine
sprungbereite Katze.

Die Fahrertür des cremeweißen Wunders öffnete sich.
»Was sagen Sie zu meiner Göttin, Margo?« Jon Bajohr
stieg aus und lehnte sich an sein neues Auto. Nicht zum
ersten Mal fiel Margo auf, wie gut ihr Chef aussah, der
lange Schlaks mit den warmen braunen Augen unter dem
blonden Schopf, den er nicht, wie Henri, mit Briskpomade zur Ordnung rief.

»Sie haben mich vielleicht erschreckt.« Margo spielte die Strenge. »War das Absicht?«

Jon Bajohr lachte. »Ganz und gar nicht, ich wollte Sie überraschen. Steigen Sie ein, ich bringe Sie nach Hause, es ist viel zu kalt und viel zu dunkel für eine einsame Fußgängerin. Außerdem haben Sie heute nicht das passende Schuhwerk an.«

Er hatte recht, es war wirklich ungemütlich kalt, dennoch zögerte sie, bevor sie nachgab.

Der Wagen lag tief, beim Einsteigen schob sich ihr Rock hoch. Die Polster des Sitzes umfingen sie wie eine Verheißung. Und der Geruch im Wagen nach Benzin, Zigarettenrauch und etwas ganz und gar Unbeschreiblichem war überwältigend männlich.

Bajohr betätigte die Zündung. Margo schrie leise auf, was ihr im gleichen Moment peinlich war, aber ganz kurz hatte sie das Gefühl gehabt, zu schweben. Hob sich der Boden unter ihr oder hob der Wagen ab? Am Torpfosten draußen merkte sie, dass sie deutlich höher saß als vorher.

»Hydropneumatik«, sagte Bajohr mit kindlichem Stolz, und was immer das war: Es klang aufregend neu.

Margo war leicht schwindelig, als er den Gang einlegte. Lautlos, so schien es ihr, löste sich der Wagen von der Bordsteinkante und glitt auf die Straße. Das grobe Pflaster schien die Raubkatze nicht zu interessieren, sie schwebte über dem Boden, immer noch geräuschlos, wenn man vom Seufzen absah, das ertönte, wenn Bajohr das Lenkrad betätigte, ein Rad mit lediglich einer Speiche, auch das ein neuartiges Detail.

Frisch aus Frankreich, sagte er. Scheibenbremsen. 75 PS. Hydraulische Lenkung. Halb automatische Kupplung. Sie verstand kein Wort, aber jedes einzelne klang großartig.

Als sie vor ihrem Haus in der Wiesenbachstraße angelangt waren, blieben beide sitzen, bis sich das Hinterteil des Wagens wieder gesenkt hatte. »Ich bin einer der Ersten in Deutschland, die so einen Wagen fahren, Margo. Eine Neuerfindung des Autos, sozusagen.« Jon lächelte voller Besitzerstolz. »Es ist ein nagelneuer Citroën, eine DS 19. Und wissen Sie, wem ich das verdanke?«

Seiner Frau. Die hatte bei Bajohrs das Geld, so viel wusste sie.

»All das verdanke ich Ihnen und Ihren Ideen.«

Es war nicht nur das Lob, das Margo sprachlos machte. Sie hatte in ihrem Leben alle möglichen Transportmittel erlebt, Pferdegespanne und Droschken und Kübelwagen, war in Zugabteilen und in Viehwaggons unterwegs gewesen, saß sogar einmal in einem neuen Mercedes, mit dem ein Studienfreund von Henri sie besucht hatte. Aber nichts war mit diesem Automobil vergleichbar.

»Wenn Sie mögen, hole ich Sie morgen früh ab.«

Bajohr wohnte im besseren Viertel der Stadt, im Elternhaus seiner Frau, die Wohnung der Seligers lag ganz und gar nicht auf seiner Strecke. Doch ihren halbherzigen Widerspruch wischte er beiseite.

»Mit diesem Auto ist jeder zusätzliche Kilometer ein Genuss.«

Und so wartete am nächsten Morgen vor ihrer Haustür ein cremefarbenes Auto, auch am darauffolgenden Morgen und an den Tagen danach. Fast immer stand jemand daneben, wenn sie aus der Haustür trat, und starrte das futuristische Wunderwerk an. Die Frauen skeptisch, die Männer mit jenem kritischen Blick, hinter dem sich schamvoll der Neid verbarg. Nur die Jungen zeigten ihre Neugier ohne Zurückhaltung. Oft war Jon ausgestiegen, wenn sie kam, stand an seine stets sauber polierte Göttin gelehnt und beantwortete Fragen nach Motorleistung und Spitzengeschwindigkeit.

Schon deshalb war es kaum zu vermeiden, dass man über sie zu klatschen begann. Erst recht, als der Wagen abends immer öfter mit laufendem Motor vor dem Haus stand, weil sie und Jon Bajohr sich noch so viel zu sagen hatten – über Probleme und ihre Lösung, neue Projekte, laufende Finanzen und künftige Investitionen.

Henri nahm das nicht übel. Henri war nicht eifersüchtig. Henri gab nichts auf das Gerede der Leute. Henri wartete drinnen mit dem Essen. »Hauptsache, es geht dir gut, Liebchen«, war sein Kommentar, egal worum es ging.

Sie konnte sich wirklich nicht beklagen: Auf ihren Wunsch hin kochte er mittlerweile nicht nur Königsberger Klopse oder Frikadellen mit Kartoffelbrei und Gemüse aus der Konserve, sondern servierte mageres Fleisch mit einem grünen Salat. Sie musste auf ihre Linie achten, und nicht nur sie, er auch. Beide hatten nach den Hungerjahren ihren Nachholbedarf reichlich gestillt, die Fotos vom letzten Juristenball waren richtig peinlich, man sah, dass sie ihr erst zwei Jahre altes Ballkleid fast gesprengt hätte – und Henri sah aus wie ein kleiner Spießer in seinem speckigen und viel zu engen Anzug.

Manchmal, wenn sie sich allzu sehr verspätete, schickte Henri Leonore, die munter auf die Straße gesprungen kam und ans Wagenfenster klopfte. Einige Male war ihm die Lust aufs Warten vergangen und er hatte sich um die Ecke in seine Stammkneipe begeben, dann schickte wiederum sie Leonore, um ihn nach Hause zu holen. Nie fiel ein böses Wort. »Solange dein Chef dich nicht heiraten will«, pflegte Henri zu sagen und sie voll Besitzerstolz anzulächeln.

Natürlich wollte Jon Bajohr das nicht. Ihre Beziehung war rein geschäftlicher Natur. Was sonst?

II

Es war ein verheißungsvoller Tag im Mai, sonnig und warm, als ihr Chef Margo einlud, mit ihm zusammen zu einem Kunden zu fahren, der ihren Fotoservice in sein Geschäft einbinden wollte. Karl Buddensiek besaß einen Zeitungskiosk in der Innenstadt von Peine, unweit der Zonengrenze, und wollte seinen Kunden mehr bieten als Zeitungen und Zigaretten.

Ein stämmiger Mann von etwa Mitte 30, der sein dünnes rotblondes Haar wie einen Kranz um den entwaldeten Hinterkopf trug, begrüßte sie, als ob sie die Sendboten einer befreundeten Monarchie wären, und führte sie in ein mit halb ausgeräumten Kisten zugestelltes Warenlager, das er sein Büro nannte. Immerhin fand sich neben schmutzigem Geschirr ein freies Plätzchen auf dem Tisch, auf dem Margo ihre Unterlagen ausbreiten konnte. Während die beiden Herren Zigarren rauchten – Buddensiek bot Bajohr mit großer Geste eine »Spezialität des Hauses an«, eine »Werkfleiß« aus Lobenstein –, erläuterte Margo ihr Geschäftsprinzip.

Bajohr überließ ihr gern die Gesprächsführung, sie hatte die Zahlen im Kopf und war fürs Solide zuständig, während er die noch Zögernden zu begeistern verstand. Es war allerdings nicht immer ganz einfach, ihre Gesprächspartner davon zu überzeugen, dass es nicht opportun war, sie »kleines Fräulein« zu nennen oder anzuzwinkern. Karl Buddensiek begriff etwas schneller als die anderen, daher waren sie sich bald einig. Margo gelang es gerade noch, ihre Unterlagen von der klebrigen Plastiktischdecke zu befreien, bevor der neue Geschäftspartner die Schnapsflasche hervorholte.

Damit es nicht allzu gemütlich wurde, erinnerte Margo nach der zweiten Runde an die fortgeschrittene Zeit, indem sie überdeutlich auf ihre Armbanduhr blickte. Doch Bajohr war bester Laune und lud sie beide zum Essen ein.

Buddensiek empfahl ein gutbürgerliches Restaurant »gerade nebenan«. Das Schiefe Eck nahm das Parterre eines Eckhauses ein, dessen Fassade pockennarbig von Einschüssen war. Drinnen war es etwas gemütlicher. Man servierte Rehgulasch mit Preiselbeeren und Klößen und die Männer stießen mit Bier und Schnaps auf ihre neue Freundschaft an. Margo hielt sich zurück. Sie mochte nicht wie Henri riechen, der schon mittags den Schnaps mit Bier verdünnte. Hübscher machte ihn das nicht, und seit ihm der Hosenbund unter den Bauch gerutscht war, nannte sie ihn »Dickerchen«.

Buddensiek zeigte sich eifrig interessiert an den Plänen der Firma – »wir investieren in die Zukunft«, prahlte Bajohr, der sich nach ein paar Glas Bier besonders gern reden hörte und auch jetzt enthusiastisch Auskunft gab. Ein Blick in Margos Gesicht hätte ihm verraten können, dass sie das ganz und gar nicht angebracht fand. Man redete nicht über ungelegte Eier. Sie schlüpfte aus ihrem Schuh und streckte unter dem Tisch den Fuß nach ihm aus. Ein Stups ans Schienbein war das verabredete Signal, das bremste seinen Redefluss, auch jetzt, obwohl er sie nun wie ein zu Unrecht bestrafter Schulbub ansah.

»Betriebsgeheimnisse darf ich dir natürlich nicht verraten, Karl!«, murmelte er.

In der Tat nicht. Doch es gab Grund zur Annahme, dass der neue Geschäftsfreund ihm schon längst nicht mehr folgen konnte. Das runde Gesicht von Karl Buddensiek leuchtete – wie eine Pufflaterne, würde Henri sagen, der bei anderen sah, was ihm bei sich selbst nicht aufzufallen pflegte.

Und noch eine Runde. Buddensiek bestellte. »Gnädige Frau, kommen Sie, einmal mit uns anstoßen wird doch wohl erlaubt sein, oder?«

Widerwillig nippte sie am Bierglas, das die Kellnerin ihr hingestellt hatte. Der Kundenwille ist Befehl.

»Sie haben da ja eine richtige Perle an der Hand, Jon!« Karl widmete ihr ein anerkennendes Grinsen. »Schön und intelligent, was will man mehr!«

Margo stellte ihr Glas sachte auf dem Tisch ab und musterte den Mann. »Sind Sie sicher, dass Sie auch nur eines von beidem beurteilen können, Herr Buddensiek?«, sagte sie mit sanftester Stimme. Das erstickte normalerweise jeden weiteren Kommentar der männlichen Sorte, auch Buddensiek hatte den Anstand, zu erröten und ignorierte sie forthin.

Die beiden Herren waren bester Laune, nachdem Jon die Rechnung bezahlt hatte. »Und morgen gehört uns die ganze Welt!«, tönte Buddensiek. Margo hätte ihn gern darauf hingewiesen, dass die Sache mit der Welteroberung schon beim letzten Mal ziemlich schiefgegangen war, aber sie riss sich zusammen. Kunde ist Kunde, auch einer im abgewetzten Anzug, der nun Arm in Arm mit dem stets makellos gekleideten Jon Bajohr aus dem Restaurant wankte.

»Und übermorgen nehmen wir das Weltall gleich noch dazu!« Jon klopfte Karl männlich-fest auf die Schulter. Dann ließ er ihn stehen und folgte Margo mit großen Schritten. Als sie zurückblickte, sah sie eine verlorene Gestalt, die sich an den Handlauf der Treppe zum Restaurant klammerte und verwirrt lächelte.

Die Fahrt zurück führte durch einsame Alleen unter einem zarten grünen Blätterdach, durch das die Sonnenstrahlen blinzelten. Bajohr, der zwar viel vertragen konnte, aber nach den vielen Bierchen und Schnäpschen nicht mehr ganz nüchtern war, begann lauthals zu singen:

»Der Wind weht kalt von Osten, wir ziehn der Heimat zu, wir haben die Schlacht geschlagen, das Schwert hat endlich Ruh.« Nach einer Weile summte sie leise mit. Sie kannte das Lied, bei ihr zu Hause hatte es »Es dunkelt schon in der Heide« geheißen, und obwohl es in Stendal keine Heide gab und ihr niemand erklären konnte, was das überhaupt war, hatte sie es immer furchtbar traurig gefunden. »Ja scheiden, das tut weh.« Das Kind hatte geahnt, was die erwachsene Frau nur zu gut wusste. Sie alle hatten erfahren, was Trennung bedeutete – auch Henri. Auch Jon Bajohr.

Sie hatte mit ihm nie über die Vergangenheit gesprochen. Sie wusste nur, dass er am 27. März 1918 in Libau im Kurland geboren worden war und Bürokaufmann gelernt hatte, genau wie sie; auch, dass er als Fallschirmspringer Ende 1944 in den Ardennen abgesprungen und in amerikanische Gefangenschaft geraten war. Was ihn nach Osnabrück verschlagen hatte, wusste sie nicht. Aber alle Geschichten von Flucht und Vertreibung, Gefangenschaft und Rückkehr ähnelten sich.

1950 hatte er Sigrid Großkemper geheiratet, die Tochter eines Eisenhändlers, den Krieg und Nachkriegszeit wohlhabend gemacht hatten. Sie brachte das Geld mit in die Ehe, er den Verstand. Man hörte so einiges über diese Ehe, die Sekretärinnen tratschten, die Frauen von Henris Kollegen ebenfalls, Bajohr, hieß es, sei seiner Frau nicht treu, die Ehe existiere nur auf dem Papier. Kleinstadtgewäsch eben. Margo interessierte sich nicht dafür, obwohl es sie durchaus wunderte, dass er abends kein Ende zu finden schien, wenn er sie nach Hause brachte. Sie hatte Mann und Kind, die auf sie warteten, aber ihn zog offenbar nichts zu Frau und Heim. Doch ging sie das überhaupt etwas an? Den Chef fragte man nicht nach seinem Privatleben.

Sie lehnte sich in die herrlich weichen Polster der Déesse, schloss die Augen und überließ sich dem Gefühl, auf einer weichen Wolke in eine goldene Zukunft zu gleiten.

»Was war Ihr Lebenstraum, Margo, damals, vor dem Krieg?«

Seine Stimme riss sie aus ihrem Tagtraum. Wenn es ums Geschäftliche ging, klang Jon Bajohr hell und klar. Wenn er jemanden zu etwas überreden wollte, was dem anderen fernlag, intonierte er tiefer, schmeichelnder. In seiner Frage an sie aber lag ein neuer Ton. Nähe. Verletzlichkeit. Sie öffnete die Augen. Er hatte den Blick auf die Straße gerichtet, aber er lächelte, ganz leicht.

Was sollte sie auf seine Frage antworten? Irgendwann hatte sie sich das Träumen abgewöhnt. Einst hatten Tagträume Zuflucht geboten, einen »Ich weiß, es wird einmal ein Wunder geschehen«-Ort, an dem das Leben die große Liebe und das ganz große Glück mit einem strahlenden Helden bereithielt. Die Helden aber waren allesamt geschlagen nach Hause gekommen und Glück war etwas, das jederzeit zerplatzen konnte wie die Schale eines Hühnereis, und was daraus schlüpfte, hatte oft keinerlei Ähnlichkeit mit einem flaumigen Küken.

Und doch – Deutschland war wie ein Phoenix aus der Asche von Krieg und Niederlage aufgestiegen, es konnte noch so viel geschehen, vielleicht sollte man es mit dem Träumen wieder versuchen?

»Auto fahren«, sagte sie. Und dann erzählte sie Bajohr die Geschichte mit der roten Karte und den gelben Marken.

»Ich habe auf ein Auto gespart, das nie gebaut wurde. Der Führer hat sich verrechnet«, endete sie ihre Erzählung. »Und ich mich mit ihm.«

III

Bajohrs Lächeln war breiter geworden. Sie musterte ihn von der Seite. Das erste Mal bemerkte sie den feinen Kranz von Falten um seine Augen und die Narbe, die seine rechte Augenbraue teilte. Während Henri keine Ähnlichkeit mehr hatte mit dem mageren, hohlwangigen Mann, der halb verhungert aus der Kriegsgefangenschaft zurückgekehrt war, war Jon Bajohr noch immer groß und schlank, obwohl er gerne gut aß und trank. Keiner würde ihn Dickerchen nennen, dachte sie. Ihr Blick fiel auf seine Hände. Sein Ehering fehlte.

Der Wagen war langsamer geworden. Bajohr pfiff leise vor sich hin, zog das Auto nach rechts, in eine breite Hofeinfahrt, und bremste. Als der Wagen stillstand, zog er den Zündschlüssel ab und stieg aus.

»Haben wir – eine Panne?«, fragte Margo. Das Gefühl, an einem unbekannten Ort in einem weitgehend menschenleeren Landstrich gestrandet zu sein, verschaffte ihr seltsamerweise kein Unbehagen, im Gegenteil: Es erregte sie.

Bajohr war um den Wagen herumgegangen, öffnete ihre Tür und machte eine einladende Geste. »Fahrerwechsel«, sagte er.

Sie stieg aus und zögerte. Meinte er das ernst? Diesmal lächelte er nicht, aber sein Blick war weich, fast zärtlich. Er hielt ihr den Schlüssel hin. Sie griff zu.

Der Fahrersitz war noch warm von seinem Körper. Sie spürte, wie sich die Schweißperlen aus ihren Achselhöhlen lösten und unter der Bluse hinunterliefen. Ihr Rock war hochgerutscht, das samtige Polster klebte an ihrer Haut, am schmalen Streifen zwischen Seidenstrümpfen und Hüfthaltergürtel.

Bajohr glitt auf den Beifahrersitz. »Erst den Zündschlüssel drehen.«

Sie folgte seinen Anweisungen. Der Motor sprang sofort an, mit diesem katzenhaften Schnurren, das sie zu lieben gelernt hatte.

»Den Schalthebel nach links und dann hoch drücken.« Seine Stimme war so weich und zärtlich wie sein Blick.

Sie fasste den Schalthebel, behutsam, als ob er zerbrechlich wäre, doch sie hatte Bajohr so oft zugesehen, dass ihr die Bewegung fast vertraut war. Mit einer kaum spürbaren Schaukelbewegung fuhr das Heck hoch. Wieder erfasste sie ein leichtes Schwindelgefühl, obwohl sie das Spektakel doch schon kannte.

»Und jetzt ganz sanft aufs Gaspedal treten und leicht nach links lenken.«

»Aber wenn jemand kommt ...« Plötzlich war sie unsicher.

»Schau in den Rückspiegel, Margo. Was siehst du?«

Eine leere Straße. Sie atmete tief ein und bewegte das Lenkrad. Die Räder fanden Halt. Ihre Knie zitterten, als sie den Druck aufs Gaspedal leicht erhöhte. Und dann rollte das Auto langsam vorwärts – ein überwältigendes Glücksgefühl.

»Und jetzt in den nächsten Gang schalten. Dabei musst du den Fuß vom Gas nehmen.«

Sie ließ den Hebel in die nächste Stufe einrasten, es machte ein leises »Klonk«.

»Das Gas kommen lassen, bis du schnell genug bist für den nächsten Gang.«

Klonk. Und klonk. Bajohr hatte das Seitenfenster heruntergekurbelt, warmer Frühlingsduft streichelte ihre Arme und trocknete den Schweiß auf ihrer Oberlippe. Noch immer zitterten ihr die Knie. Hatte er sie nicht geduzt, ihr Chef, zweimal bereits? Bajohr war näher gerückt, sehr nahe, es gab ja keine störende Lücke zwischen den Sitzen, er hatte seinen Arm auf die Lehne hinter ihr gelegt. Seine Hand hing herab, berührte ihren Nacken.

»Du kannst ihn mit den Fingerspitzen lenken. So wie mich«, flüsterte er an ihrem Ohr.

Seine andere Hand lag auf ihrem Oberschenkel, der Druck seiner Finger zeigte ihr, wie sie Gas geben musste. Manchmal korrigierte er sie, wenn sie, aus Angst, im Straßengraben zu landen, zu weit in der Mitte fuhr, doch mit jedem Kilometer wurde sie sicherer, auch wenn sie es gewöhnungsbedürftig fand, dass es statt eines Bremspedals einen Bremsknopf gab. Erst als sie vor ihrer Wohnung angelangt waren, spürte sie, wie die Anspannung jede Muskelfaser ihres Körpers zittern ließ.

Mit diesem Tag begann die süßeste Qual, die sie jemals empfunden hatte. Sie dauerte einen ganzen Sommer lang. Danach wusste sie mehr übers Autofahren, als für den Führerschein nötig war.

So oft wie möglich fuhren sie zusammen durchs Land, manchmal mittags, manchmal am späten Nachmittag. Jon liebte es, auf der Autobahn bei Tempo 130 die Innenseite ihrer Schenkel zu berühren, federleicht wanderten seine kühlen Fingerspitzen immer höher – und doch nie hoch genug. Ihre Hände krampften sich schweißnass um das Lenkrad, wenn sich seine linke Hand unter ihre Bluse schob und ihr den Rücken streichelte. »Schneller«, sagte er dann, mit heiserer Stimme an ihrem Ohr, »ich will mit dir fliegen.«

An einem heißen, strahlend sonnigen Junitag hatte sie darauf verzichtet, Strümpfe zu tragen, was seinen Fingerspitzen Platz verschaffte, den er schamlos ausnutzte. Als sie den Wagen wieder auf dem für ihn reservierten Platz vor dem Büro parkte, legte er ihr die Hand in den Nacken

und flüsterte: »Morgen lässt du auch den Schlüpfer weg.«
Sie ging mit weichen Knien in ihr Büro und war kaum in
der Lage, sich zu konzentrieren.

»Du spielst mit deinem Leben«, sagte sie, als er ihr am
nächsten Tag den Rock hochschob, sobald sie aus der
Stadt heraus waren. Es war ein unerträglich sinnliches
Gefühl, das weiche Velourspolster zu spüren, das ihre
Scham massierte. »Ich werde das Polster ruinieren«, flüsterte sie, als sie spürte, dass alle Säfte seinen tastenden Fingern entgegenströmten.

»Es soll alles von dir aufnehmen, es soll sich vollsau-
gen mit dir, die Göttin gehört der Göttin«, raunte er und
schob seine Fingerspitzen noch ein Stückchen weiter nach
oben. »Langsam jetzt. Siehst du den Weg da vorne rechts?
Dort geht es hinein.« Er zog seine Hand zurück, aber nur
kurz, um sich über die zarte Haut zwischen ihren Beinen
langsam wieder vorzutasten.

Sie gehorchte. Der Wagen tauchte ein in einen lichten Laubwald, die Sonne blitzte und blinzelte durch die
Zweige und die plötzliche Kühle ließ sie erschaudern. Als
seine Finger die Quelle erreichten, keuchte sie auf und
hätte fast die Augen geschlossen. »Rechts auf die Lichtung«, flüsterte er. Margo nahm den Fuß vom Gas und
ließ den Wagen ausrollen.

Sie konnte keine Sekunde mehr warten. Doch auch
jetzt noch hielt er sie hin, quälend lange, bis er sie erlöste.
Sie hätte geschrien, wenn er ihr nicht den Mund geküsst
hätte, gerade so, wie er ihren Schoß ausfüllte.

»Gebenedeit seist du unter den Weibern«, flüsterte er
ihr ins Ohr, in diesem letzten, helllichten Moment.

Von diesem Tag an versäumte sie immer öfter das Mittagessen zu Hause. Henri beklagte sich nicht, das tat er
nie, aber Leonore begrüßte sie abends längst nicht mehr
so fröhlich und überschwänglich wie früher. Doch die

Mittagszeit war die einzige Gelegenheit für das Spiel, das Jon und sie sich ausgedacht hatten. Es nannte sich »Geschäftsessen« und bestand aus einer Decke, Champagner und Schnittchen vor, während und danach – im Wald und am Ufer des Flusses, am Rande eines Kornfeldes und einmal sogar in Blickweite eines Dorfes. Dass jemand sie beobachten könnte, wenn sie Jon Dinge tun ließ, die sich noch nicht einmal Henri herausgenommen hatte, erhöhte noch den Kitzel.

Erst recht, als Jon begann, sie zu fotografieren – wie sie mit hochgeschobenem Rock über der Motorhaube des Wagens lag, oder wenn sie auf dem Fahrersitz saß, ohne Unterhose, die Fußsohlen an den Wagenhimmel gestemmt, und sich streichelte. Es war ihre eigene Schamlosigkeit, die sie erregte – und die Worte, die ihr Jon dabei zuflüsterte, manchmal zärtliche, meistens wollüstige, oft unanständige Kosenamen, die ihr Begehren steigerten.

An kühleren Tagen blieben sie in der göttlichen Déesse. Die Rückenlehne ließ sich vollständig nach hinten bewegen, nichts trennte die beiden Sitze voneinander, es war ein Himmelbett auf Erden. Noch nie, glaubte Margo, hatte sie eine solche Sinnlichkeit erlebt.

An einem bereits herbstlich kühlen Tag im September waren sie wieder unterwegs gewesen. Margo war noch immer heiß und wund von seinen Liebkosungen. Der Champagner, den sie aus seinem Mund getrunken hatte, ließ sie schweben. »Fahr du«, bat sie ihn.

Er war still auf der Rückfahrt, ernst und still. Auf dem Parkplatz hinter einer Dorfkirche hielt er an.

»Wirst du mich heiraten, Margo.«

Eine Frage war das nicht, es war eine Feststellung. Und so klang auch seine Stimme: hell und bestimmt.

Sie war in Sekunden hellwach. »Du bist schon verheiratet«, sagte sie mit trockenem Mund.

»Das kann man ändern.«

»Ich bin verheiratet. Ich habe Mann und Kind.«

»Auch das kann man ändern. Du liebst ihn nicht.«

Das stimmt nicht, wollte sie sagen. Ich liebe Henri, auch wenn es mir oft schwerfällt. Man hat ihm zehn Jahre seines Lebens genommen, wir haben aufeinander gewartet, all die Jahre über, haben miteinander gehofft und gelitten. Und es ist nicht seine Schuld, wenn er …

»Er ist ein Trinker. Er lässt sich gehen. Du hast Besseres verdient.«

»Jon …« Das alles war falsch. Sie sollten so nicht miteinander reden. Es war nicht das, was sie wollte. Ganz und gar nicht.

»Denk darüber nach, Margo.«

Der Sommer war vorbei mit seiner Hitze und ihrem Spiel ging das Feuer aus. Behutsam schlichen sie sich heraus aus der Leidenschaft füreinander, es gab ja noch eine weitere Leidenschaft, die sie teilten: die Firma. Margo war Jon Bajohr dankbar, dass er sich nicht kindisch rächte dafür, dass sie ihn verschmäht hatte, und vielleicht stimmte ja sogar, was er ihr schrieb, als er ihr zu Weihnachten ein seidenes Tuch schenkte, begleitet von einer handschriftlichen Karte. »Wir gehören zusammen. Unser ist der Erfolg. Und deshalb bleiben wir zusammen.«

Zum Zeichen, dass sie verstanden hatte, trug sie sein Tuch gleich am ersten Tag im neuen Jahr.

»Hat es gepasst? Da freue ich mich aber! Ich habe mir so viel Mühe gegeben, das Richtige zu finden.« Fräulein Kemper strahlte sie an.

Margo erstarrte innerlich. Nein, Jon war nicht völlig frei von Rache. Gewiss nicht.

IV

»Hier ist Ihre Hotelreservierung für Hannover.« Fräulein Kemper schwebte in Margos Zimmer und legte eine handschriftliche Notiz auf ihren Schreibtisch. »Vom 7. auf den 8. Mai, es war nicht ganz einfach, noch zwei Zimmer zu bekommen.«

»Oh.« Margo war für einen Moment ratlos.

»Herr Bajohr empfiehlt solides Schuhwerk. Man muss viel laufen auf so einer Messe, wenn man alles sehen will.«

Jetzt fiel der Groschen. Die Hannover-Messe! Sie hatte Jon davon vorgeschwärmt und erwartet, nichts mehr darüber zu hören. Nun, er hatte sich erinnert und jetzt würden sie gemeinsam hinfahren. Ihr Puls ging schneller.

»Ihre Zimmer liegen nebeneinander, er hat darauf bestanden, falls es noch etwas zu besprechen gibt.«

Fräulein Kemper presste den schmalen Mund noch ein wenig mehr zusammen. Missbilligte sie das Reisearrangement womöglich? Margo lächelte sie an, als ob nichts wäre. »Fräulein Kemper, Sie sind großartig. Was machten wir nur ohne Sie?«

Die gute Seele errötete anstandshalber, gewiss warf sie sich jetzt vor, schmutzige Gedanken gehabt zu haben. Denn natürlich war alles ganz harmlos.

Margo spürte plötzlich wieder das vertraute Prickeln.

Henri freute sich über den geplanten Besuch der Hannover-Messe fast mehr noch als sie selbst. »Das hat Zukunft« war zu Hause zur stehenden Redewendung geworden: Alles wies nach vorne, der Fortschritt war nicht aufzuhalten, bald würden auch sie sich ein Auto leisten können, einen Fernseher, eine Waschmaschine, und wer weiß – vielleicht irgendwann auch eine Geschirrspülma-schine, vor wenigen Jahren war auf der Deutschen Haus-rats- und Eisenwarenmesse in Köln eine zu sehen gewe-sen. Dabei war das Kriegsende gerade mal vierzehn Jahre her, wer hätte sich damals vorstellen können, dass sich Deutschland so schnell wieder erholen würde?

Der Wetterdienst versprach schönstes Wetter für den 7. Mai. Gepackt war schnell, Margo beschränkte sich aufs Nötigste. Für die Reise zog sie ein leichtes Wollkostüm an, das nicht so schnell knitterte, und dann wartete sie auf Jon, der sie mit dem Auto abholen wollte. Henri hatte schon ein paar Schnäpschen intus, bewunderte ihr Äuße-res und strahlte sie wohlwollend an.

Nur Leonore machte Theater, zog einen Flunsch und klammerte sich an sie, als sie gerade gehen wollte, Jon hatte draußen bereits gehupt. Margo befreite sich sanft aus der Umarmung.

»Ich muss. Und du bist doch schon groß, meine Kleine, oder?«

»Wohin gehst du?«

Sie strich ihrer Tochter die feinen Haare aus dem Ge-sicht. »Ich fahre zur Hannover-Messe und bleibe nicht lange.«

»Kann ich mit?«

Margo seufzte innerlich auf. Das Kind war schon zehn Jahre alt und immer noch anhänglich. War das normal? Obwohl sie das im Moment gar nicht gebrauchen konnte, rührte sie Leonores trauriges Gesicht.

»Ich komme ja wieder. Du kümmerst dich um Vati, hörst du? Und wenn ich zurück bin, machen wir etwas Schönes.«

Leonore nickte stumm, aber Margo sah ihr die Zweifel an. Es wäre nicht das erste Mal, dass sie ihrem Kind etwas versprach, was sie nicht hielt.

Sie küsste Henri, obwohl er nach Schnaps roch. »Pass auf sie auf«, flüsterte sie ihm ins Ohr.

Als sie die Wohnungstür hinter sich zuzog, wusste sie, dass sie ihr Kind nicht verlassen konnte, auch nicht für Jon Bajohr. Sie hatte bereits eines verloren, einen weiteren Verlust würde sie nicht verkraften.

Jon fuhr, während sie sich zurücklehnte und in das lichte Frühjahr hinausblickte: Das Grün der Bäume war hell und frisch, die Forsythien leuchteten strahlend gelb und die prallen Dolden am Flieder waren kurz vorm Aufplatzen. Sie musste eingeschlafen sein, denn als sie die Augen wieder öffnete, fuhren sie bereits in Hannover ein. Der Anblick der alten Welfenstadt überraschte sie, obwohl sie wusste, dass von Hannovers Altstadt nicht viel übrig geblieben war, die Bomben der Alliierten hatten die Innenstadt pulverisiert. Im wiederaufgebauten Hannover herrschten Licht und Luft.

»Man kann sogar der größten Zerstörung noch etwas abgewinnen.« Jons leise Bemerkung brachte auf den Punkt, was Margo sich nicht zu denken traute: Die Stadt kam ihr wie das Schaufenster des modernen Deutschlands vor.

Ihr Hotel am Thielenplatz, ein gerade einmal drei Jahre alter Neubau, war ein Hochhaus, das fast nur aus Fenstern zu bestehen schien. Es gab einen Aufzug, wofür Margo dankbar war, denn ihre Zimmer lagen im 6. Stock. Von dort oben ging der Blick ungehindert über den von den Ruinen der Vergangenheit befreiten weiten Platz. Margo hielt sich nicht lange mit dem Anblick auf, packte den Koffer aus und ging in das weiß gefliste Bad, um sich frisch zu machen. Kurze Zeit später klopfte es an der Tür, doch als sie öffnete, war niemand zu sehen. Sie brauchte ein paar Sekunden, bis sie merkte, dass es in ihrem Zimmer noch eine weitere Tür gab. Mit klopfendem Herz drehte sie den Schlüssel und öffnete. Jon Bajohr stand im Türrahmen, nur ein Handtuch um die Hüften geschlungen. Deshalb also hatte er zwei Zimmer nebeneinander buchen lassen.

Sie fielen ohne Zögern und Spielerei übereinander her, erregt allein von der neuen Zeit, die so aufregend und frei von allem Ballast schien. Selbst das breite Bett war Freiheit, man konnte sich lieben, ohne in einer klumpigen Matratze zu versinken oder auf der Besucherritze zu landen. Atemlos lachend lagen sie danach zwischen den kühlen Laken und rauchten, mit Blick auf einen aberwitzig blauen Maihimmel draußen vor den Fenstern.

Unter der Dusche liebten sie sich ein weiteres Mal, während das herrlich heiße Wasser auf sie niederprasselte, ohne sich darum zu scheren, dass eine solch lustvolle Verschwendung noch vor Kurzem undenkbar gewesen wäre.

Getrennt zogen sie sich wieder an, gemeinsam verließen sie das Hotel. Die Wegweiser zur Deutschen Industriemesse, darauf das Kopfbild des Götterboten Hermes, schienen überall zu stehen, sie kamen sicher an der Messe an, ohne sich ein einziges Mal zu verfahren. Jons eleganter Citroën war auch jetzt wieder die einsame Ausnahme, der Messeparkplatz war bis an den Horizont vollgestellt mit den hässlichen buckligen Volkswagen, die man treffenderweise »Käfer« nannte. Vor zwei Jahren hieß es triumphierend, es seien bereits eine Million davon produziert und gekauft worden, was sicher beeindruckend war, aber nicht in Margos Augen. Sie gedachte, felsenfest an ihrem Schwur festzuhalten: Niemals würde sie einen Wagen aus Wolfsburg kaufen, einer Stadt, die nach dem Führer benannt worden war.

Männer mit Hut und Frauen in strengen Kostümen drängten sich vor den Messehallen. An einem Stand kaufte Jon zwei Bratwürste. Margo biss so heißhungrig in ihre Wurst, dass sie sich den Mund verbrannte, aber selten hatte etwas so Einfaches so köstlich geschmeckt.

Während ihr Chef immer wieder bei den Baumaschinen stehen blieb, die unter freiem Himmel standen, wo Bagger, die wie Panzer aussahen, rotbraune Erdmassen bewegten, darüber riesige Kräne, daneben gewaltige Rohre, drängte Margo ihn zu der Halle, in der die neueste Bürotechnik ausgestellt war. Hier war alles Zukunft! Jon ließ sich von ihrer Begeisterung mitreißen. Mit kindlicher Begeisterung nahm er ein Tonbandgerät in Besitz, das Philips ausstellte, sprach voller Inbrunst Zeilen längst vergessener Gedichte ins Mikrofon und lauschte konzentriert der Wiedergabe.

»Du könntest an deinem Schreibtisch alles, was dir einfällt, aufsprechen und im Schreibbüro abtippen lassen«, schlug Margo vor. Er sah sie mit großen Augen an.

»Aber was ist dann mit Fräulein Kemper? Soll ich sie etwa entlassen?«

Margo musste lachen. Typisch für Jon, dass er daran als Erstes dachte. Fräulein Kemper pflegte andachtsvoll auf ihrem Stühlchen neben seinem Schreibtisch zu sitzen und seine Anweisungen mitzustenografieren, als ob sie die heiligen Worte einer neuen Religion wären. »Natürlich nicht. Sie könnte wichtigere Dinge erledigen.«

»Was könnte wichtiger sein als meine Gedanken?« Jon zog fragend die Augenbrauen hoch und gab die gekränkte Unschuld. Fast hätte sie ihn geküsst.

Lachend zog sie ihn weiter: zu den Schreibmaschinen.

Bei Photo-Werner hatte es wenig zu tippen gegeben, ihre Buchhaltung hatte sie handschriftlich erledigt. Ein wenig mehr Übung hatte sie nach dem Krieg in Dissen bekommen, als sie in der Apotheke aushalf und Warenlisten abtippen musste. Noch immer erinnerte sie sich mit Schrecken an die kleineren und größeren Katastro-

phen, die sie mit den schwarz glänzenden Monstren erlebt
hatte: Immer wieder arbeitete sie zu hastig, was unweigerlich zu Typensalat führte, und beim Versuch, die ineinan-
der verhakten Typenhebel zu lösen, riss sie sich vor lauter Ungeduld regelmäßig die Fingernägel ein. Und dann
die Farbe an den Händen, die man nur mit scharfen Mitteln wieder sauber kriegte! Vor allem aber war Schreibmaschineschreiben Knochenarbeit, sie hatte mehr als einmal
geschwollene und schmerzende Handgelenke gehabt. Es
wurde Zeit, dass sich auf dem Gebiet etwas tat.

»Hier«, sagte sie am Stand von IBM. »Das Modell B.
Die erste elektrische Schreibmaschine, die nicht wie ein
havarierter Panzer aussieht.«

»Hmhm«, machte Jon, sichtlich wenig interessiert.

»Das wird die Büroarbeit revolutionieren.«

»Na ja.«

»Wir sollten fünf für das Schreibbüro einkaufen. Das
hat Zukunft.«

Bajohr wirkte nicht sonderlich überzeugt, aber das
Wort der Worte half: Zukunft. Außerdem war er bester
Laune, wie immer nach der Liebe. Er genehmigte drei.

Trotz der bequemen Schuhe, die sie sich auf sein Anraten hin angezogen hatte, fühlte sie sich völlig erschöpft, als
sie wieder im Hotel anlangten. Die Welt war so viel größer geworden in den letzten Jahren, so viel weiter, vielfäl-
tiger, bunter, dass nicht nur die Füße wehtaten, wenn man
sie zu erfassen versuchte.

Später am Abend aßen sie gemeinsam in einem netten
Restaurant nicht weit von ihrer Unterkunft entfernt. Danach, in dem frisch gemachten breiten Hotelbett, liebten
sie sich mit neuer Gelassenheit: Sie waren einander sicher.
Erst gegen zwei Uhr früh verließ Margo Jons Bett, ging
hinüber in ihr eigenes Zimmer und schloss die Verbindungstür sanft hinter sich zu.

V

Endlich war es so weit. Der Brief, an Dr. iur. Henri Seliger adressiert, bestätigte, dass das Auto, das er bestellt habe, fertig sei und im Opelwerk in Rüsselsheim abgeholt werden könne. Henri war aufgeregt wie ein Kind. Er hatte schon vor Jahren den Führerschein gemacht und immer darauf gesetzt, dass der Tag einmal kommen würde, an dem sie sich einen eigenen Wagen leisten konnten.

Ein Auto! Seit Wochen war am Abendbrottisch von nichts anderem die Rede gewesen. Jeder hatte so seine Träume, auch Leonore, die sich ein Gefährt wünschte, mit dem man fliegen konnte, aber Henri und Margo waren sich einig, dass der Wagen zu einer glücklichen Familie passen musste, nicht zu teuer und kein Volkswagen sein durfte.

Auch Henris Träume hatten sich nicht auf ein buckliges Autochen gerichtet, ihm war nach etwas mehr als einem fahrbaren Untersatz. Doch keinen seiner Favoriten konnten sie sich leisten, auch einen Mercedes nicht. Die behäbige Limousine, die Margo »rundliches Dickerchen« nannte, überstieg bei Weitem ihre Möglichkeiten. Der Borgward mit seiner geteilten Frontscheibe kam schon eher infrage, aber nach langem Hin und Her einigten sie sich schließlich auf einen Opel Rekord. »Er lacht«, hatte Leonore gesagt, als sie beim Einkaufen in der Stadt ein himmelblaues Exemplar sahen. Tatsächlich erinnerte der Kühlergrill ein bisschen an das Maul eines freundlichen Piranhas. »Er ist groß genug für drei«, war Henris Argument.

Margo mochte vor allem den Namen: Rekord. Das war ein Versprechen. Und das Emblem über dem Schriftzug

»Opel« drückte aus, was die neue Zeit bedeutete: Der Pfeil in einem Kreis zeigte die Richtung an, in die es ging – blitzartig nach vorn.

Henri hatte zunächst darauf bestanden, allein nach Rüsselsheim zu fahren, aber Leonore schmeichelte und schmollte so lange, bis sie mitdurfte. Doch was ein Triumphzug werden sollte, wurde zum Fiasko. Die Bahnfahrt war gut verlaufen, berichtete Henri hinterher, Leonore hatte die mitgebrachten Brote in Windeseile verspeist, danach hatten sie Karten gespielt. Auch die ersten Kilometer mit dem neuen Auto – in elegantem Tiefdunkelblau mit cremeweißem Dach und schön geschwungenen Zierleisten aus Chrom – lösten Jubel aus: Leonore kurbelte das Fenster auf der Beifahrerseite rauf und runter, stellte unaufhörlich Fragen: Was ist ein Tachometer? Wozu ist die Kupplung gut? Wie klingt die Hupe? Und warum durfte man nicht dauernd hupen? Bis sie plötzlich schweigsam wurde.

Henri war so mit dem Auto und seinem Besitzerstolz beschäftigt, dass ihm nicht auffiel, wie still sie war, und als sie endlich »Vati, mir ist schlecht« flüsterte, war es zu spät. Obwohl er, zu Hause angekommen, das Polster des Beifahrersitzes schrubbte, bis es ganz rau war, duftete das gute Stück nie wieder fabrikneu. Henri tat alles, damit es stattdessen nach kaltem Zigarettenrauch roch.

Am 3. Oktober bestand Margo die Führerscheinprüfung mit einer Leichtigkeit, die alle erstaunte, nur Henri nicht. Er bewunderte seine Frau, er glaubte sie zu allem fähig.

Nun, was sprach schon gegen ein paar kleine Geheimnisse? Alles war im Lot. Alles ging seinen Gang. Henri war ihr Mann und seit sie ihm eines Abends ins Gewissen geredet hatte, trank er sogar weniger. Wenn sie ehrlich war: Wahrscheinlich lag das weder an ihrer Überzeugungskraft noch an seiner Einsicht, sondern an seiner leidenschaftlichen Begeisterung fürs Autofahren. Seit es »Ossi« gab, wie Leonore den Opel Rekord getauft hatte, traf man Henri abends nicht mehr in seiner verräucherten Stammkneipe an, er war stattdessen auf den kleineren und größeren Straßen zwischen Delmenhorst und Meppen unterwegs. Am Wochenende fuhren sie zu dritt an den Dümmer oder zum Piesberg, aber oft blieb Margo zu Hause und nur Leonore war dabei, wenn er die Umgebung erkundete. Das Kind wirkte ausgeglichener als früher. Ob es an dem guten Verhältnis zum Vater lag oder daran, dass seine Mutter mittags häufiger zum Essen nach Hause kam?

Die Firma und Jon Bajohr ließen ihr den Raum dazu. Was die Firma betraf: Der Aufschwung war nicht aufzuhalten. Die neuen Schreibmaschinen waren zunächst misstrauisch beäugt und dann leidenschaftlich ins Herz geschlossen worden. Die Chefsekretärin selbst war es, die den Einsatz des Tonbandgeräts befürwortete, vor allem bei Konferenzen. Und was Margo Seliger und Jon Bajohr betraf: Sie gehörten zusammen, für die Firma, Tag für Tag, fester als ein Liebespaar.

VI

Alles war gut, besonders an diesem Samstag, an dem es endlich nach Frühjahr aussah. Margo hatte für eine Stunde das Wohnzimmer ganz für sich allein, in göttlicher Ruhe, nur das Radio war eingeschaltet, ganz leise, sie spielten das Violinkonzert von Max Bruch, das sie so liebte. Das Fenster im Erker war angelehnt, der Duft des blühenden

319

Pflaumenbaums draußen im Hof und der Triumphgesang einer Amsel drangen herein. Sie hatte ihre Post auf dem Esstisch ausgebreitet, in Stapeln, nach Dringlichkeit sortiert, daneben den Schreibblock, die Briefumschläge und die Grußkarten.

Henri war mit Leonore unterwegs, das Kind hatte es geschafft, ihn zu überreden, ihr einen Hula-Hoop-Reifen zu kaufen – »Alle meine Freundinnen haben einen, nur ich nicht!« Margo fand nicht, dass das ein Argument war, aber wenn das Kind etwas wollte, bekam es seinen Willen. Henri verwöhnt die Kleine zu sehr, dachte sie oft. Doch es war nun mal ihr einziges Kind, weitere waren ihnen nicht gegönnt gewesen, obwohl sie sich bemüht hatten. Als Strafe für meine Sünden, dachte Margo, und nahm den Brief zur Hand, der oben auf dem Stapel mit der Familienpost lag.

Die Handschrift ihrer Schwester Gerda hatte schon lange ihren Fluss eingebüßt, die Buchstaben staksten ungezähmt über den grauen Briefumschlag, den sie mit einer besonders sinnigen DDR-Briefmarke versehen hatte: Arbeiterpaar mit Kind, stolz lächelnd, darüber eine Friedenstaube. Gerda war immer die Intelligenzbestie der Familie gewesen, und nun verschwendete sie ihre Talente mit schwerer körperlicher Arbeit auf dem Friedhof von Stendal. So strafte die DDR Menschen, die nicht die richtige Abstammung vorweisen konnten. Hatten wir das nicht schon mal?

Wie oft hatte Margo davon geträumt, Mutter und Schwester in den Westen zu holen! Wenn man für eine Weile zusammenrückte … Aber Henri war strikt dagegen. »Jeder muss sein eigenes Leben leben«, pflegte er zu sagen. Außerdem würde ihre Mutter Stendal nicht verlassen, solange sie nicht wusste, was mit ihrem Mann geschehen war. Und trotz aller Chancen, die ihr der Westen bieten mochte, würde Gerda Mutti nie alleinlassen. Margo faltete das linierte Papier auseinander.

»Stendal, 20. März 1960. Meine liebe Schwester, Mutti ist nun schon zum zweiten Mal ins Krankenhaus gekommen und es geht ihr gar nicht gut. Sie hat hohen Zucker und ich fürchte, sie bekommt nicht die richtigen Medikamente. Du wirst da nichts tun können und ich will Dich auch gar nicht um irgendetwas bitten, aber Du sollst doch Bescheid wissen.

Was mich betrifft: Ich genieße das Leben unter freiem Himmel und bei frischer Luft. Du weißt ja: Handarbeit schändet nicht und der Friedhof ist dank meines unermüdlichen Bemühens in blendender Verfassung, ganz so wie unser Gemeinwesen, das von einem Erfolg zum nächsten eilt. Der Genosse Ulbricht hat uns bis 1961 die komplexe und reichhaltige Versorgung unserer Bevölkerung auf Weltniveau versprochen! Das Paradies bricht also bereits in einem Jahr an, das ist doch was, oder?

Schwesterherz, ich will Dich gewiss nicht bekümmern mit meinen Sorgen. Aber es wäre schön, wenn Du zu Besuch kommen könntest. Ich weiß nicht, wie lange Mutti noch durchhält. Wie lange ich noch durchhalte.

Verzeih meine Larmoyanz. Ich habe in der letzten Zeit zu viel gedacht, das ist ungesund.

Es vermisst Dich Deine Schwester Gerda.

PS: Du weißt, dass ich Deine Großzügigkeit nicht überstrapazieren will. Aber mit ein wenig Tabak und Schokolade könnte ich einiges organisieren, was Mutti guttut.«

Margo legte den Brief beiseite. Sie konnte sich nicht länger drücken, sie musste in die alte Heimat fahren und das möglichst bald. Seit dreizehn Jahren hatte sie Mutter und Schwester nicht mehr gesehen, Briefe waren der einzige Kontakt, den sie noch hatten. Bislang hatte sie sich immer hinter Henri versteckt, der strikt dagegen war, dass sie »nach drüben« fuhr.

»Ich will nicht, dass du in diesen Verbrecherstaat fährst, Margo«, hatte er das letzte Mal gesagt, als sie sich über das Thema fast gestritten hätten. »Sie werden dich nicht wieder rauslassen.«

»Ach was. Da leben auch nur Menschen. Ich möchte doch nur meine Mutter noch einmal sehen, bevor sie stirbt.« Margo hatte versucht, selbstbewusst und entspannt zu klingen, aber sie war den Tränen nahe gewesen.

»Dein Vater ist von den Russen ins KZ gesteckt worden. Glaubst du, deren Speichellecker werden seiner Tochter aus dem kapitalistischen Westen den roten Teppich ausrollen?«

Sie griff beschwichtigend nach seiner Hand. Henris Nerven waren nicht besser geworden, seit er immer öfter nüchtern war. Manchmal war sie sich nicht sicher, ob sie diesen Zustand auf die Dauer wirklich vorzog.

Er erwiderte ihren Händedruck. »Versteh doch, Liebes. Ich will nicht, dass du dich und uns diesem Risiko aussetzt. Und ich bin mir sicher, Bajohr denkt in diesem Punkt wie ich.«

Ja, auch Jon fürchtete, man würde sie dabehalten, wenn sie einmal »in der Zone« wäre. Die Sorgen der beiden waren bislang ein willkommener Vorwand gewesen, denn eigentlich zog Margo nichts »nach drüben«, in dieses seltsame Land, das ihr so unendlich fremd geworden war.

Das Gebilde jenseits der Elbe nannte sich »Deutsche Demokratische Republik«, wobei das Wort »demokratisch« in die Irre führte. Die »DDR« stand unter der Herrschaft der »Sozialistischen Einheitspartei«, und die wiederum unter der Fuchtel eines bärtigen Rumpelstilzchens namens Walter Ulbricht, ein Mann, der ihr herzlich unsympathisch war.

»Giftzwerg« nannte ihn Henri, der sich furchtbar aufregen konnte, wenn im Radio seine Stimme zu vernehmen war. Ulbricht sächselte und insbesondere, wenn er vom »blanmäßigen Aufbau des Sozialismus« im Interesse der Arbeiterklasse und der »Werkdädigen« sprach, schraubte sich seine Stimme hoch, bis sie sich fast überschlug.

Margo fand ihn lächerlich, während Henri darauf beharrte, dass er ein gefährlicher Verbrecher sei. Sicher, man hörte so manches. Doch war das wirklich so schlimm? Viel schlimmer als die elende Politik, die ihr hüben wie drüben würdelos vorkam, schien ihr die Versorgungslage in der DDR zu sein.

Es fehlte offenbar an allen Ecken und Enden am Nötigsten, es gab nichts außer Schnaps. Das machte den kleinen Warenverkehr, den Margo und ihre Mutter seit 1947 aufrechterhalten hatten, mittlerweile einseitig. Die Strümpfe, die Henris Schwiegermutter für ihn strickte, waren längst nicht mehr elegant genug und Leonore weigerte sich, Omas Pullover zu tragen, nicht nur, weil sie kratzten, sondern weil sie ganz und gar unmodisch waren. Auch die Zeit der Igelit-Tischdecken war vorbei.

Für ihre Familie war Margo offenbar die Neureiche aus dem Westen, die aus ihrem Füllhorn milde Gaben regnen ließ wie Kaffee, Schokolade und Seife. Manchmal ärgerte sie sich über die Wunschzettel, die den Briefen »von drüben« beigelegt waren, Mutter und Schwester schienen nicht auf die Idee zu kommen, dass auch im Westen nicht alles auf den Bäumen wuchs. Ebenso oft ärgerte sie sich über ihre eigene Kleinlichkeit. Was war selbstverständlicher, als vom eigenen Glück etwas abzugeben, den engsten Familienangehörigen, die das Pech hatten, in der falschen Himmelsrichtung zu leben?

Außerdem machte es ihr Spaß, bei jedem Einkauf daran zu denken, was ihren Lieben Freude machen könnte.

Margo war eine geübte Kundin von Winter- und Sommer-schlussverkäufen, immer fand sich etwas, das nützlich und preiswert war. Nicht zuletzt um Leonores willen machte sie aus dem Päckchenpacken jedes Mal ein Fest. Denn das Mädchen liebte es, dabei zu helfen. Sie hatte früh begrif-fen, dass Geschenke stets sorgsam auszuwickeln waren, dass man jedes Papierchen glatt streichen und jede Schnur aufdröseln musste für die »Päckchen nach drüben«. Die schönsten Schleifen und Geschenkpapiere hortete Margo im Wäscheschrank für die Tage vor Ostern und Weih-nachten. Dann roch es in der ganzen Wohnung nach Kaf-fee und Schokolade, nach Seife und Parfüm. Noch das schlichteste Seifenstück wurde von Leonore höchstper-sönlich festlich eingepackt, bevor es in die Margarinekar-tons kam, die alle seit Monaten für diesen Zweck sam-melten.

Margo lehnte sich in ihrem Stuhl zurück, atmete den Frühlingsduft ein, der durchs Fenster hineinschwebte, und fühlte sich beschenkt. Sie musste nicht hungern oder frieren, sie hatte einen Mann und ein Kind und eine Auf-gabe, die sie ausfüllte. Was wollte man mehr?

Vielleicht nur eines: keine Schuldgefühle mehr haben.

VII

Das Reich des »Giftzwergs« verschluckte nicht Margo Seliger, sondern Jon Bajohr.

»Er hat doch eine wichtige Besprechung heute, wo bleibt er bloß?« Margo sah auf. Fräulein Kemper stand in der Tür und knetete nervös die Hände.

»Haben Sie bei seiner Frau angerufen?«

»Natürlich! Aber sie sagt, er sei noch nicht nach Hause gekommen!«

Jon war am 1. September zur Leipziger Herbstmesse gefahren und hätte seit einem Tag zurück sein müssen.

»Und der Zug war pünktlich!«, barmte Fräulein Kemper.

Margo legte den Bericht beiseite, den sie lesen wollte, bevor sie ihn abzeichnete, und stand auf. Sie fand die Nachricht nicht besorgniserregend. Jon verbrachte seit einigen Monaten nicht mehr jede Nacht bei seiner wenig geliebten Ehefrau. Es gab da eine andere, wie er Margo gestanden hatte: »Weil du mich ja nicht willst.« Erst vor Kurzem hatte er von Scheidung gesprochen, was Margo ihm umgehend ausgeredet hatte. Denn die würde ihn teuer zu stehen kommen: Das Grundkapital hatte schließlich seine Frau in die Firma eingebracht. Und wenn sie ehrlich war – Margo gefiel der Gedanke nicht, dass er eine andere als sie heiraten wollte.

»Ob sie ihn dabehalten haben?« Fräulein Kemper hatte theatralisch die Stimme gesenkt.

Margo schüttelte abwehrend den Kopf. »Er wird den Termin einfach vergessen haben.« Jon lag mit seiner Drogerieverkäuferin im Bett, das war die plausibelste Erklärung.

»Um zwölf will er sich mit Herrn Direktor Meincke im Gambrinus treffen, es geht um unsere Kreditkonditionen bei der Bank, so etwas vergisst der Chef doch nicht!« Fräulein Kempers Stimme war ein wenig heller und schriller geworden, die Chefsekretärin, stets die Loyalste der Loyalen, war sichtlich erschüttert.

Margo seufzte. »Sie haben recht, Fräulein Kemper, das sieht ihm nicht ähnlich. Ich werde selbst mit Herrn Meincke sprechen. Darüber hinaus können wir nichts tun. Es ist ja immerhin möglich, dass er den Zug verpasst und den nächsten genommen hat.«

»Wenn man ihn nur anrufen könnte …«

In die DDR zu telefonieren war eine Haupt- und Staatsaktion. Nur wenige Privatleute hatten »drüben« überhaupt ein Telefon, Mutti und Gerda natürlich nicht, sie mussten immer zu einer misstrauischen Nachbarin gehen, wenn sie telefonieren oder angerufen werden wollten, was unangenehm genug war. Gespräche musste man stundenlang vorher anmelden und dann hieß es meistens trotzdem noch warten, was weder Mutti noch der Nachbarin sonderlich behagte und Margo zur Weißglut trieb, die glaubte, Besseres zu tun zu haben. Die Vermittlung geschah in der DDR noch per Hand von ruppigen Telefonistinnen im Fernamt. Wenn das Telefonat dann endlich zustande kam, war die Verbindungsqualität selten gut.

»Wo könnte man ihn denn anrufen, Fräulein Kemper? Wir wissen doch gar nicht, wo er ist!«

»Wir sollten die Polizei verständigen«, flüsterte die Chefsekretärin. »Sie halten ihn fest da drüben. Sie lassen ihn nicht mehr frei.«

Margo wollte sich von Fräulein Kempers Hysterie nicht anstecken lassen. Beim Gespräch mit Herrn Meincke war Jon entbehrlich. Und gewiss würde er bald wiederauftauchen.

Meincke saß bereits an seinem Tisch im Gambrinus und stand hastig auf, als er sie kommen sah. Er war klug genug, sich nicht erstaunt darüber zu zeigen, dass er es mit ihr und nicht mit Bajohr zu tun hatte. Doch er fand die Situation wohl dennoch ungewöhnlich, denn er dehnte das Mittagessen mit Aperitif, Wein und Cognac unziemlich lange aus, weshalb Margo selbst zur Sache kommen musste. Er erwies sich jedoch als verblüffend handzahm und räumte der Firma Konditionen ein, wie sie günstiger kaum sein konnten. Als sie sich dafür bedankte, verzog sich sein straffes Gesicht zu einem bübischen Grinsen.

»Sagen Sie Bajohr, es ist besser für sein Geschäft, wenn er sich auch in Zukunft von Ihnen vertreten lässt.«

Sie nahm das als Kompliment.

Jon Bajohr tauchte weder am nächsten noch am übernächsten Tag auf.

»Was für ein hirnverbrannter Unsinn aber auch, in diesen Verbrecherstaat zu fahren!« Henri, dem sie beim Mittagessen von Bajohrs Verschwinden erzählte, malträtierte seine braun gebrutzelte Frikadelle mit dem Messer, als ob sie die rote Gefahr wäre.

Margo schob Kartoffeln und Fleisch auf ihrem Teller hin und her. »Wenn ich nur wüsste, an wen man sich in solchen Fällen wendet.«

»Ans Bundesministerium für gesamtdeutsche Fragen«, murmelte Henri kauend. Leonore sah zu ihm auf, als ob sie »Man spricht nicht mit vollem Mund« sagen wollte.

Zurück im Büro ließ Margo sich mit dem Ministerium in Bonn verbinden. Man konnte, natürlich, rein gar nichts tun – »Gnädige Frau, haben Sie Geduld.« Unfreundlich wurde der zuständige Beamte erst, als sie zugeben musste, dass sie nicht die Ehefrau war.

Auch die erwies sich als keine große Hilfe. »Sie müssten doch am besten wissen, in welchem Bett er gerade liegt«, sagte Sigrid Bajohr spitz und legte auf. Margo sah ihren Hörer sekundenlang an, bevor sie ebenfalls auflegte. Wusste Jons Frau auch von ihrer Affäre? Gewiss, alle Welt klatschte über »Jon und Margo«, die Sache hatte sich ja sozusagen vor aller Augen abgespielt, als sie noch Abend für Abend in Bajohrs Citroën saßen und sich nicht voneinander trennen konnten.

Doch im Vergleich zu heute war Jon damals noch einigermaßen diskret gewesen. Seit er seinen neuen Betthasen hatte, nahm er offenbar gar keine Rücksicht mehr.

Langsam begann sie sich über ihn zu ärgern. Seine Ehefrau mochte er betrügen, so viel er wollte, aber die Firma durfte er nicht vernachlässigen.

Am Samstag war Jon Bajohr noch immer nicht wiederaufgetaucht. Margo hatte Henri und Leonore zum Einkaufen geschickt, damit sie in Ruhe putzen konnte. Normalerweise kam Frau Bittner unter der Woche, eine mütterliche Schlesierin, die sich um Leonore kümmerte, wenn sie früher aus der Schule kam, aber die gute Seele war schon seit Tagen krank. Da musste dann die Hausherrin ran. Heute störte Margo das gar nicht, es fühlte sich gut an, zur Abwechslung mal etwas anderes zu tun als am Schreibtisch zu sitzen.

Das Radio stand im Herrenzimmer, sie hatte die Musik so laut aufgedreht, wie es gerade noch ging, ohne dass die Hausbesitzerin über ihr sich bemüßigt sah, Klopfzeichen zu geben. Immer samstags gab es eine Musiksendung, in der nicht nur Operette gespielt wurde.

Beschwingt nahm sie sich all das vor, was Frau Bittner gern zu vernachlässigen pflegte: die Fenster- und Türrahmen etwa. Der Ölofen rußte und hinterließ einen schmierigen Film, dem man nur mit äußerster Gewaltausübung und schärfsten Mitteln beikam. Mit Befriedigung betrachtete sie das Putztuch: schwarz vor Dreck, ein Beweis für ihre Gründlichkeit.

Als sie gerade begonnen hatte, mit Hingabe die Küchenspüle zu schrubben, erklang aus dem Herrenzimmer etwas, das sie innehalten ließ. Sie hielt die Hände unters fließende Wasser, trocknete sie flüchtig ab und ging hinüber in Henris Zimmer.

»Am Tag als der Regen kam«, sang eine rauchige Frauenstimme. »Lang ersehnt, heiß erfleht. Auf die glühenden Felder, auf die durstigen Wälder.«

Die Stimme faszinierte sie. Und der Text ebenso. Sie wusste, wie es war, wenn man sich wie ausgedörrt fühlte, »allein im fremden Land, die Sonne hat die Erde verbrannt, überall nur Leid und Einsamkeit«. Margo setzte sich auf die Lehne des Sessels, in dem Henri die Zeitung zu lesen pflegte, und fühlte, wie ihr etwas die Kehle hochstieg, bis ihre Augen zu brennen begannen.

»Und da erwachten die Träume. Da kamst du …«

Die Träume. Sie hatte keine mehr. Es war ja alles erkämpft und erreicht, was sollte nun noch kommen? Die Liebe? Die Liebe hatte sie hinter sich, da brannte nichts mehr, manchmal noch gab es ein mattes Feuerchen, an dem Henri und sie sich wärmten, aber Leidenschaft und Gefühl? Vergangen. Den letzten Höhenflug hatte sie mit Jon erlebt, und das war auch schon eine Weile her.

Wo er nur war? Ob es ihm gut ging? Was wäre, wenn sie ihn niemals wiedersehen würde? Der Abgrund, der sich bei diesem Gedanken auftat, erschreckte sie zutiefst. Ein Leben ohne Jon war nicht vorstellbar.

Als der Ansager andächtig sagte:»Das war Dalida, der Schlagerstar aus Frankreich, mit dem beliebten Lied ›Am Tag als der Regen kam‹«, schluchzte sie, als ob sie sich die Tränen jahrelang für diesen Moment aufgespart hätte.

Sie hörte die Wohnungsklingel nicht. Sie hörte auch nicht, dass es klopfte. Erst das nachdrückliche Hämmern der Vermieterin über ihr ließ sie aufhorchen und das Radio leiser drehen. Da war jemand an der Wohnungstür.

Sie nahm das Geschirrtuch, um sich die Augen zu trocknen, lief durch den Flur und öffnete. Jon fiel ihr fast in die Arme. Jetzt weinte sie erst recht.

»Am Abend nach meiner Ankunft saß ich noch an der Hotelbar auf einen Cognac, schräg gegenüber das trauerbeflorte Bild von Wilhelm Pieck, du weißt, ihr Präsident, der ist gerade gestorben. Doch daran kann die schlechte Stimmung in diesem Land nicht gelegen haben.« Er grinste sie an. »Die kriegen da im Osten einfach den Arsch nicht hoch. Ich hab mir mal die sowjetischen Fernsehtruhen angesehen, ich sag dir, für diese Särge muss man anbauen!«

Margo musste lachen, obwohl sie eben noch wie eine Rotzgöre geflennt hatte. Sie hatte Kaffee gekocht und einen Teller mit belegten Broten auf den Küchentisch gestellt, auf die sich Jon wie ausgehungert stürzte.

»Allerdings scheint sich, was Haushaltsgeräte betrifft, ein bisschen was getan zu haben in der Zone«, murmelte er kauend. »Auch wenn nicht viel davon bei der Bevölkerung ankommen dürfte. Sie haben wirklich nicht gerade das große Los gezogen, unsere Brüder und Schwestern.«

Sie reichte ihm das Geschirrtuch, das heute schon zu vielem gut gewesen war, damit er sich die fettigen Finger abwischen konnte.

»Im Hotel war natürlich alles vom Feinsten, da wollen sie den Westdeutschen zeigen, dass sie auf Weltniveau sind. Und tatsächlich: An diesem Abend begegnete mir Weltniveau, wie es leibt und lebt!« Jetzt grinste er auf eine Weise, die sie anzüglich fand. »Sie hieß Lydia und sah aus wie eine ägyptische Göttin.«

Margo riss ihm das Geschirrtuch aus der Hand. »Du hast uns wegen einer Weibergeschichte in Angst und Schrecken versetzt?«

Er griff nach ihrer Hand. »Beruhige dich! Das Gespräch war rein beruflicher Natur! Obwohl ...« Er griff mit der anderen Hand nach einem Käsebrot. »Ich hab ein bisschen angegeben, als das Gespräch auf unsere Firma kam. Wir als Vorreiter bei der Elektrotechnik, Radio, Fernsehen, Fotoindustrie. Du weißt schon. Das hat sie so beeindruckt, dass sie am nächsten Tag wiederkam.«

»Und da hast du natürlich bereits an der Bar gesessen und auf sie gewartet.« Margo legte Eiseskälte in ihre Stimme.

»Natürlich. Sie zeigte großes Interesse an der Firma. Von Film und Foto verstand sie was. Und nach ziemlich viel Alkohol bot sie mir eine Zusammenarbeit an.«

»Mit ihr?«

»Nein, mit einem Institut, für das sie arbeitet. Irgendetwas mit wirtschaftlicher Forschung. Ich hab den Braten natürlich sofort gerochen, in der DDR ist man schließlich sehr daran interessiert, das Embargo auf technischen und wirtschaftlichen Informationstransfer zu umgehen.«

»Du weißt, was darauf steht, wenn du für den Osten spionierst, oder? Gefängnis!«, zischte Margo. »Musst du eigentlich immer gleich den Verstand verlieren, wenn dir eine halbwegs attraktive Frau begegnet? Mach meinetwegen, was du willst, aber nicht auf Kosten der Firma!«

Sie stand auf und entzog ihm den Teller, auf dem noch eine halbe Wurststulle lag.

Jon stützte sich mit den Ellenbogen auf den Küchentisch und seufzte. »Margo, du siehst das zu eng. Lydia ist eine nette, intelligente Person, und man muss doch wirklich nicht allen da drüben misstrauen, selbst wenn sie ein bisschen oft von ›Frieden und Zukunft‹ quatschen.«

Margo starrte auf die spuckegelben Fliesen über dem Waschbecken. Plötzlich wusste sie, warum er sich auf diese Frau eingelassen hatte. Jon brauchte Geld. Er brauchte Geld, weil er sich scheiden lassen wollte.

»Brauchst du das Geld so dringend?«, fragte sie leise. »Ist es wegen der Scheidung?«

Jon starrte sie an wie ein Kind eine schillernde Seifenblase. »Wie bitte?«

»Ich meine – du musst dich nicht verkaufen, nur weil du Geld brauchst. Wir finden einen Weg. Du musst dich nicht ins Unglück stürzen.« Margo versuchte, fest und zuversichtlich zu klingen, doch zu ihrer Empörung brach Jon in schallendes Gelächter aus.

»Margo, du bist auf dem völlig falschen Dampfer. Ich hab mich nicht verkauft. Ich hab an ganz was anderes gedacht, als sie von Zusammenarbeit sprach. Willst du mir jetzt endlich zuhören?«

Sie drehte sich widerstrebend um. Jon rückte seinen Stuhl ein wenig nach hinten und lehnte sich zurück. »Ich dachte mir, es müsste doch interessant sein, zu erfahren, was sie so dringend benötigen. Da könnte schließlich ein Zukunftsmarkt liegen.«

»In der DDR? Der Markt ist mehr als überschaubar. Und wenn die Russen schon kaum zahlen, dann werden es die SED-Bonzen erst recht nicht können«, sagte Margo abwehrend, aber in ihrem Kopf formte sich ein Gedanke.

»Das alles kann sich ändern, schneller, als wir es für möglich halten. Glaub mir, ich habe eine gute Nase. Wir werden das tun, woran sie am meisten interessiert sind: Wir gehen in Richtung Elektronik und Datenverarbeitung.«

Margo hielt die Luft an. Dahin wollte sie schon lange, er hatte ihr bislang nur nicht richtig zugehört. Und diese Wende sollte sie nun der geheimnisvollen Lydia zu verdanken haben, statt ihren überzeugenden Argumenten?

»Na schön«, sagte sie, halbwegs versöhnt. »Aber das entschuldigt nicht, dass du uns in Angst und Schrecken versetzt hast. Warum bist du nicht pünktlich zurückgekommen? Habt ihr eure Zusammenarbeit im Bett fortgesetzt?«

»Margo! Bist du etwa eifersüchtig?« Er fasste nach ihrem Handgelenk und lächelte sie mit blitzenden Augen an. »Es war nichts, gar nichts zwischen ihr und mir, ich schwöre. Aber sie und ihre Genossen haben mich zu einer

Tour durch die volkseigenen Betriebe eingeladen. Dem konnte ich nicht widerstehen.«

»Wir dachten, sie hätten dich verhaftet.« Sie hob die Hand, um ihm die zerzausten Haare aus der Stirn zu streichen. Wie weich sein Haar war. Wie jung er aussah. Wie verletzlich. Wie konnte sie vergessen haben, dass sie ihn liebte?

»Das habe ich auch kurz geglaubt. Lydia war erstaunlich gut informiert über mich. Sie wusste, in welchem Fallschirmregiment ich war und dass wir Balten Stalin mehr fürchteten als Hitler. Vielleicht glaubte sie, dass mich das überzeugen würde, für sie zu spionieren.«

Jon nahm Margos Hand, legte seinen Mund in ihre Handfläche, sog ihren Duft ein, als ob es der von Rosen und nicht von Spüli wäre. »Dass du mir bei der Scheidung helfen willst, freut mich.« Sein Daumen strich sanft über ihren Unterarm und alle feinen Härchen stellten sich auf. »Aber wozu soll ich mich scheiden lassen, wenn ich dich nicht haben kann?« Er zog sie auf seine Knie und sie ließ es geschehen, Widerstand war zwecklos. »Wo ist überhaupt Henri?«, murmelte er.

»Lenk nicht ab. Warum bist du zu mir gekommen und nicht gleich nach Hause gefahren?«

Wieder nahm er ihre Hände und diesmal ließ sie sich küssen. »Zu wem sollte ich denn sonst gehen«, murmelte er, den Mund an ihrem Hals. »Ich hatte keine Lust auf Sigrid und ihre üblichen kleinlichen Verdächtigungen. Außerdem müssen wir doch jetzt dringend über neue Projekte reden, oder?«

Als er sie wieder küssen wollte, hörte sie, wie die Wohnungstür geöffnet wurde. Der Schlüssel fiel klirrend auf die Metallplatte des Teewagens, der neben dem Eingang stand, so klang es immer, wenn Henri kam.

»Margo?«

»In der Küche!«, rief sie und sprang auf. Schon stürmte Leonore herein.

»Mutti?«

»Hallo, Leonore«, sagte Jon. »Erinnerst du dich an mich? Ich bin der, der deine Mutter mit dem Auto nach Hause bringt, weshalb ihr immer auf sie warten müsst.«

»Guten Tag«, sagte Leonore, Misstrauen im Gesicht, machte einen Knicks, drehte sich um, drängte sich an Henri vorbei, der in der Tür stand, und lief wieder hinaus.

Henri stellte keine Fragen, stattdessen stellte er eine Flasche Nordhäuser Korn auf den Tisch. Margo ging zum Telefon und gab ein Telegramm an Bajohrs Frau auf, in dem sie seine Rückkehr bei voller Gesundheit meldete. Währenddessen wurde die Stimmung in der Küche immer gelöster. Nachdem die Männer die Systemfrage gelöst und Deutschland wiedervereinigt hatten, boten sie einander das Du an. Margo ließ sie gewähren. Es konnte ihr nur lieb sein, wenn sich die beiden wichtigsten Männer in ihrem Leben gut verstanden.

Sie ließ die beiden allein und ging hinüber ins Wohnzimmer zu Leonore, die sich auf dem Sofa an sie kuschelte, während sie Musik hörten. Das war das Glück, das sie nicht gefährden durfte, was auch immer geschah.

VIII

Seit vier Uhr früh war Margo nun schon hellwach, obwohl sie noch bis halb sieben schlafen könnte. Sie hatte sich zwar längst damit abgefunden, dass ihr Verstand besonders in der Stunde vor dem Aufstehen überaktiv war. Dann plusterten sich sämtliche Probleme auf in ihrem Kopf und paradierten vorbei, alle taten gleich dringend, alle riefen nach einer Lösung – und meistens hatte sie bis zum Zähneputzen die Antworten gefunden. Neuerdings aber wurde sie immer früher wach. Es musste damit zu tun haben, dass die Probleme sich häuften und dass die Antworten darauf ausblieben. Sie schien das Talent verloren zu haben, noch in den schwierigsten Lagen den Überblick zu behalten.

Henri schnarchte, während sie sich unruhig hin und her wälzte, er hatte einen Schlaf wie ein Bär im Winterquartier. Er ahnte nichts von dem, was sie bewegte, und er würde sie auch nicht verstehen, wenn sie versuchte, es ihm zu erzählen: Sie litt darunter, dass es etwas gab, worüber sie keine Macht besaß.

Da war Leonore, ihr blondes Prinzesschen, stets lieb und zutraulich. Doch über Nacht war das Blond verschwunden und die liebe Kleine hatte sich in etwas verwandelt, was die Pädagogen wohl »ein schwieriges Kind« nannten. Fast sehnte Margo sich nach den Zeiten zurück, als sie abends, wenn sie aus der Firma nach Hause kam, »Jetzt lass mich doch erst mal meinen Mantel ausziehen!« rief, weil Leonore auf sie zustürmte, kaum dass sie die Wohnungstür aufgeschlossen hatte, und sich an ihre Beine klammerte. Heute schien Leonore ihre Mutter kaum noch wahrzunehmen, sie war störrisch und maulfaul und verschlossen, selbst beim Mittagessen oder Abendbrot hatte sie immer ein Buch auf dem Schoß, sie verschwand in ihren Büchern wie in einer anderen Welt.

»Antworte gefälligst, wenn ich dich was frage!« Beim Gedanken an diese Szene wurde Margo noch immer heiß vor Scham: Sie hatte ihrem Kind das Buch aus den Händen gerissen, es war irgendein dicker Schinken, »Sinuhe der Ägypter«, das hatte sie in ihrer Wut gerade noch erkennen können, und es mit aller Kraft gegen die Wand geworfen. Das Buch blieb heil, nur das Bild von Margos Eltern fiel herunter. Henri hatte »Gewalt ist keine Lösung«

gemurmelt und ihr geholfen, den zerbrochenen Rahmen und das zersplitterte Glas wegzuräumen. Als sie sich in den Finger schnitt, hatte sie endlich einen Vorwand, wie ein Schlosshund zu weinen.

Margo schlug die Bettdecke zurück und stand auf. Sie betete sich vor, was sie sich immer sagte, wenn sie an ihrem Kind zu verzweifeln drohte: Leonore ist kein Kind mehr. Leonore ist schon zwölf, da beginnen die schwierigen Jahre, vor denen alle Elternratgeber warnen. Außerdem hat Leonore eine Mutter, die sich viel zu wenig um sie gekümmert hat.

Das war der springende Punkt. Margo hatte immer nur ein Thema gehabt, beim Mittagessen, beim Abendbrot: die Firma – Pläne, Projekte, Machtkämpfe und Intrigen. Henri hatte stets willig gelauscht, wenn sie beim Sprechen ihre Gedanken zu einer Strategie formte, aber Leonore wollte nichts davon hören. »Ihr redet immer über den gleichen langweiligen Kram. Ich lese lieber.« Und sie beide, Henri und sie, hatten das meistens geduldet. Es war ja auch am einfachsten so.

Margo tappte mit nackten Füßen über den kalten Boden Richtung Badezimmer, leise, sie wollte niemanden wecken. Sie war gern allein so früh morgens, wenn niemand sie aus ihren Gedanken reißen konnte.

Leonore, meine Kleine. Du hast eine Rabenmutter, die dich dennoch innig liebt. Ob du mir das glauben würdest, wenn ich es dir sagte?

Für die Mütter ihrer Schulkameradinnen war Leonore ein »Schlüsselkind«. Sie waren zu Hause, wann immer ihre Sprösslinge heimkamen, was bei dem häufigen Unterrichtsausfall jederzeit der Fall sein konnte. Sie sorgten dafür, dass ihre Goldstücke morgens geschniegelt und gebügelt das Haus verließen, während es über Leonore hieß, sie komme oft erst in der letzten Minute und ungekämmt, wenn nicht ungewaschen, zum Unterricht. Jetzt meinten sogar die Lehrerinnen, besorgt sein zu müssen, eine hatte kürzlich abends angerufen und behauptet, Leonore habe den »falschen Umgang«, sie sei mit einem Trupp »verwahrloster« Jugendlicher gesehen worden.

Leonore stritt alles ab und Margo wusste nicht, wem sie glauben sollte: Den erwachsenen Spießern mit ihrer moraltriefenden Selbstgefälligkeit oder dem eigenen Kind?

Es blieb bei Ermahnungen, denn weder Henri noch sie konnten sich um Leonore kümmern. Sie musste lernen, sich das Frühstück selbst zu machen und für ihr Äußeres zu sorgen – und nachmittags hatte sie ihre Schulaufgaben zu Hause zu erledigen, statt sich in der Stadt herumzutreiben. Doch wer sollte sie dabei beaufsichtigen? Etwa Henri, der sein Aktenstudium gern zu Hause erledigte und dabei nicht gestört werden wollte, wahrscheinlich, weil er darüber einschlief?

Vielleicht wäre das Kind in einem Internat besser aufgehoben? Der Direktor ihrer Hausbank, Herr Meincke, der immer noch gern mit ihr flirtete, hatte zwei Söhne auf einem piekfeinen Internat in der Schweiz und schwärmte davon. »Sie reifen daran, glauben Sie mir, Margo.«

Das Badezimmer war kalt und roch muffig, aber die beiden alten Jungfern in der Wohnung über ihnen dachten nicht daran, in ihre Bruchbude zu investieren. Es wurde Zeit, eine neue Wohnung zu suchen. Oder vielleicht doch – ein Haus? Ihr fiel in letzter Zeit immer wieder die Wahrsagerin ein, die ihr das einst prophezeit hatte, diese hässliche alte Frau, die von den Groschen fett geworden war, die sie den verzweifelten Menschen abknöpfte, die bei ihr Rat suchten. Neuerdings fand sie den Gedanken an ein eigenes Heim nicht mehr ganz so verrückt, sie hatte mit Jon über eine Gehaltserhöhung verhandelt und er hatte, wenn auch knurrend, zugestimmt. Sie wusste schließlich, wie teuer ihn seine privaten Vorlieben kamen, da konnte er nicht gut behaupten, für sie und ihre Familie sei kein Geld da.

Margo schaute sich prüfend ins Gesicht, während sie sich die Zähne putzte. Im August war ihr zweiundvierzigster Geburtstag, und dafür hatte sie sich gar nicht schlecht gehalten. Sicher, sie war nicht mehr gertenschlank, aber ihre Haut hatte kaum Falten. Die Nase war noch immer ein wenig zu breit, aber ihre grauen Augen glänzten. Erfolg macht schön, dachte sie und bleckte die Zähne.

Katzenwäsche mit dem Waschlappen musste heute genügen. Mit Deo und einem Spritzer Parfüm fühlte sie sich gewappnet für einen weiteren Tag voller Herausforderungen. Sie ging zurück ins Schlafzimmer und versuchte, den Kleiderschrank möglichst geräuschlos zu öffnen, aber die Tür knarzte, wie eigentlich immer. Henri knurrte, drehte sich auf die andere Seite und zog sich das Plumeau über die Ohren.

Henri war das nächste Problem. Er trank wieder. Sicher, sie durfte nicht meckern, zuverlässig bereitete er mittags und abends das Essen, aber meist hatte er sich schon beim Kochen mehr als drei Schnäpschen hinter die Binde gegossen. Dann stand er mit gerötetem Gesicht und glasigen Augen da, lallte Kosenamen und wollte sie küssen.

Getrunken hatte er, seit er aus der Gefangenschaft zurück war, allerdings nicht die Getränke, die sie auf ihren Eskapaden mit Jon kennengelernt hatte: Champagner, Cocktails, Whisky und liebliche Weine. Henri kippte Schnaps, am liebsten den Nordhäuser Korn, den Margos Mutter noch immer getreulich schickte. Er trank nicht mit Genuss, er wollte sich betäuben. Weil er Vergessen suchte oder weil er nicht der Mann sein wollte, den sie in ihm gesehen hatte – der starke, zuverlässige Kerl, der Verantwortung übernimmt? »Das kannst du doch viel besser als ich«, sagte er immer, wenn sie sich beschwerte.

Das stimmte natürlich. Außerdem war er im Vergleich zu ihr in einer misslichen Lage: Er liebte seinen Beruf nicht. Er hatte bislang jedes Angebot abgeschmettert, auf der Karriereleiter eine Stufe nach oben zu steigen, schon, weil er dazu ein Jahr in Oldenburg hätte verbringen müssen. »Und wer kocht euch dann das Essen?« Gut, dafür hätte es gewiss eine Lösung gegeben, aber er war an keiner interessiert.

Richtig unglücklich war er, als er am Landgericht in die Strafkammer versetzt wurde. Damals hatte sie geglaubt, zu begreifen, woran er krankte – als er sagte: »Ich möchte keinen Ganoven in den Knast bringen, der sich nach seiner vorzeitigen Entlassung dafür bei mir rächt.« Das klang wirklich nicht sehr mutig, aber sie war sich eigentlich sicher, dass Henri kein Feigling war. Er wollte sich nicht einmischen, das war es, nicht ins Leben anderer Leute eingreifen, wollte nichts verändern, keine Spuren hinterlassen, keinen Widerstand hervorrufen. Er wollte nicht verantwortlich sein.

Plötzlich passte das zusammen, dass er an anderer Stelle durchaus risikobereit war, im Kollegenkreis galt er geradezu als Rebell: Er war strikt dagegen, dass der Staat ins Privatleben seiner Bürger eingriff, er war der Meinung, dass sexuelle Neigungen Privatsache wären und dass es jeder Frau überlassen sein sollte, ob sie ein Kind austragen wollte oder nicht. Weg mit den Paragrafen 218 und 175, war seine Devise.

Er wollte nicht richten und nicht urteilen, und das mochte ja durchaus ehrenwert sein, Margo hatte Verständnis dafür, ja, sie war sogar ein bisschen stolz auf ihn deswegen, aber für eine solche Einstellung hatte er den falschen Beruf.

Menschen, dachte Margo. Er mag Menschen nicht. Einmal hatte er ihr gestanden, dass er die Welt und die Menschen nüchtern nicht ertrage.

Sie musterte ihre Garderobe. Das war der Unterschied zwischen ihm und ihr. Für sie waren Menschen kein Problem, sondern eine Aufgabe – und nicht gerade selten eine Herausforderung. So wie die junge Schreibkraft, mit der Jon seit einigen Wochen tändelte und die er, wohl um sie in seiner Nähe zu haben, neben Fräulein Kemper ins Chefsekretariat versetzt hatte, wohin sie einfach nicht gehörte.

Sein Flirt mit ihr war dem jungen Ding zu Kopf gestiegen. Sie spielte sich auf, tat eingeweiht, gab der Kemper Widerworte und schien Jon als ihr Eigentum zu betrachten. Margo würde es geschickt anstellen müssen, um sie zurück in den Schreibpool zu bekommen. Ob es ihr gelang, hing vor allem davon ab, wie viel das Mädchen Jon bedeutete.

Sie konnte sich noch immer nicht entscheiden, obwohl ihr Kleiderschrank keineswegs übermäßig viel Auswahl bot. Ein schmal geschnittener schwarzer Rock und das Jackett mit dem floralen Muster? Nein, zu weiblich. Jon könnte auf die Idee kommen, dass sie sich extra hübsch machte, weil sie eifersüchtig war. Das dunkelgrüne Etuikleid, das ihrer Figur schmeichelte? Zu damenhaft für das nächste Problem: Fritz Mennlich, der zweite Prokurist. Dem musste sie kollegial bis kumpelhaft kommen.

Er legte es seit Monaten auf einen Machtkampf mit ihr an. Es ging um die Neuverschuldung, die er anstrebte und die sie ablehnte. Sie wollte die Abhängigkeit der Bajohr AG und Co KG von den Banken möglichst gering halten, während Mennlich eine aggressive Vorwärtsstrategie durch Investitionen in neuen Märkten empfahl. Jon reizte das, er war eben ein Spieler, der gern aufs Risiko setzte.

Aber sie hatte ihm in einem der rar gewordenen Momente der Vertrautheit versprechen müssen, dass sie auf ihn aufpasste, wenn er im Überschwang seiner Pläne oder nach zu viel Bourbon übermütig wurde.

Womit sie bei einem weiteren Problem angelangt war. Auch die Beziehung zu Jon war nicht einfacher geworden. Nach seinem Abenteuer in der DDR hatte er ihr einen Heiratsantrag gemacht, einen von vielen. Wieder hatte sie Nein gesagt. Nicht wegen Leonore – das Mädchen schien sie bereits jetzt nicht mehr zu brauchen. Aber für Henri gab es nur einen einzigen Menschen, an dem ihm lag: seine Frau. Konnte sie ihm das nehmen, das Einzige, was ihm etwas bedeutete und seinem Leben Sinn verlieh? Er würde untergehen, sich zu Tode saufen. Bei aller Kritik an ihm: Das durfte sie nicht zulassen.

Margo griff zu dem blau-weißen Kostüm, das ein wenig wie ein Matrosenanzug aussah. Das passte zu der Botschaft, die ihr Äußeres heute vermitteln sollte: Hier kommt Margo Seliger, die verlässliche Partnerin und charmante Kollegin, der daran liegt, dass alle ihr Recht bekommen, und die dabei immer das Wohl des Betriebes im Auge hat. Sie musste Mennlich umschmeicheln, damit er die Angst vor ihr verlor, und zugleich Bajohr davon überzeugen, dass Investitionen nicht nur dann angesagt waren, wenn ihm der Sinn nach einem riskanten Spiel stand, sondern auch, wenn es darum ging, das Rückgrat der Firma zu stählen. Das Rückgrat waren die Verwaltung und das Finanzwesen, das Rückgrat hieß Margo Seliger. Wenn sie es geschickt anstellte, würde sie als Siegerin vom Platz gehen, ohne dass sich jemand unterlegen fühlte.

Für den, der die Zeichen zu lesen verstand, versprach das ein subtiles Rollenspiel: Ja, Margo Seliger stand ihren Mann, aber auf zutiefst weibliche Weise, mit einem Lächeln auf dem Gesicht und einem Zwinkern in den Augen.

Und deshalb – vielleicht die Perlenkette? Die Ohrringe? Nein, das wäre zu viel des Guten. Sie stellte einen Fuß auf den Stuhl neben dem Kleiderschrank und streifte sich die Seidenstrümpfe über Waden und Schenkel. Dann den Rock. Eine weiße Bluse. Die Jacke. Die blauen Pumps nahm sie in die Hand und verließ das Schlafzimmer auf Zehenspitzen. Während sich der Kaffee setzte, den sie sich in der Küche aufgoss, vervollständigte sie ihr Make-up. Der Lippenstift musste frisch wirken, aber er durfte nicht verführerisch glänzen. Sie nickte ihrem Spiegelbild zu. Sie war mit sich zufrieden.

Den Kaffee kühlte ein Schuss Milch ab, sie trank ihn im Stehen. Dann nahm sie Handtasche und Staubmantel, ging auf Zehenspitzen durch den Flur und zog die Wohnungstür hinter sich zu.

Die Idee, die sie vor ein paar Stunden gehabt hatte, war ganz einfach und genau deshalb genial. Fritz Mennlich würde seinen Investitionsspielraum bekommen, die Firma Bajohr würde sich weiter verschulden. Aber nur unter einer Bedingung, unter ihrer Bedingung: dass zugleich in die neuesten Methoden der Datenverarbeitung investiert wurde. Seit seinem DDR-Abenteuer war Jon dafür ansprechbar, jetzt musste er sich nur noch dafür entscheiden.

Jons Chauffeur, der sie seit einiger Zeit morgens abholte, hielt ihr bereits die Wagentür auf, als sie aus der Haustür trat.

Sie strahlte ihn an. »Heute wird ein guter Tag, Herr Bode, glauben Sie mir!« Seinen bewundernden Blick nahm sie huldvoll entgegen.

IX

Margo griff zum Hörer und wählte die Nummer von Fräulein Kemper, die, obwohl sie nun schon lange Chefsekretärin war, noch immer Fräulein genannt werden wollte. »Schicken Sie doch bitte die Engel zu mir, Fräulein Kemper.«

Fünf Minuten später stöckelte Sabine Engel herbei und blieb mit verschränkten Armen in der Tür stehen. Auch gut, du ungezogenes Balg, dachte Margo, die so tat, als ob sie den Inhalt der Mappe studierte, die vor ihr auf dem ansonsten leeren Schreibtisch lag, ich hätte dir sowieso keinen Platz angeboten. Sie blickte auf.

»Guten Tag, Fräulein Engel.«

»Tag.«

Keine Manieren, aber das war ja längst klar gewesen. »Sie werden ab morgen wieder im Schreibpool arbeiten, bis ich eine andere Position für Sie gefunden habe.«

»Was?« Die Engel kniff die Augenbrauen zusammen und machte schmale Augen. »Aber wieso denn? Ich bin doch …«

»Fräulein Kemper hält Sie für nicht belastbar genug, um die Position als ihre Vertreterin auszufüllen. Das muss ich so akzeptieren.«

»Ach, die Kemper!« Die Engel verzog den viel zu roten Mund zu einer kindischen Schnute. Zu viel Schminke, zu wenig Rock. Was hatte sich Jon dabei nur gedacht? »Die ist doch bloß eifersüchtig.«

Margo schenkte ihr ein schmales Lächeln. »Auf Ihre hervorragenden Stenokenntnisse? Ich glaube nicht, Fräulein Engel.« Sie klappte die Mappe zu. »Also ab morgen pünktlich um 8 Uhr wieder unten im Schreibbüro.«

»Sie haben mir gar nichts zu sagen.«

Margo hob die gepflegten Augenbrauen. Das Mädel wurde pampig. Welche süßen Lügen hatte Jon ihr wohl in die rosa Ohren geflüstert? Ich liebe dich, ich lass mich scheiden, willst du mich heiraten?

»Ich arbeite für Herrn Bajohr und für sonst niemanden.« Fräulein Engel sah aus, als ob sie gleich mit dem Füßchen aufstampfen würde. Aber nicht auf meinem Kirschholzparkett, dachte Margo.

»Wir arbeiten alle für Herrn Bajohr«, sagte sie mit ihrer sanftesten Stimme. »Ich zum Beispiel leite die Personalabteilung, damit Herr Bajohr sich nicht um jede Kleinigkeit selbst kümmern muss. Und ich möchte, dass Sie zurück ins Schreibbüro gehen.«

»Ich mache nichts ohne Anweisung von Herrn Bajohr persönlich!«

»Darauf können Sie lange warten. Und jetzt bitte …«
Ein Geräusch, hinter ihr. Margo drehte sich nicht um, das Geräusch war ihr vertraut. Die Verbindungstür zu Jons Büro hatte sich geöffnet.

»Jon!« Fräulein Engels Augen leuchteten auf.

»Hallo Binchen.«

»Jon, Frau Seliger sagt …«

Jon nickte ihr freundlich zu. »Immer gut zuhören, wenn Frau Seliger etwas sagt. Personalsachen sind ihre Angelegenheit, in die ich mich nicht einmischen darf. So leid es mir tut.«

Binchens Lächeln erstarb. Man merkte ihr an, wie schwer es ihr fiel, Haltung zu bewahren. Mit steifem Rücken drehte sie sich um und stakste hinaus. Die Tür ließ sie offen.

Jon schaute ihr hinterher, ein amüsiertes Lächeln auf dem Gesicht. Ach Jon, dachte Margo. So geht man nicht mit Menschen um, man lockt sie nicht erst an, um sie dann fallen zu lassen.

»Jon, du solltest endlich damit aufhören, das Personal verrückt zu machen! Sie war für die Position von vornherein nicht geeignet, da hat die Kemper völlig recht, du wolltest sie nur in deiner Nähe haben, weil sie nett aussieht! Aber die Firma ist kein Spielplatz!«

»Ich dachte, du wärst für Personalangelegenheiten zuständig? Dann hättest du sie doch gar nicht erst einstellen dürfen?«

Er lachte sie an, mit diesem unverfrorenen Grinsen, das noch immer unwiderstehlich war, obwohl sie gelernt hatte, zu widerstehen.

»Jetzt versuch nicht auch noch, mir den Schwarzen Peter zuzuschieben!«, fauchte sie, aber sie hätte genauso gut schnurren können: So ein bisschen Fauchen erschütterte ihn nicht, es gefiel ihm.

»Wenn du öfter mit mir ausgehen würdest …« Er machte ein paar Schritte auf sie zu und versuchte, ihr tief in die Augen zu blicken.

»Jon, bitte«, protestierte sie leise.

»Also gut.« Er steckte die Hände in die Hosentaschen und ging hinüber zum Fenster. Ihr Büro war so luxuriös wie seines und sie hatten beide den gleichen Blick: hinunter auf die Gartenanlage, die das Bürogebäude vom Labor trennte. Seine maßgefertigten Oxford Cordovans aus hellem rotbraunem Leder spiegelten sich im blitzblank polierten Parkett. Margos Büro strahlte verhaltene Opulenz aus, von der modernen Ledergarnitur und dem gläsernen Couchtisch in der Besucherecke bis zum Schreibtischsessel, ebenfalls Leder, und zum Schreibtisch aus rötlich braunem Kirschholz; auf all das legte sie Wert, es unterstrich ihre Position.

»Zum Gespräch mit Mennlich heute Nachmittag«, sagte sie sachlich.

»Hmhm?« Seine Finger zeichneten ein Muster auf das

Glas des Panoramafensters. Um seinen Ehering hatte sich ein Wulst gebildet, er war ihm ins Fleisch gewachsen, es würde schwer sein, dachte Margo, ihn abzubekommen. Sie lächelte in sich hinein. Jon hatte ein wenig zugenommen, wie sie alle. Und sein Haar war zu lang, sie musste Fräulein Kemper bitten, einen Termin beim Friseur zu vereinbaren.

»Du weißt, dass ich in Anbetracht der Lage zu Vorsicht rate.«

Die Lage war die: Die Firma Bajohr war zu klein geworden für den rasant wachsenden Markt. Das war gefährlich. Aber genauso gefährlich konnte es sein, wenn man zu schnell zu groß wurde.

»Dafür bist du bekannt.« Er wandte ihr noch immer den Rücken zu.

»Ich stimme einer Neuverschuldung unter einer Bedingung zu: dass wir zugleich in die Verwaltung investieren.«

»Das heißt Personalkosten.«

»Ja und nein.« Margo atmete tief ein. »Wir sollten alle Vorgänge auf das Lochkarten-Verfahren umstellen.«

Jon drehte sich um. Sie erwartete Widerspruch, auf den sie bestens vorbereitet war. Seit Wochen beschäftigte sie sich mit dem Verfahren, das auf einen Erfinder namens Herman Hollerith zurückging und in Deutschland von der Firma IBM vertrieben wurde. Sie hatte sich Informationsmaterial zuschicken lassen und die Sache durchgerechnet. IBM verkaufte seine Maschinen nicht, sie wurden lediglich vermietet. Das war erfreulich, damit wurde weniger Kapital gebunden. Der Maschinenpark brauchte allerdings Platz, den aber konnte man gewinnen, wenn man das Untergeschoss freiräumte und das Fotolabor an einen externen Dienstleister abgab. Die Ersterfassung aller Betriebsdaten auf Lochkarten würde man zunächst rausgeben müssen, auch das kostete, aber die enorme Vereinfachung aller Abläufe hatte langfristige Vorteile. Ob es den Abschied von Akten und Ablage wirklich geben würde, den die Anhänger des Systems priesen? Egal: jeder Arbeitsgang weniger sparte Geld. Die Sache hatte Zukunft. Das würde sie ihm sagen, wenn er Widerworte gab.

Doch Jon widersprach nicht, nicht mit einem einzigen Wort. Er lächelte nur, ging auf sie zu, legte ihr im Vorbeigehen die Hand auf die Schulter, sagte »Du machst das schon« und zog die Tür zu seinem Büro hinter sich zu.

Margo blieb sitzen und fragte sich, welchen Preis sie wohl dafür würde zahlen müssen, dass er ihr den Sieg so leicht gemacht hatte.

X

»Wenn ich stören darf?« Fräulein Kemper kam herein, wie immer um diese Zeit und wie immer mit der gleichen Begrüßung. Sie legte Unterschriftenmappe und Nachmittagspost auf Margos Schreibtisch. Die meisten Briefe waren bereits in der Poststelle geöffnet worden, nur Schreiben, die privat sein könnten, ließ man im Kuvert.

Margo arbeitete sich durch die Unterschriftenmappe, heute gab es nicht viel, was sie zu unterzeichnen hatte. Dann nahm sie den silbernen Brieföffner aus der Schale aus poliertem Holz, den Jon ihr geschenkt hatte, als er ihr Prokura erteilt hatte, und schlitzte den ersten der Briefe auf. Ein schwerer gefütterter Umschlag, darin die persönliche Einladung zu einem Vortrag von Dr. Mutius von der Dresdner Bank, da würde sie hingehen müssen. Die Kemper sollte eine stilvolle Zusage schreiben. Darunter die Einladung zur Vernissage eines bekannten Osnabrücker Künstlers, sie hatte einmal daran gedacht, sich eines seiner Bilder zu kaufen, aber wo sollte sie es hinhängen?

Zu Hause ins Wohnzimmer, in dem die Wände braun waren vom Ruß aus dem Ölofen? Sie legte die Einladung auf den anderen Stapel, die Kemper sollte absagen. Das Kuvert mit dem schwarzen Rand musste eine Todesanzeige enthalten, kurz fühlte sie ihr Herz stolpern, aber es konnte niemand sein, der ihr nahestand, einen Brief aus der DDR hätte sie sofort erkannt. Ihre Furcht war unbegründet, die Todesanzeige betraf den Vater eines Filialleiters. Die Kemper würde Blumen schicken müssen.

Ganz zuletzt ein Briefumschlag, der keinen Adressaten und keinen Absender zu haben schien. Sie nahm das Kuvert unschlüssig in die Hand. Es war eigentlich nicht Fräulein Kempers Art, anonyme Post unkommentiert weiterzuleiten. Sie setzte den Brieföffner an. Das Kuvert enthielt keinen Brief oder ein anderes Schreiben. Es enthielt eine Fotografie, gestochen scharf und in Farbe.

Das Bild zeigte eine Frau in so eindeutiger Pose, dass ihr heiß wurde. Die Frau lag mit hochgeschobenem Rock und entblößtem Hinterteil über der Motorhaube eines Autos, eines cremefarbenen Wagens, der vor wenigen Jahren noch als geradezu revolutionär bestaunt wurde. Es war der Citroën DS 19, die Göttliche, die Déesse, ein Auto, das sie intim kannte. Sie erkannte auch das Gesicht der Frau, das diese kokett dem Betrachter zugewandt hatte. Damit auch jeder gleich weiß, um wen es sich handelt, dachte sie. Um Margo Seliger, fotografiert von Jon Bajohr.

Wer hatte das Foto in die Post geschmuggelt? Fräulein Kemper? Unwahrscheinlich. Also kam nur einer infrage. Sie steckte das Foto zurück ins Kuvert, stand auf, strich den Rock glatt und öffnete die Tür, die ihr Büro und das von Bajohr verband.

»Margo!« Er saß am Schreibtisch und rauchte, neben sich ein Tablett mit einer Flasche Whisky, einer Karaffe

Wasser und einem noch halb gefüllten Glas. Der Farbe nach zu urteilen, hatte er den Bourbon nur sehr sparsam verdünnt.

Als sie näher kam, sah sie, dass er in einem Hochglanzmagazin blätterte. Er bemerkte ihren kritischen Blick und murmelte grinsend: »Es ist nicht das, was du denkst.«

»Ich denke gar nichts«, antwortete sie schnippisch. Das Heft war natürlich der »Playboy«, aber die Doppelseite, die er studiert hatte, zeigte tatsächlich keine halb nackten Frauen, sondern Fotos der aktuellen Automodelle. Die Déesse musste offenbar Platz machen für etwas Neues. Trennte er sich von der Vergangenheit? Hatte er ihr deshalb das Foto geschickt?

»Was hältst du von einem Jaguar?«, fragte er mit kindlichem Lächeln.

»Im Moment interessiert mich etwas anderes«, sagte sie und legte das Kuvert auf die Zeitschrift.

Er blickte kurz auf und zog dann das Foto heraus. Eine Weile sagte keiner der beiden ein Wort.

»Ich werde das nie vergessen, Margo, das weißt du.« Seine Stimme klang belegt. »Du musst mich nicht daran erinnern, wie schön du bist und wie wunderbar das war, das Autofahren mit dir.«

»Ich hatte nicht die Absicht, dich daran zu erinnern. Mir scheint, du bist derjenige, der mich erinnern wollte.«

»Ich?«

Sein Gesicht sagte alles, was sie wissen musste. Nein, nicht er hatte das Foto unter die Post geschmuggelt – doch das war nur im ersten Moment eine gute Nachricht.

»Wenn du mir das Kuvert nicht in die Post gelegt hast, wer war es dann?« Sie klang kühler, als ihr zumute war.

»Woher soll ich das wissen?« Jons Gesicht bildete erst Unverständnis ab, dann Unglauben und schließlich trotzige Abwehr.

»Begreif doch endlich!« Margo hätte ihn am liebsten geschüttelt. »Denk nach! Wer hatte Zugang zu deinen Fotos? Hat Sigrid endlich den Beweis für das gefunden, was sie schon so lange vermutet?«

»Ich ...« Jon stockte. Dann zog er die unterste Schublade in der rechten Hälfte seines Schreibtischs auf. »Verdammt.«

»Du hast die Fotos in einer unverschlossenen Schreibtischschublade aufgehoben?« Margo stemmte die Fäuste in die Seiten. »Bist du wahnsinnig?«

»Hätte ich sie vielleicht da aufbewahren sollen, wo Sigrid sie findet?« Sein Gesicht hatte sich zu einem Ausdruck verschlossen, den sie gut kannte. So sah Jon Bajohr aus, wenn er eine unliebsame Wahrheit nicht zur Kenntnis nehmen wollte.

»Du hättest sie vernichten sollen«, zischte sie.

Er blickte auf und schüttelte langsam den Kopf. »Das kann ich nicht«, sagte er leise. »Ich muss sie immer wieder ansehen und an das denken, was war. Was hätte sein können.«

Er stand im gleichen Moment auf, in dem sie sich auf ihn zubewegte. Und dann lagen sie sich in den Armen und klammerten sich aneinander, als ob sie sich jedes Detail des anderen einprägen wollten: Margo das raue Gewebe seines Jacketts und seine harte Brust, Jon ihren Duft und die weichen Rundungen, denen seine Hände nachspürten.

Ein Räuspern. Sie fuhren auseinander. Fräulein Kemper stand in der Tür. »Verzeihen Sie bitte, aber Frau Seliger wird am Telefon verlangt.«

Es war Henri. »Kannst du bitte sofort nach Hause kommen? Leonore ist verunglückt.«

Helene

I

Berlin. Der Auszug aus der alten Wohnung war überstanden. Was für ein Glück, endlich herauszukommen aus dem dunklen Souterrain in der Granitzstraße! Nur Clara war keineswegs so begeistert über die neue Wohnung, wie Helene sich das gewünscht hätte. »Jetzt hab ich es ja noch weiter zur Schule.« Himmel, wie sie dieses Genöle hasste!

»Du hast ein eigenes Zimmer. Wir dürfen den Garten mitbenutzen. Alles ist grün hier – gegenüber die Schrebergärten …«

»Stimmt. Und um die Ecke der Friedhof.« Clara verdrehte die Augen und Helene hatte wider Willen lachen müssen.

Gut, dass das Kind seine Sommerferien in der Pionierrepublik Wilhelm Pieck am Werbellinsee verbracht hatte und Helene den Einzug allein und ungestört erledigen konnte. Es war nicht viel, was aus der alten Wohnung mitgegangen war, der Tisch, die beiden Stühle, die Betten, ein paar Bücher und Geschirr. Die neue Wohnung in Hohenschönhausen wirkte befremdlich leer und weiträumig und hell, so ganz ohne Gardinen. Aber die konnte man sich sparen, die Wohnung lag im Obergeschoss, hinten hinaus blickte man an einer Birke vorbei auf den Garten, vorne auf eine Tanne und die KGA Roedernaue 1916 – eine Kleingartenanlage mit Tradition. Und was hatten sie schon zu verbergen – so beschaulich, wie mein Leben geworden ist, dachte Helene. Sie war eine ausgebildete Kundschafterin des Friedens, die noch nie etwas ausgekundschaftet hatte.

Immerhin: endlich hatte sie Zeit für Clara. Aber die

hatte plötzlich keine Zeit mehr für ihre Mutter. Meine gerechte Strafe, dachte Helene.

Für Um- und Einzug hatte sie Urlaub genommen, es gab genug zu tun und zu organisieren, und doch war es ungewohnt, nicht jeden Tag ins Büro zu gehen und unter Menschen zu sein. Von den neuen Nachbarn bekam sie wenig mit, sie sah weder morgens noch abends jemanden das Haus verlassen oder nach Hause kommen, einmal, nachts, hörte sie es in der Nebenwohnung rumoren, aber man verhielt sich konspirativ, wie es sich für MfS-Mitarbeiter gehörte. Ob das wirklich das passende Milieu war für ein lebhaftes Kind?

Aber Clara beharrte ja neuerdings darauf, kein Kind mehr zu sein, vielleicht, weil sie linientreue Strenge für erwachsen hielt. Manchmal überkam Helene der Wunsch, ihre Tochter zu bremsen, es gefiel ihr nicht, dass Clara alles wortwörtlich nahm, was Schule und Partei verkündeten. Denn was unterschied den DDR-Sozialismus schon von Kinderglauben? All die Parolen und Bekenntnisse waren etwas für Kinder und Toren, nicht für erwachsene Menschen.

Wer erwachsen war, durfte sich Zynismus erlauben, der war geradezu lebensnotwendig, wenn man nicht irre werden wollte an dieser Welt, in der es hehre Ziele gab, aber kein Klopapier. Die Parteizeitung eignete sich noch nicht einmal dafür.

Nach einer Woche gab Helene die wenig erfolgreiche Suche nach notwendigen Dingen wie Schrauben, Wandfarbe oder Steckdosen auf und nistete sich mit einem ungewohnten Wohlbehagen in das Provisorium ihrer neuen Bleibe ein. Das Haus in der Roedernstraße war von außen unansehnlich und innen nicht viel mehr als umbauter Raum. Aber es gab warmes Wasser und einen Kühlschrank in der Küche, und die Stille verführte zu der Vorstellung, ausgestiegen zu sein aus dem Karneval da draußen mit allem Pomp, Popanz und Parolen. Nichts drang mehr hinein zu ihr, selbst ihr gerade mal fünf Jahre alter »Dompfaff« hatte seit dem Umzug den Geist aufgegeben, das Radio ließ nur noch ein friedliches Brummen hören.

Das Wetter bot keinerlei Anreiz, am Ufer eines der nahen Seen spazieren zu gehen, der Sommer war bislang mäßig schön gewesen und entschieden zu kühl für Mitte August. Nach dem Brotholen ging sie oft über den Friedhof am Ende der Roedernstraße, unter den Bäumen dort hörte man kaum noch etwas von der Stadt. Sie las jede Inschrift auf jedem Grabstein und fand Vergnügen dran, die Toten zu befragen. Etwa Emilie Freygang, 1880–1927, Frau des Engros-Schlächtermeisters Gustav Freygang (»Nur Schaffen und Streben, das war sein Leben!«) – auf dem Grabstein verbat sich Frau Freygang zwar, sie zu stören, aber sie ließ auch mitteilen, dass sie gelitten habe. Woran? Bruno Paetzold wiederum, schon mit 41 Jahren gestorben, bekannte, nichts zu klagen zu haben, er sei ja mit Liebe gesegnet gewesen. Von wem? Und dann war da Hermann Deutschinger, gestorben am 29.11.1941 – »Schicksal warum?« Wie und wo auch immer er gestorben war, er dürfte eher an Hitler als am Schicksal zugrunde gegangen sein, dachte sie. Und nun stand eine wie Helene Pinkus zwanzig Jahre später vor seinem Grab und hatte überlebt. Schicksal warum.

Als sie das zweite Mal nach einem erfolglosen Beutezug im HO vom Friedhof hinüber zur Wohnung schlenderte, den leeren Einkaufsbeutel am Arm, bemerkte sie, dass man sie hinter dem Zaun zur KGA Roedernaue 1916 beobachtete. Sie grüßte unsicher hinüber. Die rundliche Frau in Kittelschürze und Kopftuch nickte und wandte sich ab. Der alte Herr mit der speckigen Schlägermütze aber blieb stehen und wartete, bis sie herangekommen war.

»Neu hier?«

Er hatte blassblaue Augen unter hellen Wimpern und
borstigen rotblonden Augenbrauen, freundliche Hänge-
backen und graue Bartstoppeln, aber sein Blick war forschend, vielleicht misstrauisch, womöglich auch nur neu-
gierig, Helene wusste ihn nicht zu deuten. Das Vermögen,
den Menschen hinter die Fassade zu schauen, war ihr abhandengekommen. Das mochte daran liegen, dass man in
diesem Land gelernt hatte, seine Züge zu verschließen.
Nach mittlerweile fast dreißig Jahren Leben unter wach-
samer Herrschaft wussten alle, wie man sich verstellte.

»Frisch eingezogen«, sagte sie und wies vage auf die
Häuserzeile hinter ihr. Es war nicht offiziell bekannt, dass
die Wohnung Roedernstraße 29 zum Bestand des MfS
gehörte, aber die meisten ahnten es. Vieles ahnte man in
diesem Land, Genaues wollte man nicht wissen, aber eines war ziemlich sicher: dass das »Schild und Schwert der
Partei« nicht überall geliebt wurde.

Das »Hmmm« des Alten klang, als wollte er sagen: Sie
passen doch gar nicht zu denen da, zu den Herren in den
Lederolmänteln.

»Ich wohne hier mit meiner Tochter«, sagte sie, um ihn
in diesem Eindruck zu bestärken.

Er hob seinen Arm und machte eine Bewegung mit den
Fingern der nach oben geöffneten Hand, die sie unwillkürlich zurückweichen ließ. Auf diese Art pflegte einer der La-
geraufseher Häftlinge herbeizuwinken, die sein Missfallen
erregt hatten. Die sah man danach nie wieder.

Doch der Alte lächelte. »Ihren Beutel«, sagte er. Zögernd reichte sie ihm das gute Stück, ihr bester Freund
beim Schlangestehen.

»Wenn Sie heute Abend um sechse noch einmal vorbeischauen, bekommen Sie ihn wieder.« Ein verschwörerisches Lächeln ließ seine blauen Augen blitzen.

Was meinte er damit? Das, was sie erhoffte? Sicher war sie sich nicht, aber um Punkt sechs stand sie am Gartenzaun. Der alte Herr ließ sich nicht blicken, am Zaun jedoch hing prall gefüllt ihr zerschlissener Dederonbeutel und drohte schier zu platzen. Helene schleppte die Beute nach Hause und breitete die Köstlichkeiten auf dem Küchentisch aus. Gurken und Tomaten, Lauch, Möhren und Zwiebeln – glänzend und duftend und noch feucht von der Gartenerde. Fast andächtig zerkleinerte sie eine Gurke und vier Tomaten und aß den Salat zum Brot vom Vortag. Die neue Wohnung bot mehr, als sie erwartet hatte.

Anderntags revanchierte sie sich mit der einzigen Währung, über die sie verfügte: mit einem Päckchen Warnow und einer Flasche Nordhäuser.

Der Alte schüttelte den Kopf. »Lassen Sie mal, ich hab genug.« Aber er nahm beides an. Dann reichte er ihr die Hand. »Heinrich.«

»Helene«, sagte sie.

»Ich möchte, dass Sie ein bisschen was auf die Rippen kriegen«, sagte Heinrich streng.

Helene musste lachen, ausnahmsweise gefiel ihr, dass jemand sich um ihre Figur sorgte.

»Auf gute Nachbarschaft, Helene. Also immer, wenn Sie was brauchen: den Beutel an den Zaun hängen. Nutzen wir die Zeit, der Winter kommt bestimmt.«

Noch aber war Sommer, der die letzten Himbeeren brachte und die ersten Äpfel, noch gab es Bohnen und schon Kartoffeln. Heinrich steckte duftenden Dill in den Beutel, Sonnenhut und Dahlien und späte Rosen. Er selbst ließ sich selten blicken, was sie manchmal bedauerte, sie hätte ihn gern ausgefragt nach den Toten auf dem Friedhof, einige davon hatte er sicher gekannt.

Am Sonntag vor dem Ende ihres Urlaubs kehrte der Sommer zurück. Obwohl sie nicht die geringste Neigung verspürte, sich halb bekleidet zu anderen Menschen ins Freie zu legen, machte Helene sich auf zum Strandbad Orankesee. Ihre Haut vertrug die Sonne nicht und gesellig war sie auch nicht gerade, aber ohne Arbeit und Clara fühlte sie sich einsam. Zwei Stunden lang hielt sie das Geschrei der Kinder und das Geplapper der Frauen aus, dann hatte sie die Menschen wieder satt, diese seltsamen Geschöpfe, denen es egal zu sein schien, welches Regime ihnen das Denken verbot und die Freiheit beschnitt.

Sie schlief früh ein und stand früh auf an diesem Montagmorgen, als ob sie es nicht erwarten könnte, wieder in ihrem Büro zu sitzen. Früher als sonst ging sie los, zu Fuß, über die Küstrinerstraße und die Große-Leege-Straße zur Landsberger Allee. Sie liebte die Maschinenhäuser des alten Wasserspeichers, sie waren im märkisch-gotischen Stil erbaut, das ganze Ensemble erinnerte sie an die Kasernen in Stendal: Schlösschen aus rotem Klinker mit sahneweißen Bordüren und Simsen. Im 19. Jahrhundert hatte man Paläste für Fabriken, Maschinen, Arbeiter und Soldaten gebaut, nicht für abgelegte Kurtisanen der Könige. Ihr schien das weit passender zu sein.

Sie brauchte eine gute Stunde bis zu ihrem Arbeitsplatz an der Magdalenenstraße. Die Adresse hatte einen schlechten Ruf, das lag am dortigen Gefängnis und seit einigen Jahren am MfS, das sich wie ein Krake in das Karree zwischen Normannenstraße und Ruschestraße eingenistet hatte.

»Gehst mal besser gleich rein zu ihm«, flüsterte Helga ihr zu. Stahls Sekretärin mochte Helene, was ein unschätzbarer Vorzug war. »Er wartet schon.«

»Na endlich.« Hans Stahl schob mit einer ungeduldigen Handbewegung die Akte im braunen Pappumschlag beiseite, die vor ihm lag, und stand auf.

Er wirkte schlecht gelaunt und unnahbar. So war er meistens, wenn sie sich in seinem Büro trafen. In diesem

Zimmer waren sie keine Privatpersonen, er war Genosse Generalmajor und sie Geheime Mitarbeiterin für besondere Aufgaben. Vielleicht lag seine Laune an der Einrichtung? Man fühlte sich umstellt von den glatten Schrankwänden aus hellem Furnier, bestückt mit den in speckigem blauen und braunen Kunstleder gebundenen Werken des Marxismus-Leninismus und einem Stalin-Porträt, das die unruhigen Zeiten überdauert hatte. Im Besucherstuhl saß man unbequem, obwohl er gepolstert war, denn die zu kurze Rückenlehne zwang zum Aufrechtsitzen. An einem Tischchen vor dem Fenster kümmerte eine Grünpflanze vor sich hin, hinter einem halb zurückgezogenen gelblichen Vorhang in der rechten Zimmerecke war ein Handwaschbecken zu erkennen.

»Wir haben ein Problem. Walter Ulbricht macht uns das Leben schwer.«

Sie nickte. Das war nichts Neues.

»Die Maßnahmen zur Grenzsicherung gefährden unsere Arbeit.«

»Welche Maßnahmen zur Grenzsicherung?«

Stahl blickte sie an, als ob sie kapitalismusfreundliche Parolen gerufen hätte. »Wo warst du die ganze Zeit, Helene? Auf einem anderen Planeten? Unsere bewaffneten Kräfte sichern seit Tagen die Grenze durch Berlin. Niemand kann mehr rüber in den Westteil.«

Sie starrte ihn ungläubig an.

»Hier.« Er schob ihr das »Neue Deutschland« hin, das mit der Schlagzeile aufmachte: »Maßnahmen zum Schutze des Friedens und zur Sicherung der Deutschen Demokratischen Republik in Kraft.«

»Um Himmels willen.« Helene war entsetzt. »Sind wir jetzt alle eingesperrt?«

Hans Stahls Gesicht versteinerte. »Fühlst du dich in unserem Land etwa eingesperrt?«

»Natürlich nicht, aber …«

»Findest du das richtig, dass man hier auf Kosten des Volkes seine Ausbildung genossen hat und dann nach drüben geht, weil es dort ein paar Mark mehr zu holen gibt? Findest du es richtig, dass man die Annehmlichkeiten unserer sozialistischen Lebensweise genießt, aber sein Geld im Westen verdient und damit unserem Staat seine Arbeitskraft entzieht?«

»Natürlich nicht. Aber …«

»Findest du es richtig, dass westdeutsche Agenten, Revanchisten und Militaristen bei uns ein- und ausgehen können?«

»Aber du sagst doch selbst …«

»Die Maßnahme dient der Rettung unseres Friedens. Im Übrigen gehört Grenzsicherung zum souveränen Recht eines jeden Staates.«

Helene gab auf. Stahl war auf Linie.

»Hast du nicht eben gesagt, dass dadurch unsere Arbeit gefährdet ist?«

»Man hätte uns vorwarnen müssen.«

Man hätte uns alle nicht belügen dürfen, dachte Helene.

»Das ist nun also nicht mehr zu ändern. Wir müssen den Kampf noch entschlossener aufnehmen. Wir werden andere Maßnahmen treffen müssen. Ich lasse dich alles Nötige wissen.« Damit war Helene entlassen.

In den Wochen danach kam sie nur wenig zum Nachdenken. Clara kehrte voller Begeisterung aus den Ferien in der Pionierrepublik zurück. Sie hatte Freunde gefunden, sogar junge Leute aus dem Westen, und sie war eine noch glühendere Anhängerin des Sozialismus geworden, sofern das überhaupt möglich war.

»Weißt du, Mutti, ich habe meine Argumente im Gespräch mit den anderen geschärft.« Was für eine hochnäsige Rechthaberin ihre Tochter doch sein konnte. Hatte sie das von Margo? Oder von Alard? Von mir, dachte Helene, kann sie es jedenfalls nicht haben.

Ihr Zimmer dekorierte Clara mit Wimpeln und Plakaten, und endlich gefiel es ihr in der neuen Wohnung. Nur das Obst und Gemüse, das Helene manchmal abends mitbrachte, beäugte sie misstrauisch, seit sie wusste, dass es vom alten Heinrich aus der KGA Roedernaue stammte. Den mochte sie nicht – »Der ist aus der alten Zeit. Der steht nicht für den Fortschritt.« Als ob man das dem Geschmack der Äpfel und Tomaten anmerkte. Doch auch Helene sah den alten Herrn nur noch selten, das beschauliche Leben war vorbei, ihre Arbeit ließ ihr kaum noch Luft zum Atmen. Gut, dass man Clara mittlerweile allein lassen konnte.

Es war früher nie ein Problem gewesen, nach Westberlin zu gelangen, doch jetzt ging es den Kundschaftern des Friedens wie allen anderen DDR-Bürgern: Es gab kein legales Schlupfloch mehr, man musste heimlich über die grüne Grenze gehen. Helene bereitete sich gründlich darauf vor.

II

»Annamaria Heinkel, verehelichte Schröder, geboren am 3. April 1920 in Fulda.« Sie flüsterte die Daten auf der grünen Pappe vor sich hin, während sie durch den Wald stolperte. Man hatte ihr den behelfsmäßigen Westberliner Ausweis erst gestern gegeben, sie hatte sich die Daten noch nicht so sicher eingeprägt, dass sie einem Verhör standhalten würde. »Wohnhaft in Berlin, Knesebeckstraße 94.«

Sie trug ihre beste Westkleidung – ein Kostüm, einen warmen Mantel, Nylonstrümpfe und Pumps. Niemand, der bei Sinnen war, würde in dieser Aufmachung Pilze suchen gehen, doch so lautete ihre Legende, und zum Beweis ihrer ehrlichen Absichten trug sie ein Körbchen bei sich.

Hans Stahl hatte sie heute Mittag in eine konspirative Wohnung beordert, dort hatte sie sich umgezogen, nachdem sie sich eher freundschaftlich als leidenschaftlich geliebt hatten.

»Gut siehst du aus«, sagte er mit Besitzerstolz, als sie frisiert und geschminkt aus dem Badezimmer kam. »Ich fahr dich hin, so nah ran wie möglich.«

Doch mit seinem Moskwitsch kamen sie nicht weit, den Rest der Strecke bis zur Grenze musste sie zu Fuß zurücklegen. »Denk dran: Die Tür in der Mauer ist offen, du kannst sie aufdrücken. Pass auf, dass dich niemand sieht.« Er küsste sie flüchtig. »Wenn unsere Leute dich finden: Du hast dich beim Pilzesuchen verirrt. Wenn es Ärger gibt, hau ich dich raus.«

Vielleicht. Vielleicht auch nicht. Agenten sind auf sich gestellt und zur Not lässt man sie über die Klinge springen, das war ihr längst klar. Doch sie lächelte und tat so, als glaubte sie ihm.

Der Boden war weich, es hatte lange nicht mehr geregnet und noch keinen Frost gegeben, sodass sie trockene Füße behalten würde, wenn sie erst einmal angelangt war an dieser sagenhaften Tür im ebenso sagenhaften Schutzwall. »Annamaria Schröder, geborene Heinkel«, murmelte Helene. Fast wäre sie über eine Wurzel gestolpert. »In Fulda. Am 3. April 1920.« Der Ausweis machte sie um drei Jahre jünger, aber sie glaubte nicht, dass das jemandem auffallen würde, sie hatte sich »ganz gut gehalten«, wie Hans mit gönnerhaftem Lächeln behauptete.

Die Tage waren kurz, es war zwar noch nicht ganz dunkel, doch in den Wald drang kaum noch Licht. Helene versuchte, sich zu konzentrieren, nicht zu stolpern, Ranken und Dornen auszuweichen, die ihr die Strümpfe zerreißen könnten, möglichst nicht in morastiges Gelände zu geraten, das würde den Schuhen schlecht bekommen.

Da, endlich, war die vom Blitz gespaltene Eiche, vor der sie sich ihren Instruktionen zufolge links halten sollte. Helene blieb stehen. Etwas bewegte sich im Astwerk über ihrem Kopf, es knackte und raschelte. Rauschend erhob sich ein dunkler Schatten. Sie hielt die Luft an. Der Schatten hielt auf sie zu, pfeilgerade. Sie hob die Hände. Doch bevor das geflügelte Unheil sie erreichte, machte es »Buuuh!«, flatterte hoch und davon. Ihr Herz stolperte, bevor es schneller weiterschlug.

Memme, schalt sie sich. Im Wald sind keine Räuber, sondern Uhus und Wildschweine. Der Gedanke an hauerbewehrte Rotten war allerdings auch nicht sehr beruhigend. Atemlos setzte sie sich auf einen umgestürzten Baum, sehnte sich nach einer Zigarette und bedachte ihre Lage.

Niemand durfte mehr von der Hauptstadt der DDR aus nach Westberlin reisen, die Mauer zerteilte die Stadt, und es hatten sich, wie sie jetzt wusste, dramatische Szenen abgespielt, bevor die bewaffneten Kräfte der DDR die Betonwand abgesichert und mit einem Grenzstreifen versehen hatten. In letzter Sekunde noch waren Hunderte in die Freiheit gelaufen und gesprungen, und die Westmedien delektierten sich an spektakulären Szenen, etwa an der Bernauer Straße, dort verlief die Grenze direkt vor einer Häuserzeile.

Und doch empfand sie seit einigen Wochen eine ungewohnte Loyalität gegenüber ihrem Land. Wir in der DDR tun Buße für das, was geschehen ist, dachte sie, für jedes

KZ, für jeden Ermordeten, für all das, was deutsche Soldaten in Schutt und Asche gelegt haben. Hier ist, trotz allem, das bessere Deutschland.

Sie vermisste nichts, sie hatte schon schwereren Mangel gelitten. Der Überfluss im Westen war ihr eher peinlich, es kam ihr obszön vor, diese Angeberei mit dem, was man hatte. Hinter den Gesichtern vieler Menschen glaubte sie Leere zu erblicken. Viele von ihnen hatten das Unverzeihliche getan oder gutgeheißen oder nicht verhindert und taten jetzt so, als ob nichts gewesen wäre.

Natürlich galt das auch für manch einen in der DDR. Nein, sie war noch immer keine überzeugte Genossin. Aber ihr Auge fand Schönheit in den Häuserruinen im Osten, die Abwesenheit von Buntheit war tröstlich. Lieber eine ärmliche Fassade als die Tünche, die der Kapitalismus über alles legt.

Ja, sie hatte das alles einmal anders gesehen, sie hatte den Bolschewismus genauso verachtet wie den Nationalsozialismus. Aber seit Chruschtschows aufrührerischer Rede war der Stalinismus erledigt, zumindest offiziell. Man konnte aufatmen und in die Zukunft blicken. Und die Mauer? Hässlich, aber nötig, denn es stimmte ja, was Hans Stahl sagte: Sie war ein antifaschistischer Schutzwall.

Helene gab sich einen Ruck. Und weil ich bleiben will, dachte sie, muss ich jetzt gehen.

Nach etwa hundert Metern hinter der Eiche leicht nach rechts abbiegen, stand in ihren Instruktionen. Sie achtete darauf, wohin sie trat, während sie vorwärtsging. Vor ihr lichtete sich der Wald, es wurde etwas heller. Dann kam der schmale Grenzstreifen, dahinter die Sperrmauer aus schmutzig-weißen Hohlblocksteinen, und da war sie, die Tür.

Ob man noch dieselbe wäre, wenn man einmal hindurchgegangen war?

III

»Ich glaube, im November gibt es keine Pilze mehr.« Helene saß auf dem Bett und zog sich die Strümpfe wieder an, es war kalt im Schlafzimmer.

»So?«, murmelte Hans Stahl in sein Kopfkissen. »Wer sagt das?«

»Der Brockhaus.«

»Eine bourgeoise Quelle. Und der glaubst du mehr als mir?« Seine Stimme war heller geworden.

»Man geht auch nicht mit feinen Schuhen in den Wald. Und mit Nylonstrümpfen.« Sie hatte sich natürlich eine Laufmasche geholt bei ihrem Ausflug und ihr weißes Taschentuch mit den Häkelspitzen ruiniert, als sie damit im S-Bahnhof Wannsee ihre Schuhe gereinigt hatte.

»Helene?« Jetzt war er wach. »Ich dulde keinen Widerspruch. Die Partei hat immer recht und ersatzweise ich.«

Natürlich. Er war ihr Stellvertreter auf Erden. Wie konnte sie das vergessen haben.

»Nichts ist sinnlos, was du tust. Wir wissen, was nottut, verlass dich darauf. Alles, was du brauchst, ist Geduld, das ist das A und O in unserem Beruf. Geduld und nochmals Geduld.«

»Ich verstehe, Genosse Generalmajor«, sagte sie schnippisch und ging ins Bad. Ihre Widerspenstigkeit würde er ihr heimzahlen, er mochte keine Ironie.

Seine Rache kam prompt. Schon zwei Tage später erhielt Helene den Auftrag, in Westberlin die Mieter eines Hauses in der Tiergartenstraße 24 auszukundschaften. Wieder nahm sie den Weg über die Geheimtür in der Mauer, diesmal war der Boden gefroren, das war gut für ihre Schuhe, aber nicht für ihre körperliche Verfassung.

Als sie nach Stunden die Tiergartenstraße erreichte, war sie verfroren und ausgehungert. Offenbar war sie im ehemaligen Diplomatenviertel gelandet, aber die meisten der einst prächtigen Häuser waren zerstört. Nach langem Rätselraten fiel ihr auf, dass ein Gebäudeflügel einer der Ruinen bewohnbar zu sein schien. Jetzt stellte sich nur die Frage, ob er auch bewohnt war, denn sie sah weder Namensschilder noch Klingel. Minutenlang stand sie vor dem Haus und fragte sich, ob Hans Stahl sie wirklich mit voller Absicht ins Leere laufen ließ. Erschöpft lehnte sie sich an die Tür und wäre fast hingefallen, als der schwere Holzflügel nachgab und sich in einen dunklen Treppenaufgang öffnete.

»Ist da jemand?«, rief sie zaghaft.

»Wer da?« Ein heiseres Bellen von weiter oben.

»Hallo?«, rief sie zurück. Da sie nicht wusste, was sie erwartete, hatte sie sich keine Legende zugelegt, nur ein paar Geschichten, die ihre Zudringlichkeit erklären könnten. »Ich bin auf der Suche nach einer alten Schulfreundin«, etwa. Doch in diesem Gemäuer hatten keine normalen Menschen gewohnt, jedenfalls niemand, der ihre Schulfreundin, ihre Tante oder ihr entfernter Vetter hätte sein können. Langsam tastete sie sich die Treppe empor.

»Was wollen Sie?« Schnarrender Befehlston. Mann, jenseits der 60, schätzte sie. Also einer, der dabei gewesen sein und mitgemacht haben könnte. Er kam ihr entgegen, nahm mühsam Stufe um Stufe, klammerte sich am Geländer fest.

»Ich brauche Ihre Hilfe«, sagte sie und legte weibliche Schwäche in die Stimme.

Bei Männern funktionierte das fast immer, bei Frauen etwas seltener.

»Ich suche eine Schulfreundin«, begann sie.

Das knotige Gesicht des Mannes verzog sich zu einem

breiten Grinsen. »Hier hat niemand gewohnt, das sieht man doch, hier wurde residiert. Das war mal die japanische Botschaft, bevor sie im Krieg bombardiert worden ist, Frolleinchen.«

Das bestätigte, was sie befürchtet hatte. Stahl wollte sie hereinlegen – oder die Aktion hatte einen Hintersinn, den sie nicht verstand.

»Ja, gewiss, aber sie hat mir diese Anschrift gegeben, sie muss nach dem Krieg hier gewohnt haben, und ich …«

»Ihre Freundin hat sich einen Scherz erlaubt. Und jetzt gehen Sie.«

So einfach durfte sie sich nicht abschütteln lassen. Sie musste improvisieren, was ihr nicht leichtfiel, denn die Wut darüber, hereingelegt worden zu sein, wurde immer größer. Hier wohnte offenbar tatsächlich niemand, außer diesem alten Kerl mit der platten Nase und den herabgezogenen Mundwinkeln im grauen Kittel eines Hausmeisters.

Genau. Sie atmete tief durch. Außer diesem seltsamen Zeitgenossen hier. War das die Lösung?

»Bitte. Vielleicht können ja Sie mir helfen. Edith hat mir die Adresse gegeben, für den Fall, dass es einmal nötig sein würde, vielleicht habe ich sie mir falsch aufgeschrieben, aber es ist schon spät und – ich kann nicht nach Hause. Nicht nach allem, was passiert ist.«

Der Alte guckte nicht eine Spur freundlicher.

»So? Was ist denn passiert?«

»Mein Mann. Er ist – jähzornig.«

Der aufkommende Wind blies Schneeflocken durch die geöffnete Tür ins Treppenhaus. Nur ein Unmensch würde sie wieder fortschicken.

Sie wartete und hoffte. Nach einer Weile machte der Alte eine Kopfbewegung, die zwar nicht sehr einladend war, aber eindeutig genug. Sie wollte ihm schon hinterhergehen, die Treppe hinauf.

»Erst machen Sie mal die Haustür zu, junge Frau. Wir sind kein Obdachlosenheim.«

Sie gehorchte, lief hinunter und holte ihn schnell wieder ein.

Auf dem Treppenabsatz machte der Alte halt, wandte sich nach links und öffnete eine der Türen, die vom dunklen Flur ins Innere des Hauses führten. Feuchte Wärme schlug ihnen entgegen. In dem Zimmerchen, in das der Mann sie führte, bullerte ein Ofen, es roch nach Essen und Zigarettenrauch und ungewaschener Kleidung.

»Nehmen Sie sich den Sessel da drüben, Sie können den Mist auf den Boden werfen. Hunger?« Der knorrige Alte watschelte zu einem bauchigen Büfett.

Helene hob einen dicken Stapel Zeitungen vom Sessel und legte sie auf den Boden.

»Den Tisch freimachen«, knurrte der Alte, der zwei Gläser und eine Schachtel Zwieback in der Hand hielt und eine Flasche unter dem Arm geklemmt hatte.

Helene schob einen weiteren Stapel Zeitungen und Zeitschriften zur Seite.

»Setzen.« Sie setzte sich.

Der klare Schnaps tat gut und der Zwieback stillte den gröbsten Hunger. Der Alte trank zügig und ohne Genuss, aber er stellte keine Fragen. Stattdessen begann er zu erzählen.

»Sie befinden sich hier in der japanischen Botschaft, mein Fräulein, jedenfalls war die mal hier. Gebaut ab 1938 im klassizistischen Stil, zerstört 1943. Und verwaist, seit die Adenauerregierung nach Bonn gezogen ist. Wir sitzen in einem der ehemaligen Büros und ich passe auf, dass sich niemand hier einnistet, Ganoven und Herumtreiber, Landstreicher, randalierende Jugendliche. Verstehen Sie?«

Helene nickte müde. »Aber warum Sie? Ich meine ...«

»Warum? Warum? Dumme Frage. Von irgendwas muss der Mensch doch leben, oder?«

Der Alte goss ihr Schnaps nach. »Mich haben sie nicht mehr gewollt, die Saubermänner. Nach 1945. Bin Kategorie 2 Entnazifizierungsgesetz. Also Militarist oder Nutznießer. Dabei hat er mir nie was genutzt, der olle Adolf. Bin in die Partei gegangen wie alle anderen auch. Musste in den Krieg ziehen wie alle anderen auch. Und das hab ich nun davon.«

Wie alle anderen auch. Das war der Schlüsselsatz zu allem Unheil des Jahrhunderts, ach was: der menschlichen Existenz. Es war die Ausrede der Opportunisten, der Angepassten, der Feigen, der Stumpfen, der Blinden, der Gleichgültigen, der Denkfaulen. Es war auch ihre Ausrede.

Helene spielte das Spiel nun schon seit Jahren mit, und es war kein Ausweis für besonders großen Mut, dass sie sich bislang standhaft geweigert hatte, die Aufnahme in die SED zu beantragen. Clara hatte sich darüber bitter beschwert. »Du hast keinen Klasseninstinkt!« Natürlich nicht. Was sollte eine Fotografin denn auch für einen Klasseninstinkt haben, gar noch eine, die im Spanischen Bürgerkrieg nicht auf der richtigen Seite gewesen war?

»Man kann auch ohne Parteibuch etwas Nützliches tun für unsere Menschen«, hatte Helene geantwortet. Clara glaubte, dass ihre Mutter als Archivarin in einem wissenschaftlichen Institut arbeitete, von der Hauptverwaltung A und ihrer Bedeutung im Ministerium für Staatssicherheit wusste sie nichts, und das sollte auch so bleiben. Das Kind durfte nicht erfahren, wie nützlich seine Mutter wirklich war: auch ohne Parteibuch war sie doch weit mehr als ein bloßer Mitläufer. Auch sie würde man zur Rechenschaft ziehen, sollte der real existierende Sozialismus eines Tages scheitern. Wie würde man Helene am Tag der Abrechnung bewerten und wie Clara, die so begeistert war von der großen Sache?

Überleben ist alles, hatte sie in den dunkelsten Stunden in Buchenwald gedacht, doch das war nur ein Bruchteil der Wahrheit. Für das Leben nach dem Überleben war nicht ganz unwichtig, wie tief man beim Kampf um die Existenz im Morast gelandet war.

Sie war gewiss nicht der bessere Mensch, und dennoch verspürte sie kein Mitgefühl mit dem alten Mann da vor ihr. Opportunismus schützte nicht vor Einsicht. Und wer nicht spätestens jetzt bereute, wo alles bekannt war, alles, was während der Naziherrschaft geschehen war, jetzt, da man die Toten zählen konnte, die Gefolterten und Erschlagenen und Erschossenen, wer nicht wenigstens jetzt erkannte, dass er einem Verbrecher und seinem Regime hinterhergelaufen war, der verdiente es nicht anders, als in den Ruinen des einstigen Größenwahns zu vermodern.

»Das kann sich ja niemand mehr vorstellen.« Der Alte hatte bereits ein halbes Päckchen von Helenes Zigaretten inhaliert, gut, dass sie noch zwei weitere dabeihatte. Westzigaretten natürlich, Peter Stuyvesant, die etwas feineren.

»Stalingrad. Mir sind zwei Zehen abgefroren. Bin gerade noch rechtzeitig rausgekommen. Aber mit Dank des Vaterlands und so war nüscht.«

Wer sollte denn 1945 noch Danke sagen? Die Vertriebenen, die Ausgebombten? Die vergewaltigten Frauen, die hungernden Kinder? Oder gar die wenigen Überlebenden der Lager? Die monotone Klage des Alten, dem der Schnaps die Zunge schwer werden ließ, ermüdete sie. Aber wahrscheinlich war es ihm sowieso egal, ob sie zuhörte oder nicht.

Helene hielt nur eines noch aufrecht: Sie hatte einen Auftrag zu erfüllen.

Eine harte Hand packte sie an der Schulter, schüttelte sie. Sie musste eingenickt sein. »Das Sofa steht nebenan, da können Sie schlafen.«

Das Sofa roch muffig, die Sprungfedern hatten sich durch die Polsterung gedrückt. Dennoch schlief sie tief und traumlos. Kaffeeduft weckte sie.

Der Alte stand neben dem Büfett, er trug das Gleiche wie am Abend zuvor, wahrscheinlich schlief er in seinen Klamotten. »Milch gibt's nicht«, sagte er zur Begrüßung. »Und nach dem Kaffee gehen Sie schön nach Hause und schmeißen Ihren Mann raus. Bestellen Sie ihm einen Gruß von Adolf Heuser, wenn er nicht pariert, komm ich ihn besuchen.«

Hans Stahl sprach sie auf ihr Abenteuer nicht an, das war ihr nur recht. Ihre Mission war gescheitert. Nichts hatte sie erreicht, gar nichts, und der Alte hatte sie an der Nase herumgeführt. Adolf Heuser war in den Dreißigerjahren ein berühmter Boxer gewesen, der heute offenbar irgendwo im Westen im Irrenhaus saß. Dennoch musste sie die Probe bestanden haben, denn man ersparte ihr weitere Ausflüge dieser Art. Hans Stahl schenkte ihr sogar ein Kofferradio namens »Mikki« als Ersatz für den Dompfaff. Es schien eine Art Abschiedsgeschenk zu sein, denn er lud sie nicht wieder in seine Wohnung ein. Auch das war ihr recht.

Wie wenig sie einen Mann vermisste. Die paar Nächte mit Alard damals kurz vor Kriegsende auf Gut Mondsee schienen für ein ganzes Leben zu reichen. Sie verbot sich, allzu oft daran zu denken – aber manchmal kam es ihr vor, als ob er ihr ganz nah sei, wenn auch nicht körperlich, so doch in Gedanken. So sollte es bleiben, sie wollte nicht wissen, ob er noch lebte und was er machte, ob er verheiratet war, Kinder hatte. Alard von Sedlitz sollte der bleiben, der ihr gehört hatte, ihr allein – an einem vergessenen Ort in einem vergangenen schlesischen Frühjahr. Denn es gab ja etwas, was sie noch immer mit ihm verband: seine Tochter.

Eine Zeit lang kehrte Ruhe in ihr Leben ein. »Du riechst wieder wie du«, sagte Clara eines Tages, als Helene in der Küche stand und Nudeln mit Letscho kochte. Auch den Kontakt zum alten Heinrich, dem Gärtner mit der Schlägermütze, hatte sie wieder aufgenommen. Er hatte sie abgepasst, als sie früher als gewöhnlich von der Arbeit nach Hause kam.

»Ihr Beutel«, sagte er. »Ich hab noch Kartoffeln. Und Schwarzwurzeln.«

So konnte das Leben auch sein, so aufregungslos, so ruhig, so im Fluss. Vielleicht sollte man vom Glück nicht mehr erwarten.

IV

Der Winter war eisig, seit Wochen hatten sie Ostwind bei stählern blauem Himmel und die Kohlen wurden knapp. Clara war nach der Schule oft bei ihrer früheren Nachbarin Irmgard und Helene blieb länger im Büro, das sparte Heizmaterial. Eines Abends, kurz bevor sie gehen wollte, schickte Hans Stahl nach ihr.

Seine Sekretärin begrüßte sie warm lächelnd. Kaum hatte Helene sich auf den Stuhl vor Stahls Schreibtisch gesetzt, stand Helga schon mit einem Tablett in der Tür – Kaffee und Kekse, also war ein gemütliches Beisammensein geplant. Das hieß: Er wollte etwas von ihr.

Als Helga die Tür wieder hinter sich zugezogen hatte, lehnte Hans Stahl sich in seinen Schreibtischsessel, schlug die Beine übereinander und blickte Helene feierlich an.

»Ich denke, du bist so weit, Helene. Wir sind alle sehr zufrieden mit deiner Arbeit.«

Wir? Alle? Wen meinte er? Das klang schon fast bedrohlich.

»Ich möchte, dass du dich in den nächsten Wochen auf einen einzigen Fall konzentrierst. Und zwar auf die Firma Jon Bajohr in Osnabrück. Du kennst den Eigentümer bereits.«

Sie erinnerte sich nicht sofort. Doch, ja, da war ein Jon Bajohr gewesen, auf der Leipziger Messe, ein charmanter, gut aussehender Mann, allerdings hatte er sich nicht von den Vorzügen einer Kooperation überzeugen lassen.

»Ich erinnere mich an ihn. Aber er hat sehr deutlich gemacht, dass er die Embargovorschriften kennt, Hans.«

»Das mag schon sein.« Stahl stand auf und goss ihr Kaffee ein, ganz aufmerksamer Gastgeber.

»Ich glaube nicht, dass er uns nützlich sein kann.«

»Gemach.« Er stellte die Kanne aufs Tablett. »Ich rede nicht von Bajohr, ich rede von seiner Firma. Ich glaube, die könnte für uns interessant werden. Ich möchte, dass du dich mit der Angelegenheit befasst.«

»Natürlich, wenn du das für sinnvoll hältst.« Jawohl, Genosse Generalmajor.

Stahl setzte sich wieder, öffnete die Schreibtischschublade und legte mit einem triumphierenden Lächeln zwei Fotos auf den Tisch, mit dem Rücken nach oben. Er beobachtete sie genau, während er eines der Fotos umdrehte und über den Tisch zu ihr hinüberschob.

Das Bild war von bizarrer Schönheit, aber nicht gerade jugendfrei. Das Gesicht der Frau war nicht zu erkennen, aber was sie tat, war eindeutig. Sie lag mit hochgeschobenem Rock und ohne Unterwäsche rücklings auf einem Autositz, hatte die Beine erhoben und leicht gespreizt, stützte sich mit den nackten Fußsohlen an der Wagendecke ab und schien sich mit dem Zeigefinger der rechten Hand zu befriedigen.

»Gute Qualität. Der Fotograf hat einen Blick für Details.«

Stahl gab ein amüsiertes Schnauben von sich. »Der Fotograf ist Jon Bajohr. Und die Frau ist nicht nur seine Geliebte, sie ist seine rechte Hand, zuständig für Personal und Finanzen, er hat ihr Prokura erteilt.«

Hans schob das zweite Foto über den Schreibtisch – »Und was sagst du dazu?« Sie nahm es auf. Das Bild zeigte ganz offenkundig dieselbe Frau. Wieder war der Rock hochgeschoben, diesmal sah man ein entblößtes Hinterteil. Die Frau schien über der Motorhaube eines Autos zu liegen, ihr Gesicht war halb dem Fotografen zugewandt, sie lächelte, unschuldig und lüstern zugleich.

Helenes Herzschlag stockte. Sie kannte das Gesicht, auch wenn die Frau auf diesem Foto bei ihrer letzten Begegnung jünger gewesen war.

Fast siebzehn Jahre war das her, seit sie Margo das letzte Mal gesehen hatte. Auf Gut Mondsee. Es war später Abend gewesen, am Ende eines verregneten Maitags. »Bleibst du mit der Kleinen in der Küche? Ich will schnell nach oben.« Helene hatte die Szene gestochen scharf vor Augen, wie auf einem Schnappschuss mit Blende 8: Margo mit ihrem Tagebuch in der Hand, wie sie aus der Küche ging.

Sie hatten den Herd für eine dünne Suppe angeheizt, die sie aus ihren letzten Vorräten gekocht hatten, es war fast zu warm im Raum. Vor dem Herd lag Alards schwarze Dogge, lang ausgestreckt, schlafend. Manchmal zuckten Adelantes Pfoten und sie stieß einen Japser aus, wahrscheinlich träumte sie von der Hasenjagd. Der Hund war dünn geworden, man sah die Rippen unter dem matten Fell.

Die Kleine lag friedlich in einem Holzkorb, den sie mit Decken ausgepolstert hatten, das Gesichtchen ganz rot von der Wärme, den Daumen in den Mund gesteckt. Helene hatte das Kind mit Liebe und Sehnsucht betrachtet – und mit wachsender Eifersucht. Margo besaß etwas, was sie nie haben würde und wonach sie eine quälende Sehnsucht spürte, seit sie Alard von Sedlitz wiederbegegnet war. Aber man hatte sie sterilisiert, bevor sie ins Lagerbordell kam, noch ein Preis, den sie fürs Überleben bezahlen musste. Margos Kind hätte eigentlich ihres sein müssen.

Helene sah, wie Adelante sich aufrichtete und knurrte, hörte Männerstimmen draußen auf dem Hof. Das war nicht Alard, der endlich zurückkam. Das waren die, vor denen man sie gewarnt hatte, plündernde Horden, die blutige Rache nahmen an allen Deutschen. Sie hatte nicht weiter nachgedacht, hatte das Kind aufgenommen und die Küche durch die Hintertür verlassen. Ohne Margo. Und ohne Margo zu warnen.

Sie hörte wie damals die Fußtritte gegen die Tür, das Gejohle der Männer, Schüsse, das wütende Gekläff von Adelante, das jäh abbrach. Und dann diese entsetzlichen Schreie. Margo konnte das nicht überlebt haben.

Helene starrte auf das Foto, auf dieses Dokument der Sinnes- und Lebenslust. Doch, Margo hatte überlebt. Daran hatte Helene all die Jahre über nicht denken wollen. Es lag doch schließlich nahe, dass sie tot war, oder? Hätte sie vielleicht auf die Suche nach ihr gehen sollen? Nein. Margo hatte ja offenbar auch nicht nach ihrem Kind gesucht. Außerdem – je mehr Zeit verstrich, desto weniger stellte sich die Frage. Clara war längst nicht mehr Margos Tochter. Was war schon ein rein biologisches Ereignis gegen siebzehn Jahre Hege und Pflege, mit durchwachten Nächten und Tagen, an denen man Trost spenden und aufgeschlagene Knie verpflastern musste? Was waren schon ein paar Stunden Geburtswehen gegen das Ertragen schlechter Laune und vorlauter Parolen, mit denen Clara sich neuerdings wieder beliebt machte? Und was bedeutete schon eine einzige Nacht mit Alard, einem Mann mit all seinen geschlechtsbedingten Schwächen?

Hans war unruhig geworden hinter seinem Schreibtisch, er platzte fast vor Ungeduld. »Was sagst du jetzt, Helene?« Dieser Triumph in seiner Stimme! Er wusste also Bescheid.

»Das ist Margo Seliger«, sagte sie steif. »Ich kenne sie aus Stendal. Sie war eine Arbeitskollegin bei Photo-Werner.«

»War sie nicht auch ein bisschen mehr?«

Helene war in den letzten Minuten Hans' Blick ausgewichen. Aber jetzt hob sie den Kopf und sah ihm in die Augen. »Was willst du damit sagen?«

Er hob lachend die Hände. »Keine Sorge, ich glaube nicht, dass ihr eine lesbische Beziehung hattet, dazu kenne ich dich zu gut.«

Gar nicht kennst du mich, wollte Helene sagen. Aber sie presste die Lippen zusammen.

»Sie hat das bei der Gestapo vehement geleugnet. Lass mal schauen …« Er öffnete die Dokumentenmappe, die vor ihm lag, und blätterte. »Da. ›Ich bin die Verlobte eines verdienten Soldaten. Ich verwahre mich gegen diese Anschuldigung. Ich habe mich lediglich mit Fräulein Pinkus unterhalten, wie es unter Kollegen üblich ist.‹«

Er blätterte weiter.

»›Wir haben über den Krieg gesprochen. Helene Pinkus hat gesagt: Dieser Krieg ist nicht zu gewinnen. Ich habe geantwortet: das ist Wehrkraftzersetzung.‹«

Helene hielt die Luft an. So war das also. Auch Margo hatte sie verraten.

Und wieder sah sie die Szene vor sich: Stendal, November 1941. Es war ein kalter, aber sonniger Tag gewesen. Sie hatte im Labor gearbeitet, als sie im Laden vorne Stimmen hörte. Marianne kam in die Dunkelkammer gestürzt, ohne anzuklopfen.

»Du sollst sofort nach vorne kommen!« Atemlos und triumphierend hatte ihre Stimme geklungen, später jedenfalls war Helene das so vorgekommen.

»Hast du das Licht draußen an der Tür nicht gesehen? Jetzt ist ein ganzer Tag Arbeit futsch!« Sie war wütend gewesen, sie hasste es, wenn man sie bei der Arbeit störte.

»Ich glaube nicht, dass es darauf noch ankommt!« Weg war Marianne.

Noch immer wütend war Helene in den Laden gegangen. Da standen sie, zwei Männer in langen Mänteln, sie wusste sofort, um wen es sich handelte, die beiden ließen keinen Zweifel daran. Sie nahmen sie in die Mitte und führten sie ab. Das Vorletzte, was sie sah, war Otto Werner, der »Gott sei mit dir« sagte. Das Letzte war Margos Gesicht.

Helene erinnerte sich an die Verzweiflung, mit der sie versucht hatte, die Kollegin mit Blicken zu erreichen, »die Bilder, Margo, denk an die Bilder«, aber Margo hatte es vermieden, zu ihr herüberzusehen.

»Da steht noch mehr.« Hans Stahls Stimme klang mitfühlend. »Die Zeugin Margo Seliger bemerkte abschließend: ›Ich würde mich nicht wundern, wenn die Pinkus jüdisch wäre.‹«

Wieso lebe ich noch? Helene spürte, wie sich ihr Magen hob. Wehrkraftzersetzung und Jude sein reichte gut und gern für zwei Todesurteile.

Stahl klappte die Mappe wieder zu. »Die Zeugin Margo Seliger wurde als nicht vertrauenswürdig eingeschätzt. Man hielt ihr zugute, dass sie ihrem Verlobten, einem tapferen Soldaten im Kampf fürs Vaterland, die Wahrheit nicht zumuten wollte. Es blieb dabei: Ihr hattet eine widernatürliche Beziehung. Tja, Helene: Du hast den schwarzen Winkel einer Intervention von SS-Obersturmbannführer Wilhelm Gärtner zu verdanken.«

Helene schloss die Augen. Margo war nicht nur ein Feigling, sondern auch eine Denunziantin gewesen. Das machte es einfach. Stahls Enthüllungen bedeuteten Befreiung von allen Schuldgefühlen, die sie noch immer haben mochte.

Wir sind quitt, Margo, dachte sie. Ich bin zwar mit dem Leben davongekommen, aber dass ich unfruchtbar bin, geht auf dein Konto. In ausgleichender Gerechtigkeit habe ich deine Tochter behalten.

Sie öffnete die Augen. »Sie hat also ein Verhältnis mit ihrem Chef. Ungewöhnlich ist das nicht.«

Hans Stahl grinste. Er dachte wohl, dass er sie in der Tasche hatte. Mit Recht.

Helene griff nach Block und Stift. »Was ist mit ihrem Mann? Sie hat einen Henri Seliger geheiratet. Lebt der noch?«

»Soweit wir wissen, ja.«

»Und die Familie?«

Stahl blätterte wieder in seinen Papieren. »Der Vater ist 1947 ins Spez-Lager Buchenwald gekommen.« Er blickte auf.

Helene verzog keine Miene. Nein, es lag keine Gerechtigkeit darin, dass ausgerechnet Margos Vater dort gelandet war. Ganz gewiss nicht. Dennoch fragte sie sich, wen die Russen wohl in den Sonderbau gesteckt hatten, in dem das Häftlingsbordell untergebracht gewesen war. Ob es auch bei den Russen Kapos gab, die privilegiert waren. Und zu welcher Sorte Margos Vater gehört hatte.

»Mutter und Schwester leben noch in Stendal.«

»Gut.« Helene stand auf und strich sich den Rock über den Hüften glatt. »Ich lege einen Vorgang an.«

V

»Margo Seligers Mutter, Minna Hegewald, ist an Diabetes erkrankt. Ihre Schwester Gerda wohnt bei ihr in Stendal und kümmert sich um sie. Die Mutter ist mittlerweile Rentnerin, die Schwester arbeitet als Gärtnerin, obwohl sie gehbehindert ist. Sie ist überdies in einem Bibelkreis aktiv, den wir unter Beobachtung halten.«

»Ein Bibelkreis. Feindlich-negative Einstellung. Na bitte.«

»Die Schwester ist weder in einer Partei noch Mitglied in einer unserer anderen Organisationen, geht allen gemeinschaftlichen Aktivitäten aus dem Weg, gilt als etwas seltsam, als ›eigenbrötlerisch‹. Der ›Bibelkreis‹ findet einmal die Woche im Pfarrhaus der dortigen evangelischen Johanniskirche statt, bislang ist niemand der etwa 23 regelmäßigen Teilnehmer negativ aufgefallen.«

»Gut, gut. Mal sehen, was man daraus machen kann.«

»Exakt. Ich schlage vor, eine operative Personenkontrolle einzuleiten und sowohl Gerda Hegewald als auch den sogenannten Bibelkreis einer eingehenden Beobachtung zu unterziehen. Margo Seliger hält engen Briefkontakt mit Mutter und Schwester.«

»Die Familie ist immer der Angelpunkt«, befand Hans Stahl.

Helene nickte.

»Also dann.« Er schob den Stuhl zurück und erhob sich. »Du wirst es nicht schwer haben, deine alte Freundin davon zu überzeugen, dass man einer Kundschafterin des Friedens nichts abschlägt.«

Manchmal, dachte Helene beim Verlassen des Büros, hat Generalmajor Hans Stahl einen feinen Sinn für Humor. Sie selbst war sich keineswegs sicher, wie man am besten auf Margo zuging. Dass es politisch-ideologische Gemeinsamkeiten gab, bezweifelte sie; das war normalerweise der Königsweg bei der Anwerbung. Doch ein politisch denkender Kopf war Margo ihres Wissens nie gewesen und sentimentale Bindungen an die alte Heimat traute sie ihr nicht zu.

»Ablage« hatten die Mädchen bei Photo-Werner Margo spöttisch getauft. Das war ungerecht gewesen, aber auch Helene war damals aufgefallen, wie spröde und kalkuliert Margo Hegewald durchs Leben ging. Die Buchhaltung musste stimmen, das war die Richtschnur ihres Lebens. Sie liebte Zahlen, alles musste berechenbar sein, sie war kein Gefühlsmensch. Und deshalb war ihr womöglich gar nicht aufgefallen, was sie anrichtete, als sie sich bei der Gestapo gegen den Vorwurf wehrte, sie habe eine lesbische Beziehung mit Helene unterhalten. Sie hatte nur gesagt, was sie für die Wahrheit hielt, und die Folgen nicht bedacht.

An Fantasie hat es dir immer gefehlt, liebe Margo, dachte Helene. Das würde es schwierig machen, sie von der Sache des Sozialismus zu überzeugen. Erpressung mochte helfen, gewiss: der Mutter die Medikamente verweigern, die Schwester einsperren. Aber das war in der HV A nicht gern gesehen, »wenn du sie nicht überzeugen kannst, dann verführe sie«, pflegte Stahl zu sagen. »Und wenn auch das nicht hilft, dann kaufst du sie eben.« Doch ob Margo käuflich war?

Wahrscheinlich musste man den Hebel an mehreren Stellen ansetzen. Man konnte natürlich mit der Enthüllung ihrer außerehelichen Beziehung zu ihrem Chef winken, sie hatte ja die skandalösen Fotos, die ihnen zugespielt worden waren, von wem, wollte Stahl nicht verraten. Aber das war zu billig. Dann schon eher Druck ausüben auf Mutter und Schwester und der Westverwandten als rettender Engel gegenübertreten. »Ich tue alles, was ich kann, um deiner Schwester zu helfen, Margo. Aber dafür brauche ich …« So konnte es gehen.

Die nächste Möglichkeit: An Margos gewiss vorhandenes schlechtes Gewissen Helene gegenüber appellieren. »Du hast mich damals im Stich gelassen, ich verzeihe dir, doch wenn du etwas wiedergutmachen willst, dann könntest du …« Auch das war eine Option.

Schließlich hatte sie einen weiteren Trumpf in der Hand, von dem Stahl nichts wissen durfte. »Wenn du willst, versuche ich, dein Kind zu finden. Ich habe die Kleine auf den Arm genommen und bin gerannt, als die Mörder kamen, wir sind später getrennt worden auf der Flucht, aber es gibt da eine Spur …« Wäre Margo kaltherzig genug, so ein Angebot abzulehnen?

Die Aufgabe, alles über Margo Seliger, ihre Firma und ihre Familie herauszufinden, beschäftigte Helene derart intensiv, dass sie kaum dagegen protestierte, als Clara zur FDJ-Jugendhochschule Wilhelm Pieck an den Bogensee geschickt wurde. Es war ja eine Auszeichnung, wie Clara betonte, »und du bist ja doch nie zu Hause.«

Über ihre eigenen Motive machte sich Helene keine Illusionen. Wenn es ihr gelang, Margo anzuwerben, brachte sie die ehemalige Kollegin in Gefahr, als Ostspionin aufzufliegen, so etwas beendete zuverlässig jede Karriere, das galt auch für die Beamtenlaufbahn des Gatten.

Wenn Helene ehrlich mit sich war: Ja, da waren Rachegefühle im Spiel. Und es lockte sie die endgültige Befreiung von dem stets lauernden Schuldgefühl, dass sie zwar Margos Kind gerettet, aber es ihr zugleich vorenthalten hatte. Es war an der Zeit, den Spieß umzudrehen.

Margo

I

Osnabrück, 7. April 1962
Dass man das, was man liebt, zugleich so hassen kann!
Was habe ich sie geliebt, die kleine Leonore, wie sie blass
und hilflos im Krankenbett lag, ganz meine Tochter.
Und wie wütend ich war: Wie konnte das kleine Biest
mir das antun?
Es war ein Unfall. Ja, gewiss, es war ein Unfall. Aber
was hatte das Blag während der Schulzeit auf der
Straße zu suchen gehabt, auch noch auf dem Sozius
eines Mopeds? Und wieso treibt sich eine eben mal
13-Jährige mit einem englischen Soldaten herum, dem
ich inbrünstig eine unehrenhafte Entlassung an den Hals
wünsche? Und warum zum Teufel haben ihre Lehrer
uns nichts davon gesagt, dass das Gör schon seit Wochen
nur noch unregelmäßig zum Unterricht erschienen ist?
Leonore ist mir gründlich fremd geworden. Sie
interssiert sich für nichts, nur für etwas, was man kaum
Musik nennen kann. Elvis Presley – na, das ginge ja
noch. Aber all die anderen Heulbojen mit den Wisch-
moppfrisuren?
Ihre Schulnoten sind miserabel, der Unfall hat sie um
Wochen zurückgeworfen, insbesondere in Latein kommt
sie nicht mit. Henri hat versucht, ihr Nachhilfestunden
zu geben, aber er hat keine Geduld, immer gibt es Streit
und Tränen. Das kann ich gerade noch gebrauchen,
wenn ich abends fix und fertig nach Hause komme.
Und wie das Mädchen aussieht! Leonore war ein
hübsches Kind, aber mittlerweile ist sie viel zu dünn und
läuft am liebsten in Hosen herum.

*Nichts ist, wie es sein sollte. Ich auch nicht. Ja: ich
bin eine Rabenmutter. Ich habe Leo nur zweimal im
Krankenhaus besucht, die offiziellen Besuchszeiten sind
nicht für Leute gedacht, die einem fordernden Beruf
nachgehen. Und schließlich – Henri ist ja auch noch da,
oder?
Aber der ist der nächste Nagel an meinem Sarg, wenn
das so weitergeht. Ja, er war nach Leos Unfall am Boden
zerstört, da verzeiht man ja erst einmal vieles. Doch
mittlerweile hat er schon beim Mittagessen glasige Augen
und will »lieb« zu mir sein. Aber soll ich ihn nun auch
noch trösten? Wenn einer an dem ganzen Drama schuld
ist, dann ein arbeitsscheuer und trunksüchtiger Raben-
vater, der seine Aufsichtspflichten vernachlässigt hat.
Ihm ist alles egal. Leo sei nun mal in der Pubertät, das
sei ein vorübergehender Zustand, da müsse man durch.
In Wirklichkeit will er sich nicht um seine Tochter
kümmern, das wäre viel zu viel Verantwortung für seine
schwachen Nerven. Aber schwache Nerven sind keine
Entschuldigung für schlechtes Benehmen, für Unzuver-
lässigkeit, für Pflichtvergessenheit.
Wenn ich so in meinem Tagebuch blättere … dann weiß
ich nicht mehr, warum ich ihn geheiratet habe. Kann
ein Mensch sich so verändern? Oder war er immer
schon so schwach? Vielleicht kommt er mir nur deshalb
so schwach vor, weil ich im Laufe der Jahre stärker
geworden bin?
Dabei fühle ich mich schon längst nicht mehr stark.
Die Schatten sind zurück. Sie lauern im Hintergrund,
schleichen sich an, packen zu. Ich weiß manchmal nicht
mehr, wer ich bin und wieso ich noch lebe. Der Garten
interessiert mich kaum noch, ich bin für die Farben der
Rosen blind geworden und ihr Duft ist mir unangenehm.
Nichts freut mich, nichts erreicht mich.*

Der Arzt hat mir Urlaub verordnet und Tabletten
verschrieben. Abends Atosil zum Schlafen. Morgens
Librium gegen die Depressionen. Ich bin nicht mehr
ich.

Es tat gut, über den Strand hinter den Dünen zu laufen
und das müde Gesicht in den salzigen Wind zu halten.
Und, dachte Margo, es tut gut, allein zu sein. Vielleicht
würde irgendwann das Licht wieder heller werden und
das Karussell im Kopf ein wenig langsamer laufen, mehr
verlangte sie schon nicht mehr.

Früher hatte sie Probleme geliebt – solange sie fest daran glaubte, sie lösen zu können. Doch just dieser Glaube,
der sie durchs Leben getragen hatte, war ihr mit einem
Mal abhandengekommen. Noch nicht einmal der Gedanke an die Firma half.

Sie hatte in ihrem Leben viel zu oft die falschen Entscheidungen getroffen, insbesondere was Männer betraf,
mit dem Führer angefangen. Ja, der war die erste Fehlent-
scheidung gewesen, für Vater konnte sie ja nichts, bei dem
hatte Mutti danebengegriffen. Doch hatte sie selbst sich
etwa besser entschieden? Sie hätte gleich merken sollen,
dass Henri kein Mensch war, dessen Stärken im Praktischen lagen, er war doch immer schon ein Schöngeist gewesen, ein Bücherwurm. Und genau das hatte ihr ja an
ihm so gefallen: die Worte, seine Briefe, die Begegnung
mit einer Welt der Gedanken, die ihr bis dato fremd gewesen war.

Sie hatte Henri erst nicht ernst genommen, er war ja
nur der Bruder von Toni gewesen, mehr nicht. Erst nachdem sie sich wie ein naives Kind in einen schlesischen Adligen verguckt hatte, der sich keinen Deut für sie interessierte, war Henri ihr Tröster geworden. Ja, Alard war

schuld. Alard von Sedlitz, der Vater ihres ersten Kindes, der nie davon erfahren hatte. Doch warum hätte sie es ihm sagen sollen? In seiner Gefühlswelt gab es nur Helene, da spielte die Nacht, die sie gemeinsam verbracht hatten, keine Rolle, er hätte sich nicht interessiert für ein Kind, das nun sicher schon seit Langem tot war.

Wie wäre ihr Leben wohl verlaufen, wenn sie Emma nicht in dieser Nacht verloren hätte? Vielleicht wäre sie ganz anders als Leonore geworden, nicht so widerspenstig. Sie versuchte, sich an das Kindergesichtchen zu erinnern, an die Augen, an ihren Mund. Aber alle Kinder sahen wunderschön aus, wenn sie erst ein paar Monate alt waren, das hätte auch Henri gerührt. Doch hätte er ihr verziehen? Und wenn nicht – wäre sie dann heute allein?

Sie durfte nie vergessen, dass es Henri war, der sie von ihrem kindischen Liebeskummer befreit hatte, seine Briefe waren eine willkommene Ablenkung gewesen; der Briefwechsel mit ihm hatte erst Vergnügen bereitet, dann Sehnsucht ausgelöst. Konnte man sich in Worte verlieben? So musste es gewesen sein.

Denn Henri war ja längst fort gewesen, als ihr Kontakt enger wurde, bei der Marine, wie hätte sie ihn also richtig kennenlernen sollen? In den ganzen langen zehn Jahren Krieg und Gefangenschaft hatten sie noch nicht einmal zwei Monate miteinander verbracht; was sie verband, waren Worte auf Papier gewesen. Er hatte ihr täglich geschrieben, oft mehrmals, sie hatte geantwortet, sooft sie Zeit hatte, was weniger häufig vorkam. Lernt man sich durch Briefe kennen, auch wenn sie so geschrieben sein mussten, dass sie die Zensur passieren konnten?

Margo stapfte stundenlang am Meer entlang und merkte nicht, wenn jemand ihr bewundernd hinterherblickte. Noch nicht einmal strahlend blauer Himmel, Ebbe und

Flut oder schreiende Möwen rissen sie aus ihrer Grübelei. Was war bloß schiefgelaufen in ihrem Leben?

Es war der Krieg, sicher. Der Krieg hatte Henri verändert, gewiss. Aber vielleicht hatte der Krieg in allen nur zum Vorschein gebracht, was in ihnen angelegt war? Ich, dachte Margo, ich tue meine Pflicht, wie immer, noch immer. Ich betäube mich nicht mit Alkohol und nutzlosen Gedanken, ich liebe meine Arbeit, bin diszipliniert, lasse mich nicht ablenken. Deutsch bis auf die Knochen. Pflichterfüllung hat uns in den Abgrund getrieben, Pflichterfüllung hat uns wie der Phoenix aus der Asche wieder aufsteigen lassen. Aber soll Pflicht das Einzige sein in einem Menschenleben?

Und Henri? Der war nie ein Pflichtmensch und ein Kriegsheld war er auch nicht, er wäre der Letzte, der das leugnet. Wer wäre heute schon stolz darauf, den ersten Schuss im Zweiten Weltkrieg abgegeben zu haben? Es war nicht Henris Entscheidung gewesen, an der Flak zu stehen, mit der das altersschwache Linienschiff Schleswig-Holstein auf die polnisch besetzte Westerplatte schoss, und es war ein Glücksfall, dass er das Handgemenge an Land überlebt hat, die deutschen Verluste waren erheblich. Von heute aus betrachtet war die ganze Aktion ein grandioser Fehlschlag. Entweder hatte die deutsche Seite nicht gewusst, wie stark die Besatzung der Westerplatte mittlerweile war – oder Hitler hatte das Scheitern sogar einkalkuliert. Erst die Unterstützung von oben, durch das Schlachtgeschwader Immelmann, hatte den Sieg gebracht. So viel zum »Größten Feldherrn aller Zeiten«. So viel zum Heldentum im Krieg.

Nie mehr gläubig sein, hatte sie sich nach dem Krieg geschworen, nie mehr auf große Worte und hehre Ziele hereinfallen, niemandem trauen, keinem Politiker, keinem System, keiner Lehre, keiner Religion. Immer vernünftig, immer nüchtern bleiben. Wie richtig – und wie trostlos das doch war, wenn es sonst nichts gab, für das sich Begeisterung lohnte.

Und die Liebe? Henri und sie teilten zwar noch immer das Ehebett, aber jahrelang hatte man auf Leonore Rücksicht nehmen müssen. Oder sie war müde und Henri war bereits zu betrunken für mehr als ein bisschen harmlose Kuschelei. Mittlerweile nahm er auch noch Schlaftabletten, sie lag also Abend für Abend neben einem Scheintoten. Insofern war die Affäre mit Jon gewiss mehr als verzeihlich – und außerdem war sie längst vorbei.

Du bist noch nicht einmal dreiundvierzig, dachte sie, und hast dich gut gehalten. Und da soll es schon mit allem vorbei sein?

»So allein, gnädige Frau?«

Margo blickte irritiert auf.

»Darf ich Sie auf einen Kaffee einladen?« Ein gut gebräunter Kerl in Badehose mit weißem Handtuch um den Hals grinste einladend.

Nein danke. Sie hob den Kopf und schritt an ihm vorbei. Sie hatte keine Lust auf einen Flirt, gar noch auf einen »Kurschatten«, einen der vielen gut aussehenden Burschen, die sich mit durchsichtigen Absichten an einsame Damen heranmachten. So einer war keine Lösung. Außerdem fühlte sie sich nicht einsam, sie wollte lediglich allein sein mit ihren Problemen.

Und Jon war ein weiteres Problem. Er schien nun doch zur Scheidung entschlossen zu sein. Es war natürlich möglich, dass in Wahrheit Sigrid als treibende Kraft dahintersteckte, es wäre nur zu verständlich, wenn sie endlich die Nase voll hätte von seinen Seitensprüngen, denn er hatte wieder einen Betthasen, sehr viel jünger als er, natürlich. Männer konnten so primitiv sein.

»Du bist eifersüchtig, Margo.« Bajohr hatte selbstgefällig gelächelt, als sie sich wenig begeistert über seine Neue zeigte. Sie hätte ihn fast geohrfeigt.

»Ich bin nur nicht so hormongesteuert wie du«, zischte sie ihn an.

»Ach? Ist das bei dir schon vorbei?«

Das hatte das Maß vollgemacht. Denn wer musste sich um die Folgen seines Hormonüberschusses kümmern? Na wer wohl: die Finanzchefin der Firma, und die hieß Margo Seliger.

Sigrid würde Ansprüche erheben, und das nicht zu knapp. Schließlich hatte sie das Grundkapital in Ehe und Firma eingebracht, warum sollte sie darauf verzichten wollen? Es musste eine Lösung gefunden werden, die Sigrids Ansprüche befriedigte und der Firma nicht schadete. Das Eigenkapital durfte nicht angetastet werden, eine weitere Verschuldung würden die Banken nicht mitmachen. Hatte Jon Bajohr dafür vielleicht eine Lösung? Natürlich nicht, ihm fiel dazu nichts ein, »du kennst dich da besser aus als ich, Margo«.

Das schien überhaupt ihr Schicksal zu sein. Weil sie vieles konnte und manches besser als andere, landeten alle unbequemen Aufgaben bei ihr, ob zu Hause oder in der Firma. »Du schaffst das schon.« – »Du machst das viel besser als ich.« – »Für dich ist das doch ein Klacks.«

So drehte und drehte sich das Karussell und ließ sie nicht zur Ruhe kommen. Margo hielt das Gesicht in das warme Licht und den salzigen Wind und merkte, wie ihr vor lauter Selbstmitleid die Tränen in die Augen stiegen. Gut, dass sie eine Sonnenbrille trug.

Sie lief noch ein wenig schneller, zurück in die Pension. Und wenn es Gift ist, das ich schlucken muss, dachte sie atemlos, als sie in ihrem Zimmer ankam, Hauptsache, das ewige Grübeln hat ein Ende. Sie nahm zwei Atosil aus der Packung und schluckte sie mit Leitungswasser aus dem

Zahnputzbecher. Einmal durchschlafen können und alles vergessen. Vielleicht würde es dann wieder hell.

Am nächsten Morgen saß sie wie immer allein an ihrem Tisch, frühstückte ein Brötchen mit Marmelade und spülte ihre Tabletten mit lauwarmem Kaffee herunter. Niemand wagte sich zu ihr, es hatte sich herumgesprochen, dass ihr an Gesellschaft nichts lag. Langsam wurde ihr Kopf wieder klar, und obwohl es draußen regnete, hob sich ihre Stimmung. Urlaub war keine Lösung für ihre Probleme – sie kannte nur eines, was half: ihre Arbeit.

Einen Tag früher als geplant fuhr sie zurück nach Hause.

II

Wochen später, an einem kühlen Junimorgen, stand Margo Seliger vor dem Firmengebäude, das erst vor zwei Jahren eingeweiht worden war, betrachtete voller Stolz die glänzende Fassade mit den blitzenden Fenstern und fühlte sich wie neugeboren. Jeder Tag war ein Abenteuer, und an jedem Tag ging sie mit frischem Elan an die Arbeit, jetzt, wo sie eine neue Aufgabe hatte.

Lächelnd öffnete sie die Eingangstür, durchschritt mit hocherhobenem Haupt das Foyer, grüßte den Pförtner und betrat den Fahrstuhl. Der Aufzug glitt freundlich schnurrend ins oberste Stockwerk, die Tür öffnete sich mit einem hellen Glockenton, und vor ihr lag ihre, die Chefetage. Alles hier oben war licht, der nachtblaue Teppichboden dämpfte jeden Laut, und es duftete unaufdringlich nach Frische und Hygiene. Margo betrat ihr Zimmer, hängte den Mantel an die Garderobe und trat ans Fenster. Noch war der Himmel grau, aber sein Saum rötete sich bereits. Hinter ihr knackte es in der Schrankwand aus Kirschholz, die Uhr auf dem Schreibtisch tickte und ein fernes Rauschen im Inneren des Gebäudes zeigte an, dass irgendjemand irgendwo den Wasserhahn oder die Klospülung betätigte. Das Haus begann zu leben.

Was für eine Welt der Wunder. Niemals hatte sie sich in den schweren Jahren vorstellen können, dass man so würde leben können: hell und warm und sicher. Wie eine wärmende Haut mit ihrem feinen Geflecht von Adern und Kapillaren, durchströmt von Strom und Wasser, legte sich das Haus um alle, die in ihm arbeiteten. Telefonleitungen führten hinaus und lenkten eine vielstimmige Welt hinein. Und tief unten, im Erdgeschoss, pulsierte sein neues Herz.

Noch war niemand da außer ihr, sie war zu früh für Fräulein Kemper und Jon kam wie immer später. Sie hatte noch Zeit für einen Besuch in dieser Herzkammer, bei ihrem ureigenen Projekt, bei ihrem Baby. Sie ging zurück zum Fahrstuhl und fuhr hinunter.

Auf der Rückreise von Norderney hatte Margo beschlossen, ihre Zeit nicht mit Problemen zu verbringen, die sie nicht lösen konnte, sondern dahin zu gehen, wo es bereits Lösungen gab. Menschen machten Probleme, aber Technik bewältigte sie. Maschinen taten ihre Arbeit ohne Murren und Maulen, die Logik, nach der sie funktionierten, war stimmungsunabhängig und fehlerresistent, und solange man die Schwachstelle, den menschlichen Eingriff, streng kontrollierte, konnte nichts die Automatik aufhalten, mit der Vorgänge ausgelöst und beendet wurden.

Sie hatte den Plan umgesetzt, den sie im vergangenen Sommer gefasst hatten. Seit einigen Tagen standen unten in einem gut gesicherten Raum hinter einer stählernen Brandschutztür Giganten des Fortschritts, Wunderwerke der Technik, Verkörperungen einer ordnenden Hand, die das menschliche Chaos besiegte. Hier war die »Datenzentrale«, das neue Herzstück der Firma. Nur drei Menschen hatten einen Schlüssel dafür, und einer davon war sie.

Der von Neonröhren hell erleuchtete Raum roch nach Metall und Maschinenöl, immer schien eine Art Prickeln in der Luft zu sein, das dem Hochgefühl entsprach, mit dem Margo den Raum betrat. Mausgrau hockte der Sortierer unter einem gläsernen Regal mit Ablagen. An der Frontseite des massigen Schranks öffneten sich dreizehn Fächer für das Ergebnis des Sortiervorgangs. Es war eine heilige Handlung, den sorgfältig auf Kante gebrachten Stapel Lochkarten einzulegen, wobei darauf zu achten war, dass bei allen links oben die Ecke fehlte; sie mit einem Gewicht zu beschweren und den ersten Sortiervorgang auszulösen. Es war Musik in ihren Ohren, wenn die Maschine zu brummen und zu vibrieren begann, bis endlich die Karten über die Transportrollen flitzten und mit einem kaum hörbaren Seufzer im richtigen Fach landeten.

Daneben stand der Doppler, ebenfalls matt glänzend in Mausgrau, der die Lochkarten duplizierte, damit bei Verschleiß immer Ersatz vorhanden war. Endlich eine Alternative zu uralten Karteikarten, die von viel zu vielen Fingern, die nach ihnen griffen, immer schmuddeliger und lappiger wurden. Diese beiden Maschinen arbeiteten wiederum einer anderen zu, und die war das größte aller Wunder. Unter dem Fenster stand ein grauer Sarkophag, der aus den Karten, die man ihm zuführte, Lieferscheine, Rechnungen, Kontoauszüge, Inventare machte. Margo hielt stets die Luft an, wenn die Tabelliermaschine das Ergebnis ihrer Tätigkeit zutage förderte, unter dem schrillen Protest des eingebauten Druckers, als ob die gewaltige Arbeit, welche die Maschine verrichtete, ein schmerzhafter Geburtsvorgang wäre.

Hier war die Zukunft mit Händen zu greifen: eine

Vielzahl von Arbeitsprozessen, in denen Karteikarten und Lieferscheine und Aktenordner bewegt wurden, schrumpfte auf einige wenige zusammen. Dank der neuen Technik war ein Unternehmen, das sich auf Wachstumskurs befand, nicht mehr gezwungen, im gleichen Ausmaß die Personalkosten zu erhöhen. Der Kapitaleinsatz wurde damit erheblich produktiver.

Ohne den Menschen ging es natürlich auch hier nicht. Vor der Zauberei im Maschinenraum stand das erheblich profanere Erfassen der Daten auf den Lochkarten, mit denen man die Maschinen fütterte. Jedes Merkmal, nach dem gesucht und sortiert werden sollte, musste auf Karten aus stabiler Pappe erfasst werden, indem in die entsprechenden Felder Löcher gestanzt wurden. Das Prinzip war nicht schwer zu erklären. Jede Frau mit ein bisschen Grips verstand, wie der mechanische Webstuhl des Monsieur Jacquard funktionierte, der im 19. Jahrhundert das Textilgewerbe revolutionierte. Die beweglichen Teile der Webstühle wurden nicht durch Karten, sondern durch lange Lochstreifen gesteuert. Auf diesen Streifen war alles enthalten, was das Weben von komplizierten Mustern ermöglichte: Nadeln tasteten die Karten ab; ein Loch bedeutete Fadenhebung, kein Loch Fadensenkung. Nichts konnte einfacher sein, um große Effekte zu erzielen.

Die Datenerfassung war zwar eintönig, aber nicht weiter schwierig, denn die Maschine, mit der gelocht wurde, besaß eine Schreibmaschinentastatur. Margo hatte sechs Frauen für das Erfassen der Daten schulen lassen, drei davon aus dem Schreibbüro der Firma. Die anderen Stenotypistinnen erklärten diese Betätigung für unter ihrer Würde, dabei war der Vorgang dem Schreibmaschineschreiben völlig vergleichbar. »Die Lochkarte ist die Mutter unserer Datenzentrale«, versuchte Margo ihren Datentypistinnen einzubläuen. Im Schreibbüro standen nun auch Tische mit Kartenlocher und Aufbau für die bearbeiteten Karten.

Die Maschinen waren gemietet und wurden von IBM gewartet. Das hatte den geldwerten Vorteil, dass die Firma Bajohr kein Kapital investieren musste, lediglich die monatliche Miete für den Maschinenpark war zu bezahlen.

Das alles hatte Zukunft. Sie strich über den glatten grauen Leib des Sortierers, der noch kühl war, aber bald wieder vibrieren würde vor Geschäftigkeit. Margo glaubte eigentlich nicht an beseelte Materie, aber dies hier – ihr Baby – lebte. Sie schloss die Tür sorgfältig hinter sich ab, ging hinauf in ihr Büro und erwartete den Tag und die Überraschungen, die er bringen mochte.

Endlich war sie wieder beschäftigt. So beschäftigt, dass es ihr egal war, ob Henri ihr beim Abendbrot zuhörte oder gar verstand, was sie erzählte, oder ob er bereits zu betrunken war, um die Schönheiten des nach seinem Erfinder Herman Hollerith benannten Systems zu erfassen. Dass Leonore bei Tisch las und aufstand, sobald sie eine Scheibe Brot mit Käse und ein paar Gurkenscheibchen heruntergeschlungen hatte, kommentierte Margo längst nicht mehr. Sie lag nachts nicht mehr wach und hatte tagsüber keine Zeit zum Grübeln. Sie hatte ihr Leben wieder im Griff.

Was Jon Bajohr betraf: der hatte wieder einmal seine Meinung geändert. Sie konnte und wollte sich zwar beim besten Willen nicht vorstellen, wie es bei der Versöhnung des Ehepaars Bajohr zugegangen war, aber von Scheidung war nicht mehr die Rede. Fräulein Kemper hielt Margo über die nötigen Dinge auf dem Laufenden, denn Jon selbst machte sich rar.

Nur heute nicht.

»Wollen wir gemeinsam runtergehen?« Er hatte die Tür geöffnet, die ihre beiden Büros verband, das war lange nicht mehr vorgekommen. »Ich möchte deinem Baby bei der Arbeit zusehen.«

Margo versuchte, sich die Freude an seinem Interesse nicht anmerken zu lassen, und blieb kühl, als er neben ihr im Fahrstuhl stand.

In der Datenzentrale ließ einer der Männer, die bei der Einrichtung des Systems halfen, Karten durch den Doppler laufen. Margo grüßte ihn mit einem Kopfnicken. Jon sah schweigend zu, wie die Maschine in rasender Geschwindigkeit die eingefütterten Lochkarten duplizierte. Der Doppler sah zwar imposant aus, versah aber nur eine der schlichtesten Funktionen. Die Tabelliermaschine war das Herzstück. Sie nahm Jon beim Arm und zog ihn hinüber zum Fenster, wo der große graue Kasten stand.

»Was genau habe ich von deinem neuen Spielzeug?«, fragte Jon. Als ob er das nicht wüsste! Sie hatte sich den Mund fusselig geredet, um ihm alles en détail zu erklären. Er musste doch wissen, in was die Firma investierte.

»Fakturierung und Rechnungsschreibung. Bestandsüberwachung und Disposition. Lohnabrechnung. Überdies Umsätze vergleichen. Kosten analysieren. Schwachstellen finden. Erhebliche Erleichterung bei der Inventur.« Geduld war ihre neue Stärke.

»Ich möchte die Karten aller Kunden haben, deren Namen mit P anfängt und die bei uns Rabatt erhalten.«

»Es sind noch nicht sämtliche Kundendaten erfasst«, sagte Margo abwehrend.

»Egal, zeig mir das, was bereits geht.«

Margo schaltete die Maschine ein. Im ersten Sortiervorgang wurden die Karten aller Kunden erfasst, deren Nachname mit P begann. Beim zweiten Sortiervorgang galt nur das Merkmal »Rabatt«. Vom ursprünglichen Stapel blieb nicht mehr viel übrig. Bajohr streckte die Hand aus, aber Margo hielt die Karten zurück.

»Du hast an Pfaff und Peschke gedacht, stimmt's?«

»Stimmt.«

»Wir haben offenbar noch jede Menge anderer Kunden Rabatt eingeräumt, zum Beispiel Peters und Petzold.«

»Die haben bei uns seit Jahren nichts mehr gekauft. Streichen.«

Diese Erkenntnis, dachte Margo, ist einer der geringsten der vielen Gründe, warum sich das Abenteuer gelohnt hat. »Sehr wohl, Mylord.«

Jon umkreiste den Maschinenpark, als ob er auf Schatzsuche wäre.

»Und wenn wir uns einen gänzlich neuen Kundenkreis erschließen?«

»Immer eine gute Idee. Aber mit welchem Produkt?«

Er blieb stehen. Dann wandte er sich zur Tür. »Darüber lass uns reden. Nicht hier. Oben, bei mir.«

Wieder standen sie zusammen im Fahrstuhl. Margo spürte seine Erregung beinahe körperlich: Er hatte eine neue Idee. Es konnte keine bessere Botschaft geben.

In seinem Büro ließ er sie in der Besucherecke Platz nehmen, in den modernen schwarzen Ledermöbeln, die sie für ihn ausgesucht hatte, und bat Fräulein Kemper, Whisky und Eis zu bringen. Margo wartete ungeduldig auf das Ende der Präliminarien. Endlich räusperte er sich.

»Du erinnerst dich an Lydia, die Frau, mit der ich auf der Leipziger Messe gesprochen habe, vor drei Jahren?«

Geflirtet hast du mit ihr, dachte Margo. »Nein«, sagte sie.

»Datenverarbeitung war eines der Stichworte. Da lag ihr Interesse. Und da liegt die Zukunft.« Er ließ das Eis im Glas kreisen.

Habe ich es dir nicht gesagt?, dachte Margo. Wieso brauchst du dafür eine Lydia?

»In diese Richtung wird es auch bei uns weitergehen.«

393

Margo war enttäuscht. »IBM hat ein Marktmonopol. Es hat wenig Sinn, mit denen zu konkurrieren.«

Jon nahm einen Schluck von seinem Whisky und lächelte sie an, fast so vertraut wie früher. »Das ist richtig, und darum geht es auch nicht. Was können deine Monster so bewältigen, 24 Stunden am Tag?«

Worauf wollte er hinaus? »Mehr, als wir brauchen.«

»Gut. Wir sollten an eine bessere Ausnutzung der Maschinenkapazität denken.«

Margo stand auf, das Glas in der Hand. Der Gedanke, der sich da ankündigte, erregte sie. »Die Maschinen sind nicht das Problem, der Sortierer schafft 1000 Karten in der Minute. Die Schwachstelle ist die Datenerfassung.«

»Die Schwachstelle sind immer die Menschen«, sagte Jon und hob die Zigarettenschachtel. »Wer wüsste das besser als du?«

Sie nahm eine Stuyvesant und ließ sich Feuer geben.

»Wir könnten also eine Vielzahl von Aufgaben erledigen, wenn wir in Datenerfassung investieren würden.«

»Natürlich. Sofern wir eine Vielzahl von Aufgaben zu erledigen hätten.« Sie setzte sich wieder und hoffte, dass er endlich mit der Sprache herausrückte.

»Gut. Hier mein Plan. Ich habe gestern mit ein paar Geschäftsfreunden im Gambrinus zusammengesessen und ihnen ein Angebot gemacht. Wir übernehmen für sie Buchhaltung und Rechnungswesen. Wenn wir dadurch unsere Aufgaben verfünffachen würden, wie viele zusätzliche Arbeitsplätze für Datentypistinnen brauchten wir dann?«

Margo konnte sich ein zufriedenes Lächeln nicht verkneifen. Jetzt wurde es konkret. »Die schwierigste Phase ist die Erfassung der Grunddaten. Dafür würden wir, abhängig von der zur Verfügung stehenden Zeitspanne, mindestens 20 Zusatzkräfte benötigen. Wir könnten na-

türlich auch mit Aushilfs- und Teilzeitarbeitskräften arbeiten. Die Frage ist, ob wir Platz und Mittel genug haben, um entsprechend viele Arbeitsplätze einzurichten.«
Sie nahm einen tiefen Schluck aus dem Glas.

»Rechne das durch, Margo«, sagte er leise.

Sie rechnete bereits. »Sind die Grunddaten erst einmal erfasst, kämen wir mit entsprechend weniger fest angestellten Datentypistinnen hin. Ganz abhängig davon, wie viele Kunden wir langfristig hinzugewinnen wollen.«

»Wir wollen alle, Margo. Wir wollen sie alle im Kasten haben.« Jon lag entspannt zurückgelehnt in seinem Sessel und grinste breit.

»Wir sollten allerdings, was die Tabelliermaschine betrifft, an die größere Variante denken«, fügte sie hinzu, damit er sich später nicht sträuben konnte.

»Was immer du willst.«

»Sobald wir wissen, wie sich die Sache anlässt.«

»Das wird schon.« Jon war siegesgewiss. »Fernseher und Radios verkauft heute jeder. Das Fotolabor brauchen wir nicht mehr, dort ist Platz genug für die Datenerfassung. Wir kümmern uns um das, was Zukunft hat – Datenverarbeitung. Wie nennen wir das Kind?«

»Datenverarbeitung Bajohr.«

»Zu lang, wir brauchen etwas Kurzes, Knackiges.«

»Daverba?«

»Schon besser, aber nicht knackig genug.«

Sie verwarfen DVB, Datafix, Datex und Davaba.

»Maxdatex!«, schlug Jon schließlich vor.

Für einen derart größenwahnsinnigen Namen musste man wohl ein wenig betrunken sein – aber er erfüllte alle Kriterien.

»Auf Maxdatex!«, sagte Margo und prostete ihm zu.

Sie blieben beide nicht nüchtern, Jon war euphorisch und Margo schamlos glücklich. Das war die Basis ihrer

Beziehung, nicht Sex, nicht Ehe: das gemeinsame Projekt. Endlich zog er wieder mit, endlich galt seine Risikofreude wieder einer größeren Sache als diesem oder jenem Dämchen im kurzen Rock. Das konnte ihnen niemand nehmen, das hielt sie zusammen, was immer auch geschah.

Als er endlich seinen Fahrer angerufen hatte und sie unten im Foyer auf den Wagen warteten, hielt er ihre Hand. »Wir haben beide kein Glück in der Liebe, Margo. Also lass uns wenigstens in der Firma gemeinsam glücklich sein.«

III

Margo saß allein am Küchentisch, auf dem noch immer die Reste eines üppigen Frühstücks standen, an dem niemand übertriebene Freude gehabt zu haben schien. Leonore hatte an zwei Knäckebrotscheiben genagt und sich dann wortlos verabschiedet – man fragte sie heutzutage besser nicht mehr, wohin sie ging. Henri war zum Kaufhof in die Stadt einkaufen gefahren.

Das war ein Samstag nach ihrem Geschmack, draußen und drinnen herrschte tiefste Ruhe, nur aus dem Radio drang leise Musik. Es war von Leonore natürlich wieder auf diesen britischen Soldatensender eingestellt worden, Margo hatte lange kurbeln müssen, bis sie endlich brauchbare Musik erwischte. Sie goss sich den letzten Rest Kaffee ein. Dann räumte sie den Tisch ab, stellte das Geschirr neben das Waschbecken, wickelte den Aufschnitt wieder in das weiße Wachspapier, damit er frisch blieb, und legte ihn neben die Butterdose in den Kühlschrank.

Immerhin hatte Henri Wurst und Schinken heute auf dem Teller angerichtet, früher pflegte er den Aufschnitt und die Butter im Papier auf den Tisch zu knallen, es hatte sie viel Geduld und gutes Zureden gekostet, bis er sich endlich bequemte, etwas gepflegter zu decken und nicht wie der Küchenbulle beim Barras »Essen fassen!« zu brüllen.

Mit den Händen im warmen Abwaschwasser ließ sich gut nachdenken. Sie hatte einen Entschluss gefasst, den Henri nicht billigen würde. Das lag an Gerdas letztem Brief.

»Hallo, Schwesterchen. Ich hoffe, Dir und den Deinen geht es gut.

Von uns kann ich das nicht unbedingt sagen. Mutti ist im Krankenhaus, und so, wie es aussieht, wird sie wohl nicht mehr nach Hause kommen können. In ihren wachen Momenten fragt sie nach Dir. Kannst Du uns besuchen? Das ist mit einem gewissen bürokratischen Aufwand verbunden, ich muss einen Berechtigungsschein für Dich einreichen, aber ich mach das schon. Ich fürchte nur, dass die Zeit uns davonläuft.

Was mich betrifft: Da gibt es nichts Neues. Allerdings spüre auch ich den Zahn der Zeit nagen. Ich bin schrecklich vergesslich geworden, verlege alles, finde nichts wieder, manchmal denke ich, dass sich die Dinge gegen mich verschworen haben. Als ob sich ein böser Hausgeist in unsere Wohnung verirrt hätte! Nur auf dem Friedhof hat alles seine Ordnung, die Grabsteine stehen gerade und jeden Morgen wieder dort, wo sie schon tags zuvor standen. Ist das nicht beruhigend?«

Margo griff zum Geschirrtuch. Schon war es wieder da, das schlechte Gewissen, trotz all der Briefe und der Päckchen nach drüben. Sie hatte sich vor einem Besuch in Stendal immer gedrückt – und nun war womöglich nicht mehr viel Zeit, um Mutti lebend wiederzusehen. Sie musste fahren, möglichst sofort. Gerda hatte ihrem Brief ein Foto beigelegt, auf dem Minna Hegewald fast nicht wiederzuerkennen war, grau war sie geworden, die Züge eingefallen, die Lider schwer, das Lächeln müde.

Jon, dem sie von Gerdas Brief erzählt hatte, riet ihr lächelnd zu, nach Stendal zu fahren, für ihn war die DDR offenbar von lauter eleganten und intelligenten Wesen namens Lydia bevölkert, er konnte in politischen Dingen schrecklich naiv sein. Henri war das Gegenteil: ein wütender kalter Krieger. »Du fährst mir in kein Land, das seine Bürger einsperrt!«, würde er sagen.

Das war natürlich seit August 1961 ein Argument, seit Ulbricht die Mauer hatte bauen lassen, mitten durch Berlin, mitten durch Deutschland, bewacht von schießwütigen Polizisten und bissigen Hunden. Vor wenigen Tagen erst hatte der Fall Peter Fechter die Menschen erschüttert, die Zeitungen waren voll mit Berichten über seinen schrecklichen Tod. Ein junger Mann, gerade mal achtzehn Jahre alt, war bei einem Fluchtversuch angeschossen worden und blieb eine Stunde lang ohne Hilfe im Todesstreifen liegen, schreiend, bis er endlich verblutet war. Es war furchtbar. Unmenschlich.

Margo war im vergangenen Jahr so mit sich selbst beschäftigt gewesen, dass sie den Irrsinn mit der Mauer nur am Rande mitbekommen hatte, aber der Fall Peter Fechter erschütterte sie zutiefst. Die Bonzen der DDR hatten das letzte Schlupfloch geschlossen, durch das ihre Bürger noch hätten entweichen können, und nun stand die Todesstrafe auf jeden Versuch, dennoch in die Freiheit zu gelangen. Die Propaganda behauptete natürlich, man habe Agenten und Saboteure aus dem Westen daran hindern müssen, im sozialistischen Paradies Schaden anzurichten, aber im Grunde wollte man die Abstimmung mit den Füßen beenden, mit der seine Bürger längst gegen das Regime entschieden hatten.

Das alles hieß natürlich, dass es auch für Westdeutsche

schwieriger geworden war, nach drüben zu fahren. Doch war sie nicht gewohnt, eine Herausforderung zu erkennen, wo andere Leute Probleme hatten? Jetzt erst recht, dachte sie. Ich fahre, sobald der Antrag genehmigt ist.

Der Postbote kam, als sie sich gerade die Hände eingecremt hatte. Ein Telegramm und ein Brief für sie, eine Postkarte aus England für Leonore, zwei Briefe für Henri. Das Telegramm stammte von Gerda, wichtige Nachrichten verschickte sie immer auf diese Weise, es ging zu viel verloren auf dem plötzlich so unfassbar weit gewordenen Weg zwischen den beiden Teilen Deutschlands. Margo riss noch im Flur das Telegramm auf. »Muttis Zustand bedenklich.«

Sie nahm die Post mit in die Küche und setzte sich, plötzlich müde geworden. Dann meldete sie ein Gespräch nach Stendal an und machte sich auf stundenlanges Warten gefasst. Aber sie wurde schon nach einer Stunde verbunden.

»Ja?« Sie hatte die Stimme der Frau noch nie gemocht, aber heute klang sie besonders abweisend.

»Hier ist Margo Seliger. Ist meine Schwester schon bei Ihnen?«

»Nein.«

»Aber sie weiß Bescheid, dass ich sie sprechen will, oder?«

So mühselig die Prozedur war, sie hatte bislang immer funktioniert. In der DDR galt Nachbarschaft als hoher Wert, kein Wunder, man war ja aufeinander angewiesen. Manchmal fand Margo das beneidenswert, aber meistens war sie froh, von niemandem abhängig zu sein, insbesondere, wenn es sich dabei um eine schlecht gelaunte ältere Frau ohne Manieren handelte.

»Nein.«

»Aber …«

»Ich habe Gerda seit Tagen nicht gesehen.«

Margo spürte ihr Herz schneller klopfen. »Ist etwas passiert?«

»Keine Ahnung.«

Margo horchte auf das Rauschen im Hörer, das wie ein Hagelschauer klang. Gerdas Nachbarin hatte aufgehängt.

Der Brief mit dem Berechtigungsschein kam drei Tage später. Eine Woche danach saß Margo im Zug nach Stendal. Doch sie kam nur bis zum Grenzübergang Oebisfelde, dort holten DDR-Grenzer sie aus dem Waggon.

Helene

Stendal – »Danke für die Nachricht«, sagte sie. Die Falle war wie geplant zugeschnappt. Der Leiter der Untersuchungshaftanstalt von Stendal nickte und brachte sie zum Vernehmungsraum.

»Und all das führte die Frau mit sich?« Helene nahm eine der Schachteln hoch, die auf dem Schreibtisch des untersuchenden Offiziers lagen. »Atosil. Was ist das?«

»Ein Schlafmittel.« Der Mann fühlte sich sichtlich unwohl in ihrer Gegenwart. Kein Wunder, er wusste nicht, wie er sich verhalten sollte, sie kam mit Segen von ganz oben, hatte aber keinerlei erkennbaren Rang. So etwas mögen unsere Einsatzkräfte in der Provinz nicht, dachte Helene und versuchte, möglichst leutselig zu wirken.

»Aha. Und das hatte sie auch noch im Gepäck?«

»Librium und Captagon. Wird bei uns nicht hergestellt. Laut Beipackzettel Beruhigungsmittel und Aufputschmittel. Das ist ein ganzes Warenlager, wenn Sie mich fragen, Genossin.«

»Ja, das sieht ganz danach aus. Und die Frau behauptet ...«

»Sie beteuert, das seien Medikamente zum eigenen Gebrauch, die sie dringend benötigt.«

»Hm. Ist das alles?«

»Nein. Sie hat Propagandamaterial dabei. Den ›Spiegel‹.«

Helene schüttelte den Kopf. »Unbelehrbar, die Leute. Na gut, ich übernehme dann mal.«

Sie folgte dem Mann zum Verhörraum und öffnete die Luke in der Tür. Das Zimmer war in keiner Weise Furcht einflößend, es gab grüne Gardinen vor dem Fenster, gemusterte Tapeten an der Wand und hellbraunes Linoleum auf dem Fußboden. Zwei der üblichen Tische standen in der Mitte des Raums, helle Holzplatten auf Stahlbeinen, und auf einem der drei roten Stühle saß Margo, zurückgelehnt, die Hände auf dem Tisch.

Sie sah noch immer gut aus, die Figur tadellos, kaum Falten im Gesicht. Sie wirkt müde, aber dafür, dass sie seit gestern Abend befragt wird, hält sie sich gut, dachte Helene.

Der Vernehmer, ein augenscheinlich noch recht junger Mann, blätterte in seinen Papieren. »Aus welchem Grund sind Sie in die Deutsche Demokratische Republik eingereist? Bitte antworten Sie umfassend und wahrheitsgemäß.« Er sah nicht auf.

Margo dürfte die Frage schon hundertfach gehört haben. Sie versuchte, geduldig zu antworten. »Meine Mutter liegt im Sterben. Ich möchte sie ein letztes Mal sehen.«

»Wie lange arbeiten Sie schon für die Firma Jon Bajohr?«

»Seit 1954.«

»Stellt diese Firma kriegswichtige Produkte her?«

»Nein. Wir spezialisieren uns auf Datenverarbeitung.«

»Ihr Vater ist als Kriegsverbrecher in Buchenwald interniert worden.«

»Er war kein Kriegsverbrecher.«

»Wollen Sie damit sagen, dass sich die Streitkräfte der siegreichen Roten Armee geirrt haben?« Der Mann hob gespielt ironisch die Stimme.

Margo antwortete nicht.

»Ihre Schwester ist uns als negatives Element bekannt. Nehmen Sie hierzu Stellung.«

»Ich habe meine Schwester seit 1947 nicht mehr gesehen.« Jetzt merkte man Margos Stimme an, dass sie genug hatte. Sie hob die Hände. Sie zitterten.

»Das reicht«, sagte Helene. »Ich gehe rein.«

Als sie den Vernehmungsraum betrat, hielt Margo die Augen fest geschlossen. Helene wartete, bis der Vernehmer seine Sachen gepackt und den Raum verlassen hatte. Dann schob sie mit spitzen Fingern den Stuhl beiseite, den ihr Vorgänger warm gesessen hatte, setzte sich auf den anderen, schlug die Beine übereinander, faltete die Hände und wartete.

»Meine Mutter liegt im Sterben«, flüsterte Margo nach einer Weile, noch immer mit geschlossenen Augen.

»Es ist verboten, Medikamente in die DDR einzuführen. Das wird mit Gefängnis bestraft«, sagte Helene mit sanfter Stimme.

Margo reagierte nicht. Langsam ließ sie den Kopf auf den Tisch sinken. Sie war erschöpft, aber sie weinte nicht. Ja, sie hält sich gut, dachte Helene und wartete. Fünf Minuten. Zehn Minuten.

Endlich schob sie ihr das Glas Wasser und die Schachtel mit den Tabletten hin. Dann stand sie auf und ging hinaus.

Der Wachhabende stand vor der Tür, sein Blick zeigte, dass er ihr misstraute.

»Sorgen Sie dafür, dass Frau Seliger etwas Anständiges zu essen bekommt und unter die Dusche geht.«

»Gut«, sagte der Offizier nach unbotmäßigem Zögern.

Sie blickte ihn streng an. »Und lassen Sie sie ausschlafen.«

Als Helene Stunden später zurück ins Vernehmungszimmer kam, saß Margo gewaschen und frisiert und in frischer Kleidung vor einer heißen Soljanka. Die Erschöpfung der vergangenen Nacht war ihr nicht anzusehen, die Pillen mussten Wunder wirken. Sie sah nicht gleich auf und als sie es tat, hätte sie fast die Suppe verschüttet. Ihr Gesichtsausdruck veränderte sich im Sekundenbruchteil von trotziger Abwehr zu blankem Entsetzen.

»Ich bin's nur«, sagte Helene, als hätten sie sich nicht zuletzt vor siebzehn Jahren gesehen.

»Helene?«

Sie nickte und lächelte.

»Du lebst.«

»Ja, Margo. Ich lebe. Und du lebst.« Und zwar all die Jahre über nicht schlecht, wenn man dich so anschaut.

Margo starrte sie noch immer an, doch langsam füllten sich ihre Augen mit Tränen. »Lebt sie auch?« flüsterte sie. »Meine Kleine? Sie war zuletzt bei dir, am Abend, als …«

»Ruhig!« Helene blickte bedeutungsvoll zur Tür.

»Wie bist du ihnen entkommen? Hast du sie mitgenommen?«

Helene schüttelte stumm den Kopf. »Nicht hier«, sagte sie.

»Hast du sie zurückgelassen? Sag schon! Was ist mit Emma?« Margo insistierte, immer lauter. Helene musste sie bremsen, sie durfte ihr Pfand nicht gleich verspielen.

»Nicht jetzt!«, zischte sie.

»Bitte!«

»Ich sagte doch: nicht hier!«

Endlich verstummte Margo. »Warum bist du hier? Und warum ich?«, flüsterte sie nach einer Weile.

»Ich bin hier, um dir zu helfen.«

»Warum? Warum haben die mich aus dem Zug geholt?«

»Reine Routine. Der Zoll hat nur seine Pflicht getan. Die Einfuhr von Medikamenten ist verboten und den ›Spiegel‹ hättest du auch besser zu Hause gelassen.«

»Und warum bin ich stundenlang verhört worden?«

»Leute, die ihre Pflicht tun, sind nicht immer die hellsten. Es war ein Irrtum.«

»Ein Irrtum. Und woher weißt du das? Gehörst du dazu – zu diesen Verbrechern?« Margo weinte nicht mehr, der Moment war vorbei. Helene musste aufpassen, jetzt war sie nicht mehr eingeschüchtert, sie war gereizt.

»Natürlich nicht, was denkst du denn von mir.« Für einen Moment glaubte Helene selbst daran, dass sie keinem Staat und keiner Partei diente. Doch das war einmal, das war ihr altes Ich, und das gab es schon lange nicht mehr. Der Druck, endlich in die Partei einzutreten, war in letzter Zeit spürbarer geworden, bald würde sie auch in dieser Hinsicht dazugehören.

»Was machst du dann hier?« Margo gab keine Ruhe. Aber wenigstens fragte sie nicht mehr nach Emma.

Zeit für die Legende. Helene holte Luft. »Ich arbeite in der gleichen Branche wie du. Datenverarbeitung. Nachdem du ausgesagt hast, bei wem du arbeitest, haben sie mich geholt.« Sie verlieh ihrer Stimme emotionale Tiefe. »Margo! Ich bin hier, um dir zu helfen.«

Die Antwort: ein skeptischer Blick, aber kein Wutanfall mehr, das konnte man als Fortschritt auffassen. Helene setzte nach. »Wir haben gemeinsame Interessen.«

Das war offenbar die richtige Ansprache. Langsam wich der Unglauben in Margos Augen dem Kalkül. Die einstige Buchhalterin von Photo-Werner sah ganz danach aus, als ob sie im Stillen den Preis berechnete, den sie für Helenes Hilfe würde zahlen müssen. Jedem Handel liegen gemeinsame Interessen zugrunde: Hilfst du mir, helf ich dir. Interessen sind berechenbar, und davon verstand Margo etwas. Helene würde also darauf achten müssen, dass sie sich nicht übervorteilt fühlte. Was war ihr die eigene Freiheit wert? Sicher mehr als ein paar unbedeutende Informationen. Nun, die Vorsicht gebot, langsam zu beginnen und sich langsam zu steigern.

»Deine Firma. Maxdatex. Erzähl mir mehr davon.«

Jetzt musste man Margo nicht mehr zum Reden bringen, es machte beinahe Spaß, ihr zuzuhören. Ihre Begeisterung war ansteckend, sie schwärmte von ihrem Maschinenpark wie andere Leute von ihren Kindern. So jemand, dachte Helene, ist im Grunde einsam. Aber wer war das nicht?

Helene war großzügig mit ihrer Anteilnahme, das würde sich bezahlt machen. Als sie endlich wieder etwas sagen durfte, erzählte sie Margo von dem Betrieb, in dem sie arbeitete, von ihrer Abteilung, die sich mit Datenverarbeitung beschäftigte, und davon, dass ihr Arbeitsplatz in Gefahr war. Solche Geschichten verstand man im kapitalistischen Westen, nahm sie an.

»Wenn du mir helfen könntest? Alle Unterlagen sind von Interesse, Bedienungsanleitungen, technische Zeichnungen der Schaltkreise, was auch immer. Damit könnte ich ihnen zeigen, dass ich unentbehrlich bin.«

Margo war noch immer skeptisch – da gab es doch das Embargo? Auch darauf hatte Helene eine Antwort, die sogar sie selbst überzeugte. »Ich finde, Wissen gehört der ganzen Menschheit, meinst du nicht?«

Margo wirkte fast enttäuscht, als Helene endlich mit dem herausrückte, was sie für Frieden und Fortschritt tun könne, es schien ihr ganz offenkundig ein zu geringer Preis zu sein.

»Nur, wenn ich meine Mutter sehen kann.«

Sie wollte also handeln. Umso besser. Helene tat, als ob sie zögerte. »Ich weiß nicht, ob ich so weit gehen kann.«

»Und wenn du mir erzählst, was damals geschehen ist, du weißt schon«, flüsterte Margo.

Helene senkte ihre Stimme ebenfalls. »Versprochen. Aber nicht jetzt. Nicht hier.«

Der Preis, den Margo zu zahlen hatte, würde sich mit der Zeit erhöhen. Helene hatte mehr als einen Köder in der Hand.

»Lebt sie noch?«, fragte Margo, ganz zum Schluss, als

Helene schon in der Tür stand. Sie tat, als ob sie die Frage nicht gehört hätte.

»Margo Seliger ist kooperationswillig.«

»Gut gemacht, Helene!« Hans Stahl lächelte. »Großartige Überzeugungsarbeit.«

»Sie möchte etwas für den Frieden und den Fortschritt der Menschheit tun und empfindet das Embargo als nicht hilfreich. Wissen darf nicht für pures Gewinnstreben monopolisiert werden. Wissen gehört allen.«

»Sehr richtig.«

»Der Besuch bei ihrer Mutter hat sie davon überzeugt, dass alle fortschrittlichen Kräfte zusammenarbeiten müssen.«

»Sehr gut. Und sonst?« Helene sah die Neugier in Stahls Augen blitzen. »Habt ihr über die Vergangenheit gesprochen?«

Helene lächelte, ein wenig spöttisch. »Was bedeutet schon Vergangenheit, wenn es um die Zukunft geht?«

Hans nickte, aber man sah ihm an, dass er vor Neugier schier platzte. Helene dachte nicht daran, sie zu befriedigen.

Er stand auf und holte den Cognac und zwei Gläser aus dem Schrank.

»Ich habe gehört, dass du gerne Friedhöfe besuchst, Helene.« Er goss ein und stieß mit ihr an.

Woher wusste er von ihrer Vorliebe für den Friedhof an der Roedernstraße? Dumme Frage, es wäre verwunderlich, wenn er davon nicht erfahren hätte.

»Ich gebe dir einen Rat: Besuch doch auch mal den St.-Aegidien-Friedhof. Ist ja nicht weit. Und wenn du da bist: Halte dich immer rechts vom Eingang.« Er lächelte wie ein Weihnachtsmann mit einem Sack voller Geschenke und leerte sein Glas in einem Zug.

Helene musste Tage über seinen »Rat« nachdenken. Es gab nur vier Personen in ihrem Leben, die ihr etwas bedeuteten und über deren Verbleib sie nichts wusste. Otto Werner aus Stendal gehörte dazu, aber es war eher unwahrscheinlich, dass man ihn in Berlin beerdigt hatte. Blieben noch drei. Jede der drei Möglichkeiten löste Herzklopfen aus.

An einem windigen Sonntagnachmittag machte sie sich auf den Weg. Sie hielt sich an Stahls Anweisungen und ging vom Eingang aus rechts, einen geschotterten Weg entlang. In diesem Abschnitt des Friedhofs war lange niemand mehr begraben worden, die meisten der Gräber waren schlicht, die Grabsteine ebenso. Fast hätte sie das Grab übersehen, Efeu hatte sich an dem schmucklosen Grabstein aus hellem Granit festgekrallt und ihn überwuchert. Man erkannte nur noch die letzten Buchstaben des Namens: »nkus«.

Helene schob die nach Hustenbonbons duftenden Tentakeln des Efeus zur Seite. Kein frommer Spruch stand auf dem Stein, kein religiöses Bekenntnis. Nur zwei Namen: Clara Pinkus, 7.9.1895 – 2.1.1945. Und darunter Adam Pinkus, 2.5.1886 – 14.1.1945.

Erst spürte Helene eine Welle der Erleichterung, denn ihre Eltern waren offenbar nicht in einem KZ gestorben. Doch dann kam die Erinnerung zurück an Kälte und Hunger, damals, im Dezember 1944 und Januar 1945. Waren die beiden einer nach dem anderen verhungert? Waren sie erfroren, einsam und alleingelassen?

Helene weinte nicht. Sie weinte nie. Sie weinte auch jetzt nicht, als sie neben dem Grab niederkniete. Erst als sie den Friedhof verließ, kamen die Tränen.

Margo

I

Osnabrück – »Wir haben uns solche Sorgen gemacht.«

Henri, Jon, Fräulein Kemper, sogar Leonore: Alle feierten ihre Rückkehr. Margo war gerührt und fast ein bisschen traurig darüber, dass sie über ihr Abenteuer in der DDR so wenig erzählen durfte.

»Nun stellt euch mal nicht so an, die Telefonverbindungen sind schlecht, das ist alles. Das Wichtigste ist, dass es Mutti gut geht.«

Sie hatte ihre Mutter überraschend lebendig und gut gelaunt im Johanniterhospital in Stendal angetroffen, drei Tage vor ihrer Entlassung. Nein, Mutti wirkte keineswegs sterbenskrank, Gerda hatte maßlos übertrieben. Du musst keine Schreckensbotschaften erfinden, um mich nach Stendal zu locken, hätte sie Gerda gerne gesagt, obwohl das natürlich nicht ganz der Wahrheit entsprach, doch Gerda war nicht aufzufinden gewesen.

Bevor Margo sich darüber beunruhigt zeigen konnte, hatte sich Helene auch darum schon gekümmert: Gerda war offenbar auf eine Fortbildung geschickt worden. »Im Sozialismus ist eben auch ein Friedhofsgärtner ein wertvoller Mensch«, hatte sie gesagt.

»Da drüben leben auch nur Menschen. Es gibt keinen Grund, immer gleich das Schlimmste anzunehmen«, fasste Margo ihre Reise zusammen. Doch das Interesse der anderen erlahmte schneller, als ihr im Grunde ihres Herzens lieb war. Vor allem Jon hätte sich ruhig ein bisschen länger besorgt zeigen dürfen.

Tage nach ihrer Rückkehr kam ein Telegramm von Gerda. »Mutti und ich wieder zu Hause. Alles i.O.«

Also bitte, kein Grund zur Aufregung, Gerda war wieder da, Mutter und Schwester ging es gut, die Festnahme beim Grenzübertritt und das Verhör waren ein Irrtum gewesen – und Helene bat um nicht mehr als ein paar Gebrauchsanleitungen. Margo beschloss, die ganze Geschichte zu vergessen.

Nur Henri regte sich noch tagelang auf und verhöhnte ihre neue Gelassenheit gegenüber »diesen Verbrechern« als naiv. Jon beschränkte sich auf humorvolle Bemerkungen wie »Solange du nicht für Pankow spionierst«. Darüber konnte sie eigentlich nicht reinen Gewissens lachen, dennoch ließ sie aufkommende Skrupel nicht zu. Hatte sie nicht geglaubt, in einer Notlage zu sein? Außerdem musste sie ihr Versprechen bislang nicht einlösen. »Es wird sich jemand mit dir in Verbindung setzen«, hatte Helene zum Abschied gesagt, doch nichts dergleichen war bislang geschehen. Der Kelch schien an ihr vorüberzugehen.

Alles nur ein böser Traum. Sie würde Helene nicht wiedersehen, und das, redete sie sich ein, war kein Verlust. Und doch – da war etwas, was sie in Erfahrung bringen musste, und Helene war die Einzige, die die Antwort kannte. Margo war so mit sich und ihrer irrationalen Angst vor dem »Verbrecherregime« beschäftigt gewesen, dass sie es nicht fertiggebracht hatte, auf einer Antwort zu bestehen – auf die eine, die einzig wichtige Frage: Was war damals geschehen, in jener Nacht auf Gut Mondsee? Helene hatte sich retten können, ganz offensichtlich, aber was war mit Emma?

Hatte Helene sie mit der Wahrheit verschonen, hatte sie ihr nicht sagen wollen, dass ihr kleines Mädchen tot war, gestorben womöglich auf grausame Weise? Damals waren Tod und Gewalt Alltag gewesen. Doch wie konnte man ein Kind leiden lassen für das, was Deutsche anderen angetan hatten?

Monate später kam der Anruf, auf den sie schon lange nicht mehr wartete. »Guten Tag, gnädige Frau, hier ist Karl Buddensiek aus Peine!« Sie brauchte eine Weile, bis sie sich wieder erinnerte. 1958 hatten sie den Mann besucht, sie und Jon. Es war Frühjahr, sie waren mit der nagelneuen Citroën DS 19 gefahren, und auf dieser Fahrt und in diesem Himmelsgefährt hatte ihre Liaison begonnen. Buddensiek betrieb einen Kiosk in der Innenstadt von Peine, er war ihr wie ein unbeholfener Provinzler vorgekommen, der zu viel redete und zu viel trank und den man nicht ernst nehmen konnte. Dass das ein Irrtum sein könnte, schwante ihr, als er jetzt mit einem Lächeln in der Stimme »Und ist nicht jeder Tag ein neuer Tag?« anfügte. Das waren die Worte, die Helene ihr eingeschärft hatte – »Jedem, der diese Parole kennt, kannst du vertrauen.« Es war also so weit.

Im Grunde war, was von ihr erwartet wurde, nicht viel verlangt für das, was Helene für sie getan hatte, redete sich Margo ein und packte die pfundschwere Bedienungsanleitung für ihr Allerheiligstes, das IBM-System, in ihre Aktentasche. Jeder konnte darin lesen, der die technischen Termini verstand, das alles war doch ein offenes Geheimnis, wo also lag das Problem? An einem Mittwoch, an dem Jon mit Geschäftsfreunden verhandelte, nahm sie sich frei und fuhr nach Peine.

»Frau Seliger! Wie schön, dass Sie es einrichten konnten!«

Der Mann hatte mittlerweile kein einziges Haar mehr auf dem Kopf und war gewiss zehn Kilo schwerer geworden, aber noch immer besaß er eine höchst bewegliche Zunge, er redete unaufhörlich, während er die Ladentür zuschloss. Sie hörte nicht weiter hin.

»Wollen Sie einen Kaffee?«

411

Auch in dem dunklen Hinterzimmer, das er sein Büro nannte, sah es unverändert chaotisch aus. Kisten und Kästen standen in der Ecke und auf dem Tisch lag ein Heft mit halb nackten Frauen neben schmutzigem Geschirr. Sie blickte sich unschlüssig um und als Buddensiek den Vorhang zum Laden zuzog, packte sie kurz die Panik. Doch er kümmerte sich nicht um sie, leise vor sich hin summend räumte er den Tisch leer und stellte eine Schreibtischlampe auf die Plastiktischdecke. Dann sah er sie erwartungsvoll an. Zögernd legte sie den Inhalt ihrer Aktentasche auf den Tisch. Buddensiek richtete die Schreibtischlampe auf die Dokumente und holte einen Fotoapparat aus der Schublade. Den Kaffee hatte er vergessen.

»Vielleicht möchten Sie einen Spaziergang machen?«, murmelte er, während er begann, Seite um Seite zu fotografieren. »In etwa einer Stunde bin ich fertig.«

Schon eine Woche später traf sie ihn wieder, in einer Autowerkstatt auf dem Weg zwischen Peine und Osnabrück. In einem engen Kabuff, das nach Motoröl und Benzin roch, erteilte er ihr einen Kurzlehrgang in Fotografie. Nicht, dass ihr die Technik heute noch unvertraut gewesen wäre, aber was er ihr jetzt in die Hand drückte, kannte sie noch nicht: ein winziges Holzkästchen, in dem sich ein technisches Spielzeug verbarg, das nicht größer als ein Zehnpfennigstück war.

»Wir nennen das eine ›Mikratkamera‹, eine tolle Erfindung, mit der man hervorragend fotografieren kann. Ein Film reicht für fünfzehn Aufnahmen.« Buddensiek reagierte auf ihre staunende Bewunderung mit kindlicher Begeisterung. »Die belichteten Filme sind so klein, dass sie unter eine Briefmarke passen.«

Es erwies sich zwar als nicht ganz leicht, den präzisen

Abstand zum Objekt einzuhalten, doch die Sache machte ihr wider Willen Spaß. Über Sinn und Zweck der ganzen Operation konnte man ja streiten, doch was für ein Wunder der Technik! Deutschland und die Deutschen mochten gesündigt haben in der Vergangenheit, aber noch immer waren sie Genies, wenn es ums Tüfteln und Erfinden ging. Das tröstete, wenn es schon so wenig gab, worauf man heutzutage noch stolz sein durfte.

Es sah ganz danach aus, als ob es nun ernst werden würde mit ihrer Tätigkeit für den Völkerfrieden. Trotz aller Abenteuerlust war Margo nicht wohl dabei. Sie musste aus dem Spiel möglichst bald wieder raus. Aber wie?

II

»Wir können, wenn wir wollen, die obere Wiese pachten und einen Landschaftsgarten anlegen.«

Es regnete in Strömen. Margo fühlte sich trotz Gummistiefeln, Schirm und Regenmantel klamm und kalt. Und jetzt sollte sie sich auch noch für ein schlammiges Stück Boden begeistern? Schon beim Anblick des Hauses hatte ihre Fantasie nicht ganz mitgespielt. »Es hat Potenzial«, versicherte Henri. Aber welches?

Henri hatte das heruntergekommene Bauernhaus auf einer seiner Fahrten durch die Gegend entdeckt. Solche einfachen Häuser aus Fachwerk und Lehm oder Klinker, Kotten genannt, gab es hier viele, und neuerdings kam so ein Häuschen auf dem Land bei den Osnabrückern in Mode. Henris Entdeckung bestand aus nicht viel mehr als einer großen Scheune mit einem kleinen Wohntrakt, gelegen in einem Dorf namens Osterholz. Dort hausten früher die »Kötter«, die für die Großbauern auf den Meierhöfen schufteten. Arme Leute eben. Das also fanden reiche Leute heutzutage schick. Margo nicht, an Armut wollte sie nicht erinnert werden.

Das einzig Überzeugende war der Preis der heruntergekommenen Immobilie. Und ganz hinten in ihrem Kopf spielte die Melodie der Wahrsagerin aus Stendal: »Sie werden ein eigenes Haus haben«, hatte die Alte prophezeit. Daran hatte Margo nie ernsthaft geglaubt, aber wer weiß, vielleicht kam man der Verheißung ja ein Stückchen näher, indem man ein altes Haus wieder instand setzte.

Ob die Menschen bleibende Spuren hinterlassen hatten, die einst hier wohnten? Ob ihr Geist noch umging? Margo tastete sich durch die Scheune zu den drei Zimmerchen vor, in denen die Kötter gehaust hatten. Sie war nicht abergläubisch, aber sie hatte Bilder vor Augen, die zu den Zimmern mit den niedrigen Decken und den schmalen Fensterluken passten: Bilder von triefnasigen Kindern und einer müden Frau, dazwischen ein gebückter Alter mit weißem Haar, das wie Gänseflaum von seinem knochigen Schädel absteht. Das Haus verursachte wahrscheinlich Albträume. Ob man ihm das austreiben konnte? Oder würden sie hier mit Geistern leben müssen?

»Kommst du?« Henri war bereits wieder draußen und stiefelte durch den Matsch. Margo zog sich den Mantel enger um den Körper und folgte ihm hinaus und hinter das Haus. Hier musste einst der Gemüsegarten gewesen sein, zwischen einem Apfel- und einem Kirschbaum erkannte sie verwilderte Beerensträucher.

Sie sah sich den Boden umgraben und mit dem Rechen glatt streichen, Furchen ziehen, Samen auslegen, Unkraut jäten, zarte Pflänzchen gießen und Schnecken absammeln, so wie damals auf Gut Ossig in Schlesien und nach dem Krieg mit Gerda in Stendal, als ein Garten überlebenswichtig war. Wollte sie das? Ihr Rücken schmerzte plötzlich wie aus Protest.

»Das Fachwerk ist solide Eiche, hier und da muss man wahrscheinlich die Gefache neu ausmauern – aber das dürfte kein größeres Problem sein«, sagte Henri. »Wenn das Dach erst einmal erneuert ist ...«

Margo sah auf. Sie hatte ihm nicht richtig zugehört, sonst wäre ihr früher aufgefallen, dass für ihn die Sache bereits entschieden war: Hier würden sie einmal leben.

»Ich weiß nicht.« Sie betrachtete angewidert den braunen Schlamm an ihren Stiefeln. »Leonore muss täglich um acht Uhr in der Schule sein.«

»Es gibt einen Schulbus.«

»Und wo sollen wir einkaufen? Im Dorfladen?« Sie hatte keinen gesehen, ja, nicht einmal ein Dorf oder etwas, das man einen Ortskern nennen könnte. An den Hängen über der Talsenke mit dem Meierhof standen drei Kotten, jeder für sich und in friedenfördernder Distanz zum Nachbarn.

»Auch das sollte deine geringste Sorge sein. Ich kaufe in der Stadt ein, wie immer.«

Ja, Henri kaufte gern ein, immer reichlich, meistens zu viel.

»Gut, aber wie komme ich ins Büro?«

»Es sind mit dem Auto gerade mal zwanzig Minuten über die B 51, ich habe das getestet.«

»Aber dann brauche ich einen eigenen Wagen!« Sie hörte ihre Stimme schrill werden. Und wie soll Jon mich dann noch nach Hause bringen?, hätte sie beinahe gefragt.

»Du wolltest doch immer schon ein eigenes Auto, oder?«

Widerstand war offenbar zwecklos. Sie machte einen vorletzten Versuch. »Und was ist, wenn nachts Einbrecher kommen?«

»Ich schaffe mir ein Gewehr an. Oder möchtest du lieber einen Hund?«

Einen Hund? »Und wer geht mit ihm Gassi?« Wer mäht den Rasen, wenn es hier einmal welchen gibt? Wer buddelt im Garten, wer zupft das Unkraut, wer gießt die Blumen?

»Siehst du den Erker? Da ist die Sonnenseite.«

Woher wusste er das? Es regnete, als ob es nie wieder Sonnenschein geben würde. »Dort könntest du dein Zimmer haben, wir bauen eine Tür zu einer kleinen Terrasse ein, und dann kannst du wie ein Burgfräulein morgens die Sonne grüßen, das wäre doch was, oder?«

Sie sah sich im duftigen Nachthemd und samtenen Morgenmantel hinaustreten, um majestätisch Hase und Reh zuzuwinken, die dort hinten am Waldesrand stehen und äsen würden, wenn es nicht gerade wieder regnete, und das tat es hier wahrscheinlich immer.

»Und wer soll die Planung übernehmen und die nötigen Bauarbeiten erledigen?«

Seine Augen leuchteten auf, er hatte ihre uninspirierten Fragen als Zustimmung gedeutet. Es war also beschlossene Sache.

Es gab noch eine letzte Hoffnung: Vielleicht zerstob der Traum ja bald wieder, weil etwas mit der Finanzierung nicht klappte, weil der Besitzer es sich anders überlegte und doch nicht verkaufen wollte, weil es vorher einstürzen würde, weil …

»Wir müssen Leonore fragen.« Das war die letzte Zuflucht.

»Dein Vater möchte, dass wir uns einen Kotten auf dem Land kaufen.«

Leonore saß am Wohnzimmertisch und antwortete nicht. Sie tat, als ob sie las, dabei träumte sie mit offenen Augen. Sie träumte eigentlich immer, und manchmal hätte Margo zu gern gewusst, wovon, aber eine Frage danach verbot sich. Wenn das Kind überhaupt antwortete, dann kurz angebunden bis pampig. Margo sagte sich zwar immer wieder, dass ein Mädchen mit vierzehn Jahren in einem schwierigen Alter ist, dass sich das alles legt, dieses trotzige Schweigen, das Widerborstige, Verschlossene, wenn erst die Pubertät vorbei ist. Aber wie lange sollte das noch dauern?

»Hörst du zu? Was hältst du davon – vom Leben in einem romantischen Haus auf dem Land?«

Doch in diesem konkreten Fall hoffte Margo sogar auf Leonores Widerstand. Niemals würde Henri seine Tochter zu etwas zwingen, was sie partout nicht wollte. Bei Henri hatte Leonore sich schon immer durchsetzen können, sie war eine Vatertochter, ganz eindeutig.

Leonore seufzte tief auf, hob die Schultern, ließ sie wieder fallen. Ist mir egal, hieß das.

»Du wirst einen langen Schulweg haben. Und deine Freunde nicht so oft sehen können.«

Endlich schenkte Leonore ihrer Mutter einen langen müden Blick. »Welche Freunde?«

»Deine Schulkameraden, oder?« Margo fühlte sich auf unsicherem Gelände. Es gab da irgendeine beste Freundin, doch sie hatte vergessen, wie die hieß. Ganz die Rabenmutter.

»Ach, die.« Lang gezogenes i, wegwerfende Handbewegung.

»Und der lange Schulweg?«

»Die Schule kann mir gestohlen bleiben.«

Jetzt nicht laut werden, dachte Margo. Jetzt nicht über den blauen Brief reden, der kürzlich gekommen war: »… müssen wir Ihnen mitteilen, dass die Versetzung ihrer Tochter Leonore gefährdet ist.«

»Ich meine nur, dass es nicht mehr so einfach sein wird, in die Stadt zu gelangen. Ins Kino oder ins Schwimmbad.«

»Das Haus wird dir gefallen, Leo.« Henri stand in der Tür und mit ihm strömte frische Luft ins Zimmer, Welle um Welle von Aufbruchsstimmung und Energie. »Es hat einen großen Garten. Wir können Schafe halten. Vielleicht – einen Hund?«

Leos Augen verloren ihren müden Schleier. Sie begann sogar zu lächeln. Margo hatte die Schlacht verloren. Nichts hielt Henri mehr auf.

An einem windigen Apriltag unterzeichneten sie den Kaufvertrag. Henri war es gelungen, den niedrigen Preis ein weiteres Mal zu drücken, denn der Sturm hatte eine der vier Buchen umgerissen, die an der Straße vor dem Haus standen, und ein großer Ast war aufs Dach gestürzt. Nach zähen Verhandlungen hatte der Besitzer nachgegeben, ein knorziger alter Bauer namens Wiennecken.

Nun war der Notar gegangen und sie saßen in der guten Stube der Bauersfamilie auf einem heruntergesessenen Plüschsofa. Es war entschieden zu gut geheizt und Margo war ein wenig übel vom starken Tee, den Frau Wiennecken serviert hatte, zusammen mit einem fetten Stück Bienenstich.

»Das Haus hat nicht viel Glück gesehen«, fing der Alte an zu erzählen. »Dem Karl ist die Frau weggelaufen, der Frieder ist im Wald unter einen Baum geraten, den er ummachen wollte, und der Walter ...«

»Erich!« Die Bauersfrau legte ihm die rote Hand auf den Arm. »Wir wollen doch hoffen und wünschen, dass nun bald Glück in dieses Haus einzieht!«

Erich nickte betreten, Henri verzeihend und endlich nickte auch Margo. Dabei war sie, was das Glück und seine zeitliche Nähe betraf, ganz und gar nicht optimistisch. Henri war der Meinung, man könne sich den Architekten sparen, »so ein Fachwerkhaus ist grundsolide«, das bedeutete einen Kostenpunkt weniger. Doch er hatte bereits in Erfahrung gebracht, dass alle Handwerksfirmen in der Umgebung prall gefüllte Auftragsordner hatten, im Baugewerbe herrschte Hochkonjunktur und keiner mochte sich auf einen Baubeginn festlegen. Das alles konnte Monate oder gar Jahre dauern. Das Gute im Schlechten: Es gab also eine Atempause.

Henri aber ließ sich durch nichts entmutigen. Er vertiefte sich in all die Fragen, die ein Hausbau so mit sich brachte: Welche Heizung sollte es sein? Fenster mit oder ohne Sprossen? Holzboden oder Steinfußboden? Er wälzte Kataloge, ließ sich in Fachgeschäften beraten, konsultierte seine Kollegen. Gemeinsam besuchten sie andere Kottenbesitzer, darauf ließ Margo sich ein, es verkürzte immerhin das nasskalte Frühjahr.

Mit den ersten wärmeren Tagen verbrachte Henri jede freie Stunde in der Ruine, wie Margo das Haus bei sich nannte. Als Erstes musste der Kotten entrümpelt werden, der Heuboden war ein Paradies für Tiere, überall huschte, knisterte und wisperte es. Auch die Katze, die Henri beim Ausräumen entdeckte, hatte gegen die Unzahl von Mäusen wenig ausrichten können. Dafür war sie schwanger.

Das wiederum versöhnte Leonore mit den Wochenenden, die sie mit ihren Eltern draußen verbringen musste. Mit unendlicher Geduld und vielen Leckerbissen überzeugte sie die Katze davon, den Menschen zu trauen. Als das Tier schließlich drei Junge herbeischleppte und in einen von Leo liebevoll ausgepolsterten Margarinekarton bettete, waren alle gerührt, sogar Henri, was seine Frau und seine Tochter ihm hoch anrechneten – er mochte eigentlich keine Katzen, das wussten sie, denn auch aus süßen Kätzchen würden irgendwann Vogelmörder werden.

»Aber wenn wir sie gut füttern? Vielleicht schmecken ihnen die Vögel dann nicht mehr?« Leo war mindestens so überzeugend wie die drei furchtlosen Kleinen, die ihre Näschen überall hineinsteckten.

Und dann, nach all der Idylle: die Katastrophe. An einem Samstagmorgen hörte man die Katzenmutter aufgeregt maunzen. Leonore fand sie vor der alten, lange nicht geleerten Hausgrube hocken, die notdürftig mit ein paar bemoosten Brettern abgedeckt war. Ihr Schrei alarmierte Henri, der beherzt die Bretter von der Grube entfernte. Und darunter, in der ekligen stinkenden Brühe, klammerte sich ein herzzerreißend fiependes Wesen mit schwindender Kraft an ein Holzstück. Henri zog es am Nackenfell heraus und spülte es unter dem Wasserhahn gründlich ab, Leonore wickelte es trotz Margos Protest in ein Badetuch und tupfte das Tierchen liebevoll trocken, bevor sie es der Katzenmutter gab, die es mit ihrer kräftigen Zunge von oben bis unten warmleckte.

Alles schien gut gegangen zu sein. Doch als Leonore früh am nächsten Morgen nach den Tieren sah, war das Kleine gestorben. »Neugier ist der Katze Tod«, verkündete Henri, nicht ohne eine Spur von Schadenfreude, worauf Leo in Tränen ausbrach. Erst als Henri aus zwei Ästen ein Holzkreuz bastelte und sie den winzigen Leichnam gemeinsam unter dem Apfelbaum begraben hatten, beruhigte sie sich wieder. Von nun an ließ sie die zwei anderen Kätzchen kaum noch aus den Augen.

Sie ist eben doch noch ein Kind, dachte Margo. Ein einsames kleines Mädchen.

Der »Landschaftsgarten«, von dem Henri gesprochen hatte, erwies sich als reine Utopie. Auf dem Grundstück wucherte alles Mögliche, aber nichts, was das Auge erfreut hätte. Mit einem Rasenmäher war dem Wildwuchs nicht beizukommen, noch nicht einmal eine Sense half, obwohl Henri sie schon nach kurzer Zeit kunstfertig schwang. Es war seine Idee, sich vom Nachbarn zwei Schafe auszuleihen, die das Gras kurz halten sollten. Romeo und Julia, wie die beiden hießen, machten die ländliche Idylle perfekt, fraßen von morgens bis abends und rülpsten zufrieden, wenn man sie zwischen den Hörnern kraulte.

Im Spätsommer erbarmten sich endlich auch die Handwerker. Am Sonntag, bevor das erste Kommando anrollen sollte, saß Familie Seliger auf Campingmöbeln mitten auf der Wiese, Henri servierte Hühnersalat, Brot und Butter und für die Erwachsenen Sekt, Leonore zweigte Häppchen für die Katzen ab. Selbst Margo begann, sich mit dem Landleben anzufreunden.

Henri jedenfalls tat es gut, das sah man ihm an. Er hatte nicht nur erheblich an Gewicht verloren, er wirkte auch kraftvoll und energiegeladen. Das lag, natürlich, an der Arbeit an der frischen Luft, aber vor allem, dass er tagsüber nichts mehr trank und sich abends mit zwei Bier begnügte. Das konnte gern so bleiben, wenn es nach Margo ging, und die Chancen dafür standen gut: Hier gab es weit und breit keine Kneipe und keine Saufkumpane. Allein das, dachte Margo, ist die Sache wert.

Nur sie selbst lag nachts wieder häufig wach und rechnete die Risiken durch. Trotz des Bankdarlehens und einer Gehaltserhöhung, von der sie Jon überzeugt hatte, musste der Ausbau langsam vorangehen, allzu viel Luxus und allzu große Sprünge konnten sie sich nicht erlauben.

Doch gegen übertriebene Hast standen schon die Handwerker. Der Zimmermeister aus dem Nachbarort kam, nahm Maß, fuhr wieder fort. Kam am nächsten Tag wieder, hatte etwas vergessen, fuhr wieder ab. Hielt es am dritten Tag immerhin vier Stunden auf der Baustelle aus und tauchte dann eine Woche lang nicht mehr auf. Der Mann, der den Estrich gießen und in der Tenne die Solnhofer Platten verlegen sollte, ließ auf sich warten, bis Henris Urlaub verstrichen war. Er kam auch nicht an dem Tag, für den Henri sich freigenommen hatte, dafür aber am Tag darauf, an dem er dann vor verschlossener Tür stand.

Der Umzug aufs Land lag in weiter Ferne und Henri und Margo hatten wieder etwas, was sie verband: ein unerschöpfliches Gesprächsthema. Und Leonore? Die Frage, welche Fliesen fürs Bad und welche für die Dusche sowohl erschwinglich als auch schön genug waren, interessierte sie nicht – und Schäfchen und Kätzchen bald auch nicht mehr. Plötzlich war »die Stadt« wieder voller Verlockungen.

Sie nahm Gitarrenstunden und hatte bis in den frühen Abend hinein »Termine«, irgendetwas mit der Schule oder dem Nachhilfeunterricht, den sie nahm, um von der Fünf in Mathe runterzukommen, oder den sie gab, um auf eine neue Gitarre zu sparen. Sie führte das nicht näher aus und niemand fragte danach.

Es gab andere Sorgen. Am 22. November 1963 wurde der amerikanische Präsident John F. Kennedy ermordet. Seligers hatten keinen Fernseher, Henri war strikt dagegen und im Übrigen mussten sie sparen, aber am Tag der Beerdigung Kennedys trafen sie sich mit den anderen Hausbewohnern bei belegten Broten vor dem Fernseher der Vermieterin. Die blieb nicht die Einzige, die hemmungslos weinte. Die Bilder gingen allen zu Herzen: die Frau im eleganten lachsfarbenen Kostüm und der Pillbox auf dem Kopf, die hilfesuchend auf den Kofferraum des offenen Wagens kroch, »sie war voller Blut, man stelle sich das vor, ein Wunder, dass sie nicht auch getroffen wurde«. Die weinende Witwe im schwarzen Schleier, ihre beiden Kinder an der Hand, und vor allem der kleine Junge, der, mühsam beherrscht, die Hand zum militärischen Gruß hob.

»Sie hat den Sarg geküsst!«, flüsterte die Tochter des Paars aus dem zweiten Stock. »Nein, die Fahne, du Dummchen«, zischte ihr Bruder.

»Sie waren ein so schönes Paar«, seufzte es ein übers andere Mal. Seit der gut aussehende, hochgewachsene Mann sein »Ich bin ein Berliner« über die Mauer gerufen hatte, war er ein Präsident aller Deutschen geworden. Und hatte er nicht in der Kubakrise Haltung gezeigt? Damals hatte sich sogar Henri vor einem neuen, alles vernichtenden Krieg gefürchtet.

Alle teilten das Gefühl, eine Zeitenwende zu erleben: Ein Großer war gegangen und das Leben war ärmer geworden.

III

Zu Silvester beschlossen Henri und Margo, mit dem Rauchen aufzuhören, aus Sparsamkeit und weil es gesünder war. Im Februar rauchten sie die letzte gemeinsame Zigarette. Im März war der Kotten innen und außen gestrichen und die eigene Kläranlage (»Dreikammersystem«, Henri kannte sich damit mittlerweile aus) bezahlt, eingegraben und angeschlossen. Doch im Mai konnte sich nur noch Henri für die Idee begeistern, die Stadt zu verlassen und hinaus aufs Land zu ziehen.

Margo hatte ihre Osnabrücker Beamtenwohnung nie sonderlich gemocht, aber seit einigen Wochen nahm sie schweren Herzens Abschied von beinahe zehn Jahren Vergangenheit: von Wucherpfennigs Kolonialwarenladen, vom Milchmann, vom Spielplatz mit den quietschenden Spielgeräten, von der schlecht gelaunten Vermieterin, von den kinderlieben Nachbarn.

Jon brachte sie an einem lauen Frühlingsabend nach

Hause, wie immer, aber wie so oft in der letzten Zeit verabschiedeten sie sich gleich nachdem der Wagen vorm Haus zum Stehen kam. Die Zeit der stundenlangen Gespräche nach Dienstschluss war vorüber, vorbei die Zeit des Aufbruchs, die Firma gedieh und es gab weder Probleme noch Projekte, über die man sich die Köpfe heiß reden konnte. Demnächst würde es selbst diese wenigen intimen Momente nicht mehr geben, diese kostbaren Viertelstunden, in denen sie in seinem Wagen allein waren. Margo besaß bald ein eigenes Auto, Henri hatte ihr einen nagelneuen feuerroten Opel Kadett bestellt.

Sie verabschiedete sich von Jon mit einer flüchtigen Umarmung, stieg aus seinem Wagen und schloss die Haustür auf. Ohne lange darüber nachzudenken, ging sie nicht die Treppe hoch zu ihrer Wohnung, sondern eine Treppe nach unten, dorthin, wo es zu den Kellern ging und in den Hinterhof.

Der Hof lag auf der Schattenseite des Hauses, ein trostloses Viereck, auf dem nicht viel gedieh außer einem Haselnussstrauch mit leuchtend roten Blättern und einem krüppeligen Pflaumenbaum, dessen Blüten einmal im Jahr einen zauberhaften Duft verströmten. Schon seit Tagen hatte sie immer wieder am geöffneten Fenster gestanden und sich ganz weit weggeträumt, allerdings gewiss nicht in ein Geisterhaus auf dem platten Land.

Andere Attraktionen gab es im Hof nicht, außer einem schon lange nicht mehr benutzten Sandkasten, in dem einst Leonore gespielt hatte, und einer Teppichstange, auf der die Hausbesitzerin ihre räudigen Perser ausklopfte. Im Haushalt der Seligers gab es so etwas wie Teppiche nicht – vor allem keine »Perser« –, die musste man schon geerbt haben. Die Teppiche von Henris Eltern aber waren mit ihnen beim Bombenangriff verbrannt und Hegewalds hatten kein Geld für solchen Luxus gehabt.

Links und rechts war der Hof durch Backsteinmauern begrenzt, auf der einen Seite gab es eine Schreinerei und auf der anderen die Metzgerei; hier kreischte die Säge und dort jammerten die Schweine, bevor sie geschlachtet wurden. Man war also mitten im Leben, mehr, als empfindlichen Nerven guttat. An der Längsseite endete der Hof an einem Zaun, hinter dem ein unbetretbares Paradies begann, das den kargen Hinterhof besonders schäbig wirken ließ, ein Garten, der der Metzgersfamilie gehörte. Die dicken Dolden eines Fliederstrauchs, der seine Zweige über den Zaun reckte, öffneten sich bereits, wenigstens der Duft endete nicht an der Grundstücksgrenze.

Margo hatte erst ein paar Schritte getan, als ihre Augen eine Bewegung wahrnahmen. Sie drehte sich um. Leonore sah ihr mit schuldbewusstem Gesicht entgegen, den rechten Arm hinter dem Rücken, über ihrem Kopf zartblaue Wölkchen.

»Du rauchst.« Margo war so verblüfft, dass ihr keine schlauere Bemerkung einfiel.

Leo lächelte verlegen.

»Und das, während ich mir das Rauchen abgewöhnen will!« Sie war hin und her gerissen. Sie musste ihrer Tochter das Rauchen verbieten, es war nicht nur eine schlechte Angewohnheit, es war ungesund, wie man an ihr sah. Der Arzt hatte ihr dringend geraten, das Rauchen einzustellen, und sie gab sich seit Februar große Mühe damit, aber die Rückfälle wurden immer häufiger. »Findest du das fair?«

Leonore sah ihre Mutter mit hochgezogenen Augenbrauen an. Dann kam sie mit der Hand hinter dem Rücken hervor und hielt ihr die Zigarette hin. Margo zögerte nur kurz, bevor sie danach griff.

Mutter und Tochter schwiegen, während sie nebeneinander auf dem Hof standen und rauchten, jeder hing seinen Gedanken nach, nichts und niemand zerstörte den

Moment. Plötzlich war Frieden zwischen ihnen. Hatte man Tabak nicht genau dafür erfunden?

Deshalb ging Margo auch am nächsten Abend wieder zuerst in den Hof, statt gleich hinauf zur Wohnung. Leonore schien auf sie gewartet zu haben, sie hielt ihr die angebrochene Zigarettenschachtel hin, drei HB waren noch drin, und sagte: »Die nächste kaufst du.«

Die gemeinsame Zigarette wurde zum abendlichen Ritual. Weder Margo noch Leonore sprachen es an, aber ihre Beziehung hatte sich beinahe unmerklich geändert – sie war erwachsen geworden. Weil sie ein Laster teilten oder weil sich Leo verändert hatte? Vielleicht hatte Margo zu lange nicht richtig hingesehen. Aus der Schulschwänzerin und dem Kind mit den Kätzchen war jemand geworden, der sein soziales Gewissen und sein politisches Interesse entdeckt hatte.

Bei Kennedys Ermordung in Dallas vor einem halben Jahr hatte Leonore noch geweint. Jetzt, ein halbes Jahr später, war an Zuneigung zu einem amerikanischen Präsidenten nicht mehr zu denken. Beim Abendessen prangerte sie an, was sie US-Imperialismus nannte, beklagte die Unterdrückung der Schwarzen, schwärmte von Martin Luther King und vom Ostermarsch »aller friedliebenden Kräfte«. Seit im Dezember in Frankfurt am Main der Auschwitz-Prozess begonnen hatte, wurden ihre Fragen an die Eltern immer drängender. »Ihr wart doch auch Nazis? Ihr müsst es doch gewusst haben?«

Margo versuchte es mit Argumenten. »1933 war ich noch nicht mal vierzehn. Woher sollte ich wissen, was Hitler plante? Ich durfte doch noch nicht einmal wählen.«

»Aber später, da musst du doch etwas gemerkt haben.« Die scharfe senkrechte Falte über Leos Nasenwurzel stand ihr gar nicht, fand Margo.

»Ich war in Schlesien, es gab noch nicht einmal Radio.

Was hätte ich denn merken sollen?« Dabei hatte sie natürlich etwas geahnt, spätestens als die Juden aus Stendal verschwanden. Wie sollte man heute, wo man von den unvorstellbaren Verbrechen der Nazis wusste, einem jungen Mädchen erklären, dass man damals mit offenen Augen durchs Leben gehen konnte, ohne etwas davon wahrzunehmen?

Henri versetzte Leonores Fragerei in Weißglut. Als sie ihn einmal »Faschist« nannte, lief er mit hochrotem Kopf aus dem Zimmer und aus der Wohnung, in die nächste Kneipe. Zwei Saufkumpane brachten ihn Stunden später nach Hause und packten ihn auf die Couch im Herrenzimmer, im Schlafzimmer wollte Margo ihn in diesem Zustand nicht haben.

Auch ihr fiel es schwer, Leos Fragen standzuhalten. Was hatte sie denn getan, damals? Nichts. Eben. Sie hatte nichts getan, als man Helene abholte, nichts gesagt, kein Wort des Protests. Und danach? Bei der Erinnerung an das Verhör durch die Gestapo wurde ihr heiß vor Scham. Gut, dass Helene nicht wusste, was Margo damals ausgeplaudert hatte, im naiven Bemühen, beide vom Vorwurf reinzuwaschen, sie hätten eine lesbische Beziehung gehabt.

Seit Margo wusste, was unter Hitler für Abscheulichkeiten geschehen waren, sah sie vieles anders. Dem von Leonore vehement vorgetragenen Argument, dass auch im neuen Deutschland unter Bundeskanzler Adenauer viele alte Nazis wieder in Amt und Würden gekommen seien, hatte sie nichts entgegenzusetzen. Konnte also alles wieder geschehen? War auch die Bundesrepublik Deutschland in Gefahr, abzugleiten in ein verbrecherisches Regime? So ähnlich hatte Helene argumentiert, und deshalb müsse man gemeinsam gegen den »Faschismus« kämpfen. Margo hatte ihr widersprochen. Heute war sie sich nicht mehr so sicher.

Und da war noch etwas. Leonore war nicht nur entschiedene »Systemkritikerin« geworden, sie entwickelte sich auch zu einer glühenden Fürsprecherin jenes Landes, das für Henri nichts anderes als ein »Verbrecherregime« war. Margo musste sich eingestehen, dass sie auch hier Leos Argumenten nicht viel entgegenzusetzen hatte: »Da drüben in der DDR, das sind doch auch nur Menschen« und »hier bei uns ist doch auch nicht alles in Ordnung« – das stimmte ja, man konnte dem schwerlich widersprechen. Und was war schon gegen Frieden und Völkerverständigung einzuwenden? »Soziale Marktwirtschaft« klang längst nicht so paradiesisch.

Margo hätte natürlich gute Argumente zur Verteidigung der Bundesrepublik gehabt, ihre eigene Karriere zeugte doch von den Vorteilen des Kapitalismus, oder vielleicht nicht? Doch sie glaubte, ihre Tochter zu verstehen. Alle jungen Menschen waren Idealisten und wurden meist viel zu früh zu mehr oder weniger enttäuschten Erwachsenen. Frieden zu wünschen war das Normalste von der Welt, selbst wenn es naiv sein mochte, wie Henri, ganz kalter Krieger, zornentbrannt behauptete.

Auch Margo wünschte sich Frieden. Und wenn sie an das zerstörte Deutschland dachte, durch das sie damals auf der Flucht aus Schlesien geirrt war, dann war sie erst recht für Frieden. Und gegen die Atombombe. Die hatten die USA eingesetzt, als Japan bereits am Boden lag, und Nagasaki und Hiroshima dem Erdboden gleichgemacht. Was, wenn sich die Spannungen zwischen den Amerikanern und den Russen zuspitzten, wenn beide Seiten ihre Raketen in Gang setzten? Die tödliche Last würde über Deutschland niedergehen, über beide Teile Deutschlands. Deshalb hatten sie alle ein elementares Interesse an Frieden, die deutschen Brüder und Schwestern diesseits und jenseits der innerdeutschen Grenze. Im Wunsch nach Frieden waren sie vereint.

So gesehen war es richtig, was sie tat, wenn sie wieder eine Lieferung für Buddensiek fertig machte: Sie tat es für die Völkerfreundschaft. Wenn die Jugend das Verhältnis zwischen den beiden deutschen Staaten entspannt sah, dann war es mehr als gerechtfertigt, dass Margo die Früchte des wissenschaftlich-technischen Fortschritts mit Helene teilte.

Mit neuem Enthusiasmus fotografierte sie alles, was von technischem Interesse war, und übermittelte es auf den abenteuerlichsten Wegen nach Peine.

Es bereitete ihr diebisches Vergnügen, Buddensieks konspirativen Anweisungen zu folgen. Erst hatte sie es für einen Scherz gehalten, aber er benutzte tatsächlich Geheimschriftpapier für seine Instruktionen. Sie musste die Geheimtinte mit spezieller Entwicklerflüssigkeit sichtbar machen und die Anweisungen auswendig lernen, bevor sie das Papier zu verbrennen und die Asche im Klo herunterzuspülen hatte.

Ihre Ausbeute an verfilmten Dokumenten steckte sie in die absurdesten Objekte, »Container« genannt, in Haarspraydosen, Kerzenhalter, Maniküresets, Cremedosen, die sodann in »toten Briefkästen« deponiert wurden. Sie hatte über den Namen lachen müssen, und tatsächlich: Als Versteck dienten hohle Baumstümpfe oder Gräber auf Friedhöfen, ganz wie im Schundroman. Buddensiek achtete penibel darauf, dass sie Container und Verstecke oft genug wechselte, was sie erst lustig und dann lästig fand. Es waren doch schließlich keine Staatsgeheimnisse, die sie verriet. Sie tat es für den Frieden und, ja: Deutschland zuliebe. Das konnte kein Landesverrat sein.

Als Leonore sie eines Tages während ihrer gemeinsamen Feierabendzigarette fragte, ob sie nicht mit zu einer

Friedenskundgebung in der evangelischen Johanniskirche kommen wollte, sagte Margo ohne Zögern zu.

Auf dem Altar standen üppige Sträuße aus blauem Rittersporn und weißem Jasmin in großen Vasen. Davor drängten sich junge Leute, Männer in Jeans mit weichen Bubikopffrisuren, Mädchen mit seidigem Madonnenhaar und in bunten Flohmarktkleidern. Leonore trug einen Samtrock, den sie sich selbst genäht hatte, und eine bestickte Bauernbluse.

Margo hatte sich gottergeben auf eine öde Predigt eingestellt, doch die Kundgebung begann mit Liedern zur Gitarre, in die alle einfielen, Lieder in englischer Sprache. Ihr Englisch war nicht gut, aber auf den Bänken lagen sauer riechende Matrizenabzüge der Texte, also nahm sie sich ein Blatt und begann schließlich, mitzusingen: »We shall overcome«, »This land is your land« und »Kumbaya, my lord«. Die Melodien waren einfach und die Texte gar nicht so schwer.

Wie lange hatte sie nicht mehr gesungen! Dabei hatten sie zu Hause in Stendal so oft gesungen, dreistimmig oder im Kanon, sie hatte den ganzen Zupfgeigenhansel auswendig gekannt. Heute galten Volkslieder als rückwärtsgewandt, das war etwas für Revanchisten wie die Vertriebenenverbände, und selbst das Deutschlandlied war in Verruf geraten, obwohl der Text von Hoffmann von Fallersleben aus dem Jahre 1841 stammte. Weil die Nazis »Deutschland über alles« geschmettert hatten, durfte man seit einiger Zeit nur noch die dritte Strophe singen, »Einigkeit und Recht und Freiheit«. Doch selbst das war vielen nicht recht, die darin einen Anspruch auf Wiedervereinigung erkennen wollten, und an die glaubte kaum noch jemand.

Singen war aus der Mode gekommen, nicht zuletzt, weil es ja Radio gab. Doch hier, an diesem Tag in der Kirche, war es plötzlich wieder das Leichteste und Einfachste von der Welt, mit anderen die Stimme zu erheben, im Einklang zu sein, im jubelnden Chor. Es waren ja auch keine deutschen Lieder, sagte sich Margo.

Dann war Stille. Der Chor verließ den Platz vor dem Altar, nur Leonore blieb übrig, allein unter der Kanzel, eine Gitarre um den Hals. Sie begann zu spielen. Und wie sie spielte! Als sie zu singen begann, wären Margo fast die Tränen gekommen. Wie schön das Mädchen sang! Nur einer Rabenmutter wie ihr konnte entgangen sein, wie begabt Leonore war.

Eigentlich wollte sie direkt nach der Veranstaltung gehen, aber es gab Kaffee und Kuchen und sie konnte nicht einfach verschwinden, ohne Leonore in den höchsten Tönen gelobt zu haben. Das Mädchen stand auf der anderen Seite der Kirche und tuschelte mit einem Mann, der deutlich älter war, er sah ganz hübsch aus, trug seine Haare ebenfalls ziemlich lang und hatte das an, was derzeit Mode war unter Studenten und sogenannten »Intellektuellen«: einen schwarzen Rolli und schwarze Nietenhosen. So einen Aufzug würde sie in der Firma niemals dulden.

Der Mann nickte, sah auf und kam auf sie zu. »Sie sind Leonores Mutter, nicht wahr? Ich freue mich, Sie kennenzulernen. Markus Vormbaum, ich bin der Pastor hier.«

Auch noch ein Pastor? Die sahen früher ganz anders aus.

»Leonore ist eine ganz außergewöhnliche Begabung. Sie ist hochmusikalisch und hat eine schnelle Auffassungsgabe. Vor allem ist sie die Seele unserer kleinen Gruppe.«

Eine Gruppe? Auch davon wusste Margo nichts. »Was für eine Gruppe?«

»Wir singen. Folksongs, aber auch gesellschaftskritische Lieder. Kennen Sie Dieter Süverkrüp?«

So fing es an.

IV

Margo schlüpfte aus dem Bett, die Bettdecke vor die Brust gepresst, und angelte mit den Zehen nach dem Badetuch. Im Aufstehen wickelte sie sich das Tuch um den Körper und huschte zum Badezimmer.

»Warum versteckst du dich?« Seine Stimme, warm und schlaftrunken.

»Du sollst mich nicht ansehen«, rief sie aus dem Badezimmer.

»Aber ich sehe dich gern an. Zu gern.«

»Ich bin zehn Jahre älter als du.«

»Das interessiert mich nicht.«

Sie stellte sich in die Badezimmertür. »Jetzt erzähl mir bloß, dass es dir nur auf meine inneren Werte ankommt.«

»Na, das musst du doch mittlerweile gemerkt haben!« Er reckte und rekelte sich und lächelte sie verführerisch an.

Sie zögerte nur kurz, dann schlüpfte sie wieder zu ihm unter die Bettdecke. Markus Vormbaum war ein zärtlicher Liebhaber. Nach Jon Bajohr, hatte sie gedacht, konnte nichts mehr kommen, doch Markus war der Gegenentwurf: nicht raffiniert, sondern geradeaus im Bett, nicht elegant, sondern zupackend. Und er lachte gern, sogar in den intimsten Momenten.

Er hatte sich wirklich nicht anstrengen müssen, um sie zu verführen, ein Anruf genügte: Ob man sich einmal treffen könne, es gehe um Leonore, man wolle ihr da etwas ermöglichen … Wenige Tage später fuhr sie nach Feierabend bei ihm vorbei, er empfing sie in einem hellen, modernen Zwei-Zimmer-Apartment in der Innenstadt.

In der Wohnung duftete es süßlich, auf dem Sofatisch

standen eine Kanne mit Jasmintee und zwei Teeschalen. Er wartete, bis sie sich in einen Sessel gesetzt hatte, und hockte sich dann im Schneidersitz aufs Sofa.

»Ich möchte Leonore gern für ein internationales Jugendcamp vorschlagen, dazu brauche ich natürlich Ihre Einwilligung.«

Ihre, nicht Henris. Als ob sie das Sagen hätte. Es war nicht schwer gewesen, ihn zu durchschauen. Sie landeten schon beim ersten Treffen in seinem Bett.

Dass er sich damit brüstete, ein überzeugter Marxist zu sein, hatte sie zuerst irritiert. »Und wie verträgt sich das mit dem christlichen Glauben?«

»Man kann der Menschheit auf verschiedenste Weise dienen, und wer für den Weltfrieden kämpft, handelt immer im Namen Jesu.«

So hatte sie das noch nie gesehen. Doch bestimmt gab es mehr als nur einen Weg zum Heil.

Es war eine fremde, aber auf eine abstrakte Weise auch faszinierende Welt, in die sie eintauchte, wenn Markus zu dozieren begann: über den Klassengegensatz und die Ausbeutung der Arbeiterklasse und den tendenziellen Fall der Profitrate. Dass man den Niedergang des Kapitalismus ausrechnen konnte, gefiel ihr, auch wenn sie sich persönlich nichts davon versprach. Sie missbilligte, dass er sie »lohnabhängig« nannte. Sie hatte Prokura und erhielt ein Gehalt, und dass er darin keinen Unterschied zum Lohn erkennen wollte, kränkte sie.

Markus war ein weiterer Grund, warum sie es nicht eilig hatte, aufs Land in den Kotten zu ziehen, denn das würde solche kleinen Seitensprünge erschweren. Sie konnte sich schließlich nicht immer auf Überstunden berufen und Henri die ganze Arbeit überlassen, die so ein neues Haus mit sich brachte.

Auch Leonore zeigte keine Sehnsucht nach Landidylle,

sie war rund um die Uhr beschäftigt, entweder im Singekreis oder in der Redaktion der Schülerzeitung, die sie mit einigen Schulfreundinnen gegründet hatte. Und seit sie am Jugendcamp teilgenommen hatte, schrieb sie Briefe in alle Welt – auf einer Schreibmaschine, die Margo ihr über die Firma besorgt hatte. Das Maschineschreiben hatte Leo sich selbst beigebracht, perfekt war sie nicht, aber schon ganz schön flott.

Irgendwann würde unweigerlich der Tag des Umzugs kommen. Bis dahin versuchte Margo nicht daran zu denken. Schlafende Hunde soll man nicht wecken.

»Ich muss mit dir reden.«

Das Abendessen, das wie so oft ohne Leonore stattgefunden hatte, war beendet, aber Henri und sie saßen noch am Tisch.

Margo rückte den Teller beiseite. Seit Tagen war Henri mürrisch und in sich gekehrt. Wenn er so anfing, musste es etwas Wichtiges sein, denn normalerweise ging er Konflikten aus dem Weg. Außerdem war er stocknüchtern, auch das war ein schlechtes Zeichen. Sie machte sich auf irgendeine Katastrophe gefasst.

»Ist was mit dem Haus?«

Im Bad gab es nur kaltes Wasser, der Klempner hatte irgendetwas nicht richtig angeschlossen und Henri bemühte sich schon seit Tagen, den Mann zu erreichen. Auch machte ein Nachbar Ärger wegen der Grundstücksgrenze.

»Nein. Es geht um Leonore.«

Das überraschte sie. »Was ist mit Leonore? Ich glaube, sie hat heute Abend irgendeine Sitzung mit ihrer Schülerzeitungsgruppe, hat sie sich nicht bei dir abgemeldet?«

Henri schüttelte den Kopf. »Ahnst du wirklich nicht, worum es geht?«

»Vielleicht sagst du es mir einfach?« Margo hielt die Luft an. Er musste etwas erfahren haben.

»Es ist mir egal, womit du deine Freizeit verbringst, Liebes.«

Also doch. Er wusste von Markus.

»Aber Leonore sollte nicht in falsche Gesellschaft geraten.«

Wieso Leonore? Jetzt verstand sie gar nichts mehr.

»Wie wär's, wenn du mir endlich sagen würdest, was dir auf dem Herzen liegt, Henri?«

Henri ließ sich von ihrer sanften Stimme nicht beirren.

»Ich möchte, dass du mich künftig an Entscheidungen beteiligst, die Leonore betreffen.«

Nanu? Das hatte ihn doch noch nie interessiert? »Natürlich. Sicher. Gern.« Dem konnte sie leicht zustimmen.

»Wenn ich gewusst hätte, was das für ein Sommercamp ist, zu dem sie gefahren ist, hätte ich das strikt unterbunden. Aber du hast mich ja nicht gefragt. ›Pionierrepublik Wilhelm Pieck‹. Weißt du eigentlich, was das heißt?«

»Henri! Es war ein internationales Jugendcamp!«

Henri schnaubte. »In der sogenannten DDR. Benannt nach ihrem sogenannten Präsidenten und der Jugendorganisation der Staatspartei. Also was ganz Normales?«

»Meine Güte, was ist denn dabei? Die jungen Leute von heute sehen das alles nicht so eng wie wir.« Wie du, dachte sie.

»Margo, hör mir zu.« Henri klang wie vor Gericht. »Du glaubst doch nicht im Ernst, dass diese Verbrecher auch nur eine Gelegenheit auslassen, um junge Menschen zu indoktrinieren? Und solchen Einflüssen war unsere Tochter vier Wochen lang ausgesetzt. Nur vier Wochen, muss man sagen. Denn das Spiel geht weiter und gefährdet uns alle.«

Was zum Teufel meinte er?

»Ein Kollege hat mich angerufen. Leonore scheint sich einer Gruppe angeschlossen zu haben, die aus dem Osten finanziert wird. Du weißt, was das heißt. In meiner Position kann mich das Kopf und Kragen kosten.«

»Sie singt Folksongs. Das ist doch nun wirklich nichts Politisches.« Henri war und blieb ein kalter Krieger.

»Margo, es ist ein offenes Geheimnis, dass die Antiatomkraftbewegung und diese ganze Ostermarschiererei von Pankow gesteuert werden.«

»Henri! Leo ist für den Frieden, wie jeder idealistische junge Mensch, daran kann doch nichts verkehrt sein?«

»Dieses ganze Gerede von Frieden und Völkerfreundschaft ist nichts als Propaganda. Das ist die falsche Flagge, unter der sie segeln. Begreifst du das wirklich nicht?«

Margo schwieg. Sie konnte sich keinen Reim machen auf das, was er da erzählte. Welcher Gruppe sollte Leonore sich angeschlossen haben?

Henri seufzte. Dann stand er auf, stellte sich hinter sie und legte ihr die Hände auf die Schultern. »Dein Pastor ist bei der DFU. Weißt du, was das ist?«

»Die Deutsche Friedens-Union, natürlich weiß ich das.« Sie versuchte, sich unter seinen Händen wegzuducken.

»Ein Bündnis von Kommunisten und Sozialisten, von der SED finanziert.«

Was sollte sie dazu sagen? Sie wusste davon nichts.

»Und Leonore soll in diesen Sumpf hineingezogen werden. Ich möchte das nicht, hörst du? Mach, was du willst. Du bist erwachsen. Leonore ist es nicht.«

Plötzlich war ihr kalt. Wusste Henri mehr als die Sache mit Markus? Aber das konnte nicht sein. Sie hatte immer aufgepasst, niemand bekam mit, was sie abends im Büro noch alles trieb.

»Leonore muss raus aus diesen Kreisen. Die KPD ist

verboten, und das gilt auch für alle denkbaren Tarnor-
ganisationen. Und dass sich neuerdings die evangelische
Kirche für so etwas hergibt – ganz ehrlich: Das verstehe
ich nicht. Man sollte diesem Kirchenonkel die Hölle heiß-
machen. Meinst du nicht?«

»Ich werde mit Leonore sprechen«, sagte Margo aus-
weichend. Henri übertrieb mit seiner hysterischen Kom-
munistenfurcht. Andererseits – vielleicht machte er sich
zu Recht Sorgen. Als Beamter war er angreifbar. Und
wenn er einmal unter Beobachtung geraten war, könnte
sich die erhöhte Aufmerksamkeit auch auf sie erstrecken,
und dann wurde es brandgefährlich. Ebenso wenn Markus ins Visier geriet. Das musste sie verhindern, zu ihrer
aller Gunsten.

Sie griff nach Henris Hand. »Ich verstehe. Beruhige
dich. Überlass das nur mir.«

Was, wenn es stimmte, dass sich die Kommunisten an
ihre Tochter heranmachten? Wenn Markus »einer von denen« war? Sollte ihr Verhältnis sie kompromittieren, sie
erpressbar machen? Dass Helene mehr war als eine An-
gestellte in der DDR, die um ihren Arbeitsplatz fürchtete,
war ihr schon lange klar. Sollte sie also womöglich von
mehreren Seiten in die Zange genommen werden? Margos
Misstrauen wuchs. Leonore konnte sich vielleicht nicht
wehren, sie schon. Der Punkt war erreicht, an dem sie aus
dem Spiel aussteigen musste.

Jon und sie planten die nächste Stufe in der Firmen-
entwicklung, was erhebliche Investitionen in neue Technik bedeutete. Auch hatten sie mittlerweile Kunden, deren Daten »sicherheitsrelevant« waren, wie Jon es nannte.
Und ausgerechnet daran waren die Drahtzieher hinter
Buddensiek besonders interessiert. Margo begann sich
zum ersten Mal ernsthaft zu fragen, wie Jon wohl reagieren würde, wenn er wüsste, was sie tat.

Im Herbst war der Umzug beschlossene Sache. Plötzlich war Margo froh darüber. Auf diese Art und Weise wurde man Ballast los, sie konnte Markus auf Distanz bringen und Leonore ihren obskuren »Kreisen« entziehen. Auch Buddensieks Aufträge waren weniger geworden, sie wagte zu hoffen, dass das Interesse an ihrer Mitarbeit langsam erloschen war.

Sie hatte sich ein paar Tage freigenommen, um ohne Hetze den Haushalt in der Wiesenbachstraße aufzulösen. Henri war bereits mit Campingliege und Schlafsack nach Osterholz gezogen, es gab noch zahllose Kleinigkeiten zu erledigen, bevor der Umzugswagen anrollen konnte. Der neue Küchenherd musste angeschlossen werden, er wurde mit Gasflaschen betrieben, denn auf dem Land gab es keine Gasleitungen. Die erste Öllieferung für die Zentralheizung stand an, auch das war eine Generalprobe. Henri war bester Laune, ein Leben im Provisorischen war ganz nach seinem Geschmack.

Der Abschied von Markus allerdings fiel leidenschaftlicher aus, als sie geplant hatte. Sie hatte nur kurz vorbeischauen, auf den Busch klopfen und ihn ausfragen wollen, nach Leonore und dem »Sommercamp«, um dann Abschied zu nehmen. Aber er tat alles, um sie daran zu hindern – mit Kerzenlicht und Sekt. Eine halbe Stunde später waren sie im Bett, liebten sich lachend und atemlos. Sie fragte nichts und sagte nichts, und es tat ihr weh, zu gehen.

Erhitzt und wehmütig trat sie aus der Haustür. Vor ihr stand Leonore.

»Mutti?« Leonores Gesicht wurde blass. Und dann errötete sie. »Was machst du hier? Warst du bei Markus?«

»Leo! Was für eine Überraschung! Wir hatten etwas zu besprechen, der Pfarrer und ich.« Margo hakte sich bei ihrer Tochter unter und wollte sie wegziehen.

Aber Leonore bockte, drehte sich um und drückte die Klingel zu Markus Wohnung. Bevor Margo reagieren konnte, sprang die Tür auf. Leonore stürzte die Treppe hoch.

»Liebling? Hast du was vergessen?« Markus' Stimme schnurrte. Dann brach sie ab.

Margo hörte Leonores wütenden Aufschrei und ein Geräusch, das nach einer schallenden Ohrfeige klang. Dann kam ihre Tochter die Treppe wieder heruntergerannt, stieß sie zur Seite und hastete hinaus auf die Straße. Margo versuchte erst gar nicht, ihr hinterherzulaufen, sie würde sich lächerlich machen, und noch mehr Aufsehen konnte sie wirklich nicht gebrauchen.

»Margo! Was ist los, um Himmels willen?« Markus kam die Treppe hinunter, barfuß, nur mit seiner Jeans bekleidet. In diesem Aufzug hatte ihre Tochter ihn also gesehen, es war ihr sicher nicht schwergefallen, sich den Rest zusammenzureimen.

Margo sah ihn stumm an und wandte sich ab.

V

»Das Geschirr in die Küche bitte. Und Vorsicht ...« Es klirrte, als der stämmige Mann die Kiste absetzte.

Es war Margos Aufgabe, die Möbelpacker zu dirigieren, das hielt sie in Atem, und das war auch gut so. Leonore und sie hatten seit Mittwoch kein Wort mehr miteinander gewechselt, was sogar Henri aufgefallen war.

»Hast du mit ihr geredet?«, fragte er, als die Männer eine Zigarettenpause machten.

Margo zuckte mit den Schultern und schob eine Kiste in die Nähe der Abstellkammer. »Vom Pfarrer ist sie jedenfalls geheilt.«

Henri sagte irgendetwas, das wie »du auch?« klang, aber eine kräftige Stimme tönte dazwischen. »Wohin mit dem Gerümpel?«

Die zwei Wochen Urlaub, die sie sich genommen hatte, reichten nicht aus für all das, was es zu tun gab. Henri und sie standen morgens früh auf und gingen am Abend völlig erschöpft ins Bett. Solange es noch nicht allzu herbstlich war, saßen sie abends auf der Bank vor dem Haus, Henri mit einer Flasche Bier, Margo mit einem Glas Whisky-soda, und warteten auf die Fledermäuse. Manchmal kamen die Katzen und ließen sich streicheln.

Margo ertappte sich bei dem Wunsch, dass es immer so weitergehen möge. Was sprach eigentlich gegen ein Leben, das aus lauter alltäglichen Verrichtungen bestand, die sich unverändert wiederholten, das ohne Überraschungen und Herausforderungen war, ohne Selbstzweifel und Triumph, das zufrieden und müde machte und in dem der Höhepunkt dieser Moment hier war, in dem Henri und sie schweigend nebeneinandersaßen und dem Himmel dabei zusahen, wie er die letzten Reste Licht aufsog?

Seit Wochen hatte Margo auf die verabredeten Zeichen von »drüben« nicht mehr reagiert. Doch man ließ ihr keine Ruhe.

Der erste Brief an »Margo Seliger. Privat – Persönlich. Firma Maxdatex« war überaus freundlich gewesen, eine alte Schulfreundin erkundigte sich nach ihrem Wohlergehen. Nur der Satz »Und ist nicht jeder Tag ein neuer Tag?« ließ erkennen, woher er stammte. Die »alte Schulfreundin« bat um Antwort, schlug ein Treffen vor, in Osnabrück, im Café Leysieffer. Margo zögerte kurz, aber sie ging nicht hin.

Kurz darauf passte sie jemand nach Feierabend auf dem Parkplatz der Firma ab, als sie gerade ins Auto steigen wollte. »Sie sind doch Frau Seliger, oder? Habe ich Sie nicht kürzlich in Peine getroffen?« Als sie mit dem Kopf schütteln und die Tür schließen wollte, stand ein Bein in grauer Schurwolle im Weg. »Man braucht Sie dort.« Der Kerl war entschieden zu elegant gekleidet für seine schlechten Zähne. Margo beschloss, sich nicht einschüchtern zu lassen.

Denn die Hauptsache war, dass Leonore nichts mehr passieren konnte. Sie verbrachte die Herbstferien über ein Austauschprogramm in England, in einem Badeort namens Margate. Margo war nicht stolz auf das, was geschehen war, aber es hatte ihre Tochter schneller als jedes Argument dazu gebracht, den Heilsversprechen des Kommunismus zu misstrauen. Manchmal war sogar ein Seitensprung zu etwas gut.

Henri und sie schliefen wieder miteinander, übrigens. Auch das bewirkte das Landleben.

An einem Samstag zur Mittagszeit stand der Postbote vor der Tür. »Na, da ist ja wieder Leben in der alten Bude«, sagte er zur Begrüßung. »Jetzt müssen wir nur noch einen Briefkasten bekommen, dann sind alle glücklich und zufrieden!«

Ein Briefkasten, genau, der fehlte noch. Seine Zeitung hatte Henri bislang immer vom Einkaufen mitgebracht und Post erwarteten sie nicht, es gab ja noch kaum jemanden, dem die neue Adresse bekannt war: Moosbeeke 9 in Osterholz. Aber der drahtige Mann mit der Schiffermütze auf dem Kopf hielt einen Brief in der Hand. »Für Margo Seliger. Das sind doch Sie?«

Es musste ein Brief von Leonore sein, was sie wunderte, sie glaubte nicht, dass ihre Tochter ihr bereits verziehen hatte. Doch der Brief war in Hannover abgestempelt. Sie drehte ihn unschlüssig um. Ein Absender fehlte, die Handschrift wirkte steif, wie die einer älteren Person, aber ihr Name war richtig geschrieben. Margo steckte ihn in die Hosentasche. Irgendetwas sagte ihr, dass sie besser allein sein sollte, wenn sie ihn öffnete.

Als Henri zum Einkaufen weggefahren war, schob sie ein Messer unter die Lasche und schlitzte das Kuvert auf. Der Brief war leer. Nein, nicht ganz: da steckte etwas, ganz unten in der Ecke – ein Viereck mit gezacktem Rand. Sie zog es heraus. Ein Schwarz-Weiß-Foto. Ein kleines Mädchen, das eine Stoffpuppe an sich presste, blickte ein wenig verlegen an der Kamera vorbei. Margo ließ das Foto fallen, als ob es giftig wäre.

Erst nach einer Weile, als sie wieder ruhiger atmete, bückte sie sich und hob es wieder auf. Viel konnte man auf dem Amateurfoto nicht erkennen, das Kind war vielleicht fünf, sechs Jahre alt, erschreckend dünn, mit großen Augen und dunklen Haaren, die es im Pferdeschwanz trug. Sie drehte das Foto um. Bei Photo-Werner wurde auf der Rückseite eines Fotos stets das Datum des Abzugs vermerkt. Aber auf diesem Foto stand nur ein einziger, einsamer Buchstabe: der Buchstabe E. E – wie Emma?

VI

Es war unruhig geworden da draußen in der Welt, alle redeten von Revolution, auch wenn bloß die Mode oder die Musik gemeint war – nur in der Moosbeeke 9 folgte das Leben anderen Gesetzen. Margo wunderte sich über sich selbst, aber sie hatte wider Willen Geschmack gefunden an ihrer Existenz auf dem Land, vor allem der Garten beschäftigte sie mittlerweile in jeder freien Minute und manchmal sogar im Büro. Schon immer hatten Menschen Wüsteneien urbar gemacht, warum sollte es nicht auch ihnen gelingen, aus einer struppigen Schweinewiese eine blühende Oase zu machen?

Reich bebilderte Bücher über berühmte Gärten der Welt und dicke Wälzer mit praktischen Tipps von der Kompostanlage bis zum perfekten Rosenschnitt stapelten sich in ihrem Arbeitszimmer. Margo versuchte, hinter das Geheimnis großer Gärtnerinnen wie Gertrude Jekyll und Vita Sackville-West zu kommen, machte sich Notizen, zeichnete Pläne, schickte Bodenproben zur Analyse ein, notierte für jede Ecke des Gartens Wetter- und Sonnenlage, dachte über Sichtachsen und Wuchshöhen nach.

Henri und sie besuchten gemeinsam botanische Gärten, Rosenzüchter und Baumschulen, und Margo verstand bald mehr von der Sache als ihr Mann, jedenfalls in der Theorie. Henri besaß nicht ihren wissenschaftlichen Ehrgeiz, er folgte ihren Anweisungen, wenn sie Sträucher und Stauden bestellte, Mutterboden ankarren ließ und Bodenverbesserungsmaßnahmen plante.

Am großen Tisch in der Halle stellte sie geeignete Pflanzengemeinschaften zusammen und zeichnete Tabellen mit den relativen Wuchsgeschwindigkeiten der Bäume und Gehölze, es sollte schließlich nicht das eine Gewächs ein anderes verdecken oder überwuchern.

Gewiss, Garten war eine Angelegenheit von Gummistiefeln und Spaten, Handschuhen und Rosenscheren, aber auch eine Frage von Planung und Organisation. Für die Schmutzarbeit war Henri zuständig, für die Gedankenarbeit sie.

Rhododendren vertrugen Schatten und Feuchtigkeit und liebten sauren Boden, also Torf, was Rosen wiederum überhaupt nicht schätzten. Eine Hydrangea sargentiana wuchs langsam, konnte aber mächtig und raumgreifend werden; eine Hamamelis brauchte, damit sie im Januar blühte, einen sonnigen Standort, und ein Viburnum burkwoodii wirkte am besten, wenn er solitär stand. Margo, die nie Latein gelernt hatte, kannte sich auch mit den botanischen Namen der Pflanzen bald besser aus als Henri.

Langsam wurde aus der Schweinewiese eine Landschaft mit blühenden Inseln entlang verschlungener Wege. Die Pflanzengemeinschaften waren nach Farben und Formen zusammengestellt, es sollte zu jeder Jahreszeit etwas blühen oder doch wenigstens mit Herbstfarben oder Immergrün prunken. Dort, wo der Blick einer Sichtachse folgen konnte, stand eine weiße Bank.

Der Garten war das Beste, was ihr geschehen konnte. Alles andere lag in Scherben.

Leonore

I

Osterholz – Ich hasse meine Mutter.

Ein Gedanke so groß und wunderbar, weil er ganz und gar verboten war. Leonore dachte ihn täglich. Einmal morgens, während sie die Straße zur Bushaltestelle herunterrannte. Einmal mittags, wenn sie den Weg wieder hinauftrottete, mit verkrampftem Magen, weil sie wusste, dass sie wieder einmal voller Ekel vor dem Teller mit dem dampfenden Mittagessen sitzen und keinen Bissen herunterbringen würde.

Manchmal auch abends, wie jetzt, als sie verzweifelt versuchte, mit ihrem Kofferradio Radio Caroline zu empfangen, was nicht ganz einfach war, wenn man es dank mütterlicher Ermahnung unter der Bettdecke tun musste. Vor allem wusste man nie, wo sich das Schiff mit dem Piratensender gerade befand und wie gut der Empfang sein würde. Aber nur hier spielte die einzig wahre Musik.

Wenigstens hatte sie in Osterholz mittlerweile ein Zimmer, das weit weg genug vom Schlafzimmer der Eltern war, aber das war kein Schutz gegen Mutters abendliche Kontrollgänge. Es entschädigte im Übrigen auch nicht für entgangene Kinobesuche, Geburtstagspartys und Stadtbummel.

Klar war sie zuerst froh gewesen, dass sie eine Ausrede hatte und den Freundinnen aus dem Weg gehen konnte nach der Sache mit Markus, weil sie ja jetzt auf dem Land lebte und der Bus nur alle naselang fuhr. Aber mittlerweile fühlte sie sich wie all die anderen Landeier, über die sie sich früher immer lustig gemacht hatte, wofür sie sich heute gründlich schämte. »Ihr stinkt nach Schweinestall«, hatte sie einmal den beiden Kleinsten in der Klasse hinterhergerufen. Peinlich.

Es rauschte aus dem kleinen roten Transistorradio, aber die wenigen Akkorde, die man heraushören konnte, kamen ihr bekannt vor. Sie bewegte den Drehkopf vorsichtig erst in die eine, dann in die andere Richtung, bis die Musik das Rauschen übertönte. »We've already said …« Sie hielt den Atem an. »Go now« von den Moody Blues war eines der Lieder, die ihr in den Magen fuhren, einmal hatte sie sogar weinen müssen. So fühlte sich Liebe an, so abgrundtief traurig, das wusste sie mit Bestimmtheit. Dann, wenn sie vorbei war.

Leonore zog sich die Bettdecke über die Ohren. Sie fühlte sich vom Leben abgeschnitten. In Osnabrück gab es neuerdings eine Diskothek und wenn man es geschickt anstellte, kam man auch mit sechzehn schon rein, das wusste sie von den zwei Sitzenbleibern in ihrer Klasse, die sich schminkten, natürlich erst nach der Schule, wenn kein Lehrer mehr meckern konnte. Vor Kurzem hatte eine Boutique eröffnet, so etwas hatte es in der Spießerstadt bislang nicht gegeben. Sie war sich sicher, dass es dort nicht nur dunkelblaue Faltenröcke gab, die ihre Mutter so passend fand. Vielleicht sogar ähnlich schrille Klamotten wie die, die sie aus Margate mitgebracht hatte? Sie hatte sich bislang nicht getraut, den verboten kurzen Rock anzuziehen, einen Minirock, wie er in England ganz normal war. Warum eigentlich nicht hier?

Ach, Margate. Was war das bloß für ein hässlicher kleiner Badeort am Ärmelkanal gewesen! Doch dort, in einer dunklen Kellerbar, hatte sie das Fieber gepackt, das mittlerweile über den Ärmelkanal geschwappt war und sogar hier im platten Niedersachsen die richtigen Leute angesteckt hatte. Beatmusik, nicht alberne Folksongs zur Klampfe, »We shall overcome«, und das auch noch in der

Kirche! Wie brav sie gewesen war. Und wie dumm, sich ausgerechnet in den Pfarrer zu verlieben.

In Margate war sie mit Dave ausgegangen, der seine roten Haare wie Georgie Fame trug und ihr im Cave Club zwei Babycham ausgab. Dafür erwartete er einen Kuss. Sie hatte nichts dagegen, einmal musste es ja sein, aber es war eher feucht als aufregend gewesen. Nur die Musik machte warm: »I get around« von den Beach Boys.

Lenore schlief bei »Ticket to ride« von den Beatles ein.

Am Morgen waren die Batterien leer. »Schon wieder?«, würde Vater sagen und dabei lächeln. Er hatte keine Ahnung, aber er war auf ihrer Seite.

II

Sie hatten beide keine Ahnung, Leonores Vater nicht und ihre Mutter erst recht nicht, wenn auch aus anderen Gründen. Vati hatte ein weites Herz und Mutter »zu viel im Kopf«, wie sie gerne sagte. Leonore war das mittlerweile mehr als recht.

Sie hatte eine neue beste Freundin, eine Arzttochter namens Gabriela, bei der sie manchmal übernachten durfte und die die Klasse über ihr besuchte, also richtig gute Kinderstube. Nichts davon stimmte, natürlich. Ella war auf der Realschule und hatte keinen Vater, jedenfalls keinen, den man vorzeigen konnte. Ella färbte sich die Haare schwarz und trug schwarzen Lidstrich, dick, über und unter den Augen, so wie Juliette Gréco. Ella war der Osnabrücker Underground. Ella war das »Karloff« in der Großen Gildewart.

In der Schule gab es immer ein großes Trara, wenn irgendein Datum anlag, das man mit Ach und Krach mit dem Westfälischen Frieden in Verbindung bringen konnte.

Ja, Osnabrück war Friedensstadt! Auf der Rathaustreppe wurde 1648 das Ende des Dreißigjährigen Krieges verkündet, und darauf bildete man sich noch heute etwas ein. Doch die Altstadt, in der damals viele der Gesandten gewohnt hatten, ließ man verkommen. Zwischen Dom und Hegertor standen die meisten Altbauten leer, Fachwerkhäuser mit geschnitzten Eichenbalken und barocke Häuser aus Bruchstein – die einen waren bereits Ruinen, die anderen würden es bald sein, denn irgendwann sollte die Altstadt abgerissen werden. Dem Kreis um Ella war es gelungen, für einen symbolischen Betrag eines der Häuser zu mieten, für einen Jugendklub, das war etwas, was das Establishment gern unterstützte – und was sollte man schon sonst mit den alten Bruchbuden machen?

Die Erwachsenen wussten nicht, was das »Karloff« war: ein Ort, der die Stadt und die Schule, die Traurigkeit und die Einsamkeit zum Verschwinden brachte. Das Karloff war Dunkelheit, Kerzenlicht, Whiskycola, Musik, die in die Knochen fuhr. Es war die Heimat der Heimatlosen – und zweier desertierter britischer Soldaten, derentwegen Leonores Unterschlupf im Herbst 1966 aufflog.

Der Skandal erschütterte auch die besseren Osnabrücker Kreise, denn außer den beiden Deserteuren wurden in der klammen Bruchbude in der Großen Gildewart auch tugendhafte Schülerinnen der St.-Ursula-Schule und brave Zöglinge des Ratsgymnasiums angetroffen. Und Rauschgift.

»Das bisschen Shit und deswegen so ein Theater!« Das war das Letzte, was Leonore von Ella hörte.

Der Schulverweis kam prompt. Jetzt gab es für Leonore nur noch Osterholz, lange Spaziergänge durch Wiesen und Wälder und schlechten Empfang im Kofferradio. Alle waren erleichtert, als endlich der Bescheid vom Internat in Marienau kam. Vor allem Leonore. Alles dürfte aufregender sein als das Leben in der Moosbeeke 9 in Osterholz, wo es nur noch ein Thema gab, das Leonore nicht im Mindesten interessierte: der Garten.

In den zwei Jahren bis zum Abitur besuchte sie ihre Eltern ganze vier Mal. Nach dem Abi wollte sie studieren, was, wusste sie noch nicht, aber die Eltern bestanden auf Münster, »das ist ja fast nebenan«. Die Überraschung aber war ihre Mutter: Sie schenkte ihr zum Abitur Geld für ein halbes Jahr London.

III

London – Sollte sie jetzt hineingehen und den anderen erzählen, dass sich bei ihr rein gar nichts abspielte? Keith hatte so großartig getan, als er ihr das Stückchen Löschpapier auf die Zunge legte, hatte ihr tief in die Augen gesehen, sie umarmt und »pass auf dich auf« geflüstert. Aber was sollte ihr schon passieren?

Leonore saß unter einem Baum, auf einem winzigen Rasenstück im Hinterhof eines heruntergekommenen Reihenhauses in der Clapham Manor Street, mitten in einem der schäbigsten Stadtteile Londons, im Schneidersitz, in einem weiten weichen dunkelroten Kleid, das sie auf dem Flohmarkt gefunden hatte, und spürte nichts, außer einem tiefen Glücksgefühl. Die Lichter der Stadt spiegelten sich im Abendhimmel, die Katze saß ihr gegenüber und schaute sie unverwandt an und das ganze Universum atmete im gleichen Rhythmus wie sie.

Sie ließ sich nach hinten sinken, auf den Rücken, und schaute hinauf in die Zweige des Apfelbaums, die sich in der warmen Brise wiegten und wisperten. Je dunkler es wurde, desto durchscheinender wurden die Blätter, man sah, wie der Lebenssaft des Baumes durch dicke Venen hinauffloss und wie flüssiges Silber durch die feinen Äderchen der Blätter bis in die Blattspitzen emporstieg, auf denen sich Lichter entzündeten, rot, grün, gelb, blau.

Leonore atmete ein und der Himmel schrumpfte. Sie atmete aus und alles wurde weit. Ihr Herzschlag ließ ein Feuerwerk am Firmament pulsieren, Farbkaskaden blühten auf und vergingen wieder, und wenn sie die Luft anhielt, wenn sie die Luft anhielt … Aber sie durfte jetzt nicht aufhören zu atmen, denn sie war eins mit dem Universum, und wenn auch nur ein winziges Teilchen aussetzte, würde die Welt untergehen. Sie atmete weiter, tiefer, im Einklang mit dem regenbogenfarbenen Himmel.

Ein Grashalm kitzelte sie an der Stirn. Sie stützte sich auf den Ellbogen und betrachtete die zarte grüne Spitze, die in einem Schauer silberner Funken zu tanzen begann, sich wand wie eine Schlange, durch die Luft fegte wie ein Derwisch, zu einem treibenden Rhythmus, der immer lauter wurde.

Ein zarter Laut unterbrach die dumpfen Schläge. Die Katze maunzte fragend – oder besorgt. Leonore wusste nicht, wie sie antworten sollte. Langsam setzte sie sich auf, ganz langsam, sie war überzeugt, dass jede hastige Bewegung die Erde ins Schleudern bringen könnte.

»Hello, Kitty.«

Das Tier blickte sie aus gelb funkelnden Augen an. Leonore erwiderte den Blick.

Schwester, sagten die gelben Augen.

Der Kontakt war geschlossen, sie durfte ihn nicht unterbrechen, er war ein fester Strahl, der sie im Universum halten würde und wenn sie nicht stark genug war, um den Strahl zu halten, dann …

Die Katze streckte die rechte Pfote aus, machte einen Schritt vorwärts. Und noch einen, den Blick unverwandt auf Leonore gerichtet, die wieder im Schneidersitz saß, die Hände in den Schoß gelegt, auf den weichen Stoff ihres Kleides, in diesen roten samtenen Schoß, der sich öffnete wie ein Blütenkelch, immer weiter öffnete, bis die Erde unter ihr hinwegglitt und den Blick frei machte auf die Unendlichkeit.

Jemand berührte ihre Schulter, eine Stimme sagte etwas, irgendetwas, sie hob den Kopf und lächelte und wünschte die Hand und die Stimme weg, weit weg. Und tatsächlich, sie war verschwunden, ebenso die Katze, und die Lichter über ihr hatten sich an den Horizont zurückgezogen.

Leonore stand auf und suchte den Weg zurück ins Haus. Ihre Füße schienen ganz weit unter ihr ein Eigenleben zu führen, jeder Millimeter ihrer nackten Fußsohlen meldete sich mit Botschaften von der Beschaffenheit des Bodens: weich, feucht, kantig, pelzig, spitz. Sie ging auf Scherben, ohne sich dabei zu verletzen. Die Hauswand machte vor ihr einen Bogen und duckte sich seitlich weg. Die Tür wölbte sich nach außen, als ob sie aus den Angeln platzen wollte. Sie hörte aus weiter Ferne den Schrei eines Säuglings. Oder war es das Kichern eines Affen im Urwald? Der Weg zurück ins Haus nahm kein Ende, er führte einmal um den ganzen Globus, bis sie endlich im Flur stand, Eiseskälte unter den Füßen oder Hitze, es machte keinen Unterschied.

Die Wand neben ihr begann sich zu regen, zu zucken, verwandelte sich in pulsierende Maden, wollte sich auflösen. Leonore lächelte und murmelte »Zurück!«. Der Zauber wirkte, das Gewimmel zog sich hinter die Tapete zurück, die Wand blieb fest, so fest wie das Universum, das ihr Blick zusammengehalten hatte, dort im Gras unter dem Baum. Noch nie im Leben hatte sie sich so stark gefühlt, so in sich ruhend, so eins mit allem.

Das Haus war erfüllt von Geräuschen, es rief und wimmerte, sang und schrie. Sie verirrte sich in einen grell erleuchteten Raum, dort standen Wesen mit riesigen Augen und weit aufgerissenen Mäulern, alle fraßen und leckten und kauten irgendetwas, es drehte ihr den Magen um. »Willst du?« Ein Untoter mit aufgerissenen Fischaugen hielt ihr etwas hin, das wie ein Gefäß voll weißer Würmer aussah.

Sie floh, floh dahin, wo das Licht sanft war und man nur das Rauschen des eigenen Blutes hörte. Als sich ihre Augen an das Dämmerlicht im Zimmer gewöhnt hatten, tastete sie nach einem Schatten hinter Kerzenlicht, hörte das spitze Wogen langer Haare, hing an einem Blick aus schwarz glänzenden Augen, wie an einem Seil, das sie nicht loslassen durfte. Der Blick der Göttin. Jackie.

Es dämmerte, als sie im Bett neben Jackie aufwachte, vielleicht war es Morgen oder schon wieder Abend, wer konnte das sagen. Jackie mit den Haaren unter den Achseln und auf den Zähnen, die fluchen konnte wie ein Hamburger Schauermann, die sich nichts sagen und nichts bieten ließ, vor der sie sich immer ein bisschen gefürchtet hatte. Das war nach dieser Reise vorbei. Sie und Jackie hörten auf den gleichen Akkord, verstanden sich ohne Worte, eine sanfte Verschwörung gegen die lärmenden Männer, die glaubten, sich auf ihrem LSD-Trip in Supermänner verwandelt zu haben.

»Und? Wie war's bei dir?« Keith, in der Küche, in der es nach abgestandenem Kaffee und verbranntem Toast stank. Sein Lächeln roch nach Aas, sein Gesicht war zementgrau gefurcht. Das war nicht der Junge, den sie freitags in der Kneipe getroffen und der sie mitgenommen hatte zu einer »Party«. Sie floh, zurück ins dämmrige Zimmer.

Nach ein paar Stunden beruhigte sich ihre Wahrnehmung und sie wagte sich ins Helle. Keith wurde wieder jünger und Jackie entgöttlichte sich. Aber der Trip hatte

Leonores Sicht auf die Menschen verändert, es war, als ob unter LSD ihr innerstes Wesen zum Vorschein gekommen wäre, der verborgene Kern. John entpuppte sich als lauter Knabe, der im Sandkasten mit Förmchen warf und die Burgen der anderen Kinder zerstörte. Keith hatte etwas von einem überfütterten Hund, nein, der tut nichts, wollte aber noch nicht einmal mehr spielen. Nur Jackie blieb die in sich ruhende Kraft. Und sie selbst? Sie fühlte sich noch immer wie eine Zauberin, die dafür sorgte, dass die Ungeheuer, die an den Säulen der Erde rüttelten, sich wie die Löwen zu den Lämmern legten.

Am Montag war die Party vorbei und das Haus leerte sich. Wer nicht auf Stütze war, ging Geld verdienen. Leonore wurde zum Einkaufen geschickt, kaufte wabbelig-weißes Toastbrot und Eier und vor allem das, was den wilden Hunger befriedigte, der alle überfiel, die geraucht oder eingeworfen hatten und was Jackie »the munchies« nannte: Fruchtjoghurt, Hüttenkäse und Milch.

Da sie Geld hatte, ohne arbeiten zu müssen, fanden die anderen es selbstverständlich, dass sie mit ihnen teilte. Und warum auch nicht? Sie teilten ja auch: das LSD und das Shit, Tabletten, die erst grenzenlos geil und dann wahnsinnig schläfrig machten, was praktisch war, wenn man keine Lust auf eintönigen britischen Geschlechtsverkehr hatte. Sie teilten die Flasche mit dem klebrig-süßen Southern Comfort und das Bier im Pub. Leonore hatte zwei Tage gebraucht, bis sie begriffen hatte, dass sie nicht beständig eingeladen war, sondern dass man hierzulande reihum zur Theke ging, um die Runden zu bestellen, ein Vorgang, der sich beschleunigte, wenn es auf die letzte Runde zuging. Sie hatte noch nie so schnell so viele Menschen auf einmal ihre Pintgläser leeren sehen.

Nachts war die Stadt ein lautes Dorf, die Fenster der hell erleuchteten Pubs waren beschlagen, wer nicht mehr hineinpasste, stand vor der Tür, wo es nach Fish and Chips und Malt Vinegar roch, nach Joints, verschüttetem Bier und Erbrochenem.

Tags vibrierte die Stadt vor Energie. Überall leuchtende Farben, exotische Düfte, lächelnde Menschen und Musik. Leonore begann, lange indische Gewänder zu tragen, wie die anderen Mädchen, und Silberschmuck mit Glöckchen, die zu jedem Schritt leise tönten. Mit James, einem talentierten Gitarrenspieler, der in ihrer Wohngemeinschaft zu Besuch war, verbrachte sie die Tage, wenn die anderen arbeiteten. Er konnte fast so gut fluchen wie Jackie und nannte sie »my little pet hun«. Er wollte, dass sie sang, aber sie wollte nicht mehr singen, seit sie Sandy Denny gehört hatte. Deren Größe würde sie nie erreichen.

»Komm, wir besuchen einen Meister«, sagte James eines Morgens. Die Tube brachte sie nach Shepherd's Bush. Der Meister war ein malerisch schöner Mann mit dunklen Locken, üppigem Bart und schwarzen Augen. Er empfing in einem riesigen, fast leeren Raum im obersten Stockwerk eines Hauses und war ganz in Weiß gekleidet – weiß wie der Flokati auf dem Boden und die Decke auf dem riesigen Bett, auf dem er thronte.

»Cat Stevens«, flüsterte James andachtsvoll, hockte sich auf den Teppich und schaute zu dem Künstler auf, der mit halb geschlossenen Augen zu meditieren schien, während ein Joint die Runde machte. James hatte es voller Ehrfurcht die Sprache verschlagen, doch Leonore war ein wenig enttäuscht. Wie konnte ein Mann, der so großartige Lieder schrieb, so langweilig sein?

Es geschah zu viel, für das es zu wenig Zeit gab. Sie zogen durch die angesagten Viertel Londons, vor allem durch die Seitenstraßen der Portobello Road in Notting Hill. Abends gingen sie wie alle anderen ins Roundhouse oder ins Marquee. Es lag nicht an James und auch nicht an der Flasche Southern Comfort, die sie halb geleert hatten, dass sie sich bei Led Zeppelin im Roundhouse fast zum Orgasmus küssten, sondern an der aufreizenden Stimme Robert Plants, der mit ekstatischen Schreien Gebrauchsanweisungen gab. Oh baby.

London war Musik. War Pink Floyd und Led Zeppelin, Cream und die Moody Blues, Spooky Tooth, Jethro Tull und The Who. Wo hatten diese Stimmen und diese Worte und Klänge sich nur so viele Jahre versteckt? Wo war das alles gewachsen, wovon hatte es sich genährt, bis die Blase platzte und Musik in der Welt war, die man so noch nie zuvor gehört hatte?

London war Himmel.

Dann waren die besten Monate ihres Lebens vorbei. Leonores letzter LSD-Trip endete in der St. Peter's Church, nicht weit entfernt vom Haus in Clapham, wohin sie sich in heller Panik vor den glotzenden Gespenstern geflüchtet hatte, die nach ihr greifen und sie verspeisen wollten. Jackie, James, Keith und John. Sie kehrte erst nach Stunden zurück, um ihre Reisetasche zu packen, in der Hoffnung, dass alle schliefen. In St. Pancras nahm sie den Zug nach Dover.

IV

Das englische Wetter war erst nasskalt und dann stürmisch geworden. Als sie am Hafen von Dover ankam, pflügte eine mürrische See durch den Kanal. Eine Kabine auf der Fähre konnte sie sich nicht leisten, aber das machte nichts, man konnte die Überfahrt auf Deck verbringen oder in der schmuddeligen Cafeteria, wo es Bier gab und durchgeweichte Käsebrötchen. Aber daraus wurde nichts. Sie, die sich für seefest hielt, hing fast die ganze Zeit über einer schmutzigen Kloschüssel. Der letzte Trip wurde zu ihrem schlimmsten Trip.

Sie musste einen erbärmlichen Anblick geboten haben, als sie in Ostende am Straßenrand stand und auf einen freundlichen Autofahrer hoffte. Doch man hatte Mitleid mit ihr. Der Lkw-Fahrer, der jedes deutsche Volkslied im Radio mitsingen konnte und irgendwann versuchte, seine feuchtwarme Hand auf ihr Knie zu legen, entschuldigte sich, als sie protestierte, und gab ihr an einer Tankstelle Kartoffelsalat mit Würstchen aus. Nach dem ersten Bissen merkte sie erleichtert, dass sie wieder essen konnte und ihr Magen nicht gleich alles wieder hergeben wollte. Er kaufte ihr eine zweite Portion.

Schließlich war sie wieder daheim in ihrer Studentenbude, die Vater angemietet hatte. Zu seinem großen Wohlgefallen hatte sie sich für ein Geschichtsstudium entschieden. Münster kam ihr grässlich grau und langweilig vor, die Menschen farblos und spießig, ihre Kommilitonen kindisch und unerfahren. Der Pflichtbesuch bei den Eltern in Osterholz war nicht erfreulicher. Ihre Mutter wälzte immer noch stapelweise Gartenbücher, ihr Vater sprach am liebsten über Bodenverbesserung, Komposthaufen und Trockenmauern. Wurde man mit dem Alter notwendigerweise langweilig und hohl? I hope I die before I get old.

Die indische Kette, die sie ihr mitgebracht hatte, hängte ihre Mutter an die Wand – »sie ist viel zu schön für den Alltag«. In Wirklichkeit passte das Schmuckstück nicht zu den braven Kostümen, die sie bevorzugte. Nur das Geschenk für Henri war ein Volltreffer – mit der Tweed-Kappe sah er aus wie ein britischer Hobbygärtner.

Immerhin hatten sich die Eltern eine nagelneue Musikanlage geleistet, allerdings waren die Schallplatten, die sie mit andächtiger Begeisterung auflegten, nicht gerade

Leonores Geschmack. »Mein Freund der Baum« von Alexandra, Udo Jürgens natürlich und Peter Alexander und
ein Schnulzenheini namens Roy Black. In diese bürger-
liche Behaglichkeit passten die ekstatischen Schreie eines
Robert Plant nicht. Sie selbst passte nach wie vor nicht
hierher.

Leonore hatte sich verändert. Aber Münster und Niedersachsen, ganz Deutschland hatten sich ebenfalls verändert. Während sie mit den anderen Blumenkindern auf
dem Trafalgar Square gehockt und gekifft hatte, mit wal-
lendem Haar und in wallenden Kleidern, war die Mode
auf dem Campus in eine völlig andere Richtung gegangen. Die Männer trugen schwarze Lederjacken und die
Frauen ebenfalls, dazu enge Jeans, darüber kniehohe
Stiefel. Alle redeten von Klassenkampf und Revolution.
Leonore kannte die Vokabeln, die hatte sie einmal faszinierend gefunden, aber das war lange her. Es war das
Geschwätz evangelischer Pfarrer. In London hatten alle
Politik zutiefst verachtet, »die Wahrheit ist in dir selbst«,
das war Jackies Devise. Und in Deutschland sollten all die
entfremdeten Phrasen und hohlen Parolen plötzlich up to
date sein?

Die Revolution ist doch schon geschehen, dachte sie,
habt ihr es nicht gemerkt? Die Welt dreht sich längst anders, nach dem Sound von »I feel free«. Und ihr wollt zurück ins 19. Jahrhundert.

Abends gingen die alten Freunde nicht mehr in die
Kneipe, sondern zur Kapitalschulung und in der Disco
drehte Leonore sich oft ganz allein auf der Tanzfläche,
zog ihre Kreise zum endlosen »In-a-Gadda-da-Vida« von
Iron Butterfly.

Die Wahrheit ist in dir selbst. Ja, vielleicht kam ihr
mangelndes Interesse an der grassierenden Revolutions-

romantik aus ihrem tiefsten Inneren: Sie war schwanger. Von James oder von Keith oder von Colin, der sie stundenlang auf dem Waschbecken im Bad gevögelt hatte, während die anderen bekifft oder betrunken im Wohnzimmer herumhingen. Das Kind würde schlechte Zähne und riesige Füße haben.

Und womöglich würde es die Würmer sehen, die sich hinter der Tapete verstecken.

V

Ein wütendes Tier hatte sich in ihrem Innern festgebissen und wollte sich mit Klauen und Zähnen durch die Bauchdecke herauskämpfen. Es würde sie zerreißen. Leonore schrie nicht, sie konnte gar nicht schreien, sie stöhnte im Rhythmus mit den Schmerzwellen, die anbrandeten und sich zurückzogen, ganz kurz nur, um dann wie eine eisige Faust umso fester zuzupacken.

»Ruhig!«

Der Mann zwischen ihren Beinen war unzufrieden mit ihr, natürlich, aber sie konnte nichts für dieses tiefe Stöhnen, das lag außerhalb ihrer Kontrolle. Und ihr war so kalt, so eisig kalt, nur dort nicht, wo das Biest wütete, dort war der glühend heiße Mittelpunkt ihrer Existenz.

Metall klirrte gegen Metall. »Verdammt«, murmelte der Mann. »Ich bin durch.«

Sie wusste nicht, was das hieß, aber so, wie er sich anhörte, war es etwas Schreckliches.

»Was ist«, stieß sie hervor.

Der Mann atmete tief ein und wieder aus. »Nichts. Ich dachte schon …«

Der Schmerz ging weiter und schraubte sich immer höher. Leonore hörte sich nur noch gedämpft stöhnen, sie war ganz weit weg von sich selbst, von diesem Körper, der sich nicht trennen mochte von dem, was ihm vor Monaten eingepflanzt worden war.

»So. Gleich.« Wieder klirrte etwas, Metall auf Metall. Und dann zog sich die stählerne Klammer aus ihr zurück, die sie offen gehalten hatte für die scharfen Instrumente, mit denen ihr das Kind aus dem Leib geschabt worden war.

Weiche kühle Watte wurde gegen ihren Unterleib gepresst, die Schmerzwellen ebbten ab. Sie hörte, wie etwas Feuchtes in der Metallschale schwappte, die der Arzt zum Spülbecken brachte.

Ich will es sehen. Ich will es nicht sehen. Ich will nicht einmal mehr daran denken.

Nach einer Weile half ihr der Arzt, vom Behandlungsstuhl aufzustehen, sie durfte sich in den leeren Wartesaal setzen, bis sie bereit war zu gehen.

Es war eine Abtreibung ohne Betäubung gewesen. Angeblich hatte der Arzt die Spritze nicht setzen können, weil der Eingang zu ihrer Gebärmutter geschwollen war. Ob das stimmte oder nicht, war ihr gleich. Warum sollte es nicht schmerzen, wenn man sich das Kind aus dem Leib reißen ließ? Es hatte leben wollen. Es hatte sich gewehrt.

Bevor sie ging, gab sie dem Arzt die verabredete Summe. Er war ein freundlicher älterer Herr, der Mitleid mit ihr hatte, das sah sie in seinen Augen. Aber wenn er einen Fehler gemacht hätte, wäre sie womöglich tot und er kein Arzt mehr. Abtreibung war verboten. Dafür waren zweihundertfünfzig Mark gewiss nicht zu viel.

Sie ging wie eine alte Frau zur nächsten U-Bahn-Station, immer in der Angst, in Ohnmacht zu fallen – oder davor, dass die Watte zwischen ihren Beinen das viele Blut nicht mehr aufsaugen konnte und es ihr die Beine hinunterlief.

In ihrem Zimmer, den acht Quadratmetern auf dem Treppenabsatz zwischen zwei Etagen mit großbürgerlichen Wohnungen, dort, wo früher mal das Klo gewesen war, legte sie sich aufs Bett. Sie fühlte sich wie gelähmt, so, als ob ihr mit dem Embryo auch die Lebenskraft aus dem Leib gekratzt worden sei.

Es ist die Strafe für meine Sünden, dachte sie und schloss die Augen.

Der Brief kam eine Woche später. Er brachte die Erlösung. Ihr Antrag auf ein Stipendium für ein Studienjahr im Radcliffe College in Cambridge bei Boston war angenommen worden.

Margo

I

Osterholz, 1. September 1969

Was für ein schönes Fest das war! Noch immer habe ich
unseren prächtigen Garten vor Augen, duftende Rosen
in voller Blüte, umkränzt von Schleierkraut und Rittersporn – und auf der Wiese ein weißer Pavillon, wie bei
einer Fürstenhochzeit. Selbst der angekündigte Regen
blieb aus.

Henri und ich hatten uns nicht entscheiden können,
ob wir am 20. August meinen 50. Geburtstag oder am
28. Juli unseren 26. Hochzeitstag feiern sollten, also
einigten wir uns auf ein Sommerfest am 23. August.
Freunde und Geschäftsfreunde und ein paar Kollegen
von Henri sind gekommen, Jon war da und sogar
Frl. Kemper wagte sich hinaus zu uns in die Wildnis. Ich
hatte gehofft, dass Mutti und Gerda aus Stendal zu uns
stoßen würden, aber Mutti kann nicht mehr allein reisen
und Gerda hat keine Reiseerlaubnis bekommen.
Frau Menkens hat Sekt ausgeschenkt und kleine
Häppchen serviert und alle waren bester Stimmung.
Und dann der Überraschungsgast: Leonore! Wie
erwachsen das Mädchen geworden ist – und wie wenig
wir von ihr in der letzten Zeit gesehen haben. Das
wird wohl eine Weile so bleiben, denn sie geht dank
eines Stipendiums nach Amerika, sie wird in Boston ihr
Geschichtsstudium fortsetzen. Amerika ist so weit weg.
Schade – und doch: was für eine Chance! Schön, dass
sie sich von uns verabschieden wollte. Sie hat ein paar
Koffer und Kisten mit ihren Habseligkeiten mitgebracht
und bei uns deponiert, wir haben ja Platz genug. Ein

bisschen blass war sie, und sie hat kaum etwas gegessen.
Hoffentlich bekommt ihr Amerika.
Ob wir uns jemals wieder so nah sein werden wie
damals, bei den verbotenen Zigarettenpausen auf dem
Hof in der Wiesenbachstraße? Ich weiß, ich bin immer
eine Rabenmutter gewesen, und das mit Markus war
einfach unverzeihlich. Ein Mädchen und die erste
Liebe – und dann kommt ausgerechnet die Mutter und
nimmt sich den Mann! Das vergisst man nie. Ich weiß
noch, wie ich Helene gehasst habe, damals, als ich sie mit
Alard gesehen habe.
Ob Leonore mir verzeihen wird, später, wenn sie älter
geworden ist?
Ich habe einfach kein Glück mit meinen Kindern – und
sie nicht mit mir. Manchmal hole ich das Bildchen aus
dem Schreibtisch, das Foto von dem kleinen Mädchen
mit den großen traurigen Augen. Und auf der Rückseite
ein E. Wie Emma. Oder auch nicht. Die Wahrheit werde
ich wohl nie erfahren.
Henri fiel der Abschied von Leo besonders schwer, ich
glaube, er hat sogar ein paar Tränchen verdrückt. Er
trinkt übrigens nicht mehr und schuftet in jeder freien
Minute im Garten. Viel Fantasie hat er nicht, aber
er tut alles, was ich ihm sage. Eine Gartenzeitschrift
hat unseren Park kürzlich unter die zehn schönsten in
Niedersachsen gewählt.
Darüber hinaus gibt es nicht viel aufzuschreiben, außer
dass ich in der Firma neuerdings meine Bleistifte selber
spitzen muss. Frl. Kemper hat wohl zu viel anderes
zu tun, der neue technische Direktor macht reichlich
Dampf. Unser Maschinenpark ist mir zu einem Buch
mit sieben Siegeln geworden, wir beschäftigen mittler-
weile Spezialisten. Schade. Ich habe den Gang in unsere
Datenzentrale immer geliebt.

Der Arzt hat mir ein neues Medikament verschrieben,
gegen die Depressionen. Es macht abhängig, meinte er
mich warnen zu müssen. Aber es ist mir entschieden
lieber, von einer Tablette als von meinen Stimmungen
abhängig zu sein.

II

Maxdatex war auf Erfolgskurs, alles ging seinen Gang, von Aufbruchstimmung war nicht mehr viel zu spüren. Jon kam immer seltener ins Büro, sie hatten sich wenig zu erzählen, aber es entging Margo nicht, dass er zugenommen hatte. Es schien ihm gut zu gehen. Eine neue Liebe?

Dennoch traf es sie wie ein Blitz aus heiterem Himmel, als er sie eines Tages in sein Büro bat, eine Flasche Champagner öffnete und mit ihr auf etwas anstieß, das er »Vaterfreuden« nannte.

»Wie schön!« Sie lächelte matt und prostete ihm zu.

»Ja. Ich bin ganz aus dem Häuschen.« Er strahlte wie ein Weihnachtsengel.

»Und wann wird es so weit sein?«

»Wir freuen uns auf einen Tag irgendwann im Mai.«

Margo rechnete im Kopf zurück. Er musste das Kind also im Juli gezeugt haben. Sie fragte sich unwillkürlich, wo: auf dem Rücksitz eines Autos? Auf einer Waldlichtung? Oder, ganz langweilig, in einem Hotelbett?

Jon lächelte in sein Glas. »Ich hatte damit eigentlich gar nicht mehr gerechnet.«

»Hast du denn nicht aufgepasst?« Die Frage stand ihr nicht zu, sie war ihr herausgerutscht, und sie bereute sie sofort.

Jon blickte völlig entgeistert auf. »Warum sollte ich?«

Sie leerte das Glas in einem Zug und stellte es auf den

Couchtisch. »Die Scheidung wird nicht einfach sein. Wir müssen schauen, wie sich das mit der Firma verträgt.«

Er sah sie noch immer an, als ob sie in fremden Zungen redete. Dann begann er zu lachen. »Margo, du bist unbezahlbar, weißt du das?«

»Natürlich. Wir sollten mal wieder über eine Gehaltserhöhung reden.« Sie versuchte kühl zu bleiben, aber jetzt verstand sie gar nichts mehr.

Er stellte sein Champagnerglas neben ihres und nahm sie in die Arme. »Margo, Liebes, eine Scheidung ist ganz und gar unnötig.«

Sie brauchte einige Sekunden, bis sie begriff. Vielleicht ein wenig zu hastig löste sie sich aus seiner Umarmung. Er hatte also keine Neue, er hatte seine Frau schwanger gemacht, Sigrid, die er angeblich schon lange nicht mehr liebte. Was für ein Wunder, zumal die Gattin auch schon um die vierzig sein musste. Margo schämte sich ihrer hässlichen Gedanken nicht, aus irgendeinem Grund fühlte sie sich betrogen.

»Wie schön für – euch«, murmelte sie.

Er hatte den Anstand, verlegen zu tun. »Es tut mir leid, du konntest das ja nicht wissen, aber – Sigrid und ich – wir haben uns versöhnt, schon vor einiger Zeit. Wir haben so viel miteinander geteilt – die schweren Anfangsjahre, die Zeit des Aufbruchs –, da trennt man sich nicht so leicht, glaub mir.«

Ja, das dachte auch sie oft, wenn sie sich wieder einmal über Henri geärgert hatte. »Und man wird ja auch nicht jünger.« Die Bemerkung konnte sie sich einfach nicht verkneifen.

Er lachte wieder und goss Champagner nach. »Du wolltest mich ja nicht, liebe Margo.«

Vielleicht war das der größte Fehler ihres Lebens gewesen.

Sigrid Bajohr gebar am 2. Mai 1970 einen gesunden Jungen. Die Eltern nannten ihn Maximilian – der Größte –, was Margo für eine schwere Hypothek hielt. Künftig würden alle glauben, die Firma sei nach dem kleinen Max Bajohr benannt. In Wirklichkeit hieß der Thronfolger nach der Firma.

III

»Es gibt schlechte Nachrichten. Buddensiek ist verhaftet worden.« Jon durchquerte unruhig sein Büro, die Hände auf den Rücken gelegt, vom Fenster zur Besucherecke und wieder zurück.

»Wer?« Margo blieb in der Tür stehen und versuchte, sich ihr Erschrecken nicht anmerken zu lassen.

»Erinnerst du dich nicht? An unseren Ausflug nach Peine? Der Mann mit dem Zeitschriftenkiosk?«

»Ach, der. Und was hat er angestellt?«

»Er hat für die DDR spioniert.«

»Wie bitte? Dieser brave Spießer?«

Jon lief noch immer hin und her, wie ein eingesperrtes Tier. Hör auf, hätte sie am liebsten gerufen, das macht mich wahnsinnig.

»Angeblich hat er auch Material aus unserer Firma weitergegeben. Weißt du, was das heißt?« Er blieb stehen, legte die Hände flach auf den Schreibtisch und beugte sich vor. »Kannst du dir vorstellen, was das für unser Geschäft bedeutet?«

»Das hängt ganz vom Material ab, oder?« Margo versuchte, sich von seiner Aufregung nicht anstecken zu lassen, dabei spürte sie kalten Schweiß auf ihrem Rücken.

»Leere Karteikarten dürften es nicht gewesen sein, Margo!«

»Natürlich nicht, aber …«

»Unser Geschäft basiert auf absoluter Diskretion. Nichts hat unsere Räumlichkeiten ohne Freigabe zu verlassen, gar nichts.« Wieder begann er seinen rastlosen Gang durchs Büro. »Wenn das auch nur gerüchteweise nach außen dringt …«

Margo verließ ihre sichere Position im Türrahmen und setzte sich auf den Stuhl vor seinem Schreibtisch. Sie zwang sich zu äußerster Ruhe.

»Jetzt mal ganz langsam, Jon. Buddensiek hat also für die DDR spioniert. Woher weißt du das?«

Er machte eine ungeduldige Handbewegung. »Ein Mann vom Verfassungsschutz hat angerufen.« Er blickte auf seine Armbanduhr. »Er will in einer Stunde hier sein.«

»Gut. Welches Material aus unserer Firma hat Buddensiek denn – angeblich – weitergegeben?«

»Ich hoffe, das in einer Stunde zu erfahren, liebe Margo, und wenn ich herausfinde, wer in unserer Firma Indiskretionen begangen hat, dann wehe ihm, wer immer es ist!«

Jon hatte einen hochroten Kopf, er war leicht erregbar, das war ihr in letzter Zeit schon öfter aufgefallen, aber diesmal gab es einen triftigen Grund. Er würde explodieren, wenn er erführe, dass sie diejenige war, die Buddensiek beliefert hatte. Stand sie unter Verdacht? Kam der Mann vom Verfassungsschutz ihretwegen? Sie strich sich die Haare aus der Stirn und spürte, wie ihre Hand zitterte.

»Ich würde an deiner Stelle erst einmal abwarten, Jon. Der Verfassungsschutz muss natürlich allen Spuren nachgehen, aber ich kann mir nicht vorstellen, dass …«

Fräulein Kemper stand in der Tür. »Der Herr Grüter ist etwas früher gekommen, ob Sie denn wohl jetzt schon Zeit hätten, Herr Bajohr?«

»Unbedingt, ja, schicken Sie ihn rein.«

Margo gelang es, hinter Fräulein Kempers Rücken aus

dem Zimmer zu schlüpfen und sich in ihr Büro zu flüchten. Die nächsten zwei Stunden verbrachte sie mit Routinearbeiten, obwohl sie sich kaum konzentrieren konnte und immer wieder auf die Stimmen lauschte, die sie nebenan murmeln hörte. Was würden sie mit Buddensiek machen? Würden sie versuchen, ihn zum Reden zu bringen? Würde er alles verraten? Und was hieße das – für sie, für Henri, für die Firma?

Sie redete sich gut zu. Was hatte sie schon groß verraten? Sie hatte doch vor allem Informationen weitergegeben, die mehr oder weniger Allgemeingut waren, harmlose Sachen wie Gebrauchsanweisungen und Schaltpläne. Und war das, was sie getan hatte, nicht längst verjährt? Sie hatte Buddensiek schon seit Jahren nichts mehr geliefert, irgendwann hörten die Briefe und die Kontaktversuche auf, sie hatte beinahe vergessen, dass sie wirklich und wahrhaftig eine Spionin gewesen war. Das alles war so weit weg, auch das ganze Gerede, auf das sie hereingefallen war: von der Völkerfreundschaft und dem Kampf gegen den Faschismus und vom Wissen, das allen gehört, weshalb man es teilen müsse. Das waren Phrasen, an die sie schon lange nicht mehr glaubte. Ja, sie hatte sich damals vorübergehend in einem emotionalen Notstand gefühlt, deshalb hatte sie mitgespielt. Mit Landesverrat hatte das alles nichts zu tun.

Margo verließ ihr Büro eine halbe Stunde früher als sonst. Die Tür zu Jons Büro war geschlossen, sie hörte Stimmen und roch Zigarrenrauch, die Herren sprachen offenbar noch immer miteinander. Sie versuchte, sich um ihre eigene Haut keine Sorgen zu machen.

Ihr neuer BMW schnurrte über die Landstraße. Sie liebte den Weg nach Hause, über die unebenen Straßen, durch Felder und Wäldchen, dazwischen mal ein Meierhof, mal ein Kotten. Im Dämmerlicht sahen die wenigen mächtigen Bäume zwischen den Äckern wie fein gemeißelte Skulpturen aus. Über manchen Bauernhäusern stand weißer Rauch, nicht nur die alte Frau Wiennecken heizte ihren Küchenherd noch immer mit Holz.

Margo freute sich auf ihr warmes Zuhause. Die Errungenschaften von Zentralheizung und Elektroherd waren gar nicht hoch genug zu preisen. In der Wiesenbachstraße mussten sie erst Kohlen und dann, bis zuletzt, Kannen mit Heizöl schleppen, um die Bude halbwegs warm zu kriegen. Sie hatte noch immer das Geklapper des Schüttelrostes im Ohr, den man morgens vorm Anheizen kräftig hin und her ziehen musste, um den Heizraum von der Asche zu befreien. Und immer waren die Hände schmutzig, entweder von Kohle und Asche oder vom Öl, es war kaum zu vermeiden, dass es tropfte, oft schon im Treppenhaus, und Heizöl stank einfach widerlich.

Henri sprach seit Neuestem davon, in der Halle, die früher einmal die Tenne gewesen war, einen Kamin einzubauen, und schwärmte von Abenden vor flackerndem Feuer. Ihr Luxus war also schon so weit fortgeschritten, dass ein Holzfeuer wieder als modern galt! Dem, der die Vergangenheit kannte, musste das frivol erscheinen.

Margo lächelte in sich hinein und gab dem Gaspedal einen sanften Druck. An all das war vor fünfundzwanzig Jahre nicht zu denken gewesen, sie waren froh gewesen, überlebt zu haben. Und schon kurze Zeit später hatte begonnen, was die Zeitungen Wirtschaftswunder nannten. Womit hatten sie das verdient?

Eine Bewegung am Straßenrand. Sie ging vom Gas. Das Scheinwerferlicht traf auf dunkle Schatten. Margo trat mit aller Kraft auf die Bremse, gerade noch rechtzeitig, bevor die Bache in aller Seelenruhe auf die Straße trottete, hinter ihr fünf gestreifte Frischlinge. Margos Knie zitterten, sie hatte den Motor abgewürgt, und als sie wieder anfuhr, merkte sie, dass ihr die Tränen übers Gesicht liefen.

Weil das Leben so schön war, trotz allem, jetzt erst recht.

Nach dem Abendessen saß sie mit einem Glas Whiskysoda in ihrem Lesesessel, ihr gegenüber Henri am Schreibtisch, vor sich die Zeitung, wie immer am Abend. Jedes Geräusch war ihr vertraut: wie er kurz und trocken »gut« sagte, wenn ihm etwas gefiel, was selten vorkam. Wie er »So ein Mist« murmelte, was meistens der Fall war. Wie er umblätterte, ungeduldig, wenn ihn etwas nicht interessierte. Er war der geborene Zeitungsleser, einer, der mitging bei der Lektüre, man musste ihm nur zusehen und man bekam eine Ahnung, wie schlimm es um die Welt bestellt war.

Margo lächelte in sich hinein. Dabei schien sich doch derzeit alles zum Guten zu wenden: der frischgebackene Kanzler Willy Brandt verhandelte mit der DDR und der Sowjetunion über einen Vertrag, in dem man einander den Verzicht auf Gewalt zusicherte. Vielleicht war der Kalte Krieg bald vorbei – und das konnte Nachsicht gegenüber all jenen bedeuten, die sich gutgläubig und mit besten Absichten auf die DDR eingelassen hatten, so wie Buddensiek. Und Margo Seliger.

Sie schloss die Augen. Ihr ging so vieles durch den Kopf, dass sie keine Lust aufs Lesen hatte, obwohl »Der geschenkte Gaul« von Hildegard Knef, Henris Weihnachtsgeschenk, neben ihr auf dem Beistelltischchen lag. Als das Telefon klingelte, war sie sofort auf den Beinen.

»Seliger?«

»Margo.«

»Jon! Was ist los?« Er klang so seltsam – nicht verärgert, eher verängstigt.

»Ich habe etwas entdeckt, das einiges erklären könnte.«

»Ja?« Ihr Magen verkrampfte sich.

»Ich muss mit dir reden. Kann ich vorbeikommen?«

»Natürlich. Sicher. Wir sind da«, sagte sie unnötigerweise.

»Ich verlasse jetzt das Büro, bin in spätestens einer halben Stunde bei dir.«

Sie legte den Hörer auf die Gabel und ging zurück zu ihrem Sessel.

»Ist was passiert?«, fragte Henri, ohne aufzuschauen.

»Jon kommt gleich vorbei.« Das hatte es noch nie gegeben, nicht so spät am Abend und nicht ohne vorherige Einladung.

»Gibt es ein Problem in der Firma?« Henri wirkte nicht sonderlich alarmiert. Er war exzentrisches Verhalten gewohnt, einem Richter sei nichts Menschliches fremd, sagte er gern.

»Ich weiß es nicht, irgendetwas bedrückt ihn.«

Musste sie Henri einweihen, bevor Jon es tat? Sie beschloss, dem Rat zu folgen, den sie Jon gegeben hatte, und abzuwarten.

Die halbe Stunde verging, aber Jon war noch immer nicht angekommen. Sie wurde unruhig, stand auf, ging zum Fenster, lauschte auf das Geräusch eines näher kommenden Autos. Die Straße vor ihrem Kotten war wenig befahren, es kam selten ein Wagen vorbei, vor allem nicht um diese Jahreszeit und zu so später Stunde, sie konnte ihn nicht verpasst haben, selbst wenn er aus Versehen vorbeigefahren wäre. Wo blieb er nur? Es war kalt draußen, womöglich war die Straße glatt. Ihr Herz schlug schneller. Ihm war hoffentlich nichts zugestoßen. Sie rief in seinem Büro an. Niemand ging ans Telefon, natürlich nicht, es war ja schon nach zehn Uhr.

Nach einer Stunde hielt sie es nicht mehr aus. »Ich gehe mal raus, nach ihm schauen.«

»Bei der Dunkelheit? In der Kälte? Liebes, das ist unvernünftig«, sagte Henri, ohne von seiner Lektüre aufzublicken. Er machte keinerlei Anstalten, sie zu begleiten.

Im Flur schlüpfte sie in die gefütterten Stiefel und den Lammfellmantel und öffnete die Haustür. Wind fegte ihr entgegen, nahm ihr den Atem. Sie zog den Mantelkragen enger um ihren Hals und stapfte vorwärts auf die Straße, in die Richtung, aus der Jon kommen musste. Über ihr peitschten die Zweige der Eichen und Buchen und warfen die letzten Blätter ab, ein Käuzchen schrie und die Luft roch nach nassem Laub und Wienneckers Rübenmiete. Es war stockdunkel, nur der Schein ihrer Taschenlampe zitterte über den feucht glänzenden Asphalt. In der Ferne hörte sie die Lok des Zugs von Emden nach Osnabrück Dampf ablassen, ein Sehnsuchtslaut, der sie immer ins Gemüt traf, ganz wie der Schrei der Wildgänse auf ihrem Zug nach Süden.

In der Ferne ein anderes Geräusch, eines, das ihr Gänsehaut machte, weil es sie an den Krieg erinnerte: die blechernen Töne eines Martinshorns. Sie lief dem Geräusch entgegen, rutschte aus, fiel hin, stand auf und rannte mit brennenden Handflächen und schmerzendem Knie weiter, fiel wieder hin. Sie kniete neben dem Straßengraben und schluchzte verzweifelt, als Henris Wagen neben ihr hielt.

»Margo! Was machst du bloß?«

»Es ist Jon.«

»Beruhige dich und steig ein.«

»Es ist Jon. Ich weiß es.«

IV

»Die Straße war vereist und er soll getrunken haben.« Fräulein Kempers Augen sahen rot geweint aus. Margo war nach einer schlaflosen Nacht viel zu spät ins Büro gekommen, wo alle unter Schock zu stehen schienen, selbst der sonst so aufdringlich dynamische technische Direktor. »Und wer weiß, wie schnell er wieder gefahren ist. Der Jaguar soll frontal gegen einen Baum geprallt sein. Er hatte keine Chance.« Die beiden Frauen sahen einander stumm an. Dann nahm Margo Jons Sekretärin in den Arm.

Die Firma Maxdatex war ohne Jon Bajohr nicht denkbar. Alle machten weiter, aber niemand war bei der Sache, vor allem Margo nicht. Noch nicht einmal die Beschäftigung mit dem Notwendigen lenkte sie ab, im Gegenteil. Wie Heulsusen saßen sie und Fräulein Kemper im Büro und versuchten, den Text für die Todesanzeige in der Zeitung zu formulieren. »Unser geliebter Chef«? Schon schluchzte Fräulein Kemper wieder auf, während Margo versuchte, sich zusammenzureißen. Wie würde eine solche Formulierung bei der Witwe ankommen, zumal, wenn Margos Name als erster darunterstünde? Auf »charismatisch« und »viel zu früh von uns gegangen« konnte man sich leichter einigen, das stimmte in jeder Hinsicht. Und dann musste eine Liste gemacht werden mit den Namen wichtiger Kunden, die eine Karte mit der Todesanzeige bekommen sollten.

Doch das alles half nichts. Margos Panik schnürte ihr die Luft ab. Jon verloren zu haben, war schlimm genug, aber was war jetzt mit dem Verfassungsschutz? Sie stellte sich vor, wie der Mann vor versammelter Belegschaft mit dem Finger auf sie zeigte: Sie, Frau Seliger, haben Firmengeheimnisse weitergegeben! Sie haben Ihren Chef, Ihren ehemaligen Liebhaber, an Pankow verraten! Deshalb musste dieser treusorgende Familienvater sterben!

Sie fühlte sich schuldig, denn je länger sie darüber nachdachte, desto weniger glaubte sie, dass Jons Tod einfach nur ein Unglück war, geboren aus Alkohol und Leichtsinn. Dazu war er ein viel zu guter Autofahrer, selbst dann, wenn er nicht mehr ganz nüchtern war. Und wovon hatte er gesprochen, in diesem letzten Telefonat, in dem er so fremd, so unsicher, so verängstigt wirkte, was genau hatte er entdeckt? Warum wollte er so spät am Abend noch vorbeikommen? Hatte er etwas dabeigehabt, irgendeinen Beweis? Und wenn ja: Wo war das abgeblieben? Im Wrack seines Jaguars war offenbar nichts Außergewöhnliches gefunden worden, sonst hätte man gewiss davon erfahren.

Sie aß zu wenig und trank zu viel. Jons Beerdigung wurde zum Höhepunkt ihrer Qualen. Sigrid Bajohr, ohne ihren Sohn Max, der noch zu klein dafür war, stand am Grab und nahm gefasst die Beileidsbezeugungen von halb Osnabrück entgegen, während Margo versuchte, sich im Hintergrund zu halten, sie fürchtete vorwurfsvolle Blicke. Den Strauß aus ihrem Garten legte sie erst zu den anderen Kränzen und Blumen, als alle bereits gegangen waren. Sie hatte am Morgen Zweige vom Hamamelisstrauch abgeschnitten, die voller duftender gelber Blüten waren, dazu immergrünen Ilex mit roten Beeren, dessen Stacheln ihren Finger geritzt hatten. Es schmerzte, aber längst nicht genug, um den so viel größeren Schmerz zu übertönen.

Als sie zu Hause ankam, war sie mit ihrer Kraft am Ende.

Margo Seliger hatte gedacht, sie wüsste, was Schmerz ist. Aber diesen hier kannte sie noch nicht, eine umfassende Qual, von den Haarspitzen bis auf die Knochen, so tief und so ohne Ende. Der Schmerz hatte sich eingegraben, verließ sie nicht mehr, ließ keinen Gedanken zu, der von ihm abzulenken vermochte, nicht tags und nicht in der Nacht. Ein Schmerz, der sie so erschöpfte, dass sie nicht mehr weinen konnte, auch wenn die Tränen unaufhörlich liefen.

V

»Sie müssen auf die richtige Dosis achten, Frau Seliger«, sagte der Arzt im Krankenhaus, wo man ihr den Magen ausgepumpt hatte, als sie wieder zu sich gekommen war. »Sie haben doch sicher nicht mit Absicht so viele Tabletten genommen, oder? Mit Jatrosom ist nicht zu spaßen!«

Sie wusste es nicht mehr, aber sie hielt es für durchaus möglich.

»Ohne Ihren Mann hätten Sie das nicht überlebt.«

Ob Henri sich und ihr damit einen Gefallen getan hatte?

Margo blieb sechs Wochen in der psychiatrischen Abteilung der St.-Georgs-Klinik, schwankend zwischen Zuständen barmherziger Wahrnehmungslosigkeit und panischer Angst. Ganz langsam kämpfte sie sich zurück in die Wirklichkeit, die so blass geworden war, so eckig, so spröde, so durchscheinend und trügerisch wie eine vereiste Pfütze.

Irgendwann spürten ihre Finger endlich wieder Konturen, fühlte sich der Boden unter ihren Füßen nicht mehr wie Watte an, nahm ihre Nase den Duft der Rosen wahr, hörten ihre Ohren eine Amsel singen. Und sie konnte an Jon denken, ohne dass der Schmerz sie zerriss.

An ihre Arbeit und ans Büro aber hatte sie so lange nicht mehr gedacht, dass sie am Morgen vor ihrem ersten Arbeitstag ratlos vor dem Kleiderschrank stand. Was sollte sie anziehen? Wie wollte sie wirken? Was musste sie darstellen? Sie entschied sich für ein dunkelblaues Kostüm, in dem sie so unauffällig aussah wie eine Lufthansastewardess.

Wie sich zeigte, hatte sie richtig gewählt. In der Firma

war nichts mehr wie zuvor. In Absprache mit der Witwe Jon Bajohrs hatte der technische Direktor eine »Restrukturierung« der Firma in die Wege geleitet, die auch Margos Stellung betraf. Sie war nun für »Presse und Kommunikation« zuständig, nicht mehr fürs Personalwesen und die Finanzen. So sah er aus, Sigrid Bajohrs später Triumph.

Auch andere ließen sie spüren, dass ihr Stern gesunken war. Ein Mädchen aus dem Schreibpool, mit dem Jon einst geflirtet hatte, spazierte an ihrer offenen Bürotür vorbei und sagte lachend zu einer Kollegin: »Die hat sich doch auch nur hochgeschlafen. Aber das nützt ihr jetzt nichts mehr.«

Margo nahm das alles hin, als ob es sie nichts anginge. Sie hatte den Kampf aufgegeben. Seit Jon Bajohrs Tod hatte sie keine Aufgabe mehr, gab es nichts, was sie herausforderte, was neue Horizonte eröffnete oder aufregende Perspektiven. Bis dahin hatte der Weg immer vorwärts geführt, Fortschritt hieß das Zauberwort, und nun war alles Stillstand.

In der Firma hatte sie nichts mehr zu sagen. Die Geschäfte liefen nicht schlecht, aber sie liefen auch nicht gut. Es fehlte der inspirierende Faktor, die treibende Kraft; es fehlte Jon Bajohr, noch immer, jeden Tag. Margos einstigem Konkurrenten, Victor Mennlich, war es nicht besser ergangen als ihr, er war der Einzige, der mit ihr über das sprach, was in ihrer Abwesenheit geschehen war – über den »Putsch«. Er verriet ihr auch, was die offizielle Untersuchung des Todes von Jon Bajohr ergeben hatte: Er hatte Alkohol im Blut gehabt, es war glatt gewesen auf der Straße, er war zu schnell gefahren. Das war alles.

Doch Margo war zutiefst davon überzeugt, dass das nicht alles war. Es konnte gar nicht alles gewesen sein.

Ganz zuunterst im Stapel ihrer persönlichen Post, die Fräulein Kemper ihr wie immer auf den Schreibtisch gelegt hatte – wenigstens das bisschen Fürsorge stand Margo noch zu –, fand sie eines Tages ein Kuvert mit einem schwarzen Rand, darin eine Beileidskarte. Als sie die Karte aufklappte, rutschten ihr zwei Fotos entgegen. Es waren die Bilder, die Jon aufgenommen hatte, in glücklicheren Tagen, unter dem Segen der Göttin – der Déesse.

VI

»Lass mich in Ruhe! Lass mich verdammt noch mal in Ruhe!« Margo schlug Henris Hand weg, die nach ihrer Aktentasche greifen wollte. Es war ein anstrengender Tag gewesen, weil sie sich im Büro überflüssig vorgekommen war, was mittlerweile viel zu oft vorkam. In seinem Gesicht las sie maßloses Erstaunen und sofort tat ihr der Wutausbruch leid.

Seit sie aus dem Krankenhaus zurück war, gab Henri sich schließlich alle Mühe der Welt, um ihr das Leben zu erleichtern. Er glaubte, dass sie sich schonen müsse, nahm ihr alles ab, was anstrengend sein könnte, auch die kleinste Kleinigkeit. Wenn sie nach Hause kam, stand das Hoftor bereits weit offen, er wusste ja, wann er mit ihr rechnen konnte. Sie war immer pünktlich, es gab seit Jons Tod keinen Grund mehr, sich zu verspäten. Er fuhr ihren BMW in die Garage und er trug ihr die Tasche ins Haus. Woher sollte er wissen, dass seine Fürsorge nur dazu führte, dass sie sich noch nutzloser fühlte?

Das Essen stand bereits auf dem Tisch, er hatte gekocht, wie jeden Tag. Es gab gedünsteten Fisch mit Salzkartoffeln, Schonkost, wie so oft seit ihrem Zusammenbruch. Sie hasste diese salzlose fettarme Nahrung ohne Biss, dieses geschmackliche Nichts, das nur dazu diente, die nötigen Körperfunktionen aufrechtzuerhalten.

Sie aßen schweigend. Er war früher fertig als sie, wartete, bis sie die Gabel beiseitegelegt hatte, räumte ab, wie immer, und wie immer ließ sie sich von ihm bedienen. Nein, das war nicht mehr auszuhalten.

Sie stand auf, nahm ihm das schmutzige Geschirr aus der Hand, stellte es zurück auf den Tisch und küsste ihn. »Es tut mir leid.«

Er zögerte, bevor er sie in den Arm nahm, ganz kurz nur, aber das war ein untrügliches Zeichen: Sie hatte den Bogen überspannt.

Sie drückte ihre Stirn an seine Schulter. »Ich werde noch wahnsinnig, Henri. Ich brauche etwas zu tun«, flüsterte sie. Ob er das nachvollziehen konnte?

Henri hatte das, was ihr verloren gegangen war: eine Obsession. Jeden Tag, wenn das Wetter mitspielte, schuftete er im Garten, den man mittlerweile mit Fug und Recht als Park bezeichnen konnte. Oft ging sie mit ihm nach dem Abendessen durch das selbst geschaffene Paradies, um zu besprechen, was alles noch zu tun war. Wie ein treuer Adlatus notierte er sich ihre Anweisungen auf einem Blöckchen: Eine üppige Strauchrose musste heruntergeschnitten werden, beispielsweise, weil sie die Sicht auf den zart gefiederten Fächerahorn versperrte. Der Rhododendron mit den dunkelroten Blüten musste umgepflanzt werden, er störte die Sichtachse zwischen dem Haus und der weißen Holzbank oben am Hang, einer englischen Parkbank mit geschwungener Lehne, auf der sie selten saßen, obwohl sie so einladend zum Haus hinübergrüßte. Meistens hatte Henri schon am folgenden Tag alle Aufgaben zu seiner und ihrer Zufriedenheit abgehakt.

Im Winter hatten sie gemeinsam die Prospekte der Baumschulen studiert, im Frühjahr waren die Pflanzen angeliefert und eingegraben worden. Doch jetzt war

Sommer, alles stand in voller Blüte, jetzt musste man den Garten »genießen«, in den so viel Arbeit und Geld geflossen waren. Margo beschloss, sich wenigstens zu bemühen, setzte sich auf die englische Bank und versuchte, sich an den blutrot blühenden Rosen über dem weißen Schleierkraut zu erfreuen, an den hohen weißen und dunkelblauen Dolden des Rittersporns, an den Blütenwolken der Lavendelheide. Doch es nutzte nichts – für bloße, grundlose Freude war sie nicht auf dieser Welt.

Ruhelos stand sie auf, ging hinüber zum Gartenschuppen, holte sich eine Schere und half Henri beim Abknipsen der verblühten Rosen. Selbst dafür hatte er Zeit und Geduld und sie hatte ihm schon so lange nicht mehr geholfen.

»Hat deine Mutter eigentlich jemals erfahren, was aus deinem Vater geworden ist?«, fragte er in das Summen der Bienen hinein, die mit den Schmetterlingen um die altrosa Blüten der »Abraham Darby« tanzten.

»Nein. Das wird doch alles totgeschwiegen da drüben.«

Hugo Hegewald war im August 1945 in Stendal verhaftet worden und nach mehrwöchiger Gefangenschaft ins Speziallager Buchenwald überstellt worden. Ihre Mutter hatte immer wieder davon erzählt, dass sie Zeuge des Abtransports gewesen sei, aber nicht im Mindesten geahnt habe, dass sich auch ihr Mann unter den Gefangenen befand. Ob er gestorben oder wie so viele andere nach Sibirien geschickt worden war, hatten sie nie in Erfahrung bringen können.

»Und wenn du der Sache einmal nachgehst?«

Wollte Henri sie ablenken? Ihr eine Beschäftigungstherapie verordnen?

»Ein Kollege von mir hat mithilfe eines Vereins das Schicksal seines Vaters aufgeklärt, ›Untersuchungsausschuss Freiheitlicher Juristen‹ nennt sich der Laden.«

»Vater war kein Jurist«, sagte Margo abwehrend.

»Ich glaube nicht, dass die sich auf Juristen beschränken. Aber es gibt jede Menge anderer Möglichkeiten. Du könntest dich an die ›Kampfgruppe gegen Unmenschlichkeit‹ wenden.«

»Ich weiß nicht. Sind das nicht alles kalte Krieger?«

»Das hoffe ich doch stark!« Henri schmunzelte. »Der Feind meines Feindes ist mein Freund.«

Margo seufzte.

»Wenn dir das nicht sauber genug ist, dann geh zum Bundesministerium für Innerdeutsche Beziehungen. Oder zum Deutschen Roten Kreuz.«

Sie schwieg, während sie die abgeschnittenen Rosenköpfe in einen Korb sammelte. Henri meinte es gut, sicher, aber ihr schien das ein nutzloser Zeitvertreib zu sein.

»Es käme auf einen Versuch an, meinst du nicht?«

Sicher, das Deutsche Rote Kreuz war eine gute Adresse, man arbeitete dort sehr professionell und hatte schon früh alle Vermisstendaten auf Lochkarten erfasst, das war Margo damals aufgefallen, als sie begann, sich mit dem Hollerithsystem zu beschäftigen. Man suchte beim DRK nicht nur nach verschollenen Kriegsgefangenen und Soldaten, sondern auch nach vermissten Kindern.

Ihr wurde schwindelig. Sie legte sich neben das Rosenbeet auf den Rasen und blinzelte in den Himmel. Henri hatte recht: Es war eine würdige Aufgabe, sich darum zu bemühen, das Schicksal des eigenen Vaters aufzuklären.

Es war eine Schande, dass sie nicht früher daran gedacht hatte. Schlimmer noch: dass sie nicht auf die noch viel bessere Idee gekommen war, eine solche Suche mit der nach einem Kind zu verbinden, das im Alter von fünf Monaten in einer Mainacht in Schlesien 1945 verschwunden war. Sie richtete sich auf.

»Geht es dir gut, Liebes?« Henri, wie immer besorgt.

»Es geht mir blendend«, sagte sie und griff wieder nach der Gartenschere.

Margo hatte ihre ureigene Obsession gefunden.

Abend für Abend saß sie nun an ihrem Schreibtisch in dem winzigen Büro, das Henri Ziegenstall getauft hatte. Der Name war geradezu charmant, denn in den Seitenflügeln der ehemaligen Tenne ihres Kottens hatten früher die Kühe und Schweine gestanden. Dort schrieb Margo oft bis spät in der Nacht Briefe auf ihrer Schreibmaschine, begleitet von Schallplattenmusik – Udo Jürgens oder James Last, die Swingle Singers oder Jacques Loussier mit »Play Bach«. Wenn sie »Alexandra« aufgelegt hatte, war sie traurig; sie wusste, dass Henri das wusste, aber er war diskret genug, sie nicht zu stören.

Denn die Antworten, die sie auf ihre Anfragen erhielt, machten ihr wenig Hoffnung, weder was die Suche nach ihrem Vater und schon gar nicht was die Suche nach der kleinen Emma betraf.

VII

»Dreißig Jahre sind eine lange Zeit.« In der Zweigstelle des Deutschen Roten Kreuzes in Osnabrück empfing sie eine mütterlich-mollige Frau mit strengem Blick. Margo fühlte sich schuldig. War ihr Kostüm zu elegant? Oder hatte man nach dreißig Jahren das Recht auf Auskunft verwirkt?

»Sie haben so viele schrecklich komplizierte Fälle gelöst – vielleicht findet sich ja auch in meinem Fall noch etwas?«, fragte sie kleinlaut.

Frau Möllers wiegte den Kopf. »Gibt es ein Foto – na

ja, das war damals sicher schwierig, und es sagt natürlich nicht viel aus, bei so einem kleinen Kind.«

Sie klopfte mit dem Bleistift auf den Aktendeckel, der vor ihr auf dem Schreibtisch lag.

»Augenfarbe? Besondere körperliche Merkmale?«

»Graue Augen. Dunkles Haar.« Konnte man den zarten Babyflaum überhaupt schon Haar nennen?

»Trug sie eine Erkennungsmarke oder einen Brustbeutel mit den wichtigsten Daten?«

Ein fünf Monate altes Kind mit Brustbeutel? Margo schüttelte den Kopf.

»War der Name vielleicht eingestickt in Hemdchen oder Höschen?«

»Nein. Aber die Windeln hatten ein Monogramm, es waren die Servietten der alten Frau von Sedlitz, ich hatte ja nichts anderes ...«

»Hm. Das ist natürlich nicht ganz einfach. Aber nichts ist aussichtslos.« Frau Möllers lächelte, und so, wie ihre Strenge sie vorhin mutlos gemacht hatte, fühlte sich Margo jetzt von diesem Lächeln getröstet.

Auf Frau Möllers' Anraten hin fuhr sie zum zuständigen DRK-Suchdienst nach Hamburg. Bis ein Mitarbeiter Zeit für sie hatte, durfte sie sich vor die Kästen mit den Karteikarten setzen und darin blättern, Tausende und Abertausende, jede stand für ein Schicksal, jedes war besonders, alle waren entsetzlich.

Die Fotos rührten sie zu Tränen. Kindergesichter, verschlossen, verstört, heiter, unbefangen, hoffend, traurig, verloren. Und die Geschichten dahinter: so bedrückend und so vertraut. Am schlimmsten war ein Film, den sie sich ebenfalls ansehen durfte, obwohl nur wenige Kinder, die darin vorkamen, ihrer Suche entsprachen. »Christiane Körber aus Danzig, meine Mutter hat sich vergiftet.« Wie das Kind das sagte, fast lächelnd. Dorothee aus

Oberschlesien, Doris aus Glogau, Ursula aus Breslau. Und zum Schluss die ganz Kleinen, ohne Namen. Gefunden in Frankfurt/Oder, verloren gegangen auf dem Bahnhof Stettin, abgelegt in einem Pappkarton in Berlin.

Jedes der Gesichter sprach zu ihr – doch keines erinnerte sie an Alard oder sah ihr selbst auch nur im Entferntesten ähnlich, und keines glich dem kleinen Mädchen auf dem Foto, das sie bei sich trug und immer wieder ansah. Kinder verändern sich so schnell, sie selbst wusste ja kaum noch, wie der Säugling ausgesehen hatte und ob die kleine Emma nach der Mutter oder nach dem Vater gekommen war.

»Sie dürfen den Mut nicht verlieren«, sagte Herr Wilhelm, während er einen Vorgang anlegte, der Mitarbeiter des Suchdienstes, der sich ihrer schließlich angenommen hatte. »Wir brauchen nur eine winzig kleine Spur, die wir aufnehmen können. Manchmal hilft uns der Zufall. Vor allem aber brauchen wir Geduld.«

Mit einer Behutsamkeit, die sie fast zu Tränen rührte, nahm der schmale Mann mit dem blassen Gesicht alles auf, woran sie sich erinnerte. Wann und wo hatte sie das Kind zuletzt gesehen?

»Am 20. Mai 1945. Auf Gut Mondsee in Schlesien.«

Sie stockte. Herr Wilhelm nickte ihr aufmunternd zu. Aber Margo zögerte. Sollte sie Helene erwähnen? Dann wäre aktenkundig, dass sie Kontakt zu einer Frau hatte, die mit Gewissheit ein hohes Tier in der DDR war, wahrscheinlich sogar bei der Stasi. Sie musste auf Henri Rücksicht nehmen. Aber spielte das überhaupt eine Rolle? Helene musste das Kind zurückgelassen haben, deshalb war sie allen Fragen nach Emma ausgewichen. Aus Schuldgefühlen.

»Mit dem Hund in der Küche.«

»Gut«, sagte Herr Wilhelm, als ob er sie loben müsse.

»Wie war die Kleine gekleidet? Besaß sie besondere Merkmale? Eine Narbe? Eine körperliche Anomalie? Hatte sie
ein Spielzeug dabei?«

Langsam erwachte Margos Erinnerung. Sie hatte Emma
ein Kleidchen genäht aus einer der seidig-weichen Tischdecken, die Alards Mutter in einer Aussteuerkiste aufbewahrte. Ein elfenbeinweißes Kleidchen, eingewebt in den
Stoff Blätter und Blüten. Darüber ein hellblaues Wolljäckchen, eines, das Anni für ihren Georg gestrickt hatte,
und darunter ein dick mit Stoffservietten ausgepolstertes
Höschen. Margo war sicher gewesen, dass Frau von Sedlitz nichts gegen diese Zweckentfremdung einzuwenden
gehabt hätte. Nur an die Art des Monogramms erinnerte
sie sich nicht. Meistens stammen solche Wäschestücke aus
der Aussteuer, doch der Mädchenname von Alards Mutter war ihr nicht bekannt.

»Das lässt sich herausfinden«, sagte Herr Wilhelm beruhigend. »Denken Sie in aller Ruhe nach.«

Besondere Merkmale? Sie hatte sich damals eingebildet, dass die Hände der Kleinen nach Alard kamen, Mit-
tel- und Zeigefinger schienen ebenfalls gleich lang zu sein.
Doch wer konnte das bei Kinderfingerchen schon so genau sagen? Und – ein Spielzeug? Hatte Emma ein Spielzeug gehabt, so klein, wie sie noch war? Was war mit der
Holzente gewesen, die Karl Menzel für Georg geschnitzt
hatte? Er hatte tagelang daran gearbeitet, geschnitzt, ge-
glättet und poliert, bis das Entchen perfekt in Kinder-
hände passte. Die Kleine hatte irgendwann danach gegrif-
fen, das wusste sie noch. Mehr nicht.

Herr Wilhelm hatte braune Augen, die ein wenig glänzten, so, als ob er andauernd gerührt wäre. »Es gibt natürlich noch die Möglichkeit, dass jemand Ihr Kind zu sich
genommen hat, ohne es gemeldet zu haben. Unsere Informationen aus der DDR oder aus dem heutigen Polen

sind zwar lückenhaft, aber auch dieser Spur werden wir nachgehen.« Er griff nach ihren Händen. »Frau Seliger, es ist gut, dass Sie zu uns gekommen sind. Es ist nie zu spät. Kein Fall ist aussichtslos. Ich halte Sie auf dem Laufenden.«

Ein wenig getröstet fuhr sie nach Hause. Herr Wilhelm würde sein Versprechen halten.

Doch die Wochen vergingen ohne eine Nachricht. Ihre Suche war vergebens. Ob es geholfen hätte, wenn sie Wilhelm das Foto des kleinen Mädchens gezeigt hätte, auf dessen Rückseite jemand »E« geschrieben hatte? Wahrscheinlich nicht. Ihr blieb keine Wahl – es gab nur eine Person, die wissen musste, was damals geschehen war: Helene.

Margo begann, Nachrichten in allen toten Briefkästen zu hinterlegen, an die sie sich erinnerte, bis sie sich eingestehen musste, dass das zwecklos war – mit Buddensiek waren auch die alten Informationskanäle verbrannt. Eines Vormittags fuhr sie in heller Verzweiflung nach Helmstedt zum Grenzübergang, den »Spiegel« und ihre Medikamente in der Handtasche, in der Hoffnung, dass man sie wieder verhören und Helene rufen würde. Aber die DDR-Grenzer ließen sie noch nicht einmal durch die erste Kontrollstelle, ihr fehlten die nötigen Papiere. »Rufen Sie Helene Pinkus an«, rief Margo ihnen zu. Die Uniformierten lachten sie aus.

VIII

Der Brief kam mittags mit der Post. Margo schlitzte das Kuvert auf, plötzlich nervös. Die Adresse war mit einer Schreibmaschine geschrieben worden, deren »e« verrutscht war und die ein frisches Farbband brauchte. Einen

Absender hatte der Brief nicht. Hielt sie die Antwort auf ihre Fragen in der Hand?

Sie zog den Brief aus dem Kuvert und faltete ihn auseinander. »Liebe, sehr verehrte Frau Seliger ...« Sie las mit angehaltenem Atem.

Sie ging hinüber ins Wohnzimmer. »Hör dir das an.«

Henri, wie immer über ein Buch gebeugt, blickte auf. Mittlerweile saßen sie abends selten zusammen, er blieb im gemeinsamen Wohnzimmer, während sie im Arbeitszimmer vor der Schreibmaschine oder in der Halle vorm Fernseher saß.

»Ich habe eine Nachricht aus erster Hand. Von einem gewissen ... Puckebuhr, Anton. Er war mit meinem Vater in Buchenwald.«

Sie faltete den Briefbogen auseinander. »>An Verpflegung gab man uns einen Liter Wassersuppe mit einigen Tropfen Öl und 1 Stück Brot von etwa 300 Gramm. Diese Ration wurde im November 1946 weiter gekürzt. Das war der Beginn des großen Sterbens in Buchenwald. Täglich mussten 90 bis 120 Kameraden vollkommen verhungert und durch die Wasserkrankheit ihr Leben dahingeben.‹« Sie musste schlucken. Das alles berührte sie mehr, als sie für möglich gehalten hatte.

»Siegerwillkür«, knurrte Henri.

»>Ihr Vater hat körperlich nicht gelitten, aber der Hunger, das Wasser und vor allem die seelische Qual waren zu groß. Wenn auch dann und wann einmal ein Raubzug auf das russische Lebensmittelmagazin durchgeführt wurde, so war die Beute ja für den Einzelnen zu gering. Was nützen schon 50 Brote oder ein Sack Zucker oder ein Kübel Fett, wenn davon etwa 200 Menschen satt gemacht werden sollen? Dazu der kalte Winter, ohne Strohsack, ohne Decken auf Brettern schlafen müssen ...‹«

Der Hunger. Der in den Eingeweiden wütende Hunger

und die knochenzerschmetternde Kälte. Sie spürte einen eisigen Hauch durch das Wohnzimmer ziehen. Sie alle hatten Ähnliches erduldet, aber Vater war nicht der Mann gewesen, der damit hätte umgehen können.

»›Ihr Vater, am Körper stark geschwächt, legte sich eines Tages nieder. Zu allem Unglück hatte sich eine Lungenentzündung eingestellt. Eine Gewissheit dürfen Sie, verehrte Frau Seliger, haben: Ihr Vater ist 1947 ruhig und ohne große Schmerzen eingeschlafen.‹« Sie faltete den Brief wieder zusammen, einen Kloß im Hals.

»Wenigstens ist deinem Vater Sibirien erspart geblieben«, sagte Henri nach einer Weile.

»Ja. Wenigstens das.« Margo ließ sich aufs Sofa sinken. Sie kannte die Geschichten der Spätheimkehrer, die Sibirien überlebt hatten. Über Workuta sagten sie: Dort musste niemand seine Strafe absitzen. Dort starb man vorher.

»Wie wirst du es deiner Mutter sagen?«

»Ich sollte nach drüben fahren, das ist ja jetzt alles etwas einfacher geworden. Ich sollte nach Vaters Grab suchen.« Ich sollte. Aber will ich? Sie war sich nicht sicher.

»Liebes, du wirst es nicht finden«, sagte Henri behutsam. »In Buchenwald gibt es keine Gräber, nicht für die Toten vor 1945 und nicht für die Toten danach.«

Sie lehnte sich zurück und schloss die Augen. Wahrscheinlich hatte er recht. Im KZ galten keine Gesetze des Anstands, nicht für die noch Lebenden und erst recht nicht für die Toten. Sie konnte sich nur schwer vorstellen, wie ihr Vater das ausgehalten hatte, der pingelige Mann, der nie ohne frisch gewienerte Schuhe aus dem Haus ging, geputzt von Mutti, er selbst war sich dazu ja immer zu fein gewesen. Der stets am Essen mäkelte, dem nie etwas recht war. Wahrscheinlich hatte er das wenige, was es im Lager zu essen gab, kaum angerührt oder gegen Zigaretten getauscht. So war er: unvernünftig bis zum bitteren Ende.

»Du hast recht. Was bedeutet schon ein Grab«, sagte sie endlich. »Millionen mussten ohne eins auskommen.«

»Und Millionen sind gewaltsam getrennt worden von dem Stück Erde, in dem ihre Vorfahren begraben liegen. Wer die Grabstätten seiner Familie nicht kennt, ist heimatlos. Und wer nicht begraben wird, ist ehrlos.«

»Dann hat unser Jahrhundert Abermillionen von Ehrlosen produziert.« Und mein Vater ist nur einer von diesen Millionen, dachte sie. Kommt es darauf noch an?

»Denk an Antigone, die sich opferte, um ihren Bruder begraben zu dürfen, wie es sich gehört. Das ist Menschheitskultur. Die Mörder unseres Jahrhunderts haben Jahrtausende von Kultur verraten«, brummte Henri.

Margo mochte es eigentlich, wenn Henri sie belehrte. Er war ein hungriger Leser, immer schon gewesen, er las dicke Geschichtsbücher, als ob es Romane von Simmel wären. Doch das Bedauern über den Verlust von Ehre und Kultur kam ihr ebenso überflüssig vor wie eine Heimat, die nur auf dem Friedhof zu finden war.

Wo sie nun schon seit Jahrzehnten lebte, gab es kein Familiengrab – und wenn sie starb, wollte sie eingeäschert werden, danach mochte man ihre Asche in alle Winde zerstreuen. Sie hatte keinen Anspruch auf ein Stück Boden ausgerechnet hier, sie hatte sich schon zu Lebzeiten damit abgefunden, immer fremd zu bleiben und nirgends dazuzugehören. Sicher, niemand zählte die Seligers mehr zum »tolopen Pack«, aber die Alteingesessenen wussten genau, wer einer der Ihren war.

Ach, Heimat. Was ist das schon? War nicht die Welt längst weiter und offener geworden, war nicht alles in Bewegung geraten, war es da noch wichtig, wo ein Grabstein stand?

Doch vielleicht, sagte ihr ein Gefühl, war genau das der Grund, warum sie nach einem Kind suchte, das sie nur wenige Monate gekannt hatte, warum sie wissen musste, was mit ihm geschehen war: Weil es kein Grab gab. In ein Grab hätte sie alles versenken können, alles Versäumte, alle Schuld, die sie auf sich geladen hatte, all ihr Scheitern.

»Von ausgezeichneten Männern ist die ganze Erde das Grabmal, und es spricht nicht bloß von ihren Grabsäulen im eigenen Land die Inschrift, sondern es lebt auch in fremden Landen das Gedenken an ihre Gesinnung viel mehr als an den Erfolg ihrer Taten ungeschrieben in jeder Brust‹«, sagte Henri in die Stille hinein. »Vielleicht sollten wir es sehen wie Perikles in seiner Gefallenenrede.«

Einen Moment lang wusste sie nicht, von wem er sprach. »Meinst du etwa Vati? Der war alles andere als ein ausgezeichneter Mann. Ganz zu schweigen von seiner Gesinnung.«

Er war ein Tyrann. Er hat Mutti nicht respektiert. Er war ein Sturkopf. Er war ein Mitläufer des Regimes und wenn man ihn gelassen hätte, wäre er gern mehr und Schlimmeres geworden. Doch dann stiegen ihr die Tränen in die Augen. Er war tot und er war auf erbärmlichste Weise gestorben, ohne Verfahren und Richterspruch, und das hatte selbst einer wie er nicht verdient.

Henri stand auf, setzte sich neben sie aufs Sofa und nahm sie fest in den Arm. »Wir leben auf schwankendem Boden«, sagte er. »Die Erde kommt nicht zur Ruhe mit all den Wunden, die der Krieg ihr geschlagen hat. Sie haben einen Blindgänger gefunden, bei Straßenarbeiten. Ganz hier in der Nähe.«

Sie öffnete die Augen. Das, genau das war es, was sie fürchtete: dass man die Vergangenheit nicht begraben konnte, dass ihre Gespenster unter der Oberfläche lauerten und nur darauf warteten, alles in Flammen zu setzen wie beim Jüngsten Gericht.

»Niemand weiß, wie viel von dem Dreck noch im

Boden steckt. Und der Spaß geht erst richtig los, wenn die Zünder durchgerostet sind. Dann fliegen die Dinger hoch, bevor man sie findet. Noch in zwanzig, dreißig Jahren werden wir uns an den Krieg erinnern.«

»Vielleicht brauchen wir deshalb keine Gräber«, sagte Margo. »Sie sind ja überall.«

Es war warm in ihrem Zuhause, zu warm, Henri ließ die Heizung stets auf Höchsttouren laufen, dennoch fröstelte sie.

Henri drückte sie an sich. Er roch nach dem Aftershave, das sie ihm zu Weihnachten geschenkt hatte. »Wenigstens wissen wir jetzt, dass und wie dein Vater gestorben ist und dass seine Überreste auf einem Hügel bei Weimar begraben sind. Weißt du, warum das KZ ›Buchenwald‹ heißt? Es steht auf einer bewaldeten Anhöhe namens Ettersberg, oberhalb von Weimar, und weil auch Goethe sich dort aufgehalten haben soll, tauften die Nazis ihr Lager vorsichtshalber um. Schließlich war das alles nicht im Sinne der Klassiker, das wusste sogar die SS. Denken wir uns deinen Vater also dort, wo auch Goethe gerne wanderte. Und denken wir uns den Grabstein dazu.«

»Hugo Hegewald, 5. März 1900 in Stendal«, sagte Margo mit einem Lächeln in der Stimme. »Gestorben 1947.«

»Auf dem Ettersberg bei Weimar.« Henri küsste sie auf die Stirn. »Und jetzt bringe ich dich ins Bett.«

Helene

I

Berlin – Seit einem Jahr wohnte sie nun schon in Lichten-
berg, im Neubauviertel Hendrichplatz. Der Umzug war
ihr nicht schwergefallen, obwohl die neue Wohnung in
einem komfortablen Getto lag: Nur Mitarbeiter der bewaffneten Organe und des MfS wohnten hier, ein paar
Hundert Meter von der Stasi-Zentrale entfernt. Hans
Stahl hatte dafür gesorgt, dass Helene im Haus Nr. 10
eine helle Wohnung bekam, viel zu geräumig für sie allein, aber sie hatte sich kein bisschen dagegen gewehrt, es
war einfach großartig, das erste Mal im Leben Platz nur
für sich selbst zu haben. Den Vorratsraum neben der Küche hatte sie in eine Dunkelkammer verwandelt, denn sie
fotografierte wieder, was nicht gerade einfach war. Filme
waren nur schwer zu bekommen. Vor allem aber konnten misstrauische Zeitgenossen ihr das Fotografieren als
Spionage auslegen. Schon deshalb war sie Mitglied im
Verband Bildender Künstler geworden, darauf konnte
man sich im Notfall berufen. Außerdem traf man dort auf
andere Menschen als die steifen MfS-Typen, mit denen sie
täglich zu tun hatte.

Im MfS hätte man es gern gesehen, wenn sie über ihre
Kontakte im VBK berichtete, aber sie weigerte sich be-
harrlich, sie konnte und wollte schließlich nicht immer im
Dienst sein. Bislang hatte man ihr das durchgehen lassen.

Ihre Fotos waren meist Alltagsaufnahmen, nichts Besonderes, aber mittlerweile glaubte sie, hinter den Gesichtern der Menschen wieder etwas zu erkennen, mehr
jedenfalls, als die Fassade verriet. Ihr wiedergewonnener
Blick entdeckte wenig Lebensfreude, aber auch keine Re-

bellion, eher Müdigkeit und Verdruss. Womöglich waren die Menschen sie leid, die Fürsorge der Partei und die Liebe eines Staatsratsvorsitzenden, der »billiges Brot, eine trockene Wohnung und Arbeit« versprach, mehr nicht, und selbst dieses Versprechen nicht halten konnte.

Ja, da war ein Wetterleuchten am Horizont, unverkennbar. Und was für eine politische Idiotie, eine Stimme des Protests auszubürgern, den notorischen Störenfried, den Liedermacher Wolf Biermann! Was hatten die Genossen sich dabei gedacht? So etwas stachelte die Opposition in der DDR nur weiter auf und war ein gefundenes Fressen für die Westmedien.

Helene wusste, dass es ihr im Vergleich zu »unseren Menschen«, von denen die Parteiführung so gerne sprach, glänzend ging, wie den meisten MfS-Mitarbeitern. Das HO direkt um die Ecke hatte fast immer mehr im Angebot als der Konsum in der Normannenstraße, und schräg gegenüber gab es einen privaten Gemüseladen. Bei »Dorchen« kaufte Helene gern ein, auch wenn es dort selbst zur Spargelzeit keinen gab. Der Spargel aus Beelitz ging fast ohne Ausnahme in den Westen, der Devisen wegen.

Das war es, was faul war im Staat. Da half auch nicht, dass es bei der Bäckerei Radde in der Normannenstraße die besten Puddingschnitten der Stadt gab.

Helene ging jeden Tag zu Fuß in ihr Büro, sie hatte es ja nicht weit, und auf dem Hin- und Rückweg fotografierte sie: morgens Menschen in Eile, die der Straßenbahn hinterherliefen, abends Frauen wie Männer mit dem Markenzeichen der DDR in der Hand, dem geblümten Dederonbeutel, mal mehr, mal weniger gefüllt. Jeder hatte seinen stets dabei, auch Helene, man wusste ja nie, wann es wieder mal etwas gab.

Erich Mielke hatte seine Zwingburg zwischen Magdalenen- und Normannenstraße in den letzten Jahren gewaltig ausgebaut. Die Gärten der »Schweizer Mühle« in der Helmutstraße waren verschwunden zugunsten von Parkplätzen und Behelfsbauten, und seit Kurzem hatte man auch die Müllerstraße aufgehoben. Der ganze riesige Komplex sollte wohl demonstrieren, wer die wahre Macht im Staate war – nicht die SED, nicht die NVA, sondern das MfS. Allerdings gab es nicht nur in der Partei ein paar Leute, die das kritisch sahen. Helene gehörte dazu – und Hans Stahl.

Als sie eine Ansichtskarte in ihrem Briefkasten fand, deren Code besagte, dass Stahl sie am Mittwochnachmittag um 16 Uhr in der Roelckestraße, dritter Stock, sehen wollte, wunderte sie sich, aber es freute sie auch. Sie hatten sich seit ewigen Zeiten nicht mehr gesehen; seit sie ins Referat I der Abteilung A XIV für Elektronik, Optik und EDV und er in den Stab der HV A übergewechselt war, hatte es wenig Anlass dafür gegeben.

»Was hast du mit deinen Haaren gemacht?«, fragte er, sobald sie die Tür zur konspirativen Wohnung hinter sich geschlossen hatte. Aufgeregt wie ein Schuljunge, der einen Streich geplant hatte, kam er auf sie zu. Helene registrierte, dass er um die Leibesmitte ein wenig fülliger geworden war. Doch die Linien in seinem Gesicht wirkten wie von einem Messer gezogen, seine Haare waren noch immer dunkel und voll und seine braunen Augen leuchteten. Hans Stahl war kein glatzköpfiger versoffener Greis geworden, so wie andere Bonzen. Das beruhigte sie.

»Ich vermisse deine roten Locken.«

Sie strich sich eine Strähne aus der Stirn. »Es ist praktischer so.« Ihr Haar glänzte längst nicht mehr leuchtend rot, es war stumpf und hier und da grau geworden.

»Hm.« Er sah sie forschend an. »Und dazu Hosen. Du siehst aus wie ein hungriger Straßenjunge.«

Sie musste lachen. »Röcke stören beim unaufhaltsamen Fortschritt, Hans.«

Das Lächeln verließ seine Augen. Er legte seine Wange an ihre. »Zwischen uns herrscht Offenheit, Helene, oder? Wie damals?«, flüsterte er ihr ins Ohr. »Das ist mir wichtig.«

Glaubte er etwa, sie hätte sich mit seinem erbitterten Gegner zusammengetan, mit dem Ideologen der Partei, der über die korrekte Linie in der HV A wachte? Der Streit zwischen der HV A und den anderen Abteilungen des MfS war so alt wie das MfS, aber in den letzten Jahren waren die Gegensätze schärfer geworden. In der HV A sah man sich dem Sammeln von Informationen und der unverstellten Wahrheit verpflichtet, während die anderen im Auftrag der Partei mit dem Kujonieren der eigenen Bürger beschäftigt waren. Stahl hatte das immer verachtet.

»Versprochen«, sagte sie laut. Für alle, die mithören wollten.

»Was läuft falsch?«, fragte er sie, sobald sie die konspirative Wohnung verlassen hatten. »Konspirativ« hieß heute nicht mehr, dass sie nicht abgehört werden konnten, höchstens, dass es nicht der Dienst der kapitalistischen Gegenseite tat.

»Bei mir ist alles in Ordnung«, antwortete sie, obwohl sie wusste, dass er das nicht meinte.

»Komm, Helene, du hast mich doch richtig verstanden, oder?« Er legte den Kopf zur Seite und hob spöttisch die Augenbrauen.

Sie seufzte. »Das weißt du besser als ich.«

»Sag es mir.«

»Die Führung hält ihre Versprechen nicht.«

»Soso.« Er nahm ihren Arm, während sie die Amalienstraße hinuntergingen. »Dabei haben wir die Renten erhöht und unseren Muttis das Leben erleichtert.«

»Und die Strumpfhosen sind billiger geworden«, warf

Helene ein. »Das erleichtert auch den Nichtmuttis das Leben.«

Er sah sie von der Seite an. »Warum wirst du gleich erbarmungslos, wenn man dich um Offenheit bittet?«

Helene blieb stehen. »Ich bin nicht erbarmungslos, ich bin nur realistisch. Und ich habe Augen im Kopf. Seit dem Grundlagenvertrag mit der BRD kommen sie massenhaft zu Besuch, die Westverwandten mit ihren dicken Autos und den Urlaubsfotos von der Akropolis oder dem Grand Canyon. Das weckt Ansprüche.«

»Am Balaton ist es auch schön.«

»Du weißt genau, was ich meine. Mit ›Einholen ohne überholen‹ ist Ulbricht gescheitert, und Honecker wird baden gehen, wenn er den Wunsch der Bürger nach Konsumgütern nicht erfüllt.«

Stahl packte sie am Arm und zog sie über die Straße. Das wütende Hupkonzert erschütterte ihn nicht im Geringsten, er ging durch die Welt, als ob alle wissen müssten, dass sie sich nach seinen Gesetzen drehte.

Helene ließ sich nicht unterbrechen. »Mehrarbeit können wir unseren Menschen nur begrenzt zumuten, wir haben erlebt, wohin das führen kann.« Zum Aufstand vom 17. Juni 1953, der für das damalige MfS nicht gerade glücklich ausgegangen war. »Die hohen Rohstoffpreise haben unseren Spielraum ausgeschöpft, wir haben keine Devisen mehr, um uns Importe aus dem Westen leisten zu können.«

»Die Jugend will Bluejeans«, sagte Hans Stahl verächtlich.

»Und ihre Eltern wollen Kühlschränke und Waschmaschinen, vergiss das nicht.«

Sie waren am Orankesee angekommen. Das Wetter lockte viele Berliner ins Strandbad. Eine Gruppe Jugendlicher stieg lachend und lärmend aus der Straßenbahn. Helene hoffte plötzlich, dass sie unrecht hatte. Vielleicht waren die Menschen in der DDR nur bei schlechtem Wetter müde und verdrossen, ganz so wie überall auf der Welt.

Sie fanden eine ruhige Bank am Weg, jenseits des Strandbads. Als Hans ihr ein Stück Toblerone anbot – eine Schokolade, die es nur im Intershop gab –, lehnte sie ab. Als er ihr eine Players anbot, griff sie zu. Sie rauchte selten, aber mit Hans war die gemeinsame Zigarette immer ein intimer Moment gewesen. Zu ihrer Verblüffung merkte sie, dass sie ihn vermisst hatte.

»Was macht eigentlich deine Freundin Margo Seliger?«, fragte er unvermittelt.

Helene stieß den angehaltenen Atem aus und schaute der zarten blauen Rauchwolke hinterher. »Die Quelle ist stillgelegt, wir brauchen sie nicht mehr. Du weißt doch, dass wir mehr Informationen haben, als wir nutzen können. Wir sind viel zu selten in der Lage, das, was wir erfahren haben, auch in technischen Fortschritt umzusetzen. Und den brauchen wir, wir können nicht immer nur auf den Faktor Arbeit setzen, unsere Menschen malochen genug, wir müssen höhere Produktivität erzielen!«

»Du hast meine Frage nicht beantwortet, Helene.«

Sie seufzte. »Soweit ich weiß, arbeitet sie noch bei Maxdatex.«

»Wissen wir eigentlich, wie der Unternehmer, wie hieß er noch, ums Leben kam?«

»Jon Bajohr? Alkohol, glatte Straßen, überhöhte Geschwindigkeit.« Das war die offizielle Version, ihren Quellen zufolge. Helene hatte sich immer wieder gefragt, ob das auch der Wahrheit entsprach.

»Es hat niemand seine Finger im Spiel gehabt?«

»Keine Ahnung. Wer hätte was davon?«

»Die unseren?«

»Möglich.« Auch »nasse Sachen« gehörten zum Reper-

495

toire der Firma. »Aber warum hätten sie Bajohr beseitigen wollen?«

»Weil jemand die Quelle Margo Seliger schützen wollte?« Hans beobachtete sie scharf. Glaubte er etwa, sie hätte einen Mord eingefädelt?

»Dann hätte dieser Jemand Bajohr als ›Ostspion‹ auffliegen lassen. Eine Mikratkamera im Auto oder ein Tarnbehälter auf dem Rücksitz hätten genügt, um die bundesdeutsche Polizei auf die richtige Spur zu führen.«

»Es sei denn, die waren blind und blöd, haben das Beweisstück nicht gefunden oder nicht die richtigen Schlüsse daraus gezogen.«

»Unwahrscheinlich. Man soll den Gegner nie unterschätzen. Das hast du mir beigebracht.«

Hans hatte kaum aufgeraucht und zündete sich schon die nächste Zigarette an. Helene fiel auf, dass seine Hände zitterten. War er so angespannt oder so alt geworden? Sie rechnete nach: Sie kannten sich seit dem Winter 1957/58, also seit fast zwanzig Jahren. Damals war er gerade vierzig gewesen, Generalmajor seit 1952, seit man auch im MfS militärische Dienstgrade eingeführt hatte. Heute war er Generaloberst.

»Soweit ich das beurteilen kann, ist Bajohrs Ruf blütenweiß. Und soweit ich weiß, gilt das auch für Margo.«

»Gut.« Stahl stand auf. »Wir brauchen sie noch.«

»Ich glaube nicht, dass sie ...«

»Wir brauchen sie, Helene. Nicht als Quelle.«

»Meinetwegen, aber wofür dann?«

Stahl beschleunigte seinen Schritt, ohne sichtliche Anstrengung, Helene konnte kaum mithalten. Krank war er also nicht. Beide schwiegen, während sie den Orankesee verließen und am Obersee vorbeiliefen. Helene war es recht, es gab ihr Zeit zum Nachdenken.

Der Gedanke, den Kontakt zu Margo wieder aufzunehmen, bereitete ihr Magendrücken. Sie hatte Margo vor vielen Jahren das Foto eines kleinen Mädchens geschickt und »E« auf die Rückseite geschrieben, in der Hoffnung, sie damit wieder anzulocken, doch Margo hatte sich beharrlich verweigert. Erst Jahre später hatte Margo versucht, Kontakt aufzunehmen, das wiederum hatte Helene ignoriert. Was würde eine erneute Begegnung auslösen? Würde Margo sie mit Fragen nach dem Kind löchern?

Sie waren vor einem schmucklosen, einstöckigen Backsteinbungalow in der Oberseestraße angekommen, den das MfS nutzte. »Du weißt, dass Mies van der Rohe das Haus gebaut hat, oder?«, fragte Stahl.

Sie schüttelte den Kopf.

»Ich habe dafür gesorgt, dass es in unsere Denkmalliste aufgenommen wird. Wir müssen herausragende deutsche Kulturleistungen für zukünftige Generationen bewahren.«

Wie stolz er auf sich war! Vielleicht merkte man daran das Alter – am Wunsch, etwas Bleibendes zu hinterlassen. Der Erhalt eines Gebäudes aus einer Zeit, die heute wie eine Ära der Unschuld anmutete, war dabei gewiss eine sichere Wahl. Helene nickte höflichkeitshalber, obwohl sie in dem schlichten Gebäude beim besten Willen keine herausragende Kulturleistung erkennen konnte.

Hans Stahl nahm ihren Arm, während sie weitergingen. »Ich teile viele deiner Beobachtungen, Helene. Wir sind in einer extrem schwierigen Lage. Der Kapitalismus hat einen langen Atem, er denkt nicht daran, an seinen Krisen zugrunde zu gehen, wie Marx vorhergesagt hat. Er scheint sie nicht nur überwinden zu können, er geht sogar gestärkt aus ihnen hervor, jedenfalls im Sinne höherer Produktivität. Darin ist er uns voraus. Wenn uns die Freunde in der Sowjetunion nicht mehr unterstützen können – und darauf deutet manches hin –, werden wir den Kampf nicht gewinnen.«

497

»Das ist Defätismus«, sagte Helene trocken.

»Das ist eine realistische Analyse der Lage und damit ganz in deinem Sinn, denke ich.«

»Und was folgt daraus? Soll unser Land Insolvenz anmelden?«

»Wir müssen für alle Eventualitäten vorsorgen, das folgt daraus.«

Helene blieb stehen. »Verkaufen wir noch nicht genug Menschen und Kulturgüter an den Westen, Hans?«, sagte sie leise. »Erst bauen wir eine Mauer, um alle drinzuhalten, und dann lassen wir uns für jeden bezahlen, den wir rauslassen. Wir haben Millionen D-Mark für Hunderte von Häftlingen erhalten. Vielleicht sollten wir noch ein paar Tausend mehr an den Westen verkaufen?«

Stahls Augen waren schmal geworden. Er musterte sie, ohne eine Miene zu verziehen. »Was für eine Zynikerin du bist, Helene.«

»Die Verhältnisse laden dazu ein.«

»Ach was. Die Verhältnisse tun gar nichts, sie sind dazu da, analysiert zu werden. Ich schätze die Lage folgendermaßen ein: Schon Walter Ulbricht hat sich eine intensivere wirtschaftliche Kooperation mit Westdeutschland vorstellen können. Genauso wird es kommen. Und dabei wird es nicht bleiben. Es wird über kurz oder lang zu einer Vereinigung beider deutscher Staaten kommen.«

»Ein Ende der DDR?« Was für eine Idee!

Stahl wiegte den Kopf. »Oder der BRD. Wie auch immer: Unsere Abteilung jedenfalls sollte auf jede Wendung der Geschichte vorbereitet sein.«

Auf den Wiesen am Obersee sonnten sich junge Paare, Kinder tobten, ein Langhaariger spielte Gitarre. Wahrscheinlich sang er Biermann-Lieder. Helene lehnte sich an einen Baum, ließ sich von Stahl eine Zigarette und Feuer geben und sog den Zigarettenrauch hungrig ein.

»Was hast du also vor?«

»Ich werde dafür sorgen, dass wir in den nächsten Jahren zuverlässige Menschen in der BRD positionieren, die für den Fall der Fälle unsere Sache vertreten.«

Helene konnte sich ein Lächeln nicht verkneifen. »Aber wir haben uns doch gerade erst mit den beiden Guillaumes die Finger verbrannt.«

»Christel und Günter?« Stahl seufzte. »Ja, wenn sie doch geschwiegen hätten! Dann hätten wir weiterhin stolz darauf sein können, dass wir direkt in den Machtbereich des Gegners vorgedrungen sind, aber Günter musste ja endlos plaudern. Deshalb heißt es jetzt, aus dem Scheitern der Aktion Lehren zu ziehen. Und die, Helene, lauten ganz einfach, dass wir Menschen brauchen, die auch in schweren Zeiten standfest bleiben und nicht in eitle Bekenntnislust verfallen.«

»Wir verdanken den beiden vor allem den Rücktritt eines Kanzlers, der uns noch nützlich hätte sein können, Hans. Ein Erfolg ist das nicht.«

Stahl fasste sie bei den Schultern. »Wir müssen über den Tag hinaus denken, Helene. Wir brauchen Menschen, die auch im Falle einer Vereinigung die Dinge in unserem Sinne beeinflussen können. Wenn es zum Äußersten kommt, möchte ich ein paar Leute an der richtigen Stelle haben.«

Helene hielt seinem Blick stand. Endlich nickte sie. Ja, das war weitsichtig. Das wäre keinem anderen in der Partei oder im Ministerium eingefallen – außer Hans Stahl. So kannte sie ihn und so schätzte sie ihn.

»Meine Frage lautet also: Können wir Margo Seliger als Anlaufstelle für einen unserer Agenten einsetzen?«

Aber ja, wenn es sich bei dem Agenten um eine Frau handelt, hätte Helene fast gesagt. Sie wusste schließlich, wie Margo am besten zu ködern sein würde.

»Kommt darauf an«, sagte sie vorsichtig.

»Mach dir Gedanken.«

Sie zertrat die Zigarette mit der Schuhspitze und steckte ihre und seine Kippe ein – Macht der Gewohnheit: nur keine Spuren hinterlassen. Dann hakte sie sich bei ihm unter. Schweigend gingen sie zur nächsten Straßenbahnhaltestelle.

»Wie geht es Clara?«, fragte er, während sie warteten.

Helene lachte. »Ich habe sie nicht mehr gesehen, seit sie in Moskau studiert. Aber wenn sie mal schreibt, dann erzählt sie, dass es ihr gut geht, mehr kann man von seiner erwachsenen Tochter nicht erwarten, oder?«

»Hat sie einen Freund?«

»Nicht, dass ich wüsste.«

Die Straßenbahn kam. Hans Stahl küsste sie zum Abschied auf die Wange. Eine Sekunde lang bedauerte Helene, dass die Zeit der gemeinsam verbrachten Nächte vorbei war.

II

Wochen später kam wieder eine Postkarte, und wieder war ein Treffen in der Roelckestraße anberaumt. Diesmal begrüßte Hans sie nicht ganz so freudig, er sah aus, als ob er sich schon den ganzen Tag die Haare gerauft hätte.

»Setz dich, Helene.« Sie ließ sich in einen Sessel fallen, dessen Polsterung mit den Jahren müde geworden war. An der Wand, an der früher ein Porträt Walter Ulbrichts gehangen hatte, lächelte seit einigen Jahren Erich Honecker, die Augen schmal hinter einer kastenförmigen Brille, das Haar nach hinten gekämmt, der Schlips waghalsig rot-weiß gemustert, das Jackett in feinem Beige.

Ihr fiel immer wieder auf, was für einen weiblichen Mund er hatte, herzförmig, besonders wenn er Bruder-küsse verteilte.

»Cognac?« Sie schüttelte stumm den Kopf. »Zigarette?« Er hielt ihr eine Packung Benson & Hedges hin, in einer goldenen Schachtel. Ja, wir Tschekisten haben Geschmack, dachte Helene. Jedenfalls was die Zigarettensorte betrifft.

Sie rauchten schweigend.

»Ich brauche deinen Rat«, sagte er schließlich. »Eine der Personen, die für uns in den Westen gehen sollen und in die wir viel Zeit investiert haben, hat unser Vertrauen in sie enttäuscht. Sie sitzt in Hoheneck ein und steht bereits auf der Liste der Häftlinge, die von der BRD freigekauft werden sollen. Sie ist eine unserer besten Kräfte. Und was macht das Mädel?« Stahl warf die Hände hoch, als ob er um Gnade flehte.

»Na, was kann sie in Hoheneck schon anstellen?« Das Frauengefängnis Hoheneck galt als ausgesprochen ungemütliches Zuchthaus, man machte dort von »sozialistischen Wegweisern« wie Schlägen und Drogen reichlich Gebrauch. Darauf hatte sich die Genossin freiwillig eingelassen, damit ihre Legende stimmte – das war mehr als bewundernswert.

»Sie hat es geschickterweise vorher getan und kein Wort darüber verloren, sonst hätte ich die Sache längst abgeblasen«, lamentierte Hans.

Helene dämmerte etwas. »Und was, lieber Hans, hat sie getan?«

»Sie hat sich schwängern lassen, verflixt noch eins.«

Helene hielt ihm ihr Glas hin, jetzt konnte sie doch einen Cognac gebrauchen. Eine Perspektivagentin mit Kind kam, soweit sie wusste, in den Richtlinien des MfS nicht vor, dabei waren die Meterware.

»Was soll ich tun?« Er hob ihr sein Glas entgegen, setzte an und leerte es.

»Wann ist das Kind fällig?«

»In drei Monaten, wenn wir nichts unternehmen.«

Wenn wir nichts unternehmen? Helene spürte, wie sich ihr Magen zusammenkrampfte. An eine Abtreibung war nicht zu denken, erst recht nicht im sechsten Monat. »Ist das ihr Wunsch? Etwas zu unternehmen?«, fragte sie leise.

Hans Stahl zuckte mit den Schultern. Es war ihm also egal. Eisiger Zorn packte sie.

»Wir leben in einem Land, in dem es begrüßt wird, wenn Frauen Kinder bekommen! Möchtest du einer unserer wichtigsten Kräfte etwa zumuten, ihr Kind zu opfern, weil es deine Pläne stören könnte? Glaubst du, das erhöht ihr Vertrauen in uns?« Nichts war gefährlicher als ein gekränkter Agent, ein gefundenes Fressen für die Gegenseite, die stets nach dem Hebel suchte, an dem man Kundschafter des Friedens packen und umdrehen konnte.

Wieder hob Stahl die Hände. »Verzeih mir, Helene, ich wollte deine Muttergefühle nicht kränken, aber …« In einer Geste der Hilflosigkeit ließ er sie wieder sinken.

»Meine subjektiven Gefühle sind hier nicht das Thema, Genosse Generaloberst.«

»Entschuldige bitte.« Er tat zerknirscht. »Aber was sollen wir tun?«

Helene musste nicht lange überlegen. »Ich denke, dass die Mutterschaft ihre Legende nur umso plausibler macht und außerdem zeigt, dass wir auf der Seite der Humanität stehen. Unter Propagandagesichtspunkten ist das unbezahlbar. Alle Herzen schlagen bei so einer Geschichte höher: Wir entlassen eine überführte und abgeurteilte Staatsfeindin aus der wohlverdienten Haft, damit sie ihr Kind in Freiheit gebären kann.«

Hans Stahls Augen glänzten wie warmer Sirup. »Helene, du bist unsere Beste.« Er stand auf und legte ihr von hinten die Hände auf die Schultern.

»Also setzen wir sie auf die Liste für den Freikauf. Wer ist die Frau?«

»Du bist unübertroffen«, flüsterte er an ihrem Ohr.

»Und du sorgst dafür, dass sie so schnell wie möglich in ein Krankenhaus kommt, bis das Kind geboren ist. Danach geht sie ins Auslieferungsgefängnis nach Karl-Marx-Stadt.«

»Sehr wohl.« Stahl tat, als ob er Haltung annähme.

»Dort wird sie abgeholt, sobald die Zeit gekommen ist, und ins Notaufnahmelager Gießen gebracht.«

Seit Kurzem fuhren die Busse aus dem Westen das Auslieferungsgefängnis Kaßberg direkt an, um die freigekauften Häftlinge nach Gießen zu bringen. Dort würde Stahls Kundschafterin das übliche langwierige Prozedere durchlaufen müssen, denn im Westen ahnte man mittlerweile, dass nicht alle Häftlinge, für deren Freiheit die Bundesregierung viel Geld zahlte, aus politischen Gründen im Knast saßen. Es waren auch Kriminelle darunter – und Leute des MfS, Menschen wie Stahls schwangere Perspektiv-IM. Es konnte also lange dauern, bis die junge Frau an neue Papiere kam.

Sie entzog sich seiner Umarmung und setzte sich auf. »Wenn ich es mir recht überlege – sie ist im sechsten Monat, sagst du? Dann kommt das Kind irgendwann im Oktober. Ich glaube, ich habe eine bessere Idee.«

Stahl war zu seinem Sessel zurückgekehrt und lächelte sie erwartungsvoll an.

»Es vereinfacht die Sache, wenn wir statt Freikauf mit Familienzusammenführung operieren.«

»Gute Idee.«

»Dafür brauchen wir eine zuverlässige Anlaufstelle im Westen.«

»Genau.« Jetzt grinste Hans Stahl.

Deshalb also hatte er sie beim letzten Treffen nach Margo Seliger gefragt. Helene fühlte sich manipuliert. Aber was half's? »Also gut. Ich kümmere mich um die Details. Bis dahin muss das arme Mädchen durchhalten.«

Er begleitete sie zur Tür und nahm sie in den Arm, bevor sie ging. Sie erwiderte die Umarmung, obwohl sie wusste, dass er sie jederzeit fallen lassen würde, wenn es ihm nützlich erschien. Verrat war schließlich sein Geschäft.

Margo

I

»Wann hatten wir zum letzten Mal weiße Weihnachten? Das muss ewig her sein.« Sie stand am Fenster und starrte in den trüben Himmel. Es regnete nicht, es schneite nicht, es war nicht richtig kalt, es war nur ungemütlich. Typisches norddeutsches Schmuddelwetter.

»1969, wenn ich mich nicht irre. Der Boden war damals schon im Dezember gefroren.« Henris Gedächtnis war nicht gerade belastbar, nur bei allem, was mit dem Garten zu tun hatte, war er unfehlbar. »Mach dir keine Hoffnung. In diesem Jahr sieht es wieder nicht nach Schnee aus.«

Es war der zweite Adventssonntag, vor dem Fenster balgten sich Meisen und Spatzen um die Talringe mit dem Fettfutter, die Henri in den Christdorn gehängt hatte. Ausnahmsweise leistete er ihr Gesellschaft, während sie Weihnachtspakete packte.

Das ganze Haus duftete nach Apfelsinen und Kaffee, nach Seife und Schokolade. Seit Neuestem durfte man Genussmittel wie Kaffee und Kakao in unbegrenzter Menge in die DDR schicken, und davon machte sie hemmungslos Gebrauch. Sie packte jedes Stück einzeln ein, begleitet von liebevollen Gedanken, und legte sie zwischen die Röcke und Blusen, die sie mitschicken wollte.

Seit Tagen schon durchkämmte sie ihren Kleiderschrank. Alles, was sie nicht mehr trug, ging in die DDR, wo es gern gesehen war; was Mutter und Schwester nicht gefiel und nicht umgearbeitet werden konnte, verschenkten sie an Freunde und Nachbarn. Nur ein einziges Mal hatte Gerda geklagt, für ihren Bedarf seien Margos Sachen zu elegant, daraufhin hatte Margo ihrer Schwester robuste Arbeitskleidung geschickt. Doch irgendwann war ein Kleiderpaket für Minna und Gerda zurückgekommen, weil den DDR-Bürokraten eine neue Schikane eingefallen war: Alle Kleidungsstücke mussten nicht nur luftdicht verpackt, sondern auch ordnungsgemäß entseucht werden.

»Liebe Schwester«, hatte Gerda damals geschrieben. »Bei uns heißt es, die reichen Verwandten im Westen schickten verdreckte und verlauste Klamotten zu uns, um uns zu schaden, und davor wollen unsere fürsorglichen Kräfte uns bewahren.«

Deshalb hatte Henri immer wieder zur Reinigung fahren müssen, um Kleider anzuliefern und entseucht, versiegelt und zertifiziert wieder abzuholen. Das war teuer, aber für die Reinigungsbranche ein nettes Zusatzgeschäft. Gut, dass es damit vorbei war. Die Entspannungspolitik, die eine friedliche Koexistenz von DDR und BRD verhieß, schien auf menschlicher Ebene zu halten, was sie versprach.

Das Telegramm kam, als Margo das letzte Paket verschnürt, Kaffee gekocht und die zweite Kerze am Adventskranz entzündet hatte.

»Mutti schwer erkrankt. Gerda.«

Das machte aller Gemütlichkeit ein Ende. Zwei Tage später stieg sie in den Zug nach Stendal.

An der Grenze holte man sie aus dem Zug, ohne ihr Gepäck durchsucht zu haben. Ein Blick auf ihren Ausweis hatte dem DDR-Grenzer genügt und schon blaffte er »Raus«. Das Zimmer, in das sie gebracht wurde, sah noch immer genauso aus wie damals. Nichts schien sich verändert zu haben in den vergangenen 15 Jahren.

»Schön, dass du gekommen bist«, sagte eine Stimme hinter ihr, die sie sofort erkannte. Helene.

»Wie reizend, dass du mich auf so fantasievolle Weise eingeladen hast.« Margos Hände krampften sich um den Sitz des Stuhls, sie zitterte vor unterdrückter Wut. »Ich hoffe, du verzeihst mir, aber ich bin auf dem Weg zu meiner Mutter und wäre dir dankbar, wenn ich ohne Verzögerung weiterreisen könnte.«

Sie drehte sich um. Helene hatte sich verändert. Sie war womöglich noch schlanker geworden, ihr Gesicht durchzog eine Fülle feiner Linien. Die Haare trug sie knabenhaft kurz. Doch sie hatte eindeutig das Sagen, der Mann an der Tür verabschiedete sich auf ein Kopfnicken hin mit militärischem Gruß.

»Als Erstes verlassen wir diesen ungastlichen Ort.«

Margo musste ihr wohl oder übel folgen, man hatte ihr die Papiere abgenommen. Sie ließ sich von Helene am Ellenbogen über die Straße ein paar Häuser weiter führen, in eine völlig überheizte Wohnung, deren Besitzer offenbar abwesend waren. Helene ließ sie in einem engen Wohnzimmer auf einem Sofa Platz nehmen, ging in die Küche und kam mit Kaffee und Kuchen zurück.

Margo schob Tasse und Teller von sich. »Ich bin nicht hier, um mit dir einen gemütlichen Plausch zu halten. Meine Mutter ist krank.«

Helene stellte Zucker und Milch auf den Tisch. »Möchtest du sie in den Westen holen?«

»Was soll die Frage?«

»Genau das, was ich gesagt habe. Möchtest du deine Mutter in den Westen holen? Sie ist Rentnerin, das dürfte also kein Problem mehr sein.«

Margo schüttelte den Kopf. »Mutti will nicht weg aus ihrer Heimat. Und Gerda bleibt bei ihr, trotz der schweren Arbeit, zu der ihr sie vergattert habt.«

»Ich kann deiner Schwester eine weniger anstrengende Arbeit besorgen.«

507

»Friedhofsgärtner ist ein Beruf mit Zukunft.« Margo zog die Tasse wieder heran, ließ sich eingießen und gab Milch in den Kaffee. »Sagt Gerda.«

»Deine Schwester hat Humor.«

»Es muss sich um Galgenhumor handeln. Wann darf ich weiterfahren?«

»Nur Geduld. Ich brauche deine Unterstützung.«

»Ach ja? Wie damals? Damit du deinen Arbeitsplatz nicht verlierst? Oder wegen Frieden und Völkerfreundschaft?«

»Sind das für dich etwa keine lohnenden Ziele mehr?«

»Du weißt, was ich meine. Was willst du und was habe ich davon?«, fragte Margo leise.

»Ich glaube, das wirst du dir denken können, wenn ich dir sage, worum es geht. Ich möchte, dass du uns bei einer Familienzusammenführung hilfst.«

»Das verstehe ich nicht.«

»Es geht um eine junge Frau, die wir in den Westen entlassen wollen.«

»Nanu? Ihr lasst jemanden ausreisen, der noch nicht im Rentenalter ist?«

Helene rührte in ihrer Kaffeetasse und lächelte nicht mehr. »Stell dir vor, dass deine Schwester ein uneheliches Kind bekommen hat, nach Ende des Krieges. Sie hat ihr Missgeschick verheimlicht und das Kind in ein Heim gegeben.«

Margo richtete sich auf. »Niemals. Das hätte sie uns gesagt. Mutti hätte es gemerkt. Und die hätte das nie zugelassen: ihr Enkelkind in einem Heim. Unglaublich.« Ihre Stimme versagte.

»Du sollst es dir vorstellen, Margo, mehr nicht. Das Heimkind wird im Alter von 15 Jahren das erste Mal straffällig, verurteilt wegen Rowdytum. Es treibt sich herum, randaliert, wird mit feindlich-negativen Aktivitäten auffällig. Die Missachtung der öffentlichen Ordnung und der Regeln des sozialistischen Gemeinschaftslebens führen immer wieder zu Verurteilungen. Gerdas Kind sitzt heute wegen staatsfeindlicher Hetze im Gefängnis.«

Margo stand auf. »Was soll das? So etwas will ich mir nicht vorstellen. Ich möchte nur eines: meine Mutter besuchen.«

»Daraus wird nichts«, sagte Helene sanft. »Das Telegramm stammte nicht von Gerda. Deiner Mutter geht es gut.«

»Und das soll ich dir glauben?«

»Ja.« Helene verzog keine Miene.

»Was spielst du für ein Spiel?« Margo kämpfte mit ihrer Wut. Helene hatte irgendetwas in der Hinterhand, da war sie sich sicher. Aber was? Sie setzte sich wieder.

»Gerdas Kind ist heute 30 Jahre alt. Auf einer Liste der politischen Häftlinge, die wir den Verantwortlichen der Bundesregierung überreicht haben, steht sie zwar ziemlich weit oben, aber ich bevorzuge eine andere Lösung.«

Margo rechnete nach. Wer heute 30 Jahre alt war, musste 1947 geboren worden sein. Vom Sommer 1945 bis zum Sommer 1947 aber hatte sie mit Mutti und Gerda die Wohnung in Stendal geteilt, wenn Gerda schwanger gewesen wäre, dann wüsste sie das.

»Gerdas Kind, nennen wir sie Gisela, hat vor zwei Monaten eine kleine Tochter geboren. Sie braucht ein wenig Geborgenheit nach der Zeit im Gefängnis.«

Warum erzählt sie mir etwas, dachte Margo, was so offensichtlich gelogen ist?

Gerdas Kind existierte nicht. Was wollte Helene ihr unterschieben? Wen meinte sie wirklich? Sie spürte, wie ihr heiß wurde. Sah man einer Frau in diesem Alter an, ob sie wirklich erst 30 Jahre alt war oder vielleicht schon ein paar Jahre älter, genauer gesagt: Sah man ihr an, dass sie in zwei Wochen ihren 33. Geburtstag feiern würde? Dass sie am 25. Dezember 1945 auf Gut Ossig in Schlesien geboren worden war?

»Willst du mir nicht endlich die Wahrheit sagen, Helene?« Sie spürte ihr Herz klopfen.

»Gern, wenn ich kann.« Helene blickte nach oben, zur Deckenlampe.

»Was ist damals in Mondsee passiert? Du musst sie mitgenommen haben, meine Kleine, als die Verbrecherbande kam, du kannst sie nicht zurückgelassen haben! Lebt Emma noch?«

Helene schüttelte den Kopf, legte einen Finger auf die Lippen und schaute wieder nach oben. »Kein Wort darüber, Margo, bitte.«

Was hieß das? Nein, sie lebt nicht mehr? Oder nein, ich kann darüber nicht sprechen? Warum dieser Blick nach oben? Wurden sie abgehört?

»Alles wird sich aufklären, glaub mir. Im Moment geht es nur um eines: um Gerdas Tochter. Gisela und ihr kleines Mädchen brauchen Hilfe, deine Hilfe. Ich möchte, dass ihr die beiden für eine Weile bei euch aufnehmt.«

»Gerda hat keine Tochter.«

»Doch. Genau das solltest du allen erzählen, die danach fragen. Vor allem deinem Mann. Verstehst du?«

Margo versuchte, in Helenes Augen zu lesen, ihr verschwörerisches Lächeln zu deuten.

Nein, Gerda hatte kein Kind geboren, dessen war sie sich gewiss. Aber ich, dachte Margo, ich habe Emma zur Welt gebracht, damals, im Winter 1945. Was, wenn es um Emma geht, wenn sie es ist, der ich helfen soll?

»Du meinst, ich erzähle allen, dass wir die Tochter meiner Schwester bei uns aufnehmen, obwohl ich es besser weiß?«, fragte sie leise.

Helene zögerte. Dann nickte sie.

510

Margo ignorierte den inneren Chor der Skeptiker, der in allen Himmelstönen warnte: Vertraue niemandem. Vor allem nicht Helene.

»Also gut. Wann kommen die beiden?«

Glaube versetzt Berge und ist stärker als alle Vernunft.

II

Es wurde das schönste Weihnachtsfest seit Langem. Margo war extra beim Friseur gewesen und trug ein Kleid, das Henri besonders mochte, weil sie darin viel Dekolleté zeigte und sich der dunkelgrüne Seidenstoff so gut anfühlte. Obwohl Henri von kirchlichen Festen rein gar nichts hielt, tat er ihr den Gefallen und chauffierte sie zehn Kilometer weit ins nächste Dorf, wo es eine katholische Kirche gab und die Christmette gefeiert wurde. Henri verachtete den »ganzen Papistenquatsch«, aber er blieb einigermaßen ruhig neben ihr sitzen, während Margo bei jedem Lied und bei jedem Schwenk der Messdiener mit den Weihrauchfässchen die Tränen in die Augen traten.

Zu Hause entzündeten sie die Lichter am Weihnachtsbaum, tranken Sekt und aßen Schnittchen, belegt mit Lachsersatz und falschem Kaviar, wie jedes Jahr am Heiligen Abend.

Als Henris Augen zu glänzen begannen, weil er Alkohol nicht mehr gewohnt war und seine Lieblingsplatte mit Swing-Klassikern Wirkung zeigte, erzählte sie ihm von ihren Plänen.

Henri war schlagartig wieder nüchtern. »Du glaubst doch nicht im Ernst, dass Gerda dir all die Jahre über kein Wort davon gesagt hat, dass sie ein Kind geboren hat?«

»Sie hat sich geschämt, das ist doch ganz normal.«

»Und warum rückt sie gerade jetzt damit heraus?«

»Weil die da drüben Druck auf sie gemacht haben. Sie wollen ihre Tochter loswerden, verstehst du?«

»Dann sollen sie das Mädchen von unserer Regierung freikaufen lassen, das ist doch mittlerweile ein lukratives Geschäft geworden für die Gauner in diesem Verbrecherstaat!«

»Sicher. Aber Gerda möchte gern, dass die junge Frau eine Anlaufstelle hat, einen Kontakt, einen menschlichen – Ansprechpartner.«

»Und da denkt sie an uns? Ausgerechnet wir sollen eine Kleinkriminelle bei uns aufnehmen?«

»Jetzt mach mal einen Punkt! Gerade du tönst doch immer, dass man drüben schon wegen der kleinsten Abweichung vom sozialistischen Menschenbild in den Knast wandert! Das ist nicht kriminell, das ist legitimer Widerstand!«

»Weiß man's?« Seine Augen funkelten spottlustig. »Und seit wann bist du die Vorkämpferin des Widerstands?«

Margo ging die Luft aus, Henris Fragen brachten sie ins Schwimmen. Vor allem aber wollte sie keinen Streit: Sie brauchte Henri bei ihrem Vorhaben. Weil es der Heilige Abend war, gingen sie ohne Streit ins Bett.

»Wenn es dich glücklich macht.« Henri war nicht überzeugt, aber er fügte sich.

Margo spannte den gesamten Freundes- und Bekanntenkreis ein und ließ die Kontakte eines ganzen Berufslebens spielen – auch die Henris. Henri hatte schließlich einen Doktortitel und war Richter, deshalb schrieb sie unter seinem Namen ans Ministerium für Innerdeutsche Angelegenheiten. Von einem jungen Ministerialdirektor, der einzige Sohn und ganze Stolz einer ehemaligen Mitarbeiterin der Firma, hatte sie einen Tipp bekommen, welcher

Sachbearbeiter am ehesten ansprechbar sein könnte. Die Freundin der Ehefrau eines Kollegen von Henri hatte vier Jahre lang in der ständigen Vertretung der Bundesrepublik Deutschland in Ost-Berlin gearbeitet, galt als Expertin in diesen Dingen und wurde ebenfalls eingespannt. Sie riet, den Ostberliner Rechtsanwalt Vogel zurate zu ziehen, der zwar viel Einfluss habe, genau deshalb jedoch auch sehr überlaufen sei. Der Neffe eines alten Studienkollegen Henris wiederum verwandte sich bei Günter Gaus, dem Leiter der Ständigen Vertretung, für Margos Anliegen.

Der örtliche Bundestagsabgeordnete der SPD war glücklich, helfen zu können, und schrieb an den Minister selbst, seinen Parteifreund Egon Franke. Die Antwort kam bereits zwei Wochen später – unverbindlich, wie Politiker nun mal sind, aber immerhin. Mehr war erst einmal nicht zu erwarten.

Sie hatte getan, was ihr von Helene aufgetragen worden war, nun war die Gegenseite dran. Doch Helene ließ sich Zeit. Margo aber war im Überschwang ihrer Gefühle längst beim nächsten Projekt.

»Wozu brauchen wir eine Wohnung im Dachgeschoss?«, brummelte Henri, den sie bei der abendlichen Zeitungslektüre störte.

»Zum Beispiel für Leonore und ihren Mann und die Kinder.«

»Welche Kinder?« Er blickte auf. »Welcher Mann?« Erst dann begriff er, dass sie einen Scherz gemacht hatte. Ob Leonore einen Freund hatte, wussten sie nicht, und von Kindern war in den spärlichen Lebenszeichen ihrer Tochter bislang erst recht nicht die Rede gewesen.

Margo lächelte ihren Mann an. »Sei doch ein bisschen vorausschauend, Väterchen«, sagte sie. »Was nicht ist, kann ja noch werden.«

»Schon. Aber ich kann mir nicht vorstellen, dass sie im Fall des Falles ausgerechnet bei uns wohnen wollen, mitten in der Einöde.«

»Mitten in einem blühenden Park, meinst du.«

»Kilometerweit von der nächsten Einkaufsmöglichkeit entfernt.«

»Und weit und breit keine Kneipe, ich weiß. Aber wenn du noch ein wenig weiter in die Zukunft denkst: Was ist, wenn wir mal alt und klapprig sind? Dann wäre es doch schön, jemand wohnte ganz in der Nähe, mal abgesehen von der Miete, die eine hübsche Wohnung mit Blick auf unseren Park einbringt, oder?«

Henri lehnte sich seufzend in seinen Schreibtischsessel. »Fühlst du dich womöglich nicht ausgelastet, mein Liebes?«

Wie gut er mich kennt, dachte Margo. »Eine meiner Lebensversicherungen wird fällig. Ich finde, mit dem Geld könnte man kaum etwas Besseres anfangen. Eine Einliegerwohnung spart Steuern und erhöht den Wert des Hauses.«

Henri sah sie noch immer zweifelnd an, obwohl er wissen müsste, dass sie alles durchgerechnet hatte. »Du bist die Hausherrin«, sagte er schließlich. Sie lief zu ihm hinüber und küsste ihn auf die Wange.

Wieder hatte Margo ein Projekt, dem sie sich mit aller Energie widmete. Niemand verstand es besser als sie, unzuverlässigen Handwerkern Beine zu machen. Der Dachstuhl musste gedämmt und verschalt werden, die tragenden Balken wurden geputzt und gestrichen. Im vorderen Giebel war Platz für ein Schlafzimmer und in der Mitte des Dachbodens entstand ein großes Wohnzimmer mit offener Einbauküche. Von ausgedehnten Beutezügen in der Stadt brachte Margo Geschirrtücher und Gläser, Töpfe und Teller mit. Henri begann, die Dachwohnung »Margos Puppenstube« zu nennen.

Er war der Wahrheit näher gekommen, als er ahnte. Margo richtete Emma ein Puppenheim ein.

III

Endlich kam die erlösende Nachricht: Gerdas Tochter Gisela würde in einigen Tagen im Notaufnahmelager Gießen eintreffen. Jetzt musste Henri ins Boot geholt werden. Margo machte sich auf eine zähe Auseinandersetzung gefasst.

»Es ist ja nur vorübergehend. Warum soll die Wohnung oben leer stehen, wenn Gerdas Tochter sie brauchen kann, bis sie hier Fuß gefasst hat?«

Henri schüttelte zwar den Kopf, aber hartherzig war er nicht, nach eher symbolischem Widerstand ließ er sich breitschlagen.

Alles war nun bereit, doch wieder hieß es warten. Gisela war zwar jetzt im Westen, aber sie musste in Gießen ein kompliziertes Aufnahmeverfahren durchlaufen. Margo wurde immer ungeduldiger, doch jedes Mal, wenn sie bei der Lagerleitung in Gießen anrief, vertröstete man sie. Man hatte seine Vorschriften.

Als Erstes musste sich jeder Flüchtling ärztlich untersuchen lassen. Bei Giselas Kind wurde eine ansteckende Krankheit festgestellt, welche, sagte man Margo nicht, Mutter und Kind mussten jedenfalls beide in die Quarantänestation. Nach einigen Wochen konnten sie entlassen werden und der Aufnahmeprozess ging weiter. Die Expertin, mit der Margo mehrmals in der Woche telefonierte, meinte, dass es eine Überprüfung durch die westlichen Geheimdienste geben müsse, hinter so einem DDR-Gewächs könne sich ja sonst was verbergen. Auch hinter einer Mutter mit Kind? Margo fand das empörend.

Henri war gänzlich anderer Meinung. »Ich weiß ja, dass du ein gutes Herz hast, aber die ganze Geschichte gefällt mir nicht. Mir kommt das alles erstunken und erlogen vor, wer weiß, womit sie deine Schwester erpressen, damit du ihnen ihr Märchen abnimmst!«

»Na, das würde die CIA doch sicher sofort herausfinden, oder?« Sie tat schnippisch, aber sie wusste nur zu gut, dass seine Bedenken nicht grundlos waren. Ihre Ungeduld wuchs.

Doch die nächsten Hürden waren nicht kleiner: Erst musste Gisela sich polizeilich anmelden und dann einen Antrag auf Erteilung einer Aufenthaltserlaubnis in der Bundesrepublik stellen, was offenbar nicht nur eine Formalität war. »Ihre Nichte muss die Gründe darlegen, warum sie in die Bundesrepublik übersiedeln will, das sollte schon ein paar Seiten umfassen«, erklärte die Expertin, »und danach folgen Vorprüfung A und Vorprüfung B.«

Wenn Margo richtig verstanden hatte, wurde bei der Vorprüfung A darüber entschieden, ob man Gutachten über die Glaubwürdigkeit des Flüchtlings einholen musste, etwa bei Kirchen oder Parteien. An der Vorprüfung B waren bundesdeutsche Institutionen beteiligt: der Verfassungsschutz, das Ministerium für innerdeutsche Angelegenheiten und der Bundesnachrichtendienst.

Margo hoffte, dass Helene alle Spuren gründlich verwischt hatte und dass Giselas Legende wasserdicht war. Denn sie musste zum Schluss auch noch vor einen Aufnahmeausschuss treten. Dieses dreiköpfige Gremium entschied aufgrund der vorliegenden Zeugnisse und einer intensiven Befragung der Antragstellerin, ob ihrem Ersuchen stattgegeben werden konnte. Was für ein Theater! Margo hoffte, dass es für Mutter und Kind sprach, dass sie bei den Seligers einen festen Anlaufpunkt in Aussicht hatten und dem Staat nicht zur Last fallen konnten. Dafür würde sie schon sorgen.

An einem Samstagnachmittag war es so weit. Um 16 Uhr 10 sollten die beiden auf dem Bahnhof in Osnabrück eintreffen.

Sie heißt Gisela, bläute sich Margo immer wieder ein. Wir erwarten die uneheliche Tochter deiner Schwester Gerda Hegewald mit ihrem kleinen Kind, kein Phantom aus der Vergangenheit.

Doch im Grunde hoffte sie auf ein Wunder.

Die junge Frau hatte streichholzkurze Haare und war erschreckend blass und dünn, ihr kleines Mädchen trug sie auf dem Arm. »Das ist Jana«, sagte sie.

Margo wusste nicht genau, was sie erwartet hatte – auf jeden Fall aber etwas anderes als diese Fremde, die sich mit keiner Geste zu erkennen gab. Gisela sah weder dem kleinen Mädchen ähnlich, dessen Foto sich Margo in den letzten Tagen immer wieder angesehen hatte, noch gab es irgendetwas anderes, das ihr vertraut vorkam.

In Osterholz angekommen, zeigte nicht Margo den beiden Neuankömmlingen voller Stolz ihr neues Zuhause, sondern Henri, dem es besonders das kleine Mädchen angetan hatte. Jana lachte ihn an, patschte ihm mit den Fäustchen ins Gesicht, gurgelte vor Vergnügen, als er sie auf den Arm nahm und die Treppe hoch in die neue Wohnung trug.

Auch Giselas zur Schau getragene Begeisterung für die »gemütliche« kleine Wohnung änderte nichts daran, dass Margo sich in ihrer Nähe unbehaglich fühlte. Da war nichts, was zu ihr sprach, kein äußeres Zeichen und kein inneres Gefühl sagten ihr, dass vor ihr jemand anderes stand als eine völlig fremde Person. Ausgerechnet Henri wurde zusehends warm mit Gisela, obwohl er so vehement davor gewarnt hatte, sich einen »Kuckuck ins Nest« zu setzen.

Er hatte zwar extra für die kleine Familie eingekauft, der Kühlschrank oben in der Wohnung war bestimmt gut gefüllt, aber er bestand darauf, Mutter und Kind zum Abendessen einzuladen, die beiden müssten »aufgepäppelt« werden. Während Jana fröhlich in ein Schälchen mit Fruchtjoghurt patschte, aß Gisela ihr Butterbrot mit Messer und Gabel. Margo ließ sie nicht aus den Augen.

»Du bist also ein Knacki«, sagte Henri in aller Gemütsruhe, der sich und dem Gast zur Feier des Tages ein Bier eingegossen hatte.

»Weil ich im Knast saß?« Gisela schien seine Frage nicht übel zu nehmen. »Bei uns kommt man bei der kleinsten Kleinigkeit ins Gefängnis. Hoheneck war allerdings besonders heimelig.«

Nach Gerda kommt sie mit Sicherheit nicht, dachte Margo, jedenfalls nicht äußerlich, obwohl sie ihren Humor zu haben scheint. Für ein Heimkind mit Gefängniserfahrung hat sie im Übrigen erstaunlich gute Tischsitten. Das alles sprach gegen Helenes Legende vom asozialen Rowdytum. Und dann ihre Hände. Die Nägel an den langen schmalen Fingern waren kurz geschnitten, Gisela hatte keine zarten Frauenhände, sie konnte offenbar zupacken. Ob Mittel- und Zeigefinger gleich lang waren, vermochte Margo allerdings nicht mit Bestimmtheit zu sagen, sie konnte ja nicht dauernd hinstarren. Und dunkles Haar allein reichte nicht aus, um eine Ähnlichkeit mit Alard festzustellen. Was sollte sie glauben?

»Das Lager in Gießen war eine ziemliche Enttäuschung – das sollte nun der goldene Westen sein! Vierbettzimmer! Und eine Dusche für zwölf Personen! Aber wenigstens gab es keine Wanzen wie im Knast, da waren wir zu sechst auf einem Zimmer.«

Gisela wischte ihrem Kind die Reste des Fruchtjoghurts aus dem Gesicht und nahm ihm den Löffel aus der Hand, mit dem die Kleine strahlend auf den Tisch getrommelt hatte. Bevor sich Janas Mäulchen verziehen und sie zu Protestgeschrei ansetzen konnte, hatte Henri sie gepackt und auf seinen Schoß gesetzt. Margo sah verwundert, wie er die Kleine mit Häppchen von seinem Käsebrot fütterte. Das Familienleben mit Leonore war längst nicht so friedlich gewesen.

»Man hat dich wegen staatsfeindlicher Hetze verurteilt, haben wir gehört.« Wie spröde das klang! Margo wunderte sich über sich selbst.

Gisela blickte auf und lächelte. Dunkelblaue Augen unter dunklen Wimpern. Wie Margos Augen. Doch was hieß das schon?

»Stimmt. Kennt ihr den? Der SED-Vorsitzende in Suhl berichtet dem Politbüro, dass es in seinem Bezirk mitten im tiefsten Winter keine Kohlen mehr gibt. ›Und was machen unsere Menschen da?‹, fragt Honecker. ›Sie frieren‹, antwortet der Genosse aus Suhl. Antwortet Honecker: ›Großartig, wie sich unsere Menschen immer wieder zu helfen wissen.‹«

Henri lachte aus vollem Hals, Margo rang sich ein Lächeln ab.

»Oder der hier: Honecker bringt seinen kaputten Wagen in die Werkstatt. ›Kein Problem‹, sagt der Mechaniker, ›das geht alles seinen sozialistischen Gang.‹ ›Um Gottes willen‹, antwortet Honecker erschrocken, ›ich brauche das Auto schon morgen.‹«

Henri lachte noch lauter. »Dafür geht man in den Knast?«

Gisela zuckte mit den Schultern. »Bei uns in der DDR schon.«

»Ein Land der Wunder. Wie gut, dass du da raus bist.«

Henri prostete ihr zu. »Im Übrigen gehörst du jetzt zu uns.«

»Ja. Wie schön es bei euch ist!« sagte Gisela. »Wie wunderbar sich ein Bett ohne Flöhe anfühlen wird!« Mit einem Mal war da etwas in ihrer Stimme, das echt klang.

Margo entspannte sich. Sie war ungerecht. Gisela kam ihr fremd vor, das war unter diesen Umständen völlig normal. Und eines durfte sie nicht vergessen: in Henris Gegenwart würden sie beide nicht die Wahrheit sagen können, jedenfalls nicht so bald.

Falls sie sich nicht in dem täuschte, was sie für die Wahrheit hielt.

IV

»Übertreib es nicht mit deiner Fürsorge, Margo«, sagte Henri Tage später, als sie abends allein waren. »Gisela ist eine erwachsene Frau. Das kann nicht ewig so weitergehen. Sie muss auf eigenen Füßen stehen.«

»Aber wo soll sie denn hin?« Die Vorstellung, dass Gisela und Jana ausziehen könnten, versetzte Margo in helle Panik. Sie musste erst wissen, wer Gisela wirklich war.

»Immerhin hat sie einen Beruf gelernt.«

»›Diplom-Wirtschaftler‹ und ›EDV-Organisator‹ – ich glaube nicht, dass sie drüben etwas gelernt hat, was man hier gebrauchen kann.«

»Du könntest versuchen, sie in der Firma unterzubringen.«

»Vielleicht. Und wer kümmert sich um das Kind?«

»Ich zum Beispiel. Ich habe einen Antrag auf vorzeitige Pensionierung gestellt.«

Das war die erste Überraschung, die sie verdauen

musste. Die zweite kam vier Wochen später. Leonore meldete sich an.

Leonore kam nicht allein aus Boston angereist, sie brachte ihren Verlobten mit, Alexander Seidensticker, Historiker wie sie, der zu einer Vortragsreise in Deutschland und der Schweiz eingeladen worden war.

Henri und er vertieften sich schon nach kurzer Zeit in einen angeregten Disput über die Weltlage, während die Frauen in der Halle bei Kaffee und Kuchen saßen.

»Du bist also die Tochter von Tante Gerda?« Leonore musterte Gisela. »Du kommst mir bekannt vor. Kann es sein, dass wir uns vor Jahren schon einmal begegnet sind?«

Gisela lachte. »Wohl kaum. Ich bin in einem Heim in der DDR aufgewachsen.«

»Pionierrepublik Wilhelm Pieck am Werbellinsee! Sommer 1964! Ich erinnere mich genau!«

»Unmöglich. Da durfte ich nicht hin, das war nur was für die Privilegierten.«

Leonore zögerte. Dann nickte sie. »Stimmt. Das Mädchen hieß Clara. Clara …«

Gisela unterbrach sie mit einem spitzbübischen Lächeln. »Ich bewundere dein Gedächtnis. Wenn ich Pech habe, erinnere ich mich gerade noch an den Sommer vor zwei Jahren, da war ich im Knast.«

Leonore zuckte zusammen und sagte nichts mehr, wahrscheinlich aus Pietät. Wer fragt schon eine Person, die man eben erst kennengelernt hat, nach den weniger hellen Seiten in ihrer Biografie? Margo fiel auf, wie sehnsüchtig Leonore aussah, als sie die kleine Jana auf den Arm nahm, die sie begeistert anstrahlte und mit aller Kraft an den Haaren zog. Geduld, dachte sie. So wie sie ihren Verlobten anschaut, dauert es nicht mehr lange, bis ich Großmutter bin.

Wenn man Leonore und Gisela nebeneinander sah, fiel auf, wie sehr sich die beiden Frauen unterschieden. Leo hatte nicht nur die Farben ihres Vaters, dunkle Haare und braune Augen, sondern auch seine gedrungene Statur, ganz anders als die hochgewachsene Gisela. Nach Margo sahen beide Frauen nicht aus.

Also schlag dir den Gedanken endlich aus dem Kopf, sagte sie sich. Helene hat nie davon gesprochen, dass es sich bei der angeblichen Tochter von Gerda in Wirklichkeit um Emma handelt. Deine Tochter heißt Leonore, sie ist hier, sie ist verliebt und hoffentlich auf bestem Weg, eine glückliche Frau zu werden.

Henri weckte Margo am frühen Morgen. Er war auf dem Klo gewesen, hatte ein Geräusch gehört, war die Treppe zur Dachwohnung hochgelaufen, fand die Tür nur angelehnt, ging ins Schlafzimmer. »Und da steht die Kleine in ihrem Bettchen und weint sich die Seele aus dem Leib.«

Es dauerte eine Weile, bis sich Jana auf Henris Arm wieder beruhigte. Margo war unterdessen in ihre Pantoffeln geschlüpft, hatte den Morgenmantel übergeworfen und lief hoch, um nach Gisela zu suchen. Doch die Wohnung war leer. Schließlich fand sie einen Zettel auf dem Küchentisch: »Jana soll es einmal besser haben als ich. Ich gehe zurück.« Die Frau mit dem Bundespersonalausweis auf den Namen Gisela Hegewald war verschwunden und hatte ihr Kind zurückgelassen.

»Ich habe der Sache nie getraut«, brummte Henri.

Ausnahmsweise gab Margo ihm recht.

V

20. *August 1979*

Ich werde langsam wieder zum Menschen. Die
Schmerzen nehmen ab, die seelischen und die körper-
lichen. Dass ich mit einer Gürtelrose ins Krankenhaus
musste, war schlimm genug. Ob ich Kummer oder
Sorgen hätte, wurde ich gefragt. Stress, beruflichen oder
privaten? Ich habe unter Tränen gelacht.
Manchmal hält die größte Katastrophe ein Geschenk
bereit. Ich habe im Krankenhaus gelernt, ohne die
Medikamente auszukommen, von denen ich jahrelang
glaubte, dass sie mir helfen. Das Gegenteil scheint der
Fall zu sein. Der Entzug war eine entsetzliche Qual.
Aber jetzt sehe ich wieder klar – so klar wie lange nicht
mehr.
Ich war tief unten, tiefer geht es kaum. Doch am Ende
der Tage bleibt alle Liebe vergebens. Was zählt, sind
Tatsachen.
Ich habe mich von Helene nach Strich und Faden
belügen und betrügen lassen. Was immer ich ihr
während der Nazizeit angetan haben mag – sie hat
sich dafür bitter gerächt. Es ist ihr gelungen, mir zu
suggerieren, es sei meine Tochter, der ich die Ausreise
in den Westen ermöglichen sollte. Ich war ihr williges
Instrument.
Oder mache ich mir etwas vor? Ich habe es ihr doch
leicht gemacht, sie musste mir nichts einreden, ich habe
es glauben wollen! Ich war wie im Wahn. Ich war krank.
Das ist jetzt vorbei. Und in all dem Unglück gibt es
mehr als einen Lichtblick.
Sigrid Bajohr hat mich im Krankenhaus besucht. Ich

habe sie lange nicht mehr gesehen, sie hat sich erstaunlich gut gehalten – und sie strahlt Würde aus. Vor allem ist sie ein kluger Kopf; ich gebe alles zu, ich habe sie unterschätzt. Ihre Analyse der Lage bei Maxdatex ist klar und unverschnörkelt und deckt sich mit meinen Eindrücken: wir müssen umsteuern, sonst gehen wir unter.

Natürlich wusste sie von Jon und mir. »Das ist Vergangenheit«, hat sie gesagt und ich habe in ihrem Gesicht gesehen, dass sie das auch so meint.

Während meiner Krankheit habe ich viel nachgedacht und viel gelesen. Wir haben die neueste technische Entwicklung verpasst. Als Dienstleister für andere wird unser Rechenzentrum auf die Dauer nicht mehr nötig sein, auch weniger große Unternehmen werden sich Computer wie den neuen IBM 5100 leisten können. Und, wer weiß, bald auch Endabnehmer. Da, genau da müssen wir hin.

Sigrid war überaus skeptisch. »Warum sollte sich jemand zu Hause ein solches Gerät hinstellen? Als bessere Schreibmaschine?«

Ich glaube, ich habe sie überzeugt, auch wenn ich noch keine klaren Antworten weiß. Aber ich habe ein Gespür für so etwas, eines, das auf rationalen Überlegungen basiert. Früher haben sich die Menschen auch nicht vorstellen können, dass bald jeder ein Auto fährt, eine Kamera besitzt, einen Fernseher und einen Kühlschrank. Warum nicht auch einen Computer? Wir dürfen die Macht der Konsumenten nicht unterschätzen, da liegt der Markt der Zukunft. Auch für Maxdatex.

Seit vorgestern bin ich wieder im Büro. Sigrid hat für nächste Woche eine Gesellschaftersitzung einberufen. Ich muss mir überlegen, wie ich meine Karten spiele.

Doch das Wichtigste darf ich nicht vergessen: Leonore hat ihren Alexander geheiratet, jetzt heißt sie Seiden-

sticker. Und die nächste gute Nachricht – sie haben unsere kleine Jana adoptiert. Das war nicht ganz einfach, denn von Gisela fehlt jede Spur, was nicht verwundert, wenn sie wirklich wieder nach drüben gegangen ist. Doch Henri hat noch immer einflussreiche Freunde, die hat er eingespannt, ihm lag besonders am Herzen, dass der kleine Schatz in gute Hände kommt.

Sigrid hat übrigens noch etwas gesagt, bei ihrem Besuch, bevor sie ging. Ich traue mich kaum, es aufzuschreiben, ich breche sonst wieder in Tränen aus. »Jon hat Sie sehr geliebt.«

Helene

»Unser Boot ist auf hoher See.« Hans Stahl stand am Fenster, die Hände in den Hosentaschen versenkt. »Wir wünschen ›Gisela‹ viel Erfolg.«

»Den braucht sie auch.« Helene stand hinter ihm und suchte nach blauen Flecken im grauen Berliner Himmel. »Als alleinerziehende Mutter ist man im kapitalistischen Westen bekanntlich nicht auf Rosen gebettet.«

Stahl drehte sich um. Er lächelte, aber seine Augen lächelten nicht. »Sie hat das Kind bei Margo Seliger zurückgelassen.«

»Wie bitte?« Helene trat ein paar Schritte zurück und stieß gegen die Sessellehne. Was waren das für Mütter, die ihre Kinder allein ließen, wie ein Gepäckstück, das man irgendwo abstellt und vergisst?

»Sie kennt ihre Aufgabe. Sie ist ein ganz prachtvolles Menschenkind, ganz unserer Sache hingegeben, ich habe das immer schon gewusst. Seit damals, seit sie sich verpflichtet hat. Mit dreizehn Jahren!«

»Wie bitte? Ihr habt ein Kind angeworben? Und die Eltern haben zugestimmt?«

»Clara brauchte keine Zustimmung. Nach unseren Gesetzen …«

»Clara?« Sie starrte Hans Stahl an. Es war, als ob er ihr ins Gesicht geschlagen hätte.

»Du wusstest das nicht?« Er lächelte schalkhaft. »Natürlich wusstest du es nicht. Sie durfte es ja niemandem sagen.«

Helene spürte, wie all die feinen Verschaltungen in ihrem Kopf aussetzten. Als sie wieder auftauchte aus der sekundenlangen Lähmung, fühlte sich die Welt anders an als zuvor.

Clara hat sich also mit dreizehn Jahren beim MfS verpflichtet. Und ich, dachte Helene, ich habe ihr nichts angemerkt. Gar nichts. Dass sie linientreu war – was hieß das schon? Es war ihr bester Schutz. Aber dass man ein Kind angeworben hat – das war perfide.

»Ich darf sagen, dass sie eine hervorragende Ausbildung genossen hat.«

Wie? Wann? Bei wem?

»Dass du sie so oft bei Irmgard lassen musstest, hat natürlich geholfen.«

Langsam kehrte das Gefühl wieder zurück in ihre Hände, die sie zu Fäusten geballt hatte. »Dafür hast du ja gesorgt, deinetwegen war ich immer beschäftigt.«

»Richtig. Was wiederum Clara nicht wusste. Sie hat es sehr missbilligt, dass du plötzlich so westlich aussahst – die Frisur und das Parfüm. Das mochte sie gar nicht.«

»Sie hat über mich berichtet?« Helene spürte, wie sich irgendetwas in ihr löste und erst Wut, dann kalter Hass wurde. »Du hast zugelassen, dass sie ihre eigene Mutter bespitzelt?«

Stahl amüsierte sich, man sah es an seinen blitzenden Augen. Er hob abwehrend die Hände. »Sie hat dich nicht bespitzelt. Sie hat nur alles aufgeschrieben, was ihr aufgefallen ist, ganz einfach.« Er lehnte sich vor. »Dass du ein kritischer Geist bist, wusste ich längst, dazu brauchte ich keine Clara. Das ist ja auch eher ein Kompliment.«

Seine Unbekümmertheit drückte ihr die Luft ab.

»Nun setz dich doch, Helene. Clara wird ihren Weg gehen. Lass uns auf ihren und unseren Erfolg trinken.« Er hob eine Flasche französischen Champagner aus dem Kühler.

Helene sank in den Sessel, in den mit der nachgiebigen Polsterung, aus dem man so schlecht wieder hochkam. Was für ein Wahnsinn. Hans hatte Clara präpariert und Helene war sein Instrument gewesen. Sie hatte dafür gesorgt, dass Clara ausgerechnet zu Margo Seliger kam, der sie suggeriert hatte, dass nicht das Kind ihrer Schwester, sondern ihr eigenes kommen würde.

Und wer war daran schuld? Du selbst, flüsterte es in Helene. Du hast das Spiel mitgespielt. Du hast die Fäden in der Hand gehabt. Jedenfalls hast du dir das eingebildet.

»Du weißt nicht, was du getan hast, Hans«, flüsterte sie.

»Mit deiner Unterstützung, meine Liebe. Wenn du mir nicht zugeraten hättest, obwohl Clara schwanger war, hätte ich die ganze Sache abgeblasen. Also – heb dein Glas!«

Sie stand auf, hob das Glas, zögerte. Dann holte sie aus und schüttete ihm den Inhalt ins Gesicht. Er zuckte nicht zurück, er verzog keine Miene, nur sein Gesicht rötete sich, während er sich den Champagner mit dem Ärmel seines Pullovers abwischte. Seine Augen blieben kalt. Sie wandte sich ab und ging.

Verrat. Hatte sie etwas anderes erwartet?

– Buch 3 –
Nach dem Mauerfall
(1989 bis 2000)

Helene

I

Helene war seit Tagen unruhig. Sie wartete auf etwas, von dem sie nicht genau wusste, was es war und wen es betraf. Sie selbst?

Sicher nicht, was hatte sie noch zu erwarten an Aufregungen? Es gab außer dem bisschen Haushalt und ein paar Fotoarbeiten nichts zu tun, und da sie ja nie geheiratet hatte, gab es auch keinen toten Ehemann, den sie auf dem Friedhof besuchen konnte, wie viele andere der alleinstehenden Frauen um sie herum, was sie im Übrigen nicht sonderlich unterhaltsam fand. Nicht, dass sie unter ihrer Einsamkeit litt, die Menschheit im Allgemeinen interessierte sie wenig. Im Besonderen gab es nur einen Menschen, an dem ihr lag: Clara. Aber die war seit mehr als zehn Jahren im Westen und wartete auf den Zeitpunkt, an dem sie gebraucht wurde: wenn es zu Ende ging mit der DDR. Helene glaubte nicht, diesen Tag noch zu erleben – obwohl die Zeiten stürmisch waren. Seit Monaten flüchteten DDR-Bürger nach Ungarn oder in die Tschechoslowakei und suchten dort Zuflucht in der bundesdeutschen Botschaft. Das alles hatte man Gorbatschow und seiner Perestroika zu verdanken. Wusste der Mann eigentlich, was er tat?

Es klingelte an der Wohnungstür, obwohl es schon nach Mitternacht war, und es klingelte Sturm. Helene glitt vor Schreck das Glas aus der Hand, das sie in der Küche abgespült hatte.

»Du wirst alt und tatterig«, murmelte sie und ging zur Tür.

»Es ist so weit!« Hans Stahl stand draußen, sein gerötetes Gesicht leuchtete. Er hatte einen schweren, mit Pelz gefütterten Mantel an und hielt eine Flasche im Arm. »Es geht los!«

Sie musterte ihn. Sie hatten sich seit jenem Abend, an dem er ihr gestanden hatte, dass Clara ohne ihr Wissen zur Kundschafterin ausgebildet worden war, nicht mehr gesehen. Am nächsten Tag hatte sie ihren Schreibtisch im MfS geräumt und ihren Dienst nie wieder angetreten. Sie hatte fest mit Schikanen gerechnet, aber Hans Stahl hatte offenbar nicht das Bedürfnis gehabt, sich an ihr zu rächen. Warum also sollte sie ihn zehn Jahre nach ihrem Streit in der Kälte stehen lassen? Es war zu spät, um alte Rechnungen aufzumachen.

»Was geht los? Was ist so weit?«

Mit Hans wehte ein Schwall eisiger Luft in ihre überheizte Wohnung. Er hängte seinen Mantel an die Garderobe und schälte das Papier von der Flasche. Französischer Champagner.

»Vielleicht erklärst du mir mal in ganzen Sätzen, warum du hier mitten in der Nacht auftauchst?«

Hans Stahl mit Champagner, wie gehabt, daran hatte es ihm nie gefehlt, und sie ahnte seit Langem, wem er das verdankte. Eine Hand wäscht die andere, auch im Sozialismus, und unter den mächtigen Männern aus Wandlitz war einer, der weniger bekannt, aber noch mächtiger war, weil er beste Beziehungen ins kapitalistische Ausland hatte: Alexander Schalck-Golodkowski.

»Ein Trauerfall wird's ja wohl nicht sein, wenn du mit Champagner kommst, oder hat es endlich unseren lieben Erich Mielke erwischt?«

»Hast du kein Fernsehen?« Hans lief an ihr vorbei ins Wohnzimmer und schaltete das Gerät sein. »Du hast doch sicher einen Westsender eingestellt, oder?«

»Was denn sonst?« Die »Aktuelle Kamera« des DFF hielt wohl niemand für eine brauchbare Quelle.

»Bring zwei Gläser mit, wir müssen anstoßen.«

»Gut, dass ich nur ein Glas fallen gelassen habe, als du geklingelt hast«, murmelte Helene und holte zwei schmale Kelche aus dem Küchenschrank.

»Hab ich's dir nicht gesagt?«, rief Hans aus dem Wohnzimmer. »Seit dem Sommer ist klar, dass wir allein dastehen. Von Gorbatschow ist keine Hilfe zu erwarten. Und jetzt ...«

Helene blieb in der Tür stehen. Menschenmassen. Man erkannte den Grenzübergang Bornholmer Straße. Die Schlagbäume waren hochgezogen und eine erregte Menge strömte hindurch. Die Grenzschützer standen mit versteinerten Mienen daneben, Blumen in den Knopflöchern oder unter den Schulterstücken, und ließen es zu, dass lachende Menschen vom Osten in den Westen drängten.

Sie vernahm das »Plopp« des Korkens und hörte den Champagner in die Gläser perlen, während sie auf die Bilder starrte. Eine Hand mit einem gefüllten Glas schob sich in ihr Gesichtsfeld.

»Diesmal bitte trinken und nicht verschütten! Ich habe die Flasche extra für diesen Moment kalt gestellt!«

Fast unwillig wandte sie den Blick ab vom Geschehen auf dem Bildschirm. Hans' Augen blitzten. Er prostete ihr zu. »Da geht es hin, unser sozialistisches Vaterland. Bald wird es wieder ein größeres Deutschland geben. Und unser Plan tritt in Kraft.«

»Also darauf sollen wir jetzt trinken?« Helene hob ihr Glas, aber sie konnte sich nicht freuen. Ihr war kalt. Hans hatte nicht nur eisige Novemberluft mit hereingebracht, sondern auch die Fröste einer ungewissen Zukunft.

»Sechs Menschen da draußen werden unsere Sache vertreten«, flüsterte Hans nach dem zweiten Glas. »Einer davon ist deine Clara. Sie wird ihre Sache gut machen, glaub mir.«

Natürlich würde sie das.

Helene war zwar schon lange von allen Informationsflüssen abgeschnitten und wusste nichts darüber, ob und wie Clara sich in jene Positionen hocharbeitete, die »unserer Sache« nützlich waren. Doch sie zweifelte nicht einen Augenblick an Claras Durchsetzungskraft.

Sie kommt nicht nach mir, dachte Helene, sie kommt nach ihrer Mutter. Clara war genauso wie Margo, kühl kalkulierend, mit vielleicht einem umso wichtigeren Unterschied: Die Tochter hatte ein gefestigtes Weltbild. Dafür hatten sie alle gesorgt, Hans und Irmgard und die anderen, ohne Helenes Wissen, der es ja, wie sie meinten, eben daran mangelte: am tiefen sozialistischen Glauben.

»Ja, Clara wird alles richtig machen. Was immer das Richtige ist«, sagte Helene, trank aus und hielt Hans das leere Glas hin. Es war keine Nacht, in der man nüchtern ins Bett gehen wollte. Gut, dass noch eine Flasche Wodka im Kühlschrank lag.

Sie saßen nebeneinander auf dem Sofa, Hans hatte den Arm um sie gelegt und trotzdem fröstelte ihr. Der Fernseher lief und das Fenster im Wohnzimmer war gekippt, sodass sie die Hupkonzerte hören konnten und den Jubel der Menschen, die durch die Nacht zogen.

Ja, es wurde kalt.

II

Helene spürte die Zerrissenheit ihres Landes am ganzen Körper, in ihrem Kopf herrschte Durchzug und die Füße fühlten sich an, als gingen sie über Scherben. In den ersten Tagen nach der Maueröffnung war in all dem Jubel nicht weiter aufgefallen, dass das Gemeinwesen, das alle gewohnt waren und an das so viele geglaubt hatten, seine

Konturen verlor und zu einem gestaltlosen Nebel verblasste, der sich in der Sonne des Westens aufzulösen begann.

Auch sie hatte sich im Strom der Menschen treiben lassen. Das Gedränge an den Grenzübergangsstellen war unbeschreiblich, die einen gingen und fuhren von Ost nach West, die anderen kamen ihnen entgegen: mit Sektflaschen und Blumen in der Hand. Eine mütterlich wirkende Frau in ihren Fünfzigern hatte Helene eine Banane entgegengereckt. So weit sind wir also gekommen, hatte sie gedacht. Wir machen uns zum Affen. Sie drängte sich an der Frau vorbei, die den gelben Bumerang dem jungen Mann hinter ihr in die Hand drückte, der »Wahnsinn!« rief. Das war das Wort des Tages geworden: Wahnsinn.

Über Weihnachten wurde der Wahnsinn kleinlauter, erklang der Jubel gedämpfter, ebbte der Strom der neugierigen Westbesucher ab und die Hauptstadt der DDR, »Ostberlin«, wie man im Westen sagte, zeigte wieder ihr bleiches, leeres Gesicht. Und wie bei jeder Revolution suchte das Volk nach den Schuldigen. Der Sündenbock war schnell gefunden: das Ministerium für Staatssicherheit, »Schild und Schwert« der Partei. Immer nur ihr ausführendes Organ und jetzt ihr nützlicher Idiot, dachte Helene. Die Genossen in der Partei waren gewiss dankbar, dass sich der Volkszorn von ihnen abwandte und sie die leidige Verantwortung für das schäbige Ende los waren.

Seit Tagen war eine Großdemonstration vor dem MfS für den späten Nachmittag angekündigt, Steine und Mörtel seien mitzubringen, man wolle die Stasi einmauern. Helene war sich nicht sicher, wie viele Menschen dem Aufruf folgen würden, aber sie hatte sich wetterfest angezogen und auf den Weg zur Frankfurter Allee gemacht. Zuerst waren es nur Trupps junger Leute, die ihr begegneten, dann kamen Männer und Frauen aller Altersklassen hinzu, bis aus den Trüppchen ein breiter Zug von Demonstranten geworden war. Es erinnerte sie an den 17. Juni 1953: Auch damals waren es erst Rinnsale gewesen, die sich langsam zu einem mächtigen Strom vereinigten. Am Ende hatte es Tote gegeben und Tausende von Verhaftungen – und auch damals war das MfS der Sündenbock gewesen: Die Stasi, hieß es aus der Partei, habe den wachsenden Volkszorn nicht vorhergesehen.

Als Helene sich dem Sog entziehen wollte, gelang es ihr nicht mehr. Eingekeilt in der Masse der Menschen ging es immer vorwärts, bis in die Ruschestraße, vor das Stahltor zu Mielkes Trutzburg. Helene war ungern unter vielen Menschen und diese hier waren auch noch ohrenbetäubend laut. »Stasi in den Tagebau« und »Volkskontrolle! Wir wollen hier rein«, brüllten sie im Chor. Andere schwenkten Plakate »Für ein neues Deutschland« und Deutschlandfahnen ohne den Ährenkranz mit Hammer und Zirkel. Ihr wurde warm, nicht nur der vielen Körper und der angeheizten Stimmung wegen, sondern auch, weil Kamerateams die Szenerie hell erleuchteten. Einige Randalierer traten gegen das Tor, andere versuchten, hinaufzuklettern.

Alles in Helene riet zur Flucht. Was, wenn die Wachmannschaften ausrückten und es zu einem Blutbad käme? Was, wenn es die Menschenmenge in ihrer berserkerhaften Wut schaffte, das Tor aufzubrechen und alles niederzuwalzen, was sich ihr in den Weg stellte? Sie selbst hätte in beiden Fällen schlechte Karten.

Der Druck wurde immer stärker. Doch plötzlich, langsam, öffnete sich von innen das Tor. Helene stolperte, wäre fast gefallen, als die Menge sie vorwärtsdrückte. Die Ersten stürzten durch die Öffnung, ungehindert, ohne auch nur auf hinhaltenden Widerstand zu treffen, und zogen johlend hinein in Mielkes geheimes Reich, in das noch nie auch nur ein Unbefugter hatte eindringen dürfen. Helene ließ sich mitziehen.

Im Einfahrtsbereich standen Wagen der Volkspolizei, Vopos säumten den Wegesrand, die Männer bemühten sich, freundlich zu lächeln. Helene traute dem Frieden nicht, gut möglich, dass es Stasileute waren, die sich mit Polizeiuniformen tarnten. Noch obskurer waren die jungen Männer, die sich lachend aus den Fenstern im ersten Stock des Hauses des Wachregiments lehnten und mit etwas Metallischem winkten – es sah fast aus, als ob sie Esslöffel in der Hand hielten. Ein geheimes Zeichen? Aber für was?

Es war ein seltsames Gefühl, wieder hier zu sein. Alles vertraut, alles fremd. Hinter der Einfahrt waren die Straßenlaternen auf der rechten Seite ausgeschaltet, der Gebäudekomplex 15, dort, wo sie zuletzt gearbeitet hatte, lag als graues Felsmassiv im Dunkel, durch keines der Fenster drang ein Lichtstrahl. Das hieß nicht unbedingt, dass alle Mitarbeiter ausgeflogen waren, schließlich gab es Lichtschutzgardinen, aber sie hatte das Gefühl, dass Mielkes gesamte Zwingburg leer war – oder hielten seine Insassen nur den Atem an?

Die Menge schob sie vorwärts und Helene ließ es geschehen, Widerstand nützte nichts. Es ging mit Macht nach vorn, auf das Leitungsgebäude zu, Mielkes Dienstsitz. Ihr alter Hass auf Pauls Mörder war wieder aufgeflackert, als sie ihn im November in der Volkskammer »Ich liebe doch alle Menschen« stammeln gehört hatte. Selbst dass er dafür nur höhnisches Gelächter erntete, entlockte ihr kein Mitleid mit diesem verkommenen Greis. Schade eigentlich, dass die Demonstranten den ehemals mächtigen alten Mann nicht antreffen würden, sie wünschte sich plötzlich, man würde mit ihm so verfahren wie in Revolutionen üblich: wozu waren Laternen da?

Doch die Lawine machte vor dem Haus 1 nicht halt, sondern schwenkte nach links, dorthin, wo der Weg erleuchtet war. Und jetzt sah sie ihn zum ersten Mal, den Komplex, der nach ihrer Zeit entstanden war und über den sie bislang nur gerüchteweise gehört hatte. Dort, wo der strenge Bau der neuapostolischen Kirche und zwei Wohnhäuser gestanden hatten, die man 1979 sprengte, erhob sich nun ein mit bronzefarbenem Glas verkleideter Kasten, der ein wenig ans Berliner Palasthotel erinnerte, Inbegriff des Luxus. Die Tschekisten hatten den Kasten »Sozialgebäude« getauft, aber sie hatte sich sagen lassen, dass es dort vor allem um das ging, was Körper und Seele über das Notwendige hinaus brauchten: Es gab einen Friseursalon, einen Bankettsaal, ein Kino, eine Buchhandlung und einen Vorratskeller für den Fall der Fälle. Ja, so hielt man Schwert und Schild der Partei bei Laune.

Einige der Demonstranten waren offenbar aufs Plündern aus. Je näher sie dem Haus rückten, desto deutlicher hörte man zersplitterndes Glas und betrunkenes Gegröle. Ja, so lenkt man von den wichtigen Dingen im Leben ab, dachte Helene: indem man den Affen Zucker gibt. Hatte jemand etwa mit voller Absicht das Tor geöffnet und die Demonstranten dorthin geführt, wo sich der Pöbel bereichern konnte?

Die randalierenden Horden stießen sie ab. Doch sie bewunderte den Geist, der das Geschehen insgeheim dirigiert haben musste: ja, lasst sie rein, lenkt sie dorthin, wo sie ihre wahre Natur unter Beweis stellen können – beim Plündern und Zerstören! Morgen werden die Schlagzeilen zu unseren Gunsten ausfallen und die Bürgerrechtler werden dastehen wie begossene Pudel.

Im Haus 2, mit dem Sozialgebäude durch eine Brücke verbunden, flackerten Lichter auf und gingen wieder aus. Helene versuchte, nach rechts auszubrechen, um sich die Sache näher anzusehen. In Haus 2 war die Spionageabwehr untergebracht, hier lagerten in Panzerschränken Unterlagen über alle Kundschafter im Ausland. Wer über diese Akten verfügte, konnte unermesslichen Schaden anrichten. Ob die Spionageabwehr darauf gefasst gewesen war? Ihre Leitung lag in den Händen von Günther Kratsch, einem ehemaligen Verkäufer, von dem niemand in der HV A viel hielt.

Aber was ging sie die Spionageabwehr an. Viel mehr beschäftigte sie, ob Hans sein Versprechen wahr gemacht und alle Spuren seiner sechs Sonderkundschafter im Westen vernichtet hatte. Was, wenn es doch noch irgendwo Hinweise gab, die es dem Gegner erlaubten, die Spuren Claras zu verfolgen, sie aufzustöbern und auszuschalten? Der Gedanke daran schlug ihr auf den Magen.

Nur mit Mühe gelang es ihr endlich, sich dem Sog der vorwärtsdrängenden Menschen zu entziehen und durch einen der mittlerweile ebenfalls geöffneten Seitenausgänge auf die Normannenstraße zu entkommen. Nassgeschwitzt stand sie in der kühlen Luft und fragte sich, was sie gesehen hatte: die endgültige Niederlage des MfS oder seinen heimlichen Triumph?

Ohne nachzudenken, schlug sie den Weg zur konspirativen Wohnung in der Roelckestraße ein, wo sie sich immer mit Hans getroffen hatte. Sie würde mindestens eine Stunde laufen müssen, aber Kleidung und Schuhwerk waren darauf eingestellt und die frische Luft half beim Nachdenken.

Sie wusste nicht, womit sie zu rechnen hatte. Die meisten der Demonstranten verbanden mit dem MfS jene »Stasi«, die ihre Untertanen überwachte, unter Druck setzte, ins Gefängnis brachte. Mielkes Stasi. Die HV A, deren Aktivitäten aufs feindliche Ausland gerichtet waren, stand schon deshalb nicht im Mittelpunkt des

Interesses. Das konnte sich ändern, wenn das feindliche Ausland zum Inland wurde. Wenn es zu dem kam, was auch in der Bürgerbewegung kaum einer anstrebte: zu einem vereinigten Deutschland. Gewiss würden dann auch die Arbeit der HV A an die Öffentlichkeit gezerrt und die Kundschafter des Friedens im Westen entlarvt werden. Wenn Claras Verpflichtungserklärung für das MfS gefunden wurde, wenn auch nur ein Detail der Operation an die Öffentlichkeit drang, mit der sie in den Westen geschleust worden war, wäre sie nicht mehr sicher.

Und was ist mit mir selbst? Habe ich mich nicht auch schuldig gemacht in den Augen der anderen? Alles, nur das nicht, dachte Helene. Nie wieder eingesperrt sein.

Ein leichter Wind kam auf, die Luft war feucht, aber es war einigermaßen mild für Januar. Helene atmete tief ein, während sie durch die düstere Nacht Richtung Weißensee lief, am Auferstehungsfriedhof vorbei. Licht gab nur die Straßenbahn, die in der Lichtenberger Straße an ihr vorbeifuhr, seit einigen Jahren Indira-Ghandi-Straße, aber keiner nannte sie so.

Wo waren die Schwachstellen in ihrem Plan? Was konnte schiefgehen? Da war Margo. Margo fühlte sich hintergangen, das war sicher. Helene hatte ihr Hoffnung gemacht auf ein Wiedersehen mit der verlorenen Tochter, ohne zu ahnen, dass es genau dazu kommen würde. Doch Clara dürfte diese Hoffnung schnell zunichtegemacht haben.

Dann war da Gerda, Margos Schwester. Gerda hatte ein warmes Plätzchen beim Rat der Stadt in Stendal bekommen – verbunden mit einer Geschichte, die geeignet war, die Beziehung zwischen den Schwestern empfindlich zu stören. Man habe sie, Gerda, überprüfen müssen, um sicherzugehen, dass Margo eine zuverlässige Quelle sei. Die neue Arbeitsstelle war die Entschädigung dafür. Desinformation, gepaart mit Bestechung. Doch jetzt, wo die Mauer gefallen war, von der viele geglaubt hatten, sie sei eine Staatsgrenze, gab es für die Schwestern keinen Grund mehr, sich aus dem Weg zu gehen.

Dennoch glaubte sie, dass beide schweigen würden, aus einem guten Grund, nämlich einem mächtigen Gefühl: Scham. Und Scham, das wusste Helene aus eigener Erfahrung, war ein Gefühl, auf das man sich verlassen konnte.

Gefahr droht nur von unserer Seite, dachte sie. Besser gesagt: vonseiten eines der vielen Opportunisten im MfS, die ihre Chance wittern und ihr Wissen an den ehemaligen Gegner verkaufen. Die Ersten hatten sich bereits im November abgesetzt, andere würden folgen. Ob auch Hans bereit war, sein Wissen für seine Freiheit zu verkaufen?

In der Wohnung brannte Licht, sie hörte Stimmen, Männerstimmen, Hans war also nicht allein. Sie klingelte dennoch.

»Lenchen! Wo kommst du denn her?« Lenchen nannte er sie früher nur, wenn ihm nach Zärtlichkeiten war oder er zu viel getrunken hatte. Heute ließen seine glänzenden Augen auf Cognac schließen.

Er zog sie in die Küche und ging hinüber zum Wohnzimmer, wo er irgendetwas murmelte, was ihm schallendes Gelächter eintrug. Er schloss die Tür und kam zurück zu ihr in die Küche. Summend öffnete er den Kühlschrank und stellte eine angebrochene Flasche Champagner auf den Tisch. Der französische Sprudel schien ihm nie auszugehen. Ob das so bleiben würde, jetzt, wo alles auf ein Ende hinstrebte?

»Sie haben die Zentrale gestürmt«, sagte Helene.

Stahl zeigte sich nicht überrascht. »Und sind plündernd und demolierend durch Haus 18 gezogen, ich weiß.« Natürlich war er längst informiert.

»Es war geschickt, sie hineinzulassen.«

»Nicht wahr?« Er strahlte sie an. Also stimmte es: seine Leute hatten die Menge subtil gelenkt.

»Aber es war jemand in Haus 2.«

»Bist du sicher?« Er runzelte die Stirn. Damit hatte er also nicht gerechnet.

»Hast du dafür gesorgt, dass …« Sie sprach es nicht aus. Er musste wissen, was sie fragen wollte.

Hans griff nach ihrer Hand. »Alles ist so eingetreten, wie ich es vorhergesehen habe. Mach dir keine Sorgen, es geht seinen Gang.« Er las die Zweifel in ihrem Gesicht. »Ich schwöre, bei allem, was mir heilig ist.«

Helene zog ihre Hand zurück. Seit wann war einem Mann wie Hans Stahl irgendetwas heilig?

»Claras Aufgabe beginnt erst jetzt. Sie hat nie als Kundschafterin des Friedens gearbeitet, sie hat keine Informationen geliefert, keine Berichte geschrieben, keine Fotos gemacht. Sie hat gegen kein Gesetz verstoßen, es gibt keinen Vorgang. Was kann ihr also passieren?«

Helene sah ihn lange an. Dann stand sie auf. Er folgte ihr in den Flur. Die Tür zum Wohnzimmer öffnete sich, ein Schwall von Zigarrenrauch drang heraus und das tiefe Gelächter betrunkener Männer. Einer von ihnen stand in der Tür, sein Gesicht kam ihr vertraut vor. »Hans? Wo bleibst du? Bring sie mit, wenn sie hübsch ist!«

»Ich kümmere mich um Clara, versprochen«, flüsterte Hans ihr ins Ohr. Er roch nach Alkohol und die grölenden Männer in seinem Wohnzimmer waren ihr widerlich.

Helene öffnete die Wohnungstür und ging.

III

Sie fotografierte wie eine Besessene. Seit der Wende, wie man die Herbstrevolution nun nannte, herrschte kein Mangel an Filmen oder Fotopapier mehr, sie musste sich nicht beschränken. Sie fotografierte die Warenauslage im Konsum, die sich von Tag zu Tag veränderte. An die Stelle der sich bescheiden präsentierenden DDR-Ware traten die bunt verpackten Produkte aus dem Westen, sie waren konkurrenzlos billig, keine Eigenproduktion aus dem Osten konnte da mithalten. Sie fotografierte die Autos, die am Straßenrand parkten. Wer jahrelang auf seinen Trabi gewartet hatte, die Rennpappe, sah seinen ganzen Stolz entwertet durch die hochgerüsteten Luxuskarren, die im Kapitalismus jeder zu besitzen schien. Viele Menschen fühlten sich betrogen: Das, schrie der reiche Westen ihnen entgegen, ist dir all die Jahre über entgangen!

Helene kaufte noch immer bei Dorchen ein, aber nicht mehr gern, seit ein alter MfS-Mann dort das große Wort führte. »Honecker war auch nicht schlimmer als Kohl«, war sein Standardsatz, an zweiter Stelle stand: »Unter Honecker hätte es das nicht gegeben!« Nach der Aufbruchsstimmung der vergangenen Monate verschafften sich jetzt die Unzufriedenen und Zukurzgekommenen Gehör. Helene spürte, wie der Neid einzog. Der Mangel hatte die Menschen in der DDR zusammenrücken lassen. Die Fülle der Möglichkeiten trieb sie auseinander.

Man hatte früher geklagt, man klagte heute. Auch wer die neue Freiheit begrüßte, wurde enttäuscht, denn die Vergangenheit ließ sich nicht so einfach abwickeln. Kleine Gewerbebetriebe wagten sich hervor, Hoffnungszeichen gleich, und verschwanden bald wieder, denn solange nicht geklärt war, wem ihre Häuser und Grundstücke gehörten, gab es keine Bankkredite. So ist das im Kapitalismus, tönten die linken Nostalgiker in Ost wie West.

War das so? Helene wusste es nicht mehr. Auch ihre Rente war im vergangenen Monat ausgeblieben, aber sie hatte Geld gespart, sie litt keine Not, sie brauchte nicht viel – außer gutem Schuhwerk.

Stundenlang wanderte sie zwischen Ost und West. Die Schönheit Ostberlins lag unter dem Grauschleier der Armut verborgen, die des Westens unter der grellen Tünche der Reklame. Sie selbst fühlte sich nirgendwo mehr zugehörig. Sofern es für sie überhaupt so etwas wie Heimat gab, dann lag sie in der Vergangenheit.

Immer wieder fiel ihr auf, wie lange sie nicht mehr im Westen gewesen war. Die alten Sitten und Gebräuche, die sie sich damals angeeignet hatte, schienen nicht mehr zu gelten, die Menschen waren weniger förmlich als früher. Sie stand vor Westberlin wie ein Kind vor dem Schaufenster eines Spielzeugladens, das sich die Nase platt drückte, aber nicht wagte, hineinzugehen.

Fast hätte sie sich noch nicht einmal ins Café Kranzler getraut. Musste man reservieren? Sich vorher anmelden? Wurde man platziert? Sie zögerte, bis ein Herr mit strahlend weißem Haupthaar, der das Café verlassen wollte, ihr lächelnd und mit einladender Geste die Tür aufhielt. Natürlich sah man ihr an, dass sie von »drüben« kam. Sie neigte zaghaft zurücklächelnd den Kopf und schritt hindurch.

Das Café war überfüllt, aber niemand schien sich um sie kümmern zu wollen. Endlich entdeckte sie einen Tisch ganz hinten am Fenster. Während sie auf die Bedienung wartete, stellten sich ihre Ohren auf das Stimmengewirr um sie herum ein. Es gab nur ein Thema: die deutsche Einheit, wie manche sagten, die Wiedervereinigung, wie

544

es andere nannten. Die beiden Damen am Tisch neben ihr, die ungefähr so alt waren wie sie, hatten leuchtende Augen. »Nicht solange ich lebe, hab ich noch im Sommer prophezeit«, sagte die eine über ihrer erhobenen Kuchengabel. Die andere nickte. »Ich hab auch nicht mehr daran geglaubt. Niemand hat daran geglaubt!«

Es glaubt auch jetzt noch niemand so recht daran, dachte Helene. Viele meinten, sie könnten die DDR noch retten, die Menschen aus der Bürgerbewegung träumten von einer besseren DDR mit richtigem Sozialismus. Und die aus dem Westen? »Lebenslüge«, hatte Willy Brandt die Hoffnung auf Wiedervereinigung genannt. »Opportunistisch und widerwärtig« fand der sozialdemokratische Vordenker Peter Glotz diesen Gedanken noch vor wenigen Monaten. Hans Stahl hatte ihr bei ihrem letzten Treffen übermütig lachend ein Telegramm des SPD-Vorstands an die SED-Führung vorgelesen, vom 13. September 1989, also kurz bevor die Mauer fiel, in dem die SPD beteuerte, sie werde in »Abgrenzung vom nationalistischen Wiedervereinigungspathos« an der Existenz zweier deutscher Staaten festhalten.

Nur Hans Stahl hatte vorhergesehen, was geschehen würde, er dachte in größeren Zusammenhängen, sie bewunderte das noch immer. Doch würde sein Plan aufgehen? Wo war Clara gelandet auf ihrem Marsch durch die Institutionen, was hatten die anderen fünf Kundschafter erreicht? Und wie würden sie das Geschehen beeinflussen können?

»Darf ich Ihnen etwas bringen?« Helene blickte auf. Die junge Frau mit der weißen Schürze über dem kurzen schwarzen Rock hielt einen Block in der Hand und lächelte.

»Eine heiße Schokolade«, sagte Helene. »Ach nein, lieber doch nicht. Lieber …«

»Ja?«

»Ein Glas Champagner.«

Sie hob das Glas auf Hans Stahl, auf Clara, auf die Zukunft, doch ohne große Freude. Der Alkohol machte sie müde und ihre Augen schmerzten. Nichts war ihr mehr sympathisch, weder der Osten noch der Westen. Für mich kommt die Freiheit zu spät, dachte sie. Vor der Vorstellung eines größeren Deutschlands im Geiste der DDR gruselte ihr. Vielleicht war Clara schlau genug gewesen, den Plan aufzugeben und ihr eigenes Leben zu leben – als selbstbestimmtes Individuum, nicht als ausführendes Organ der Planerfüllung?

Als sie das Café verließ, war aus dem verhangenen Maisamstag ein sonniger Frühlingstag geworden. Helene folgte dem Kurfürstendamm und ging an der zerstörten Gedächtniskirche entlang zum Landwehrkanal. Was früher die Grabenstraße gewesen war, hieß nun Reichpietschufer, den Grund dafür kannte sie nicht. Links ging es in die Potsdamer Straße, die direkt auf die Mauer zuführte – als sie noch stand. Und dahinter war terra incognita, ein leerer, seiner Geschichte beraubter Raum. Wie ich, dachte Helene.

Kurz nach der Wende war sie das erste und vor einigen Monaten das letzte Mal hier gewesen. Erst konnte man nur durch die Lücken in der Mauer die Wüstenei auf sich wirken lassen, diesen nackten, pockennarbigen Boden, der einmal der Potsdamer Platz gewesen war. Sie kannte ihn von früher, aus der Zeit vor dem Krieg, als eine quirlige Verkehrsinsel zwischen dem wilhelminisch verschnörkelten Grand-Hotel Bellevue, dem Palast Hotel, dem Fürstenhof, und später dem modernistischen Columbus-Haus. Lange hatte die Ruine des Fürstenhofs nach dem Krieg noch gestanden, im Haus Vaterland hatte es sogar wieder eine Gaststätte gegeben. 1961, nach dem

Bau der Mauer, war der Platz von den letzten Resten seiner Geschichte geräumt worden, übrig blieb vermintes Niemandsland, ein Paradies, wie sich jetzt herausstellte, für Ratten und Kaninchen.

Mittlerweile konnte man wieder über den Platz gehen, aber Helene setzte den Fuß mit aller Vorsicht auf, der Boden war durchlöchert von Kaninchenbauten. Doch nicht allein deshalb fühlte sie sich auf schwankendem Grund, spürte dieses Prickeln in den Fußsohlen, als ob sie am Abgrund stünde. Die Vorstellung verfolgte sie, dass die Geschichte, die hier begraben lag, herausbrechen und alles mitreißen könnte in ihren dunklen Schlund.

Nicht so sehr der pulsierende Westen, ganz Farbe und Licht, wühlte sie auf und ließ sie an allem zweifeln, vor allem an ihrem eigenen Leben, sondern dieser zerstörte und planierte und vernarbte Boden inmitten der Stadt. So sah das aus, was sie selbst aus ihrem Leben gemacht hatte: eine sterile Brache.

Helene umrundete den Platz, so weit das möglich war. Es fiel ihr schwer, sich an den Herzschlag des Westens zu gewöhnen, es war zu viel von allem: zu laut, zu bunt, zu groß. Alle Straßen aber führten hinaus, ins Offene, ins Freie. Sie wollte nicht mehr zurück hinter schützende Mauern.

Irgendwann stand sie vor einer Telefonzelle. Auch das war der Westen: Man konnte telefonieren, jederzeit, mit wem auch immer. Aber wen könnte sie anrufen?

IV

Pünktlich zum Tag der Vereinigung der beiden Teile Deutschlands, die manche als »Kohlonisation« der DDR verspotteten, wurden die ersten Kundschafter verhaftet.

Helene wartete darauf, dass in den Zeitungen der Name Hans Stahl auftauchte, doch er schien sich dem Zugriff entziehen zu können. Oder war er übergelaufen? Schwer zu glauben, aber nicht unmöglich, Verrat schien in Mode gekommen zu sein. Noch die gläubigsten Mitläufer taten heute, als hätten sie heimlich Widerstand geleistet. Wie Menschen so sind, dachte Helene, 1945 war das nicht viel anders gewesen.

Tage später flog eines der bestgehüteten Geheimnisse des MfS auf: Eine Kundschafterin hatte es bis zu einem Führungsposten im Bundesnachrichtendienst geschafft, sie war stets eine unermüdliche und verlässliche Quelle gewesen. Ihr Verräter kam aus den eigenen Reihen, er hieß Karl Großmann, ein großspuriger Kerl aus der Abteilung IX der HV A. Doch bei einem Verräter blieb es nicht: Die Lage war ungewiss, also ging so manch einer mit seinem intimen Wissen hausieren. Es war ein elendes Spiel.

Hans Stahl hatte sich stets auf das Rechtmäßige ihres Tuns berufen. Ein Geheimdienst tat, was ein Geheimdienst tun musste; gegen die Gesetze der DDR hatten sie nicht verstoßen. Offenbar hatte er recht gehabt, jedenfalls schien der ehemalige Gegner das ähnlich zu sehen. Die Führungsoffiziere des MfS blieben ungeschoren, ihre Kundschafter aber hatten im Westen gegen die Gesetze der BRD verstoßen und mussten die Folgen tragen.

Gerecht ist das nicht, aber es hat seine Logik, dachte Helene bitter. Es war das elende, altvertraute Spiel: Die Puppenspieler verkauften ihr Wissen, die ausführenden Organe mussten dran glauben. Was immer Hans Stahl beteuert hatte: Clara war nicht sicher.

Helene verließ das Haus nur noch selten, ließ das Radio von morgens bis abends laufen, wollte die Nachricht nicht verpassen, die sie am meisten fürchtete. Dabei hatte sie ihr kleines Mädchen doch schon vor Jahren verloren. Nicht erst, als Clara zum Studium nach Moskau gegangen, nicht erst, als sie in den Westen übergesiedelt war, sondern bereits in dem Moment, in dem sie ihre Seele verkauft hatte – nicht an den Teufel. Nur ans MfS.

Sie zog den Karton, den sie in der hintersten Ecke der Dunkelkammer verstaut hatte, hinüber ins Wohnzimmer und hob den Deckel. Hier lag, was übrig geblieben war von all den Jahren, in denen sie mit und für Clara gelebt hatte. Der blaue Wimpel der Jungen Pioniere mit der Fackel und der Aufschrift »Seid bereit«. Das blaue Pioniertuch und das Käppi. Schulzeugnisse und Auszeichnungen. Der Mitgliedsausweis der FDJ. Ein Bericht über Clara und ihre Gruppe in der »Jungen Welt«. Das silberne »Abzeichen für gutes Wissen« mit den Köpfen von Marx, Engels und Lenin. Briefe, zwei davon aus der BRD. Helene öffnete eines der Kuverts. Ein Brief auf rosa Briefpapier, eine kindliche Handschrift, ein Datum: 17. November 1964. »Liebe Clara, jetzt sind sie schon so lange vorbei, die schönen Tage bei euch in der Pionierrepublik Wilhelm Pieck ...« Helene schaute auf den Absender und erstarrte. Der Brief kam aus Osterholz bei Osnabrück, Moosbeeke 9, von einem Mädchen namens Leonore.

Leonore Seliger. Ausgerechnet die Tochter von Margo Seliger kannte Clara. Kannte ihren Namen, hatte sie womöglich verraten, als sie plötzlich mit einer anderen Identität bei Margo aufgekreuzt war. Aus dem Karton strömte Helene der Muff der Vergangenheit entgegen und das schrille Lachen der Clowns. Was für ein lächerliches, wahnsinniges, grausames, albernes Spiel! Warum musste Hans Stahl ausgerechnet Clara zu seiner Schachfigur machen, warum musste ausgerechnet Margo dabei mitspielen – und warum hatte Helene das alles damals nicht verhindern können?

In hilfloser Wut hob sie den Karton hoch, drehte ihn um und schüttete seinen Inhalt auf den Fußboden. Ein bunter Ball. Die Puppe, die sie Clara genäht hatte, in der Nachkriegszeit, als es kein Spielzeug zu kaufen gab, ein Stoffbündel, dem ein Bein fehlte und das Clara auf den Namen Lilli getauft hatte. Dass Clara ihre zerliebte Lilli aufgehoben hatte, rührte Helene zu Tränen. Und da – da war das geschnitzte Holzentchen, das in der Decke der Kleinen gesteckt hatte und auf der Flucht aus Schlesien wie durch ein Wunder nicht verloren gegangen war. Helene presste das Stück Holz an sich, als ob sie dadurch Verbindung zu ihrem Kind aufnehmen könnte. Zu Clara, die nicht ihr Kind war.

Und dann die Fotos: Clara mit drei Jahren. Clara in der Krippe, Clara am ersten Schultag, Clara bei der Jugendweihe. Helene raffte die Schwarz-Weiß-Bilder zusammen und trug sie in die Küche. Sie wusste, was zu tun war, aber es zerriss ihr das Herz.

Bild für Bild legte sie die Fotos in den schweren Suppentopf, nahm von jedem Foto Abschied, indem sie sich erinnerte: Das war der Tag, an dem die Kleine sich das Knie aufgeschlagen hatte beim Herumtoben. Das war der Tag, an dem sie ihr bestes Zeugnis nach Hause gebracht hatte. Das war der Tag, an dem sie in den Zug nach Moskau stieg.

Ganz zum Schluss legte Helene noch die beiden Briefe von Leonore Seliger auf den Stapel. Den Briefen konnte man nicht entnehmen, ob Clara geantwortet hatte, doch das war unwahrscheinlich: Westkontakte waren bei den Jungen Pionieren ebenso verpönt wie in der FDJ, selbst wenn es sich um einen Kontakt handelte, den ein internationales Jugendcamp im Pionierlager gestiftet hatte.

Alles war gut gegangen. Sie hatte sich vergebens aufgeregt.

Sie nahm die Streichholzschachtel vom Bord neben dem Herd und setzte das Häuflein im Suppentopf von allen Seiten in Brand. Das Feuer fraß sich gierig hindurch, ein Foto nach dem anderen kräuselte sich an den Rändern, blähte sich auf und verging. Alles wurde zu Asche – auch ihr eigenes Leben. Sie war nie Claras Mutter gewesen, sie hatte sich das nur angemaßt. Alles war Anmaßung gewesen. Der »Kampf für Frieden und Sozialismus«: eine einzige Lüge, sie hatte es gewusst und doch bei allem mitgemacht. Ja gewiss, immer hatte sie Distanz gewahrt, so wie die Mitläufer der Nazis, die ihr Stillhalten als innere Emigration veredelten. Und ja, die Seite zu wechseln, war viel zu gefährlich gewesen, darauf stand die Todesstrafe. Und musste sie sich nicht um Clara kümmern?

In Wirklichkeit waren das Ausflüchte, so lautete die Entschuldigung aller Feiglinge, immer schon. Sie war eine von ihnen.

Helene nahm den heißen Topf in die bloßen Hände, schüttete die Asche ins Klo und zog die Spülung.

Margo

I

»Als ob wir unser Geld im Schlaf verdient hätten.« Henri saß vor dem Fernseher, die Faust um die Fernbedienung geklammert. Es gab irgendeine Talkshow, in der mal wieder Rechnungen aufgemacht wurden. Ein Schriftsteller aus der DDR, von dem Margo noch nie gehört hatte, warf den »Reichen« im Westen vor, wie die Maden im Speck gelebt zu haben, während man in der DDR die »Strafe für Auschwitz« habe antreten müssen.

»So ein Idiot! Sie haben da drüben Stalin ausbaden müssen, nicht Auschwitz!«

Margo schaute bei solchen Sendungen nicht mehr hin und stimmte heimlich allen zu, die von den Brüdern und Schwestern in den »neuen Bundesländern« als »Jammer-Ossis« sprachen. All die Pakete in die DDR, dachte sie, war das etwa nichts? Wir haben doch nicht nur Kerzen ins Fenster gestellt! Nein, hier wuchs nichts mehr zusammen, so entstand Wüste.

Ihre anfängliche Euphorie war schnell zerstoben. Eben noch hatten sie beide vorm Fernseher gesessen, Henri und sie, ein gerührtes altes Ehepaar, und angesichts der Szenen an der geöffneten deutsch-deutschen Grenze geweint – jedenfalls, soweit es Margo betraf. Mittlerweile hatte die Realität sie eingeholt. In über vierzig Jahren der Trennung waren die Brücken und Straßen zerstört worden, da klaffte eine tiefe Wunde, nicht nur in der Landschaft, sondern auch da, wo nichts nachwuchs und nichts repariert werden konnte: in den Herzen der Menschen.

Überhaupt – was war mit den Opfern? Margo war heute davon überzeugt, dass auch Jon Bajohr ein Opfer gewesen war – ein Opfer ihres Leichtsinns, aber vor allem der Machthaber in der DDR. Wenigstens hatte sie alles getan, um sein Erbe zu bewahren und zu befördern. Bis zu ihrem 67. Geburtstag war sie Teil der Firma geblieben, hatte mitgearbeitet an seinem Vermächtnis, wenn auch zuletzt nur noch halbtags. Als im vergangenen Herbst die Witwe Jons gestorben war, hatte auch sie ihren Abschied von Maxdatex genommen, schweren Herzens.

»Was soll ich denn dann machen den lieben langen Tag? Ich kann doch nicht immer nur auf der Bank sitzen und den Garten bewundern!« Sie hatte versucht, Henri begreiflich zu machen, wovor sie sich fürchtete. Dabei war das wahrscheinlich genau seine Vorstellung vom Paradies. »Sollen wir vielleicht auf Weltreise gehen, wie die Mohrs?«

Natürlich nicht. Reiserentner waren sie beide nicht, er wollte den Garten nicht alleinlassen und sie lockte wenig, wovon andere in ähnlich glücklicher Lage schwärmten: Fotosafaris in Afrika oder FKK-Urlaub auf Gran Canaria. Noch nicht einmal der Osten Deutschlands und alles darüber hinaus reizte sie – sie hatte sich daran gewöhnt, dass ganze Regionen im Nebel der Geschichte lagen, es war zu spät, sie jetzt noch zu entdecken.

Doch eines war sie sich und ihrer Familie schuldig, glaubte sie: wenigstens das Grab ihrer Mutter musste sie besuchen. Und Gerda. Ob die Schwester von Helenes Intrige wusste? Sollten sie sich aussprechen? Oder war es besser, die Vergangenheit ruhen zu lassen?

Henri weigerte sich standhaft, den »Saustall da drüben« zu inspizieren, bevor ihn nicht irgendeiner »ausgemistet« hatte. Also war sie ohne ihn nach Stendal gefahren, im Mai 1991, allein wie eh und je.

Sie quartierte sich in einer Pension ein, bei einer sichtlich um »Westniveau« bemühten, überfreundlichen Frau mittleren Alters, aber das machte den Kontrast zwischen Ost und West nur noch schlimmer. Stendal sah aus wie früher – nur unfassbar gealtert. Während man in der Bundesrepublik alles rücksichtslos abgerissen hatte, was zerstört war – und auch noch das, was man hätte retten können –, um belanglose Architektenträume in jede Lücke zu setzen, fehlte in der DDR sogar das Geld für den Abriss. Man hatte die Häuser, die dem »Volk«, also niemandem mehr gehörten, vor sich hin gammeln lassen und ein paar neue Wohnblöcke am Stadtrand hochgezogen – fertig. Die Menschen in den Altbauten lebten mit undichten Fenstern und Ofenheizung, mit abbröckelndem Putz vorne und Plumpsklos im Hinterhof, und sehnten sich nach den modernen Plattensiedlungen, in denen man auch im Sommer die Heizung nicht ausschalten konnte. Eine absurde Welt. Doch Margo erblickte unter all dem Verfall die alte Schönheit der Stadt, in der sie jung gewesen war: unter dem Ruß und dem grauen Putz lebte noch immer leuchtend roter Backstein.

Gerda wollte Margo nicht in ihrer Wohnung treffen, schämte sie sich womöglich ihrer Armut? Jedenfalls hatten sie sich in einem Café verabredet, in dem die neue Zeit noch nicht angekommen war. Bei Gerda auch nicht. Margo erschrak beim Anblick ihrer Schwester: Wie grau sie war. Wie unförmig. Die Haare brüchig von schlechter Dauerwelle, die Augen müde, keine Farbe auf den Lippen. Sie hinkte weit mehr als früher, kein Wunder, bei dem Übergewicht, das sie mit sich herumtrug. Ihre Begrüßung war frostig, keine Umarmung, kein Lächeln.

»Nun habt ihr also gesiegt«, sagte Gerda, als die Serviererin endlich den Kaffee gebracht hatte.

»Gesiegt? Wir? Das gilt ja wohl eher umgekehrt.« Margo fühlte sich weder als Sieger, noch hatte sie das Gefühl, hier sei irgendetwas nach ihrem Willen geschehen. »Ich habe jedenfalls nicht ›Wir sind ein Volk‹ gerufen, oder ›Kommt die D-Mark, bleiben wir, kommt sie nicht, geh'n wir zu ihr‹.«

»Na ja, ihr bildet euch doch so viel ein auf euer westliches Lebensmodell.« Herabgezogene Mundwinkel, abgewandter Blick. Wie bitter sie geworden war, ihre kleine Schwester, die einst das Leben mit Spott und Humor gemeistert hatte.

»Ist es dir denn hier in der DDR so viel besser gegangen?«, fragte Margo leise. Gerda sah noch immer nicht auf.

»Mir ging es prima«, sagte sie endlich. »Mit all den Westpaketen. Der gute Bohnenkaffee und die Seife Fa. Und die abgelegten Kleider, in die ich nie reinpasste. Noch nicht mal, als ich weniger wog als heute.«

»Ich bin nicht schuld an eurem Sozialismus und auch nicht an deiner Figur. Ich habe getan, was ich konnte. Und im Übrigen habe ich mein Geld nicht im Schlaf verdient.« Henri hatte recht. Sie jammerten, die Ossis. Gerdas Vorwürfe waren so verdammt ungerecht.

»Komm, Schwesterchen, euch hat das Schicksal begünstigt. Ihr seid mit dem Arsch in der Sahne gelandet. Ausgleichende Gerechtigkeit: Jetzt sind wir mal dran.«

Margo unterdrückte den Impuls, aufzustehen und zu gehen. »Was für dumme Sprüche. Das ist unter deiner Würde. So kenne ich dich nicht.«

»Du kennst mich schon lange nicht mehr. Selbst bei Muttis Tod hast du mich alleingelassen.« Jetzt, endlich, sah Gerda auf, die Augen dunkel und leer.

»Ich wusste doch nicht …«

»Ich habe Telegramme geschickt. Ich habe angerufen. Du bist noch nicht einmal ans Telefon gegangen.«

Ja, das stimmte. Margo erinnerte sich voller Scham an diese Wochen. Sie hatte geglaubt, Helene habe ihr wieder eines ihrer Lügentelegramme geschickt, um sie nach drüben zu locken. Wenn das Telefon abends klingelte, hatte sie Henri verboten, dranzugehen, hatte ihm etwas vorgelogen von einer Sekretärin, der sie gekündigt habe, und die sie nun belästige. Sie konnte gerade noch verhindern, dass Henri mit dieser Story zur Polizei ging.

Erst als der Brief mit dem Trauerrand kam, verstand sie. Sie hatte die letzte Chance verpasst, ihre Mutter wiederzusehen. Und wem verdankte sie das? Helene, der Intrigantin. Der Puppenspielerin.

Helene hatte Gerda benutzt und Margo hatte bereitwillig mitgemacht, getrieben von falschen Hoffnungen. Mit der Legende, sie sei Gerdas uneheliche Tochter Gisela, war eine andere in den Westen geschleust worden. Wusste die Schwester davon? Oder woher kam sie sonst, diese ungewohnte Bitterkeit?

»Wie ist Mutti gestorben?«, fragte sie nach einer Weile. »Hat sie sehr gelitten?«

Sie versuchte, sich das Bild ihrer Mutter vor Augen zu rufen, aus den Jahren nach dem Krieg, als Minna Hegewald endlich so etwas wie Freiheit verspürt haben musste – Freiheit von ihrem Mann, an den sie dennoch in jeder wachen Sekunde gedacht hatte.

»Ach, gelitten«, sagte Gerda wegwerfend. »Wer kann das wissen. Sie wollte schon lange nicht mehr. In den letzten drei Tagen hat sie nur noch dagelegen.« Sie schluckte. »Ich habe neben dem Bett gesessen und ihre Hand gehalten. Aber sie hat die Augen nicht mehr geöffnet.«

Margo versuchte, Gerdas Hand zu ergreifen, die sich um den Kaffeelöffel gekrallt hatte, aber Gerda zog sie weg.

»Ich war eingeschlafen, und als ob sie darauf gewartet hätte, als ob sie nicht wollte, dass man zusah dabei, ist sie genau in dieser halben Stunde gegangen.«

Margo wehrte sich vergeblich dagegen, dass ihr die Tränen ins Gesicht stiegen.

»Wie war die Beerdigung?«

Gerda hob die Schultern und ließ sie wieder fallen. »Es kam ja keiner, wer kannte sie denn noch? Und ich war nun auch nicht gerade jemand, mit dem man befreundet sein wollte.«

Hatte Helene nicht versprochen, sich um Gerda zu kümmern? Margo zögerte. »Hast du denn damals noch auf dem Friedhof gearbeitet?«, fragte sie endlich.

»Nein. Sie haben mir einen öden Posten beim Rat der Stadt angeboten, den habe ich dankend angenommen.«

Also doch. Helene hatte ihr Versprechen gehalten – offenbar ohne Gerda in ihr Lügenspiel einzuweihen. Eigentlich hätte Margo darüber erleichtert sein müssen, aber stattdessen wurde sie plötzlich zornig. So leicht hatte sich ihre Schwester korrumpieren lassen!

»Ist das der Grund, warum du mit einem Mal deiner DDR hinterherweinst? Diesem Scheißstaat, in dem man dich nicht studieren ließ? Wo man dich jahrelang mit kaputtem Bein Schwerstarbeit machen ließ, wo Mutti keine vernünftigen Medikamente bekam, wo es an allem mangelte? Unter einem Regime, das seine Bürger einsperrte und bespitzelte? Bist du ernsthaft dankbar, dass sie dich in ein Büro gesperrt haben, kurz bevor du beim Grabschaufeln umgefallen wärst?«

Langsam stieg die Röte vom Hals her hoch in Gerdas teigiges Gesicht. »Du nennst ihn Scheißstaat, dem du jahrelang gedient hast? An dem du jahrelang verdient hast? Was hat sie dir eingebracht, deine Spionage für die Stasi?«

Margo atmete tief ein und wieder aus. »Wer hat das behauptet?« Helene, wer sonst.

»Du hast es doch sicherlich für Mutti und mich getan, oder?« Gerdas Stimme war Hohn und Spott.

»Genau. Warum wohl hast du deinen öden Bürojob bekommen, statt dich auf dem Friedhof ins Grab zu schuften?«, zischte Margo zurück. Das brachte ihre Schwester zum Schweigen.

»Na schön«, sagte Gerda endlich. »Ich bin dankbar. Meinetwegen sogar dir. Ich habe nur das eine Leben, und das habe ich vor allem mit Mutti verbracht. Darüber werde ich immer glücklich sein. Für das meiste andere ist es zu spät.«

»Du bist noch nicht mal im Rentenalter.«

»Ich habe schon seit Monaten keine Arbeit mehr. Ob ich in meiner Wohnung bleiben kann, ist völlig unklar.«

Margo sagte nichts. Das war ja tatsächlich eines der Probleme, die schier unlösbar schienen, Henri und sie hatten sich einen ganzen Abend lang darüber gestritten: die Sache mit den unklaren Eigentumsverhältnissen. In der DDR war nicht nur »Junkerland in Bauernhand« gegeben worden, die berühmt-berüchtigte Agrarreform direkt nach dem Krieg, die nie funktioniert hatte. Es waren nicht nur große Firmen, sondern bald auch kleine Unternehmen enteignet worden. Wer die Republik verließ, verlor sowieso seinen ganzen Besitz. Die Bonzen in der DDR hatten ihr Volk enteignet, um »Volkseigentum« zu schaffen, das sie vergammeln ließen.

Henri argumentierte natürlich, dass man DDR-Unrecht nicht im Nachhinein absegnen dürfe, dass die Altbesitzer ein Recht darauf hätten, ihren Besitz wiederzuerlangen: Häuser und Grundstücke, deren Wert mit der Wiedervereinigung enorm steigen würden. Doch das hieß für viele andere, dass sie verlassen mussten, was sie als ihre Heimat angesehen hatten. Henri wollte alles zurückgeben, vor allem die vielen Betriebe, die man entschädigungslos enteignet und dann hatte verkommen lassen. Margo plädierte für einen Schlussstrich. Man konnte doch nicht diejenigen bestrafen, die für das staatliche Unrecht nicht verantwortlich waren!

So jemanden wie Gerda.

»Wahrscheinlich wird demnächst irgendein reicher Wessi ankommen und mich herausklagen«, sagte Gerda. »So, genau so hab ich mir die neue Zeit vorgestellt.«

»Der reiche Wessi war einst ein armer Ossi, der anders als du den Mut gehabt hat, zu gehen!« Kaum hatte sie es ausgesprochen, taten Margo ihre Worte leid. Gerda war wegen Mutti geblieben, nicht aus Feigheit. Und Mutti war geblieben, weil sie all die Jahre über auf ihren Mann gewartet hatte.

Doch Gerda schien nicht mehr gekränkt zu sein. »Dafür werde ich dieses Land jetzt verlassen, liebe Schwester. Spät, aber nicht zu spät.« Sie lächelte, und das erste Mal seit Beginn ihres Treffens las man in ihren Zügen Spuren der alten Gerda, der jungen Frau, die ihr Leben stets mit fröhlichem Zynismus gemeistert hatte. »Und ich wäre dir dankbar, wenn du mir ein hoffentlich letztes Mal dabei hilfst.«

»Selbstverständlich, wenn ich kann.« Wie gerne würde sie sich freikaufen von der Anklage, die das Schicksal ihrer Schwester bedeutete, von diesem ewig nagenden schlechten Gewissen, unverdientes Glück gehabt zu haben.

Gerda zögerte. Es konnte sich also nicht um eine Kleinigkeit handeln. »Ich brauche ein Auto«, sagte sie schließlich.

»Hast du überhaupt einen Führerschein?« Das war Margo herausgerutscht, bevor sie nachdenken konnte.

»Was glaubst denn du? Ich kann auch einen Panzer fahren, sollte das nötig werden.«

Margo musste lachen. Endlich.

Gerdas Blick ging durchs blank geputzte Fenster des Cafés in ferne Weiten. »Erst Amsterdam, das müsste an einem Tag zu schaffen sein. Dann Brügge und Ostende, vielleicht die Fähre nach Großbritannien.« Sie wiegte den Kopf. »Weiter nach Paris. Und dann langsam runter in den Süden. Die Provence. Spanien, Portugal …« Ihre Stimme war ganz weich geworden.

Wieder fasste Margo nach ihrer Hand und diesmal ließ Gerda es zu. »Es tut mir alles so leid, Schwesterchen«, flüsterte sie.

Beide zögerten. Und standen auf, gleichzeitig, Gerda warf mit ihrem breiten Hintern den Stuhl um, auf dem sie gesessen hatte. Dann lagen sich die Schwestern in den Armen.

Gerda stritt beim Abschied ab, geweint zu haben, obwohl sie beide rote Augen hatten.

II

Da war Henri! Margo stand am Fenster im Gang, während der Zug einfuhr, und winkte. Er schaute nicht auf. Endlich hielt der Zug. Sie hob ihren Koffer hinaus auf den Bahnsteig und ging ihm entgegen. Eine schlanke Person in Jeans und rotem Pulli drückte sich an ihn. Jana? Was für eine Überraschung! Leonore und Alexander waren also zurück aus Boston.

Sie lief lächelnd auf die beiden zu. Jetzt hob Henri den Kopf, er lächelte nicht, sein Gesicht war weiß und angespannt. Ihr Herz klopfte schneller. Irgendetwas musste passiert sein. Es sah ganz so aus, als ob Jana weinte.

Margo zögerte, stellte den Koffer ab, wartete. Dann war Henri bei ihr, legte seine Wange an ihre. Er war frisch rasiert, duftete nach dem Rasierwasser, das er nur benutzte, wenn es einen besonderen Anlass gab. »Leonore hatte einen Unfall«, flüsterte er ihr ins Ohr. »Das Kind ist außer sich vor Kummer.«

Margo löste sich von ihm und trat einen Schritt zurück.

Sie hatte Leonores Adoptivtochter lange nicht mehr gesehen, das Mädchen musste mittlerweile 13 Jahre alt sein, war hoch aufgeschossen und eigentlich fast schon kein Kind mehr. Sie streckte die Hand nach ihr aus. »Jana. Liebes.« Aber Jana drehte sich weg.

»Was ist mit Leonore?«, fragte sie Henri, leise. »Wie geht es ihr?«

Er senkte die Augen. »Sie war auf der Stelle tot.« Seine Stimme hatte alle Farbe verloren. »Unsere Kleine ist tot. Unsere Einzige.«

Margo suchte Halt, griff nach seiner Schulter, klammerte sich an ihn. Die Zeit lief rückwärts. Sie sah Leo unten auf der Straße vor dem Haus von Pfarrer Markus stehen, gerade 15 Jahre alt, sah sie, wie sie ein paar Jahre früher mit schuldbewusstem Gesicht ein miserables Zeugnis vorzeigte. Sah sie im Krankenhaus liegen, mit gebrochenem Bein, drückte ihr am ersten Schultag eine bunte Tüte in die Hand, hörte sie ans Autofenster klopfen, wenn Jon Bajohr sie abends mit dem Auto nach Hause brachte und nicht aufhören konnte mit dem Reden. Sie sah sich Leonore im Puppenwagen von Rektor Schwacke durch Dissen schieben, hielt sie nach der Geburt im Arm, hörte Henri »Wie schön sie ist« sagen.

Henri hielt Margo fest umfangen und strich ihr mit der Hand über den Rücken. »Ruhig«, flüsterte er. »Lass uns gehen, wir müssen uns um Jana kümmern.«

Die Fahrt zurück in den Kotten war ein Albtraum. Jana saß auf dem Rücksitz und weinte, kaum hörbar, völlig erschöpft. Margo saß starr auf dem Beifahrersitz und klammerte sich an ihre Handtasche.

Zu Hause brachte Henri seine Enkelin ins Bett. Ja, es war Henri, bei dem Jana Schutz suchte, Margo wurde nicht gebraucht, sie hätte auch nicht mehr die Kraft dazu gehabt. Sie ließ sich im Wohnzimmer in ihren Sessel sinken, wie ausgewrungen, weich und knochenlos, seltsam entfernt von allem, betäubt und ohne Tränen.

»Sie schläft.« Henri kam ins Wohnzimmer, zwei Gläser in der Hand, eines stellte er auf das Tischchen neben ihrem Sessel.

Sie griff nach dem Glas, trank, gierig. Whiskysoda. Stärker als sonst.

»Ich hab ihr einen Schnaps eingeflößt. Das hilft.« Henri leerte sein Glas in einem Zug. Es war das erste Mal seit Jahren, dass sie ihn wieder Alkohol trinken sah.

Sie schloss die Augen, wartete, dass er etwas sagte.

»Leonore ist gestern Nachmittag auf der B 51 ungebremst in einen entgegenkommenden Lkw gerast. Sie war nicht angeschnallt. Sie hatte keine Chance.«

Margo fiel nur eines dazu ein, die hilfloseste aller Fragen: »Warum?«

»Ich weiß es nicht. Sie hat vorgestern angerufen, wollte uns besuchen, und abends sind die beiden dann hier angekommen, mit dem Auto, Leonore und Jana. Und am nächsten Tag meinte sie, sie müsse in die Stadt, einkaufen.«

»Und Alexander?« Warum hatte Alexander sich nicht um Jana gekümmert? Warum war Leo allein gekommen?

»Sie hat nicht viel gesagt, aber soweit ich sie verstanden habe, hat Alexander sie verlassen – oder sie ihn, jedenfalls gibt es da wohl eine andere Frau.« Man merkte Henri an, dass er für solche Dramen wenig Verständnis hatte. Margo ging es mittlerweile ähnlich. Untreue war kein Grund für das Ende einer Ehe. Sie war bei Henri geblieben, obwohl sie manchmal dachte, dass mit Jon alles anders geworden wäre. Anders gewiss – aber auch besser? Er hätte sich sicher irgendwann wieder eine hübsche Sekretärin gesucht. Henri konnte man vieles nachsagen, aber nicht, dass er zu Seitensprüngen neigte.

Sie öffnete die Augen. Der vertraute Raum kam ihr wie

in grelles Licht getaucht vor, alle Konturen waren über-
scharf, selbst der mit fein gedrechselten Leisten verzierte
Bauernschrank in der Ecke, sonst im weichen Braun-
ton, wirkte wie blendend weiß ausgeleuchtet. Henri saß
wie immer an seinem Schreibtisch und hatte den Kopf in
die Hände gelegt. Bevor sie die Augen wieder schließen
konnte, blickte er auf. Sie sah Tränen in seinen Augen und
wusste für den Bruchteil einer Sekunde nicht, warum er
weinte, bis es ihr wieder einfiel. Das Unfassbare.

»Hat sie es mit Absicht getan?«

»Liebes, ich weiß es nicht. Gar nichts weiß ich. Nur
dass sie nicht mehr lebt.«

Margo wollte aufstehen, zu ihm gehen, ihn umarmen,
ihn trösten. Aber sie hatte nicht die Kraft dazu.

»Weiß Alexander es schon?«

»Keine Ahnung. Es geht niemand ans Telefon.«

»Dann wird Jana vorerst bei uns bleiben.« Margo
spürte, wie ihre Stimme fester wurde und ihre Energie langsam wieder zurückkehrte. Jana hatte zwei Mütter verloren. Aber es gab noch ihre Großeltern. Hier war
eine neue Aufgabe.

Später im Bett lag sie lange wach und hörte Henri leise
schnarchen, während sie vom Gefühl verfolgt wurde,
Leonore nie genug geliebt zu haben.

III

Herbst 1991
Draußen tobt der erste Herbststurm. Ein mächtiger Ast
der alten Eiche ist gestern heruntergekracht und hat nur
knapp das Haus verfehlt. Die Tage werden kürzer, die
Dunkelheit macht mir zu schaffen. Das – und dass ich
nichts zu tun habe.

Jana ist fort. Alexander hat sich zwei Wochen nach Leonores Unfall endlich gemeldet, ja, er hat eine Neue und er gibt sich die Schuld an dem Drama. Ich habe versucht, ihm das auszureden, denn es scheint mir kein Zeichen von Reue, sondern von allzu großer Eitelkeit zu sein.

Er wollte sofort kommen und Jana mitnehmen, aber ich habe ihm abgeraten. Das Mädchen würde ihm die neue Frau an seiner Seite nicht so ohne Weiteres verzeihen, und das wäre für alle Beteiligten eine erhebliche Belastung. Meine eigenen durch und durch egoistischen Motive gebe ich gern zu: Jana um mich zu haben, zu beobachten, wie sie langsam ins Leben zurückkehrt, zu erleben, wie sie das erste Mal wieder lacht – das tröstete meine verwundete Seele. Und erst Henri! Die beiden sind stundenlang durch den Garten gelaufen, manchmal schweigend, manchmal in offenbar tiefschürfende philosophische Gespräche verwickelt. Wahrscheinlich haben sie demnächst den Sinn des Lebens entschlüsselt.

Auch Jana und ich sind uns wieder nahegekommen, manchmal durfte ich ihr sogar von Leonore erzählen, wie es war, als sie noch klein war. Wenn ich beim Gartenrundgang dabei war, ließ sie sich die Namen der Rosen sagen, auch die lateinischen. Sie wird ja alles einmal erben – da wäre es schön, man könnte ihr ein bisschen Liebe mitgeben zu dem, was hier so üppig grünt und blüht.

Kein Sommer war je trauriger und unser Garten war nie schöner.

Die Sommerferien waren viel zu schnell vorbei, Jana musste ja wieder in die Schule. Auf ihr Bitten hin und weil es das Vernünftigste ist, hat Alexander zugestimmt, sie auf ein Internat gehen zu lassen. Das sind ja heute nicht mehr die erbarmungslosen Schülerpressen, die man

von früher kennt, in der Schweiz lernt sie Französisch
neben Latein und Englisch, das hat Zukunft.
Aber es ist einsam ohne sie. Wir sind zwei alt werdende
Menschen, Henri und ich, die sich nicht mehr viel zu
sagen haben. Er hat seine Bücher – aber ich?
Ich denke, ich nehme mir mal die Fotos vor, die ich noch
nicht ins Album geklebt habe, vor allem die Bilder, die
Henri von Leonore gemacht hat, als sie in Hippiekla-
motten aus London zurückkam! Es wird mich furchtbar
rührselig stimmen.
Ich habe in der letzten Zeit überhaupt entsetzlich nah
am Wasser gebaut, was ja vielleicht kein Wunder ist.
Oder liegt es am Alter? Früher habe ich nie in der
Vergangenheit gelebt, es war so viel zu tun in der
Gegenwart, ich kam gar nicht auf die Idee, zurückzu-
schauen, und nun scheint es das Einzige zu sein, was mir
geblieben ist.
Ob die Fotoalben Jana einmal interessieren werden,
weiß ich nicht. Und ob sie etwas anfangen kann mit
Haus und Garten? Wer weiß, welchen Weg sie geht. Ob
sie heiratet, Kinder bekommt. Doch was mach ich mir
Gedanken darüber, noch leben wir ja.
Es wird wohl langsam Zeit, ihr die Wahrheit zu sagen.
Aber welche? Sie ist nicht das leibliche Kind von Leonore
und Alexander, das ist klar. Doch wer ist sie dann?
Manchmal wünsche ich mir, dass sie Emmas Tochter ist
und manchmal glaube ich es sogar. Ich erkenne mich
wieder in ihr, in ihrem Ernst, in ihrem Ordnungssinn.
Und dann – eine Kleinigkeit, gewiss, aber ihr Nasenrücken ist so breit wie meiner. Das ist allerdings ihr
einziger Schönheitsfehler.
Nun, ich weiß es nicht und ich weiß auch nicht, ob ich
es wirklich wissen will. Will ich Henri beichten, ihm
erzählen von damals, von dieser einzigen Nacht mit

*Alard, in der wir beide an andere Menschen gedacht
haben – er an Helene und ich an keinen anderen als
meinen fernen Ehemann? Nach all den Jahren?*

*Von Gerda kam gestern eine Postkarte. Vor zwei
Monaten hat ihr ein unternehmungslustiger Lehrling
einen erbsensuppefarbenen Opel Kadett nach Stendal
gebracht, einen Gebrauchtwagen, den ich durch die
Firma günstig bekommen habe. Tage später kam ein
Fax von ihr mit einem riesengroßen Herz. Jetzt ist sie
also in Lissabon. Wenigstens eine von uns hat ihr Glück
gefunden.*

IV

Der Krieg war nach Europa zurückgekehrt und er machte
auch vor einem Kotten in Osterholz nicht halt. Er kroch
jeden Abend brüllend und tobend aus dem Fernseher und
breitete sich im Raum aus, bis Margo glaubte, ihn riechen
zu können: den Schwefelgestank, den Geruch von Eisen
und Blut. Manchmal gelang es ihr, unter einem Vorwand
aus dem Haus zu gehen, sich draußen auf die Bank zu
setzen und nach dem Mond zu schauen. Manchmal zog
sie sich in ihr kleines Büro zurück, behauptete, noch einen Brief schreiben zu müssen, obwohl es kaum noch jemanden gab, mit dem sie hätte korrespondieren können.
Doch der Schwall schlechter Nachrichten ließ sich nicht
ausblenden, der Fernseher war auf äußerste Lautstärke
gestellt, wegen Henri, dessen Gehör sich in den letzten
Jahren rapide verschlechtert hatte und der sich standhaft
weigerte, an ein Gehörgerät auch nur zu denken. Das beschränkte auch ihre Gespräche aufs Allernötigste, Margo
merkte, dass sie ihn anzuschreien begann, wenn er wieder

einmal die Hand hinters Ohr legte, den Kopf neigte und wie ein getretener Köter guckte, weil er sie nicht verstanden hatte.

Es war jeden Abend das Gleiche. Um 20 Uhr gab es die Tagessschau und Henri saß pünktlich bereit, um sich den Zustand der Welt vorführen zu lassen. Warum eigentlich? Es kam doch selten etwas Erfreuliches – und kaum etwas, das ihm gefiel. Als am 6. Mai der Tod Marlene Dietrichs gemeldet wurde und Margo den »Blauen Engel« lobte, was er ausnahmsweise sofort verstanden hatte, nannte er die Dietrich »Vaterlandsverräterin«.

Und dann der Krieg in Jugoslawien! Manchmal dachte Margo, dass alles besser gewesen war, als es den Eisernen Vorhang noch gab, als niemand sich rühren durfte, weil der Kalte Krieg sonst zu einem heißen Inferno geworden wäre. Denn jetzt, seit niemand sie mehr unterdrückte, wussten die Menschen mit der neu gewonnenen Freiheit nichts Besseres anzufangen, als sich gegenseitig abzuschlachten.

Für Henri waren das alles Verbrecher, nicht nur die Serben, aber vor allem die. Margo dachte an die Frauen und Kinder im eingekesselten Sarajevo. Henri schimpfte auf das Lumpenpack, das sich in Somalia gegenseitig an die Gurgel ging. Margo hingegen sah die flüchtenden Frauen mit ihren halb verhungerten Kindern und die Kälte kroch ihr in die Knochen und der Schmerz nistete sich in ihrem Magen ein.

Das waren Momente, in denen sie Henri kaum aushielt. Außerdem trank er wieder, nicht so viel wie früher, aber er war jeden Abend beduselt, bevor er ins Bett ging, viel zu früh nach ihrem Geschmack. Einzig während der Sommermonate waren sie ein einträchtiges Paar, jeden Tag machten sie ihre Gartenrunde, besprachen, was zu tun war, damit der Garten ihr Paradies blieb. Noch immer erledigte Henri alles selbst, beschnitt und hackte ab, pflanzte um und ein. Das hielt ihn gesund – das und der Rotwein, behauptete er.

Es wurde abends kühl, es war ja bald Mitte Oktober, aber Margo hatte sich in ihren warmen Mantel gekuschelt und auf die Bank neben der Haustür gesetzt. Die Welt war ihr fremd geworden. Flugzeuge stürzten vom Himmel, Bomben explodierten in London, in Israel gab es Unruhen und in Sarajevo war ein Waisenhaus bombardiert worden. Deutschland trauerte um Willy Brandt, der vor wenigen Tagen gestorben war. Fast kam es ihr vor, als ob das die goldenen Jahre gewesen wären, die Zeit, als er Außenminister war und die Jahre seiner Kanzlerschaft. Henri würde ihr sicher widersprechen, er hatte von Brandt nie etwas gehalten, der Herr badet gerne lau, pflegte er zu spotten – dabei war das ein Ausspruch von Herbert Wehner. Sie konnte den Mann nicht ausstehen, aber Henri mochte ihn, obwohl Wehner ein alter Kommunist war.

Politik war ein schmutziges Geschäft, sie verstand nicht, warum Henri sich mit einer solchen Leidenschaft darüber erregen konnte. Das dauernde Politisieren zerstörte menschliche Beziehungen, es war und blieb eine Männerangelegenheit, die ihr ein Rätsel war.

Die »Tagesschau« war längst vorbei, doch noch immer plärrte der Fernseher. Wenn es heute »Der Alte« gegeben hätte, wäre sie jetzt wieder reingegangen, obwohl die Serie längst nicht mehr so gut war, seit Siegfried Lowitz als Kriminalhauptkommissar Erwin Köster nicht mehr mitspielte. Im Programmheft war irgendein Spielfilm angekündigt, den hatte sie als uninteressant abgehakt.

Langsam wurde ihr kalt. Mit steifen Gliedern stand sie auf und ging ins Haus, das ihr nach der frischen Luft draußen überheizt vorkam. Überhaupt war es Zeit, ins Bett zu gehen, am nächsten Morgen um sieben kam Frau Menkens, die neuerdings drei Tage die Woche putzte und Henri entlastete, indem sie das Mittagessen kochte. Margo mochte es nicht, wenn Frau Menkens sie überraschte, während sie noch im Bett lag, sie kam sich dann wie eine faule, nutzlose Drohne vor. Henri lachte darüber, aber sie fand immer, dass man der arbeitenden Bevölkerung nicht dauernd unter die Nase reiben musste, dass man als unnützes altes Paar in ziemlich komfortablen Umständen lebte.

Henri saß tatsächlich noch immer vor dem Fernseher, offenbar war er trotz des Heidenkrachs eingeschlafen, sein Kinn war auf die Brust gesunken. Hoffentlich kriege ich ihn wach, dachte sie. Sie hatte ihn schon einmal ins Schlafzimmer schleppen müssen, als er betrunken gewesen war. Eine halbe Stunde hatte sie dafür gebraucht, sie wusste nicht, ob sie das noch einmal schaffen würde.

»Henri?« Sie legte ihm die Hand auf die Schulter. Er reagierte nicht. Sie schüttelte ihn, ganz sanft. Langsam sackte sein Kopf zur Seite. »Henri!« Sie beugte sich über ihn. Seine Augen standen einen Spalt weit offen. Stumpfe Pupillen. Er schien nicht zu atmen. Panik stieg in ihr hoch, packte sie an der Kehle, schnürte ihr den Hals zu. Sie legte den Kopf auf seinen Brustkorb. Kein Herzschlag. Sie tastete nach seinem Puls. Nichts. »Henri?« Sie hörte, wie sich ihre Stimme angstvoll hochschraubte, sie stand mit einem Mal neben sich, sah, wie von oben, den schlaffen Körper eines alten Mannes im Sessel liegen, daneben eine alte Frau, die vor Entsetzen starr war.

Langsam sank sie neben dem Sessel auf die Knie.

»Das darfst du nicht. Das kannst du mir nicht antun. Du wolltest auf mich warten!«, flüsterte sie. Hundertmal hatte er gesagt, dass er erst nach ihr gehen würde. Henri, du hast es mir versprochen, schrie es in ihr. Du hast versprochen, mich nicht allein zu lassen!

Sie holte sich eine Decke vom Sofa, lehnte sich an den Sessel, umfasste seine Hand, die noch immer warm war und ein wenig feucht. So hielt sie Totenwache neben ihm.

Frau Menkens war zu Tode erschrocken, als sie beide am nächsten Morgen fand. »Frau Seliger, um Himmels willen!« Sie kniete sich neben Margo, versuchte sie zu umarmen, und brach schließlich in Tränen aus.

Margo wollte die gute alte Menkens trösten, hatte das Gefühl, sich für irgendetwas entschuldigen zu müssen, aber sie bekam kein Wort heraus.

Henri hatte sich schon zu Lebzeiten einen Pfarrer an seinem Grab verbeten. Also standen sie ohne kirchliche Begleitung stumm in der Totenhalle des evangelischen Friedhofs von Osterholz, Margo und Jana, die für die Beerdigung von ihrem Internat ein paar Tage freibekommen hatte, ein paar alte Kollegen Henris, Frau Menkens und der Gärtner, der Henri manchmal im Garten aushalf. Margo war dankbar dafür, sie würde den Mann noch brauchen. Alle schienen auf irgendetwas zu warten, bis Margo begriff und die Urne mit Henris Asche vom Ständer nahm. Sie hatte einen besonders schönen Urnenbehälter ausgewählt, mit Jugendstilornamenten, dafür war der Sarg vom Schlichtesten gewesen, warum hätte man auch teure Eiche in den Verbrennungsofen schieben sollen?

Die anderen folgten ihr im Gänsemarsch hinaus in den Regen. Der Rasen des Urnenfeldes war klatschnass und gab unter ihren Schritten nach, fast wäre sie gestolpert und hätte die Urne fallen gelassen. Jana nahm sie ihr aus der Hand. Endlich standen alle vor dem mit grünem Kunstrasen eingefassten Erdloch. Wieder schien man auf Margo zu warten. Sie sollte, sie musste etwas sagen, aber was?

In die erwartungsvolle Stille hinein ertönte Janas Stimme. »Aber weiter und weiter schlepp ich mich fort; von Tag zu Tag, von Mond zu Mond, von Jahr zu Jahr; bis dass ich endlich, erschöpft an Leben und Hoffnung, werd hinstürzen am Weg und die alte ewige Nacht mich begräbt barmherzig, samt allen Träumen der Sehnsucht.«

Ein Gedicht von Theodor Storm, eines von Henris Lieblingsgedichten. Dass Jana sich daran erinnerte, ja, dass sie es vortragen konnte, bestürzte und rührte Margo zugleich. Prompt kamen ihr die Tränen, obwohl sie Henri irgendwann versprochen hatte, bei seiner Beerdigung nicht zu weinen, falls er wider Erwarten früher gehen musste.

Du solltest doch auf mich warten, dachte sie. Ach, Henri.

Jana senkte die Urne behutsam hinunter in den Schacht, jeder warf sein Sträußchen und seine Schaufel mit Sand hinterher. Die Kränze lagen noch auf einer Schubkarre, der Totengräber – sagte man noch so? Margo wusste es nicht – hob einen nach dem anderen herab und legte sie neben das Grab. Das Landgericht hatte einen geschickt und ein früherer Studienkollege, der weit weg wohnte. Der größte Kranz kam von der Firma, sehr geschmackvoll. Die derzeitige Chefsekretärin verstand offenbar etwas von ihrem Job.

Dann war es Zeit zu gehen, zurück in ein Haus ohne Henri.

Es gab Kaffee und Tee und das, was Frau Menkens »Freud- und Leidkuchen« nannte, das sei die in Norddeutschland übliche Speise bei Hochzeiten, Taufen und Trauerfeiern. Margo machte sich aus diesem trockenen Zeugs nichts, es waren flache Fladen mit Fettaugen in einer Zuckerwüste. Während die Gäste aßen und plauderten – einer von Henris ehemaligen Referendaren erzählte

Anekdoten aus seiner Ausbildungszeit –, ging sie zur Musikanlage und legte die Platte mit Henris Lieblingsstück auf. Louis Armstrongs »St. James Infirmary«, ein Trauermarsch, langsam, getragen. Als das Stück zu Ende war, tat sie etwas, was die anderen vielleicht geschmacklos finden würden, aber das war ihr egal. Sie spielte ein Lied, das Henri auswendig konnte und das er immer wieder zitiert hatte, obwohl es von Franz-Josef Degenhardt stammte, einer roten Socke: »Armer Felix. Requiescas in pace. Der Kies knirscht ›Traulich geführt‹, es regnet nicht mal, und die Träger riechen nach Schnaps und grinsen gerührt.«

Sie spürte, wie sich weiche Arme um sie legten. Jemand hatte sie verstanden. »Er war was ganz Besonderes und der beste Großvater, den man sich vorstellen kann«, flüsterte Jana. »Ich denke so oft an ihn.«

V

Man gewöhnt sich an Verluste. Den ganzen langen Winter über hatte Margo auf die Geräusche gelauscht, die ihr so vertraut waren, das Räuspern, etwa. Henri räusperte sich oft und es klang immer unwirsch. Wenn er sich beim Zeitunglesen räusperte, folgte meistens eine verächtliche Bemerkung über die »Journaille«, weil sie die Welt nicht sah wie er. »Ach ja« oder »Quatsch« sagte er am häufigsten, dazu ein kräftiger Schlag aufs Papier.

Ja, sogar das vermisste sie.

Und seine schnellen Schritte draußen auf dem Weg vom Tor zur Haustür, wenn er mit den Einkäufen nach Hause kam. Das leise, fast tonlose Pfeifen, das er anstimmte, wenn er in der Küche hantierte. Dann durfte ihn niemand stören, er duldete keinen anderen in seiner Kombüse, wenn er den Küchenbullen machte. Die Seemanns- und Landsersprüche hatte sie ihm nie abgewöhnen können. »Essen fassen!« war noch der harmloseste.

Seit den letzten Apriltagen machte sie wieder jeden Tag eine Gartenrunde und immer spürte sie Henri neben sich. Manchmal redete sie mit ihm, machte Vorschläge, gab Anweisungen, bemängelte etwas. »Der Giersch bei der Samthortensie! Die Brennnesseln an der Hecke! Die Forsythie hätte schon im letzten Jahr ausgelichtet werden müssen! Und der Flieder!«

Eines Tages geschah ein Wunder – ausgerechnet am Komposthaufen. Oben auf dem Hügel, inmitten von Eierschalen und Salatblättern, saß ein Vogel, wippte auf und ab, sah sie aus schwarzen Knopfaugen an und blieb furchtlos sitzen, als sie sich näherte. Es musste das Tier sein, das Henri im letzten Jahr auf Schritt und Tritt begleitet hatte, ein Rotkehlchen. Jetzt folgte es ihr als treuer Begleiter. Sie war nicht mehr allein.

Gegen Abend hatten sich die letzten Wolken verzogen. Es war zwar noch immer recht kühl, aber sie wollte endlich wieder draußen auf der Bank neben der Haustür sitzen. In eine Decke gekuschelt und mit einem Glas Wein blickte sie in die Dämmerung. Die Silhouetten der Bäume oben an der Grundstücksgrenze nahmen langsam schärfere Konturen an, die Birke, der Pflaumenbaum, die Fichte. Auf dem Apfelbaum saß eine Amsel, die mit Inbrunst pfiff und gurrte und plötzlich schimpfend davonflatterte. Rechts, dort, wo eine Kletterhortensie an der Garage emporwuchs und sie fast eingehüllt hatte, raschelte es. Margo richtete sich auf. Es fiel ihr schwer, in der Dämmerung etwas zu erkennen, obwohl der Mond fast voll war und rund und prall über dem Wald am Horizont hing. Ihre Augen waren schwach geworden. Es raschelte wieder. Dann quiekte es, ein Laut voller Schrecken oder Protest, der jäh abbrach.

Aus dem Rankenverhau schälte sich ein Tier und trabte mit hocherhobenem Kopf auf das Stück Rasen, das direkt in Margos Blickfeld lag. Eine Katze, die etwas in ihrem Maul hielt. Sie ließ die Beute fallen und wartete – elegant gestreckt, voll selbstbewusster Anspannung. Margo bangte um das Mäuschen und bewunderte zugleich das Raubtier, das die Pfote hob und die Maus anstupste. Sie hielt den Atem an. Das Opfer gab kein Lebenszeichen von sich, während die Katze lauerte. Doch in einem Moment vergeblichen Heldenmutes rappelte es sich auf, lief im Zickzack davon und machte sich womöglich Hoffnungen, dem Feind entfliehen zu können, denn der sah dem Fluchtversuch mit geneigtem Kopf in aller Ruhe zu, bevor er hinterhersetzte. Das Mäuslein quiekte ein letztes Mal, als die Katze es in den Fang nahm und in die Luft warf, wieder und wieder. Dann wendete sie ihre Beute mit der Pfote wie eine Bratwurst auf dem Grill hin und her, bevor sie das leblose Fellhäufchen zu verspeisen begann. Margo hörte zitternd vor Mitleid die winzigen Knochen krachen.

Endlich war es vorbei. Die Katze hockte im Mondlicht auf der Wiese und putzte sich. Sie war ein Raubtier, sie tat, was ihrer Natur entsprach, und Henris Mausefallen oben auf dem Speicher waren sicher auch keine schönere Art, zu Tode zu kommen, redete Margo sich ein. Ihr war kalt und ein Krampf im Bein kündigte sich an. Als sie vorsichtig ihre Position veränderte, hob die Katze den Kopf und spitzte die Ohren.

»Nicht weglaufen«, flüsterte Margo. Doch das Tier war blitzschnell und ohne einen Laut verschwunden. Ob es wiederkommen würde? Und wo es wohl wohnte? Bei den Nachbarn? Im Wald?

Am nächsten Abend saß sie wieder draußen, aber sie musste bis zum zweiten Glas Wein warten, bis die Katze im weichen Mondlicht heranstolzierte. Auch heute konnte Margo die Farbe nicht richtig erkennen, das Tier war nicht weiß, aber auch nicht schwarz. Wie alt es wohl war? Und war es überhaupt ein Weibchen oder doch eher ein Kater?

Frau Menkens sah man am nächsten Morgen an, dass sie Margos Wünsche auf der Einkaufsliste, die wie immer auf dem Küchentisch lag, diesmal ungewöhnlich fand. »Katzenfutter? Sind Sie sicher?«

»Das ist eine besondere Diät«, sagte Margo mit tiefem Ernst, sie hatte Vergnügen daran, die Menkens zu verwirren. »Für eine neue Bekanntschaft.«

»Und ich dachte schon, Sie halten nichts mehr von meiner Kochkunst!« Frau Menkens ließ sich nicht irritieren, sie war nicht auf den Kopf gefallen.

Margo lachte. Sie hatte so lange nicht mehr gelacht, sie hatte schon geglaubt, das Lachen verlernt zu haben. Frau Menkens lachte mit. Margo freute sich auf den Abend.

Alle Welt hatte auf Regen gewartet, nur sie nicht. Es begann am frühen Nachmittag zu »plästern«, wie die Menkens immer sagte, und hörte zwei Tage lang nicht auf. Bei diesem Wetter würde sich keine Katze auf die nasse Wiese trauen – und niemand in meinem Alter sollte vor die Tür gehen, dachte sie.

Als sie Tage später, in der ersten sternklaren Nacht, wieder draußen sitzen konnte, wartete sie vergeblich. Erst am nächsten Abend stromerte das Tier über die Wiese und verschwand im Gebüsch. Margo ließ das Schälchen mit dem Katzenfutter draußen stehen, als sie ins Bett ging. Am Morgen war es leer geputzt.

Wieder war es Abend, wieder wartete sie, wieder kam die Katze, jeden Abend blieb sie länger und jeden Morgen war das Schüsselchen leer. Margo fand das abendliche Ritual beruhigend. Ja, manchmal hatte sie das Gefühl, dass es glücklich machte. Musste man erst alt werden, um eine Kreatur zu lieben, nur weil sie da war?

Oder war sie heutzutage leichter zufriedenzustellen? Denn sie spürte das immer häufiger, dieses Aufleuchten, das den Augenblick überstrahlte: wenn Frau Menkens ihr das Mittagessen hübsch angerichtet hatte und eine Rose in der Vase auf dem Tisch stand. Oder der glitzernde Tau auf dem Rasen in der Morgensonne. Das große Violinkonzert von Max Bruch, das sie seit ihrer Jugend liebte und das sie immer wieder auflegte. Das Tschintschin der Meisen, die jubelnden Rufe der Amseln, die frechen Rüpeleien der Spatzen und all die anderen Vogelstimmen, die Henri sofort erkannt hätte, ach wäre er noch da. Das Glas Wein, abends, nach dem Abendbrot, manchmal auch noch ein zweites. Ihr Bett, das sie jeden Abend wie eine Mutter mit warmen, weichen Armen empfing. Der rote Kaschmirpullover, frisch gewaschen und gedämpft, duftend und wärmend. Rosenknospen kurz vorm Aufbrechen. Die ersten Erdbeeren. Sogar die Rückenschmerzen nach einem Nachmittag Unkrautjäten hatten etwas mit Glück zu tun.

Jeden Abend rückte Margo das Katzenfutter ein bisschen näher an ihren Beobachtungsposten. Sie hatte die Katze Minka getauft, so hießen alle Katzen in ihrer Vorstellung. Noch nie in ihrem Leben war sie so geduldig gewesen. Nicht mit Leonore, erst recht nicht mit Henri und noch nicht einmal mit Jon.

Mittlerweile konnte sie Minka genauer betrachten. Sie hatte ein rostrot gestromtes Fell, war ziemlich mager und noch sehr jung, nichts ließ darauf schließen, dass sie ein festes Zuhause hatte.

»Was meinst du? Willst du bei mir bleiben?« Minka

hatte sich an ihre Stimme gewöhnt, sie schaute nicht mehr misstrauisch hoch, wenn Margo zu ihr sprach. »Wir könnten sogar versuchen, Freunde zu werden.« Das Tier setzte sich auf und zog sich die Pfote übers Ohr. Dann sah sie hoch. Margo ließ ihre Hand beiläufig herabsinken. Minka zögerte, machte ein paar Schritte nach vorn, streckte den Kopf vor, roch an ihren Fingern. Dann setzte sie sich und schmiegte ihren seidenweichen Kopf in Margos Hand. Margo rührte sich nicht und lauschte dem leisen Purren.

»Minka?«, flüsterte sie nach einer Weile. Die Katze stupste ihre Hand mit der Nase an, drehte sich um und sprang davon.

Sie waren jetzt Freunde.

Es dauerte einen ganzen Sommer lang, bis Minka lernte, neben Margo auf der Bank zu sitzen, sich kraulen zu lassen, zu schlafen. Der Gärtner sägte ein Loch in die Haustür für eine Katzenklappe. »Die schöne Tür«, murrte er. »Wegen so einem Vieh.« Margo war die Tür egal.

Als es Winter wurde, kam Minka abends ins Haus. Irgendwann lag sie in Margos Bett, am Fußende, und schaute ihr blinzelnd zu, wie sie sich ihr Nachthemd anzog und unter die Bettdecke schlüpfte. Draußen stürmte es. Drinnen schnurrte Minka ihre Herbergsmutter in den Schlaf.

VI

3. September 1995

Liebe Jana,
ich hoffe, dass Du dieses Tagebuch erhalten hast, ich
habe Frau Menkens darum gebeten, dafür zu sorgen.
Wenn Du es gelesen hast, wirst Du vielleicht verstehen,
warum wir Dir nie gesagt haben, dass Leonore und

Alexander nicht Deine biologischen Eltern sind. Zum
einen haben wir ja erlebt, wie sehr Du unter dem Verlust
von Leonore gelitten hast. Sollten wir sie Dir ein weiteres
Mal nehmen? Weder Henri noch Alexander noch ich
haben das übers Herz gebracht.

Und dann – ach, nenn es den Egoismus einer alten Frau:
ich wollte nicht, dass Du auch nur für eine Sekunde
daran zweifelst, dass Du zu uns gehörst. Henri hat Dich
womöglich mehr geliebt als seine eigene Tochter. Und
ich – ach, Jana. Wenn ich daran denke, wie Du mich bei
Henris Beerdigung getröstet hast … Ich hätte es nicht
ertragen, wenn Du Dich von uns abgewandt hättest.
Außerdem glaube ich mittlerweile fest daran, dass ich
Deine leibliche Großmutter bin. Ja, ich glaube heute,
dass Deine Mutter, die Dich damals bei uns zurück-
gelassen hat, meine Tochter ist, das Kind, das ich im Mai
1945 in Schlesien verloren habe.

Du glaubst es, aber Du weißt es nicht, wirst du mir
entgegenhalten. Du hast recht: Ich kann es nicht
beweisen. Aber hätte sie Dich uns sonst anvertraut?
Keine Mutter lässt ihr Kind ohne Not bei wildfremden
Menschen zurück. Man kann ihr vieles vorwerfen, aber
eines gewiss nicht: dass sie für Dich nicht das Beste wollte.
Wenn sie, wie ich vermuten muss, als Agentin der DDR
in den Westen geschickt wurde, dann war die Gefahr
groß, dass man sie enttarnte. Dann wäre sie ins Gefängnis
gekommen. Was wäre wohl dann aus Dir geworden?
Ich möchte nicht, dass Du Dich entwurzelt fühlst. Du
hattest und Du hast eine Familie. Und vielleicht wirst
Du bald eine eigene haben.

Ich weiß, dass Dein Leben nicht immer einfach war
in den letzten Jahren. Ich wünsche Dir eine Arbeit,
die Dich ausfüllt, und einen Mann, der Dich liebt. Ich
muss gestehen, dass ich heute nicht mehr weiß, was von

*beidem wichtiger ist. Oder doch: Man muss im Leben
eine Aufgabe haben, wo immer sie liegt. Wenn man
Glück hat, ist es eine, die einen über das ganze lange
Leben hinwegträgt.*

*Henri war bis zuletzt am Zeitgeschehen interessiert,
weit mehr, als ich es je war. Für mich war mein Beruf
der Fixstern im Leben, ich habe nie vom Rentnerdasein
geträumt. Wichtig ist, dafür zu sorgen, dass man wenig
zu bereuen hat.*

*Für mich gilt das nicht. Ich habe einiges zu bereuen,
vieles, was ich getan, und manches, was ich unterlassen
habe. Habe ich Helene Pinkus unrecht getan? Vielleicht,
doch dafür hat sie sich gerächt. Ob meine grenzenlose
Dummheit Jon Bajohr in den Tod getrieben hat? Ich
weiß es nicht, aber ich fürchte es manchmal. Mir war ein
Trost, dass ich zuletzt seiner Witwe helfen konnte, die
Firma Maxdatex erfolgreich weiterzuführen, und dass
sein Sohn Max in seine Fußstapfen tritt.*

*Denn ich habe Jon geliebt, mehr als ich mir und ihm
eingestehen konnte. Aber wie sollte ich Henri verlassen,
der immer zu mir stand? Glück kann auch darin liegen,
es so lange miteinander ausgehalten zu haben.*

*Ich schließe dieses Tagebuch jetzt. Ich sehe für mich nicht
mehr viel Zukunft und mit der Vergangenheit habe ich
abgeschlossen. Du liegst mir am Herzen, und ich hoffe,
Dir das in der Zeit, die mir noch bleibt, auch zeigen zu
können – wenn Du mich lässt! Warum bloß wohnst Du
in Berlin? Das ist so furchtbar weit weg.*

*Ansonsten lebe ich im Augenblick, erfreue mich an
duftenden Rosen und Herbststürmen, an der singenden
Amsel und dem seidenweichen Fell meiner Katze. Der
Moment ist das Einzige, was am Ende eines Lebens
bleibt, und man darf ihn nicht vergeuden mit der Klage
darüber, was war und was hätte sein können.*

Es ist nicht mehr viel Zeit bis zum neuen Jahrhundert. Möge es besser sein als das blutige 20. Jahrhundert, das Leib und Seele so entsetzlich vieler Menschen zerstört hat.

Helene

I

Berlin – Helene stand in der Ecke und hielt sich an ihrem Sektglas fest. Es erstaunte sie immer wieder, wie viele Menschen auf eine Vernissage gingen, um sich irgendetwas Buntes oder Schwarz-Weißes anzuschauen, das reglos an der Wand hing und keinen Ton von sich gab. Am meisten verwunderte sie, wie viele Menschen ausgerechnet die Fotos von Helene Pinkus sehen wollten.

»Die Frau mit dem ›Blick‹.« So lautete der Titel eines Porträts in einer Wochenzeitschrift, der sie bekannt gemacht hatte. Ein junger Berliner Journalist hatte sie »entdeckt«, nachdem sie einige ihrer Fotos in ihrem Lieblingscafé ausgestellt hatte. Das war nun schon ein paar Jahre her und es erstaunte sie noch immer. Kurz vor ihrem achtzigsten Geburtstag, am Ende ihres Lebens, war sie da angelangt, wo sie vor unvordenklichen Zeiten hatte hinkommen wollen: Sie war eine erfolgreiche Fotografin geworden.

Ihre Galeristin Sybilla de Voss war mit ihr normalerweise sehr zufrieden – allerdings nicht, wenn sie in der Ecke stand und tat, als ob sie nicht dazugehörte. Doch so bekam man am besten mit, was das Publikum sagte. Wie das junge Paar, das vor ihrer Serie über den Potsdamer Platz stand: 1989–1999, lautete der schnörkellose Titel. »Man hätte das so lassen sollen, das Gelände, wie es nach der Wende war, so kahl und öde«, sagte die junge Frau. Ihr Begleiter lachte. Warum eigentlich, dachte Helene. Die Frau hat doch recht. Sie selbst verstand bis heute nicht, warum die Berliner so versessen darauf waren, die Wunden und Narben der Stadt zuzupflastern. Städte hatten Geschichte, ebenso wie Bücher und Menschen.

»Helene, da bist du ja!« Strahlend segelte Sybilla auf sie zu, im Schlepptau ein Paar mittleren Alters. »Darf ich vorstellen?«

Helene mochte es nicht sonderlich, aber es gehörte dazu: Wer ihre Bilder kaufte, wollte wissen, wer sie war. Sie erzählte nie viel, einmal hatte sie erwähnt, dass sie im Spanischen Bürgerkrieg mit dem Fotografieren begonnen hatte, und das hatte einen Schwall von Fragen ausgelöst, deshalb hielt sie sich mittlerweile zurück.

»Ich liebe Ihre Fotos, Ihre Dramaturgie, das Spiel mit den Zwischentönen«, sagte die Frau.

»Ihre Arbeiten haben das kollektive Bildgedächtnis über die letzten Jahre der DDR geprägt«, assistierte der Mann. »Nie voyeuristisch. Stets respektvoll. Großartig.«

Helene neigte den Kopf in dankbarer Anerkennung. Es war doch nett, wenn jemand so etwas sagte, etwas, das ihr nie in den Sinn gekommen wäre beim Fotografieren. Während sie mit den beiden sprach, ging ihr Blick über die Köpfe der Menschen hinweg zum vorderen Eingang. Ein hochaufgeschossener Mann mit Hut drehte ihr den Rücken zu, er schien soeben zu gehen, an seiner Seite ein großer dunkler Hund. Déjà-vu.

Sie verwarf den Gedanken an Alard und konzentrierte sich wieder auf das Paar, die beiden verstanden etwas von Fotografie, das war angenehm. Den meisten waren die Sujets wichtiger als ihr Blickwinkel, sie standen vor allem vor den Fotos, die kurz nach der Maueröffnung entstanden waren. Eines zeigte eine elegante ältere Dame im Kostüm, die an einer Lücke in der Mauer stand, durch die man auf den sogenannten Kontrollstreifen blickte, auf eine leere Strecke aus hellem Sand, der achtundzwanzig Jahre lang täglich sorgfältig geharkt worden war. Jetzt war er von Fußspuren zerwühlt. Das war eines ihrer Lieblingsfotos.

Eine andere Serie zeigte Häuserruinen mit verrußten Mauern und leeren Fensteröffnungen – und direkt daneben das frische neue Leben in den Ruinen: Bilder von jungen Leuten, die nach der Wende den kaputten Osten eroberten, Künstler, Musiker, Verrückte. Einer von ihnen hatte auf ein hölzernes Hoftor geschrieben: »Es fällt mir von Tag zu Tag schwerer, auf dem hohen Niveau meines blauen Porzellans zu leben. Oscar Wilde.«

Ein anderer, bemalte Jeansjacke, schwere Nietenarmbänder, die dunklen Haare im Gesicht, führte eine Ratte spazieren, die keine war, wie er ihr erklärt hatte, als sie danach fragte. Klaus-Michael, so hieß das Tier, war eine chilenische Trugratte, ein Degu. Sie hatte die beiden am Brandenburger Tor fotografiert, beide rauchten, jedenfalls schien auch der Degu an einer Kippe zu ziehen. Das hätte es unter Honecker nicht gegeben, darüber waren sie sich einig, der Junge und sie. Was für ein Glück, dass es Honecker nicht mehr gab, die guten Fotomotive hatten sich seither enorm vermehrt.

Kaum hatte das Paar sich verabschiedet, kamen schon die Nächsten, zwei junge Frauen, die Helene verlegen anstarrten, bis endlich die kleinere der beiden – blitzende blaue Augen unter blonder Igelfrisur – den nötigen Mut aufbrachte. »Was ist das: der Blick?«, fragte sie. »Ich meine: Wie bekommt man ihn?«

»Ich weiß es nicht«, sagte Helene. »Vielleicht ist jede Kamera ein magisches Ding? Ich schaue hindurch und in dem Moment glaube ich zu wissen, was war und was – wird.« Die beiden Mädchen sahen einander an, ungläubig.

Ich meine das ernst, hätte Helene am liebsten gesagt, ich weiß nur nicht, wie ich es ausdrücken soll. Doch dann dachte sie an Otto Werner und an die Hochzeitsfotos, die sie damals gemacht hatte.

»Gehen Sie vor ein Standesamt oder eine Kirche und

fotografieren Sie das Brautpaar. Und dann schauen Sie sich die fertigen Fotos an und fragen sich, wie viel Zeit Sie den Brautleuten geben. Wird es eine glückliche Ehe, die hält? Oder war die Heirat ein Irrtum?«

»Das sieht man?«, fragte das Mädchen mit der Igelfrisur.

»Manchmal ja«, sagte Helene.

Oft aber sieht man rein gar nichts, vor allem dann, wenn man selbst blind ist vor Liebe. Ihre Tochter Clara hatte sie nie richtig durchschauen können, auch nicht mithilfe einer Kameralinse.

Sie sah wieder auf, hinüber zum hinteren Eingang. Während einige Besucher bereits gingen, kamen neue hinzu. Sybillas Galerie in Mitte war ein einziger lang gestreckter Raum, der das alte Kontorgebäude durchschnitt, von einer Straße zur anderen, unterbrochen nur von Stellwänden. Nichts erinnerte mehr an das heruntergekommene alte Berlin, und das war gut so.

Helene gehörte nicht zu den DDR-Nostalgikern. Der Osten Berlins war mittlerweile schöner und beliebter als der Westen. Sie hatte sich mit dem neuen Reichtum versöhnt, sie war ja mittlerweile selbst eine Neureiche.

II

Es war wunderbar, im Alter keine Geldsorgen zu haben. Die Bundesrepublik kam zwar vorbildlich für Helenes Rente auf, aber große Sprünge konnte man im goldenen Westen damit nicht machen. Das änderte sich erst, als sie begann, mit ihren Fotos Geld zu verdienen. Seither hatte sie sich ein wenig Luxus angewöhnt, Frühstück in ihrem Lieblingscafé gehörte dazu. Janis servierte nicht nur einen guten Kaffee und frische Brötchen, sein Café hatte einen weit größeren Vorzug: Er bot eine beachtliche Auswahl von Zeitungen an, nicht nur deutsche. Das war seit einigen Jahren ihre Passion: Zeitung lesen. Jeden Tag las sie die »Frankfurter Allgemeine Zeitung«, danach die »Neue Zürcher Zeitung«. Die Schweizer Zeitung war ein gutes Gegengewicht zur deutschen Presse, es erstaunte sie immer wieder, wie intensiv man hierzulande noch immer mit dem eigenen Nabel beschäftigt war. Sie bevorzugte Berichte aus aller Welt, je ferner, desto besser.

Nebenbei hielt sie, wie schon seit Jahren, Ausschau nach einem Foto oder einem Namen. Hatte Clara getan, was Hans Stahl von ihr erwartete? War sie in eine Schlüsselposition aufgestiegen, hatte sie Macht über das Schicksal? Clara war jetzt fast Mitte 50, in diesem Alter war man etwas, man musste nichts mehr werden. Ein-, zweimal hatte Helene geglaubt, sie in jemandem wiederzuerkennen; die eine Frau arbeitete bei der Deutschen Bank, die andere besetzte eine hohe Position bei der Treuhand. Doch bei näherer Betrachtung kam keine der beiden infrage. Langsam begriff sie, dass es ihr so ging wie Margo: Sie hatte ihr Kind für immer verloren.

Doch jetzt spürte sie Bewegung an zwei verschiedenen Fronten, auch wenn ihr noch nicht klar war, ob all das mit Clara zu tun hatte. Seit Jahren war ein Finderlohn von bis zu 5 Millionen DM ausgeschrieben für alle, die Hinweise auf die verschwundenen Gelder aus SED- und MfS-Vermögen geben konnten. Nicht nur die Partei, auch ihr »Schild und Schwert« hatten ein beträchtliches Vermögen angesammelt. Ein Großteil dieses Geldes, geschätzt auf 60 Milliarden DM, galt als verschwunden. Das war es natürlich nicht, davon ging nicht nur Helene aus. Es war gewiss in guten Händen, nämlich in denen ehemaliger MfS-Offiziere, die hatten sich ja nicht alle in Luft aufgelöst. Das meiste Geld war rechtzeitig in die Schweiz transferiert worden, das war ein offenes Geheimnis. Doch jetzt gab es neue Informationen über den Verbleib des Milliardenschatzes, einem Bericht im »Spiegel« zufolge. Vielleicht zog einer der Eingeweihten den sicheren Finderlohn einem Leben im Ungewissen vor? Es sah ganz so aus, als ob die Jagd wieder eröffnet sei.

Noch etwas anderes beschäftigte sie. In der NZZ hatte sie von einem mysteriösen Unfall in den Schweizer Bergen gelesen. Ein Mercedes war von Airolo aus nachts eine alte, kurvenreiche Strecke Richtung Andermatt gefahren, in einer scharfen Kurve von der schmalen gepflasterten Fahrbahn abgekommen und in die Tiefe gestürzt. Das Auto wurde am nächsten Morgen von einem Motorradfahrer entdeckt, der einzige Insasse, ein zweiundachtzigjähriger Pensionär, konnte nur noch tot geborgen werden. Die Untersuchung ergab, dass der Mann viel zu schnell gefahren war, Spuren am Wagen selbst könnten, hieß es, allerdings auch darauf hindeuten, dass ein weiteres Auto am Unfall beteiligt gewesen war. Man suchte nach Zeugen oder dem anderen Unfallbeteiligten; die Suche war bislang ergebnislos geblieben.

Alles an diesem Bericht kam Helene vertraut vor. Beim MfS kannte man viele Arten, einen Gegner zur Strecke zu bringen, eine davon war ein fingierter Autounfall. Das, was sich in den Schweizer Bergen ereignet hatte, sah ganz nach einer Verfolgungsjagd aus.

Das Zusammentreffen dieser beiden Nachrichten mochte ein Zufall sein, aber daran glaubte sie nicht. Der Tote im Auto war mit 82 Jahren im passenden Alter für einen aus der Führungsriege des MfS. Nicht der SED, dann wäre sein Name bekannt geworden. Der Tatort, die Schweiz, passte ebenfalls, wenn man der Spur des Geldes folgte. Sie spielte in Gedanken alle möglichen Szenarien durch, die Grübelei hielt sie wach, und als sie endlich eingeschlafen war, ließ ein Albtraum sie wieder hochschrecken. In diesem Traum saß Clara im Unglückswagen auf dem Beifahrersitz.

Schon lange studierte sie in allen deutschen Zeitungen die Seite mit den Todesanzeigen besonders gründlich – das war ein eher bedenklicher Spleen geworden, sie hatte sich angewöhnt, aus dem Durchschnittsalter der Verstorbenen auf ihre eigene Lebenserwartung zu schließen. Jetzt waren auch die entsprechenden Seiten in der NZZ von Interesse. Als sie endlich fand, womit sie gerechnet hatte, war sie dennoch zutiefst erschrocken.

»Albert Franke, 8. Mai 1917 – 18. Juni 1999. Herz und Hand für Frieden und Gerechtigkeit. Niemals aufgeben.«

Alles stimmte: der Geburtstag und der Name. Am 8. Mai war sein Geburtstag und Albert Franke war sein Geburtsname: Hans Stahl. Für einen kurzen Moment glaubte Helene, ins Bodenlose zu fallen.

Jahrelang hatte er die Hauptrolle in ihrem Leben gespielt, der Genosse Generaloberst, war ihr Lehrmeister und ihr Liebhaber gewesen. Mit Liebe hatte das nichts zu tun gehabt, noch nicht einmal Freundschaft hatte man das nennen können, was sie verband, doch selbst Betrug und Verrat hatten ihre Beziehung nicht völlig zerstören können.

Wer hatte ihn verfolgt und in den Tod getrieben? So und nicht anders musste es gewesen sein, davon war sie überzeugt. Die alten Genossen oder neue Jäger des Schatzes? Sie zweifelte nicht daran, dass Stahl zu den Hütern des Geldes gehört hatte.

Helene erinnerte sich noch genau an das, was sie gesehen hatte, am letzten Abend, an dem sie Hans begegnet war, in der konspirativen Wohnung. Sie hatte ihr Gedächtnis immer wieder überprüft und sah alles präzise vor sich: wie sie vor der Wohnungstür stand und Männerstimmen hörte, wie Hans ihr aufmachte, sichtlich aufgekratzt und schon leicht angetrunken. Wie er zum Wohnzimmer ging, seinen Kumpanen etwas zurief. Und als sie gehen wollte und mit ihm im Flur stand, öffnete jemand die Wohnzimmertür, sie hatte hineinsehen können, nur für einen kurzen Augenblick, aber der Mann, der nach Hans rief, war ihr bekannt vorgekommen. Und heute glaubte sie zu wissen, um wen es sich handelte.

Hans betrank sich mit seinen Spießgesellen und alle waren bester Laune, obwohl ihnen soeben ihr Lebenswerk unterm Arsch zusammenkrachte. Einer der Männer, mit denen er feierte, hieß Günther Gerlach. Gerlach verwaltete die Stasi-Kasse, und die war bis zum Ende der DDR prall gefüllt.

Was hatte Hans mit seinem Anteil finanziert? Das gute Leben? Oder sein »Projekt«, die DDR im vereinigten Deutschland zu konservieren, mithilfe Claras?

Auf der Anzeige fand sich keine Traueradresse, was Helene nicht wunderte. Wer die Anzeige aufgegeben hatte, signalisierte etwas, aber nicht, dass er oder sie gefunden werden wollte.

In den nächsten Wochen verbrachte sie den halben Tag am Telefon. Es war nicht ganz einfach, herauszufinden, wo Hans begraben lag, aber endlich machte sie den kleinen Ort in der Nähe von Andermatt ausfindig – und das beauftragte Bestattungsinstitut in Luzern, wo sie noch am selben Tag jemanden erreichte.

»Ich möchte gerne den Hinterbliebenen kondolieren, vielleicht können Sie mir mit der Adresse weiterhelfen?«, fragte Helene in angemessen betroffenem Ton.

»Ich darf Ihnen keine näheren Auskünfte geben, das tut mir sehr leid, glauben Sie mir«, antwortete eine warme Frauenstimme. »Aber wenn Sie den Brief an uns adressieren, können wir ihn an die Witwe weiterleiten. Gisela Franke, zu unseren Händen.«

Hans hatte also eine Frau namens Gisela geheiratet. Helene legte den Hörer auf. Ihr war ein wenig schwindelig und sie hatte einen sauren Geschmack im Mund. Ausgerechnet Gisela. Ein Zufall?

Clara war als Gisela Hegewald in die Bundesrepublik gegangen, bevor sich ihre Spur verlor. Hatte Hans Stahl sie geheiratet – die Tochter seiner ehemaligen Geliebten, seine Topagentin, die er kannte, seit sie ein Kind war? War das möglich?

Nein. Niemals. Das brachte selbst Hans nicht fertig.

Aber was war mit Clara? Sie hatte für den Genossen Stahl geschwärmt, kindlich, hatte Helene geglaubt. War daraus irgendwann mehr geworden? Hans hatte sich gerühmt, Claras Ausbildung selbst in die Hand genommen zu haben, damals, 1979, als er ihr endlich gestanden hatte, wen sie in seinem Auftrag zu Margo geschickt hatte.

Hatte er all die Jahre über den Kontakt zu Clara gehalten? War es späte Liebe oder waren die beiden eine Zweckehe eingegangen?

Nein, das alles ergab keinen Sinn. Nur eines: Hans hatte alle und alles verraten, immer schon und immer wieder. Auch Clara? Vielleicht steckte ja »Gisela« hinter seinem Tod?

Sie dachte den Gedanken nicht zu Ende. Unruhig stand sie auf und lief durchs Zimmer, zog eine welke Rose aus dem Strauß auf dem Tisch, zupfte den Vorhang vorm Fenster zurecht, stellte die Stühle gerade. Sie musste sich Klarheit verschaffen. Aber wie?

Zu ihrer Erleichterung rief Sybilla an. »Wir haben etwas zu feiern! Kommst du vorbei?« Helene schlüpfte in ihre Laufschuhe, zog die Regenjacke an und lief durch den leichten Sommerregen Richtung Mitte, bis sich ihre

Seele beruhigt hatte. Vielleicht war alles ganz einfach: Hans hatte Wort gehalten, als er ihr fest versprach, sich um Clara zu kümmern, er hatte nur nicht gesagt, wie.

»Also deine letzte Ausstellung war ein Bombenerfolg!« Sybilla empfing sie in der Galerie mit Sekt, Häppchen und Blumen. Offenbar hatte der Verkauf die Kasse gut gefüllt.

»Wie macht sich dein nächstes Projekt? Meine Stammkunden fragen schon nach dir, denen möchte ich bald was erzählen können. Außerdem hat jemand von ›View‹ angerufen, sie möchten dich für eine Fotostrecke gewinnen.«

»Langsam, Sybilla, alte Frau ist kein Düsenjäger.«

Tatsächlich arbeitete sie schon seit Jahren an einem Projekt, das in wenigen Monaten beendet sein würde, dann, wenn das Auswärtige Amt von Bonn nach Berlin an den Werderschen Markt umgezogen war. Dort stand seit 1933 der soldatisch-stramme Bau der Reichsbank, zehn Jahre lang nutzte ihn das Finanzministerium der DDR und 1959 hatte sich das ZK der SED hier eingenistet. Seit der Umzug der Bundesregierung nach Berlin beschlossene Sache war, wurde das Gebäude erweitert und umgebaut und Helene hatte die einzelnen Bauabschnitte dokumentiert, in deren Verlauf die SED-Vergangenheit getilgt wurde.

Doch im Moment beschäftigte sie das nicht. Sie nahm sich eins dieser Häppchen, die Sybilla so liebte – »Fingerfood« nannte man das, wenn man beim Essen Messer und Gabel weglassen konnte, sie mochte das, es hatte etwas Beiläufiges. Doch heute schmeckte sie kaum, was sie aß, und sie hörte auch nicht richtig zu, während Sybilla weiterredete. Das konnte sie, reden, egal über was. Helene bewunderte das, sie stellte es sich furchtbar anstrengend vor.

Sie ließ sich Sekt nachschenken, hob das Glas und stieß mit Sybilla an. »Auf unser nächstes gemeinsames Projekt!«, sagte die Galeristin und strahlte. Als ein Kunde hereinkam und Sybilla beschäftigte, nutzte Helene die Chance, stand auf und holte ihre Jacke aus der Garderobe.

Sie war schon am Eingang, als Sybilla hektisch auf sie zugeschossen kam, in der Hand eine Karte. »Ich Idiot, fast hätte ich's vergessen! Das hier hat jemand für dich abgegeben, es ist zwischen die Prospekte gerutscht, da habe ich es erst vorgestern gefunden.«

Eine Visitenkarte. »A. v. S.« stand darauf, mehr nicht. Und eine Telefonnummer.

III

Helene hatte sich Mühe gegeben, ein wenig zu spät zu kommen, damit sie ihn in Ruhe beobachten konnte. Sie hatte ihn sofort wiedererkannt, den einsamen Herrn am Tisch draußen unter dem Sonnenschirm, schon des Hundes wegen, der neben ihm saß, auch wenn es keine Dogge war. Wenn man Alard von Sedlitz durch die Kamera betrachtete, sah man jedes Detail; sein Haar war weiß und seine Züge waren scharf geworden, die Haut wie zerknülltes Seidenpapier, die dunklen Augen eingesunken. Und seine Hand, in der er die Sonnenbrille hielt, die Hand mit den langen schmalen Fingern eines Klavierspielers – seine Hand zitterte.

Was hatte er mit seinem Leben angestellt? Gab es eine Frau, Kinder, Enkel? Ein Haus, ein Auto? War er glücklich?

Und was würde er zu sehen bekommen, wenn sie ihren Beobachterposten aufgab und zu ihm ging? Eine vertrocknete ältere Dame, ein bisschen zu dünn, das Haar ein wenig zu kurz und nicht mehr so rot wie früher. Alleinstehend. Keine Kinder. Nicht unglücklich, nur manchmal.

Vor 54 Jahren, in diesen fernen, verzauberten Wochen auf Mondsee in Schlesien, einem Land, das es nicht mehr gab, hatte er eine andere in den Armen gehalten.

War es eine gute Idee, sich nach all den Jahren wiederzusehen?

Sie gab sich einen Ruck, ging hinüber, ließ sich auf den Stuhl neben ihm sinken, verstaute den Fotoapparat umständlich in ihrer Handtasche und hielt dem Hund die Hand hin, die er vorsichtig beschnupperte, bevor sie aufblickte.

»Sie heißt Asha.« Die Stimme wie damals, warm, weich, vielleicht ein wenig rauer geworden in rauen Zeiten. Die dunklen Augen in einem Strahlenkranz feiner Linien. Er lächelte.

»Wie schön, dich zu sehen, Helene. Ich war in deiner Ausstellung, aber ich wollte dich nicht stören. Deine Bilder sind großartig.«

Helene fehlten noch immer die Worte. Was sagt man, wenn man sich so lange nicht gesehen hat? Gut siehst du aus? Hast dich kaum verändert? Ganz der Alte?

»Es ist, als wäre es erst gestern gewesen, oder?« Sie hob die Augenbrauen.

Alard grinste zurück. »Vorgestern, aber auf den einen Tag soll es uns nicht ankommen.«

Seine Hand zitterte nicht mehr. Er trug keinen Ring am Ringfinger, ein Detail, das sie freute. Als ob das wichtig wäre.

Der Kellner kam, nahm ihre Bestellung auf, ging, kam wieder mit Wasser und Wein. Wie überbrückt man die Jahrzehnte? Wie vermeidet man all diese unnötigen Fragen, auf die es nur schlechte Antworten gibt, Fragen wie: Warum hast du nie nach mir gesucht? Warum hast du dich nicht schon vor Jahren gemeldet? Hast du mal an mich gedacht?

Und was sollte man antworten auf die dümmste aller Fragen: Was hast du all die Jahre über getan?

Wie fasst man ein Menschenleben zusammen? Ich bin Fotografin, aber in einem früheren Leben, vor 20 Jahren, habe ich bei einer Institution gearbeitet, die heute allenthalben »die Stasi« heißt?

Sie würde womöglich erklären müssen, dass die Hauptverwaltung A nicht »die Stasi« war, dass man dort keine von Mielkes Obsessionen teilte, der den Blick stets nach innen, aufs eigene Volk gerichtet hatte statt nach außen auf den Klassenfeind. Dass die HV A – A wie A, nicht wie »Aufklärung«, wie die Schlaumeier unter den Wessis behaupteten – etwas Besseres gewesen war, einer der besten Geheimdienste der Welt, ebenbürtig dem bundesdeutschen BND oder dem britischen SIS. Dass sie selbst niemandem geschadet hatte, nicht mehr jedenfalls als üblich war in diesem Geschäft …

»Das Leben ist ein wenig anders verlaufen, als wir uns das einmal vorgestellt haben, oder?«

»Genau das dachte ich auch gerade.« Alards Anblick schickte sie zurück ins Jahr 1938, nach Spanien, in einen Pferdestall im zerschossenen Cáceres, in dem es nach Stroh und Pferden roch, alles sah sie scharf und in Farbe vor sich: Liam Broedie, dessen Haar ebenso rot leuchtete wie ihres, und daneben Alard, schmal, dunkel, angespannt.

»Erinnerst du dich an unseren Plan? An das, was wir drei uns im Pferdestall in Cáceres ausgedacht haben? Als wir die Welt retten wollten?«

»Ich erinnere mich an jedes Wort.« Alard griff nach ihrer Hand.

»Ich habe nach dem Krieg nicht danach gefragt, als wir uns auf Mondsee wiedersahen, wir hatten uns Wichtigeres zu sagen, aber …«

»Frag jetzt.« Er lächelte.

»Hat Margo dir jemals das Paket geschickt, das ich ihr für dich anvertraut habe?«

Sein Lächeln verschwand. Er schüttelte den Kopf.

Helene atmete tief ein und lehnte sich zurück. Was immer ich Margo angetan habe, dachte sie – dass sie meine letzte Bitte ignoriert hat, bevor ich ins KZ ging, rechtfertigt wenigstens einen Teil davon.

Es wurde später Nachmittag, die Kaffeezeit war vorbei und viele Gäste gingen. Es wurde Abend, die Menschen drängten sich auf den Bürgersteigen und die Tische füllten sich wieder. Der Kellner hatte Brot und Käse gebracht und wieder weggeräumt, sie hatten beide keinen Appetit. Alard bestellte eine zweite Flasche Riesling.

Selbstvergessen streichelte Helene den seidigen Kopf des Hundes. Sie musste es Alard sagen. Aber wann und wie?

»Ich habe manchmal davon geträumt, dich wiederzusehen, aber ich habe es nicht für möglich gehalten«, sagte er nach einer Weile.

Sie nickte stumm.

»Wohin bist du verschwunden, damals in Mondsee? Als ich zurückkam, brannte die Scheune. Vater haben sie erhängt und Adelante erschlagen. Oben im Haus habe ich Margo gefunden, ich habe mit ihr nicht gerechnet, ich dachte erst … Egal. Es ist ein Wunder, dass sie die Sache überlebt hat. Nur von dir fehlte jede Spur.«

Es tut mir leid, dachte sie. Alles. Nein, nicht alles. »Ich saß in der Küche und habe gehört, wie die Banditen das Tor aufbrachen. Ich bin durch die Hintertür aus dem Haus geschlüpft und weggelaufen.«

»Wie froh ich darüber bin.« Sein Lächeln vertiefte sich und seine Augen schimmerten. Nein, dachte Helene und wich seinem Blick aus, der sie lockte, zurück, als ob ein halbes Jahrhundert keine ernst zu nehmende Zeitspanne wäre. Nicht. Du wirst mich nicht mehr lieben, wenn du alles weißt.

»Ich habe das Kind aus seinem Körbchen gehoben und mitgenommen.«

»Das Kind?« Er verstand nicht. Wie sollte er auch? Er war unterwegs gewesen, als Margo im Hof auftauchte, das kleine Bündel im Arm.

»Margos Kind, gerade fünf Monate alt.«

Er schloss die Augen. Verstand er? Oder würde er alles leugnen?

»Das war Anfang April 1944. Ich war auf dem Weg von Mondsee nach Krummhübel.« Er sprach langsam, als komme es auf jedes Detail an. »Meine Abteilung im Auswärtigen Amt war dahin verlegt worden. Nachmittags habe ich in Neustadt Station gemacht. Dort ist mir Margo auf der Straße entgegengekommen. Wir haben die Nacht miteinander verbracht. Es war eine Nacht Trost in kalten Tagen. Keiner von uns hat an mögliche Folgen gedacht.«

Trost in kalten Tagen. Ja, das hatten sie alle gebraucht, damals. Warum nur konnte sie dennoch nicht verzeihen, nicht Margo, nicht Alard?

»Du hast ihr das Kind geschenkt, das ich mit dir nicht haben konnte, Alard.« Ihre Stimme hörte sich kalt und spröde an. »Ich habe es an mich genommen. Dein Kind ist mein kleines Mädchen geworden.«

»Wir hatten also all die Jahre etwas gemeinsam.« Wieder dieser Blick. »Wie hast du sie genannt?«

»Clara.«

»Sie heißt Clara? Wie deine Mutter.«

Das wusste er noch?

»Und wo ist sie – Clara? Was macht sie? Weiß Margo davon?«

Helene fühlte sich mit einem Mal erschöpft bis in die Zehenspitzen. »Ich kann dir alles erklären, aber nicht heute. Heute nicht. Ich möchte gehen.«

Die Rechnung war ziemlich hoch dafür, dass sie kaum etwas gegessen hatten. Der Kellner bestellte zwei Taxis. Als Helene sich von Alard und Asha verabschiedete, wusste sie nicht, ob sie ihn wiedersehen wollte. Man konnte ein halbes Jahrhundert nicht überbrücken. Und was würde er sagen, wenn er erführe, was aus Clara geworden ist?

Nach vier Tagen rief Alard sie an.

IV

Diesmal saßen sie drinnen im Café, obwohl draußen die Sonne schien. Drinnen war es kühl und sie waren unter sich.

»Ich habe bei Margo angerufen«, sagte er. »Sie liegt im Koma. Ihre Enkelin ist bei ihr. Jana.«

Claras Tochter. Helene stockte der Atem.

»Es ist wohl zu spät, Margo zu sagen, wo ihre erste Tochter all die Jahre über war.«

Ja, es war für vieles zu spät.

»Kannst du ihr nicht verzeihen? Nicht einmal jetzt?«

»Warum sollte ich? Sie hat mir noch nicht einmal meine letzte Bitte erfüllt. Das Paket, das ich ihr für dich geschickt habe, enthielt alles, was ich all die Jahre über gesammelt habe. Fotos, Berichte. Zahlen.«

»Helene, um Himmels willen!« Er griff nach ihren Händen. »Du hast weitergemacht und nicht daran gedacht, in welche Gefahr du dich damit gebracht hast?«

Sie ließ es zu, dass er ihre Hände streichelte. »Es war die einzige Verbindung zu dir. Dumm, so etwas zu denken, oder?«

»Nein.« Er hob ihre Hände an seinen Mund. »Es war dumm, es zu tun. Du solltest Margo dankbar sein. Sie hätte dein Material auch an die Gestapo weitergeben können, mitsamt der Information, für wen es gedacht war. Dann säßen wir beide heute nicht hier.«

Helene seufzte. »Ja, es kann immer alles noch schlimmer kommen, aber ist das vielleicht eine Entschuldigung?«

»Braucht sie eine? Margo war bequem und ängstlich, wie die meisten damals. Sie hat sich nicht getraut, dein Päckchen an mich weiterzuleiten, immerhin hatte dich soeben die Gestapo abgeholt. Oder sie hat es vergessen. Das ist menschlich, aber kein Verbrechen.«

»Warum verteidigst du sie? Bloß wegen ...« Der gemeinsamen Nacht? Des gemeinsamen Kindes? Sie verbiss sich die Bemerkung, die ihr auf der Zunge lag.

»Ich finde, du hast dich grausam genug an ihr gerächt. Einer Mutter ihr Kind vorenthalten, ist eine Strafe, die weit größeren Verbrechen angemessen ist, meinst du nicht?«

»Sie hat *dein* Kind zur Welt gebracht, Alard, dein Kind, das ich nie hätte bekommen können. Sie war fruchtbar, etwas, was man mir mit brutaler Gewalt genommen hat.« Helene wollte sich nicht rechtfertigen, alles in ihr sträubte sich dagegen, aber er sollte sie wenigstens verstehen.

Alard legte ihre Hände behutsam zurück auf den Tisch. »Wer ohne Schuld ist, der werfe den ersten Stein. Hast du Akteneinsicht beantragt, Helene?«

»Akteneinsicht? Du meinst bei der Gauck-Behörde?« Sie richtete sich auf, hellwach, alles sträubte sich in ihr bei diesem Gedanken. »Warum sollte ich? Ich halte nichts von dieser manischen Vergangenheitsbewältigung. Es wäre besser gewesen, man hätte den ganzen Dreck verbrannt, statt jeden Papierschnipsel aufzuheben. Das stiftet nur Unfrieden.«

»Aber vielleicht dient es der Wahrheitsfindung?«

Die Wahrheit. Ach. Auch so ein großes Wort, das sich bei näherem Hinsehen als Phrase entpuppt.

Die Kellnerin brachte die Speisekarten. Helene blickte hinein, ohne zu erfassen, was das Lokal zu bieten hatte. Es war ja doch überall immer das Gleiche und der Appetit war ihr längst vergangen.

Alard räusperte sich. »Also sollen die Täter deiner Meinung nach ungeschoren davonkommen?«

Sie klappte das Menü geräuschvoll zu und stemmte die Ellenbogen auf den Tisch. »Die Wahrheit? Die Täter? Alard, weißt du, was unsere Menschen aus diesen verdammten Akten erfahren? Dass die schlimmsten Spitzel und Verräter nicht unter den Spähern der Staatsmacht zu finden sind, sondern dass sie ihnen ganz nah standen, dass sie Ehemänner, Töchter, Geschwister, Freunde, Arbeitskollegen und Mitverschwörer waren. Wem bitte nutzt dieses Wissen? Es schmerzt doch nur.«

»Das sind Geburtsschmerzen, glaub mir.«

»Ach was. Es ist das reine Ablenkungsmanöver. Denn das MfS ist dabei fein raus: Sie haben ja alle mitgemacht, freiwillig, niemand hat sie gezwungen! So, genauso werden sie argumentieren. Unsere Menschen haben sich gegenseitig in die Pfanne gehauen. Verstehst du? Das erinnert mich …«

An Buchenwald. Auch da hatte die SS dafür gesorgt, dass es die Häftlinge selbst waren, die sich gegenseitig beaufsichtigten und quälten.

Die Kellnerin kam schon zum zweiten Mal, Helene bestellte ein Bier, Alard ein Wasser.

»Es erinnert dich ans KZ«, sagte Alard leise, »sag es nur. Es ist das Grundprinzip autoritärer Regimes, die Bevölkerung in ihre Verbrechen zu verstricken, damit niemand unschuldig bleibt.«

Sie sah ihn an. Er blickte ruhig zurück. Da war kein Vorwurf in seinen Augen und auch kein Argwohn. Vielleicht war es doch möglich, die Wahrheit zu sagen. Wenigstens in Maßen.

»Ich habe bis vor 20 Jahren für die HV A gearbeitet.« Sie wich seinem Blick nicht aus, und er wirkte nicht überrascht.

»Da haben wir etwas gemein. Ich war beim Auswärtigen Amt der Verbindungsmann für die Geheimdienste, vor allem wegen meiner guten Kontakt zum SIS.«

Sie neigte spöttisch den Kopf. »Hallo, Kollege. Und Glückwunsch: Du bist bei den Siegern der Geschichte gelandet.«

Er lächelte, aber ihm schien ihr Witz nicht zu gefallen. »Ich habe mir bei der Gauck-Behörde auf dem kurzen Weg Margos Akte geben lassen. Sie hat dem MfS brav gedient, wenigstens ein paar Jahre lang, ich nehme an, du wusstest davon.«

»Ja.« Was sollte sie sonst sagen?

»Sie war übrigens nicht die einzige Quelle in der Firma Maxdatex, eine andere war entschieden ergiebiger, bis ganz zum Schluss.«

Helene stieg die Hitze ins Gesicht. Das konnte nicht sein, das hätte sie wissen müssen. »Wer?«

»Die Chefsekretärin, eine gewisse Annemarie Kemper.«

Helene starrte ihn an. Dann lehnte sie sich zurück. Das musste sie erst einmal verdauen.

Dabei hätte sie es sich denken können. Hans hatte ein doppeltes Spiel gespielt.

Sie hätte die Zeichen lesen müssen. Immer war sie eine Außenseiterin gewesen – und selbst er hatte ihr offenbar nie wirklich getraut. Warum sonst hatte er ihre Informationen durch eine andere Quelle bestätigen lassen? Oder –

war es gar nicht um sie gegangen? Der Gedanke war nicht angenehmer. War sein eigentliches Ziel von vornherein Margo gewesen? Ging es darum, sie zu korrumpieren, um sie für andere Aufgaben gefügig zu machen? Hatte er sie all die Jahre eingeplant – zum Beispiel als Anlaufstelle für Clara?

Helene starrte auf ihre Hände, die das Bierglas umklammert hielten, als ob es der Siegerpokal für den dritten Platz wäre. Dann wäre Clara schon früh Teil seines Plans gewesen. Und ich, dachte sie, ich war sein Werkzeug, all die Jahre, er war mir immer voraus, er hat mich ausgetrickst. Und ich habe mir auch noch eingebildet, nicht nur sein, sondern auch mein Spiel zu spielen.

Die Kellnerin kam mit ihrem Blöckchen und mit fragendem Blick. Helene bestellte noch ein Bier, Alard schloss sich an. Er sagte nichts. Er sah ihr beim Denken zu.

Sie atmete tief ein und wieder aus und hob den Kopf. Vielleicht war die Partie noch nicht beendet. Es hatte jedenfalls keinen Sinn mehr, zu schweigen, der Kreis schloss sich, langsam und unerbittlich. Es war Zeit. Doch jetzt wusste sie immerhin, was zu tun war.

Es würde nicht leicht sein, Alard zu erklären, welches Spiel sie gespielt hatte und mit welchem Schachzug sie es nun beenden wollte. Doch war sie nicht immer eine gute Strippenzieherin gewesen? Es war noch nicht zu spät, um über Hans Stahl zu siegen. Das einzig Bedauerliche war, dass er es nie erfahren würde.

Das Kind war der Schlüssel. Immer war ein Kind der Schlüssel. Jana.

Jana

I

Osterholz – In Frieden sterben.

Jana blickte auf die reglose Gestalt im weißen Bett, deren Brust sich kaum merklich hob und senkte. Und doch atmete alles mit, im gleichen Rhythmus, das Haus, die Welt, das Universum.

Sie hatte sich davor gefürchtet, von dem Moment an, in dem Frau Menkens anrief – »Fräulein Jana, können Sie kommen? Ihre Großmutter liegt im Sterben!« –, die ganze Strecke über, von Berlin bis in die norddeutsche Tiefebene. Doch es gab nichts zu fürchten.

Margo Seliger lag regungslos in ihrem Bett, in einem feinen Wolljäckchen mit weißer Spitze am Ausschnitt, um den Hals eine Perlenkette, zu ihren Füßen eine rostrote Katze. Seit gestern saß Jana neben ihr, in tiefster Ruhe und Frieden. Margo Seligers Leben ging zu Ende, und das war in Ordnung so.

Die Ranken der Kletterrose schlugen an den Fensterrahmen. Der Vorhang bauschte sich, als ob er tief Luft holte. Die Deckenbalken knackten, die brennende Kerze knisterte. Der Wind wehte Rosenduft ins Zimmer und nahm den zarten weißen Spitzenvorhang mit, als er wieder hinauszog. Jana atmete tief ein.

Der Anruf von Frau Menkens war im Grunde zum richtigen Zeitpunkt gekommen, es war wie eine Erlösung gewesen: fort aus Berlin, raus aus der Reglosigkeit, in die sie die Trennung von Carl versetzt hatte, diesem nichtsnutzigen Feierabendphilosophen, der sich auf eine Frau nicht beschränken konnte. Zurück in das bisschen Heimat, das sie besaß, in die verschattete Moorlandschaft mit den vielen Fuchsbauten zwischen flammend gelben Ginsterbüschen.

Nichts konnte ferner sein als Berlin, das Studium, die Partys, der Großstadtsound. Hier war alles ruhig, bis auf die Meisen, die Spatzen und die Amsel, die abends in der Birke saß und inbrünstig sang. Manchmal dieselte ein Traktor vorbei, vor ein paar Stunden roch es durchdringend nach Pferdemist, Klänge und Düfte, so vertraut wie ein Flanellnachthemd.

Jana hatte im Haus ihrer Großeltern die schönsten und die schrecklichsten Minuten ihres Lebens verbracht, aber im Moment fiel es ihr leicht, nur an die schönste Zeit zu denken. Wie sie als Kind durch den Garten tobte, während ihre Eltern im Ausland waren und sie bei den Großeltern »abgestellt« hatten. Was hätte ihr Besseres passieren können? Und wie sie die Schulferien im Schatten der Birke oben am Hang verträumt hatte, später, als sie das Internat besuchte und das erste Mal verliebt war.

Aus den Augenwinkeln sah sie, dass sich auf dem Bett der Großmutter etwas bewegte. Minka, die Katze, reckte sich, sprang hinunter und lief zur Tür, den Blick auf die Klinke gerichtet. Jana kannte das schon, die Katze musste raus, in den Garten. Sie stand auf, öffnete die Tür und folgte dem Tier. Im Hausflur war es kühl, die Luft roch unbenutzt und im Sonnenlicht tanzten Staubfäden über dem dunkelrot glänzenden Steinfußboden.

Draußen fiel die Sonne brütend heiß auf ein verdorrtes Paradies. Der Rasen war gelb und die Samthortensien vor der wuchernden Buchenhecke ließen ihre bepelzten Blätter hängen. Hier hatte lange niemand mehr den Rasen gesprengt oder die verblühten Rosenblüten abgeknipst.

Großvater Henri wäre das nicht passiert. Jana dachte oft und voller Zärtlichkeit an ihn, diesen freundlichen

Menschenfeind, der morgens die Zeitung las und abends bei einem Glas Wein dicke Bücher wälzte, nachdem er sich mit Hingabe um den Garten gekümmert hatte. Alles, was Jana über Gärten und Pflanzen wusste, hatte sie von ihrer Großmutter, aber die Vorliebe für Gedichte von Ringelnatz und Eugen Roth und Morgenstern verdankte sie Henri. Der Rabe Ralf, dem niemand half. Ein Knie geht einsam durch die Welt. Ein Lattenzaun, mit Zwischenraum, hindurchzuschaun.

Aus dem Schattenbeet unter einer Weymouth-Kiefer spritzte dunkle Erde, Minka hatte sich ein Plätzchen freigekratzt, um zu tun, was sie tun musste. Jana schaute ihr zu, wie sie danach konzentriert und bedächtig erst die rechte, dann die linke Pfote ausschüttelte und wieder hineintrabte an ihren angestammten Platz. Das war Pflichtbewusstsein.

Jana ging hoch zur Gartenbank, die von Weitem noch immer strahlend weiß aussah; hier hatte früher selten jemand gesessen, die Großeltern hatten die Bank mit der geschwungenen Lehne lieber von ferne angeschaut. Als sie näher kam, sah sie, dass die weiße Farbe an vielen Stellen vom Holz abblätterte und zwei der Streben durchgebrochen waren. Alles löste sich auf. Auch eine Gartenbank verging.

Sie setzte sich und glaubte Henris Stimme zu vernehmen: »Am Waldessaume träumt die Föhre, am Himmel weiße Wölkchen nur, es ist so still, dass ich sie höre, die tiefe Stille der Natur.«

Das war von Theodor Fontane, und sie hatte das Gedicht als Kind immer urkomisch gefunden. Wie konnte man eine Stille hören? Jetzt wusste sie es.

»Fräulein Jana?« Frau Menkens rief, von der Haustür her. »Ich habe Ihnen Eistee gemacht und ins Zimmer gebracht. Sie müssen doch etwas trinken, bei dieser Hitze.«

Jana lächelte, stand auf und ging zurück ins Haus. Es gefiel ihr, ein Fräulein zu sein.

Frau Menkens hatte Glas und Karaffe neben die Kladde gestellt, die sie Jana bald nach ihrer Ankunft in die Hand gedrückt hatte. »Frau Seliger hat mich so oft daran erinnert – ›Sie müssen Jana mein Tagebuch geben, wenn ich es selbst nicht mehr kann‹, hat sie immer gesagt.« Da lag es nun, ein dickes Oktavheft, blau liniertes Papier im schweren schwarzen Karton, Fadenheftung. Jana hatte es kurz durchgeblättert, es begann im Jahre 1936, manchmal gab es jahrelang keinen einzigen Eintrag und auch der letzte war schon ein paar Jahre her. Die Einträge waren meist mit Tinte geschrieben, manche mit Kopierstift, hin und wieder mit Bleistift, zuletzt mit dem Kugelschreiber. »Tagebuch« stand auf dem Deckel, in sorgfältiger, mädchenhafter Schrift.

Jana begann zu lesen und las, bis der rote Widerschein der Abendsonne durch das Erkerfenster fiel und den Holzfußboden leuchten ließ wie flüssiger Honig.

Die Frau im Bett bewegte sich, drehte den Kopf mit dem feinen weißen Haar dem Licht entgegen, öffnete die Augen und blickte für wenige Sekunden ins Helle. Jana griff nach der kühlen Hand ihrer Großmutter und beugte sich vor. Margos Augen leuchteten, doch ihr Blick ging ins Leere, und bevor Jana sich Hoffnung machen konnte, dass sie gleich aufwachen würde, senkten sich ihre Lider wieder.

Minka am Fußende des Bettes erhob sich auf steifen Beinen, machte einen Buckel, gähnte und rollte sich wieder zusammen. Die Zeit stand still.

Das Tagebuch war zu Boden gefallen. Als Jana es aufhob, glitt ein Foto aus den Seiten. Eine junge Frau, die sie nicht kannte, an ihrer Hand ein Kind, das sich verschreckt an sie presst, das Gesicht halb verborgen in ihrem Kleid. Auf der Rückseite ein Datum: 2. Juni 1979.

II

Zwei Frauen vom Pflegedienst kamen, um Großmutter zu waschen und ihre weiße papierdünne Haut einzucremen, sie kamen zweimal am Tag, morgens und abends. Jana bewunderte sie ein wenig, sie wirkten so ruhig und gelassen, und sie sprachen mit ihrer Patientin respektvoll und leise, wenn sie Margo behutsam auf die Seite drehten. Danuta, eine kleine stämmige Person, strich ihr mit sanfter Zärtlichkeit die weißen Haarsträhnen aus der Stirn. Nichts war laut oder aufdringlich, nichts störte den Frieden, alles war so, wie es sich für ein Sterbezimmer gehörte. Das Einzige, was Jana irritierte, war die Kerze, die Danuta immer anzündete, bevor sie ging, auch heute wieder. Danuta sah ihren fragenden Blick und lächelte. »Eine brennende Flamme reinigt die Luft«, sagte sie.

Von bösen Geistern? Hier gab es keine.

Jana blies die Kerze aus und öffnete die Balkontür, noch war die Luft draußen frisch. Dann griff sie wieder zum Tagebuch.

Sie fühlte sich ihrer Großmutter nahe, der jungen Frau, fast noch ein Mädchen, die sich in einen schlesischen Adligen verliebte, der sie verschmähte. Wie sie das kannte, dieses Gefühl der überwältigenden Peinlichkeit, wenn man entdeckt, dass sich der Mann, den man anschmachtet, in Wahrheit für eine andere interessiert! Jana erinnerte sich noch viel zu gut ans erste Mal, wie sie vor dem Spiegel gestanden und sich gefragt hatte: »Was findet er nur an mir?« Nichts, natürlich, wie sie spätestens wusste, als er sie nach der Telefonnummer ihrer besten Freundin fragte.

Doch Margo hatte ihren Henri gefunden, es gibt also Hoffnung, dachte Jana, auch für mich.

Was sie tief berührte, waren die Briefe, die sich die beiden geschrieben hatten, über zehn Jahre lang, während der Krieg sie trennte. Wäre das heute denkbar, Treue über Jahre und Welten hinweg, gegen alle widrigen Umstände? Verbindung nur über Briefe, über Worte? Worte, die das wirkliche Leben ersetzen mussten, und gegen die doch jede Wirklichkeit zu schwach war. Ihr kam es wie ein Wunder vor, dass eine solche Liebe den grauen Alltag überlebt hatte. Aber vielleicht lag hier das Geheimnis: dass die Liebe sich fast zehn Jahre lang nicht im Alltag verlieren und aufreiben konnte, weil es keinen Alltag für sie gab.

Als es endlich Alltag gab, als Henri zurückkam, schien das normale Leben beiden schwergefallen zu sein. Und bevor sie sich richtig aneinander gewöhnen konnten, kam auch schon Leonore.

Jana legte das Tagebuch beiseite, gepackt von einer plötzlichen Sehnsucht nach ihrer Mutter. Sie wusste, dass Leonores Habseligkeiten auf dem Speicher lagen, sie hatte Koffer und Kisten dagelassen, bevor sie mit zwanzig zum Geschichtsstudium nach Boston in die USA gegangen war.

Man musste, um zum Speicher zu gelangen, durch die Halle gehen, die geschwungene Treppe hoch zum Dachgeschoss steigen, die kleine Wohnung durchqueren, in der, soweit sie wusste, nie jemand gewohnt hatte, und eine weitere Treppe hoch nehmen. Als Kind war sie zuletzt dort oben gewesen, aus Gründen, die nur Kinder kennen und die man als Erwachsener selten teilt.

Jana lauschte auf die Atemzüge ihrer Großmutter, streichelte Minka und schlich sich aus dem Zimmer, hoch zum Dachboden. Die Tür zum Speicher war verzogen, sie musste mit aller Kraft dagegendrücken, bevor sie sich öffnete. Es war heiß hier oben, die Dachbalken knackten, es roch nach Staub und nach etwas, bei dem Jana an Rattengift dachte. Vor dem Giebelfenster lag ein Pappkarton unter toten Fliegen und Taubendreck auf einem Campingtisch, daneben stand ein mächtiger, dunkelrot lackierter Kleiderschrank. Jana pustete die toten Fliegen fort und öffnete den Karton. Drinnen lagen, in Seidenpapier gewickelt, die silbernen Kugeln und Sterne, mit denen die Großeltern jedes Jahr den Weihnachtsbaum in der großen Halle schmückten. Die Silberkugeln waren blind geworden und die Spitze mit dem Engel zerbrochen. Sie schloss den Karton. Auf dem staubigen Bretterboden unter dem Campingtisch standen zwei Mausefallen, in einer steckte noch das Skelett ihres Opfers.

Hier oben war seit Jahren niemand mehr gewesen. Jana traute sich kaum, den Kleiderschrank zu öffnen. Was wäre, wenn ihr aus dem dunklen Schrankinneren eine Armada von Motten entgegenstürmte, wenn alles längst zu Staub zerfallen war, was drinnen gewesen sein mochte?

Doch ihr schlug ein kräftiger Duft von Lavendel entgegen. Dicht gedrängt hingen die Kleider an der Stange. Steife Brokatkleider, die hatte Margo in ihrer großen Zeit auf Betriebsfesten und Juristenbällen getragen, Jana kannte sie von Fotos. Pelzjacken, die bestimmt sündhaft teuer gewesen waren, und die mittlerweile nicht nur räudig aussahen, sondern auch unters Artenschutzgesetz fielen. Und zwischen alldem ein kanariengelber Minirock aus einer Art Filz, eine Hose mit leuchtend bunten Streifen, oben knalleng, unten mit weitem Schlag, und ein langes fließendes indisches Hippiegewand.

Jana fasste beinahe andachtsvoll in den dünnen, mürben Stoff. Das mussten die Sachen sein, die ihre Mutter getragen hatte, als sie jung war. Sie drückte ihr Gesicht in das Kleid, hoffte auf einen Duft nach Räucherstäbchen und Leonore, legte es beiseite.

Im obersten der Fächer auf der linken Seite des Schranks lagen neonfarbene Pullover, eine bunt bestickte Jeans, eine Fellmütze. Im Fach darunter Schuhe aus Schlangenleder, mit Riemchen, mit Plateausohlen, daneben eine Schachtel mit indischem Klunker.

Jana kniete sich auf den staubigen Boden und griff ins unterste Fach. Sie ertastete etwas, das sich nach Frottee anfühlte, das seine beste Zeit gesehen hatte. Sie griff hinein und zog einen Stapel Handtücher heraus, ausgefranst und bretthart. Hinter den Handtüchern lag noch etwas, ein flaches Paket in Packpapier. Sie zog das Päckchen heraus und schlug das Papier auseinander.

Unter dem Packpapier zerrissenes Seidenpapier und eine grüne Schleife um weißen Stoff mit rostbraunen Flecken. Obenauf etwas, das wie eine Serviette aussah, die Knickfalten gelb verfärbt. Jana faltete sie auseinander und hielt sie gegen das Licht, sodass man das Muster des Stoffes hindurchschimmern sehen konnte. Eichenblätter und tropische Blüten, in einer der Ecken fein gestickte Initialen. C. P.

Tischwäsche. Jana faltete die Serviette zusammen, wickelte alles wieder ein und legte das Päckchen zurück.

Nur das indische Kleid nahm sie mit nach unten in der Hoffnung, dass es ihr nicht unter den Händen zerfiel. Auch wenn es nicht mehr duftete, atmete es doch vielleicht noch ein bisschen von Leonores Geist.

III

Was so alles hineinpasst in die Erdenjahre eines Menschen. Wollte die Großmutter wirklich, dass ihre Enkelin einmal all ihre Geheimnisse teilte, auch die weniger schönen? Manchmal war es Jana unheimlich, die stumme Beobachterin eines anderen Lebens zu sein. Und manchmal war ihr diese Margo Seliger unheimlich, die eine »Respektsperson« gewesen sei, wie ihre Mutter einmal gesagt hatte, weshalb Jana jahrelang Respektspersonen für besonders liebevolle Menschen gehalten hatte, bis Erfahrung dieses Bild korrigierte.

Sie erinnerte sich nicht genau, wann ihr klar geworden war, dass ihre Großmutter anders war als andere Omas, die ihre Enkelinnen verwöhnten und bei denen es immer Filterkaffee und selbst gebackenen Kuchen gab, wenn man vorbeikam. Vielleicht beim Besuch in der Firma? Dort nannte der Mann am Empfang ihre Großmutter »gnädige Frau«, und ihr Büro lag auf der Chefetage, im obersten Stockwerk – ein heller Raum mit blauem Teppichboden, die Besuchersessel aus schwarzem Leder, die Wandregale und der riesige Schreibtisch aus Kirschholz. Der Schreibtisch war fast leer gewesen, und sie hatte sich auf Margos »Arbeit« absolut keinen Reim machen können. Die »gnädige Frau« schien überwiegend damit beschäftigt, die Mappen, die eine kleine magere Person in grauem Kostüm hereinbrachte, durchzusehen und hier und dort mit einem eleganten Füller etwas hineinzuschreiben. Und doch war Jana beeindruckt gewesen.

»Fräulein Jana? Wir müssten mal über Freitag reden.« Frau Menkens stand in der Tür.

»Ja?« Jana legte das Tagebuch beiseite.

»Sie wissen schon, der 20. August.«

Jana brauchte eine Weile, bis ihr wieder einfiel, dass ihre Großmutter am 20. August Geburtstag hatte.

»Der Bürgermeister hat sich angesagt, weil sie ja nun 80 wird. Und jemand von der Firma will kommen. Der Optiker hat Blumen geschickt. Und das Café, in das Ihre Großmutter immer gegangen ist, liefert den Kuchen.«

Frau Menkens hatte den Mund gespitzt und machte

einen äußerst entschlossenen Eindruck. Es stimmte ja, Großmutter hatte ihre Geburtstage immer groß gefeiert, und so ein runder Geburtstag wäre unter normalen Umständen Anlass für ein Riesenfest gewesen. Doch was bedeutete das noch für eine alte Dame, die von der Welt um sie herum wahrscheinlich nichts mehr wahrnahm?

Jana stand auf und glättete die Bettdecke über Margos zerbrechlicher Gestalt.

»Machen Sie nur, Frau Menkens. Sie wissen am besten, was richtig ist.«

»Und – Fräulein Jana – wenn Sie es dann übernehmen würden, die Herren zu begrüßen?«

Der Freitag begann wie jeder Tag: Der Pflegedienst kam. Doch diesmal gab Danuta sich besondere Mühe, frisierte Margo kunstvoll und trug ein wenig Make-up und Rouge auf. »Sie soll doch ein bisschen hübsch sein an ihrem Ehrentag.«

Jana bildete sich ein, dass ihre Großmutter nicht nur frischer und rosiger aussah, sondern sogar ein wenig lächelte. Die Gäste konnten kommen. Hoffentlich fielen ihr rechtzeitig die passenden Worte ein.

»Wir haben ihr so viel zu verdanken.« Ein drahtiger Mann mit eisengrauem Haar sprach als Erster, der Finanzchef von Maxdatex, Jana hatte seinen Namen gleich wieder vergessen, aber er war mehr oder weniger ein Nachfolger von Margo. »Frau Seliger hat das Unternehmen in enger, inspirierter und inspirierender Zusammenarbeit mit Jon Bajohr zu seiner Blüte geführt und in den schweren Zeiten nach dessen viel zu frühem Tod das Ruder fest in der Hand gehalten. Ohne sie würde ›die Firma‹, wie sie unser Unternehmen liebevoll nannte, nicht überlebt haben. Wir hätten uns gewünscht, sie heute, an ihrem Ehrentag, bei bester Gesundheit anzutreffen.«

Der Mann stützte sich mit der rechten Hand auf die Anrichte, auf der zwei üppige Blumensträuße in silbernen Vasen standen, und streckte sich, als wolle er auf den Fußballen wippen.

»Umso mehr freue ich mich« – elegante Verbeugung Richtung Jana – »heute ihre Enkelin begrüßen zu dürfen. Es ist schön, dass Sie in diesen schweren Wochen bei Ihrer Großmutter sein können.«

Jana wusste nicht recht, was sie sagen sollte, und versuchte es mit einem würdigen Nicken.

»Wir, die wir das Glück genießen, die schweren Zeiten nicht erlebt zu haben, können wohl kaum ermessen, wie viel Pioniergeist dazugehörte, an den Wiederaufbau eines materiell und moralisch zerstörten Landes zu gehen. Margo Seliger und Jon Bajohr haben es gewagt. Wir stehen auf den Schultern von Riesen.«

Ein Rascheln. Alle schauten auf das Bett, als ob sie soeben erwacht wäre, die Riesin. Aber es war nur die Katze, die einen Buckel machte und gähnte.

»Ich nehme das als Aufforderung, mich kurz zu halten.« Er lachte, das sprach für ihn. Auch, dass er etwas wirklich Überraschendes tat: Er war mit ein paar Schritten bei Margos Bett, nahm ihre weiße Greisenhand und führte sie zum Mund, als ob er sie küssen wollte.

»Ich kann mich meinem Vorredner nur anschließen«, murmelte der Bürgermeister, der in der Nähe der Tür stand. »Mit ihrem Engagement, ihrer Begeisterungsfähigkeit und ihrer unermüdlichen Suche nach Lösungen hat sie in unserer kleinen Gemeinde vieles ermöglicht. Obwohl wir es ihr und ihrem Mann zu Beginn gewiss nicht einfach gemacht haben. Ich wünsche uns allen, dass wir sie bald wieder in alter Frische erleben dürfen.« Er verneigte sich.

Alles schwieg. Erst nach einer Weile bemerkte Jana den auffordernden Blick von Frau Menkens.

Sie räusperte sich. »Ich bin gerührt.« Das war sogar die Wahrheit. »Ich habe meine Großmutter immer bewundert, aber ich konnte als Kind gar nicht ermessen, wie bewundernswert sie wirklich war. Vieles ist für uns Jüngere heute unfassbar: die Nazizeit. Der Krieg, der dazu geführt hat, dass meine Großeltern zehn Jahre lang aufeinander warten mussten. Ihre Liebe hat in unzähligen Briefen überdauert. Und was wissen wir von der Mühsal der Nachkriegszeit? Wie tapfer sie waren, denn was haben sie nicht alles verloren – ihre Jugend, ihre Unschuld. Und beinahe ihr Leben.«

Jana hatte letzte Nacht von Margos Flucht geträumt. Ein Albtraum.

Sie brach ab. Irgendwie hatte sie zu viel und dennoch zu wenig gesagt. Doch den anderen schienen ihre Worte durchaus zu genügen, der Bürgermeister nickte und der Herr von der Firma schüttelte Jana ernst die Hand. Mit einer Verbeugung vor Margos Bett verließen die Herren das Zimmer und folgten Frau Menkens in die Halle, wo sie Kaffee ausschenkte und jedem ein Stück Kuchen aufnötigte. Dann endlich war alles vorbei.

»Nun lassen Sie mich mal machen, Fräulein Jana, Sie gehören an die frische Luft.« Frau Menkens nahm ihr die Teller mit den Kuchenresten aus der Hand und schickte sie resolut aus dem Haus. Dankbar öffnete Jana die Tür zum Garten. Nach dem Gewitter in der Nacht war es kühler geworden und der üppige Regen hatte den Garten wiederbelebt. Sie wollte sich auf die Bank vor die Haustür setzen, Luft schöpfen, nachdenken. Doch da saß bereits jemand. Ein Mann, vielleicht Ende zwanzig, schlank und hochgewachsen mit braunen Augen unter einem blonden Haarschopf.

»Es tut mir so leid, aber ich wurde aufgehalten und bin

zu spät losgekommen, da wollte ich den Empfang nicht stören.«

Jana blickte ihn ratlos an. Er kam ihr bekannt vor, aber sie hatte keine Ahnung, wo sie ihn hintun sollte. Er lachte sie an.

»Du erinnerst dich nicht an mich, Jana, oder? Ich bin Max.«

Max. Ja natürlich, aber das war Jahre her. Er hatte bei der Beerdigung von Leonore ganz hinten gestanden und war erst zum Schluss nach vorn zu Margo und Henri gegangen, um zu kondolieren. Margo hatte ihn in den Arm genommen, er war ja Max Bajohr, der Juniorchef. Danach hatte er sich Jana zuwenden wollen, aber die wollte kein Beileid.

Ich habe geweint, dachte Jana. In meiner Erinnerung habe ich wochenlang geweint.

»Doch, vage.« Sie lächelte ihn um Verständnis bittend an. »Es war keine gute Zeit damals.«

»Es tat mir so leid, das mit deiner Mutter.« Er machte eine Pause. »Und jetzt das mit deiner Großmutter. Ich mochte sie immer sehr.«

Jana sah Max von der Seite an. Würde er Margo auch noch mögen, wenn er all das andere wüsste, das, was Jana in ihrem Tagebuch gelesen hatte? Dass sie seine Mutter betrogen und seinen Vater verraten hatte?

»Ist dir nicht einsam hier?« Wieder dieses Lächeln. Da war nichts, kein Zögern, kein Misstrauen, kein Vorwurf. Warum auch, er wusste ja von nichts.

Sie schüttelte den Kopf. »Es ist Frieden hier. Und Ruhe.« Max machte sie ein wenig nervös. Wegen Großmutter? Oder weil er ihr gefiel?

Er stand auf. »Wenn du willst, komme ich morgen wieder und erlöse dich, bevor dir die Decke auf den Kopf fällt, ja?«

IV

Warum nur hast du mir aufgetragen, dein Tagebuch zu lesen? Warum wolltest du mein Bild von dir zerstören?

Jana saß neben dem Bett ihrer Großmutter und war den Tränen nahe. Margo hatte nicht nur ihre Tochter schlecht behandelt, auch Henri war ihr nicht gut genug gewesen. Dass Mütter und Töchter sich nicht immer verstehen – gut, das war bekannt, auch wenn sie selbst es nicht erlebt hatte, nicht hatte erleben dürfen. Sie war doch erst dreizehn gewesen als Leonore starb, die Zeit der Kämpfe lag noch vor ihnen.

Statt mit ihrer Mutter hatte sie sich mit ihrem Vater gestritten. Alle Welt hatte ihr erklären wollen, dass ihr Vater am Tod ihrer Mutter nicht schuld sei. Jana wusste es besser. Alexander Seidensticker liebte eine andere Frau, die schwanger geworden war von ihm, und das hatte Leonore in den Tod getrieben. Jana hatte ihre Mutter eines Abends verzweifelt schreien gehört: »Ihr hast du ein Kind gemacht! Obwohl du weißt, dass ich keine mehr bekommen kann!« Alexander hatte irgendetwas gemurmelt, was sie nicht verstand, aber darauf kam es nicht mehr an. Mit dem Tod ihrer Mutter war ihr Vater für sie gestorben. Das Internat war ein Segen. Und es gab ja noch die Großeltern in Osterholz.

Nur eines hatte Jana nie verstanden: War Alexander ihrer Mutter so wichtig gewesen, dass sie ohne ihn nicht leben wollte? Hatte ihr einziges Kind ihr so viel weniger bedeutet?

»Fräulein Jana?«

Sie stand auf. Die Pflegerinnen waren da. Und das hieß, dass Max im Garten auf sie wartete.

»Wir fahren an den Dümmer«, sagte er strahlend, als sie aus der Tür trat. »Ein wunderbares Restaurant, wir können draußen sitzen und aufs Wasser schauen. Keine Widerrede, du musst mal raus hier. Es gibt ein Leben vor dem Tod.«

Sein Wagen stand vor dem Gartentor, ein unauffälliger BMW. »Du fährst keine Déesse?« Er blickte sie fragend an, natürlich wusste er nicht, was sie meinte. Sie beschloss, ihn nicht aufzuklären. Er war sicher nicht scharf darauf zu erfahren, was sein Vater mit ihrer Großmutter getrieben hatte.

Sie waren die letzten Gäste, als die Dame des Hauses schließlich mit der Rechnung kam, aber Jana war nicht aufgefallen, dass sie schon vier Stunden draußen saßen. Sie wusste ja auch nicht mehr genau, was sie gegessen hatte und wie viele Gläser Wein es gewesen waren. Es war egal, ihr Zustand war nicht alkoholbedingt. Es war einfach nur wunderschön, wieder verliebt zu sein.

Margo ist in Jon Bajohr verliebt gewesen und ich habe mich in seinen Sohn verliebt, dachte Jana irgendwann und begann zu kichern, weil sie sich fragte, ob so etwas vielleicht erblich ist.

Auf der Fahrt nach Hause hätte sie vor Glück singen mögen. Stattdessen rezitierte sie, im Angedenken Henris, eines seiner Lieblingsgedichte: »Der Nachtwindhund weint wie ein Kind, dieweil sein Fell von Regen rinnt. Jetzt jagt er wild das Neumondweib, das hinflieht mit gebognem Leib. Tief unten geht, ein dunkler Punkt, querüberfeld ein Forstadjunkt.«

Max musste so heftig lachen, dass er den Wagen in eine Hofeinfahrt steuerte und den Motor ausstellte. Dann küsste er sie.

V

Margo Seliger starb eine Woche nach ihrem 80. Geburtstag, still und diskret, kurz vor Sonnenuntergang, während Jana mit Max auf der Bank draußen vor der Tür saß. Nur Minka war dabei gewesen, in Margos Armbeuge gekuschelt. Vielleicht stimmte es ja, dass die Menschen ungern andere Menschen um sich haben, wenn sich ihre Seele verabschiedet.

Max war bereits gegangen, als Jana ihre Großmutter fand. Sie setzte sich auf ihren angestammten Platz neben dem Bett und griff nach der Hand der Toten. Es war ein seltsames Gefühl, einen Körper zu berühren, in dem keine Spannung mehr war. Noch fühlte Margos Hand sich warm an, aber ihre Nasenspitze war ganz weiß und ihr Mund stand offen. Jana stand auf, ging ins Bad und holte das Haarband, das neben dem Frisierumhang am Haken hing. Sie legte es unter das Kinn der Toten und band es hoch, sie wollte nicht, dass Margo, die im Leben so sehr auf ihr Äußeres geachtet hatte, unwürdig dalag mit weit offenem Mund.

Sie hielt die Nacht über Totenwache, man hatte das früher so gemacht, warum also nicht auch heute? Sie fürchtete sich nicht vor der Toten, sie sah keine Gespenster.

Die Tür zum Garten stand weit offen, man hörte den Wind in den Bäumen rauschen und die klagenden Laute der Nachtvögel. Nachtfalter taumelten um die Leselampe und verbrannten sich die Flügel an der heißen Birne. Jana las im Tagebuch ihrer Großmutter, wie all die Tage zuvor, doch bevor die Nacht vorbei war, wünschte sie sich, die schwarze Kladde nie aufgeschlagen zu haben.

Die letzten Seiten las sie nicht mehr, sie legte das Buch

beiseite, mit trockenen Augen und einem Ziehen in der Magengrube.

Ich bin nicht Margos Enkelin. Ich bin nicht Leonores Tochter. Ich weiß nicht, wer meine Mutter ist. Nichts verbindet mich mit Margo, nichts mit der Frau, die ich für meine Mutter gehalten habe, ich bin ein Fundstück, das jemand zurückgelassen hat, man hat sich meiner nur erbarmt. Kein Wunder, dass Leonore sich umgebracht hat. Ich war ihr nicht Grund genug, weiterleben zu wollen. Warum auch? Meine leibliche Mutter hat mich schließlich auch nicht vermisst.

Sie krümmte sich auf ihrem Stuhl zusammen.

Mein Platz an Margos Sterbebett ist angemaßt. Ich bin zu Unrecht hier. Ich gehöre nicht hier hin. Ich gehöre nirgendwo hin.

Und da war Max. Der Gedanke an ihn brannte wie eine tiefe Schnittwunde. Was würde er sagen? Er hatte sich schließlich in Margo Seligers Enkelin verliebt und nicht in ein Findelkind.

Jetzt kamen die Tränen. Jana legte den Kopf auf das weiße Sterbebett und ließ sich durchschütteln vom Schmerz um alles, was sie verloren hatte. Erst in den frühen Morgenstunden schlief sie erschöpft ein.

»Fräulein Jana, um Himmels willen, ach, Sie Ärmste! Mein Beileid!« Frau Menkens stand in der Tür und brach in Tränen aus.

Alles ist gut, sie ist in Frieden gestorben, wollte Jana sagen, aber sie brachte kein Wort heraus.

Bald darauf kamen die Pflegerinnen. Danuta drückte Jana stumm die Hand und zündete die Kerze an. Diesmal war Jana damit einverstanden. Der Arzt kam, stellte den Totenschein aus und nannte ihr den Namen eines Bestattungsunternehmens. Es war gut, dass es etwas zu tun gab.

Jana machte sich frisch und erledigte die nötigen Anrufe. Als sie wieder ins Sterbezimmer trat, war Margo gewaschen, angezogen, geschminkt und gekämmt, die Hände lagen gefaltet über der Bettdecke. Die Tür zum Garten war geschlossen, die Vorhänge zugezogen. Minka lag wie immer an ihrem Platz am Fußende und blinzelte Jana an. Sie nahm die Katze hoch und wiegte sie im Arm. »Jetzt sind wir beide heimatlos«, sagte sie leise.

Frau Menkens stand in der Tür, die Frau vom Bestattungsunternehmen war eingetroffen. Jana ließ Minka hinaus in den Garten, ihre Wache war zu Ende, das Bett würde bald leer sein.

Es tat gut, sich mit praktischen Fragen zu beschäftigen. Feuerbestattung? Ja, Margo hatte das bei Lebzeiten so verfügt. Also ein Urnengrab. Welcher Sarg? Der billigste, der ging ja eh ins Feuer. Was für eine Urne? Die Schönste. Zwei Männer kamen mit einer schlichten Holzkiste auf einer rollbaren Bahre, Frau Menkens schickte sie in Margos Schlafzimmer. Jana ging mit der Bestatterin in die Halle, sie mochte nicht zusehen, wie man Margos lebosen Körper in den Sarg hob – ihre »irdische Hülle«. Jetzt wusste sie, wie treffend dieses Wort war.

»Wollen Sie, dass Ihre Großmutter ihren Schmuck anbehält?«

»Aber natürlich!« Was für eine Frage.

»Es kommt vor, dass jemand im Krematorium die Wertsachen an sich nimmt, bevor …«

Jana war fassungslos.

»Man kann es jedenfalls nicht ausschließen.« Der Frau vom Bestattungsinstitut war die Unterstellung sichtlich peinlich, dass jemand Leichenfledderei betreiben könnte, bevor die Toten in den Verbrennungsofen gingen.

Jana wollte das nicht glauben. Sie wollte so vieles nicht glauben, obwohl sie mittlerweile wusste, dass auch das Undenkbare möglich war.

»Sie soll in Würde im Sarg liegen«, sagte sie bestimmt und versuchte, den antiken Chor innerer Stimmen zu überhören, die ihr zuriefen, dass sie das alles gar nichts anginge, dass sie nichts zu entscheiden habe, dass sie nicht *befugt* sei.

Endlich kam Max. Es war tröstlich, in den Arm genommen und geküsst zu werden, auch wenn es nur ein keuscher Kuss auf die Stirn war. Doch wieder kam sie sich wie eine Betrügerin vor, er glaubte ja, er halte Margo Seligers Enkelin im Arm und nicht eine Unbekannte. Noch nie in ihrem Leben war Jana sich so fremd vorgekommen, so fehl am Platz, ganz im Sinne des Wortes.

Denn schon gab es das nächste Problem: Was sollte sie unter die Todesanzeige schreiben, sie, die nicht Margos Enkelin war? »Im Auftrag«? Das kam ihr albern vor, also beschloss sie, es bei ihrem Namen zu belassen. Sie war ja vor Jahren ordnungsgemäß adoptiert worden, jeder Wohlmeinende würde ihr das durchgehen lassen.

Jemand von der Firma rief an, man wollte die Anzeige von Maxdatex über eine halbe Zeitungsseite gehen lassen, als Erster würde Max Bajohr unterzeichnen. Jana sagte zu allem Ja und Amen. Die Kosten für eine Anzeige dieser Größe waren astronomisch, sie würde sich mit einer Viertelseite begnügen, das war teuer genug. Überhaupt: Wer würde das alles bezahlen?

»Statt Karten« ließ sie unter die Anzeige setzen sowie das Datum der Beerdigung auf dem Friedhof in Osterholz. Jana sah dem Tag mit Beklemmung entgegen.

Was trug man überhaupt auf so einer Beerdigung? Sie war noch nie auf einer gewesen.

»Ein einfaches schlichtes schwarzes Kleid«, meinte Frau Menkens. »Oder einen schwarzen Rock mit schwarzer Bluse, das wäre sicher ebenso angemessen.«

Jana holte ihr Auto aus der Garage, das sie seit Tagen

nicht bewegt hatte, und machte sich auf den Weg nach Osnabrück. Sie mochte nicht in eine dieser Boutiquen gehen, wo es nur Mode für Frauen mit Bleistiftfiguren zu geben schien. Bei C & A fand sie ein schwarzes Etuikleid, das zu elegant für den Anlass war, aber man konnte es mit einem dünnen schwarzen Jäckchen kombinieren, genau das Richtige für einen Tag im heißen August.

Nach dem Einkaufen war sie mit Max verabredet. Er saß schon im Café Leysieffer, hinten unter dem Glasdach, als sie ankam, verschwitzt und ein wenig außer Atem. Sie hätte fast vergessen, passende Schuhe zu kaufen, sie konnte ja nicht in Turnschuhen oder barfuß zur Beerdigung gehen.

Jetzt, dachte sie, als sie ihm gegenübersaß. Jetzt wäre der richtige Moment.

»Musst du eigentlich zurück nach Berlin?«, fragte Max und lächelte sie an.

Der Moment war vorbei.

»Ich habe mir darüber noch keine Gedanken gemacht.« Jana wunderte sich über sich selbst. Sie hatte sich über so vieles keine Gedanken gemacht in den letzten Tagen, an Carl zu denken hatte sie völlig vergessen, aber auch die Topfpflanzen auf ihrem Berliner Balkon, die jetzt gewiss hinüber waren.

»Im Haus deiner Großeltern sollte jemand wohnen.« Max' Lächeln vertiefte sich.

Ja, du und ich, dachte Jana, und spürte, wie sie errötete. Aber das geht nicht. Und warum nicht, würde er fragen? Sie waren nicht meine Großeltern, müsste sie dann sagen, ich bin adoptiert, ich kenne meine wahren Eltern nicht. Hilf mir, Max! Was soll ich tun?

Doch sie schwieg. »Ich muss zurück, es gibt noch so viel zu erledigen«, sagte sie schließlich leise.

»Wenn ich dir helfen kann …«

Sie schüttelte den Kopf.

VI

Die Trauerhalle war fast zu klein für die vielen Menschen, die sich von Margo Seliger verabschieden wollten. Die Urne stand auf einem Podest zwischen zwei Kandelabern mit brennenden weißen Kerzen, davor eine Bodenvase mit weißen Lilien. Margo Seliger hatte Lilien nie gemocht, aber Jana war nicht gefragt worden, und außerdem: Was machte das schon? Tote können nicht widersprechen.

Die Musik, immerhin, hatte Jana ausgesucht, sie wusste ja, was Margo am liebsten gehört hatte, wenn es nicht gerade Alexandra mit »Mein Freund, der Baum« war. »Der zweite Satz aus dem Violinkonzert No. 1 von Max Bruch«, hatte sie der Bestatterin mitgeteilt. Es war nicht nur die Nummer 1, sondern auch das einzige Konzert, das der Komponist jemals geschrieben hatte. Jana war mit dieser Musik aufgewachsen.

Reden waren nicht vorgesehen, sie hatte gebeten, darauf zu verzichten, denn dann hätte auch sie etwas sagen müssen, und was wäre das gewesen? Die Wahrheit etwa? Die Reden seien bereits auf Großmutters Geburtstag gehalten worden, führte sie zur Begründung an. Das sah auch die Chefsekretärin von Maxdatex ein, Frau Johannsen, die sich freundlich und effizient um alles Mögliche kümmerte, was bedacht werden musste und woran Jana keinen Gedanken verschwendet hatte.

Fast neun Minuten mussten die Trauergäste ausharren, bis das Adagio beendet war. Und dann kam das Defilee, das Jana von der Beerdigung ihres Großvaters kannte. Eine Hintertür des Raums öffnete sich auf einen Weg, der direkt zum Friedhof ging. Behutsam hob Jana die Urne vom Podest und führte die Prozession an.

Sie senkte die Urne in den Schacht neben dem Grab von Henri Seliger, richtete den Blick auf die Birken und Tannen, die zwischen dem Urnengrabgelände und dem Rest des Friedhofs standen, und schloss die Augen.

»Herr: es ist Zeit. Der Sommer war sehr groß.« Rainer Maria Rilke, auch einer, dessen Gedichte sie beide geliebt hatten, Margo und Henri. »Wer jetzt kein Haus hat, baut sich keines mehr. Wer jetzt allein ist, wird es lange bleiben, wird wachen, lesen, lange Briefe schreiben …«

Ihr kamen die Tränen. Jetzt bitte nicht weinen, nicht am offenen Grab! Auch das wäre eine Anmaßung gewesen.

Doch sie war nicht die Einzige, um sie herum schluchzte es vernehmlich. Jana öffnete die Augen wieder, nahm eine Rose in die linke und die Schaufel mit Sand in die rechte Hand. Du warst meine Großmutter, liebe Margo, trotz allem, dachte sie. Dafür werde ich dir immer dankbar sein.

Es war mittlerweile heiß geworden und ihr schmerzten die Füße in den ungewohnten Schuhen. Alle defilierten an ihr vorbei, standen unterschiedlich lang vor dem offenen Schacht, murmelten etwas, manche mit geschlossenen Augen, ließen Blumen und Sand auf die Urne fallen. Sie kannte kaum jemanden, nicht den alten Herrn mit dem vollen weißen Haar, nicht die überschlanke Frau neben ihm mit den kurzen roten Locken. Endlich war der letzte gekommen, hatte ihr die Hand geschüttelt, Beileidsworte gemurmelt, dem Ritual Genüge getan und war gegangen.

Jana hob den Blick, schaute hinüber zu den Bäumen, durch deren Zweige Sonnenlicht flimmerte. Dort stand jemand. Eine großgewachsene, schmale Frau mit dichtem dunklen Haar, die ihr zuzunicken schien.

Nein. Sie täuschte sich.

Helene

I

»Du hast ihr also vorgelogen, dass die Mörder von Hans Stahl sie mit der Entführung von Jana erpressen wollen und ihr einen Deal vorgeschlagen. Dennoch ist sie nicht gekommen. Deine Vermutung stimmte nicht.« Alard hakte Helene unter. Sie standen am Rand des Friedwaldes mit den Urnengräbern, alle Trauergäste waren fort. »Gisela Franke ist nicht Clara.«

Helene schüttelte den Kopf. »Ich war mir so sicher, dass sie kommt«, murmelte sie.

»Du konntest dir nicht sicher sein. Selbst wenn Gisela tatsächlich Clara ist – wie groß ist wohl die Wahrscheinlichkeit, dass sie sich mit Jana erpressen lässt?«

»Ich habe mich auf mein Muttergefühl verlassen.«

»Gefühle sind keine verlässliche Größe.«

»Jede Mutter lässt sich mit ihrem Kind erpressen, Alard.«

»Auch eine, die ihr Kind im Alter von noch nicht einmal zwei Jahren zurückgelassen hat?«

Auch eine, die ihr Kind verloren hat, als es ganze fünf Monate alt war. Auch eine, die ein Kind großgezogen hat, das sie nicht geboren hat. Alard verstand nichts von Muttergefühlen. Sie waren da, ob man wollte oder nicht. Sie ließen sich nicht verdrängen.

Helene hielt ihr Gesicht in den kühlen Wind. »Clara war keine Rabenmutter. Sie ging, weil es für die Kleine das Beste war. Sie wusste, dass ihr Auftrag Jana in Gefahr bringen konnte.«

Alard schwieg. »Man muss die Gefühle der Menschen kennen, um mit ihnen spielen zu können«, sagte er nach einer Weile. »Du spielst das Spiel gut, Helene. Doch es geht nicht immer auf. Diesmal bist du gescheitert.«

Er ging den Friedhofsweg voran zu einer Bank unter einer Trauerweide und ließ sich mit einem tiefen Seufzer nieder. Helene setzte sich neben ihn.

»Gut. Dann mangelt es ihr eben an Mutterliebe. Doch selbst dann hätte ihr der Deal einleuchten müssen, den ich ihr vorgeschlagen habe. Um deinen Widerspruch vorwegzunehmen: Selbst, wenn sie nicht Clara wäre.«

»Das ist ein Spiel mit mehreren Unbekannten, Helene. Zum einen gehst du davon aus, dass Hans Stahl wusste, wo die MfS-Millionen stecken.«

»Ich weiß, dass er es wusste.«

»Zweitens unterstellst du, dass er seinen Mördern nichts verraten hat.«

»Er ist ihnen davongefahren.«

Alard machte eine ungeduldige Handbewegung. »Drittens gehst du davon aus, dass Gisela Franke, wer immer sie ist, weiß, was ihr Mann wusste.«

»Die Todesanzeige. Ich kenne die Sprache der Genossen und was sie signalisiert. ›Niemals aufgeben‹ ist eine klare Kampfansage.«

»Und viertens: wenn alles stimmte, was du voraussetzt, und du setzt viel zu viel voraus, finde ich …«

Warum wollte er nicht verstehen? Helene stand auf und stemmte die Fäuste in die Seiten. »Alard. Wenn ich Gisela Franke wäre und wüsste, dass mein Mann ermordet wurde, weil er etwas weiß, das auch die alten Genossen dringend wissen wollen, dann würde ich versuchen, das Geld loszuwerden – und würde als Gegenleistung neue Papiere und den Finderlohn verlangen.«

»Fünftens.« Alard ließ sich nicht irritieren. »Fünftens kannst du keinen Deal versprechen, den du nicht garantieren kannst.«

»Das wird sich finden.« Trotzig.

Alard schwieg. »Und sechstens«, sagte er nach einer Weile, »kann ich mir nicht recht vorstellen, dass das große Spiel, das Hans Stahl gespielt haben will, so kläglich enden soll. War das alles, worum es ging? Geld?«

Helene setzte sich wieder. »Ich weiß es nicht. Alles, was ich weiß: Ich möchte nicht, dass Clara etwas zustößt. Und außerdem …« Sie wagte nicht auszusprechen, worauf es ihr ebenfalls ankam: Ich will nicht, dass das MfS das letzte Wort behält.

Alard sagte nichts. Hatte er keine Fragen mehr? Umso besser. Sie war noch immer davon überzeugt, dass sie recht hatte. Felsenfest. Und wenn es gegen alle Wahrscheinlichkeit war.

»Kommt sie mehr nach mir oder nach Margo?«, fragte er nach einer Weile.

»Ach? Entdeckst du Vatergefühle?«

Er lächelte. Endlich lächelte er wieder. »Wenn Mütter sich mit ihren Kindern erpressen lassen, könnte das ja auch für Väter gelten, oder?«

Ja, dachte Helene. Wir haben also doch etwas gemeinsam. »Äußerlich kommt sie nach dir. Und was ihren Charakter betrifft …«

Fragen, denen sie immer ausgewichen war: Warum hatte Clara sich schon als Kind beim MfS verpflichtet? Warum hatte sie sich einspannen lassen von Hans, der immerhin der Liebhaber ihrer Mutter war? Gehörte das zu Margos Erbe, der leichthändige Verrat? Oder, dachte Helene nicht zum ersten Mal, hat das etwas mit mir zu tun?

»Sie war immer auf Linie und immer die Beste. Vielleicht hat sie einen Vater vermisst? Vielleicht hat sie sich deshalb so stark identifiziert mit der DDR?«

»Vielleicht warst du ihr Vorbild?« Alard drückte ihren Arm.

»Ich? Unwahrscheinlich. Ich war nicht linientreu. Ich war nicht zuverlässig. Ich stand immer irgendwo dazwischen.«

»Sie wollte besser sein als du.«

»Vielleicht. Irgendwann werden die meisten Mütter ihren Töchtern entweder peinlich oder zur Konkurrentin.« Helene stockte, dachte nach über das, was sie damit gesagt hatte. »Sie hat sich einen Verbündeten gesucht«, sagte sie leise. »Gegen mich.«

»Genau. Einen, der mächtiger war als du.«

»Hans Stahl.«

Alard lachte leise und schüttelte den Kopf. »Nein, ihr Verbündeter war noch mächtiger.«

»Lass mich nicht raten.«

»Er war ein ganzes Ministerium. Das MfS.«

Ja, dachte Helene. So wird es gewesen sein. Und was war davon übrig geblieben? Nichts, worauf man stolz sein konnte. Zum Schluss sind die großen Ziele auf ein Motiv zusammengeschnurrt: Geld.

Es sei denn, Clara wäre noch immer das Vollzugsorgan von Hans Stahls großem Plan.

Irgendwo über ihnen saß eine Amsel im Baum und flötete den Abend herbei. Ein Friedhofsgärtner schob eine quietschende Schubkarre mit vertrockneten Blumen und verdorrten Kränzen über den Weg. Helene und Alard saßen auf der Bank unter einer Trauerweide auf dem Friedhof von Osterholz wie ein altes Ehepaar. Man müsste uns fotografieren, dachte Helene.

Sind nicht Friedhöfe unser bester Freund? Sie dachte an den Friedhof in der Roedernstraße und an das Grab ihrer Eltern auf dem Aegidienfriedhof und fragte sich, wie

Clara wohl Hans Stahl beerdigt hatte. Im Ganzen oder in einer Urne? Und wer, dachte sie, wer wird mich einmal unterbuddeln, wenn die Zeit gekommen ist?

Alards Stimme unterbrach ihre Gedanken. »Wenn du Margo schon nicht verzeihst – wie steht's mit mir? Wozu macht mich meine leibliche Kollaboration mit ihr damals in Schlesien deiner Meinung nach?«

Helene musste lachen. »Es macht dich zu einem ganz normalen Mann, nehme ich an.«

»Verstehe. Schlimmer geht's nimmer.«

Sie ließ ihren Kopf an seine Schultern sinken. Er legte den Arm um sie und es fühlte sich gut und richtig an.

»Ich hatte einige wunderbare Jahre mit Clara. Dafür verzeihe ich euch beiden«, murmelte sie.

Die Amsel begann zu schimpfen und flog davon.

»Jana ist Hans Stahls Tochter, nehme ich an«, sagte Alard nach einer Weile.

Helene schreckte hoch. »Das werden wir ihr doch nicht auch noch eröffnen müssen, oder?«

II

Ich bin eine alte Frau, dachte Helene.

An den Gedanken musste sie sich erst gewöhnen, doch seit ein paar Wochen mehrten sich die Anzeichen, und die sollte sie vielleicht zur Kenntnis nehmen. Da war die Atemnot, die sie manchmal überfiel, ohne Vorankündigung, und dann musste sie sich setzen, egal, wo sie gerade ging oder stand. Erst kürzlich war sie beim Bäcker in die Knie gegangen, das hatte vielleicht eine Aufregung gegeben! Was wäre, wenn es das nächste Mal mitten auf der Straße passierte?

Seither fragte sie sich immer öfter, ob sie wirklich das

Haus verlassen und auf einen ihrer Streifzüge gehen sollte. Angst ist der Anfang vom Ende. Angst machte ihr auch, dass sie neuerdings nicht mehr gut sah. Ausgerechnet die Mitte ihres Gesichtsfeldes wurde von einem weißen Nebel besetzt gehalten, der langsam größer wurde. Das verleidete ihr das Fotografieren. Sie sprach mit niemandem darüber, wozu auch? Zum Leben gehört der Tod und sie las die Zeichen.

Sie würde Alard sagen müssen, wo sie ihren letzten Willen aufbewahrte und was sie im Fall des Falles von ihm erwartete. Aber Alard war bereits seit drei Wochen in Osterholz, bei Jana, ganz der Großvater. Was er seiner Enkelin wohl alles erzählte? Geschichten vom Krieg und von Margo, über die letzten Tage in Schlesien, über die Flucht? Und gäbe es einen Platz in der Erzählung für sie, für Helene Pinkus, die Fotografin aus Stendal?

Er hatte sie bis zum letzten Moment zu überreden versucht: »Komm mit, Helene. Du bist doch auch ihre Großmutter. Gewissermaßen.«

Eben: gewissermaßen. Sie hatte abgelehnt. Sie wollte keine Verwirrung stiften. Margo war Janas Großmutter, das war ihre Familie, und dieses Gefühl der Zugehörigkeit brauchte sie womöglich gerade jetzt dringender denn je. Jana musste eine Zeit lang geglaubt haben, nur eine Art Verlegenheitslösung gewesen zu sein für Leonore, nachdem sie in Margos Tagebuch gelesen hatte, dass deren Tochter dank einer Abtreibung unfruchtbar geworden war.

Helene schüttelte den Kopf. Was war Margo doch für eine geschwätzige alte Frau gewesen! Dabei ist alles ganz einfach: Die Liebe zu einem Kind kann so groß sein, dass die Gene keine Rolle spielten. Ob sie Jana schreiben sollte?

Helene erhob sich aus ihrem Sessel, auch das fiel ihr neuerdings schwer, ging in die Küche und schaltete den

Wasserkocher ein. Lass die Finger von dem Mädchen, sagte sie sich, während sie wartete, dass das Wasser heiß wurde. Misch dich nicht ein, erst recht nicht mit derlei gut gemeinten Lebensweisheiten.

Helene goss das sprudelnd heiße Wasser in die Teekanne, in die sie drei Beutel mit Ingwertee gehängt hatte. Doch sie würde sich einmischen, entgegen aller Einsicht. Sie konnte nicht aufgeben, es gab noch etwas zu tun, bevor sie den Löffel abgab. Ein letztes Spiel. Das musste sie gewinnen, sonst hätten Hans Stahl und das MfS endgültig den Sieg davongetragen. Das würde sie nicht zulassen.

Clara war und ist meine Tochter, dachte Helene. Ich lasse sie nicht los. Es ist Zeit für die letzte Runde, und dann soll es gut sein.

Sie lächelte in sich hinein und nahm den Tee hinüber in ihr Wohnzimmer.

Eine Woche später hatte sie Alard überredet, mit ihr nach Schottland zu fliegen. Zu Liam Broedie. Sie brauchte einen Verbündeten.

III

Das Schloss der Broedies lag in einem Meer von blühenden Narzissen und Tulpen, es duftete nach frisch gemähtem Gras, Pferdeäpfeln und Nordsee. Die Haushälterin hatte den Tee auf der Terrasse serviert und Helene saß in der milden Sonne und begann langsam zu begreifen, was sie zuvor nie wirklich verstanden hatte. Hier sah und spürte man die Antwort auf die Frage, warum Alard sich damals aufgeführt hatte, als ob sie Liams Eigentum wäre, an dem er sich nicht vergreifen durfte.

Die Männer gingen durch den Park, nein, nur Alard ging, er schob den Rollstuhl, in dem Liam saß. Die Hunde liefen, sich balgend, vorweg, Asha, Alards Weimaraner und Finbar, Liams Kurzhaarcollie. Von Liam sah man nur sein Haar – noch immer rot, aber ebenso verblasst wie ihres.

Liam hatte sie mit großer Wärme und spürbarer Freude begrüßt, aber sie hatte von der ersten Minute an gespürt, wie nah die beiden Männer sich waren. Man merkte Alard in jedem Blick und in jeder Geste an, dass er sich Liam tief verbunden wusste. Womöglich liebte er seinen alten Studienfreund mehr, als er jemals eine Frau geliebt hatte. Seltsamerweise kränkte sie der Gedanke nicht mehr. Liebe war nicht kleinlich, vielleicht musste man alt werden, um das zu begreifen.

Liams Frau war mit der Schwiegertochter und ihren Kindern ans Meer gefahren, sie waren also zu dritt, und Helene war das nur recht so. Es würde ein Abend voller Erinnerungen werden, Erinnerungen nicht nur an die besten Jahre ihres Lebens.

»Wir haben der geheimen Gilde der gescheiterten Verschwörer alle Ehre gemacht, was Alard?«, sagte Liam, als die Haushälterin gegangen war, die das Kaminfeuer angezündet und den Whisky bereitgestellt hatte. »Schon der erste Versuch ging in die Hose. Dabei dachten wir, wir hätten geradezu unverschämtes Glück.«

»Dass kaum einer in der Wehrmacht sich für Hitlers Kriegspläne begeisterte, war schließlich bekannt.« Alard klang, als glaubte er, sich entschuldigen zu müssen. »Woher solltet ihr wissen, dass das Ganze eine Falle war?«

»Die Venlo-Affäre, Helene, ich weiß nicht, ob du die Geschichte kennst. Zweifellos ein Tiefpunkt in der Geschichte des britischen Geheimdienstes. Wir schreiben das Jahr 1939 ...«

»Anfang November 1939, um genau zu sein.«

»Eine verlässliche Quelle hat uns signalisiert, dass zwei deutsche Offiziere mit britischen Emissären über Friedenspläne verhandeln wollen. Beim SIS ist man skeptisch, aber ich kann unsere Leute schließlich überreden. Und was geschieht am vereinbarten Treffpunkt, in Venlo, an der niederländischen Grenze? Die Wehrmachtsoffiziere entpuppen sich als SS-Agenten, unsere Leute werden ins Reich verschleppt, das halbe britische Agentennetz fliegt auf, und ich halte es heute noch für ein Wunder, dass mich der Dienst nicht rausgeworfen hat.«

Sie haben also ihr Versprechen gehalten, die beiden. Wenn ich das alles damals gewusst hätte, dachte Helene, hätte ich mich nicht ganz so einsam gefühlt.

»Und dann Rudolf Heß, unsere zweite Niederlage.« Liam warf die Hände hoch. »Einfach grauenvoll.«

Helene lachte. »Das Tausendjährige Reich hatte plötzlich eine Null weniger«, sagte sie. »Den Witz fand ich damals treffend.«

»Sein Flug nach Schottland im Frühjahr 1941 war unser letzter Sargnagel. Heß wollte im Auftrag des Führers ein Friedensangebot machen. Aber niemand hat den Mann ernst genommen, Churchill soll sich verschluckt haben vor Lachen. Vor allem Alard hat Glück gehabt, dass unsere Aktivitäten hinter den Kulissen nicht aufgeflogen sind. Ich habe ihm dringend geraten, auf Tauchstation zu gehen.«

»Ich war weiß Gott kein erfolgreicher Vaterlandsverräter«, sagte Alard leise. »Was wäre der Welt erspart geblieben, wenn wir alle ein bisschen mehr Verstand gehabt hätten.«

»Ja, das war alles nicht sehr heldenhaft, hat aber einen Vorteil: Du lebst noch. Und Helene auch.« Liam war noch immer ein großer Mann, auch wenn er nur ein Sitzriese war. Seine Augen hatten noch immer das alte warme Strahlen. »Und endlich sehe ich euch beide zusammen.«

Helene erwiderte sein Lächeln.

»Ich hätte Helene nicht allein lassen dürfen damals«, sagte Alard gequält. »Aber ich dachte ...«

»Lass.« Helene legte ihm die Hand auf den Arm. »Ich war unserem Pakt treu, ebenso wie ihr. Genützt hat es nichts. Heute weiß ich, wie verrückt das war.«

»Ja, du hast dein Versprechen gehalten.« Alard legte einen Briefumschlag auf den Tisch. »Das hat mir Jana für dich mitgegeben, sie hat es auf dem Dachboden im Haus der Seligers in Osterholz gefunden, eingewickelt in Tischwäsche.«

Er öffnete den Briefumschlag und ließ Helenes Bilder auf den Tisch fallen. »Helene war die Mutigste von uns dreien. Ich war ein erbärmlicher Feigling, der die Tage damit zugebracht hat, sich zu grämen. Vor allem ihretwegen, was es auch nicht besser macht.«

Liam betrachtete die Fotos, eins nach dem anderen. Eines hielt er hoch. Das, auf dem Männer in Uniformen der Roten Armee zu sehen waren, zu ihren Füßen die Leichen polnischer Offiziere.

»Katyn«, sagte Alard leise. »Im Frühjahr 1940 haben die damals noch mit Hitler verbündeten Sowjets fast die ganze polnische Elite ermordet.«

»Als wir dann mit Stalin liiert waren, hat das niemanden mehr interessiert.« Liam legte das Foto beiseite. »Ich für meinen Teil habe nie geglaubt, dass der eine Massenmörder besser ist als der andere.«

Einer der Hunde jaulte im Schlaf, das Feuer war heruntergebrannt und Helene fühlt sich unendlich müde, so müde, wie man sein darf, wenn man ein ganzes Leben lang in die falsche Richtung gelaufen ist. »Ich habe mich seit Spanien wie zwischen zwei Granitblöcken gefühlt, die sich knirschend aufeinander zubewegen – und wer dazwischen geriet, wurde zermalmt«, sagte sie leise.

Alard stand auf und legte ihr die Hände auf die Schultern.

Liam leerte sein Glas in einem Zug. »Niemand ist davongekommen«, sagte er schließlich. »Auch wir nicht. Wir sind nur die Überlebenden.«

Erst als er mitten in der zweiten Flasche Whisky vorschlug, Jana und Max einzuladen, ihre Hochzeit auf Moray Castle zu feiern, hob sich die Stimmung.

IV

Die Speise muss dem Fisch schmecken, nicht dem Angler, und Helene glaubte zu wissen, welcher Köder der richtige war. Man konnte Mütter mit ihren Kindern locken, doch manchmal funktionierte das Spiel auch umgekehrt, das hatte schon bei Margo geklappt: Man kann Kinder mit ihren Müttern locken. Helene todkrank, die Adresse in Schottland und die Einladung zu Janas Hochzeit konspirativ genug: Die Botschaft an Gisela über die Adresse des Beerdigungsinstituts musste einfach Wirkung zeigen. Nichts konnte schiefgehen, glaubte Helene. Die Figuren standen, das Spiel konnte beginnen.

Das Stück begann mit einer Szene aus einem romantischen Kostümfilm: eine glänzend schwarz lackierte Kutsche hinter einem Gespann weißer Pferde fuhr in den Hof von Moray Castle ein. Sie hielt vor dem Rasenrondell, auf dem ein Tisch mit einem üppigen Blumenstrauß und einem Kühler mit Champagnerflaschen stand. Alard schritt auf die Kutsche zu, er trug seinen Cut wie ein Edelmann, und half der Braut aus dem Wagen: Jana Seidensticker, die sich seit ein paar Monaten Jana Seliger nannte.

Helene genierte sich ein wenig für die Rührung, die der

Anblick bei ihr auslöste. Adel und Bourgeoisie vereint in einer reaktionären Zurschaustellung höfischen Gepränges, hätte sie früher gedacht, und ein bisschen dachte sie das noch immer. Bis sie Max Bajohr sah. Sie brauchte keinen Fotoapparat, um zu wissen, dass die Ehe unter einem guten Stern stand. Margos Enkelin und Jon Bajohrs Sohn holten nach, was ihre Vorfahren versäumt hatten.

Ein Kellner öffnete die Champagnerflasche, ein Mädchen im schwarzen Kleid mit weißer Schürze reichte jedem ein Glas und Alard hatte Tränen in den Augen. Sieh an, dachte Helene.

Die Feier im Schlosspark war die schönste, die sie jemals fotografiert hatte. Alard und Liam, seine Kinder und Enkel samt der Angeheirateten standen um das Brautpaar herum, das Wetter war geneigt und die Stimmung großartig, die sich noch steigerte, als drei Männer in schottischer Tracht mit Dudelsack auftraten. Die Hunde waren nur mit Mühe davon abzuhalten, mitzuheulen.

Helene fotografierte sie alle, das Brautpaar sowieso, und immer wieder Alard, Liam und seine Familie, es machte nichts, dass ihre Augen schlecht geworden waren, das Brautpaar fotografierte sich wie von selbst.

Nach einer halben Stunde setzte sie sich erschöpft zu Alard auf eine Gartenbank. Jetzt wartete sie nur noch auf eines – auf die Krönung des Spiels ihres Lebens.

V

»Helene?«

Jana stand vor ihr, mit blitzenden Augen und geröteten Wangen. Sie hielt einen geöffneten Brief in der Hand. Helene nahm das Blatt Papier zögernd entgegen. Zahlen, Daten, Adressen in der Schweiz, die ihr nichts sagten. Eine

Karte, die zwischen den Falten des Briefs gesteckt hatte, fiel ihr in den Schoß.

»Nimm das hier als Deine Mitgift, liebe Jana. Es tut mir weh, Dir nicht mehr geben zu können. Sag Helene, dass sie sich keine Sorgen machen soll. Deine Mutter.«

»Sie ist nicht gekommen.« Helene fühlte sich leer.

»Sicher, aber sie hat dafür gesorgt, dass Jana den Finderlohn erhält für die in der Schweiz gebunkerten Stasimillionen.«

»Vielleicht wäre ihr eine lebende Mutter lieber gewesen.«

»Ich glaube nicht, Lene. Sie hat einen Mann, den sie liebt. Irgendwann ist das wichtiger als Mutterliebe.«

Helene richtete sich auf und suchte seinen Blick. »Meinst du?«

»Meinst du nicht?« Er küsste sie sanft auf den Mund. »Ich liebe dich seit beinahe 62 Jahren. Tröstet dich das?«

Helene schloss die Augen. Ja, dachte sie.

Dank

Dieses Buch ist ein Roman, Handlung und Personen sind erfunden. Doch ich habe auch vom Leben abgeschrieben, einige autobiografische Bezüge sind unverkennbar. Am meisten habe ich den Erinnerungen meiner Eltern Margot und Helmut Stephan zu verdanken – und den detaillierten Aufzeichnungen meiner Tante, der großartigen Fotografin Gudrun Käding. Warum ich den Roman nicht schon zu ihren Lebzeiten geschrieben habe? Ich weiß es nicht. Vielleicht muss man selbst ein gewisses Alter erreicht haben, um sich dem Schicksal der Eltern mit unvoreingenommener Neugier nähern zu können. Ich bin mir sicher, sie hätten amüsant gefunden, was ich aus ihrem Leben gemacht habe.

Dankbar bin ich all jenen, die mich beim Ringen mit dem Stoff und dem Versuch, ihm eine Form zu geben, geduldig und aufmunternd begleitet haben und mich, wenn nötig, zum Weitermachen aufgefordert haben: Reinhard Jahn und Ilka Stitz, die Unbestechlichen mit den guten Ideen; meine Cousine Merve Feldmann, die Stilsichere; Thomas Weber, der Historiker; Kristina Drieselmann, die Genaue; Elisabeth Herrmann, die Anstachelnde; Gerhard Elfers, der Kritiker; Christian Jancke, der Autokenner; Daniella Baumeister und Karl-Peter Schwarz, die Ermutiger; Winfried Eggers und meine Schwester Ellen Eggers für Lebenspraktisches. Und loben will ich nicht zuletzt die schärfsten Kritiker: meinen Gefährten Rudolf Westenberger und meinen Agenten Michael Meller, denen ich nicht immer, aber meistens gefolgt bin.

Was mich immer wieder erstaunt und beglückt, ist die Bereitschaft so vieler Menschen, ihr Wissen freigiebig zu teilen.
An erster Stelle steht Prof. Dr. Helmut Müller-Enbergs von der Syddansk Universitet, er ist derjenige, der sich in

den Aktenbergen des MfS gewiss am besten auskennt, von ihm stammt mehr als eine Idee, die der Geschichte eine neue Wendung gegeben hat. Und da sind Kristina und Jörg Drieselmann vom Stasi-Museum in Berlin, denen ich nicht nur handfeste Anschauung, sondern viele Details und Inspiration verdanke – ich danke euch dreien für die guten Gespräche, für euer Wissen und eure Freundschaft!

In Stendal unterstützte mich Ina Nitzsche vom Stadtarchiv mit vielen wertvollen Informationen. Dorota Dziwoki vom Deutschen Roten Kreuz in Berlin, Suchdienst-Leitstelle, half mir, das Prozedere des DRK bei der Suche nach vermissten Kindern zu verstehen. Inspirierend der Hinweis von Josef Focks, dem hierzulande erfolgreichsten Privatfahnder nach vermissten Personen, niemals die Hoffnung aufzugeben. Tief beeindruckt hat mich Heribert Müller. Es gelang mir nicht, in einschlägigen Museen auch nur ein funktionierendes Lochkartensystem aufzutreiben. Heribert Müller aber hat (nicht nur) die alten IBM-Maschinen in seinem sehenswerten Museum »technikum 29« in Kelkheim bei Frankfurt a. M. wieder zum Laufen gebracht.

Von Wolfram Ackner habe ich die Geschichte von Klaus-Michael, der rauchenden chilenischen Trugratte, klauen dürfen. Vera Lengsfeld hat mich durch Pankow geführt.

Es seien nur wenige Titel der vielen Bücher genannt, die ich bei der Recherche benutzt habe. Die Ausgangsidee, die im Verlauf der Geschichte nur eine Nebenrolle spielt, verdanke ich dem Buch von Ulrich Schlie: Kein Friede mit Deutschland: »Die geheimen Gespräche im Zweiten Weltkrieg 1939–1941«, München 1993. Was das KZ Buchenwald betrifft, beziehe ich mich neben der einschlägigen Literatur auf die von Lutz Niethammer herausgegebene Dokumentation »Der ›gesäuberte‹ Antifaschismus. Die SED und die roten Kapos von Buchenwald«, Berlin 1994, und was das Bordell in Buchenwald angeht, auf die Untersuchung von Robert Sommer, »Das KZ-Bordell. Sexuelle Zwangsarbeit in nationalsozialistischen Konzentrationslagern«.

Der Enthusiasmus, mit dem mein Verlag mich und den Roman in seine Arme genommen hat, tat einfach nur gut. Stellvertretend für alle danke ich Helge Malchow, Olaf Petersenn, Gaby Callenberg, Ulla Brümmer und Gudrun Fähndrich – und ganz besonders meinem Lektor Andreas Becker, der bis zur Deadline jeden Tag an meiner Seite war.

Und was soll ich sagen: Ohne meinen Agenten Michael Meller und die großartigen Menschen in seiner Agentur geht gar nichts.

Personenverzeichnis

Margo Seliger, geboren als Margarete Hegewald am
   20. August 1919
Henri Seliger, ihr Mann, geboren am 27. Februar 1915
Emma, geb. am 25. Dezember 1944
Leonore, geb. am 8. Februar 1949

Hugo Hegewald, Margos Vater, ein unzufriedener
   Finanzbeamter
Minna Hegewald, eine fürsorgliche Ehefrau und Mutter
Gerda Hegewald, Margos jüngere Schwester

Antonia Sieveking, geb. Seliger, genannt Toni, Margos
   Schulkameradin und Henris Schwester
Friedrich Sieveking, Tonis Ehemann

Hermann Seliger, Vater von Henri und Toni, exzentrischer
   Leiter des Stadttheaters von Stendal und
Katharina Seliger, seine Frau, Gesangslehrerin, beide 1945
   bei einem Luftangriff ums Leben gekommen

Otto Werner, genannt »der Kugelblitz«, Chef von Photo-
   Werner in Stendal
Inge Werner, seine Frau, die Chefin
Marianne und Gudrun, Auszubildende bei Photo-Werner

Helene Pinkus aus Berlin, geboren am 2. Februar 1917,
   Fotografin im Spanischen Bürgerkrieg, arbeitet bei
   Photo-Werner in Stendal
Adam Pinkus, Uhrmacher mit jüdischen Vorfahren aus
   Kalusch, Galizien, Helenes Vater
Clara Pinkus, ihre Mutter

Alard von Sedlitz, geboren am 13. August 1912 auf dem
   Rittergut Mondsee in Schlesien, bis 1945 im Auswärtigen
   Amt in Berlin
Adelante, seine schwarze Dogge
Friedrich Marks, Alards Vorgesetzter im Auswärtigen Amt

Liam Tristam Broedie, aus Moray, Schottland,
   Studienkamerad und bester Freund von Alard

Karl und Anni Menzel von Gut Ossig in Schlesien

Jon Bajohr, Margos Chef, Inhaber von »Maxdatex«,
   geboren am 27. März 1918 in Libau im Kurland
Sigrid Bajohr, seine Frau
Maximilian Bajohr, ihr Sohn, geboren am 2. Mai 1970
Annemarie Kemper, Bajohrs Sekretärin

Markus Vormbaum, progressiver Pastor in Osnabrück
Karl Buddensiek, Kontaktmann des MfS in Peine

Hans Stahl, eigentlich Albert Franke, geboren am 8. Mai
   1917, erst Generalmajor, dann Generaloberst in der HV
   des MfS
Alexander Seidensticker, Ehemann von Leonore Seliger
Jana Seidensticker, geboren am 24. Oktober 1977